U0926181

东北亚文学
母题研究论稿

刘卫英　王　立　著

中国大百科全书出版社

图书在版编目（CIP）数据

东北亚文学母题研究论稿 / 刘卫英，王立著 . -- 北京：中国大百科全书出版社，2022. 8

ISBN 978-7-5202-1193-2

Ⅰ. ①东… Ⅱ. ①刘… ②王… Ⅲ. ①文学研究—东亚—文集 Ⅳ. ① I310.06-53

中国版本图书馆 CIP 数据核字（2022）第 150379 号

出 版 人 刘祚臣
策 划 人 曾 辉
责任编辑 常 川
责任印制 魏 婷
封面设计 乔智炜
出版发行 中国大百科全书出版社
地　　址 北京市阜成门北大街 17 号　**邮政编码** 100037
电　　话 010-88390969
网　　址 http: //www.ecph.com.cn
印　　刷 北京君升印刷有限公司
开　　本 710 毫米 ×1000 毫米　1/16
印　　张 27.25
字　　数 350 千字
印　　次 2022 年 10 月第 1 版　2022 年 10 月第 1 次印刷
书　　号 ISBN 978-7-5202-1193-2
定　　价 98.00 元

目 录

导　语

东北亚故事母题研究，多年来是一个很活跃的领域，本书主要针对20世纪前该区域的小说——故事及其文化交流展开研究。东北亚区域政治、经济、文化互动频繁，儒家思想成为文化主流，近代之后虽情况比较复杂，但这里作为多种族的聚合地，各族群的民族文化特质在故事流传、小说创作过程中也仍潜在地发挥着影响力。[①]

---

① 一般认为，最早提出东亚文化圈的要素或文化特征为汉字、儒学、佛教、律令制度的，是日本学者西岛定生（1919—1998）的《日本史学界关于“东亚文化圈”形成问题研究》(《中国史研究动态》1979年第3期)，而且“直到唐代，中国还把朝鲜半岛视为中国领土”。参见刘德斌主编《东北亚史》，吉林人民出版社2006年，第62–68页。“东亚”作为最早由西方人创造的地缘政治概念，对这一区域称谓演变本身就是一部东亚国际关系史。费正清（1907—1991）对此有三种界定：地理的东亚、种族的东亚、文化的东亚。地理上，指亚洲被高山大漠一分为二的东部地区；人种上，指蒙古人种（因纽特人和印第安人除外）的栖居区；文化上，指深受中国古代文明影响的地区。最后一个含义所指最狭，指中国之外，尚有日本、朝鲜（半岛）和越南。不同的学者、不同的学科对同一地域概念都作出了具有学科特色的界定，即便今天为人们常用的“东北亚”这一次区域称谓的演变，抛开其概念界定演变的本身就是一部东北亚国际关系史这一点，对这一区域概念的界定也体现出学科特色，在政治安全、经济合作等不同的领域，对这一区域的界定也是不一样的。参见费正清《中国：传统与变迁》，张沛译，世界知识出版社2002年，第4页。感谢大连大学安善花教授的提示。但在近代西方势力冲击下，东北亚汉字文化圈衰落并发生了分裂：“东北亚各国的文化，走上了各自发展的道路，彼此之间的文化共性削弱……”见关世杰《浅谈世界文化格局中的东北亚文化——从历史和现状看其发展趋势》，《国际政治研究》2001年第2期。及［韩］罗钟一《东北亚共同体的文化视角》，延边大学出版社2004年；金柄珉《东北亚文化与东北亚文学》，《东疆学刊》2007年第2期，等等。而最早提出“东北亚”概念的是日本学者鸟居龙藏（1870—1953，日本民俗学家、人类学家、考古学家，曾任燕京大学客座教授），1926年著有《东北亚洲搜访记》，上海：商务印书馆1930年。

故事母题往往是小说文本的最基本构成要素。对故事母题的专题式、分解式比较研究，既可探寻母题要素传承、借鉴的文化趋同机制，亦可辨析变异的他者文化基因。如同世界上的其他地区一样，东北亚文学演进中的故事母题也有许多是异质文化精神微妙的结合体。这样的故事母题有的是误读生成，有的是法古创新，等等。时代的文学现象也是这一时代文化精神的艺术化展示，特别是有关东北亚区域的小说研究，从中可以探究的不仅是创作主体的心理机制，也包括误读的心理和创造的动机。这二者是民族独立意识的主要构成要素。从对“混成”的文学形象或故事母题的分析亦可见出在地族群的文化精神与历史状态，小说——故事文本往往可以一定程度地折射出在地族群文化与中国传统文化精神的集合点。因此，对此进行研究具有历史文化的思考、推进意义。

第一，故事母题具有跨族群、跨文化属性，也有近亲文化结缘等特点，对于民间故事、小说作品等的生成也具有重要作用。如对于明清小说天书母题等研究做出重要贡献的胡万川教授指出：“一系列相对固定的母题排列组合而确定一个作品的情节内容。许多母题的变换和母题的重新排列组合，就可以构成新的作品，甚至可能改编作品的体裁性质。母题是民间故事、神话、传说、叙事诗等叙事题材的民间文学作品内容叙述的最小单位。就比较研究而言，母题比情节具有更广泛的国际性。”①

比如朝鲜古代汉文小说与中国古代小说就有着不可分割的文化血缘关系，不少作品都是在中国传统思想文化和中原古代小说直接影响下创作出来的，特别是某些故事母题往往是混合文化素构成体系。当然东北亚文化圈中还有蒙古族群和俄罗斯族等，多种文化交会下的小说书写往往融合着多元文化要素，甚至包罗世界观、方法论等思想与哲学要素。

第二，母题的原创性带有个性特征的变异。从方法论角度看，在21世纪的“全球化”视野下，研究者受主体的世界化与世界的主体化

---

① 胡万川:《台湾民间故事类型（含母题索引）· 序》，中国台北：里仁书局，2008。

趋势冲击，审视视角与阐释维度虽也应顺势调整，但有些被忽略的维度也应予以适当重视，比如东方视角、“东人意识”等。对故事母题而言，被借鉴并运用予以创作结成新文本，这一过程显然会蕴含故事书写者的主体意识，这使被儒释道文化大框架裹挟着的民族文化精神在现代社会转型中得以唤醒。在主体性与书写视角变换中，在探讨历史进程中，文学与文化交流如何同化，如何避免同化，又是如何求同存异，显得尤为重要。因此，东北亚文学的故事母题有进一步研究的价值。

小说家往往是以讲故事的方式来描述生活、反映世界与同时代人及世界对话的，而文本话语的基本构成就是故事母题。本书就“谪降”“女将”“宝物”“罗刹”等故事母题，对东北亚小说“和而不同”的内在复杂联系予以专题探讨，试图以此若干母题的描绘分析，体现东北亚多民族文化历史演进中故事里的共在生命感悟与情感脉动。

第三，将东北亚多国多民族文学进行母题史上的专题式文学通观，这一探讨并非别出心裁。陈鹏翔教授曾以人物母题为例强调主题、母题的不同侧重：“主题必须是有实证内容的，它既是超越的（因为抽象）且也是内存的，是它把看似不连贯的母题 / 母题素联系、结合起来，所以它的主观性与不透明性层面永远都是无法剔除的；否则它就是文字的意义或概念而非主题了……自从柏勒普的《民间故事的形态学》（西元 1968 年）在英美出版以来，愈来愈多的主题学者都在企图模式化、语码化这个形式过程。……如果仅仅从涉及历史源流的演变与人物素材这种角色来着手，则西方从尤利西斯、普罗米修斯、浮士德到圣女贞德这样数下来，中国则从孟姜女、王昭君一直数到梁山伯和祝英台，数目的确都蛮有限的，可是，如果我们再从一个母题 / 功能都可能构成一个主题以及数个母题 / 功能也可以构成一个主题这种思维出发，则主题的数目无论如何都应比母题为大。……母题既有重复的出现而透明的一面，也有或隐或显以及潜藏的面貌；另一方面，它们通常都必须由主题这条隐形的线把它们统驭、贯穿起来才能构成完整的意义。”[①]而东北亚文学母题则绕不开具有东北亚特色的史诗、神话乃至民间故事，它们是作家文学取之不尽的昆山邓林。中外蒙古学研究者——蒙古族学者松巴堪布·益西班觉（1704—1788）、察哈尔格西·罗布桑楚勒图木（1740—1810），芬兰学者拉姆斯特德（1873—1950）、苏联学者鲍·雅·符拉基米尔佐夫（1884—1931）、蒙古国学者宾·仁亲（1905—1977）等，就将地域邻近的中俄蒙三国的蒙古语族的英雄史诗（包括异文多达550部），进行专门的材料搜集和探讨。[②]

第四，东北亚文学研究，不应排除（或忽略）带有“辽东”“关外”地域特征的华夏文学。多民族杂居、漫长历史时空中具有明清、清初中后期明显阶段性特点的文学交流史现象，不应被主观设定的“学科”所限制，当然要与中原中心的文学史审视有所区别和侧重。因此，书中还有一章是谈宝物崇拜与辽东战争的，看似与东亚文学有点距离，实际上也意在作出回归历史语境中审视的努力。众所周知，明末清初的东亚也是世界上屈指可数的不稳定地区之一。“鲁酒薄而邯郸围”，可能在民间故事、小说野闻中，更注意到辽东战事某些变化，可能带来整个局面的大变化，史书往往缺少这种联系和概括力。康熙年间刻本《豆棚闲话》写说书老者（训蒙教授）讲述当年那“乱离苦楚”给后生小子——为了阅读分析之便，试分为五段：

“记得万历四十八年（1620），辽东变起。（1）泰昌一月短祚，转了天启登基，年纪尚小，痴痴呆呆，不知一些世事。天下募兵征饷，被魏太监将内帑弄得空空虚虚。彼时的吵闹，还在山海关外，内地尚自平静。（2）不料换了崇祯皇帝，他的命运越发比天启更低。遇着天时不是连年亢旱，就是大水横流；不是瘟疫时行，就是蝗虫满地。兼之赋性悭

① 陈鹏翔：《主题学理论与实践——抽象与想象力的衍化》，中国台北：万卷楼图书有限公司，2001，第269–270页。参见王立《中国文学中的主题与母题》，《浙江学刊》2000年第4期。

② 仁钦道尔吉：《蒙古英雄史诗源流·前言》，呼和浩特：内蒙古大学出版社，2001。

啬，就有那不谙世务的科官，只图逢迎上意，奏了一本，把天下驿递夫马钱粮，尽行裁革。使那些游手无赖之徒，绝了衣食，俱结党成群，为起盗来。……（3）那时若得一位有胆勇智谋的元戎出来招安，没有在朝的官儿逼索他贿赂，当道的上司掣肘他事权，也还容易消灭的。（4）不料国运将促，用了一个袁崇焕，使他经略辽东。先在朝廷前夸口，说五年之间便要奏功，住那策勋府第。后来收局不来，定计先把东江毛帅杀了，留下千余原往陕西去买马的兵丁，闻得杀了主帅之信，无所依归，就在中途变乱起来。四下饥民，云从雾集，成了莫大之势。或东或西，没有定止，名叫‘流贼’。在先也还有几个头脑假仁仗义，骗着愚民。后来所到之处，势如破竹。（5）关中山右，地土辽阔，各州府县既无兵马防守，又无山险可据，失了城池村镇，抢了牛马头畜。不论情轻情重，朝廷发下厂卫，缇骑捉去，就按律拟了重辟，决不待时。那些守土之官权冲利害，不得不从了流贼，做个头目，快活几时。即使有那官兵到来，干得甚事……”[①]

这里从民间——民众的角度看：第一层，关注到奸臣当道、横征暴敛对于城镇农村经济的压榨；第二层，水旱蝗“三大自然灾害”和瘟疫影响与赈灾策略的失当；第三层，认为朝廷未能抓住时机扑灭多地“流寇”造反起事；第四层，追责辽东战事处理问题，归于袁崇焕错杀毛文龙的处理失当，没能抓住当时的主要矛盾，削弱、分散了防御力量，这是一种站在辽东战争史角度考察的观点[②]；第五层，从“执行力”的角度揭示“平乱”的效率问题，主要也在于地方官员的腐败无能……充分体现了小说可以补史的功用。从非主流角度多元化地考察问题，就可能更大程度上避免将复杂的问题简单化、概念化。

---

① 艾衲居士编：《豆棚闲话》第十一则《党都司死枭生首》，上海：上海古籍出版社，1983，第124–125页。故事研究家敏锐地指出该书：“最能体现明清以来民间故事观的白话小说……故事与新闻并举，或许‘旧事’的意味更重一些。”见施爱东《故事机变》，北京：中国社会科学出版社，2022，第4–5页。

② 具有代表性的是明末孤愤生《辽海丹忠录》，苗壮校点，沈阳：辽沈书社，1989。

第五，即史诗母题可能跨文体、跨时代传播、扩散与衍化。研究蒙古史诗《格斯尔》(《格萨尔》) 时，俄罗斯学者曾有此论："虎吃人的神话故事情节在这一地区的东方——在朝鲜民间文学里屡有所见（但在中国民间文学里却没有！）。例如，在加林－米哈伊洛夫斯基的采录本中就有一段故事，讲的是一个年轻猎人，为完成未来丈人的委托（猎取一百张虎皮）故意让虎王把自己吞食腹内。他在兽腹内把老虎折磨得发疯，待等虎王疯狂中把自己的臣属杀死到足够数量，便把虎王也杀死。……而且还有把寻找虎皮当作整个行动目的的情节。可见，对类似题材的加工在邻近的地理和民族文化区域内的口头传说所在多有。最后，格斯尔作品的这一章和中国好汉武松打虎的情节也有某些相似之处……起源要久远很多，因而可能传入蒙古的时间相当早，并且在民族的口头文学中得到加工改造。东蒙的胡尔奇——'评书'说唱艺人——的创作展示了一种加工改造的手段，尽管这是一种较晚时期的手段。……只是我们理应注意，在我们的情节中与武松这一人物相对应的不是钻进虎口里的机智狡猾的格萨尔，而是勇敢无畏、力大无穷的扎萨，他跳上怪兽的后背，紧紧揪住它耳朵。"①

按，此处似有误：（1）中国民间文学里"虎吃人的神话故事情节"不是没有，而且甚夥。如"人化虎"类型中即多化虎食仇人，带有明显的神话意趣，自成系列②,《聊斋志异·赵城虎》写虎吃掉老妪之子，自愿伏法奉养老人，等等，仅东北亚地域就有的民俗学家汪玢玲教授予以专门总结③。而清末中原多地也仍有虎在白天捕食人之事。（图－01）

① 谢·尤·涅克留多夫：《蒙古人民的英雄史诗·前言》，徐昌汉等译，呼和浩特：内蒙古大学出版社，1991，第219页。

② 王立、铁晓娜：《〈聊斋志异·向杲〉化虎复仇故事的中印文学渊源》，《华南师范大学学报》2008年第1期。

③ 汪玢玲：《中国虎文化研究》，长春：东北师范大学出版社，1998；《中国虎文化》，北京：中华书局，2007。

图 - 01

（2）“猎取一百张虎皮”的类似思路，如清代吴镇《打虎任四传》写农夫任四“父死于虎”，他习为鸟枪，“誓杀百虎以报父仇”，日久成职业出了名，“每邻邑有虎暴，必来迎四……收其牙皮，岁足代耕”。已杀九十九虎时却受挫，“几为所噬，俄而云雾晦冥，若有神人呵虎去，兼责四过杀者”，从此他改业，还叮嘱子孙世世勿与虎为仇。[①]而从这一类故事中，还可以因故事某种陡转接近于数字“百”“千”等整数，寻究出南亚佛经故事母题传译的痕迹。[②]

（3）内蒙古东部说唱艺人“胡尔奇”（意为手执胡琴表演的民间说唱艺人[③]）对于“打虎方式”的创造性生发想象，所谓“跳上怪兽的后背，紧紧揪住它耳朵”已显出驯兽为坐骑的手段趋向。而骑乘异兽在明清已呈现多样化趋势，蒲松龄《聊斋志异·菱角》写观音使者的坐骑：“化为金毛犼，高丈余，童子超乘而去。”[④]车王府曲本《封神榜》写洪锦被龙吉公主追赶，取出一物：“有鳞有甲，有头有尾，乃是一条作孽的鲸龙，被洪锦用法力治住，带在身边，以为防身之宝。”[⑤]而龙吉公主拿出法宝“神鲸”，站在神鲸脊背上手仗青鸾剑分水，以捆龙索将洪锦捆住。撰写时在距离内蒙古草原不远的天津武侠小说家还珠楼主（李寿民，1902—1961），其代表作《蜀山剑侠传》写龙头虎面、蛇身四翼的怪物，昂头高有丈许：“虎口张开，白牙如霜，红舌吞吐，正从前面林中泥沼中蜿蜒而来。”[⑥]这一水陆两栖怪兽“龙鲛”“却是狮的克星”，在

① 王葆心：《虞初支志》甲编卷二，第 10 页。故事收入《清史稿》卷四百九十八《孝义二》，北京：中华书局，1976，第 13786-13787 页。

② 王立：《“九九缺一”母题的南亚佛教文化溯源》，《南亚研究》2006 年第 1 期。

③ 杨玉成：《胡尔奇：科尔沁地方传统中的说唱艺人及其音乐》，中国艺术研究院博士论文，2005。

④ 任笃行：《全校会注集评聊斋志异》卷四《菱角》，济南：齐鲁书社，2000，第 1225 页。

⑤ 车王府曲本：《封神榜》第二百回，北京：人民文学出版社，1998，第 1662-1664 页。

⑥ 周清霖、李观鼎：《还珠楼主小说全集》总第四卷，太原：山西人民出版社、北岳文艺出版社，1998，第 1657 页。

初凤三姐妹遭数百头野狮围困时，能“怪首高昂，口里发出异声”惊得狮群逃走，而其身形“似龙非龙，与那年所见虎面龙身之物相似”[①]。但女侠初凤几经周折驯服这怪兽的手段，乃是骑在龙鲛后半身近尾处，将其降服，显系也是从骑马实践、打虎描述的经验而改造[②]。由此，初凤才骑上它并将其变成坐骑，而龙鲛竟也如同宝马参战、救主一般，在海战中咬住恶道童的坐骑“六翼双头怪鱼”之头，救了初凤。

蒙古语史诗专家对国内外200多部史诗及异文比较分析后发现，除了最小情节单元母题外：“还有一种比母题大的周期性的情节单元普遍存在。我把这种情节单元叫做英雄史诗母题系列，并根据其内容分为婚姻型母题系列和征战型母题系列两种。它们各有自己的结构模式，都有一批固定的基本母题，而且那些母题都有着有机联系和排列顺序。”[③]对此，民间故事学专家也在大量文本和异文基础上，注意到“母题”“情节单元”与“类型”之间的关系，或将“母题”与“情节单元”并列，区别在于母题可以有“意象母题”“人物母题”，而“情节单元”则主要是故事情节；刘守华先生把“类型”看作是比“母题”大的范畴[④]。因此，这里不再对这类主题学基本的概念术语作更为详细的辨析。

第六，需要打破母题研究的小说、民间故事等文体界限。应该说，这不仅是东北亚文学研究对象的历史性、民间性所决定的，也为相关学术史实践所证明。这里谨以孙晋泰先生、金东勋先生两部著作为例。孙

---

① 周清霖、李观鼎:《还珠楼主小说全集》总第四卷，太原：山西人民出版社、北岳文艺出版社，1998，第1704页。

② 同上，第1732–1733页。细致说来，小说写初凤偶从《地阙金章》得知此名为龙鲛的怪兽，短处在鼻间软包：“只须将它鼻端用东西紧紧按住，立时蹲趴地上，浑身瘫软，再也动弹不得。相遇时可如法将它制服，用一根丝绦从它天生鼻环中穿过，便可顺从人意，要东便东，要西便西了。”

③ 仁钦道尔吉:《蒙古英雄史诗源流》，呼和浩特：内蒙古大学出版社，2001，第109–110页。

④ 刘守华:《比较故事学论考》，哈尔滨：黑龙江人民出版社，2003，第526–528页。以及王立:《主题学的理论方法及其研究实践》,《学术交流》2013年第1期。

晋泰《朝鲜民间说话研究》出版于1927年（后更名《韩国民族说话的研究》）[①]。该书立足于朝鲜半岛本位的故事溯源，充满民族感情的故事整理，借鉴日本学者成果而具多元多维的跨文化视野。该书并不局限中朝故事影响研究，而是由东北亚扩展到更广阔范围，如南亚传译至东亚的佛经故事，如中亚与东亚的文化互动，如中国境内满汉民族之外的多民族故事等。著者在早稻田大学受到很好的学术训练，打破了“中→朝”单维授受探究，而较早实证性地揭示出“朝→中”即朝鲜故事也传播到中国，有助于朝鲜民族故事传统、特色的价值重估。书中将众多中朝故事母题类型广加搜集、整理及溯源，奠定了“比较故事学”学科地位、范围、研究方法的同时，也以中国古典文学深厚素养，广采中原至朝鲜半岛的野史笔记。广涉小说如《太平广记》《狡兔传》《兔生员传》《鳖主簿传》《兔鳖传》等。按，李福清也称金富轼《三国史记》龟兔寓言暗示新罗使臣，猴置换成兔，心换成肝[②]。金东勋及其团队在进行弃老、蛇郎、有本事的兄弟类型，夜来、燕子报恩、放鲤得宝、天婚、龟兔、天鹅处女、梁祝等故事溯源与文化内涵比较中，也不避史传、《太平广记》《搜神记》《宣室志》、李朝成伣(1439—1504)《慵斋丛话》、清朝李调元《尾蔗丛谈》、袁枚《子不语》及辽宁、吉林民间故事等，而佛经则为小说、故事共同渊源，该书还采用了崔一《韩国小说理论》、闵宽东《中国古典小说在韩国之传播》等[③]。说明朝中（汉满蒙等）小说、故事在主题学——母题研究中的资源共享、互动相通。

---

① 孙晋泰：《韩国民族说话的研究》，汉城：乙酉文化社，1946；中译本《朝鲜民族故事研究》，全华民译，北京：民族出版社，2008。苑利指出，“说话”是神话、传说与民间故事的总称。

② 李福清：《李福清论中国古典小说》，张晋业等译，中国台北：洪业文化事业有限公司，1997，第233-279页。参见王立《宗教民俗文献与小说母题》，长春：吉林人民出版社，2001。

③ 金东勋主编：《朝汉民间故事比较研究》，沈阳，辽宁民族出版社，2001。

前　言

本书主要包括朝鲜汉文小说、蒙古族文学、满族文学等相关族群文学母题研究。[①]这一区域，因语系及其与中原汉民族关系各具特色，既有交错纠结乃至分离，又自成体系，而呈现出不同的文学文本与表现艺术形态，对其研究相应呈现出母题思维关联的区块链样态。

首先是朝鲜汉文学。作为汉文化圈文学的一个重要组成部分，朝鲜汉文学指的是古代朝鲜（包括朝鲜、韩国在内的整个朝鲜半岛）文学家用汉语创作的艺术作品。国内外学者对其关注由来已久，并取得了十分显著的研究成果[②]。20 世纪 90 年代初韦旭昇教授的专著，是我国第一部也是世界上第一部系统研究中国文学对朝鲜影响的专著[③]。较早的综述有尹允镇、金顺女《建国 50 年来中国的朝鲜文学研究状况与未来》、王向远《近年来我国中朝文学关系研究概评》[④]等，认为朝鲜文学研究在20世

---

① 东北亚（Northeast Asia）的地理范畴指东亚东北部地区，包括中国东部、朝鲜半岛、日本列岛、俄罗斯远东地区。作为国际政治关系范畴始于 20 世纪 70 年代。文化交流范畴的历史很悠久。参见黄定天《东北亚国际关系史》，哈尔滨：黑龙江教育出版社，1999；关捷《东北亚历史与文化研究》，沈阳：辽宁民族出版社，2011；杨军、宁波、关润华编《东北亚古代民族史》，北京：中国社会科学出版社，2014。

② “国内”指凡在中国大陆为主的以汉语公开发表的研究论文和专著。“朝鲜”在本书语境中，指朝鲜半岛。

③ 韦旭昇：《中国文学在朝鲜》，广州：花城出版社，1990。

④ 王向远：《近年来我国中朝文学关系研究概评》，《延边大学学报》2002 年第 4 期。

纪90年代时取得重要的成果。90年代中期金柄珉的博士论文《朝鲜中世纪北学派文学研究——兼论与清代文学之关系》，较早以“实学派”中“北学派”与文学关系为研究对象。金宽雄《韩国古小说史稿·上卷》是我国第一部系统梳理朝鲜古小说及其与中国文学关系的专门著作。赵新宇《二十世纪九十年代国内亚洲汉文学研究述评》[①]认为，中国文学对亚洲文学影响深远，从汉诗、汉文小说、韩诗学三个维度对20世纪亚洲汉文学研究加以评述。其中张伯伟《朝鲜古代汉诗总说》分析朝鲜古代诗歌发展，后来，他更陆续推出一系列多文体多专题研究[②]。孟昭毅《禅与朝鲜、日本、越南汉诗》探究源自我国相继传入朝鲜、越南、日本并与其国汉诗创作结下不解之缘的禅宗。还有金东勋的《朝鲜诗话略论》探究了在中国诗话传统影响下产生和发展的朝鲜诗话。汉文小说中，林辰《初识韩国汉文小说》认为韩国汉文小说有对中国古典小说内容、形式的模仿。王晓平教授发表一系列文章，关注亚洲文学文本的“文化互读”，提出“汉文学是亚洲文化互读的文本”（其中诗歌描述了《诗经》在域外的流布与影响，提出《诗经》的文学精神具有世界性，汉文小说关注了“越南汉文小说女作家阮氏点和她的《传奇新谱》”及“高丽和朝鲜初期的假传体小说”）[③]。蔡美花、李雪花认为中华人民共和国成立后对朝鲜汉文学研究按时间划分有三个阶段：1949年至20世纪70年代末、70年代末至80年代末、90年代至今。第一个时期，朝鲜汉文研究只有杨朔一篇论文；第二个时期，朝鲜汉文研究发展很快，以论文发表、论文集编写以及教材编写为主；第三个时期，出现许多专门研究朝鲜汉文学的学术团体。专著与翻译出版成果丰硕。研究内容上，20世纪80年代前，学

① 赵新宇：《二十世纪九十年代国内亚洲汉文学研究述评》，《唐都学刊》2003年第19期。

② 张伯伟：《东亚汉文学研究的方法与实践》，北京：中华书局，2017。

③ 王晓平：《亚洲汉文学》（自序），天津：天津人民出版社，2009。

者长期重视对作家研究，同时诗歌与诗论一直也是研究的重点。80年代中期后，中朝文学比较成为新趋势。80年代末90年代初开始重视文学之间的意义联系与价值关系研究。[①]

相对来说，此类研究更多关注朝鲜汉文学研究的总体概况。而对于专题如朝鲜汉文小说的研究综述，见2010年发表的汪燕岗《论朝鲜汉文小说的整理及研究——以中国大陆、台湾地区的研究为主》。而对朝鲜汉文小说（即朝鲜作家用汉语文字所创作的小说作品）文本整理与分类，中国台湾学者林明德主编的《韩国汉文小说全集》和当今韩国古小说学会出版的《朝鲜汉文小说目录》等成果卓越，此不赘述[②]。限于当时的条件，以上两部并未将朝鲜汉文小说全部收录，仍需继续搜集相关文献，对此孙逊先生、李时人先生、赵维国教授、陈文新教授等为代表的中国古代小说研究者，同样做出了很多非常扎实的奠基性工作。比如对中国古代小说传播的探讨，赵维国专文论述“中国传奇小说东传”问题，提出“朝鲜士子在接受中国传奇小说文本过程中，经历阅读、模仿创作及传奇文体认知三个过程”，充分肯定金时习（1435—1493）的贡献，认为“从小说创作而言，《金鳌新话》虽模仿《剪灯新话》，但不是简单模仿，而是立足于本民族的历史、文化进行创新。如《万福寺樗蒲记》，以全罗道南原为地理背景，以倭寇侵犯朝鲜为历史背景，借男女之情叙述倭乱给朝鲜人民带来的灾难。梁生与何姓女鬼交欢，男方终身不娶，入山采药，颇似《滕穆醉游聚景园记》；将殉葬品呈现给女方父母看后，男女双方叙述幽会始末，似《金凤钗记》；女鬼托生男儿，似《爱卿传》。总之，金时习在《剪灯新话》影响下，不仅具有明确的小说

① 蔡美花、李雪花：《回顾与前瞻——中国学者对韩国汉文学的研究》，《延边大学学报》2004年第4期。

② 陈辽：《汉字文化圈内的域外汉文小说》，《中华文化论坛》2005年第3期。

观念，而且有意识地采用传奇体创作小说，为朝鲜汉文小说的发展做出了重大贡献。”[①]另有韩国学者闵宽东、郑宣景和刘承炫所编著的《中国古典小说和戏曲研究资料总集》，其所收大致止于2011年；金敏镐专门谈到《西游记》在朝鲜半岛的传播与影响[②]。林荧泽教授在研究朝鲜李朝朴趾源《热河日记》及牧隐文学的同时，特别关注了“实学”问题（这其实是17世纪中后期明清易代之时中国学者就提出的，更有改革者开办“实业”），提出“朝鲜学——国学——韩国学”研究路经，认为“东人意识”使文人具有独立精神，在发明“檀君神话”之时已经出现。并认为“士大夫文学”“能整体地反映朝鲜王朝，且能最丰富典型地展现出作为历史主体‘士’的存在”。[③]但“以现代人的眼光看待士大夫文学，难免会有两个疑问：一是为什么没能跳出中华主义的圈子，二是为什么全然没有收容‘大众性文艺’的新境地”。对此他的解释是：“在东北亚地区，历史上除了中华文明之外，其他文明都未能形成气候。蒙古虽在军事上统治大陆，但在文化上亦不得不被中国同化。元朝对宗教思想几乎未加限制，所以各种宗教得以自由发展，特别是对孔子的尊颂，达到了任何王朝都无法比拟的程度，程朱学等官学地位的确立也是由此开始。东人的文明意识被中国同化是必然的，这也是当时历史所趋。‘大众性文艺’作为城市的新兴文化，在士大夫眼里，不属于文明概念的范畴。况且高丽（918—1392）社会是否具备接受大众文艺的社会基础也是一个问题。”[④]而事实上，不久就出现了金时习的仿作《金鳌新话》。这里还涉及不同时期不同文化语境中的雅俗文艺的衡量标准。（图 - 02）

---

① 赵维国：《中国传奇小说东传与朝鲜传奇体的确立》，《江西社会科学》2017年第9期。

② 金敏镐：《西游记在韩国》，《明清小说研究》2004年第1期。

③ 林荧泽：《韩国学：理论与方法》，李学堂译，济南：山东大学出版社，2011，第81页。

④ 林荧泽：《韩国学：理论与方法》，济南：山东大学出版社，2011，第82页。又朴趾源《热河日记》（外一种）《渡江录》之“二十七甲戌”的记载，北京：北京图书馆出版社，1996（影印）。

图－02

最近十多年来，国内外研究者在继承前人研究成果的基础上不断创新和探索，在中朝汉文小说比较研究领域成绩卓著，学术论文和专著方面都有很多的研究成果。综而类之，大体可分为传播与影响之文类研究、传播与影响之母题个案研究、传播与影响之文本内结构元素研究等三大方面。其中，也间或有少许韩国学者发表在大陆的论作，值得推重。

一、传播与影响之文类研究

此类研究侧重于将小说视为众多影响力深远的文学艺术形式之一，对其受容于古代朝鲜并成为喜闻乐见文学形式进行全方位历时性研究，并进而探究中国古典小说对于朝鲜汉文小说千丝万缕的影响。随着新的资料的不断涌现和研究者的持续关注。

首先，研究者以人类学族群文化传播受容视角，从文类模式、文本内容以及传播受容途径等不同方面对朝鲜汉文小说作了宏观梳理，带有一定的史学认识价值。就公开发表的期刊论文而言，主要有［韩］金裕凤《中国古典小说在韩国》(《聊城大学学报》2004年第3期)，林辰《初识朝鲜汉文小说》(《文化学刊》2007年第4期)，聂付生《论古代朝鲜半岛汉文小说》(《中国文学研究》辑刊，2007年第2期)，聂付生《中国文言小说在朝鲜半岛的传播和影响》(《明清小说研究》2007年第3期)，刘勇强《中国古代小说域外传播的几个问题》(《上海师范大学学报》2007年第5期)，［韩］崔溶澈、金芝鲜《中国小说在朝鲜的传播与接受》(《华中师范大学学报》2007年第1期)，李时人、聂付生《中国古代小说与朝鲜半岛古代小说的渊源发展》(《上海师范大学学报》2009年第1期)，李小龙《中国古典小说回目对朝鲜汉文小说的影响》(《古典文学知识》2009 年第 5 期），褚大庆《试论韩国古代汉文小说的美学风格》(《延边大学学报》2010年第5期)，韩梅《“刺上”与“化下”——论朝鲜古典小说对载道论的二元阐发》(《山东大学学报》2011 年第 6 期）等。

其次，讨论了不同类型的朝鲜汉文小说所受中国古典小说之影响，侧重于知识分子中通行的主流思想如儒家正统理念、道家的成仙了道与释家的轮回观念的受容，具有历时性的哲学认识论意义。就研究型的学术论文和宏观研究专著而言，学位论文占有不小比重。例如宏观研究类专著主要有刘顺利《朝鲜半岛汉学史》(学苑出版社 2009)，金宽雄、李官福《中朝古代小说比较研究》(上，延边大学出版社 2009)，汪燕岗《朝鲜汉文小说研究》(上海古籍出版社 2010)、[韩]闵宽东《中国古典小说在韩国之传播》(学林出版社 2010)，金宽雄、金晶银《韩国古代汉文小说史略》(北京大学出版社 2011）等，显然专门论述朝鲜汉文小说的专著在此期间不甚丰富，大多归于整个韩国汉文学史或者韩国文学史的范畴下，如张哲俊《东亚比较文学导论》(北京大学出版社 2004)、王晓平《亚洲汉文学》(天津人民出版社 2009）等进行章节介绍，但是韦旭昇、金宽雄、金柄珉、汪燕岗等学者在前人研究的基础上所作出的努力，仍是不可忽视的，赵维国在多年持续研究的同时还做了不少资料建设的工作，功不可没。还有一些学位论文，如石晓玲《略论韩国李朝小说对中国明代小说的受容》(陕西师范大学 2006)、孙萌《儒学视域下的朝鲜汉文小说研究》(上海师范大学 2012）等。

再次，对于朝鲜汉文小说的分类问题，亦是研究的重要部分。此类研究一般是依据林明德主编《韩国汉文小说全集》和韩国古小说学会《朝鲜汉文小说目录》的分类方法，而研究者也以此为基础进行更深层面上的研究。此类研究体现出对文类言说模式文化存在价值的直观认识。近些年研究者的研究范围几乎触及每个类别，其研究成果大致如下：

传字类：期刊论文有尹允镇《试论朝鲜的汉文小说与中国文学的关联——以传字类小说为中心》(《延边大学学报》2004 年第 1 期）等。

梦游录：期刊论文有孙惠欣《虚实相渗，构建广延时空——以朝鲜朝梦游录小说为中心》(《东疆学刊》2011 年第 3 期）等；学位论文有姚玲娟《朝鲜朝梦游录小说研究》(上海师范大学 2012)、孙丹《朝鲜朝梦字类汉文长篇小说研究——兼谈与中国文学的关联》(延边大学 2012)；专著有孙惠欣《冥想世界中的奇幻叙事——朝鲜朝梦游录小说及其与中国文化的关联》(北京大学出版社 2009）等。

志怪类：学位论文有魏影《古代朝鲜志怪小说与魏晋志怪小说的关联研究——以〈新罗殊异传〉为中心》(延边大学 2012）等。

爱情家庭类：学位论文有姚莉《朝鲜言情汉文小说研究——以〈春香传〉为中心》(上海师范大学 2008)、吉红梅《论朝鲜汉文小说及其所受中国的影响——以爱情家庭类小说为中心》(苏州大学 2008）等；专著有李娟《韩国古代家庭小说文化阐释：以朝鲜后期为中心》(中国社会科学出版社 2010）等。

历史类：期刊论文有赵维国《论〈三国志通俗演义〉对朝鲜历史演义汉文小说创作的影响》(《文学评论》2010 年第 3 期)、学位论文有李利芳《朝鲜汉文历史小说研究》(上海师范大学 2012）等。赵维国教授在研究的同时，还深入朝鲜半岛多次，做了不少资料搜集建设的工作。

其他方面，期刊论文有李杉婵《试论史传文学对朝鲜古代文人小说的影响》(《内蒙古工业大学学报》2010 年第 1 期)、高国藩《幻化人生，把苦当乐——论韩国道教化汉文小说》(《盐城师范学院学报》2011 年第 1 期）等。

小说类型化研究的重点，主要针对将研究的范围缩小至某一体裁的朝鲜汉文小说，研究者从内容、思想及艺术手法等方面对此类小说进行分析，除了运用传统的研究方法，也开始运用西方现代先进的理论（比如叙事学等）来研究其所关注的领域。但部分研究倾向于带有选择性地以某篇某几篇具体作品作为中心，来概括整个类别小说的普遍特征，不免常常“以偏概全”。研究者指出过一些现代文学作品尤其是西方小说的评论，其实有许多存在研究模式惯性：

> 人们往往挑选有较为明显思想特征的作家和作品作为分析的主题，套用某种理论（不外乎政治、哲学或社会方面的思潮），然后采用作者本人的自述或文章等，配合小说情节来佐证这个理论。这种套路的批评，一般都强调作品的社会意义和哲学含义，引经据典，淘遍了作者的有关表述，并与所阐述的理论或哲学挂钩，以获得最大限度的理论支撑。……这样的批评看上去虽然是理论满满，引证考据充分，以作者的思想结合某种理论，并以小说的情节来证实所批评的主题，突出思想性或哲学理念，但终究还是作者原本想要表达的东西。因为这样的批评与作者的哲学理念和思想保持一致，是用作品的分析来佐证作者的思想。国内比较常见的这一类批评方法从根本上说还是传统的、表面的。……①

应该说，多年来“知人论世”为主地进行文学史书写，偏好“别集”——作家作品个案研究，偏重在力图还原彼时彼地该作家之作品生成的“真”（或貌似的“求真”），这无疑是基本、必要的，且成果显而易见，毋庸置疑。然而，反反复复地重复，顶多是换一种、多种表述来重申既有作家作品个案万语千言的结论（或曰多数是文学史定论），顶

---

① 杨光正：《法国主题学批评理论的教学与实践》，《外语教学理论与实践》2006年第4期。

多是修修补补，零零星星地补漏纠偏，做一些“加长版”，不免加大重复浪费的程度。这多半因如此这般较为省力，也最易于被稍长一辈已过了学术鼎盛期的同行专家接受认可。略为严重一些的情况往往还表现在，没有进行研究前其实结论就已经有了而且相当明确（尤其是“取其精华”带有弘扬、赞美导向的名家名著研究），所谓研究不过是重组现有材料——多一些或少一些来阐发论证现成结论而已。这些，在比较同题博硕学位论文、同类著述时，会看得更为明显。

二、传播与影响之母题个案研究

母题与个案研究侧重于关注某一篇朝鲜汉文小说、某一位汉文小说作家或者取中朝两篇作品（包括小说、戏曲）的比较进行研究，相较于宏观概述类的研究而言，这类研究能更细致深刻地挖掘某一或二具有可比性的作品之内蕴，更易于对具体作家作知人论世式的对比研究，也更易于对具体文本的叙事模式、人物形象言说模式进行比对、互证。操作简捷的直接结果就是雨后春笋般的研究成果，当然其中不乏优秀之作，但良莠不齐。限于搜集的时间段和篇幅，这里只是选择较有代表性的列举如下：

20世纪末以来，学术论文较早有陈大康、漆瑗《〈热河日记〉与中国明清小说戏曲》（《明清小说研究》1999年第2期），继有韩国学者金政六《〈金鳌新话〉和〈剪灯新话〉比较考》（《厦门教育学院学报》2004年第1期），崔殷成《试论〈枕中记〉与〈九云梦〉之异同》（《北京联合大学学报》2004年第2期），王立、景秀丽《从〈九云梦〉看中国文学对朝鲜小说的影响》（《河北北方学院学报》2005年第2期），赵冬梅《中国古代小说戏曲评点对朝鲜汉文小说创作的影响——以〈广寒楼记〉和〈汉唐遗事〉为例》(《哈尔滨工业大学学报》2004 年第 3 期),乔光辉《论中国小说〈剪灯余话〉对朝鲜小说〈金鳌新话〉的影响》(《延边大学学报》2005 年第 4 期),刘卫英、千一花《〈洪吉童传〉简析及与〈水浒传〉的比较研究》(《十堰职业技术学院学报》2005 年第 3 期),汪燕岗《〈西汉通俗演义〉与朝鲜汉文小说〈帷幄龟鉴〉》(《文学遗产》2006 年第 4 期),聂付生《评金评本〈西厢记〉对朝鲜半岛汉文小说的影响——以汉文小说〈广寒楼记〉为例》(《复旦学报》2007 年第 4 期),陈冰冰《朝鲜文学家朴趾源〈虎叱〉创作研究》(《临沂师范学院学报》2008 年第 1 期),李丽《朴趾源〈热河日记〉初探》(《广东社会科学》2008 年第 5 期),孙逊、汪燕岗《论韩国古代汉文小说〈倡善感义录〉》(《明清小说研究》2009 年第 3 期),崔雄权、褚大庆《朝鲜古典汉文小说〈姜虏传〉考释》(《古籍整理研究学刊》2009 年第 5 期),[新加坡]李焯然《通俗文学与道德教化——〈伍伦全备记〉与〈彰善感义录〉的比较》(《南京大学学报》2009 年第 4 期),张丽娜《朴趾源研究在中国》(《当代韩国》2012 年第 1 期),王治理《〈朝鲜时代汉文小说〉用典考》(《浙江社会科学》2010 年第 11 期)、张丽《中国"杜子春故事"对朝鲜〈南宫先生传〉的影响》(《学术交流》2012 年第 2 期)、[韩]崔真娥《唐代传奇〈李娃传〉的转用:朝鲜汉文小说〈王庆龙传〉》(《辽东学院学报》2012 年第 3 期)等。

学位论文具代表性的有:邹群燕《瞿佑及其〈剪灯新话〉研究:兼与〈金鳌新话〉比较》(苏州大学 2004)、李宏伟《〈玉楼梦〉小说艺术研究》(中央民族大学 2006)、李佳《〈剪灯新话〉的价值与传播研究》(天津师范大学 2007)、吴伊琼《朝鲜汉文小说〈玉楼梦〉对中国古典小说的受容研究》(复旦大学 2010)、孙万基《〈新罗殊异传〉对汉魏六朝志怪小说的借鉴和创新》(延边大学 2012)等。

相比较而言,作家作品的个案研究所取得的成就最大,恰恰也是国内比较文学界长期以来多所诟病的“X+Y”的选题较多较“火”，相对说取得的成绩也有一些，较之前人研究，从更深层面上阐发和解读朝鲜汉文小说及其与中国古典小说的比较，也开始不断地使用西方的批评方法（诸如女性主义、叙事学、原型批评等）解读作品。尽管对其他小说已经略有触及，但是大部分研究还是在著名作品（比如《玉楼梦》《金鳌新话》对《剪灯新话》的借鉴和模仿、《彰善感义录》《广寒楼记》等的研究）之间徘徊，实质上是本土古典文学研究模式化趋同化流弊的延续与泛滥，而缺乏对朝鲜汉文小说自身的系统研究，没有更深入地探寻汉文小说的朝鲜文化特质、民族精神内核。

有鉴于“韩国之汉文，乃流传、使用于韩半岛之古典中文”。①所谓古典中文，即通常说的古代汉语、文言文。因此，国内除了李焯然《通俗文学与道德教化——〈伍伦全备记〉与〈彰善感义录〉的比较》等涉及白话通俗小说与朝鲜汉文小说的研究之外，大部分研究仍局限于两国文言小说的比较研究。因此，对朝鲜汉文小说的研究忽略了“汉字”的“非母语”特性；对朝鲜汉文小说家的他族文化模仿、审美认同与文学仿拟，特别是不加选择地“邯郸学步”、不着边际地“鹦鹉学舌”，一味否定，缺乏辩证性的多维度分析和换位的思考与理解；对一定程度上无意误读、“歪打正着”地保存了中国传统文化精神、中国古典小说及中原故事母题的艺术魅力，却往往关注不够。这也导致大陆的朝鲜汉文小说批评者往往忽略了文本的更深层意蕴，以及同而不同的深在机制。常常就事论事，“一对一”地比附，而限于研究者知识结构，特别缺少从母题角度对中、朝两国以汉字为载体的小说体系的整体审视及源流把握。

① 汪燕岗：《论朝鲜汉文小说的整理及研究——以中国大陆、台湾地区的研究为主》，《社会科学战线》2010 年第 5 期。

三、传播与影响之文本内结构元素研究

此类研究侧重于文本内结构元素，包括人物形象、叙事艺术、故事原型等指向。人物形象作为小说文本的重要结构元素，成为研究者关注的热点和重点也是毋庸置疑的。近十年来的人物形象研究数量也有增无减，综合此类研究，大致可有三个向度：人物形象综合研究、女性形象研究和他族形象研究。

其一，有关人物形象综合研究的学位论文有胡秀丹《〈九云梦〉与〈红楼梦〉人物形象比较研究》（延边大学 2011）、董怡《〈红楼梦〉和〈玉楼梦〉人物形象对比分析》（中国海洋大学 2011）等，其分别从男性主人公、女性主人公及丫鬟三类人物进行比较研究，看出其作者所处时代背景对两部小说的创作手法和主题思想所产生的影响，以及两位作者因为出身和社会地位等方面的不同，显然在人物形象的塑造上也同样存在着差异。

其二，女性形象研究方面的期刊论文主要有孙惠欣《论朝鲜朝梦游录小说中的女性形象及其近代因素》（《外国文学研究》2008 年第 5 期），谭红梅的系列文章《两班阶层道学假面的撕破——朝鲜汉文小说〈乌有兰传〉〈钟玉传〉中的女性形象》（《辽东学院学报》2010 年第 3 期）、《朝鲜朝汉文小说男性作家笔下的女性形象》（《延边大学学报》2010 年第 5 期）、《朝鲜古代汉文小说雏形〈新罗殊异传〉中的女性形象》（《辽东学院学报》2011 年第 4 期）、《朝鲜汉文小说的女性形象》（《民族文学研究》2011 年第 4 期），刘娜《浅析朝鲜古典小说中的女性形象》（《青年文学家》2012 年第 18 期）等；学位论文有罗洪玲《中朝古典婚恋文学中的“红娘”典型对比考察》（中国海洋大学 2007）、《朝鲜言情汉文小说研究——以〈春香传〉为中心》（上海师范大学 2008）等。“红娘”作为一个独特的女性形象，《春香传》作为早期爱情题材代表作，研究非常集中。

相较于男性形象研究的寥寥可数，随着女性主义理论的泛起，朝鲜汉文小说女性形象研究更是锦上添花，呈现“山花烂漫”之态，尤以谭红梅为代表的研究者致力于此，对其中不同女性形象作了详尽研究和叙述。

其三，他族形象研究，作为与中国、日本一衣带水的朝鲜半岛，再加上历史交流的频繁，在其汉文小说中出现异国形象也水到渠成。在这里关涉中国形象的论文有金美兰《朝鲜朝时期战争小说中的异国形象研究——以〈崔陟传〉为中心》(《青年文学家》2011 年第 19 期)、韩国学者金敏镐《韩国古小说里的中国——以赵纬韩的〈崔陟传〉为中心》(《明清小说研究》2012 年第 3 期）等；与此密切相连的，则是朝鲜使臣们出使中国的游记性质的“燕行录”系列的系统研究，尤其是徐东日《朝鲜朝燕行使节眼中的乾隆皇帝形象》(《东疆学刊》2009 年第 3 期)、徐东日《朝鲜朝燕行使者眼中的关羽形象》(《东疆学刊》2008 年第 1 期)、徐东日《朝鲜朝燕行使臣笔下的“紫禁城形象”……》(《吉林大学社会科学学报》2009 年第 4 期）等，均属具内在有机联系、近乎全方位的他族（异族）形象研究，也是总结性成果[①]，针对朝鲜汉文小说“他族形象”(满族形象为主)，作为一种独特的东北亚民族心理、明清时代心理的特色文学诠释。[②]

其四，近年对小说叙事艺术探讨主要集中在三方面：一是，对中国传统小说的叙事艺术予以研究，近年来成果较为突出。如韩国崔允珠《明清小说中的同性恋故事研究》(南开大学 2015)、韩国卢仙娥《〈红楼梦〉的感觉叙事研究》(复旦大学 2018)、韩国赵旻祐《〈红楼梦〉中的替身、梦境与对话：以巴赫金复调理论为中心的考察与诠释》(中国

① 徐东日：《朝鲜朝使臣眼中的中国形象》，北京：中华书局，2010。参见王立、王琪：《比较文化视野中的中国形象——评徐东日教授新著〈朝鲜朝使臣眼中的中国形象〉》,《中南民族大学学报》2012 年第 3 期。

② 徐东日：《试论朝鲜朝燕行使臣眼中的满族人形象》,《东疆学刊》2011 年第 3 期。

台湾大学 2013）。二是中朝小说比较及影响研究。如张珊《〈洪吉童传〉和〈水浒传〉的作家、作品比较研究》（嘉泉大学 2012）、卢俊男《〈洪吉童传〉与〈水浒传〉的关系研究》（水原大学 2012）、孙萌《〈金鳌新话〉与〈聊斋志异〉的鬼神观及爱情观比较研究》（东洋大学 2017）、蔡雨辰《韩中古典小说中的形象隐喻比较研究》（汉阳大学 2019）、朴松喜《韩中女性英雄小说中的女性意识比较研究》（庆熙大学 2014）、邵静《燕岩小说与〈儒林外史〉人物类型比较研究》（江南大学 2011）、崔溶澈《〈红楼梦〉在韩国的传播与翻译》（中华书局 2018）、徐贞姬《〈西游记〉八十一难研究：灾难故事中的修身之旅及其意义》（山鹰出版社 2018）、朴美子《17—18 世纪东亚汉文学叙事中的神异：以〈聊斋志异〉与〈天倪录〉为中心》（成均馆大学 2014）、刘晓佳《女性英雄小说与〈杨家将演义〉比较研究》（嘉泉大学 2016）、高福升等《韩中龙传承的政治宗教比较研究》（庆熙大学 2014）、陈新《〈谢氏南征记〉的形成与中国家庭小说：以〈谢氏南征记〉〈金瓶梅〉〈林兰香〉为中心》（江南大学 2017）、赵宽熙《方外之士与边缘文人：对韩中小说发展史的影响》（《中国小说论丛》第 46 辑，2015 年 8 月）、崔溶澈《〈三国演义〉与〈红楼梦〉在朝鲜王朝的接受情况比较》（《中国语文论丛》第 78 卷，2016 年 12 月）、尹世旬《关于朝鲜时代中国小说作品的流入》（《东方汉文学》第 66 辑，2016 年 3 月）、金明求《同而不同的故事：〈醒梦骈言〉对〈聊斋志异〉的沿袭与变容》（《中国小说论丛》第 54 辑，2018 年 4 月）。三是人物形象比较研究，如韩宗完《〈儒林外史〉与燕岩小说知识分子形象的比较》（《东亚人文学》第 48 辑，2019 年 9 月）、刘海萌《论中朝古代文学中的儒将形象：以〈三国演义〉和〈壬辰录〉为例》（《中国文学》第 84 辑，2015 年 8 月）、金明信《〈忠孝勇烈奇女传〉的悲剧女性英雄》（《中国小说论丛》第 59 辑，2019 年 12 月）。显然，近几年汉文小说研究已经进入到现代文艺理论视野，对探索汉文小说的创作机制与叙事艺术，特别是其内驱力很有启发。

限于篇幅，专著、期刊论文和学位论文均有疏漏，这里只列出目下所及的一部分。

四、“X+Y”模式、有意误读及其他

近十年来，国内关于朝鲜汉文小说的研究，在继承前人研究成果的基础上，取得的成绩相当丰硕，不但从思想理念、叙事艺术、故事结构、人物形象、母题、渊源与传播受容等方面对朝鲜汉文小说作了较多，有时称得上较为深刻全面的研究，而且也运用了包括西方理论在内的诸多研究方法对汉文小说加以批评实践。这其中，延边大学、中央民族大学为核心的学者群作出了突出的贡献，而各地后起之秀也所在不少。但平心而论，也是严格说来，有着某些不足，不能因此忽视朝鲜汉文小说研究中的理念与方法的偏颇。

其一，相当一部分研究的选题仍还是集中在著名作品上，当然这也属于必要，不过一旦研究成果数量和交叉重合过多，就不能不引人反思，即受到大陆学界根深蒂固的所谓“一流”“二三流”的价值评判理念浸染，认为名著研究起来价值大。再就是既有积累与参考资料较多，便于操作且容易引起注意，从而如同20年前苗怀明博士指出的《红楼梦》研究的拥挤现象一样①。用研究明清小说名著的经验、模式来审视这些韩国（文化他者）创作主体的用汉字半模仿、半创新的“仿作”（这里没有贬低的意思，其实在韩国古代汉文诗的作品中也是模仿、追随中

① 苗怀明：《拥挤的红学与迷失的规范》，《红楼梦学刊》2000年第4期。

国诗歌、文学思潮等蔚然成风的，研究者较为客观地指出过的[①])，势必有“过度阐释”的现象，如果不是较为精通、熟悉不仅限于明清的中国古代小说，多半批评者会误以为那些仿拟之作是真的严格意义上的文学创作，研究时的结论予以拔高也在所难免。

又，如果依照陈大康《关于明清小说研究格局的思考》[②]《研究格局严重失衡与高密度重复》[③]《关于古典文学研究中一些现象的思考》[④]诸文统计列表，进行定量分析和追根寻源，可发现他论述的不健康的研究现象，惊人相似地也出现在这片研究领域：“围绕某些问题，常是此人发表了一通意见，那人再作一番阐述但论者纷纭却并不等同于研究的实质性进展，因为其表述方式虽或不同，内容却是大同小异……都挤在若干狭小范围内转圈子，正表明研究的思路与方法受到了不同程度的束缚”“……相当大一部分论文作者出现一两次后就再也不见踪影。……看似热闹，但这种繁荣在很大程度上是由这类只出现一两次的作者撑成的，而出自他们之手的论文基本上都在重复他人的论点甚至表述。也就是说，尽管论文数多得令人眼花缭乱，但研究进展甚微，所谓‘新论’，往往只是排列组合方式之‘新’，甚至在这点上也了无新意者仍冠以‘新论’之名。”[⑤]尽管大陆的朝鲜汉文小说研究已开始触及其他小说，但还远远不够，尽管这也是一直存在的问题。而相比中国古代文学尤其是明清小说研究来说，还有一个文本资源有限的问题，毕竟朝鲜汉文小说的蕴藏量有限，于是研究之中重复、克隆、组合而学术规范不讲究的现象较多，更易出现，也显得更为明显突出。

---

① 韩梅：《论如何看待韩国的汉文学》，《理论学刊》2004 年第 9 期。

② 陈大康：《关于明清小说研究格局的思考》，《明清小说研究》1996 年第 5 期。

③ 陈大康：《研究格局严重失衡与高密度重复》，《文汇读书周报》2002 年 9 月 6 日。

④ 陈大康：《关于古典文学研究中一些现象的思考》，《文学遗产》2004 年第 1 期。

⑤ 陈大康：《古代小说研究及方法》，北京：中华书局，2006，第 14–43 页。

其二，与上面相联系，近年以中国大陆擅长古代文学的研究者较多参与，对于中国研究者眼中的“文化他者”（朝鲜汉文小说）作出的贡献较大（并不一定限定在汉族、满族的学者，有的韩国、朝鲜族学者的中国古典文学功力也很好），而韩语背景的论文撰写者也有自己的长处，虽然后起者有不少总是有些流于过度详尽地“介绍为主”。然而中朝小说（叙事文学）两者均具有深厚底蕴的比较少，因此有一些论文具体贯彻“X+Y”模式与“五五分成”模式，即，中国文学的讲一些（实际上是专门研究中国的那些既有成果都讲过的），然后韩国（朝鲜）小说的再讲一些（也是那些专门讨论朝鲜汉文小说的几乎都讲过的），而后简单地赏析一下、概括一下，告诉你：看看，有同有异吧！于是就万事大吉，宣告成篇。

如同孙景尧先生30年前体会，将中外文学某一现象：“或作相同相异的罗列相加及笼统解说，或是作‘过分注重作品表面成分的琐碎比较’。由于其多是将中外文学已有研究成果作简单‘组装’，而少的是自己独到的创造性研究及理论认识，因而被人称之为低层次的‘近视’比较……或是‘搬弄一些新奇术语来故弄玄虚’，或是干脆‘将西方的理论和方法，尤其是将西方的结构主义和后结构主义的论点，常是大批量地用到中国文学上’……难免也就有意或无意地削弱或损伤了自成体系的中国文学特点及其固有价值，因而被人称之为‘远视比较’，并认为其‘对于实际问题毫无补益’，真可以说是点到了它们的通病所在。”① 当然这不是研究状况的全部，也不能否认一些博硕在读生的练笔。但毋庸讳言，半个甲子过去了，这类现象减少了吗？许多个案作家作品的类似研究积累已相当丰厚，仍在不断地如是介绍着。有时这就仿佛人们熟知

---

① 孙景尧：《从必然王国向自由王国发展——小议“X+Y”比较文学模式》，《暨南学报》1991年第3期。

的那句话——“对美国人讲汉语，对中国人讲英语”，对单一语境来说，似乎总有一点新鲜的；但实际上如此下来，所谓中朝比较文学研究，就不过成了一种论文撰写的结构方式，在此姑且称为“韩→中，韩→中”式（当然，在与欧美等比较文学研究中，也有不少“成果”实际上在颇占篇幅的常识介绍之后，也习惯性地进入这类模式）。尽管，在国别文学研究中，也出现不少如陈大康教授针对明清小说研究指出的重复浪费现象，但在中朝小说比较中，以其有了这种“韩→中，韩→中”（抑或“中→韩，中→韩”）的影视艺术展演一般的“闪回”，不少陆续涌现的“新成果”，就显得特别活跃和有机可乘。因此，作为批评史方法论问题，这似乎更加需要关注与反思。希望在不远的将来，也有人如陈大康那样统计一下，从定量分析中沙汰，事态呈现得会更为清晰一些。

其三，毋庸讳言，上述这类研究体现出，就研究趋势来看，概述研究和个案作品分析（情节介绍和赏析）势头仍劲，实际上更加易于暴露“个案研究”“名著研究”的短板，大量常识性、介绍性的文字充斥其间，写出了一些只要看过该作品就能得出的印象，亦即感想式模糊表述。事实上，比较文学并非“文学比较”。这样比较出来的差异，也基本没有什么学术价值，只是把人所共知的话题再复述一下而已。相形之下，横向、纵深扩展的主题史、母题史研究，特别是与民俗观念、民间信仰与神秘崇拜紧密结合的研究，还相当不尽如人意。例如，明清小说中纷繁复杂的宝物描写、神物兵器的民俗想象，就与明末清初震动世界、牵动东亚的辽东战争的触发有关[①]，那么，相关的文学现象，朝鲜汉文小说具体形态如何？同时，作为一个跨学科的课题，也与当时特定时代的社会心理等层面密切联系[②]，朝鲜汉文小说，究竟有多少与明清小说雷同的、

① 刘卫英：《辽东战争与清代通俗小说的宝物崇拜》，《辽东学院学报》2009年第1期。

② 刘卫英：《明清小说宝物崇拜的社会心理学审视》，《上海师范大学学报》2013年第4期。

类似的、血肉相连的现象？需要用跨学科的学术视野和理论方法来具体对待，还特别需要全面地深入地了解韩国学者的相关研究。

其四，作为东北亚汉字文化圈的一种特殊文化产物、历史现象，朝鲜汉文小说研究的确应当正视历史事实。不能否认，与一般的中外比较研究有别，由于对于中华汉文化的崇拜、依赖，朝鲜汉文小说对明清小说的受容，即接受模仿较多，在经历了一些抵触、对抗、排斥之后，逐渐被当今韩国学术界认可为韩国文学史有机构成部分，出现了一些中朝学者合作的新成果，有的还属于与小说相交叉的其他文体研究[①]，特别是武汉大学陈文新教授与韩国中国小说学会会长、庆熙大学闵宽东教授合著的《韩国所见中国古代小说史料》(武汉大学出版社 2011)，汇集中朝学者及其所熟悉的学术资源、积累的共同之力，不仅对中国小说在朝鲜半岛的受容、影响进行了总结，也对朝鲜汉文小说的进一步研究作出了较全面精细的实证性工作[②]。

总之，近十多年来，韩国韩文小说的研究成绩不俗，既能宏观把握中朝汉文小说的研究范畴，从不同维度和更深层次阐发和介绍中朝汉文小说的内在渊源，也关注文本结构元素的文化与文学研究。但由于国内研究者耽于国人仍然对朝鲜汉文小说的熟识度还不高，因此难免落于窠臼的是大部分此类研究仍然倾向于介绍性，使严格意义上应有的学术价值打了折扣。而朝鲜汉文小说研究的多维性、多元化具体指向难以齐头并进，思想理念、人物形象叙事方法等仍存在很大的研究空间。尤其是同韩国（朝鲜）汉文诗歌研究的火热相比，小说研究仍然处于相对微弱之势，因此，这还需要研究者在朝鲜汉文小说研究的道路上笔耕不辍，

---

① 陈蒲清、权锡焕：《韩国古代寓言史》，长沙：岳麓书社，2004。

② 王立：《中朝文学与文化交流的历史见证——陈文新、闵宽东〈韩国所见中国古代小说史料〉读后》，《武汉大学学报》2012 年第 1 期。

以期全方位突破并进而使“X+Y”模式、有意误读美化拔高等现象，在进一步研究中予以缓解。

五、蒙古族文学、蒙古族形象及俄罗斯形象等研究

蒙古族文学因与元代文学呈现部分交叉重合的关系，起步早[①]，总结得较完善，如中国社科院的几位著名学者邓绍基先生《元代文学史》（2007），杨镰先生《元诗史》（2003），杨义先生《重绘中国文学的文化地图》（2003），扎拉嘎先生《尹湛纳希评传》（1994），特别是他的《比较文学：文学平行本质的比较研究——清代满汉文学关系论稿》（2002），还有陈岗龙《蒙古民间文学比较研究》（2004）等，都做了许多开创性的工作。[②] 此外还有很多佳构。

而且，在多民族文学比较的基础上[③]，有两篇重要的学术史回顾、学科建设文章：一是扎拉嘎先生指出蒙古族也有自己的比较文学传统和发展史，如元代蒙古族文学传统对中原汉文学的影响，蒙古《格斯尔》与藏族《格萨尔》的关系，哈斯宝跨民族对《红楼梦》批评，尹湛纳希《一层楼》《泣红亭》与《红楼梦》的关系，《青史演义》与《三国志演义》关系等等[④]；另篇是陈岗龙教授的，其中也包括“蒙汉文学比较研究”，指出研究集中在元代、清代蒙汉文学交流两个领域，文末注释就

---

① 何其芳：《少数民族文学史编写中的问题——一九六一年四月十七日在中国社科院文学研究所召开的少数民族文学史讨论会上的发言》，《文学评论》1961 年第 5 期。

② 汤晓青：《当代学术史中的少数民族古代文学研究检视》，《民族文学研究》2018 年第 6 期；乌日罕：《古代蒙古族汉文创作研究现状综述与重估》，《赤峰学院学报》2014 年第 9 期。

③ 郎樱、扎拉嘎主编：《中国各民族文学关系研究》全二册，贵阳：贵州人民出版社，2005。

④ 扎拉嘎：《蒙古比较文学传统及其现代方法论意义》，《内蒙古大学学报》2005 年第 4 期。

达 138 个，覆盖面很大，还特别关注了蒙古国达・策仁索德诺姆院士和俄罗斯李福清院士的研究[①]。

东北亚比较文学的专题探讨，还与中国多民族文学的比较研究互补互动。如同论者指出：“中国文学史的书写，无论是古代，还是现当代，少数民族文学都是鲜少入史的。中国的文学史可以说更像是汉族的文学史。这种以汉族文学为主导的陈旧的文学史观，造成了一种遮蔽和偏颇。……中国文学史的书写传统一直都存在着缺失，而缺失之一便是少数民族文学。”[②]

根据近期研究，过去多年的相关二级学科博士论文选题，试图总结一些有意味的、带有规律性的特征，其中特别令人欣慰的是，也已注意到：“在进行西方文学理论自身的研究时，研究者往往喜欢大段大段转述文学理论的观点，大多是对理论的描述，没有自己的观点和见解，重转述轻论述，我们应该在写作中防止这种倾向的发生……”的确，而且在运用外来理论阐发某一个案时，也难免不常发生类似情况。该文还统计，在特定时间段 754 篇博士论文里，全部的东亚文学论文中，论日本文学的就占了44篇中的37篇[③]。这岂不加剧了该文反思的“有简单重复的现象存在”“学科研究领域不均衡”等现象？当然，在一个相对说研究对象较为复杂的领域，选题是很难达到“均衡”的，原因有很多，也未必急于解决，有的其实难于解决。有鉴于此，这里也暂时就将中日文学比较的探讨作为本书“缺项”的一个理由吧。

---

① 陈岗龙：《改革开放三十年蒙古比较文学研究的回顾与展望》，《内蒙古师范大学学报》2009 年第 1 期。

② 叶天露：《残缺的中国文学史：中国多民族历史书写与文学书写比较》，《当代文坛》2015 年第 1 期。

③ 张莉莉：《2002—2013 我国比较文学与世界文学博士论文选题分析》，《中外文论与文化》第 32 辑，成都：四川大学出版社，2016，第 278–286 页。

第一章
朝鲜古代汉文小说
宝物母题叙事功能及民族性认同

近年来，朝鲜汉文小说的整理、宏观与影响研究已取得突出成就，文本个案研究也有突破，但对其宝物描写却未见全面探究。而这一现象乃是东北亚文化圈中传统民俗——神秘崇拜需要关注的重要内容之一，仅以林明德主编《韩国汉文小说全集》，就可初步探究宝物母题的基本类型、叙事功能及其深在的宗教民俗渊源，而探究朝鲜汉文小说中叙事主体的宝物选取标准、叙事结构功能生成以及民族间文化互动内在关系，还有助于对中国东北、东北亚多地区某些民俗记忆的文本表现加以梳理，在更为深广的层面对古代区域文化间的交流传播进行跨族群比较，从而也能对区域文学史有更为客观的定位。某种意义上可以说，如果不对朝鲜汉文小说进行考察，那么对东北亚地域文学史的审视也很难做到全面与逼真。

一、朝鲜古代汉文小说中宝物的多种存在形态

在邻近东北的朝鲜半岛，突出体现中朝（韩）文化交流之精神史轨

迹的，今存汉文小说文本占有很大的比重。以中华文化为楷模的朝鲜半岛，文化习俗的互动往往具有单方面的侧重性，而汉文小说作为精神现象的产物不是单纯的，其实内中隐含了某些物质习俗取法中华的踪影。作为叙事母题的诸多宝物，大致可分为三大类。

（一）器物类。首先是日常器物，此类宝物具有两个生成要素：一是成器质料珍贵稀少，以“玉”“金”等为主。如赵圣期《彰善感义录》“一介青妆仙娥左手持白玉杯，右手持玛瑙小瓶”中的白玉杯和玛瑙小瓶，即以玉为其材质。二是具有超物质的神奇功能。上书的“乃使公子出红玉钏、青玉佩于箱中。付侍郎曰：此物弟家之世传重宝，也须分传令嫒二人也。……尹公为应天府尹时，夫人赵氏梦双玉坠怀，自此有娠。”①《还玉童宰相偿债》的宝货中，“有一玉童，裹以锦绣”；《择夫婿慧婢识人》中的匏瓤“若以散金碎银纳其中而摇之，则顷刻满器”而《赴南省张生漂大洋》所说大如十石缸、上圆下方、旁通一孔的水器，则“盈器之水，用之不竭，添之不溢”，令人联想起古远的“红山文化”玉器崇拜对于朝鲜半岛的辐射力，此与东北的相关民俗记忆具有同源性。

其次是宗教法器。这里至少有佛道之分，如《识宝气倡楼取炉》的乌铜炉，说来自秦始皇使徐市（徐福）采药时，三神山内帑中的乌金炉，“具五行之气，含六奇之精”，置病人侧能起死回生。如果说“乌铜炉”是方士炼丹的宝器，有助长生的实际功用，那么《虚风堂》中的“锡杖”则为佛教权杖：“虚风堂不听，行到仁川海边，以锡杖投桥，则大海忽如小沟也……”突出佛教法器的神奇力量。

（二）神符（佛帧）与灵丹妙药类。神符和佛帧分别是道教和佛教

---

① 林明德：《韩国汉文小说全集》，中国台北：中国文化大学；汉城：大韩民国韩国精神文化研究院，1980。

的教仪法物，虽分属不同宗教体系，但都是某种画或者写在纸上的符咒，具有宗教神秘力量。一纸符咒和一页佛帧蕴藏着巨大力量，可除妖、杀死大蟒、镇邪，还可以令“狂风暴雨”“自止”。《投柜烘火除妖物》写古玉持符念咒语，幻觉中见屋下忽有一湖，广阔浩渺，宛如画中境。《彰善感义录》也称：“山海大慌，急行妖术，狂风暴雨，忽然大作。翰林乃出殷真人神符，粘竿挥之，风雨自止……”这里宗教力量与民间符咒崇拜结合，一定程度上包孕着“文字”崇拜因素。

灵丹妙药中首为仙方，次为丹药，二者关系十分密切。与道教修炼有关的宝物首先是药方（药材），且多为“山人”“神人”等授予。其中用来治病的药方显然是具有某种药理学原理，显示出人民渴望身体健康的诉求；而长生之神方则更多由人民对于宝物的幻想而生，显示出古人对死亡恐惧的集体无意识。《授神诀药铺对话》有言：“吾幼有恶疾，偶逢山人授以神方获愈。”《听街语柿蒂奏功》：“圣侯中梦神人来告曰：姓柳之医方自岭南骑骡上来。”《蒋都令授丹酬德》中的“蒋都令”，能“以香案仙吏，暂谪尘间，在世之日，公（荫官）遇我厚……授丹药一粒，石象散一具，咽此可得人间上寿……”虽然或笼统，或具体，但都与人的生命状态紧密联系，显得恳切而珍贵。

（三）动植物生命体类。某些动物被视为宝物，主要是因为动物具有通感性能，即具有某种灵异功能或者神秘力量。

“笔记野谈类”中此类叙事较多。如《淑香传》写神龟被金钿放生投之河，龟忽吐气，“但两颗珍珠团圆在前”；青鸟也发出凄婉之音，对淑香曰：“娘子随我而去，则可见娘子之父母矣。”而黄犬则能以足画地成文，文有曰：“我本天台麻姑所乘青狮，而乘主公之命来侍娘子，期限已满，今将辞别。……”《落小岛炮匠获货》写大蟒腹中有径寸之宝珠。《鬻蛇角绿林修贡》里的蛇角，也拥有佩之得子之神效。这些宝物，原本作为人类之外的生态主体的身体一部分，被赋予了改变人物命运的超常功能。

植物类宝物在朝鲜汉文小说中不多，最能体现大众民俗信仰的“笔记野谈类”中，有《淑香传》的“梨枣数枚”，其功能居然“食此则当知过去未来之事耳”，有产生异能之效；《转忠思孝投金橘》那洞庭的被老亲思念的金橘，可使病患立刻消失。汉文小说中植物类宝物并不像丹符、器物玉石以及动物宝物那么多样，且不具有叙事稳定性，即较少有某种植物作为宝物固化为故事结构元素。

但动植物类型宝物常与大众生活息息相关，因其具有超越动植物常态功能或改变人物命运的特殊故事结构效应，并能彰显出人们“不能谈论天所特有的超验而又‘富有神意’的干预活动，因为天只会借助于非人格化的格式采取行动，这些格式昭显着天的存在。吉兆和凶兆因而就成为体系的内在组成部分”，①而成为那些故事叙述的潜意识动因，并以汉文小说特有的熟悉而又陌生的文本形式展现出来。同时，朝鲜半岛诸多《朝天录》《燕行录》，以及使者们带回的书面文字传播，也是不应忽视的。②（图－03）

二、朝鲜半岛宝物母题的叙事结构功能

虽然汉文小说叙事中宝物选取标准宽泛且有较多不确定性，但作为母题其在故事演进过程中，却展现出具有地域与民族文化特色的结构功能，主要可概括为三。

---

① 本杰明·史华兹：《古代中国的思想世界》，程钢译，南京：江苏人民出版社，2004，第380页。

② 徐东日：《朝鲜朝使臣眼中的中国形象》，北京：中华书局，2010。

以筆代舌
五方之人言語不通特焉
諳對欲有辭焉必譯而後達惟朝鮮文字與中國相同趙君王坡以名進士游歷來華謁蘇臬張廉訪談瀛客玉通詞不用舌人觀國光分將命但須毛穎一堂晉接佳話流傳以視鄙夷甲池躍掀隅未若是之盾玉無聲槳花有跡焉
志瀛

图－03

首先，宝物的出现，或者宝物特殊功能的展现，不仅推动了故事文本的逻辑性演进，更成为人物改变命运的关节点，并进而凸显故事的深在意蕴。《择夫婿慧婢识人》讲述某婢偶遇一丐，遂"携入于自己房栊"结为夫妻。但从此美衣丰食的丐，无所事事，婢劝其谋生，丐称需要十斗银子，婢恳求夫人，夫人言于参政（主人）获允，而丐却将此白金都买衣服分给了众丐和流民，自己乘马漫无目的而行，遇一对翁媪，又赠衣，止宿其家，枕具是一匏瓠。此时梦贵者踵门称："此殖货之良宝，若以散金碎银纳其中而摇之，则顷刻满器。汝必待三年之期，……"自此"丐"借助于"匏"而拥有了无数"白银"。获宝过程，因获宝者"丐"的身份而对下层民众具有同情心而致。故事又写得宝者换新衣，拜谒于参政，纳银酬恩，参政推辞，丐坚持"利息不可不纳"，搬来约三四十斗银，贪财嗜利的参政欣然领受，诸夫人、仆隶也得到馈赠。参政此时才悟童仆报告是构陷，厉责后斥走。丐赎婢从良，家业兴旺，而匏器则果在三年后如约祭投铜雀津。丐的守信履约似乎也是宝物能发挥正常功能的前提。"丐"因富贵而不忘穷朋友的善行，得获宝匏，又因获得宝匏而改变了寄人篱下的婢仆身份，进而又因其秉性"不贪吝"，终至"百年湛乐，子姓繁衍，至有登朝籍"。

《落小岛炮匠获货》写朴姓火炮匠发迹变泰，则显示出主人公虽随遇而安，却能不拖累他人以自强。这朴姓火炮匠为人淳厚，因容貌"穷薄之状"受嘲讽，被倾家贩利的同船者看轻；大洋遭遇风涛，篙师宣称要脱此大厄，必须每人脱衣一件抛下验看，却只有梢工之衣沉入水中，被要求速投水以救一船之命。后火炮匠被留在海岛中，船约回程来接。炮匠运气却仿拟《三宝太监西洋记通俗演义》中的李海（及《警世通言·宋小官团圆破毡笠》等），成为遇难呈祥的幸运主人公，也在岛中发现了巨蟒入海必经之路，杀蟒得其腹中径寸珍珠甚夥，脱厄按期登船回乡致富。故事主人公出身贫穷，流落孤岛经历了一个"遇难历险"的过程，带有以身救众者应获酬赏的伦理意趣，属于“遇难——获宝——脱困”模式[①]，展示出得宝者的磨难构成了宝物出现和获取机缘。即使较为单纯的幸运故事，也被伦理化。野外得“蛇角”的金义童，偏遇皇后无子而太医称得蛇角佩之宜男，于是献宝致富。嗣后“主家”落难，众人避之，金义童仍能给予“主家”七十匹“彩段”“敬修十年贡”，宝物功能遂被充分地延展。

其次，宝物虽是人物的附加物，但其神奇力量增强了人物的行动力量和强化了身份地位。如《虚风堂》载录神僧“虚风堂”显示灵异的事迹。说乾隆皇帝登极初，求神僧于天下，大会群僧于山东省，虚风堂不顾诸僧讥笑，从仁川海边以锡杖投海为桥，大海忽如小沟，携弟子越海到山东省。群僧会上拜谒皇帝后欲归，诸僧多赠礼物，虚风堂却拿出一裹带（袋状物）呈献，“则入者无限，人入如前，不可量也”。仍如前掷杖而归，以手连出赠诸僧这些“中国贵物”，“终日不尽”，则让诸僧惊异不已。虚风堂的中国之行扬国威，以神通术令众僧刮目相看，而随身物件锡杖和裹带，体现出了佛教“纳须弥于芥子”的空间观，也是踵步中国小说如《西游记》中宝瓶、宝袋功能的叙事套路。

再次，作为故事中特殊人物特殊身份的象征物，宝物是对人的物化或者说物的精灵化的艺术书写。《彰善感义录》中的红玉钏、青玉佩，作为传家宝分传给二女，即表现在应天府尹的夫人赵氏“梦双玉坠怀，自此有娠”。他如《淑香传》中金钿的佩戴“明珠”的一对女孩。作为特殊身份标识的宝物，在文本叙事中又常常与大众“命运天定”观念结合，宝物存在的生命力也是人物存在的生命力，或者二者运命相通。这里，宝物随人，体现出了中朝相似的“物与人一体”生命观。

---

① 刘卫英:《明清小说宝物描写若干情节模式研究》,《山西大学学报》2010 年第 4 期。

三、朝鲜宝物母题叙事功能的文化渊源与民族性

朝鲜汉文小说宝物母题较为复杂的叙事结构功能，与朝鲜半岛多元文化构成有直接关联。社会学家亨廷顿指出："亚洲是多种文明共处之洲。仅东亚就包含属于六种文明的不同社会——日本文明、中华文明、东正教文明、佛教文明、穆斯林文明和西方文明——南亚还增加了印度教文明。"他认为中华文明曾给该地区带来暂时的秩序[①]。从古代汉文化圈角度看，对汉文小说宝物叙事模式形成的文化动因可作如下认识。

第一，是汉文化影响下，朝鲜本土神仙观念与巫教等宗教观念的影响。大陆"东夷族系"作为"神仙方术"渊薮之一，尽管金宽雄等学者认为檀君神话并非子虚乌有，但也承认古朝鲜族是东夷族系的一支，与商朝有着血统和文化上的同源关系[②]；同时，除了儒学的渗透，培养花郎（贵族青年）"对国王的忠诚和牺牲精神"的花郎道，曾在新罗占统治地位[③]。在檀君神话与花郎道制度共同作用下，朝鲜半岛自古就有崇拜神仙的民族风尚，侧重于实践的巫教（萨满教）的潜在影响也不可忽视[④]。道家哲学与道教虽不曾拥有师徒传承或形成学派的势力，仍在深层地发生作用，地位特殊[⑤]。汉文小说的宝物叙事，常常会多色纷呈，或神仙旨归，或丹道经营，这些潜在观念总是如影随形地充斥在文本叙事中，影响着故事人物的行为方式与叙事者的价值取向。

---

① 塞缪尔·亨廷顿：《文明的冲突与世界秩序的重建》，周琪等译，北京：新华出版社，1998，第 243 页。

② 金宽雄、李官福：《中朝古代小说比较研究》，延吉：延边大学出版社，2009，第 4 页。

③ 金宽雄、李官福：《中朝古代小说比较研究》，延吉：延边大学出版社，2009，第 21–22 页。

④ 方浩范：《韩国宗教文化的多元化》，金虎雄主编《中朝交流与韩国传统文化研究》，延吉：延边大学出版社，2008，第 206–208 页。

⑤ 韩采佑：《韩国道教的历史和问题——有关韩国仙道与中国道教问题的研究》，柳雪峰译，《世界宗教研究》1997 年第 2 期。

第二，儒教“忠恕”“节孝”观念的支配力与佛教观念的结合，在宝物获得者的必备条件及因宝物所获利益的分配中表现尤为突出。《三国史记·新罗本纪》标举孔子，而世俗社会及日常生活中，儒教的影响甚大。朝鲜李朝以后，备受尊崇的朱熹“三纲五常”学说更融汇到汉文小说创作和人物性格塑造中。如《忍者积荫》中金某妻与富家子通奸，金某却“忍”而不去抗争，愤而远行，误入深山反获“大如童子”的人参宝贝。归家后，妻被送回，团圆终老。儒教伦理观念中“恕道”在小说中得到了世俗生活化的解释，也掺杂了佛教“戒嗔”因素。佛教因吸收了大量东亚本土元素，深受东亚大众欢迎。汉文小说将南亚佛教因缘生法、果报观念与东亚“天命论”观、“灵物崇拜”等本土原始宗教思想杂糅。《淑香传》中的金钿以“恻隐之心”解所佩饰解救金龟，此后就连得回报：桥颓众溺，他却得巨龟救生，又得龟留赠二珍珠，“珠中隐隐有文字：一枚则寿字，一枚则福字”；由此被求婚，新娘梦鹦鹉入怀，生女异香满室，名曰“淑香”。人世遭逢的戏剧性叙事，隐含着佛教慈善戒杀的“现世报”意蕴，成为东亚佛理的道德诠释。

第三，中国传统宝物崇拜文化理念的辐射与濡染。朝鲜半岛与中国大陆毗邻，又在海上与大陆多有沟通，文人在接受汉字作为思想传播媒介同时，也部分地接受了宝物崇拜信仰。仅器物类宝物中的佛道法器传说，诸如《西游记》中的净瓶、芭蕉扇,《封神演义》中的葫芦,《西洋记》中的钵盂等，就所在多有[①]。而较早丹药类等宝物传说如《汉武帝内传》之类已被收入《道藏》，传播广远[②]。传至朝鲜半岛的中国宝物之说，还存在明清小说为主的文本的不断重温，如《西游记》太上老君的“九转还魂丹”或“金丹”，岂是丹药？乃是神奇宝物。研究者强调，道教炼丹

① 刘卫英：《明清小说宝物描写的形态与功能》,《明清小说研究》2008 年第 3 期。

② 李剑国：《唐前志怪小说史》修订本，天津：天津教育出版社，2006，第 203 页。

和夺珠的精彩描写，甚至夸大事实进行渲染，实际上反映的是对宝珠的极度崇拜，道教的炼丹是为长生之用，而在宝珠崇拜影响之下，一切圆珠形的物件都具有了不同凡响的价值和功能[①]。当然，这一特性也并非都在朝鲜汉文小说中得到应有的变异。如在宝物的药方或药物形式上，中朝两国古代汉文小说中就并未体现出太大的区别，而且借鉴得相对较为狭义，并且只是在宝物的功能上有些许不同。不难看出，宝物作为“物质”的形态与功能在两国小说文本叙事中表现出较多的类同性，应是处在同一汉字文化圈内朝鲜古代汉文小说对中国古典小说的直接借鉴。

又如植物类宝物“灵芝草”等，《山海经》《搜神记》之后，莲花、荷花因其具有一定的佛教色彩及其混用后的佛教意象化[②]，也在明清小说中具有较强的稳定性并系列出现；葫芦在《西游记》《封神演义》多次出现，《女仙外史》第十一回写某道士与月君斗法，当吞剑把戏被月君戳破时，就用宝葫芦所藏猴子变出的猛虎，扑向月君；《绣云阁》第七十七回也有写贪狼炼一葫芦，能吸妖物，有道者被吸入只能生存十日；《西洋记》第七十六回写飞钹禅师为对付金碧峰的钵盂，拿出个朱红漆的药葫芦，飞出百鸟之王引来无数珍禽异鸟。然而最为切近的则为人参故事，以其本身即为珍宝，且于自身价值外还能变身为小儿，给予服食者长生、升仙。明代谢肇淛载：“千年人参，根作人形；千年枸杞，根作狗形。中夜时出游戏，烹而食之，能成地仙。然二物固难遇，亦难识也。相传女道士师弟二人居深山中，其徒出汲井畔，常见一婴儿，语其师，师令抱至，成一树根，师大喜，构火烹之，未熟，值粮尽，下山化米，师出门而水大涨，不得还。徒饥甚，闻所烹者香美，遂食之，三日啖尽。水落师还，则其徒已飞生矣。”[③]而人参此功能远源当为西晋王嘉

① 闫迎峰：《狄家将演义中宝物描写与道教文化内涵》，《大江周刊》2012 年第 11 期。

② 俞香顺：《中国荷花审美文化研究》，成都：巴蜀书社，2005，第 37–41 页。

③ 谢肇淛：《五杂俎》卷十一《物部三》，上海：上海书店出版社，2001，第 223–224 页。

所载“遥香草”延年益寿：“其花如丹，光耀入月，叶细长而白，如忘忧之草，其花叶俱香，扇馥数里，故名遥香草。其子如薏中实，甘香，食之累月不饥渴，体如草之香，久食延龄万岁。仙人常采食之。”[①]相伴随的是汉学家希勒格指出的《十洲记》载东海祖洲（日本对马岛）的不死草：“草形如菰，苗长三四尺，人已死三日者，以草覆之，皆当时活也，服之令人长生。昔秦始皇大宛中多枉死者横道，有鸟如乌状，衔此草覆死人面，当时起坐，而自活也。……鬼谷先生云：此草是东海祖洲上有不死之草，生琼田中，或名为‘养神芝’。”布内侧斯德考证，菰为中国所产，茎名曰茭白，此不死草似菰，“为芝之一种”。而祖洲（对马岛）所产人参，“即中国人认为治百病有神效之植物也”[②]。

面对如此完备的宝物文本载录，朝鲜汉文小说较多受容也是文化传播的结晶，正如亨廷顿在谈到不同文明间的影响时所说“搭车可能是亚洲文明的特点”[③]，但在搭车过程中，朝鲜汉文小说还是表现出较多的自身特点，特别是早期民族潜意识中的多神观念，或者说是万物有灵论。而吉林安图朝鲜族民间的长生草故事，则加入孝子为母采药疗病母题，提到秦始皇派人找长生草事，儿子踏雪攀崖上长白山，遇一老奶奶持赠种子，他洒遍山岭真的长出长生草，母食病愈而得以长寿，长生草也长遍了长白山。[④]于是儒家力倡之孝与道家、道教的长生追求融合。

第四，朝鲜汉文小说宝物母题具有相对稳定、普遍的民族化价值追求指向，主要可概括为治病、长寿、财富和除妖。这表现出物质资源相对贫乏的朝鲜半岛，人们希望通过宝物神奇力量达到实现某些基本生活

---

① 王嘉：《拾遗记》卷十，北京：中华书局，1981，第231页。

② 《西域南海史地考证译丛》第三卷，冯承均译，北京：商务印书馆，1999，第395-399页。

③ 塞缪尔·亨廷顿：《文明的冲突与世界秩序的重建》，周琪等译，北京：新华出版社，1998，第230页。

④ 延边民间文学研究会编：《朝鲜族民间故事选》，上海：上海文艺出版社，1982，第63-67页。

需求的淳朴愿望。而中国，特别是明清时期小说中的某些宝物叙事，却是较多地超越了“形而下”的现实生活需要，而融合了较多科幻想象因素于其中，如《封神演义》中石矶娘娘的“八卦龙须帕”，《水浒传》中罗真人的“红、白、青”手帕，孙悟空的如意金箍棒等，想落天外，简直就是近现代飞行器和当今远程武器的先驱。而朝鲜汉文小说中却只有《虚风堂》中的禅杖具有“缩地法”功能。

此外，朝鲜汉文小说较多关注宝物拥有者的正义与善良品格。汉文小说中的宝物获得者，常常是“异质”的群体成员，陷于贫困却能做到安贫乐道，不贪婪、不吝啬，虽遭受挫折却仍能安之若素，勤勉努力而具有超常忍耐力，如被弃荒岛的朴姓火炮匠等。而明清小说中宝物的使用则并非正面人物的专利，反面人物也常常使用宝物，甚至神通广大，如《封神演义》中殷洪的紫绶仙衣、阴阳镜、水火锋，竟能借此俘获西周黄飞虎黄天化父子[①]。《西游记》中妖精所用的金铃，孙悟空也只能以偷盗对付，平顶山金角、银角大王的紫金红葫芦和羊脂玉净瓶，可将被叫名答应者一概吸进，过时就化为脓水。

朝鲜汉文小说与中国传统宝物观念的本质区别在于，一者，朝鲜宝物叙事融入了更多“人类中心主义”的无止境的财富追求观念。此虽是根深蒂固的普世性追求，却较多体现出人性的弱点；二者，中国古代宝物叙事发展阶段相对较高，已超越宝物的“物质”存在的工具属性，宝物有时被置于大自然，甚至作为与人同样具有生命价值的“个体”，更多关注宝物的精神层面价值，赋予其“善恶”的道德规范与政治归属，有着更为丰富的思想内容与现实意义[②]。

因此可以说，朝鲜汉文小说在有效整合中国宝物母题过程中，两个

① 许仲琳：《封神演义》第五十九回，第六十回，济南：齐鲁书社，1980，第584–592页。

② 刘卫英：《明清小说宝物崇拜的现实意义》，《中南民族大学学报》2009年第6期。

重要构成元素往往被忽略，即“上天的选择”与“宝物的灵魂”及其存在价值。在中国传统宝物叙事的潜在思维中，“上天的选择”被认为遵从大自然生存法则，“适者生存”原则有时会违背人类社会规范及人类中心愿望。而“物各有主”观念蕴含的则是宝物作为大自然中具有特殊功能的生命体意识，是有生命的物质存在，一定程度上秉承大自然的神秘力量，有权利和能力去寻找最佳合作伙伴。因此，汉文小说保留了中国传统宝物母题模式，而对叙事文本彰显的深层异质文化因子则予以有意无意的遮蔽与忽略。这样就带来了诸如对宝物认知、发现等环节表现的某些缺失，如明清小说之于“引宝之宝”“宝母”多有想象和曲折描述[①]，朝鲜文本基本没有涉及。同时，即使对契合朝鲜民族特性的一些宝物叙事，丰富的文学言说创造也嫌不足。尽管 17、18 世纪朝鲜半岛有进步思想者如洪大容（1731—1783）、朴趾源（1737—1805）等倡导“华夷一也”理念[②]，但汉文小说仍持守于民族自身特点表现，一定程度上限制了汉文小说向明清小说创作学习的效率。

当然，朝鲜汉文小说充分地展示了宝物母题叙事的世俗魅力，儒教的“节孝”伦理规范和佛教的善报观念，在汉文小说中得到一定的继承与张扬，此虽不是宝物母题叙事的终极追求，却是母题存在的世俗价值所在，也正是我们进行更深入研究的有益推动力。诸如上述个案，除了东亚汉文小说研究走向细密应有的必要关注外，也有助于对东北地域文学史编写的补充扩展，以及全球视域下“东人意识”[③]的再审视。

---

① 王立：《〈聊斋志异·八大王〉的西域传说源流及文化意义》，《中南民族大学学报》2008 年第 6 期。

② 林荧泽：《韩国学：理论与方法》，李学堂译，济南：山东大学出版社，2011，第 130 页。

③ “东人”为李朝文人徐居正（1420—1488）于《东人诗话》中提出，指中国东邻的朝鲜人，暗含了以中国为参照的民族自我体认，交织着有别于中国的自主意识。见张乃禹《〈东人诗话〉与唐宋诗学》，《中国社会科学报》2021 年 4 月 13 日。

第二章
中朝女将小说中的“谪降”母题

中朝女将小说中均存在“谪降”母题，小说中的女将形象亦包括男将形象多具有谪降转世人间的不凡经历。除女将题材外，该母题在中朝其他类型小说中出现频率亦多，可称是中朝古代小说常用的一种带有武侠要素的叙事模式，交代了具有武侠色彩的女英雄们高超武艺、不凡禀赋的由来。

一、中朝小说女将题材之“谪降”母题的相似性

在中朝文学系统中均存在“谪降”这一故事母题。中国方面以孙逊先生的观点最为代表，认为“谪降”即指证得道果位居上界的仙人由于触犯某种戒规（通常因动了凡心）而被谪降至人世。[①] 如李汝珍（1763—1830）《镜花缘》之“百花仙子”则是因触犯仙界规约而下界。金宽雄教

① 孙逊：《中国古代小说与宗教》，上海：复旦大学出版社，2007，第 277 页。

授转述朝鲜“天降型”故事时提及了朝鲜“谪降”故事类型的存在。[①]如南永鲁（1810—1858）的《玉楼梦》第一回和第六十四回相呼应，不单呈现故事结构的完整性，更是人物命运与生命观念的艺术表现。特别是第一回中文昌星君饮了玉帝所赐“流霞酒”，带醉作三首《白玉楼诗》，其三是：“云里青龙玉路头，平明骑出向丹邱。闲从碧户窥人世，一点秋烟辨九州。”玉帝看了后“玉颜不悦，顾太乙真君曰：‘文昌之诗极佳，第三章暂有尘世之夤缘，是甚故也？文昌年少望重之仙官，此我之所爱，岂不惜哉？’真君奏曰：‘近日文昌星眉宇满紫黄之气，带富贵气象，暂为谪降尘世，消减劫气，似好？’”又“天妖星”说得更直白：“文昌以诗殷勤酬酌，坏损上界清净之规模。”[②]这里的“清净”即是上界之戒条，而“凡心”亦即神仙有了世俗的“情欲”，“坏损上界清净之规模”将会遭受谪降尘世。但仔细分辨可以发现，文昌星君有嫌弃天界寂寞、甘愿下凡历劫、享受人间繁华之意。日本学者小野四平曾对中国古人的神仙观念有专门论述，认为至西晋葛洪《抱朴子》时，已经呈现出四大特点——“神仙的确存在”；神仙世界是“不老不死的世界”；“心正志坚，从良师以专心致志于学理研究，并炼制仙药，必然可以成为仙人”；“仙人分为天仙、地仙、尸解仙三种，自然地暗示出仙界的构造乃是现实世界的投影”。并认为理想状态不在于立刻“升天”去做天仙，而是更倾向于做个“地仙”，在这人世间享受几百年的自由。[③]比较来看，小说家的观念更接近世俗，更大众化。在中朝文学系统中均存在“谪

① 金宽雄：《朝鲜古典小说叙述模式研究》，延吉：延边大学出版社，1995，第289页。

② 南永鲁：《玉楼梦》第一回《文昌承帝命玩月　观音持佛力散花》，林明德：《韩国汉文小说全集》卷二《梦幻爱情类》，中国台北：中国文化大学；汉城：大韩民国韩国精神文化研究院，1980，第2–3页。

③ 小野四平：《中国近代白话短篇小说研究》，施小炜、邵毅平、吴天锡、张兵译，上海：上海古籍出版社，1997，第209–212页。

降”母题，故事母题中除却两国“谪降”的观念层次上的重叠，文本结构与故事情节上是否也有相似重叠之处，抑或同而不同交错生发呢？

中国女将小说谪降母题以《飞龙全传》《说唐三传》故事为代表，朝鲜以《玉楼梦》《六美堂记》《洪桂月传》为代表。两者比照可以发现，五部小说中均包含“谪降”母题，且情节十分相似，其中所包含的男女将形象前身均为天界仙人，而后谪降人间开始新轮回，且自身形象自然带有神幻色彩：

中国小说 男将 \\ 女将人物	谪降情节	朝鲜小说 男将 \\ 女将人物	谪降情节
陶三春 （女将）①	上界地魔星临凡，奉玉帝金旨，扶助真主开基创业	江南红 （女将）②	本为天上红鸾星，后思凡下界
苏文 （男将）③	上天青龙星降下至凡间	杨昌曲 （男将）④	本为天上文昌星，后思凡下界
樊梨花 （女将）	玉女失手打碎水晶屏，又因有思凡之心，被罚下凡	白云英 （女将）⑤	本为天上太阴星精，后谪降人间，了却一段姻缘
薛丁山 （男将）	金童打碎琼瑶，又因有思凡之心，被罚下凡	金箫仙 （男将）⑥	前身即仙人王子晋也，后谪降人间，了却一段姻缘
杨藩 （男将）	五鬼星以为玉女对其有意，妄起痴心，走下凡间	洪桂月 （女将）⑦	本为玉帝侍女，因得罪于玉帝，被贬凡间
薛应龙 （男将）	前生乃芦花河水神，在王母面前调戏仙女，被贬下凡尘		
天子	乃紫微星君降世		

---

① 陶三春，出自清代吴璿小说《飞龙全传》。

② 江南红，即红将军（鸾城）、红娘、红，出自李朝时期汉文小说《玉楼梦》。

③ 苏文、樊梨花、薛丁山、杨藩、薛应龙、天子，均出自清代如莲居士《说唐三传》。

④ 杨昌曲，即杨元帅（燕王），出自李朝时期南永鲁的汉文小说《玉楼梦》。

⑤ 白云英，出自李朝时期金在堉的汉文小说《六美堂记》。

⑥ 金箫仙，出自李朝时期汉文小说《六美堂记》。

⑦ 洪桂月，出自李朝时期汉文小说《洪桂月传》。

从上表可看出，小说中的中朝女将谪降母题极为相似，该情节可归纳为诸仙犯戒规—遭贬谪—转世凡间。虽然小说产生于不同国别文化系统，但在谪降母题方面却极其相似。那么如此相似的中朝谪降母题之间有何关系，其相似性（甚至有情节复制的痕迹）是基于何样因由，是否存在继承关系，哪些母题要素被重新整合或者舍弃？这是我们重点要研究讨论的问题。

二、中国文学“谪降”母题溯源及发展脉络

就母题演进过程来看，中国的“谪降”故事母题存在的历史更久远些，母题中既渗透着历史韵味又融合了宗教气息。

首先，古代文人文学存在一个久远绵延的游仙主题，其前提是有一个相对于下界的超现实空间①，而道教兴起之后“仙乡”故事又兴盛一时，因而有的“谪降”故事类型中，其中心人物则是上界下凡的“谪仙人”。“谪仙”一词在中国文学领域并不少见，随着秦汉方仙道教的发展，神仙体系之中出现了受罚被贬谪的仙人——“谪仙”，其被贬谪之地包括仙界和凡间。其在仙界，诸仙也要遵守仙界的各种戒条和制度。如同中国古代社会的制度，不论是群臣还是庶民，若犯下了错误就要接受惩罚，这也同样适用于神仙系统——那些违背天条的仙人通常被玉帝等贬下凡界，历经浩劫，接受惩罚。正如黄景春教授指出的：“一般来说，谪仙在仙界犯下‘微罪’，被天帝或太上老君等大神谪罚；也有一些神

① 王立：《论中国古代文学中的游仙主题》，《新疆师范大学学报》1988年第1期；王立：《惜时与游仙——中国古代文学中人性价值的两极延展》，《烟台师院学报》1987年第2期，《中国人民大学复印报刊资料》J2专题1988年第3期转载。

仙因为起了凡尘之念而被天帝遣送到尘世；还有贪图人间富贵和男欢女爱而自愿谪降到人间的，这些也都是谪仙。”[①]汉代小说《汉武故事》中东方朔就被描写为曾在上界“偷桃”的谪仙。如果说汉代是谪仙的发轫期，那么魏晋南北朝就是它的发展期和定型期。至唐代，李白“谪仙”之誉经贺知章称扬而传闻天下。“谪仙”形象在中国文学史上不断延续，到了清代小说已有大量“谪仙”形象涌现。可见，伴随着谪仙形象的延续，中国的“谪降”母题有着悠久历史。始从汉代，谪降情节就在中国文化系统中脱颖而出，逐渐发展成为一种传统的小说叙述模式。

其次，融合佛教“转世说”的“谪世”小说不断繁盛。在深刻影响我国古代小说叙述模式的宗教因素中，除了外来佛教的“转世”观，还有一种是来源于道教的“谪世”观念。这两大因素形成了古代小说常见的两种结构模式——“转世”“谪世”叙述模式。“谪降”母题正是源于道教文化中的“谪世”观念：“道教文化中所谓的‘谪世’是指证得道果居于上界的仙人，由于触犯某种戒规（通常是由于动了凡心），而被谪降至人世。”[②]一般情况下，谪世的原因是由于自身过失，但是也不排除一些其他的特殊原因，如天帝令其下降人间（以《飞龙全传》等为例），或者是出于本人意愿的下凡历劫。但不管是出于以上的哪种情况，谪仙大起大落的人生经历是稳定不变的模式，即度过一段凡尘的世俗生活后又重新回归天界。

据早年台湾学者李丰楙教授的精细考察，“谪世”结构的小说，在魏晋南北朝时期就出现了不少[③]。到了唐代，道家谪世小说出现得更多，在情节上比之前更加丰富饱满。“谪世”原来指天上神仙直接谪降至人

---

① 黄景春：《中国古代小说仙道人物研究》，桂林：广西师范大学出版社，2006，第 76 页。

② 孙逊：《中国古代小说与宗教》，上海：复旦大学出版社，2007，第 277 页。

③ 李丰楙：《六朝隋唐仙道类小说研究》，中国台北：台湾学生书局，1998。此书在大陆被用多种写法借鉴。

世，开始从空中而来，最后又凌空而去。唐代后谪仙多通过转世投胎降临凡间，在世间遭受种种磨难，既包含了道教谪世历劫的观念，同时又糅合进了佛教的“转世”说，演变为上界仙人重新托生于人世的模式。到了明清时代，谪仙形象类型呈现出繁盛阶段，对中外影响颇大的《西游记》中就呈现了诸多的谪仙形象，如猪八戒（猪刚鬣，天蓬元帅）、沙和尚（沙僧，卷帘大将）、白龙马（小白龙，玉龙三太子）等。可以说谪降型故事在中国文学传统中已自成系统，经历了从道教文化中发源、发展、演变至盛行的整体过程。黄景春教授大致列举了自唐到明清时代的18部含有“谪仙”形象的小说，而仅明清就占了12部[①]。直到晚清，新闻画报还在描摹着这一想象奇瑰、百谈不厌的话题。（图－04）

以女仙谪降人间母题为例。中国古代女谪仙故事的发展大致可分为三个阶段。

第一阶段是“女仙下凡为人妻”类型，如“四大民间传说”中的牛郎织女故事，还有由《诗经·周南·汉广》的“汉有游女，不可求思”到刘向《列仙传》的郑交甫在汉江遇二仙女，宋玉《高唐赋》“巫山神女”以降的王粲、曹植等众多神女赋的故事[②]，以及干宝《搜神记》中天上玉女（成公知琼）下嫁弦超故事。这类人神短暂交往、长期结合的作品，尚学锋、谢思炜教授将其作为先唐、唐宋雷同式人物形象的重要构成之一。[③]而民俗故事学研究者的视野中，将束皙《发蒙记》及《搜神后记》“白水素女”等作为人与下凡之仙结合故事，自钟敬文先生20世纪30年代《中国民谭型式》“螺女型”（田螺女型）概括之后，刘守华

① 黄景春：《中国古代小说仙道人物研究》，桂林：广西师范大学出版社，2006。

② 高秋凤：《从宋玉〈神女赋〉到江淹〈水上神女赋〉——先秦至六朝〈神女赋〉之发展》，中国台湾政治大学文学院等编《第三届国际辞赋学学术研讨会论文集》下册，1996年12月。

③ 聂石樵：《古代文学中人物形象论稿》，北京：北京师范大学出版社，2000。

图－04

先生也曾在故事史中作专节讨论。[①] 当然，这类偏重于“精灵有情”的故事，体现出“仙女”的泛化倾向，到明代蔡羽《辽阳海神传》等，仍在延续。[②]

第二阶段是“仙女（仙兽）下凡为妖”类型。从第一阶段所包含的有情精灵与人世男子结合，逐渐建构了“谪仙”另一层面——魔性或者世俗性话题，宜于多角度揭示人间社会的复杂，以及女性生命意识与命运归宿的折光。

小说《西游记》中主角以外的“谪仙”，除了奎木狼星和披香殿侍香的玉女（宝象国公主）这样在上界有一定身份地位的[③]，多数是地位不高、身份为旁支的“谪仙”，较能体现出天神人妖之于人性人情的一种共同认可、宽容的态度。如结拜之亲，虽不能视同己出，但对于严厉的官员家长——李靖对陷空山“地涌夫人”（鼠精，李天王“义女”）的处理，也显现出人情与执法之间平衡的努力。作案者在灵山偷食被擒后，得如来饶命，拜李靖为父，哪吒为兄，不期她又成精“陷害唐僧”。哪吒与李靖的父子对话，体现出试图对这“惯犯”讲究“法外之情”的问题，以其是“结拜之恩女”，更在沙僧、八戒要碎剐时恳请酌情量刑，对这小偷小摸出身而如今又“犯罪未遂”者宽大处理。言“改名唤做半截观音”[④]，就带有才改造一半需要继续“挽救”的暗示。

---

① 刘守华：《中国民间故事史》，武汉：湖北教育出版社，1999，第 154–157 页。

② 还有刘义庆《幽明录 · 吴龛》、祖冲之《述异记 · 吴龛》、任昉《述异记 · 谢端》、皇甫氏《原化记 · 吴堪》、无名氏《锦绣万花谷 · 螺女庙》、无名氏《湖海新闻夷坚续志 · 井神现身》、程趾祥《此中人语 · 田螺妖》及汉族外的众多其他民族作品，参见祁连休、冯志华《中国民间故事通览》第五卷，石家庄：河北教育出版社，2021，第 2071–2072 页。

③ 吴承恩：《西游记》第三十一回《猪八戒义激猴王　孙行者智降妖怪》，北京：人民文学出版社，1980，第 380 页。

④ 吴承恩：《西游记》第八十三回《心猿识得丹头　姹女还归本性》，北京：人民文学出版社，1980，第 1005–1009 页。

玉兔儿为报素娥的一掌之仇下界，试图用合理合俗的“抛绣球”仪式配婚唐僧，也体现出天神对于人世人情的熟悉与尊重。天上私人嫌隙也被延伸到人间。在素娥是“思凡下界”，而在玉兔则是挟仇随来，后者假扮公主，将真公主（素娥）抛之野外。这一单元故事将思凡、报私仇、真假难辨、招亲仪式、男女双修等母题融合，而当太阴星君告知因果原委，孙行者的处理也是兼顾各方的面子、尊严的。凡世真假公主之斗，其实是月宫素娥与玉兔一掌之仇的延续。真公主历尽磨难，回归国王身边，与人世间平民百姓的离别重逢并无大异。当长老引来国王王后到关押公主处，那公主还在装疯胡说，开锁启门：“认得形容，不顾污秽，近前一把搂抱道：‘我的受苦的儿啊！你怎么遭这等折磨，在此受罪！’真是父母子女相逢，比他人不同。三人抱头大哭……”[①]这完全没有贵为一国至尊的排场和矜持。《西游记》中上界与凡间故事交错演进，极有特色。概言之，即强化取经故事的民间性世俗化色彩。一是女仙思凡，男仙追随降临。二是民间“老鼠嫁女”传说的翻版。三是真假新娘故事的演化。值得一说的是“玉兔儿”的复仇，颇类似于李汝珍《镜花缘》中嫦娥“恩怨分明”、《水浒传》宋江“狭窄的器量”[②]。

《镜花缘》中“百花仙子”的被贬则更具现世人性和世俗色彩。这不仅是一部炫才之作，也是一部世情小说，作者将神仙世界描画得如同人间世。先写天界神仙的生活、社会关系，再写谪仙下凡后的生存状况。异空间——天界、尘世、域内、海外相互关联与循环，视野廓大。第一回，写王母寿诞，各路神仙前去贺寿，一如人间。寿宴上神仙为赢得王母欢心，各显神通。天界神仙也如凡世宫廷大族一般，攀比竞争，

---

① 吴承恩：《西游记》第九十五回《假合真形擒玉兔　真阴归正会灵元》，北京：人民文学出版社，1980，第1133–1142页。

② 马幼垣：《水浒论衡》，北京：生活·读书·新知三联书店，2007，第251–256页。

花样翻新。其中嫦娥与风姨就想突出自己，提出百鸟、百兽献舞，百花齐放，以示普天同庆。作者也以此展示女仙的生存状态以及也擅长拉帮结伙、语言刻薄及张扬无羁的性格特征。[①]百花仙子大谈“司花规则”，忽略了风姨（风神）及其与花神之间天然的生克关系，导致原本关系不错的花神与嫦娥间也埋下怨恨种子。

《镜花缘》第二回中进一步描写风姨“伶牙俐齿，以话相难”，据理力争，百花仙子也是寸步不让，责备风姨“岂能于阳和之候，肆肃杀之威”，嫦娥则讥百花仙子花言巧语，“拿腔作势”，辩称是奉上帝之命，反刺自己“既不能求不死之灵丹，又不能造广寒之胜境”，而因提到窃药事，又羞又气，织女、玄女则对这场争执不以为然。麻姑戏说罚百花仙子在广寒殿扫落花三年，最后不欢而散。此一情节状出天界女仙的生存状态一如朝廷后宫，矛盾重重，为其后被贬谪的命运铺垫。百花、百草、百果、百谷四女仙返回仙洞途中，愤愤不平。百谷仙子言嫦娥“恃强倚宠，卖弄新鲜题目”，百花使其羞惭无言；百草埋怨百兽乱闹是不伦不类；百果似褒实贬，称幸而龟蛟不能歌舞，否则满瑶池更是虾兵蟹将，臭气熏天；而百草又强调那百兽算些什么东西，将笨牛、癞象、毛猴子、小耗子、小兔子等可笑状都形容一番。百花仙子这才“化怒成欢”。这里，多种系列的植物神形成了一个“共同体”，烘衬出刚刚发生的争辩乃是神仙派系争斗、生存原则问题的较量，也延续到数百年后“罚约”生效。作为天界“心月狐”思凡获谴下界的武则天，与嫦娥道别时后者即提及与百花仙子“旧怨”，请其帮忙，心月狐满口应承，于是下令百花逆时开放就成为践行先前百花仙子的誓约：“心月狐笑道：‘这有何难？我既为帝，莫讲百花教他齐放，他不敢不遵，就是那从不

① 李汝珍：《镜花缘》第一回《女魁星北斗垂景象　老王母西池赐芳筵》，上海：上海古籍出版社，1990，第1–5页。

开花的铁树，也要开朵花儿给我看看哩……'”[①]

《镜花缘》第四回写武后酒后戏作下旨百花开放，成为百花仙子被贬的直接原因。更有现实讽刺意味的是，百花面对“武后圣旨”的反应，“各怀心腹事”，这也是四位女仙以后命运多舛的直接原因。圣旨面前，众花的品格高下立现，“位卑者”的生存追求，品格高尚者“坚守规则”，花品亦如人品。[②]上官婉儿与公主将百花分为“十二师、十二友、十二婢”并持“师友婢”人花关系论，唯有牡丹不肯奉迎，遭“炭火炙枯”并贬谪异地，遂有“甘棠遗爱”之异种。[③]名字之中充满怜惜、无奈与怨愤。福雷斯特指出莱布尼茨坚信只有存在了的才应该存在，对此伏尔泰心存怀疑，认为像死亡、苦难和战争，里斯本大地震那样的自然灾害：“很难把它们都看成是人类应该承受的暂时的磨炼，并因此感谢上帝，因为那是上帝为了人类的福祉而设置的必不可少的经历。”[④]世界文化史上也有对“霸王风月”的戏谑嘲讽与指斥。

百花仙子践行“罚约”，降生“唐宅”，取名唐小山（唐闺臣）。下凡历劫之前的情节设置之一，是“玄女、织女、麻姑”都劝百花仙子想办法不要践行“罚约”，她们担心被贬谪凡间后的劫难——生老病死。而百花仙子秉持静听天命，即愿意完成“下凡历劫→回归上界”的生命历程，因此她很关心一起下凡的女仙，以及降生地的生存环境。这场劫难就连水仙、蜡梅等没过错的“共计百人”也都被谪入红尘，百花为拖累多人而不安。百草闻将来下凡要遍历海外各国而忧惧，“红孩儿”还提供有难“直呼其名，令其速降”的法诀，承诺心血来潮时相救。最后，百兽、百鸟、百介、百鳞四仙联合向百花仙子“特赠灵芝一

① 李汝珍：《镜花缘》第三回《徐英公传檄起义兵　骆主簿修书寄良友》，第 11-14 页。

② 李汝珍：《镜花缘》第四回《吟雪诗暖阁赌酒　挥醉笔上苑催花》，第 15-19 页。

③ 李汝珍：《镜花缘》第五回《俏宫娥戏嘲枇皮树　武太后怒贬牡丹花》，第 21-25 页。

④ 菲利普·福雷斯特：《薛定谔之猫》，黄荭译，深圳：海天出版社，2014，第 192 页。

枝”，百草、百果、百谷、玄女、织女、麻姑六位仙子赠送“回生仙草一枝”[①]，这真是意味深长，物伤其类，在大家所共同面临的暴虐面前，先前哪怕有些嫌隙的神仙，也都被激发出了更多的同情心和互助之力。

值得注意的是，这些具有代表性的长篇小说名著，写神仙下凡后的观念，仍与仙界那些具有连贯性。“百花仙子”转世的唐小山，追求科考，貌似有男女平等的愿景追求，实则走建功立业，成仙了道的一路。这与《西游记》第十七回中“菩萨妖精”观念有内在关联性。如菩萨变作灵虚仙子（苍狼精）时，悟空讽刺：“妙啊！妙啊！还是妖精菩萨，还是菩萨妖精？”菩萨笑道：“菩萨、妖精，总是一念；若论本来，皆属无有。”[②]这里的“一念”，其主体性是不确定的，神仙与凡人、菩萨与妖精不以形象论，为善守诚是其根本。也正因此而生发出丰富多彩的人物形象与故事母题。

明清短篇小说也舍不得失去对“谪降”母题的青睐。谪降在蒲松龄这里，大致模式为：神仙生凡心，被贬谪人间→与世间男子结婚或同居，有俗行，无俗心→化身神仙。仙而凡凡而仙，仙凡互化，异常结合。如《聊斋志异·乐仲》写女仙琼华“本散花天女，偶涉凡念，遂谪人间三十余年”[③]。为名妓时结识奇人乐仲，一起修行，为其抚育幼子，持家理业，后同登仙班。女仙琼华一是善于惩恶，当乐仲之子感谢她时，答曰“父种福而子享，奴婢牛马，皆骗债者填偿尔父，我无功焉”。二是能预见未来事，并妥善处置。乐仲岳父顾某偶遇一美女，被告知汝甥有难，宜急往。于是顾速入西安投官，说明女儿详情，成功解围结案。后才知见美人之日，即琼华殁日也。三是不入俗流，与知音同生

---

① 李汝珍：《镜花缘》第六回《众宰承宣游上苑　百花获谴降红尘》，第26-31页。

② 吴承恩：《西游记》第十七回《孙行者大闹黑风山　观世音收服熊罴怪》，北京：人民文学出版社，1980，第214页。

③ 任笃行：《全校会注集评聊斋志异》卷八，济南：齐鲁书社，2000，第2224-2229页。

死。一起修行，不涉男女秽事。其实，更有意味的是与女仙一起度过余生的男子乐仲，与众不同，他与名妓琼华交游，“虽寝食与共，而毫无所私”。四是琼华如同《辽阳海神传》中的女海神那样，具有经济运作的神通，以至于能使乐仲家“渐出金珠赎故产，广置婢仆牛马，日益繁盛”。五是拥有特殊能力并预知死期，选择与凡人不同的死亡模式，当大限已满，即夫妇同登棺，而光发香溢，也体现出仙真不同凡伦的惯常特征以及所受外来佛教文化的影响。[①]

也许因到凡间大多要经历一番磨难，《聊斋志异》中的女谪仙一般都有较强的生存能力。《聊斋志异·锦瑟》写王生受妻子轻蔑又仕途受挫，来山崖边要寻短见，偶遇隐居地下的“仙女”。仙女常收留“九幽横死无归之鬼”，做些善事，几经周折发现王生“朴诚”，逢劫难时又得王生“断臂”全活，遂有“附体之缘”。[②]仙女即锦瑟，一旦得王生救助，这位“以罪被谪”的仙姬，竟有了“向俗”之念，用自己特有的“走婚”方式，让恩人享“齐人之福”三十年。总之，蒲松龄笔下的女谪仙形象融合了明显的世俗情欲，也与他总体上追求“知己之爱”是合拍的。

第三阶段是“女仙谪降为战将”类型。清代英雄传奇的著名女将樊梨花，是黎山老母（即“骊山老母”）弟子，与薛丁山有“夙世姻缘”是老母择机告知的：当日蟠桃会上在玉帝众仙面前，金童打碎琼瑶，玉女失手碎了水晶屏，是南极老人求情说这二人戏耍，“有思凡之心”，望赦罪罚下凡结为夫妇，了此夙缘的；就连白虎关总兵杨藩的“央媒错对”，也是因玉女出凌霄宝殿时见披头五鬼星貌丑而笑，引起误会惹的

① 王立：《香意象与中外交流中的敬香习俗》，《上海师范大学学报》2007 年第 2 期。

② 任笃行：《全校会注集评聊斋志异》卷八，济南：齐鲁书社，2000，第 2420–2426 页。

麻烦[①]。对此，刘相雨教授将其归为“保护英雄的女神仙”一类，指出凡黎山老母“在人间世俗社会出现的时候，往往与男女情爱有关系……在清代英雄传奇小说中这一倾向表现得更为鲜明突出”，并注意到了黎山老母的另一弟子刘金锭与樊梨花“两人同为天魔女转世临凡”的共同性，黎山老母在男女婚姻上比较开通[②]，是很有道理的。小说第十四回还提到了仙姑称：“刘阮（刘晨阮肇）到天台，张君浮槎临阆苑，行踪误度岂无缘……”[③]可见对于人仙之情缘相当熟悉，而“考验母题”在此得到相当的重视，与道教成仙考验联系密切，亦见老母的审慎。

可见上界女仙从仙山下界，已具有“半仙之体”的基础作为“身份转变”资本，实未必因受贬，而往往归因于姻缘宿命。又如嫦娥型（下界转世唐赛儿）亦然。这一故事母题的构成要素——女性、神话色彩，尤为他者文化所关注，与在地文化要素结合、纠缠生成新故事模式，并生发为女仙先流落烟花巷，辗转成为文武全才，建功立业，并与曾经的男仙一起完成修行，如《玉楼梦》红娘故事。从故事文本的比较，不难发现，这不仅是故事母题的成功移植，其实也是文化嫁接与增殖的过程。

关于对人物形象的巧妙化用，这在小说母题、故事类型及叙事艺术等方面表现尤为明显，是对人物形象所蕴含意义与价值的认同与肯定：在小说创作中巧妙借用读者熟悉的经典名著中的人物形象，根据具体情

---

① 佚名：《说唐三传》第三十二回《仁贵兵打青龙关　烈焰阵火陷丁山》，南京：江苏古籍出版社，1996，第105页。

② 刘相雨：《清代英雄传奇小说之女性形象研究》，长春：吉林文史出版社，2004，第54–56页。刘金锭是北汉主的族弟刘乃独女，为梨花山梨山圣母弟子五载，与另外四女义结金兰，均精通法术；“圣母原领了玉旨，敕命打发五仙女下凡，护佐宋太祖”。且她与高君保有前定姻缘。见朱开泰《宋太祖三下南唐》第十回《求借宿不啻东床　设夜筵何殊赍酒》，侯忠义等主编《中国古代珍稀本小说》4，沈阳：春风文艺出版社，1996，第567–568页。

③ 朱开泰：《宋太祖三下南唐》第十四回《多情女弄术惊夫　硬性郎应誓陷井》，侯忠义等主编：《中国古代珍稀本小说》4，第592页。

节予以修改。如《玉楼梦》之“水夜叉孙三娘”[①]，这明显是借鉴《水浒传》中之“母夜叉孙二娘”。而又根据《玉楼梦》中红娘跳水自保的情节需要，巧妙构设“水夜叉”之形象，因其力量超常而名之曰“孙三娘”，成为让读者熟悉而又陌生的文学形象。并在随后的故事发展中，进一步展示出孙三娘不仅善于搏斗更有智谋远见，不再是只会杀人越货的江湖草莽人物。

而《玉楼梦》中避开主人公哪吒的出生及其青少年成长过程，直接借用“哪吒”名号，并书写其作为南方“蛮王”如何对抗大明官兵，又是如何归降大明朝廷的。小说把更多的笔墨放在了模仿《三国志通俗演义》中“诸葛亮收服孟获”的套路上，更突出了哪吒形象的凡俗性和人性、人间伦理方面。

三、朝鲜半岛“谪降”母题的形成因素

朝鲜古代小说中“谪降”母题的数量并不少。以三部女将题材小说为例，小说中的主要男将女将都是因由上界的惩罚而遭贬转世至人间开始新轮回，且其自身形象亦带有神性的传奇浪漫色彩，这与中国古代小说“谪降”情节极为相似。两者从情节上加以概括，可谓同属“谪降”母题。在朝鲜三部女将小说中，“谪降”情节往往由“梦仙感孕”情节引发。小说中“梦仙感孕”的反复出现，实际上就是对“谪仙”身份的暗示，承继之前的祈神求子等情节，逻辑性地推演出谪仙下凡的神奇

① 南永鲁：《玉楼梦》第五回《竞渡戏荡子起风波　钱塘湖诸妓泣落花》，林明德：《韩国汉文小说全集》卷二《梦幻爱情类》，中国台北：中国文化大学；汉城：大韩民国韩国精神文化研究院，1980，第 37–42 页。

来历，进而演绎今世的特殊阅历。朝鲜小说中展演男女主人公“超凡经历”，与前世“仙人之身”的因缘关联，从文本结构渊源看，这一叙事模式既有本民族的文化延续，也与中国文学中“谪降”母题表现的人物传奇性有着深度的关联性。

首先，小说谪降书写对“天降”型神话的“谪降”母题的改造。朝鲜“谪降”母题可溯至其早期“天降型”“谪降型”故事类型。“天降型”故事产生先于“谪降型”，天降型源于朝鲜半岛神话传说，主要指的以古朝鲜“檀君神话”为代表的“建国神话传说”：“《古记》云：昔有桓因（原注：谓帝释也）庶子桓雄，数意天下，贪求人世。父知子意，下视三危太伯（山）可以弘益人间，乃授天符印三个，遣往理之。雄率徒三千，降于太伯山顶（原注云：即太伯，今妙香山）神檀树下，谓之神市。是谓桓雄天王也。将风伯、雨师、云师，而主谷、主命、主病、主刑、主善恶，凡主人间三百六十余事。在世理化。”[①]“檀君神话”称天帝桓因之子桓雄受天命降至人间，即桓雄天王创立朝鲜国。中外研究者认为，“檀君神话”中的“天降”情节形成了后代，尤其是英雄小说中的“天降型”或“谪降型”故事类型。“谪降”母题，似源于朝鲜神话的天降情节及“天降型”故事类型，但朝鲜“谪降”母题未必等同于朝鲜神话天降情节，而走出了传统神话模式。

谪降母题在东北亚滨海地区的早期形成，不应忽视、排除中原文化的影响。据《三国遗事》“北扶余”条载：“《古记》云：《前汉书》宣帝神爵三年（前59）壬戌四月八日。天帝降于讫升骨城。乘五龙车。立都称王。国号北扶余。自称名解慕漱。生子名扶娄。以解为氏焉。王后因上帝之命。移都于东扶余。东明帝继北扶余而兴。立都于卒本州。为卒

① 一然：《三国遗事》卷一《纪异》，权锡焕、陈蒲清译，长沙：岳麓书社，2009，第5页。

本扶余。即高句丽之始祖。”[1]高句丽始祖天帝之子来往于天宫与人世间，运载工具“五龙车”，实取《楚辞・离骚》“屯余车其千乘兮，齐玉轪而并驰。驾八龙之婉婉兮……”是对抒情主人公乘太阳龙车朝发苍梧、夕至悬圃、奔向“西海”之运载工具的仿拟。萧兵先生早已注意到《史记・大宛列传》索隐引《括地图》：“昆仑弱水，非乘龙不至。有三足神鸟，为王母取食也。”[2]《汉书》载宣帝时的祭祀活动在山东半岛十分兴盛：“又以方士言……祠参山八神于曲城，蓬山石社、石鼓于临朐，之罘山于腄，成山于不夜，莱山于黄。成山祠日，莱山祠月。又祠四时于琅邪，蚩尤于寿良……又立五龙山仙人祠及黄帝、天神、帝原水，凡四祠于肤施。”[3]那么何为“五龙”？《文选・郭璞〈游仙诗〉》在海洋大鱼意象的“吞舟涌海底，高浪驾蓬莱”之后咏：“奇龄迈五龙，千岁方婴孩。”李善注引《遁甲开山图》荣氏解：“五龙，皇后君也，昆弟五人，皆人面而龙身。长曰角龙，木仙也。次曰徵龙，火仙也。次曰商龙，金仙也。次曰羽龙，水仙也。次曰宫龙，土仙也。”五龙均有法术。朝鲜神话故事“天降”如何想象交通媒介的，与小说“谪降”即神仙借仙梦投胎下凡乃有不同，小说更具体化为受天界惩罚而谪降凡间，并以感孕投胎形式下凡，以此开启新的轮回和新的人生轨迹，“感孕投胎”已完全脱离了“借助交通工具”降临地界的创世神话模式。小说也许的确具有创世神话的天降因素，但关于“梦仙感孕”这一具体的衍变已更加重视人自身的功能、价值，很可能受到了重视环渤海、黄海地域的中原游

---

① 一然：《三国遗事》卷一《纪异》，长沙：岳麓书社，2009，第27–28页。升骨城，原注：“在大辽医州界。”《海东绎史》：“扶余国，今奉天府开原县。”

② 萧兵：《楚辞新探》，天津：天津古籍出版社，1988，第121页。

③ 班固：《汉书》卷二十五下《郊祀志》，北京：中华书局，1962，第1250页。肤施，即上郡（陕北绥德）。

仙文学及其多方面因素影响。[①]

其他如南永鲁《玉楼梦》写“祝融大王”，原是天界“火德星”下凡，此中原神话中性烈的“祝融”。《山海经·海内经》：“炎帝之妻，赤水之子听訞生炎居，炎居生节并，节并生戏器，戏器生祝融。”然而据《海内经》：“黄帝妻雷祖，生昌意。昌意降处若水，生韩流。韩流……生帝颛顼。”《大荒西经》云：“颛顼生老童，老童生祝融。”祝融又为黄帝之后裔。炎、黄古本同族，故传为炎帝裔之祝融，又得为黄帝之裔。又《海外南经》：“南方祝融，兽身人面，乘两龙。”此祝融之形貌。《淮南子·时则训》：“南方之极，自北户孙之外，贯颛顼之国，南至委火炎风之野，赤帝（炎帝）、祝融之所司者万二千里。”此祝融之职司。祝融还见于《海内经》：“鲧窃帝之息壤以堙洪水，不待帝命，帝令祝融杀鲧于羽郊”；《墨子·非攻下》：“（成汤伐夏）天命融（祝融）隆（降）火于夏之城间，西北之隅”；见于《尚书大传》及《太公金匮》者有祝融等七神雪天远来，助周灭殷事；见于唐司马贞《史记·补三皇本纪》者有共工与祝融战，不胜而怒触不周山事等。[②]而《玉楼梦》直接借用中国古代神话人物名号，因其性烈善战的性格相似性，又是“炎黄之裔”，都暗表归附中原之心，用于表现“蛮夷降伏中原”的文化寓意。

其次，对于中原思想观念方面的借鉴。如“神助”“运数”母题，常常作为不可缺少的文本结构暗线，在人物命运转折的关键时刻出现，如《六美堂记》中的南海普陀山道人形象的时隐时现，暗示主宰人物命运的神奇力量。《六美堂记》中，普陀山道人在四个关节点出现：金箫仙出生；父王病重求药，赐予神竹仙药；白云琼（原名白云英）欲远走

---

① 王立：《惜时与游仙——中国古代文学中人性价值的两极延展》，《烟台师院学报》1987年第2期，《中国人民大学复印报刊资料》J2专题1988年第3期转载。

② 袁珂编：《中国神话传说词典》，上海：上海辞书出版社，1985，第297–298页。

海外，暂借普陀山存身；金箫仙携妻妾避世成仙。[①]

这与《西游记》中观音菩萨形象颇似。取经故事中，观音代佛祖寻找取经人，将真经送入大唐普度众生。孙悟空在其入地上天大闹三界、叫嚣“皇帝轮流做，明年到俺家”时，观音与太上老君一起协助天兵天将降伏他，对悟空的行动力观音早已了如指掌。孙悟空被羁押五行山下时，为了自由勉强答应护法，观音赠送唐僧紧箍咒，拘禁悟空一心向佛。为了应对重重磨难，观音不仅赠送三根救命毫毛，还有求即应，直至证得正果“斗战胜佛”。事实上，小说以多个细节明言暗示，观音就是悟空成佛历程尽职尽责的导师，是师徒取经之旅的保护神。

比较来看，《西游记》中观音是明线设置，成为取经故事的重要构成。而《六美堂记》的普陀山道人多处于暗线，即使有迹可循，亦明暗结合，在突出英雄的人性及主体努力的同时，暗示了“奇理斯马”神性特质。德国历史学家兰克教授在谈到历史与哲学关系时，提出“神在人心，人在神里”，认为上帝通过人物的精神力量即“思想”来左右人类的历史，因此对人物的描写，就是对神意在人类历史中作用的最好体现。[②]这不单单是指历史事件和历史人物的书写，作为“稗史”——正史之补的小说，不仅具有此种特性，乃更有甚之。

其三，朝鲜小说“谪降”母题生成具有多元性。单就“谪降”母题而言，朝鲜传统文学乃是后来生成的。如金宽雄教授提到：“随着时间的推移，朝鲜国祖神话所具有的乐观主义的人生观逐渐发生了不同程度的变化，而这种变化体现在英雄小说中，那就是，原本国祖神话中的

---

① 金在埼：《六美堂记》，林明德：《韩国汉文小说全集》卷五《历史英雄类》，中国台北：中国文化大学；汉城：大韩民国韩国精神文化研究院，1980，第 5-149 页。

② 列奥波德·冯·兰克著、罗格·文斯（Roger Wines）编：《世界历史的秘密：关于历史艺术与历史科学的著作选》Ⅲ“历史、政治及哲学之间的关系”，Ⅳ“关于历史的个人思考”，易兰译，上海：复旦大学出版社，2012。

‘天降’话素在英雄小说中往往变为‘谪降’。我们在朝鲜国祖神话以及伟人传说等朝鲜叙事文学传统中不能发现‘谪降’话素，都是出自本人意愿的‘下降’。”[①]的确，将檀君神话中“桓雄大王”主动降世，与《玉楼梦》中“动凡心”而转世人间历劫相比较，这一母题的构成要素确有变化。既然朝鲜民族文学系统中不曾产生“谪降”母题，那么这一母题的生成应该是受到域外文学文化的多重影响。以相关文献看，外界影响因素可概括为佛道两方面，主要是经中国传入的佛教人生观使朝鲜产生了对人世持否定态度的悲观思想，同样来自中国道教观念浸染尤深。于是朝鲜文人与民间的空间延续观念、生命意识逐渐有了质变，“谪降”母题即神仙世界世俗化的艺术表现。神仙若不遵守规则，亦会被“谪降”人间，这也是社会环境危机意识的艺术化再现。

再看一下《玉楼梦》中南蛮王“哪吒”的形象刻画。他被刻画成原是天界星宿——天狼星之精，小说借用他的名号和性格特征，又将其人格化为地上的南方蛮王，而他又莫名其妙地带有文人雅士的知识素养和气质。小说写南蛮王哪吒登门拜谒道士，道士出迎；彼此礼毕坐定，哪吒避席再拜以示诚意。道士笑问何事寻访，蛮王又再拜称世相传旧基有危机，请先生矜怜。道士又微笑称“山野老夫”有何谋计能助大王，谦恭卑微如此，而后蛮王哪吒才流涕恳请：“寡人闻之：‘胡马嘶北风，越鸟巢南枝。’先生亦南方之人，处于此地不救患难，是岂义理乎？伏望先生矜怜寡人之失所，教其回复策。”[②]道士笑曰：“老夫更思之，暂休于门外。”

---

① 金宽雄：《朝鲜古典小说叙述模式研究》，延吉：延边大学出版社，1995，第289页。

② 《古诗十九首·行行重行行》作“胡马依北风，越鸟巢南枝”；皎然《诗式》卷一作“胡马嘶北风，越鸟巢南枝”，而这里更有可能袭自宋代释师体《颂古十首》其四：“越鸟巢南枝，胡马嘶北风。狸奴并白牯，寸步不曾通。千山都坐断，万派尽朝东。天王才合掌，那吒扑帝钟。”以其故事人物中有哪吒其人，更为贴切。

哪吒大喜出外堂，道士召红娘执手而惆怅曰："今日娘归国之日，老夫与娘结数年师弟之谊，相慰寂寞之怀，今当远别，岂不怅然？"红娘且惊且喜，问其故，道士笑曰："老夫非别人，西天文殊菩萨，受观世音之命，欲传兵法于君，今君否尽泰来，归故国而享富贵，眉宇又有半年之杀气，必经兵火，十分操心。"红含泪曰："弟子以一个女子，虽学若干兵法，尚不知归国之路，详教之。"道士笑曰："君本非世间之人，以天上星精与文昌会有宿缘，谪降于人间，相逢于此行，享他日富贵，此皆观音之所导也，自然凑合，非人力所为也，望君勿虑。"且谓曰："哪吒亦是天狼星之精，君若不救之，则非义也。"红娘再拜受命，珠泪盈盈曰："今日拜别先生，何时更见？"道士曰："萍水逢别不可豫定，同享天上之乐在于七十年后。"说罢，复请蛮王曰："老夫病且老，代送弟子一人，名红浑脱，大王旧基当不永失。"哪吒拜谢而出门，红告别于道士，不禁泪下，道士亦怅然曰："佛家戒律，不结情缘，老夫漫与娘相逢，既爱其才，自然许心，情缘亦深，今虽青山白云逢别无常，有玉京清道之后约，望须速了人间尘缘，归于上界极乐。"红娘挥泪而告曰："弟子救蛮王而归故国之日，更入山门，欲拜别先生。"道士笑曰："老夫亦是西天归路甚急，君虽更来，不可相逢。"红涕泣不忍去，道士慰之，且催启程，红无可奈何，再拜告别，与青云握手相别后，率孙三娘随蛮王而去。[①]

① 南永鲁：《玉楼梦》第十三回《救蛮王红娘下山　斗阵法元帅退军》，林明德：《韩国汉文小说全集》卷二《梦幻爱情类》，中国台北：中国文化大学；汉城：大韩民国韩国精神文化研究院，1980，第113–120页。

借“西天文殊菩萨”之口，说出道士、杨公子、红娘、哪吒的身份与关系渊源。作为南方蛮王的哪吒，在蛮荒之地为王，与中原分庭抗礼，虽然最后归顺朝廷，但其独立精神、敢于反抗强权，维护蛮族利益的精神，与哪吒名号的原有意义极为相符。小说还揭示了天狼星（下界转世哪吒）的内心，见到秀美的红娘便生出做神仙伴侣之念头，这一附加细节，标明了《玉楼梦》创作者对哪吒形象的补充，以突出其与原型的不同之处——世俗性：“哪吒与红娘同归，暗想：‘吾尽诚请救，率归一个孱弱少年，岂可免一世之嘲？且其容貌之色仿佛女子，若非男子，五大洞天如弃敝屣，五湖扁舟效范大夫。’”[①]与明代神魔小说《封神演义》中哪吒相比，增添了浓郁的人情味，形象饱满。反观哪吒形象，神性与高冷则更多一些。

比较而言，受域外观念影响而诱发变化的概率更大。因此，对于影响朝鲜“谪降”情节的产生因素，我们甚至可以着重地考虑域外的一些影响源。首先，域外影响源中，最重要也是最确定的因素就是来源于佛教影响，金宽雄在谈到朝鲜“天降型”“谪降型”故事类型产生时均提到它们受到佛教影响，如《玉楼梦》天降型故事框架：“源自韩国神话传说，可谓韩国叙事文学系统中惯用的情节结构模式，或可谓一种情节结构故事框架的小说，自然或多或少带有佛教思想的印迹。”[②]而中国“谪降”母题中的转世因素也是受到佛教影响。同受佛教思想影响的事实，使得中朝“谪降”又具有一定的关联性。其次，域外的中国影响因素不容忽视。“谪世”概念原本产生于中国传统的道教文化，而朝鲜深受中国道教的影响，在道教盛行的朝鲜本土上产生“谪世”情节也就不

① 南永鲁：《玉楼梦》第十三回，林明德：《韩国汉文小说全集》卷二《梦幻爱情类》，第113-120页。

② 金宽雄：《韩国古小说史稿》，延吉：延边大学出版社，1998，第435页。

难理解其受到中国的影响。再次，具体到朝鲜女将小说文本中所提到的天上的神仙包括谪降仙大多是中国神仙体系里的天上仙宿，如文昌星、玉帝侍女、洛神、送生娘娘等，而这些都是中国传统的神仙形象。从这几部朝鲜女将小说中的谪仙所具有的中国传统神仙人物身份就可以看出朝鲜谪降类型中所包含的中国元素。

四、“谪降”母题：中国故事对朝鲜半岛影响的可能性

就中朝女将小说而言，关于“谪降”母题，两者在概念、故事情节上都存在着极大相似性，甚至有重合的痕迹。不可否认的是，中朝“谪降”母题同样受到佛教与佛教文学影响，那么在此前提下，两国间相似的“谪降”母题到底存在怎样的关系？又有着哪些本质上的不同？

发源于道教文化的“谪降”因素历时悠久，具有中国特定的国别（族群）色彩。“谪降”因素在后代文学的不断积淀，构成了一种母题繁衍生成的定势，尤其“谪降”母题源自传统道教文化，这使其格外具有一种特定的国别色彩。对于“谪降”母题模式的道教来源这一事实，一直受学界肯定。苟波教授指出，“仙人谪降”“尘世磨难”故事阐发的乃是道教的修仙伦理，讲究“修心去欲”，是道教的宗教人生观和救世思想在通俗小说中的反映。[①]万钧也提到：“谪仙是道教神仙中特殊的一类。”[②]杨毅在论述元代度脱剧时提及“谪世”归属于道教的观念，并进一步指明：“自东汉末开始，谪仙故事就广泛地出现在各种道教神仙传记、笔记小说甚至正史传记中。例如，《太平广记》‘神仙十二’中就描

① 苟波：《“尘世磨难”故事与道教的修仙伦理》，《四川大学学报》2004年第5期。

② 万钧：《道教中的谪仙观念——以白玉蟾修道思想为例》，《中国宗教》2012年第7期。

写了谪仙壶公的形象。”[①]邵春驹指出道教传说中流传许多仙人贬谪人间故事，此为“道教关于仙人谪世观念的触发”。[②]孟梅指出“谪仙”一词最早出现在署名西汉刘向《列仙传》中，明清女剧作家的创作对“谪仙”情节情有独钟的一个原因即是：“求佛问道之风盛行，佛道典籍被广泛阅读，男性文人的言传身教，使当时的女性在塑造自身形象、思考人生价值或者宣泄内心情感的时候，自然而然地将神仙道化之说引入到她们的叙述模式。”[③]李丰楙先生在研究道教谪降神话所具备的叙事功能时，注意到道教神话模式对中国戏剧、小说的叙事艺术，最具启发的就是“劫运说”和“谪谴说”，认为六朝隋唐传说的谪降模式成为后世度脱剧、白话小说主要结构，如金元明的神仙道化剧、邓志谟谪仙小说以及《水浒传》《红楼梦》《镜花缘》等一大批小说神话结构均源于此。[④]吴光正教授在综述李丰楙道教研究时也提及：“堕落仙人的下凡受罚说，体现的是宗教学上的救赎问题，其中的‘此界苦观’之建立，绝不能简单地从当时输入的印度佛教教义加以理解，而要探本溯源地直接渊源于道家及中国古神话的混沌论。建基于谪仙说的道教谪谴神话，将贬谪到人间视为惩罚，较为具体地表现出人间官僚体制的折射反映，而与佛教所传布的终极理念有所区别。”[⑤]而同时，明清章回小说作家“利用宗教的转世投胎、谪降历劫等情节为宏大叙事提供了广阔的时空架构”，具体源自道教传统内部理论：“道教的谪降神话消解了儒教的政治神话，

---

① 杨毅：《佛道“转世”“谪世”观念对元代度脱剧结构模式的影响》，《长江大学学报》2009年第2期。

② 邵春驹：《李白“谪仙”称号产生的社会文化背景》，《中国古代文学研究》2006年第9期。

③ 孟梅：《论明清女性剧作家的“谪仙”情结》，《艺海》2012年第9期。

④ 李丰楙：《许逊与萨守坚———邓志谟道教小说研究》，中国台北：台湾学生书局，1997，第288页。

⑤ 吴光正：《民族精神的把握与宗教诗学的建构——李丰楙教授的道教文学研究述评》，《武汉大学学报》2011年第6期。

传达的是民间社会的一种宿命情结……《水浒传》的作者确实利用传统道教的谪降神话和儒家的政治神话搭建了完整的叙事架构，表达了统一的叙事意图。”[①]对其创作动机予以如此理性的设计估量，虽未免有些夸张，毕竟还是有迹可循。仇昉也看出晚清溢美型狭邪小说中具有“谪仙”结构因素，上界仙人因犯过失而遭贬谪，需在人间接受诸种考验、磨难，并在规定期限内修持自我，以求体道悟真，重返天界。[②]崔小敬也指出《西游记》谪世结构模式源自道教的思想与观念，百回本《西游记》构建的就是一个圆型谪世模式。[③]可见“谪降”小说母题所独具的传统道教及中华民族精神思想内涵，已成为共识。

首先，从文学情节模式角度看，“谪降”母题是中国古代叙事文学一个惯用的叙述模式，在众多小说类型中都有所呈现。孙逊先生强调，作为通俗文学的小说，与民间化了的宗教尤其有着密切的关系；因获罪而重新托生于世的“谪世”模式，为后来的白话通俗小说所广泛吸取。[④]

蕴含“谪降”母题的通俗文学类型包括元代度脱剧、明清章回小说、明清女性作家戏剧、晚清溢美型狭邪小说等，在这众多的文学体裁中均含有对于“谪降”母题叙述模式的应用，可见“谪降”母题的确成为我国古代叙事模式的一个重要组成部分，并在古代文学中扮演着不可或缺的角色。杨毅提出度脱剧中“谪降”母题：“很明显，元代度脱剧中唯有仙缘宿契者方能获得度脱的关目，完全是对道教‘谪世’观念相关义理的模仿。”[⑤]孟梅提出明清女性剧作家的“谪仙情结”及其原因：

---

① 吴光正：《神道设教：明清章回小说叙事的民族传统》，《文艺研究》2007 年第 12 期。

② 仇昉：《晚清溢美型狭邪小说中的“谪仙”结构及其成因》，《广州大学学报》2006 年第 12 期。

③ 崔小敬：《谪世：〈西游记〉的结构模式与意义复调》，《明清小说研究》2010 年第 2 期。

④ 孙逊：《中国古代小说与宗教》，上海：复旦大学出版社，2007，第 281 页。

⑤ 杨毅：《佛道“转世”“谪世”观念对元代度脱剧结构模式的影响》，《长江大学学报》2009 年第 2 期。

“一直到晚清民国时期，谪仙叙事依旧为闺阁剧作家们所青睐。”[①]仇昉还强调晚清溢美型狭邪小说中，“谪仙”结构的叙事功能有着极为突出的表现。[②]

可见“谪降”母题在华夏古代文学中悠久繁盛，已成为一种常见、固定的叙述模式，可借此母题情景拓展更广阔的情节空间。“谪降”母题在中国古代文学作品中的应用绝不是偶然性的，而是根植于民族文化的溯源及民族文化的发展趋势而不断发展壮大的，依托“土生土长的宗教”则更具本土特质，“谪降”母题可被视为是我国的传统文化因子。

其次，朝鲜“谪降”母题更多是受外界因素影响，鲜有本民族文学与文化自身的影响因素。通过对其形成因素分析，可看出朝鲜“谪降”母题受本民族自身文化因子的影响极小，大多是在外界影响下产生，这其中包括域外佛教思想的影响、朝鲜外界社会生存背景的影响等，其中鲜有本土文化特质。即便是与“谪降”母题联系十分密切的“天降型”故事，也或多或少受到了佛教思想影响。作为朝鲜小说惯用的情节结构，“天降型”“谪降型”故事类型的产生都受到了外界影响，且最为重要的一点是单就“谪降”母题，朝鲜半岛文学传统中不曾有过。既然朝鲜本土文化未对“谪降”母题提供养分，那么我们势必要探究其得以形成的外部影响因素，而中国传统道教中久有“谪仙”观念，这自然可以作为一个重要的参考依据。同时中国“谪降”母题与朝鲜一样都受到了佛教思想的影响，那么两国的“谪降”因素势必存在着一定的联系，这也可以促使我们进行中朝间的影响研究。

其三，众所周知，朝鲜李朝（1392—1910）小说受明清通俗小说影响尤为明显。作为通俗小说范畴内的明清小说中出现众多“谪降”母

---

① 孟梅：《论明清女性剧作家的“谪仙”情结》，《艺海》2012 年第 9 期。

② 仇昉：《晚清溢美型狭邪小说中的“谪仙”结构及其成因》，《广州大学学报》2006 年第 12 期。

题，不能不说对古代朝鲜小说产生一定影响。明清通俗小说体裁新颖且内容富有生活气息，吸引了朝鲜少数思想开明的作家，他们试图效仿中国通俗小说进行小说创作，同时通俗小说的传入对于半岛市民阶层也尤具吸引力。十六世纪末期，中国通俗小说开始在朝鲜文人和士大夫之间流行，其中最流行的当属明代“四大奇书”，即《三国志通俗演义》(《三国志演义》)、《水浒传》《西游记》《金瓶梅》等。传入朝鲜的通俗小说题材多样，其中最早流行于朝鲜的是演义类小说，流行时间是从十六世纪中期开始的，而后爱情、神魔小说也随之大量传入。此后，中国通俗小说在朝鲜不断得到推崇：“到了十七世纪，随着在朝鲜社会更多流行中国通俗小说，甚至科举考试考卷上出现了演义中的有关故事情节的试题。”[①]甚至到了十八世纪末期，通俗小说在朝鲜妇女间得到广泛的流行。

朝鲜对中国小说的情节结构也多有借鉴。第一，从影响的阶层范围来讲，中国通俗小说一经传入朝鲜，影响范围之广，受到了各阶层的崇尚喜爱，甚至于朝鲜统治阶层对中国通俗小说都推崇备至。如李朝的宣祖，在《朝鲜王朝实录》“宣祖”卷三的宣祖二年（1569）元月条写道：“奇大升进启曰：顷日，张弼武引见时，传教内张飞一声走万军之语，未见正史，闻在《三国志演义》云。”又依据《列圣御制》“宣祖”条，他在1584年作《精忠录》序，“命芸阁印出而广其传者”。这说明朝鲜国王宣祖对中国通俗小说的认识和爱好。[②]第二，从朝鲜对中国通俗小说情节结构的借鉴角度，也可以看出中国通俗小说的影响之大。李朝著名小说《春香传》显然受到唐代元稹《莺莺传》、元曲《西厢记》的影响；朝鲜的《九云梦》中的八仙女与《红楼梦》中的金陵十二钗的结构亦颇为相似；《九云梦》《空空幻》大致结构仿佛，其他一些部分与《玉

① 郑沃根：《明清小说在朝鲜》，《中国文学研究》2003年第3期。

② 郑沃根：《明清小说在朝鲜》，《中国文学研究》2003年第3期。

娇梨》亦多类同，可以看出中国才子佳人小说对朝鲜小说产生的影响；而被本文列入研究范围的朝鲜女将小说《玉楼梦》也被众多学者指出其神仙道术情节、章回小说形式均受到中国通俗小说《三国志演义》《西游记》等的影响。

由此可见，中国通俗小说对朝鲜李朝的影响极大，尤其是中国通俗小说对朝鲜小说情节结构的影响。在这样一个影响关系大背景下，这里探讨的“谪降”母题同为中朝通俗小说中的常见叙述模式，对两者间影响关系进行研究极具价值意义。在论述朝鲜女将“谪降”母题与中国之关联之前，我们首先要指出三部朝鲜女将小说均归属于李朝时期的“军谈小说”[①]类别，而李朝的“军谈小说”的产生深受中国通俗小说的影响，此以杨昭全、韦旭昇的观点为代表：“受中国《三国志演义》《东周列国志》等战争题材小说之影响，朝鲜亦出现战争题材之小说，谓之军谈（军功）小说”[②]，韦旭昇认为“军谈小说”产生原因需着重强调中国通俗小说的影响，其产生受到中国四类小说的影响。第一，受到以《三国志演义》为代表的历史演义小说的影响；第二，受到中国才子佳人小说及其他爱情小说的影响，“军谈小说”中也糅入了才子佳人式的故事；第三，受到神魔小说的影响，如《玉楼梦》中神魔、法术情节等神魔内容；第四，受到中国妇女将帅小说的影响，中国的《樊梨花征西录》《樊梨花征西记》在朝鲜流传。[③]可见“军谈小说”的创作深含中国通俗小说因素，那么本文提及的三部朝鲜女将小说作为“军谈小说”的子类，自然也带有中国通俗小说的影响因素。

---

① “军功小说”（或曰“英雄小说”“武勋谈”“军谈小说”），此概念引自韦旭昇《韩国文学史》（原名《朝鲜文学史》，见《韦旭昇文集》全六册，北京：中央编译出版社，2000）。

② 杨昭全：《中国古代小说在朝鲜之传播及影响》，《社会科学战线》2001 年第 5 期。

③ 韦旭昇：《历史发展与文化交流的交叉——关于朝鲜“军谈小说”》，《北京大学学报》1992 年第 5 期。

中国“谪降”母题历时悠久，且作为明清通俗小说中的常见因素，与朝鲜李朝小说中的众多“谪降”相联系，其情节的相似性给予我们对于中朝间传播影响的思考，再联系中国通俗小说对朝鲜小说的总体影响，以及具体到对“军谈小说”类型的影响，为我们提供了中国“谪降”对于朝鲜小说影响的推理思路。

中国的“谪降”母题一经产生便不断发展壮大，及至明清小说时，“谪降”母题已繁荣空前。《西游记》中师徒四人的谪降身份模式、《水浒传》中的魔君转世、《红楼梦》中绛珠草与神瑛侍者的谪降情缘、《儒林外史》中星君降凡、文昌帝君托梦等，这些小说中均应用“谪降”母题作为小说的叙述模式展开情节，而《西游记》《水浒传》《红楼梦》等作为古代小说中的“奇书”闻名国内外，在朝鲜一度受到广泛的流传与推崇，这类著名小说中的“谪降”母题随之扩散。此外，明清众多通俗小说中都存在“谪降”母题，如包含女将题材的《飞龙全传》《说唐三传》亦存在女将“谪降”母题。至于《九云梦》《玉楼梦》中的中国元素[①]，可以明显看出中国古代文学对朝鲜半岛“谪降”故事母题的影响。

李朝时期，《三国志演义》《西游记》《水浒传》等在朝鲜半岛得到广泛传播，备受朝鲜读者喜爱。这几大奇书在受到读者推崇的同时，也对朝鲜作者的小说创作产生了影响。《九云梦》《玉楼梦》中的诸多情节都含有中国小说因素。首先，《九云梦》《玉楼梦》的情节背景均发生在中国，《玉楼梦》中多处出现道士道术乃至幻术的描写，这是中土产物，且曾出现诸葛亮形象，更显明了中国因素的存在。李宝龙提出《玉楼

---

① 南永鲁:《玉楼梦》，韦旭昇整理翻译，太原：北岳文艺出版社，1989。《玉楼梦》是一部现实主义的古典小说，达到了朝鲜小说的最高成就。语出尹允镇、池水勇、丁凤熙、权赫律:《韩国文学史》，上海：上海交通大学出版社，2008，第 181–184 页。

梦》中至少有三处与当时传入朝鲜的中国小说相似，一是第八回写杨昌曲取得翰林官职、梦得南海观音菩萨奉旨传授《武曲星官兵书》一节，与《水浒传》第四十二回中写宋江得九天玄女梦授天书一节非常相似；二是第十四回江南红得山中道士授艺一节，与《三国志演义》第一回中张角从南华老仙学法术一节相似；三是第十七回中江南红与祝融斗法一节，与《西游记》第六回孙悟空与二郎神变身相斗相似，这均可看作是中国因素在朝鲜小说神怪情节中的形象阐释。[①]

而无名氏《帷幄龟鉴》第一回写利用天书和神仙魔力反叛朝廷、抗拒官兵不同，这里是因不认识天书上的文字，妄加推断，导致身死国亡的惨剧，这是一个天书母题中失败的案例。说徐市入海数载无消息，始皇东巡至海，朝暮企望，还诏令博士卢生入海迎接。卢生遇风漂一岛见老翁，被认出是迎徐市之秦使，称徐市一行“已坠鲸涎”，于是取出《历代兴废录》相赠。卢生知遇异人，返舟回朝复命，也如同中国小说天书母题之不可解[②]。而同中之异的是，中原小说偏重在天书内容之深奥不可读解；而朝鲜小说则被文字——字体难于辨认所苦，称始皇披阅：“字体奇怪，非鸟篆，非蝌蚪，非史籀，莫解半字，且惊且异……”就连“各家字体无不解”的丞相李斯（朝鲜人心目中的“李斯”）屡次展玩，也不可解，只认出了“亡秦者胡也”，于是始皇大惊，认为“果是有据之谶书”，印证了“常忧北胡”，即北筑长城，民众流散，村落萧条。[③]此虽也是《史记》载录的中原传说，但朝鲜小说突出了“认字”

① 李宝龙:《从神怪情节看韩国古代小说中的中国因素》,《延边大学学报》2005 年第 3 期。

② 王立:《宗教民俗文献与小说母题》第五章《道教、民间宗教与古代小说天书母题》，长春：吉林人民出版社，2001。

③ 无名氏:《帷幄龟鉴》第一回《水市龙潜汉高祖 博浪狙击秦始皇》，林明德:《韩国汉文小说全集》卷四《历史英雄类》，中国台北：中国文化大学；汉城：大韩民国韩国精神文化研究院，1980，第 9-10 页。

的困难，从而成为天书母题别一分支的变奏。

《三国志演义》《水浒传》《西游记》等明朝小说传入，直接引起朝鲜小说情节构设的母题仿拟。如《玉楼梦》对《西游记》中“分身术”“变身术”的模仿——女主人公江南红、小菩萨作战时分身术描写，江南红与祝融大王交战时变身术描写。又《九云梦》中八仙女之于《红楼梦》金陵十二钗的仿拟，杨昭全先生提到：“仅在韩国岭南大学收藏之《九云记》（系据《九云梦》改编）中，发现受《红楼梦》影响之痕迹，该书插入《红楼梦》中之诗词。此外，中国古代小说对朝鲜古代小说产生影响当不只八部……”[①]而作为“军谈小说”胚胎状态的《九云梦》与其后身《玉楼梦》[②]之间，又存在着先后传承关系，可谓是“父→子”之间的垂直影响关系。

何以一时间在朝鲜半岛出现了如此众多“军功小说”（女将小说）？应当说，这也是东亚地区战事频仍的一个文学折映——小说随之趋时入流。明代后期以降，辽东半岛上战事多发，明清通俗小说宝物描写即林林总总，花样翻新，体现出对于先进战争工具的向往。更值得一提的是，万历年间明朝平定“壬辰倭乱”历史事件与历史小说《壬辰录》[③]，辽东军民紧邻朝鲜自应感受到敌军压境的种种压力，由武器到文化直到心灵世界。人类学家林惠祥先生曾谈到“文化压力”的功能，认为“文化压力的存在使社会科学里面不能有客观性。在社会科学中自称有客观

① 杨昭全：《中国古代小说在朝鲜之传播及影响》，《社会科学战线》2001年第5期。《九云记》据朝鲜小说《九云梦》改写，关于其“国籍”问题，刘世德先生一派认为《九云记》是中国小说，另一派认为是朝鲜小说，然而《九云记》对《九云梦》的情节继承不可否认。

② 《九云梦》《玉楼梦》虽未被明确列入“军谈小说”范围内，但韦旭昇《历史发展与文化交流的交叉——关于朝鲜“军谈小说”》认为，《九云梦》《玉楼梦》从题材内容、形式特点等看都应被归属于“军谈小说”。

③ 林明德：《韩国汉文小说全集》卷五《历史英雄类》，中国台北：中国文化大学；汉城：大韩民国韩国精神文化研究院，1980。

性的大都是自己辩护，是一掩饰压力要素的不自觉的企图而已。关于社会现象的解释和估价，是无人能够客观的。只有在观察或采集事实时能够客观，解释时却不能客观。因为解释需要一种心理倾向，一种意愿，一种目的。这些心理倾向、意愿、目的，都是被文化压力所制驭的。任何人住在任何社会都是由那个社会浸灌以意识、思想倾向、幻想偏见。以此他所属的阶级，便能指导他的思想及幻想。”[①]不可否认，战争使兵器的神奇力量巧妙地化作文化冲击力，而“文化压力，对于社会思想是必需的”。除此，疏解文化压力的途径还有故事书写，以构设文学世界消解现世困境。就小说的“谪降”母题而言，毗邻的友邦对于使用战争工具的女将们“仙化”、能力延伸的揭示与归因，正是应对战争的需要，构成了某种东亚民族之间默契、相通的共同社会心理。因此，表现这种心理的汉文小说就恰如一面镜子，能折射出内涵复杂的社会现象，也能为具有诸多神秘信仰的东亚民众所认同接受，在现实生活中起到减压、纾解紧张的功能，在这一精神文化的社会效应方面，共同的人性、共情得以焕发、体现。正如早年人类学家所言：“所谓有史以来的文明民族的文化也还有与史前时代及野蛮民族无甚差异之处，他们的战争、迷信、魔术、宗教、婚姻等事，也常见有原始的色彩。所以有时也很可以由文明民族中找出低等的文化来研究，而所谓汗牛充栋的文明典籍中也尽有野蛮的原料为人类学家所欣赏。”[②]当然，鉴赏者的认知力、想象力与判断力很重要，否则很难捕捉到母题的超现实性。

从中朝“谪降”的情节、溯源对比来看，中朝“谪降”母题都有同一的影响源，即佛教思想的影响。除同一的佛教思想影响外，通过对朝鲜小说自身“谪降”因素的研究及其受中国通俗小说的深远影响，又

① 林惠祥：《文化人类学》，北京：商务印书馆（据 1934 年版重排），1996，第 58–59 页。

② 林惠祥：《文化人类学》，北京：商务印书馆（据 1934 年版重排），1996，第 8 页。

可以看出中国通俗小说谪降情节对朝鲜小说的影响，亦能加深中国“谪降”对朝鲜产生影响的印象。综上，对中朝“谪降”母题的形成关系，可以确定：佛教思想→中朝“谪降”母题，以此来看佛教思想与中朝“谪降”母题在从属关系上属于父子关系；而中国“谪降”母题与受其自身道教文化影响的朝鲜“谪降”母题间的从属关系属于父子关系。以此来看，佛教思想与中、朝“谪降”母题三者间呈现出父、子、孙的影响关系。

严绍璗教授多年前注意到东北亚文化交流中的一种不平衡现象：“从文化发展的历史而言，两种文化一旦形成文化史学上称之为‘交融’的关系，那么，这种‘交融’或‘交流’总是双向存在的。但是，由于在特定的历史时期中，两种或两种以上的文化的‘势’的不同，因而便造成双向交流或交流的‘当量’是很不相同的。……”[①]的确如此，在长期盛行的“朝贡体系”及其话语流传状态下，这里以及以下章节，多数情况下也带有如上倾向，也是一种历史实际的真实呈现吧。

从另一角度看来，这并非否认文化人类学的核心、基础“文化相对论”——平等地看待各民族。但在真实历史面前，不论今天站在何种角度、出于何种考虑来倡导“平等看待”，试图以看起来高姿态的态度客气一番，实际上正是潜在的傲慢、自信满满使然，还莫若抛开空泛的口号，以具体问题（话题）、具体语境下的实事求是、就事论事，更为趋近母题史体现的文学关系史实际。如因非要描绘成在彼时大家都“平等”相待，坐在圆桌周围，那恐怕难免会“选择性记忆”“选择性遗忘”，用“有意误读”来描绘出一种“想象的共同体”，未免会有些理想化，这也是需要警惕的。

---

① 严绍璗、刘渤：《中国与东北亚文化交流志》，上海：上海人民出版社，1999，第2页。

第三章

《洪吉童传》对《水浒传》的借鉴与重构

《洪吉童传》是朝鲜最早的国文小说[①]，作者为朝鲜王朝中期的文臣、政治家，著名诗人、小说家许筠（1569—1618）[②]创作于朝鲜光海君王朝时期。该英雄小说由真人真事改编而成[③]，主要以对嫡庶之分的愤恨和对贪官污吏的揭露为主题。最后主人公洪吉童在埠岛建立“德政为本”的理想国，自称为王，后传位于子，他与夫人一起羽化登仙。可见作者许筠思想中，有个人英雄主义精神与改革旧制度建立新秩序的理想国愿景。小说一改朝鲜古典小说拥护、维护封建制度，变为主张推翻封建王朝，具有浓重的文化批判意识。

就小说的写作时代、内容与叙事艺术而言，有明显的模仿痕迹，特

---

① “国文小说”即“正音（朝鲜文）文学”，意指与汉文学、中国小说或者汉文小说相对应的朝鲜文学或者小说形式。参见［韩］金台俊《朝鲜小说史》，全华民译，北京：民族出版社，2008，第 88 页，第 11–12 页，第 81 页，第 43–44 页提及“韩字”的“谚解”；第 78 页提及“国文学”；第 86–91 页提及“国民文学”“国文小说”。

② 弘华文主编：《燕行录全集》第一辑第八册，桂林：广西师范大学出版社，2010。

③ 赵东日《〈英雄的一生〉与〈洪吉童传〉》，《许筠研究》，汉城：韩国新文史出版社，1986（韩文版）。左江《此子生中国——朝鲜文人许筠研究》（中华书局 2018）考述甚详，但未提《洪吉童传》，不知何故。

别是与明代四大奇书之一的《水浒传》关系密切，多年来，已有研究者对小说的儒家思想观念[①]、文体关系[②]等维度予以比较分析。至于思想观念特别是宗教影响，也有专门论述，如韩国学者郑柱秀认为："《洪吉童传》是分别受到《水浒传》《三国演义》《西游记》等小说的影响后创作而成的。二者在很多情节上都有相似点。"[③]其实该小说作者的阅读广度是很开阔的，极大可能也受到《史记》、唐传奇、话本小说等及朝鲜本土神话故事的影响。因而，从小说文本结构、情节、形象等方面对朝鲜半岛这一东亚名著予以文本生成探寻，是很有意义的。

一、两部作品文本结构之差异性

《洪吉童传》的文本结构不十分复杂，共四卷。但就故事内容而言，《洪吉童传》[④]与《水浒传》有诸多相似之处，比如个人、家庭与社会矛盾交错，追求独立自由世界，反抗旧制度，维护君王统治等。但故事母题方面，《洪吉童传》则表现出明显的法古与创新相结合的艺术特征，使一人之传的文本结构彰显出独特的艺术魅力。

首先是《洪吉童传》的文本结构，单一清晰，从洪吉童的"青龙"降世→少年磨难→离家投身江湖建立"活贫堂"→埠岛建国称王→羽化登仙。主要由三部分构成：第一部分写洪吉童对嫡庶身份不平等的不满

---

① 丁奎福：《〈洪吉童传〉中的儒家思想及其作用》，《文艺理论研究》1992 年第 3 期。

② 王红梅：《朝鲜文人许筠短篇"传"体文学题材辨析》，《首都师范大学学报》2010 年第 2 期。

③ 郑鉒东：《洪吉童传研究》，大邱：文豪社，1961。

④ 郑夏摄：《洪吉童传》（汉朝对照），李华译，北京：民族出版社，2009。这是《洪吉童传》演绎版，依据原著的京刻版，此版侧重于洪吉童反对身份制度，追求创建人人平等、靠自己的努力实现梦想的新型社会制度，更接近许筠的原著思想。

乃至愤懑，以及“青龙”吉兆与文才武略兼备引发家庭内部纠葛，离家出走的因缘。一是，洪吉童是封建家庭伦理制度的受压迫者，囿于“庶孽禁锢法”[①]，他遭受种种压制：“有兄父，而不能称父称兄”，更不能参加科举考试。他又是不合理旧制度的反抗者。作者许筠借洪吉童的故事谴责了封建贵族，通过具体细节描写和细腻的情感描绘，表达了对洪吉童可悲地位的深深不平，暴露了嫡庶伦理制度的不合理性：

> 대장부 세상에 나서 공맹을 본받지 못하면 차라리 병법을 배워서 대장인을 허리에 비껴차고 동정서벌하여 국가에 대공을 세우고 이름을 만세에 빛냄이 대장부의 쾌사로다. 나는 어찌하여 일신이 적막하고 부형이 있으되 호부호형을 못하니 심장이 터질지라, 어찌 통탄치 아니리오.[②]
>
> （大丈夫出世，如不能效法孔孟，则当学习兵法，腰挂帅印东征西伐，为国家建功立业，流芳百世，此为大丈夫之快事也。我为何孤苦无依，有父兄而不能称父称兄？心都要气炸了，怎能不痛惜？）[③]

---

① “庶孽禁锢法”是朝鲜王朝时期针对两班妾室所生的子孙的制度。肇始于朝鲜太宗1415年，定型于朝鲜成宗1485年《经国大典》，到1894年甲午更张时正式废止。核心内容是“不列东班”“限品登用”“禁赴文科”“世代禁锢”。[朝鲜]崔恒、徐居正等《经国大典》（奎章阁藏明万历本1613影印）卷三《礼典·诸科》“罪犯、永不叙用者、脏吏之子，再嫁、失行妇女之子及孙，庶孽子孙勿许赴文科、生员、进士试”；卷一《吏典·限品叙用》“文武官二品以上，良妾子孙限正三品，贱妾子孙限正五品；六品以上，良妾子孙限正四品，贱妾子孙限正六品；七品以上至无职人，良妾子孙限正五品，贱妾子孙及贱人为良者限正七品，良妾子之贱妾子孙限正八品。（兵曹同。二品以上，妾子孙许于司译院、观象监、典医监）内需司、惠民署、图书署、算学、律学，随才叙用”。又见李成茂《高丽朝鲜两朝的科举制度》，张琏瑰译，北京：北京大学出版社，1993。

② 许虎一、徐日权：《洪吉童传及其他》，北京：民族出版社，1984（韩文版）。

③ 译文为任晓礼教授译，下同。

这里通过内心独白的叙事方式，真实地反映了侠义英雄洪吉童所经历的心理痛楚。然而，对洪吉童来说，比心理痛楚更甚的是“家人”对他有预谋的连环杀戮。洪宰相的另一个侍妾草兰，买通一个名叫“特才”的杀手，实施暗杀。而这仅仅是因为她担心春织生了“神童”——洪吉童之后，博得洪宰相的爱。

洪吉童预感到了不祥之兆——夜晚“乌鸦”连叫三声，就用“隐身术”把自己隐藏起来。他运用自己的武功，反把刺客杀掉了。被草兰收买、参与阴谋的巫师和占卜者，也都被洪吉童杀掉。洪吉童不能忍受等级森严、缺少温情的大家庭，只好离家出走，投身江湖。这才是一次真正的反抗旧有社会制度的实践，也是自觉改变个体命运的开始。

无疑，小说的第一部分主要用现实主义的手法，描绘了一夫多妻妾的社会制度所造成的家庭悲剧，主张推翻嫡庶差别以及“庶孽禁锢法”等不合理的传统旧制度。关于《洪吉童传》的主题，评论家们有许多不同见解。特别是在《洪吉童传》的主题是不是反映嫡庶矛盾上分歧最大。甚至有些评论家认为，《洪吉童传》不能划分为社会小说。[①] 的确，洪吉童是数百“义贼”的领袖（行首），在创立封建理想王国之前，他是怀着对封建身份制度怨恨之情而进行的反抗，然而，对其理想萌芽要作具体分析。对《洪吉童传》的分析不能仅停留在单纯地反映嫡庶矛盾上，而应看到他对整个传统社会旧制度的反抗，可以说，小说第一部分便埋下了对社会制度强烈批判的伏线。

其次，小说深刻地展示了封建社会贵族阶级的生活理念。在封建时代，贵族阶级已经形成与身份相符的生活模式与生活态度。身居“两班”要位又有一妻两妾的洪宰相，对社会伦理观念及嫡庶制度的拑束力是极为明了的，但他依旧在梦见“青龙”之后，宠幸侍妾，使得“神

① 任型泽：《洪吉童传的新考察》，汉城：韩国东亚出版社，1976（韩文版）。

童”洪吉童从一出生就处于极为尴尬的家庭与社会地位。这实质上也是对整个贵族阶级的批判，间接抨击了传统社会旧制度的悖谬。除此之外，小说还反映了封建社会更恐怖的一面，不仅压抑着个体的精神与心理，连其自主的生存权利也被忽视乃至随意剥夺。这从草兰与杀手、巫师、占卜者相互勾结以及连环阴谋中就可以看到。当时人们认为，有非凡能力的人物出生的话，王室就有被推翻的危险，所以一旦发现就必须“清除”。有非凡人物的家庭为了避免“连坐”之灾，也只能偷偷地除掉。洪吉童就是因为有做“王侯”的“异相”，才遭到多方暗算，甚至“大夫人”与其兄长都同意除掉他。因此，在这种险恶环境中，他岂能不经历种种困难、险阻？严格的嫡庶身份与社会等级制度是造成这一悲剧的主要原因，这或许是现代人所无法理解的。

对嫡庶差别的反抗，不是孤立进行的，其必然会转移、扩展到对拥有这一制度的社会的反抗。就像许筠的同僚徐羊甲、朴应犀等庶子党们那样，从反对嫡庶差别一开始就走向了推翻王室的政治斗争。小说从第二部分开始，主人公洪吉童的言行明显带有了政治性质的反抗色彩。洪吉童从嫡庶差别严重的家庭矛盾中觉悟了，踏入了反抗产生这种差别的社会制度的政治斗争中。

小说第二部分是洪吉童投身江湖的生活描写。一是他只身入百余“盗贼之窟穴”，毛遂自荐做“行首”，以神力（举起重达千斤之樵夫石，行数十步而放下，面不改色）与智慧（智取陕川海印寺数万资财）征服众人，成为领袖，与众人“歃血为盟”，共谋行侠仗义之事。二是“作舍数千间”，号“活贫堂”，“众贼遍行八道夺取不义财物”，救助“至贫无依”者。这里将洪吉童书写成为既具“宋江”及时雨一般救拔穷苦人的能力，又有仿佛受到佛经斗法故事影响下的孙悟空一般的“分身术”[①]，

① 王立:《明清小说“一以化多”母题的佛经文献来源》,《南亚研究》2009年第1期。

还身怀诸葛亮的韬略。他用八个稻草人做替身，扰乱朝鲜八道。作者在这里把描写对嫡庶差别封建身份制度的反抗斗争和对封建官僚的阶级对抗结合起来。洪吉童以“幻术”替身率领“活贫堂”，在朝鲜八道神出鬼没，袭击贪官污吏，夺取送往京都的贡品来救济贫民们。对此，国王和朝臣们也慌乱无主，用尽了各种手段要缉捕洪吉童，但会变身术、遁甲术，像鬼神一样的洪吉童岂能被轻易捕获，反是捕贼大将李协四人被捆绑戏弄。最终国王不得不按照洪吉童的要求，任命他为兵部尚书。洪吉童“头戴高高的军帽，身着整洁的官服，坐在八抬大轿”出现在国王面前，然后他得以把庶子所处的卑劣境地详细地说给国王听，而后他就心满意足地辞掉官职，离开了朝鲜。

表面看来，洪吉童胜利了，他不仅取得了解放庶子的胜利，而且也取得了反对传统社会与一切“庸俗者”斗争的胜利。但其实，他没有将对王朝的反抗斗争进行到底，没有把王朝给推翻，而是任其发展，用和解的方式结束了斗争。洪吉童的世界观在小说的开端和斗争发展的高潮阶段不同，前者以“出走”抛弃旧有社会关系，以不妥协方式处理家庭与社会问题，后者则以“和平”的方式来解决矛盾。前后矛盾的处世态度，是不是由书写者自身世界观的矛盾而引起的呢？小说的开头说：“话说朝鲜国世宗时期……”小说的时代背景定在了比叙事者生活年代早一个世纪的世宗时期，对推翻原有王朝虽没有详细的描绘，但却安排了攻打埠岛的情节以及建立理想王国的结局。叙事者大约是为了避免遭受现统治者的迫害而如此设计故事情节和人物结局的。

许筠没有写反抗者直接推翻王朝，而是以迂回的方式暗示以建设理想国——埠岛国来取代以前的王朝，这就是小说的第三大部分。在这部分里，洪吉童以解放农民为己任，以否定旧社会建设新国家的神圣国王身份登场。洪吉童带领“义兵”推翻埠岛旧王朝，建设理想国——埠岛国王国，这也是叙事者自己社会理想的艺术性流露，以洪吉童建立新国家来折射自己推翻旧王朝的愿望。

> 의병장 홍길동은 율도왕께 글월을 보내나니 대저 인군은 한사람의 인군이 아니요. 천하사람의 인군이라. 이러므로 탕이 벌걸하시고 무왕이 벌주하시니, 천도 자연한 일이라……①
>
> （义兵将洪吉童给硉岛王上书说，仁君不是某一个人的仁君，而是天下百姓的仁君，所以商汤伐桀、武王伐纣，这是天道自然之事。）

作者借主人公洪吉童之口，披肝沥胆地陈辞：国王应该为了百姓的利益着想才能成为好国王，像中国古代商汤推翻暴君夏桀而建立商朝、周武王推翻暴君商纣王而建立周王朝一样，委婉地暗示百姓应当起来把当时的暴君光海王朝推翻，建立新国家，这是理所当然的。洪吉童征服了埠岛国成为埠岛王之后，对百姓施行仁政，减轻赋税。因此百姓称赞国王：

> 년년이 풍년 들면 월하에 격양가를 부르는 이상국을 세웠다.②
>
> （建立了年年丰收、百姓月下欢唱丰收歌的理想之国。）

许筠构想的理想国不是陶渊明所描写的武陵桃源式的理想国，也不是托马斯·莫尔构想的乌托邦。洪吉童建立的埠岛国，不过是以儒教的

① 许虎一、徐日权：《洪吉童传及其他》，北京：民族出版社，1984（韩文版）。

② 许虎一、徐日权：《洪吉童传及其他》，北京：民族出版社，1984（韩文版）。

王道政治和仁政的理念为基础的理想王国。对封闭于中世纪黑暗帷幕里的许筠来讲，他不可能像近代初期的朴志远（朴致远）那样，构想出没有阶级差别、人人平等的理想社会。当然，也不可能构想出资本主义生产关系已达到较高程度，像16世纪英国托马斯·莫尔所设想的废除私有制、人人劳动、人人平等的“乌托邦”。由于社会历史的局限性，许筠对埠岛国的设想只能停留在中国古代尧舜禹时期的王道主义的理想国，不可能有更加美好的、真正人人平等的理想国。

洪吉童离开朝鲜时，给国王上书，反省自己的“不忠不孝”，他在当上埠岛国王之后，娶了赵氏、白氏两个妻子，都封为王妃，这是由许筠世界观的局限性与矛盾性所决定的。许筠反对封建王朝的残暴统治，反对嫡庶差别及“庶孽禁锢法”的不合理性，但却没有反对产生这些不合理制度的根源——封建社会制度。作者局限性是由于社会发展的局限性而产生的，“人是独特的社会动物”[①]。对作者不能提出过高的要求。

反观《水浒传》，这部世代累积型“奇书”的文本结构就显得更为丰富复杂，一如前人指出的其结构乃是“百川归海”式的，一百单八将汇聚水泊共谋大事，虽不能说把每个人物的来龙去脉都叙述清楚，但主要人物梁山泊好汉的骨干如武松、宋江、林冲、鲁智深、卢俊义等，却形成了一个个单元，所谓“武十回”等。而主要的英雄人物之各有传记，也便于将其性格描绘得各具千秋，故事中套故事，个个自成体系。如宋江、鲁智深、吴用等，事实上均可单独立传，好汉交错迭出，相映成趣，且还往往“犯中见避”，既具类型化特征又形象独特个性分明。而整部小说又以“百川归海”结构模式构成庞大的体系，这是《洪吉童传》所难以媲美的叙事艺术特征。因此，可以说，《洪吉童传》是《水浒传》中“宋江故事单元”的一个朝鲜模式再现，其中所展现的朝

① 乔治·梅奥：《工业文明的人类问题》第一至二章，陆小斌译，北京：电子工业出版社，2013。

鲜本土文化精神与民族记忆尤为鲜明，特别是朝鲜李朝时期的“两班制度”“庶孽禁锢法”及其社会伦理观念，是当时的中国和日本都不曾出现的。

二、《水浒传》对《洪吉童传》的影响

一般来说，一部优秀的文学作品往往是不可能孤立产生的，或多或少会受前代其他作品的影响，这也是诸如故事母题分析、互文性等诸多理论赖以生成的文学史土壤。雨果曾说过：“我所有的作品是由无数不同的人和不同的事提供的。”这是指现实生活的题材提供，但作者都离不开阅读和知识——审美建构，一部作品从横向看可能会受到同时代的作家、作品的熏陶，从纵向看可能会受到先前作家作品的泽溉。同时在受本国文学作品哺育的同时，也可能受外国文学作品的启迪。朝鲜武侠小说《洪吉童传》的作者许筠，所处时代的半岛外部环境具有其特殊性，所受中国明代小说尤其《水浒传》影响甚大。明朝时许筠曾访问过中国，怀着浓厚兴趣阅读了许多明代小说，并取为攻玉之石。17世纪李植（1584—1647）的《泽堂杂著》中写道：“许筠、朴烨等好其书（《水浒传》），以其敌将（“梁山好汉”）别名各占为号以相谑。许筠又作《洪吉童传》以拟《水浒传》。”[①]沈梓《松泉笔谭》中的“悖说集”里记载了许筠百读《水浒传》之后，创作出了《洪吉童传》。[②]所以，《洪吉童传》被认为是《水浒传》的模仿之作。

① 李植：《泽堂杂著》，民族文化推进会：《影印标点韩国文集丛刊》第88册，汉城：景仁文学社，1970。

② 沈梓：《松泉笔谭》，转引自史向前《许筠和中国古典文学》，《时代文学》2009年第4期。

这种学习、模仿是全方位的，并非一部小说名著而已。对此，多年来中韩学者已经有了非常充分的总结，如闵宽东教授、陈文新教授联手的研究著作，就将中国古代小说传入韩国的方式，概括为五个类型："第一是中国的赐赠，第二是韩国使臣从中国带回，第三是中国使臣带来赠与韩国，第四是韩国贸易商从中国购买，第五是中国贸易商带来。"[①]不仅具有国别文学的研究价值，而且深具中外尤其东亚比较文学的研究价值。而在清末的早期新闻画报中，就从中华文化对于东北亚影响的角度予以关注了。如描绘"高丽进士"赵玉坡来中国观光游览，某天住在长江入海口的端江城外，向城中文武大臣送土特产表示友好，他身着宽袍大袖，仍是明朝官员的打扮，仆人穿着大袍白衣。赵进士能用北方口音的汉语交流，他学识渊博，书法也有很高造诣，"乃异邦风雅之士"。[②]（图－05）

众所周知，中世纪时朝鲜文学受邻近的中国文学的影响很大。但是，所谓影响的概念里大体包含着模仿、改编、抄袭、提示等。模仿、改编、抄袭，基本上差不多，而提示是指在某一部作品里得到暗示，与新的创作动机相结合，赋予其独立性。那么，《洪吉童传》的作者许筠模仿了《水浒传》吗？还是在《水浒传》里得到一些提示之后创作了《洪吉童传》呢？

当然是后者。对于抱有对当时社会的不满、带着反抗情绪的许筠来讲，《水浒传》强烈的社会批判性，特别是小说把社会的矛盾和弊端暴露出来，还有对世俗社会大众生活的描绘，无疑给他很大的启示。这样的提示就使得许筠创作《洪吉童传》成为可能。许筠以《水浒传》提示

① 陈文新、闵宽东：《韩国所见中国古代小说史料》，武汉：武汉大学出版社，2011。参见王立《中韩文学与文化交流的历史见证——陈文新、闵宽东教授〈韩国所见中国古代小说史料〉读后》，《武汉大学学报》2012 年第 1 期。

② 吴友如等：《点石斋画报》，1890 年。

图 - 05

为开端，以朝鲜社会为背景，以朝鲜当时社会生活素材为基础，藉朝鲜历史故事人物创作了《洪吉童传》。所以，《洪吉童传》受《水浒传》的影响是确凿无误的，但与此同时，作者也充分发挥了自己的独创性，使《洪吉童传》具有不同于《水浒传》的思想倾向与艺术特质。

但事实上，对《洪吉童传》产生影响的当然不止这一部小说名著，还有《史记》、“唐传奇”故事以及《西游记》等。以《洪吉童传》文本主要的故事母题为例。

一者，其父洪丞相梦见“青龙”而洪吉童降生（《洪吉童传》卷一），“奇才”的吉兆示现，显然模拟《史记·高祖本纪》之刘媪在大泽之陂梦与神遇，雷电晦冥而见蛟龙于其上，“遂产高祖”的故事。

二者，以八个稻草人为替身，扰乱朝鲜八道（《洪吉童传》卷二）。这与《西游记》孙悟空斗战妖魔时一撮毫毛变成千千万万小猴子相似，特别是与六耳猕猴之“真假悟空”故事有关，远源当是佛经故事母题[①]。

三者，《洪吉童传》卷四“白日飞升”之故事结局，则是明代通俗小说《西游记》等“神仙下界→历劫→回归仙界”之惯常套路。而其“新变”痕迹也极为明显，意在展示本民族文化特色与影响。

四者，洪吉童在咸镜道监营掠走仓谷和兵器，又在咸镜监营北门挂一幅大字曰“仓谷及军器盗贼活贫堂行首洪吉童”，有类于《水浒传》第三十一回《张都监血溅鸳鸯楼　武行者夜走蜈蚣岭》，武松在飞云浦杀死了四个衙役，又返回张都监府中，杀死蒋门神、张都监等十余口之后。“见桌子上有酒有肉，武松拿起酒钟子，一饮而尽。连吃了三四钟，便去死尸身上割下一片衣襟来，蘸着血，去白粉壁上，大写下八个字

① 王立：《明清小说“一以化多”母题的佛经文献来源》，《南亚研究》2009年第1期。

道：‘杀人者打虎武松也。’把桌子上器皿踏匾了，揣几件在怀里。”[①]又类似于《二刻拍案惊奇》之“我来也”故事，以及《欢喜冤家》中的《一枝梅空设鸳鸯计》。这后两篇小说，不仅故事内容大异，人物性格也很不一样，凌濛初写神偷懒龙，是通过许许多多偷窃的故事，着重表现他的机警、诙谐。西湖渔隐也写神偷“一枝梅”，正面写的实际只有一处，便是开头，写他偷现任副使家金银首饰约值千金。偷后案发，府县严比捕人，“一枝梅”主动随应捕到官，公堂上却伪称系“一枝梅”的徒弟，且大吹：“若‘一枝梅’手段，神仙也捉不着他，他能剑术伤人，取人首级如探囊取物。如今老爷再试他，少不得几日之间还到老爷衙中来也。”说得副使心中吃惊。三日后夜间，狱卒暗将他放出，他身携利刃，化装潜入副使衙中，当着副使的面，画了一枝梅花。副使惧他剑术伤人，吓得魂不附体，不敢声张。次日，只得放了“一枝梅的徒弟”。这样既救了应捕，也救了自己，以显其机敏。但着重写的还是他如何从一个凶狠的继母手底救出少女端英，把她暂置于富户张朝相家为婢，欲待后来劫了张家财富，作端英妆奁，再将她嫁给一个好人家，但当端英深感朝相夫妇善待之恩而出面为他们求情，朝相又以礼相接，盛情款待时，“一枝梅”反为张释盗的事，以表现他的豪气、侠义。而这一切，又都是从端英的口中侧面叙出，正面的笔墨在写端英的奇和朝相夫妇的善。上述两篇小说都写一个神偷，“但得了手时就画一枝梅花在壁上”，又都是嘉靖间的事……[②]

五者，《洪吉童传》卷三写其铲除“人形兽”（一说太乙）、救出白能之女的“除暴救女”母题，当为模拟唐传奇之《补江总白猿传》“白

① 施耐庵：《水浒全传》第三十一回《张都监血溅鸳鸯楼　武行者夜走蜈蚣岭》，上海：上海人民出版社，1975，第374页。

② 凌濛初：《二刻拍案惊奇》卷三十九《神偷寄兴一枝梅　侠盗惯行三昧戏》，上海：上海古籍出版社，1992，第462-464页。

猿盗女”故事[①]，以及《剪灯新话句解·申阳洞记》故事，这是朝鲜人林芑给明代瞿佑《剪灯新话》的注解，故事大意是：“陇西李生，名德逢，年二十五，善骑射，驰骋弓马，以胆勇称。然而不事生产，为乡党贱弃。”投奔父亲的朋友，“至则其人已殁，流落不能归。郡多名山，日以猎射为事”，“有大姓钱翁者，以赀产雄于郡，止有一女，年及十七，甚所钟爱，未尝窥门，虽姻亲邻里，亦罕见之。一夕，风雨晦冥，失女所在。”“闻于官，祷于神，访于四境，悄无踪迹。翁念女切，至设誓曰：‘有能知女所在者，愿以家产一半给之，并以女事焉。’”

> 生一日挟镞持弧出城，遇一獐，逐之不舍。遂越冈峦，深入涧谷，终莫能及。日已曛黑，又迷来路，彷徨于垅坂之侧，莫知所适。已而，烟昏云瞑，虎啸猿啼，远近暗然。若一更之侯，遥望山顶，见一古庙，委身投之。至则尘埃堆积，墙壁倾颓，兽蹄鸟迹，交杂于中。生虽甚怖，然无可奈何，少憩庑下，将以待旦。未及瞑目，忽闻传导之声，自远而至。生念深山静夜，安得有此。疑其为鬼神，又恐为盗劫，乃攀缘槛楯，伏于梁间，以窥其所为。须臾及门，有二红灯前导，为首者顶三山冠，绛帕首，披淡黄袍，束玉带，径据神案而坐。从者十余辈，各执器仗，罗列阶下，仪卫虽甚整肃，而状貌则皆猳玃之类也。生知为邪魅，取腰间箭持满，一发正中坐者之臂，失声而走。群党一时溃散，莫知所之。久则寂然。[②]

① 汪辟疆：《唐人小说》，上海：上海古籍出版社，1978，第15-18页。

② 瞿佑著，[朝]林芑句解：《剪灯新话句解》卷下《申阳洞记》，王汝梅、朴在渊主编：《韩国藏中国稀见珍本小说》第二卷，北京：中国大百科全书出版社，1997，第269页。

天亮以后，李生见神座边有血迹，循着血迹来到一洞穴前，不小心而坠入洞中，似乎进入另外一个世界。之后的描写更为曲折离奇，与唐传奇《补江总白猿传》除妖救妻情节相仿，只是设置了一个“异空间”在地下，不同的空间演绎着相似的故事：

乃深沉万仞，仰不见天，自觉必死。旁边微觉有路，寻路而行，转入幽邃，咫尺不辨。更前百步，豁然明朗。见一石室，榜曰“申阳之洞”。守门者数人，装束如昨夕庙中所睹。见生，惊曰：“子为何人，而遽至此？”生磬折作礼而答曰：“下界凡氓，久居城府，以医为业。因乏药材，入山采拾，贪多务得，进不知止，不觉失足，误坠于斯。触冒尊灵，乞垂宽宥。”守门者闻言，似有喜色，问之曰：“汝既业医，能为人治疗乎？”生曰：“此内事也。”守门者大喜，以手加额，曰：“天也。”生请其故。曰：“吾君申阳侯，昨因出游，为流矢所中，卧病在床，而汝惠然来斯，是天以神医见贶也。”乃邀生坐于门下，踉跄趋入，以告于内。顷之，出而传其主之命曰：“仆不善摄生，自贻伊戚，祸及股肱，毒流骨髓，厄运莫逃，残生待尽。今而幸值神医，获赐良剂。是受病者，有再生之乐，而治病者，有全生之恩也。敢不忍死以待！”生遂摄衣而入，度重门，及曲房，帷幄衾褥，极其华丽。见一老猕猴，偃卧石榻之上，呻吟之声不绝。美人侍侧者三，皆绝色也。生诊其脉，抚其疮，诡曰：“无伤也，予有仙药，非徒治病，兼可度世。服之则能后天不老而凋三光矣。今之相遇，盖亦有缘耳。”遂倾囊出药，令其服之。群妖闻度世之说，喜得长生，皆罗拜于前曰：“尊官信是神人，今幸相遇，吾君既获仙丹永命，吾等独不得沾刀圭之赐乎？”生遂

> 罄其所赍遍赐之，皆踊跃争夺，惟恐不预。其药盖毒之尤者，用以淬箭镞而射鸷兽，无不应弦而倒。有顷，群妖一时仆地，昏眩无知矣。生顾宝剑悬于壁，取而悉斩之。凡戮猴大小三十六头。疑三女为妖，欲并除之。皆泣而言曰："妾等皆人，非魅也。不幸为妖猴所摄，沉陷深井，求死不得。今君能为妾除害，即妾再生之主也，敢不惟命是听。"问其姓名居址，其一即钱翁之女，其二亦皆近邑良家也。生虽能除去群妖，然无计以出。①

在引人入胜的英雄历险"除妖救女"母题中，作为解救者——正义的一方一般都是运用了智慧，但中朝却又有所不同。唐传奇中的除暴者，是借助被掳妇女提供的那力大能飞白猿也有自身弱点——"命门"（"生命线"所在）而刺中之，而朝鲜故事则写李生谎称自己是"神医"，老猕猴和群妖上当，服用"仙药"后，昏眩无知，遂被杀灭。随后是通过"白衣者"（虚星之精，幻形大白鼠）之口，得知"妖猴"的道行高，李生能除灭它，不仅是艺高胆大有智慧，更有神助，这一特质也正是李生能为民除害的缘由。

> 愤闷之际，忽有老父数人，不知自何来，皆身被褐裘，长须鸟喙。推一白衣者居前，向生列拜曰："吾等虚星之精，久有此土，近为妖猴所据，力弗能敌，屏避他方，俟其便而图之。不意君能为我扫除仇怨，荡涤凶邪，敢不致谢。"各于袖中出金珠之属，置于生前。生曰："若等既具神通，何乃见

① 瞿佑著，林芑：《剪灯新话句解》卷下《申阳洞记》，王汝梅、朴在渊主编：《韩国藏中国稀见珍本小说》第二卷，北京：中国大百科全书出版社，1997，第268-270页。

欺于彼，自伏孱穷耶？”白衣者曰：“吾寿止五百岁，彼已八百岁，是以不敌。然吾等居此，与人无害也。功成行满，当得飞游诸天，出入自在尔。非若彼之贪淫肆暴，害人祸物。今其稔恶不已，举族夷灭，盖亦获咎于天，假手于君耳。不然，彼之凶邪，岂君所能制耶？”生曰：“洞名申阳，其义安在？”曰：“猴乃申属，故假之以美名，非吾土之旧号也。”生曰：“此地既为若等故居，吾乃世人，误陷于此。但得指引归途，谢物不用也。”曰：“果如是，亦何难哉。但请闭目半晌，即得遂愿。”生如其言，耳畔唯闻疾风暴雨之声。声止，开目，见一大白鼠在前，群鼠如豕者数辈从，旁穿一穴，达于路口。

这一插叙情节，《洪吉童传》中却没有加以仿拟敷衍，但洪吉童的青龙转世作为英雄成长母题的铺垫，其带有的“天降英雄”神秘色彩可与之比拟。

最后结局相似，是世俗性大团圆：“生挈三女以出，径叩钱翁之门而归焉。翁大惊喜，即纳为婿。其二女之家，亦愿从焉。生一娶三女，富贵赫然。复至其处求访，路口则丰草乔木，远近如一，无复旧踪焉。”①

考虑到林芑《剪灯新话句解》在朝鲜半岛传播广且影响大，李生的传奇故事与《洪吉童传》卷三情节极为相似，就不难理解了。

综上可见，许筠《洪吉童传》与中国古代文学中的多部作品都有密切关系，可视为中国文学与文化在朝鲜受容的一个范例。

---

① 瞿佑著，林芑：《剪灯新话句解》卷下《申阳洞记》，王汝梅、朴在渊主编：《韩国藏中国稀见珍本小说》第二卷，北京：中国大百科全书出版社，1997，第270–272页。

三、反抗的中庸之道：《洪吉童传》《水浒传》观念比较

《洪吉童传》和《水浒传》都是以社会下层民众的反抗为素材的小说，这一点是两部作品最大的共同点，但两部作品亦有许多不同点，包括文化背景、英雄出身、伦理观念等。

一是作品的时代背景不同。《水浒传》的开头是以“话说宋朝仁宗天子即位时……”为开端的，这是以中国北宋时期河北、山东一带为背景来叙述的。《洪吉童传》是以“话说朝鲜国世宗时期……”为开端的，是以朝鲜为背景，然后从这一背景中引出具体的社会事件。当时朝鲜绝大部分小说的思想、情感甚至修饰语都是从中国的古代小说中模仿而来的，许多作品的背景也设定在中国。比起这些作品，许筠的《洪吉童传》反映了相当的自主意识。这不仅反映出许筠思想的进步倾向，而且反映出他独立自主的创作意识。

二是作品的素材不同。朝鲜中世纪的部分小说，不仅把背景定在中国，而且故事的大体内容，甚至素材也是从中国直接借鉴而来的。但许筠创作的《洪吉童传》没有一味地因循模仿中国小说《水浒传》，而是在收集、整理朝鲜民间广泛流传的有关洪吉童和“活贫堂”的传说、事迹的基础上，同时以许筠的同僚——庶子党派为模型来创造的。有关洪吉童的活动，不仅《李朝实录》，而且《星湖僿说》的“悖说集”里也有有关的记载。再者，朝鲜确实有叫“活贫堂”的义军队伍。民间传说“活贫堂”有两个派别——“洪吉童派”和“南敢荣派”[①]。此外，明宗时期（1546—1567），朝鲜有一个道盛传林居正的故事，这个故事也给许筠创作《洪吉童传》提供了很好的素材。

---

① 尹世平：《朝鲜古典文学选集》，平壤：朝鲜民主主义共和国国立文学艺术书籍出版社，1954（韩文版）。

有些人把《洪吉童传》和《水浒传》两部作品的某些情节联系起来。有人把《洪吉童传》中写洪吉童夺取送往京都的贡品事件，和《水浒传》第十六回中写的晁盖等七位好汉智取生辰纲的事件联系起来，这似乎有些牵强附会。其实在当时，朝鲜也有好多类似的事，例如，庶子党派在闻庆岭袭击银商，抢了数百两的银子；还有林居正抢了送往京都的贡品等[①]。《水浒传》里描写梁山好汉的斗争场面，可能给了许筠提示，但《洪吉童传》的创作所采用的素材基本上都是在朝鲜收集的。

三是故事结构方面的不同。一般认为，《水浒传》是中国元末明初施耐庵在宋朝话本如《大宋宣和遗事》中所刻画的宋江、李逵等一百零八名农民起义英雄的基础上创作了一百二十回的长篇章回小说。清朝初期，《水浒传》七十一回以后被金圣叹删掉了[②]。但许筠比金圣叹早四十多年，所以没有看到“金版本”的《水浒传》。许筠看的只是一百二十回本的《水浒传》。一百二十回的《水浒传》也可分为三大部分。第一大部分是从第一回到第四十回。在这里描写的主要内容是以宋江、林冲、武松为首的梁山泊豪杰们处在不同的社会地位，由于被环境、社会所迫，从不同途径加入农民起义的队伍。第二大部分是从第四十一回到七十一回。这段主要描写的内容是梁山泊好汉反对贪官污吏，与这些贪官污吏进行正面的斗争。从第七十二回到第一百二十回是第三大部分。在这里叙述了农民起义团由于宋江的投降主义路线，归顺朝廷及被招安，从农民起义队伍到成为朝廷的兵卒去征伐辽东，镇压另一支的方腊的队伍[③]。

然而《洪吉童传》则主要写单个人物形象，只有洪吉童一人命运像

---

① 金东勋、金宽雄：《朝鲜历史》，延吉：延边大学出版社，1997（韩文版）。

② 徐钟文：《在〈洪吉童传〉里出现的现实认识问题》，韩国新文史出版社，1986（韩文版）。

③ 施耐庵、罗贯中：《水浒全传》，北京：人民文学出版社，1975。

一条蔓延的藤条一样，是单线结构的，这样的“以一个人为主的传记”，结构又单纯又平面化，这自然会使小说较少立体感。如果说把《水浒传》比喻为丰满、强壮的年轻人的话，则《洪吉童传》只可比喻为还未成熟的少年[①]。《洪吉童传》与先前的朝鲜中世纪小说比起来，可以被冠为“长篇”之名，但距《水浒传》这样的鸿篇巨著还是有一定差距的。

《洪吉童传》结构单调自然会影响到人物形象的塑造和主题思想的阐明。洪吉童率领活贫党进行各种活动，只是为了表现洪吉童一个人，而其他人以何理由参与“土匪团”完全没有说明，甚至连名字都没有提及。如果要弄清活贫党的社会性质，更清楚地阐明斗争的正义性及深刻地揭露当时社会的矛盾和缺点的话，除了洪吉童以外，至少还得有其他人物形象及其事迹刻画。像《水浒传》那样，不仅仅是由嫡庶差别引起矛盾，还应有其他社会不平等，才会引起矛盾而导致人民的反抗。《洪吉童传》中夸大了洪吉童的非凡性，把他塑造成理想化的超人类，而其他的起义农民却没有予以具体的描写，这不得不说是《洪吉童传》的一大缺陷。

四是表现手法不同。《水浒传》里虽然有九天玄女授天书给宋江等一些非现实性的描写，但绝大部分是依着严格现实主义创作方法所叙述的。在《洪吉童传》的第一部分里，人物描写、情节多是现实主义的。但在第二部分开始对道术、遁甲术的描写则用幻想、浪漫主义手法来完成。这可以说是《洪吉童传》塑造形象的特点。当然，《水浒传》不仅是现实主义手法取得了很高的成就，同时也体现了浪漫主义优秀的传统。所以，《水浒传》中的英雄人物不仅有现实的基础，而且被高度理想化了。这些浪漫主义特征主要反映在描写人物的本质特征和英雄行为的夸大上。例如，吴用过人的智慧和谋略，李逵不可挑剔的忠诚心，武

① 金宽雄：《朝鲜古典作家作品研究》，延吉：延边人民出版社，1997（韩文版）。

松打死老虎的超凡力量和勇气，鲁智深倒拔杨柳的情节等。但是，武松赤手空拳打死老虎，鲁智深倒拔垂杨柳，这始终是用现实中人的力量来完成的，而不是用道术或者遁甲术。

与此相反，洪吉童以道术杀掉了要前来行刺自己的刺客，用分身法、遁甲法腾云驾雾在天空中飞翔等近乎鬼神的可以呼风唤雨的各式各样的法术，是许筠受到《西游记》的启示而虚构的。如此看来，在表现形式上，许筠同样受到了《西游记》的影响。例如：

> 초인 일곱을 만들어 진언을 념하고 혼백을 붙이니 일곱 길동이 일시에 팔을 뽑으며 크게 소리하고 한곳에 모여 수작하니 어느 것이 정작 길동인지 알지 못할리라.[①]
>
> （洪吉童做了七个草人，口念密咒，赋予灵魂，七个洪吉童瞬间捋起胳膊、大声嚷嚷着聚拢一处，搞起怪来，让人分不清哪一个是真的洪吉童。）

这就是可以远溯佛经故事的“一以化多”母题。这与如小说《西游记》中孙悟空在自己身上拔了几根毛，放在掌心，一吹气就变成几个孙悟空的情节大同小异。还有，把洪吉童关在瓶子里也没有死，这类似于《西游记》中把孙悟空放在太上老君炼丹炉里也没烧死、放到金角大王和银角大王的宝瓶里也无虞的情节一样。再有，洪吉童袭击妖怪的巢穴并杀掉妖怪的情节也受到了《西游记》等斩妖除魔情节的影响。

《洪吉童传》所采用的许多浪漫主义的手法，依据朝鲜原有的民间传说，同时也受到了像《西游记》这样的中国神魔小说影响。这与读者审美要求有一定的关联。对当时科学不发达，迷信思想盛行的朝鲜来

---

① 许虎一、徐日权：《洪吉童传及其他》，北京：民族出版社，1984（韩文版）。

说，百姓对神魔、神仙等笃信不疑，因此作者在创作时不光用了浪漫主义的手法，同时还加入了神仙、鬼魔的具体活动描写，这样显然更能引起读者的兴趣。社会底层的读者有樵童，社会上层的读者有文学爱好者。据《星湖僿说》载，甚至像李瀷这样的文人也对洪吉童的事迹产生了兴趣，到处寻找有关洪吉童的传说。[①]许筠百读《水浒传》，批评《水浒传》的现实主义描写不是最好的。《水浒传》虽具有一定社会现实意义，但他认为该作品中人物性格描写和心理描写等都不是最好的，没有引起他高度的重视，所以他在自己的笔下适当采用了道术描写，作为人物性格、形象塑造的主要形式，以期达到引起人们兴趣的目的。

五是作品思想内容的不同。上文谈及《水浒传》是由许多生动多样的人物群而编织成“网”的，作品用这张“网”来捞起社会的否定和矛盾，而《洪吉童传》仿佛是一根独立的“钓鱼竿”，作品用它来钓社会的否定和矛盾，因此，《洪吉童传》比《水浒传》反映的社会画面更狭窄，暴露的社会矛盾相对少，其思想深度也不够。但是《洪吉童传》寸有所长，也确有《水浒传》所没有涉及的地方，即在最后一部分所描绘的建立理想国——埭岛国，反映了农民起义的愿望和理想。在只反对贪官污吏，不反对国王，最后归顺朝廷这一方面，中朝这两部作品是相同的，但包含的思想倾向却不同。《水浒传》受到宋江“忠君”思想的影响，由于他实行投降主义路线，势力逐渐壮大的农民起义队伍接受招安，归顺朝廷，镇压另一支农民起义队伍，最终以失败而告终。但洪吉童假归顺朝廷，国王拜他为兵部尚书，他后来离开朝鲜，征服埭岛国，暗示推翻了当时的封建王朝。还有，《水浒传》的农民起义最后以悲剧结尾，而《洪吉童传》最后则以建立理想国的喜剧结尾。虽然埭岛国是以封建王道主义理念为基础的，但这至少反映了作者进步的世界观使作

① 李瀷：《星湖僿说》，汉城：明文堂，1982。

品达到了一个思想上质的飞跃。

而《洪吉童传》又特别表现洪吉童对父亲的孝道，生前顺从父亲，死后又为父亲建造陵寝。这与《水浒传》却又有较大的不同。

四、受容与创新:《洪吉童传》对《水浒传》的扬弃

许筠喜爱中国文化，他曾经来过中国，分别于万历四十二年（1614，光海君六年）、万历四十三年（1615，光海君七年）因公务两次来北京。当时，为了选购汉籍，他变卖了家产，不仅自购，还托别人代购，而且替别人代购，尤其喜欢中国小说。李裕元（1814—1888）《林下笔记》载宰相李相璜（1763—1841）喜欢小说："桐渔李（即李相璜）平日手不释者，即稗说也。毋论某种，好阅新本，时带译院都相，象译之赴燕者，争相购纳，积至累千卷。"[①] 身为大臣两次出使清朝的许筠，在《闲情录·凡例》中介绍选编之难：

> 余尝恨家之史籍所载甚简略，切欲添入遗事，勒为全书，为计久矣。倥偬未暇，甲寅、乙卯两年，因事再赴帝都，斥家货，购得书籍几四千余卷，就其中事涉闲情者，以浮帖帖其题头处，以需杀青，逮判刑部。公务浩穰，未敢下手粹选……[②]

其一，两部作品的故事背景与主要矛盾冲突的成因，同中有异。梁

① 李裕元:《林下笔记》卷二七"喜看稗说"条，汉城：成均馆大学校大东文化研究院，1961。

② 李离和编:《许筠全书》，汉城：亚细亚文化社，1980，第 253 页。

山故事发生在北宋末年，经民间传说、野史、杂剧等元明水浒戏等，至元明时代逐渐凝聚为经典章回小说《水浒传》[①]。梁山好汉多是被逼无奈而“落草为寇”，但也有不少是被拉入伙的，“官逼民反”和生存现状的危苦造成造反起事的深层原因。而洪吉童的故事发生在17世纪左右，当时朝鲜社会最大的问题是嫡庶矛盾。许筠的老师李达及许多朋友均为庶出。当时的社会对庶子异常不公平，他们即使富有才华也大多不被重用，甚至考试的资格也被剥夺。社会对庶子的鄙视、不平等对待激起了他们强烈的反抗。许筠把这一深刻的社会矛盾看在眼里，记在心里，故在《水浒传》核心梁山泊好汉故事的基础上，结合朝鲜半岛洪吉童故事，创造了反抗色彩更为浓烈、更有深层寓意针对性的《洪吉童传》。

当然，“身份制度”的讲究不仅是在朝鲜，在“唯上智与下愚不移”的古代中国也有相关规定。有研究指出，“在等级森严的中国封建社会，一般地说，凡不属士、农、工、商四大社会阶层的人，皆视为社会上的‘贱民’，不得入‘良民’之列。在这方面，奴婢无疑与优伶、娼妓、乞丐等社会末流一样，属于社会上的贱民一类。但比较而言，由于奴婢本身情况的特殊，与其他贱民相比，在社会、法律地位及身份特征表现上，奴婢又有其自己的表现内容与形式，并似乎较其他贱民更为卑贱、低下”[②]。早在《唐律疏议》卷六《名例律》中，就明确规定“奴婢贱人，律比畜产”。明太祖朱元璋出身贫寒，在谈论这个话题时情况就比较复杂，顾虑也可能以文学作品的形式在变形曲折中体现。《水浒传》中一些人物，本来有着正常的较为优裕的生活、令人钦羡的地位，却因某些变故而成了“贼配军”——东京八十万禁军枪棒教头林冲、将门之后杨

① 李时人教授指出，学界对《水浒传》成书时间有元代、元末明初、明中叶三种意见，而对编纂者又有三种意见，目前掌握的资料看，大约在15世纪后期至16世纪初开始有该书刊本面世。参见陈松柏：《水浒传源流考论·序》，北京：人民文学出版社，2006，第35页。

② 褚赣生：《奴婢史》，上海：上海文艺出版社，1995，第2页。

志、打虎英雄兼都头武松、郓城押司"及时雨"宋江，以及被家奴陷害的大财主玉麒麟卢俊义等，这些梁山泊集团核心好汉经历了人生命运陵谷之变，其实几乎并非出身"贱民"。如宋江的父亲是财主，他还是家中长子，不需为在家族中的身份而斗争。有的是出身农民，后转换职业成为狱卒如李逵。而武松若不做都头的话，则会沦为游民。但他们都是自由人。这些给人印象颇深的人物经历描绘，也给许筠很大刺激，易于引起他的共鸣与联想。

其二，好汉的神奇出生，亦具有大同小异的一致性。在神话、稗史、小说等艺术形式中，打破身份局限的书写古已有之，"奇异的出生"就是一种常见模式。《水浒传》众好汉乃是洪太尉"误走妖魔"而放出来的，而洪吉童则是"神龙附父体"而生，生母为婢，即庶出。对朝鲜文学而言，不能不提及的是带有传奇性的一段记载："时有一熊一虎同穴而居，常祈于神雄，愿化为人。时，神雄遗灵艾一炷、蒜二十枚，曰：'尔辈食之，不见日光百日，便得人形。'熊虎得而食之。忌三七日，熊得女身；虎不能忌，而不得人身。熊女者无与为婚，故每于坛树下咒愿有孕。雄乃假化而婚之，孕生子，号曰坛君王俭。以唐高即位五十年庚寅，都平壤城，始称朝鲜。又移都于白岳山阿斯达，又名弓忽山，又今弥达。御国一千五百年。周虎王即位己卯，封箕子于朝鲜。坛君乃移于藏唐京。后还隐于阿斯达，为山神，寿一千九百八岁。"[①] 檀君王俭就是神雄与熊女之子；熊女，是熊吃了灵艾、蒜，又"忌三七日"，得成女身（人）。而后下凡为国王→隐居修行→长寿成仙，几成英雄成长模式（不论男女），延及后来李朝时期的《玉楼梦》系列小说。这对洪吉童故事的冲破朝鲜本土"身份制度"阈限有积极意义。

其三，从反抗性看，《洪吉童传》较《水浒传》更强烈、彻底。与

① 一然：《三国遗事》卷一《纪异》，长沙：岳麓书社，2003，第5-6页。

明朝、清朝的国力相比，半岛上的朝鲜是一个十分弱小的民族。为了能生存、延续下去，弱小民族一般会在内部形成很强的凝聚力。朝鲜就是一个有很强民族凝聚力的国家，国民的爱国热情、反抗精神都很强烈。加之在朝鲜光海君王朝统治时期，政治腐败，贪官污吏横行霸道，尤其是嫡庶矛盾激烈。在这一环境下成长起来的洪吉童，既具有固有的民族性格，又兼备时代外在环境压抑带来的激发之力，促使洪吉童对封建王朝的反抗更彻底，更强烈，因此，许筠塑造的洪吉童这一英雄形象才显得较为真实和丰满，更具有朝鲜民族的性格和文化内蕴。《水浒传》第五十三回罗真人教训李逵，第五十四回公孙胜斗败高廉，第九十五回乔道清术败宋兵等阵法与法术交错运用故事[①]，对洪吉童形象构设的丰富性、情节的曲折生动性与场面的戏剧性等，亦有较大的审美效应影响，增加了许多“看点”。由上可见，古代朝鲜并非只有汉文小说才仿拟借鉴中国小说，如《洪吉童传》这样的“正音小说”（国文文学）亦然。

其四，从结局设置上看，两部小说恰成映照之势，可以说继踵者《洪吉童传》在某种程度上成为前者的“补憾”。《水浒传》结局是宋江等受招安以后，受皇上的奖誉，奉命去征辽，征田虎、王庆，征方腊。在征方腊的斗争中，一百单八将“十损七八”。“受封”的只有二十七位幸存者。但二十余位好汉不久先后亦受奸臣陷害，几乎无一幸免。受招安而导致的这个惨痛的结局，完全是宋江的忠君报国的思想观念导致的。与此不同的是，《洪吉童传》的主人公却能在一番坎坷周折之后，终于率义军一众人马占领埭岛，不用像混江龙李俊那样出走海外，就能与弟兄们得到较为完满的结局。作者许筠出身于贵族家庭，思想中具有一定的自由意识，反抗意识较水浒故事中的郓城小吏更为自觉和强烈，

① 施耐庵、罗贯中：《水浒全传》第五十四回、第六十回、第九十五回等，北京：人民文学出版社，1975。

只因囿于君主思想的束缚，所以期待着建立理想国的美景。另一方面，他为了保护其家族的延续和兴盛，所以采取了建立理想国的斗争方式，让书中人物洪吉童的起义取得了成功。这是许筠对施耐庵创作主导思想进行改造，并且进一步发展的表现。

其五，《洪吉童传》一定程度上还代表了朝鲜借鉴中原史传故事母题时，形象渲染、情节构设更为大胆而复杂丰富，但也如中原史传文学《史记》那样，每每“史有诗心”，此非孤例。如朴泰锡（1834—？）《汉唐遗事》第一回写南方有一“非常人也”，名叫圣明，字思贤，在“气宇轩昂，英风飒爽，恢廓如汉高，智武似魏祖”的总括后，渐次有致：出生与历险——又类似汉高祖、《残唐五代史演义》中黄巢出生、《女仙外史》唐赛儿出生那样，称其母“孕时梦吞日月”，降生即不同凡伦，“目若曙星，神如秋水，不甚嬉游，出言有章”。他同与邻家小儿一起打柴时遇大虫（虎），邻儿惊仆，圣明却沉着应对，“虎即俯首摇尾而走”，让人惊讶。事业的发展——“有大志而不事家业”的圣明，也如同刘关张“桃园三结义”那样，得遇豪杰义结金兰——同郡之友温和（字忠国）“身长八尺，猿臂狼腰”，劝“早定大计”，感慨同饮，忽又来三人言世乱民苦，何不募兵乎，还引齐桓公、周武王称霸事，劝圣明抓住这“倡义首事”的风云际会。（评点：与邓禹、荀彧说光武、曹操之事，遥遥相似。）认为“顺天者兴”，众恶推举“乃以仁义之在也”，说话这三人：“上首身长八尺，面黑多须；下首身长九尺，面如傅粉，唇如涂朱；中首身长五尺，猿臂长腰，面黄眼青，生貌甚丑也。”即全忠（字孔嘉）、徐勋（字孔明）、许虎（义仲），问过圣明、温和姓名，即慷慨发叹：“人生于天地之间者，以信义忠诚为之主也，今见君如此豁达，何不奋身救世？”（激。）明谢曰：“明虽不敏，敢不奉公等金石之言。”（何谦法过。）“乃召同郡人典忠、雷震、朱大、吴兰等谓曰：‘公等只听吾言可也。’（好。）乃募强壮之士三千七百五十名，昼夜锻炼器械甲胄，旬日而毕。（极仔细。）众推圣明为大将军，都督中外诸军事。（好。）以温和为参谋官，以全忠、许虎、徐勋为大将，以典忠、雷震、朱大、吴兰为副将，（诸汉都出，真可观也。）择日起兵。”①

这岂不就是评点本小说？有述有评，互相搭配，人物刻画的细节、说话口吻等对《三国演义》的模仿都十分明显，以至接近乱真的程度，几乎隐藏了作者自身的书写特色与文化色彩。如对圣明的描写是“气宇轩昂，英风飒爽，恢廓如汉高，智武似魏祖”；对其评价是“如此模样，与汉高相似”。又模仿“桃园三结义”套路，书写三大将“全忠、许虎、徐勋”事，三者高矮美丑间杂，而其中大将徐勋，又字孔明。同而不同，活学化用。在酒舍汇聚关目设置中，其评点用语又连用“妙”字，予以首肯赞叹，颇类李卓吾、金圣叹等评点风格。这里乱世豪杰形象的刻画，以及评点中审美话语的运用，虽本色当行，但缺少自身的灵性。

法国学者福雷斯特（Philippe Forest）认为“映像”具有主体性：“最终有一天，镜中人会复仇。一些微小的迹象会宣告这些映像反抗的时刻，他们慢慢从奴役中被解放出来，拒绝服从命令，先是第一次，然后是第二次，之后完全拒绝模仿他们的真像，把囚禁他们的透明牢笼砸碎，夺回了世界。但首先，在那层镜子上，会出现一个不易觉察的反常现象：一个很小的波开始颤动，一条皱褶打乱了镜面的平整，一点从没见过的色彩，这一切慢慢扩大，然后突然从另一个世界里蹦出第一个生灵，重获自由，他是先驱，后面跟着所有准备好要入侵这个世界、要现身的后来者。”②这里将小说与作家所感受到的社会生活比作镜像关系，很形象。但实际上，彼时具有文化他者身份的朝鲜汉文小说家许筠，要

① 朴泰锡：《汉唐遗事》，林明德：《韩国汉文小说全集》卷五《历史英雄类》，中国台北：中国文化大学、汉城大韩民国韩国精神文化研究院，1980，第155–156页。

② 菲利普·福雷斯特：《薛定谔之猫》，黄荭译，深圳：海天出版社，2014，第100–103页。

比“映像”更具主体意识，他者视角更易发现文化原型的基因缺陷，以其为切入点的文化反噬更具冲撞力。外来文学与文化成功地与本土文学与文化结合为一体，形成超越二者的新文艺形式。在似与不似之间，成功地创造出新内容，一种新式功能的艺术复制。①

总之，《洪吉童传》既有中国神魔小说的特点，又有中国武侠小说及英雄传奇的特点，带有某些“混类小说”的特色②，也显示出许筠对《水浒传》中那些神怪描写片断的热衷偏爱。当然作为朝鲜第一部长篇国文小说，在思想艺术方面均有其局限性，但它在朝鲜文学史上所占据的地位是不可动摇的。它对朝鲜小说的发展起到了重要的奠基作用，对以后小说的发展也产生了很大的影响。

---

① W本雅明：《机械复制时代的艺术作品·前言》，王才勇译，朱更生校，杭州：浙江摄影出版社，1993。

② 林辰先生较早论述这一问题，认为一种为“史无其人史无其事”，如《征西说唐三传》；另一种为“史有其人，史有其事，但仍不能算作讲史”，如《平金川》。成因在于历史人物被神化、神话长期被作为历史传播、宋代以来的历史小说多不是“讲史”，一类依史敷衍历史人物和事件故事，另一类依照人心演史，托名历史演述其事；中国小说由神怪小说、历史小说、人情小说三大主流汇成，研究其发生发展及混类衍化便把握了发展脉络。林辰：《小说的混类现象和小说的发展轨迹》，《社会科学辑刊》1990年第4期。齐裕焜先生从审美接受角度指出：“当听众或读者对同一模式的小说感到腻烦的时候，作家和出版商就绞尽脑汁，在原有模式的基础上，糅合进其它类型小说的题材和表现方法，使它花样翻新，别有情趣。”齐裕焜：《中国古代长篇小说类型的演变》，《福建学刊》1993年第5期。

第四章
从《九云梦》看中国文学对朝鲜小说的影响

中国古代小说在朝鲜广泛深入的传播，对朝鲜小说产生了巨大影响。韩国学者闵宽东教授《中国古典小说流传韩国之研究》就搜集韩国现存“朝鲜时代已传入的中国小说有数百种之多”，作者还著有《中国古典小说史料丛考》等，成绩斐然。朝鲜李朝肃宗时期名臣金万重（1637—1692）作《九云梦》（1689），“和它的姊妹篇《谢氏南征记》一起，标志着朝鲜文学史上现代意义的长篇小说的诞生”[①]。因而《九云梦》具有重要的文学史价值，拈出这一个案说明母题意象的跨文化传播，是很有意义的。

小说《九云梦》受佛教影响甚大，故事描述了自西域天竺国入中国的高僧六观大师的弟子性真，梦见自己谪降人间，投生为唐朝淮南道秀州县杨处士之子杨少游，与八个女子恋爱结合。八个女子则同样是“梦与人世”，原为南岳卫真君娘娘的侍女。八仙女曾与性真邂逅于石桥之

---

① 韦旭昇：《九云梦·序》，太原：北岳文艺出版社，1986，第1页。该小说成书有二说，一是最初以汉文本行世，后译成谚文本；一是最初为谚文本，后翻译为汉文本，韩国学者多持此观点，认为是由金万重的堂孙金春泽（1670—1717）将其译为汉文本。

上，互相戏谑，暗生情愫，犯了佛家戒律，先后投胎转世。杨少游与八位女子从相识、定情到结合，故事互不雷同，情节曲折，妙趣横生，富有浪漫色彩。杨少游满腹经纶，年轻有为，平步青云，功成名就，最后如韦小宝一般“一男拥众艳”，与八女子过着和睦幸福的贵族生活。通常来说，论者对小说主题是这样概括的：“小说虽以他们九个看破红尘归于‘极乐世界’而告终，但作者的本意并非宣传佛家‘寂灭之道’，不是引入‘四大皆空’的境界，而是在绘制一幅封建社会的理想蓝图，将所谓功名富贵归于一场春梦，是在‘以释家寓言而中楚辞遗意’。”[①]《九云梦》一书辞藻华美，属于高雅文学。全书有大量中国成语、典故、历史故事和社会风俗，在中国读者看来似曾相识，可见中朝文化交流对朝鲜文学的影响是深远的。的确，“中国古朝鲜之间的政治联系和文化交流，最早可以追溯到商末周初”[②]。

关于《九云梦》的成书，韩国学者丁奎福认为，明代神魔小说《西游记》起了重要作用：“《西游记》将三教思想混合，其中佛教为中心，并以般若心经为基轴表述了‘空’的思想；而《九云梦》也以佛教为重心将三教思想混合，同时以《金刚经》为中心表达佛教‘空’的理念。这一点上，《西游记》和《九云梦》是相同的”。[③]另一韩国学者李在秀也有类似观点：“《九云梦》虽然是佛教小说，但是儒、佛、道三种思想在书中相混合。而集中显著地反映这三教思想的中国小说作品即是《西游记》。”[④]而就作品本身而言，17 世纪朝鲜小说杰作显然会受到中国古代文学多种文本的明显的影响。但影响的趋势如何，亦即“单向”还是“互动”，是有分歧的。而关于“单向性”的说法，俄罗斯汉学家李福清

① 郁龙余、孟昭毅：《东方文学史》，北京：北京大学出版社，2002，第 278 页。

② 马树德：《中外文化交流史》，北京：北京语言文化大学出版社，2002，第 71 页。

③ 丁奎福：《九云梦研究》，汉城：高丽大学出版部，1974。

④ 李在秀：《韩国小说研究》，汉城：宣明文化社，1969。

则在远观中加以概括："这里我们还要谈谈总的情况，谈谈文学的交流和整个（毫无例外）远东文化地区对印度古文学的认同和中国文学题材在其他远东国家的传播。读者会问，为什么只提中国题材呢？我只好回答说，在中世纪，文学联系通常都是'单向'的，就好似从一个文化中心放射出来的一道道光束，实际上这些光束却完全没有反射回来。科学还不曾发现，无论是朝鲜文学，还是日本文学，也无论是越南文学，在古代中国有任何反射回来的影响，或是这些文学广泛流行的事实，虽然有部分作品还是用这一地区通行的文言写成，无需任何翻译都能为远东地区有教养的读者阅读。有共同的文言（当然，在中世纪中国的文言与其他国家的文言略有不同，如朝鲜读者以朝鲜读音、越南人以越南读音来阅读这些文言作品等等。但这仅止于朗诵，如默读，则无不同），但是没有共同的文学作品，每一个国家都有自己的汉文的文言文学，而且是该国文学的有机组成部分。"[①] 强调了中原华夏文学母题的辐射性质。

东北亚汉文小说故事母题具有民族性与跨族群性特征，是文学交流与文化融合之必然结果。而其所呈现的趋势——"单向"抑或"互动"尚须进一步探究。但就《九云梦》而言，中朝两国文化交流之悠久、之频繁，其源远流长，必然在小说故事母题构设的文学表现与审美价值中有着清晰而明显的呈现。

一、龙女母题与人仙（妖）恋故事的新创

《九云梦》一书，虽然是以朝鲜国语写就，但无疑受中国古代小说滋哺而成，是对中国传统文学的模仿、借鉴与创新。《九云梦》有酷似

---

① 李福清：《汉文古小说论衡》，南京：江苏古籍出版社，1992，第 175-176 页。

中国明清时期才子佳人小说的叙事模式，也似“借用《三国演义》中的刘、关、张桃园三结义之故事情节，描绘六娘子与两公主仿桃园三结义，结义为八义姐妹”[①]。又如“‘咏花鞋透露怀春心，幻仙庄成就小星缘’和‘贾春云为仙为鬼，狄惊鸿乍阴乍阳’这两节（回），把中国笔记体小说、传奇体小说中的人仙情恋、人鬼情爱小说移植来”[②]。尤为值得关注的是龙女故事母题与人仙（妖）恋母题。

首先，对唐代传奇柳毅故事的借鉴。从《九云梦》卷四中，我们也可看出中国小说在当时朝鲜的流传以及所受到的重视，因此，不可避免地构成了它对中国小说的模仿与借鉴。如龙女回答杨少游时所说“妾即洞庭龙王女凌波也。……妾之伯兄，初为泾水龙宫之妇，夫妻反目，两家失和，再适于柳真君”[③]，这正是几乎照搬唐传奇《柳毅传》的故事情节，以及唐代中原有关柳神传说的运用。

我们知道，《柳毅传》也是从印度传来的龙女故事，霍世休、台静农和德国学者德·威塞（de visser）直到阎云翔等，都持此见解[④]。这一富有浓郁浪漫色彩的救助——“人神恋”的爱情故事，又交织以复仇母题、报恩母题，情节波澜起伏，富有戏剧性、传奇性，因而为中印比较文学、民俗故事学与古代小说等领域共同关注。柳毅为在泾河夫家备受虐待的洞庭龙女千里传书至洞庭，洞庭龙君之弟钱塘君闻讯怒杀泾河逆龙，救出龙女，最后几经曲折，龙女和柳毅结成美满婚姻。朝鲜金万重则据此敷衍，杨少游和洞庭水府龙王之女白凌波结合过程与之相似，二

---

① 杨昭全：《中国古代小说在朝鲜之传播及影响》，《社会科学战线》2001 年第 5 期。

② 林辰：《由借鉴到创新——初识韩国汉文小说》，《域外文学》1993 年第 3 期。

③ 金万重：《九云梦》卷之四《白龙潭杨郎破阴兵　洞庭湖龙君宴娇客》，韦旭昇校注，太原：北岳文艺出版社，1986，第 79 页。

④ 阎云翔：《论印度那伽故事对中国龙王龙女故事的影响》，郁龙余编《中印文学关系源流》，长沙：湖南文艺出版社，1987，第 373–415 页。

者都写了龙女获救与人物的求偶，最后结合，都是人仙之恋，但同中有异。

从龙女的家族复仇雪耻、获救后报恩来看，《柳毅传》中的龙女，是因柳毅传书告知龙女受苦，钱塘君愤而“杀敌六十万”，固然是仗义诛戮泾河逆龙并将龙女救归洞庭，其复仇的扩大化、残忍化也是毋庸讳言的，按说，这也是一场带有生态灾难性质的水族劫难——而鱼虾何辜，受此大劫？正义复仇就应当如此累及生灵吗？而具有“东人意识”的半岛作家金万重在《九云梦》中，男主角杨少游麾兵督战，缚南海龙王之子，而后却能赦免之。

从龙女求偶看，《柳毅传》是“女主动式”的，其写龙女为夫君迫害，牧羊荒郊，风鬟雨鬓很不容易，得蒙柳毅搭救后，柳毅在钱塘君威迫下，充分显示侠情豪骨不受恩报，拒娶龙女，龙女一直追至人世间，化为范阳卢氏之女，最后与柳成婚。《九云梦》则不尽然，其是女性先委婉启发，而后“男主动式”的，龙女为躲避南海龙王之子逼婚，居白龙潭，并委婉告知杨少游，两人之缘，天已定之，神亦知之，少游主动追求并与之结合。因此，《柳毅传》用仙话幻想反映现实，“作品中的龙女是反抗夫权压迫、追求幸福爱情的妇女形象”[①]。“龙女在追求爱情和美满婚姻方面所表现出来的执着和坚持，充分反映了妇女为自身争取美好生活的热烈愿望和精神”[②]。《九云梦》虽然承续之，却没有完全照搬原本的故事情节。这或许与柳毅故事的开放式演变，龙女也由弃妇转而为女将，而虎女又结合“虎仙”观念不无关系。

《九云梦》中这段人仙之恋，其故事描写对表达主题有什么作用呢？对《九云梦》作品主题的理解，韦旭昇先生认为：“这部作品中尽

---

① 游国恩等主编：《中国文学史》二，北京：人民文学出版社，1996，第232页。

② 王运熙：《汉魏六朝唐代文学论丛》，上海：复旦大学出版社，2002，第268页。

管有着大量的爱情情节的描绘，并且最后在荣华富贵只不过是‘一场春梦’的论调中收场，但实际上它的中心思想，既不是对纯洁的爱情自由的向往和追求，也不是‘悟道’和‘四大皆空’的境界，而是为封建贵族眼中的最理想的封建君主制政治秩序绘制一幅蓝图。”[①]

如果说，《柳毅传》用幻想反映现实，那么《九云梦》则更加偏重用幻想来反映理想的蓝图。龙女白凌波之所以和杨少游结合，是因为杨少游在宦途上飞黄腾达，“人间贵人”杨少游也是利用手中兵权将龙女解救，获得爱情。《九云梦》卷一写杨少游的前身性真，自见仙女之后为异香美色所感，激发了自己建功立业的成就动机，自思：“男儿在世，幼而读孔孟之书，壮而逢尧舜之君，出则作三军之帅，入则为百揆之长，着锦袍于身，结紫绶于腰，揖让人主，泽利百姓，目见娇艳之色，耳听幻妙之音，荣辉极于当代，功名垂于后世，此固大丈夫之事也。”[②]这是后来杨少游为人处世遵循之道的由来，把读孔孟之书、逢尧舜之君作为得到黄金屋、颜如玉、荣华富贵的主体条件，杨少游的“权”和宦途的飞黄腾达正是他遵循所倾心效忠的“尧舜之君”理想而得到的，是在理想君主制的政治制度下得到的。作品正是通过这段奇异的人仙之恋，讴歌自己所要抒发的入世理想。

其次，是人仙（妖）之恋与妖仙的辅佐功能，形成人与动物精灵（妖仙）社会共同体模式。这类情节融合了较多的民间色彩，更为复杂。按文日焕教授对于朝鲜半岛古代神话的分类，主要以包含着原始信仰意识的天降文化、卵生文化、龙生文化、岩石文化、隧穴文化为根源而发生、发展，其中的“卵生”所连带的鸟崇拜是“幻想着自己像鸟一样飞

---

① 韦旭昇：《朝鲜文学史》，北京：北京大学出版社，1986，第 291 页。

② 金万重：《九云梦》卷之一《莲花峰上大开法宇　性真上人幻生杨家》，韦旭昇校注，太原：北岳文艺出版社，1986，第 5–6 页。

到天空去避免灾难……飞到猎物前头去捕获它”；而龙神与朝鲜的水神崇拜的拟人化，“主要发生在生活在海岸、河川、湖水边，……首先应从生活在沿海地方的三韩诸种族中寻找”，其中脱解神话是两个代表作之一；隧穴、岩石文化也都各有代表作并体现着半岛地域特色。[①]这里的人仙恋显然也属于龙神崇拜的孑遗，而又与鸟——飞禽、飞翔的崇拜与想象有关，甚至在选择、发挥中原柳毅故事时，这一崇拜笼罩下的母题偏爱，就起到了决定性作用。

朝鲜小说《九云梦》在构设人仙之恋的美丽图景时，还注意到充分借鉴具有道教色彩的明清神怪小说。《倩女冠郑府遇知音　老司徒金榜得快婿》描写男主人公杨少游在“一夫多妻”制的背景下，运用了中原小说传统男求女传情方式“琴挑”，以期能同郑司徒之女郑琼贝动情、彼此面晤，而“来到别房，方横琴奏曲矣……”此时小姐的乳母钱妪“忽听琴韵出于三清殿迤西小廊之上，其声甚妙，宛转清新，如在云霄之外矣”。钱妪称赞女冠竟能作此奇绝之响，夫人也想听，并告侍婢传话炼师，而炼师告知当遵命，即准备女道士巾服给杨生换上，于是杨少游“抱琴而出，隐然有魏仙君之道骨，飘然有谢自然之仙风矣”[②]，连郑府丫鬟都为之“钦叹不已”。如此以琴音“自我推荐”，却经历了身份被误会成“女冠”的曲折，这是中原故事母题所没有的，同时避免了先入之见，似乎这不带某种特定预期、不知弹奏者身份的琴音欣赏，更加公正而客观。

我们知道，中原的文学传统里，远自《史记·司马相如列传》即有的“凤求凰”关目，经由元杂剧王实甫《西厢记》等中转[③]，到了小说

---

① 满都呼主编：《中国阿尔泰语系诸民族神话故事》，北京：民族出版社，1996，第343–350页。

② 金万重：《九云梦》卷之二《倩女冠郑府遇知音　老司徒金榜得快婿》，韦旭昇校注，太原：北岳文艺出版社，1986，第31–32页。

③ 王季思：《由“凤求凰”到〈西厢记〉》，《文学遗产》1980年复刊号。

《封神演义》第十八回写纣王传旨取琴令伯邑考弹琴，“邑考盘膝坐在地上，将琴放在膝上，十指尖尖拨动琴弦，抚弄一曲，名曰《风入松》”。而妲己看上了伯邑考，也要且将他留下，“假说传琴，乘机挑逗，庶几成就鸾凤，共效于飞之乐”。《九云梦》却在“弹琴通音”之前的《华阴县闺女通信　蓝田山道人传琴》中交代了杨少游高超琴艺之由来。仿佛前辈仙师的深山传武艺，蓝田山道人则“传琴艺”，他先问杨生能否解此“玄琴”，杨生谦逊地答曰对琴有“素癖”，道人即使童子授琴使弹。“生遂置之膝上，奏《风入松》一曲……”道人认为可教，即“次第教之”,“生本来精通音律，且多神悟，一学能尽传其妙”[①]。何以加上了“深山传琴艺”这一母题？何以偏偏有《风入松》这样带有志士隐怀心曲的象征意象出现？这体现出朝鲜民族知识阶层向慕中原文化，带有一定的暗示性。按，“苏门四学士”之一黄庭坚《古诗二首上苏子瞻》咏：

青松出涧壑，十里闻风声。上有百尺丝，下有千岁苓。自性得久要，为人制颓龄。小草有远志，相依在平生。

医和不并世，深根且固蒂。人言可医国，可用太早计。小大材则殊，气味固相似。

此当来自西晋左思《咏史》的“涧底松”之咏，初唐王勃也有“徒

① 金万重：《九云梦》卷之一《华阴县闺女通信　蓝田山道人传琴》，韦旭昇校注，太原：北岳文艺出版社，1986，第16页。此处《风入松》曲名，绝似《封神演义》伯邑考所弹琴曲同名，当非偶合。

志远而心屈，遂才高而位下”之叹[①]，契合杨少游“英雄成长”艰难跋涉的心境和语境，低调而深切地表达出多情志士济国济民才华未得施展之时的复杂心绪[②]。后世以《风入松》为词牌的作品甚多。

因此，17 世纪末金万重的《九云梦》就不仅仅是与中原柳毅系列故事母题要素结合、变异、延伸发展的结果，也是多重文化融合的结果。就两性关系而言，可以这样认为：不仅在小说立意和具体情节上《九云梦》对中国的文人文学有所借鉴创新，在形象塑造尤其是女性形象塑造方面，也无疑受到中国社会传统的巨大影响。

二、从柳意象看小说对女性形象的塑造

柳意象，在中国古典文学尤其是抒情文学中较频繁地出现，含义丰富，形成文学史上著名的“柳文学”。柳的重要特征为柔弱秀气，惹人怜惜，作为一种自然物的物理属性而被文人审美主体韵致独特地频加移用。柳意象有多重象征系统，是令人瞩目的情感媒介。柳充分女性化已为人多所认同。东汉班昭《女诫》言女子“卑弱第一”，西晋张华《女史箴》亦谓“妇德尚柔”。在中国古代性别文化中，对于女性的评价，柔，才妩媚优美，弱，才可爱可怜，因此，柳代表女性是早自六朝就已

---

① 左思:《咏史》:“郁郁涧底松，离离山上苗。以彼径寸茎，荫此百尺条。世胄蹑高位，英俊沉下僚。地势使之然，由来非一朝。金张藉旧业，七叶珥汉貂。冯公岂不伟，白首不见招。”初唐王勃《涧底寒松赋》:“惟松之植，于涧之幽。盘柯跨崄，沓柢凭流。寓天地兮何日？沾雨露兮几秋？见时华之屡变，知俗态之多浮。故其磊落殊状，森梢峻节。紫叶吟风，苍条振雪。嗟英鉴之希遇，保贞容之未缺。攀翠崿而行疲，指丹霄而望绝。已矣哉！盖用轻则资众，器宏则施寡。信栋梁之已成，非榱桷之相假。徒志远而心屈，遂才高而位下。斯在物而有焉，余何为而悲者？”

② 王立:《追求中的怨慕与迷惘中的伤感——古代文学中的相思与思乡主题比较》,《学术交流》1992 年第 6 期,《中国人民大学复印报刊资料》J2 专题 1993 年第 3 期转载。

形成，并逐渐达成社会共识。中唐后，这种人格化比物现象的文学表现就更多了。

用柳意象塑造女性形象，主要是取其身体外在关键部位的形式美象征情韵，可谓恰当至极。杜甫《漫兴九首》咏有“隔户杨柳弱袅袅，恰似十五女儿腰”；温庭筠《南歌子》咏“转盼如波眼，娉婷似柳腰”；唐传奇《游仙窟》写五嫂舞姿“翻身则风吹弱柳”，用柳形容美女；白居易《杨柳枝》“苏州杨柳任君夸，更有钱塘胜馆娃。若解多情寻小小，绿杨深处是苏家”。而刘禹锡《忆江南》咏“弱柳从风疑举袂”，把女性的动态美、妩媚，描写得更加传神，使人产生联想，美感效果极强。《章台柳》中风尘女性不幸命运，使章台柳成为这类女性的一个符号象征。明清小说如《红楼梦》描写黛玉“行动如弱柳扶风”，如此言约意丰，妙不可言。

柳意象自唐以后带有的女性文化气质，使得举凡牵涉“柳”的诗学话语都带有一种文化暗示。从唐传奇《柳毅传》中的柳毅，到汤显祖《牡丹亭》中的柳梦梅，历尽坎坷终得团圆的爱情故事中，男性主人公其得名似乎都非偶然。他们似乎都因柳而带有更多与女性相通的质素。人物姓名的暗示象征与小说题材有机联系着，这又从半岛新罗王朝的民间传说中可寻究出蛛丝马迹。像新罗真圣女王（887—897 年在位）故事称老龙神（西海海神若）被沙弥（狐精）念咒，龙子龙孙被其吞吃，即得蒙新罗勇侠之士居陀知援助，射死沙弥，于是龙神赠女相谢，将女儿变作一枝花放他怀里，随其护卫使臣出使中国，回国后又变回女郎与居陀知成婚。其来自中国的龙女报恩嫁柳毅故事的影子，皎然可见。

《九云梦》虽是朝鲜小说，但也长期受中国文化及其文人文学的影响。在东北亚温带地域偏寒的地理环境中，近水而多生的柳树在人类所居处多所栽植，而中朝文学的博物比德传统也难免在植物中独偏爱于柳。何况柳树生长快易成荫的物态文化特征，带有护堤御灾（柳神勇斗水怪）、保持优化生态环境的物种优势[①]，更与弥漫于东北亚的满洲“柳妈妈”崇拜交织。因而，《九云梦》亦用柳意象塑造女性形象。但中国的柳意象所塑造的女性形象，背后所反映出来的是中国古代文人的深层文化心态。那么，到了朝鲜小说中又如何移植重构的呢？《九云梦》中是这样写少游眼中的幽庄：“近隔芳林，嫩柳交影，绿烟如织。……迫以视之：则长条细枝，拂地袅娜，若美女新浴，绿发临风自梳，可爱亦可赏也。少游手攀柳丝，踟蹰不能去，欢赏曰：‘吾卿蜀中，虽多珍树，未曾见袅袅千枝，毵毵万缕，若此柳者也。’乃作《杨柳词》，诗曰：‘杨柳青如织，长条拂画楼。愿君勤种意，此树最风流。杨柳垂青青，长条拂绮楹。愿君莫攀折，此树最多情。’”咏叹中不觉惊动了楼上玉人（秦彩凤），遂脉脉对视，互有含情之意[②]。这与古代中国的柳意象的核心象征旨意十分接近，但更加缠绵和富有韵味，与小说人物性格和心情的叙述结合得极为巧妙。

比较文学的形象学理论认为，各民族文学的相互影响与接受，事实上也是一个艺术生命的移植过程：“比较文学意义上的形象学，是在一国文学中对‘异国’形象的塑造或描述”“文学形象学所研究的一切形象，都是三重意义上的某个形象：它是异国的形象，是出自一个民族（社会、文化）的形象，最后，是由一个作家特殊感受所创作出的形象。”[③]《九云梦》中，柳意象所塑造的女性形象及展示的男女交往风习，正是华夏柳意象在异国结出的一枝奇葩，是中国社会的文人风习和精神

① 刘卫英：《古代柳文学的民俗文化内蕴及佛经文化渊源》，《东北师大学报》2005年第2期，全文收入陈勤建主编《文艺民俗学论文集》（文艺民俗学文库），上海：上海文化出版社，2009，第212–223页。

② 金万重：《九云梦》卷之一《莲花峰上大开法宇　性真上人幻生杨家》，韦旭昇校注，太原：北岳文艺出版社，1986，第11–12页。

③ 孟华：《比较文学形象学》，北京：北京大学出版社，2001，第2–25页。

文化在朝鲜的流传，以柳表达相思的才子佳人事实上是在异国，饱受华夏文化熏陶的作家所创作出的一个“意识形态形象”。书中还描绘了一幅美女新浴图，柳条化为长发，可爱可赏，极具诗情画意。《杨柳词》将柳比作女性，塑造了一位“风流”“多情”的女性。“风流”，才貌双全，气质优雅也。而“愿君莫攀折”，以柳代女性形象，折柳者指的即是男性。敦煌曲子词《望江南》“我是曲江临池柳，者人折折那人攀”，这是女性自咏其身的，柳之自喻含有女性之美，但却也隐约表现了女性任人欺凌摆布的可悲命运和凄惨处境。《九云梦》则完全摒弃了这种酸楚的消极意味，将柳和爱情和男人女人联系起来，整首诗描写的是女性，其“风流”“多情”的女性形象惹人怜惜。

总体讲来，《九云梦》中的柳与中国古典文学中的柳意象一脉相承。朝中两国有几千年的文化交流历史，这样的结果是必然的。而小说描写杨少游、秦彩凤彼此见面不久，一对青年男女也正是借柳互通情愫，乳娘从彩凤那里带来的情书为：“楼头种杨柳，拟系郎马住。如何折作鞭，催向章台路。”其话语也是华夏文人相思表露的惯常话语。少游的答词竟也是借柳言情，载体为柳文化圈中的习见密码：“杨柳千万丝，丝丝结心曲。愿作月下绳，好结春消息。”这里，柳是春之使者，爱情至诚的象征，将“柳—春—爱情—执着于纯洁爱情的人间痴情男女”丝丝入扣地联系起来。此从汤显祖《牡丹亭》中男主人公柳梦梅之“柳”还可找到印证，柳作为缠绵春情（纯情）象征无疑。乾隆年间进士史震林（1692—1778）的《西青散记》卷四称，清代乾隆年间的徽州女子程琼曾情意绵绵地讲道柳是春之使者，爱情至诚的象征：“木为生意，人贵青春，是矣。我何独取于柳乎？柳枝何咏乎尔？曰：柳也者，天地之柔情也，忽眠忽起，最善抽思，纵远飘空，一根万绪，化为飞絮，尚遍房栊者也，真才子也。吾独以为，但实其节，亦可变梢云之竹；知敛其气，亦可变岁寒之松也；春卿之志诚是也……木之贞气，春之正态也。”[①]春卿，来自《周礼》，其以宗伯为春官，为木正。抽思则为抒情，《楚辞·九章·抽思》咏：“结微情以陈词兮，矫以遗夫美人。”因此，多江河的朝鲜半岛的《九云梦》，也是得沅湘之畔的“楚辞”之遗韵。

可见，从柳意象的异邦接受来看，朝鲜小说《九云梦》对女性形象的塑造，直接受到中国古典文学意象内蕴及其营构方式的影响，不仅体现在具体的形象特征上，而且也体现在深层的思想观念上。在成功借鉴中国古代抒情文学意象的同时，《九云梦》还具有较强的女性个性解放意识，对女性弱势群体观念也有超越。

华夏中原的柳意象与柳文化，是中国古代意象审美文化的一个代表。当然不只是影响到朝鲜半岛，也不仅仅是《九云梦》这一部小说，张哲俊教授就曾借用过杨柳文学意象来形容中国文化至于日本的影响。[②]

三、剑术母题：侠女对女性弱势观念的超越

在中国古代，一般说女性是没有社会地位的。中国传统文化向来以男子为中心，并从男子立场出发，对妇女提出种种限制和要求。作为传统文化精神核心之一的“三从”“四德”，更使女性以弱势卑微的地位不可能真正与男性地位平等。前面将东汉班昭《女诫》言女子“卑弱第一”，用柳意象塑造女性正因为柳意象象征女性的柔弱。世俗以男性为中心，甚至屡有女性倾覆邦国的“女祸”论，称女性为“红颜祸水”，如久受非议的苏妲己、赵飞燕、杨贵妃等。“弱者，你的名字是女人”，因此一旦女性表现出了坚强勇敢伟大的一面，一反女性的弱势形象，就

① 史震林：《西青散记》卷四，“中国文学珍本丛书”，上海：上海杂志公司，1935。

② 张哲俊：《杨柳的形象：物质的交流与中日古代文学》，北京：人民文学出版社，2011。

特别引人关注。王昭君、李清照、花木兰、穆桂英、梁红玉等等，就是如此，至今为人们所景仰。而做出反文化反传统的和女性的柔弱相反的侠义之举的侠女，更具传奇性，令人刮目相看。

“侠”之名称，最早见于中国先秦法家著作《韩非子·五蠹》篇：“儒以文乱法，侠以武犯禁。”剑，是侠用来行侠仗义的兵器之一。用剑促进了剑术的发展，剑术有着神奇色彩和内蕴，又烘染这了剑这一神物本身。唐以后愈传愈奇，达到了“出入青冥”的境界。侠女和剑术组合在一起则更加为人瞩目，展示了对传统女性卑微地位及偏见的超越，对女性弱势观念的超越。龚颐正《芥隐笔记》指出：“杜牧之诗‘授图黄石老，学剑白猿翁’盖出庾信《宇文盛墓志》云：‘授图黄石，不无师表之心；学剑白猿，遂得风云之志。’”[①]可见，汉代小说《吴越春秋》中越处女与猿公比剑故事，在唐代和唐前就乐于为人称道，我们从唐传奇《聂隐娘》和许多侠女故事以及对剑之神威的咏叹，都可以看到这一点[②]。而唐代乃是中国文化大举传入新罗、百济的时代，关于剑的崇拜与叙述母题，自然会较多为《九云梦》的作者连同柳毅故事一并接受。

《九云梦》中的侠女和剑术承自中国文化，有着同样的为人所乐道的地方。书中讲八女子之一沈袅烟和另外两名女子“从剑术神妙的女子为其弟子”“学剑术三年，能传变化之术，乘长风还，飞电瞬息之顷，行千余里矣”。另两名侠女所做之事，“或欲报仇，或欲杀恶人”，沈袅烟“因此小技，得逢贵人，他日当入百万军中，得成好缘于戎马之间矣”，即沈袅烟以剑术求偶。文中对剑术的描写，真是一动迅若闪电，令人目眩神骇，千变万化，赋予剑术超常的神奇。人们对剑是崇拜的，

---

① 周光培编：《历代笔记小说集成》第二十三册《宋代笔记小说》，石家庄：河北教育出版社，1996，第591页。

② 参见王立等：《剑术崇拜与唐诗中的剑意象》，《中国韵文学刊》2003年第2期。

因此剑术也为之增添了它的神奇色彩，剑的神奇和剑术的变化高深莫测结合起来，相辅相成，又使之更增彼此的神奇色彩。剑是侠义精神的一个古远象征，女侠更是有其独特的冷面剑侠精神。女侠多性情刚烈，她们有许多呈现为貌若桃李，冷若冰霜。于是《九云梦》卷三写沈袅烟开始的表情“色如霜雪”，描写她侠女装扮：“椎结云发，高插金簪，身着挟袖战袍。而袍上画石竹花，着凤尾靴，腰悬龙泉剑，天然艳色，若浥露之海棠花，非从军之木兰，必偷盒之红线也。”[①]此一侠女形象，即此冷面巾帼英雄形象，主要来自唐传奇中侠女最初展露的聂隐娘、红线女之类。侠女的剑侠精神，因其身手不凡，剑术卓异，使她们也能成为明清人常说的“奇女子”，能独立纵横于江湖，正如《九云梦》中所说的“或欲报仇，或欲杀恶人”，而这正得中原正宗侠女之神理。华夏著名的侠女多以复仇得名，“杀恶人”即除奸惩恶。而小说中提到红线女、花木兰，这是中国妇孺皆知的北方女英雄。中国的东北、山东与朝鲜半岛是近邻，自古多有往来，彼此难分，这又是中国故事传到朝鲜半岛且影响之大的一个有力证明。

侠女的疾恶如仇、豪爽的剑侠精神和技高绝伦的剑术形成统一。正因为传统社会中女性群体所处的屈辱无力的境地，女人胜过男人，才稀奇，才堪敬堪畏。摆脱了传统的枷锁，超越了自身弱势，因此有其独特魅力。苏轼在《渔樵闲话录》中感慨：“噫！吾闻剑侠世有之矣！然以女子柔弱之质，而能持刃以决凶人之首，非以有神术所资，恶能是哉！”侠女剑术高明是其行使侠精神的基本条件。《九云梦》中侠女剑术高明，也为此促成了沈袅烟与杨少游结合。这一结合的方式除了卷三袅烟的女仙师所告知她的“前世之缘”，如同穆桂英之于杨宗保、樊梨

---

① 金万重：《九云梦》卷之三《宫女掩泪随黄门　侍妾含悲辞主人》，韦旭昇校注，太原：北岳文艺出版社，1986，第 75 页。

花之于薛丁山一样，更在于就连她学剑术本身，都不是仅仅像她两个同师门的姐妹那样，从事或报仇或杀恶人这样的具体工作，而要借学剑术得逢贵人，“他日当入百万军中，得成好缘于戎马之间矣”。这其实也是一种对于女剑侠的角色层次、社会功能的性别思考，不希望女侠都停留在冷血杀手的个别性除暴济困的层次上，而要以缔结良缘的个人化形式，实现辅佐夫君安邦定国的大事业。这在明清才子佳人小说中，简直就是一个司空见惯的叙述模式。即使像《水浒传》中的琼英，也是以武艺结缘于没羽箭张清，得以伉俪相偕，比翼齐飞，建功立业。

侠女与剑术代表了一种冷兵器时代的浪漫理想，表现了古代东亚人民美好的期盼，这无疑也是朝鲜和中国人民共同的理想与愿望。除此相同之外，在《九云梦》中还可看到两国在社会风俗习惯等方面的相同类似，如小说中对骑射功夫的表现。

四、骑射功夫：中朝文化交流的一个特色

中朝两国有几千年文化交流史，内容繁多，范围广泛。据唐人令狐德棻等撰《周书》所载，北周（557—581）时代，百济的青年学子普遍喜欢骑射，并且努力学习中国古代典籍。《九云梦》除了引用大量中国典故、成语、历史故事，其中还能看出大量其他方面的文化交流痕迹，小说中对人物骑射功夫的表现就是其代表。当然，如同韩国学者全奎泰《中国文学对韩国文学的影响》所说的“李朝的小说通常以中国为背景”，《九云梦》虽以中国唐代为背景，实际上还是李朝时代朝鲜社会的真实写照。

在《九云梦》中，杨少游与越王谈马，射“大鹿”，射“天鸦”，论射箭术，可见当时朝鲜半岛的社会风俗。越王也拊掌掌夸赞狄惊鸿“狄

娘子之侠气，非杨家紫衣者所比也”，意思是胜过隋朝杨素家的红拂女，又说：“美女骑射亦甚可观。”[①] 把骑射当成一种可堪观赏的娱乐。这不正印证了史载凿凿可信的“百济青年学子普遍喜欢骑射”吗？一般认为：“骑射是我国古代一种军事性的体育运动，是比骑技，较射技的骑射结合的运动。在我国起源很早，周代属‘六艺’之一，战国时赵武灵王推行‘胡服骑射’，振兴了赵国。骑射在我国古代北方民族中尤为盛行，如匈奴，突厥，契丹等。”[②]骑射技艺，通常认为是从中亚传入中国的中原地区的，中原北方的游牧民族这方面更是强项，如宇文懋昭《大金国志》载金国皇帝阿骨打曾以骑射宣传国力：“将宋使马扩远行狩猎。每晨，国主坐一虎皮椅上，纵骑打围。尝曰：‘此吾国中最乐事也。’既还，令诸将具饮食，迎邀南使。”[③]

至于小说《九云梦》中的骑射功夫表现，和古代中国的骑射功夫描写讲究铺垫，其实并无不同，如描写越王矢射大鹿左肋，先写马前壮士众矢不中；写杨少游射云间天鸦，先交代“此禽最难射也”，众军提议宜用海冬青，而杨少游在射天鸦时的身手偏偏是“抽箭翻身仰射，中鸦左目而坠于马前”；描写狄惊鸿射赤雉“乍转纤腰，执弓鸣弦，五色彩羽倏落于马前”[④]，姿势优美，颇有气势，简直像一幅流动的图画。由此可以相信，作者很可能熟悉唐诗，如杜甫《哀江头》“翻身向天仰射云，一箭正坠双飞翼”；张祜《观徐州李司空猎》“背手抽金镞，翻身控角

---

① 金万重：《九云梦》卷之六《乐游原会猎斗春色　油壁车招摇古风光》，韦旭昇校注，太原：北岳文艺出版社，1986，第128–129页。

② 张碧波、董国尧：《中国古代北方民族文化史》，哈尔滨：黑龙江人民出版社，1993，第686页。

③ 崔文印：《大金国志校证》卷一《太祖武烈皇帝纪》，北京：中华书局，1986，第19页。

④ 金万重：《九云梦》卷之六《乐游原会猎斗春色　油壁车招摇古风光》，韦旭昇校注，太原：北岳文艺出版社，1986，第126页，第129页。

弓”；李益《观骑射》也有“边头射雕将，走马出中军。远见平原上，翻身向暮云”。因此从历史上民族文化交流的角度看，有理由认为：“新罗在社会生活的各个领域都刻意向唐朝学习，并受到唐文化的强烈影响。”[①]因此，在金万重小说中骑射功夫表现步骤、细节上与中国文学如此相似，并不奇怪。

所谓“礼失而求诸野”，在晚清的新闻画报中，就有一帧《重阳习射》的图画，编选者用心良苦，称中原古代有重阳习射的习俗，但如今已经失传。而在朝鲜：“倒沿袭了这种习惯。每当重阳佳节，秋高气爽，诸武生张弓挟箭，或百步穿杨，或鸣镝禽落。射艺高强者，能博得阵阵赞叹。”[②]（图－06）这一用意，说明在东北亚文化圈内，晚清也存在着一种试图以“文化回授”方式，来振兴华夏尚武风气的努力，这是应当予以肯定和钦敬的。

英国汉学家、牛津大学杜德桥（Glen Dudbridge，1938—2017）教授指出《柳毅传》母题其实有三个文本。一是戴孚《广异记·三卫》写北海龙王之女嫁华岳神第三子（三郎），受虐，宫廷卫士（三卫）路过时龙女托传家信，龙王厚赐并伐华山惩恶婿，三郎龙女和好，而三郎欲报复三卫，龙女报信得免。杜德桥认为：“该故事精心策划构筑了一系列达成平衡和对称的社会交易系统。”[③]而另一故事是《大唐西域记》卷三的释种与龙池少女（龙女）遇合、创业开国。释种失意远游如落第书生柳毅，龙女自荐枕席亦如洞庭龙女求嫁，不过此故事更接近印度观念的“在慧根方面，龙是劣于男人和女人的”，龙女易形为人，“深自庆悦”，龙王也在女儿恩人面前显得卑微。杜德桥没有像中国学者那样，

① 李斌城：《唐代文化》，北京：中国社会科学出版社，2002，第1803页。

② 吴友如等：《点石斋画报》，1892年。

③ 程章灿：《〈柳毅传〉的构成及其经典化——杜德桥及其〈柳毅传〉研究》，《世界汉学》第8卷，北京：中国人民大学出版社，2011。

图－06

多把初唐玄奘载录的这一故事作为后来两个龙女获救故事的蓝本。第三个故事《广异记·汝阴人》称，许生误拾一五色彩囊，竟为王女郎遗物，王家提亲，许生答应了。王家赠巨资，王女亦传养生术于许生。女方求亲，人神道殊，王女之兄提亲也“窃慕盛德，欲托良缘于君”，言辞与《柳毅传》钱塘君“欲求托高义”相似。因而虽无救助与被救助的“义”，杜德桥教授仍然认为其“所有这一切，均让我们看到了《柳毅传》的影子”，而柳毅作为“应举下第”的书生，乃是唐代士人的道德理想以及伦理价值观的反映。我们认为，这一提示是很重要的，以其恰恰符合朝鲜文人心目中“东国”的主流形象，因此最易被受容且易于被对应于《九云梦》文武双全的杨少游形象上，何况“杨少游”之名与才情超群的北宋词人“秦少游”（秦观，1049—1100）接近，很可能是一种带有暗示性的仿拟。

可见，朝鲜小说《九云梦》无论在形象塑造上，还是具体情节安排，以及对女性人物的特长优点描写等，都受到中国古代小说乃至诸多文化观念的深巨影响。尽管中朝文化交流仅就小说方面远不限于一个《九云梦》的仿效借鉴，而《九云梦》中也还有研究者早就指出的借用了薛用弱《集异记·王维》和《三国志演义》刘关张结义故事等[①]，然而，如果我们从小说母题传播等视野上予以审视，还是可以得到一些新的收获的。

---

① 参见陈翔华：《中国古代小说东传韩国及其影响》上、下，《文献》1998 年第 3–4 期。

第五章

朝鲜古代汉文小说“预叙”与中朝文化融合

同在汉语文化圈，朝鲜古代汉文小说在叙事艺术、思想主旨等方面都对中国古代小说进行了很多模仿和借鉴。汉文小说中的预叙（闪前）叙事模式，常常借助梦境预示、仙道佛僧预言、近亲魂魄预示和禽鸟动物预言等结构模式展现。预叙模式与叙事特点的外结构对应衔接，以及汉文小说包孕的深层文化精神，都表现出同中国儒道释理念的深度关联。

朝鲜古代汉文小说作为世界汉语文化圈的一部分，占有十分重要的地位。分析发现，其与中国传统文化有着十分明显且千丝万缕的关联。显然，这与中朝两国历史上的频繁交流是分不开的。陈翔华先生从实证角度胪列了中国古代小说东传：“直至清代末年以前，中朝两国在学术、思想、政治、社会风俗以及宗教等等方面的联系是非常紧密的。”[①]“中国痕迹”易于从朝鲜汉文小说中找到，而韩国学者也承认：“朝鲜时代的小说中，有很多小说的背景都在中国。”[②]《金鳌新话》在题材、构思、情

---

① 金敏镐：《韩国古小说里的中国》，《明清小说研究》2012 年第 3 期。

② 李岩、池水涌：《朝鲜文学通史》中，北京：社会科学文献出版社，2010，第 793 页。

节、人物、风格、引诗入小说等方面，均借鉴了《剪灯新话》[①]，包括哲学理念上体现出的尊儒和写作体例上的章回体等。作为上流社会标签的汉文小说，主要出现于近古时期的李氏朝鲜（1392—1910）。“混血儿”身份标志却使得汉文小说处境尴尬，长期未得到韩国研究者应有的重视。而中国学界多只是针对重点篇什分析，本文则主要关注近古汉文爱情家庭类小说的叙事艺术及其模式生成的深在理念，特别是“预叙”。一般来说，预叙在西方小说不占主要地位：“预叙远不如回叙（倒叙）那么频繁出现，至少在西方传统中是这样。”[②]但是恰恰在汉语文化圈里的古代小说中得到了很好的发挥，此中自有中朝两民族思维独特性在。朝鲜汉文小说的“预叙”艺术并非完全“自创”，虽在较大程度上继承了中国古代叙事文学的创作习惯，但在实际创作中又显示出某些自身独有的特点。

一、朝鲜古代汉文小说的叙事时序

文本的叙事时序运行脉络很容易被接受者体察到，文本时间的顺序与故事时间的顺序往往不完全吻合，时常存在某种错位。这种错位现象“可以归之于两种时间性质的不同：文本时间是线性的，而故事时间则是多维性的”。[③]这源于叙事是叙述者理性思维的展示，而故事更侧重对

---

① 里蒙·凯南：《叙事虚构作品》，姚锦清等译，北京：生活·读书·新知三联书店，1989，第87页。

② 孙惠欣：《冥梦世界中的奇幻叙事——朝鲜朝梦游录小说及其与中国文化的关联》，北京：北京大学出版社，2009，第149页。

③ 热拉尔·热奈特：《叙事话语·新叙事话语》，王文融译，北京：中国社会科学出版社，1990，第13-15页。

生活存在的模仿。按照叙事学相关理论，小说文本中常见的叙事时序有正叙、倒叙（闪后）、预叙（闪前）。

在朝鲜古代汉文小说中，正叙是几乎任何小说文本最为常见的叙事时序。由于描写的多为一人一事或一人多事，类似于个人传记，更经常采用正叙，即文本时间的顺序和故事时间的顺序相互吻合。林明德主编《韩国汉文小说全集》虽有不少遗漏，但所收录之夥仍可探知基本情况。《崔陟传》《汉文春香传》《一乐亭记》等都沿用了传统的正叙模式，如《淑香传》就从淑香五岁时与父母失散写起，其间经历种种磨难，最终家人团聚、寿终正寝，完全按照故事发展前后时间顺序叙述。

倒叙，“指在文本中讲述了后发生的事件之后叙述一个故事事件”。[①] 尽管朝鲜古代汉文小说大多采用正叙作为整篇作品结构模式，倒叙并不很常见，孙惠欣《冥梦世界中的奇幻叙事——朝鲜朝梦游录小说及其与中国文化的关联》一书在梦游录系列中只找到《寿圣宫梦游录》一篇采用倒叙方法，但小说文本某些情节（或人物身世）介绍中体现出倒叙特点的还是有很多的，如《彰善感义录》：

> 侍郎将归，向公谓曰：“弟蒙令兄厚恩，使两女得属令郎，至愿毕矣。然道途悠远，消息未易，且可早定婚期，而欲得令郎之信物，归传于两女也。”公答曰：“儿子今方十二岁，从今三年后，弟若无故，则当率儿子亲往山东，涓吉行礼矣。”[②]
>
> 初，尹侍郎仕于皇都，与南御史比邻相善，两公皆无子，

① 王先霈、王又平主编：《文学理论术语汇释》，北京：高等教育出版社，2006，第 362 页。

② 林明德：《韩国汉文小说全集》卷七《爱情家庭类》，中国台北：中国文化大学；汉城：大韩民国韩国精神文化研究院，1980，第 114 页。

> 相以为忧。尹公为应天府尹时，夫人赵氏梦双玉坠怀，自此有娠。月满，生一女一男……是年，南公夫人韩氏亦梦事奇异，因娠。月满，而生一女……一日，夫人与小姐玩花于园中，忽然侍婢春莺入告曰：“夫人好积善，适有西蜀尼姑持卷子而来，小婢敢告之。”[①]

第三回《回棹青城山，招魂洞庭湖》，讲述尹南二小姐出场以解悬念，用“初”字就已说明此处叙述并非延续第一、二回的时间顺序叙述，而是将故事时序颠倒后采取的倒叙模式。

对中国古代包括小说在内的叙事文学而言，相关叙事模式形成较早。主要是史传文学影响，直至现代小说创作中仍有史性建构痕迹在。不少研究者体会到人物传记的叙事模式，主要承领司马迁《史记》所创的本纪、世家、列传三种体例，近期仍有此论：“结构上往往采用一人一代记的形式，有时候只写他的生活片段也大体上交代他的一生，而且还得有头有尾，按照时间顺序排列。人物一出现就要交代他的姓名、籍贯、出身、年龄等，最后还要交代他的结局。”[②]如《项羽本纪》等的正叙、倒叙、夹叙以及平行叙事，现代小说的叙事艺术也不过是其翻版罢了。这在后来的章回小说中表现更为明显，明清小说批评家们早有论断。可以肯定，中国传统小说的种种模板和基本架构，在一定程度上直接影响了朝鲜汉文小说叙事模式的生成。

至于“预叙”，热奈特的观点是：“提前，或时间上的预叙，至少在西方叙述传统中显然比相反的方法少见得多。”[③]显然，这是基于西方小

---

① 林明德：《韩国汉文小说全集》卷七《爱情家庭类》，第121页。

② 尹云镇：《试论朝鲜的汉文小说与中国文学的关联》，《延边大学学报》2004年第1期。

③ 热拉尔·热奈特：《叙事话语·新叙事话语》，王文融译，北京：中国社会科学出版社，1990，第38页。

说所提出的一种有些片面的见解，殊不知在汉语文化圈的传统小说中，预叙模式的叙事艺术早已被吾国小说家们运用得驾轻就熟，成为小说有机构成部分。对汉文小说的“预叙”问题，金宽雄博士论文《韩国古代小说叙述模式研究》等曾有提及。金宽雄、金晶银《韩国古代汉文小说史略》和汪燕岗《韩国汉文小说研究》也进行了概述总结。

二、朝鲜古代汉文小说“预叙”的几种范型

何为预叙？一般认为“叙述者提前叙述以后将要发生的事”这种叙事模式即为“预叙”。以色列学者里蒙·凯南（Rimmon-Kenan）如是说：“如果在文本中是以 c，a，b 的次序出现，那么事件 c 便是预叙的”；“当预叙出现时，它就会使‘接下去将发生什么事情？’这一问题所引起的悬念被另一个悬念所取代，亦即围绕着‘这件事情怎样发生？’的悬念。”[①]胡亚敏称其为“闪前”(预叙)，并根据闪前与结尾时间的关系，将闪前划分为外部闪前、内部闪前。外部闪前，即：“提前叙述的事件在故事中不会出现……常用来表现人物对未来生活的憧憬、担忧，以及对主人公后来的生涯和他的后代的交代等。”[②]

而仅根据《朝鲜汉文小说全集》载录的作品看，外部闪前往往出现于故事的结尾，交代补充故事发展的趋向上：

> 林氏连生三子，曰熊儿、鸾儿、骏儿，皆有父兄之风。

---

① 里蒙·凯南：《叙事虚构作品》，姚锦清等译，北京：生活·读书·新知三联书店，1989，第 83–86 页。

② 胡亚敏：《叙事学》，武汉：华中师范大学出版社，2004，第 68–69 页。

刘尚书于穆宗朝为丞相，致太平……其后刘麟儿为兵部尚书，熊为吏部侍郎，鸾为太常卿，骏为户部尚书……谢夫人著《女训》十二章，《续列女传》三卷行于世，且教诲四妇王氏、杨氏、杜氏、李氏，皆有妇德，克嗣夫人徽音，别有二集书矣。(《谢氏南征记》)①

生一日，梦见淡妆女人来告曰：“主母奏于上皇，上皇惜其才，使隶河鼓幕下为从事。上帝敕汝，其可避乎？”生惊觉，命家人沐浴更衣，焚香扫地，铺席于庭，支颐暂卧，奄然而逝，即九月望日也。殡之数日，颜色不变，人以为遇仙尸解云。(《醉游浮碧亭记》)②

前者属对于主人公后代的交代，而后者则属对主人公后来的生涯的预叙。诚然，这样的交代式外部闪前（预叙）在汉文小说中多有体现，不但起到了延伸和拓展故事时空的作用，还能很好地引起读者“期待视野”的探求。这种外部闪前的预叙叙事孙惠欣曾论述到，而对于文本中预叙的运用就近乎没有触及。

内部闪前，是针对将要发生的事的某种提示，多用于故事开端或者故事发展中对于某一结果的预示性前瞻，从而与即将发生的结果产生呼应和对照。这种方式恰恰能使读者产生强烈的猎奇求证心理，也与其对于中国古代小说的借鉴不无关系。众所周知，预叙手法自从于先秦两汉的《左传》《史记》中初步形成后，中国古代叙事文学中受其泽溉，也常运用于如章回小说的“回前诗”、叙事中的“判词”等韵语，

① 林明德:《韩国汉文小说全集》卷七《爱情家庭类》，中国台北：中国文化大学；汉城：大韩民国韩国精神文化研究院，1980，第61-62页。

② 林明德:《韩国汉文小说全集》卷七《爱情家庭类》，第91页。

即毛宗岗所谓“隔年下种，先时伏着之妙”的传统叙事艺术[①]。“梦”的叙事也具有“预叙”功能：“梦在小说戏曲的情节构制、心理描写、人物命运结局的暗示，乃至虚实相生的表现手法等方面，都起到了重要功能……”[②]由先秦《左传》《国语》《庄子》等到汉代《史记》《汉书》到六朝志怪以降，几近成为中国史传到早期小说叙事一种普遍性的内在前后勾连的表达形式。唐传奇到宋元明清小说也普遍采用梦境预示手法，旁及仙道预言或近亲魂魄，以此来构架故事情节，从而产生奇异的品读效果。作为中国文化的输入国之一，明清时代朝鲜定期遣派来华使节，许多中国史籍与小说传入朝鲜半岛，小说创作受到影响也是势所必然，“预叙”模式被有效借鉴亦在情理之中。而朝鲜古代汉文小说的某些结构思路的类似性是令人惊叹的。

其一，以梦境来进行预示。“梦境预示”，即人物在梦中对于将要发生之事的某种预示反应：

是夜（谢氏）孤灯独坐……乃依枕假寐，忽有人自外来曰：“老爷、老夫人召夫人矣……书非真……况新妇自有七年厄运，当南行五千里以避之。”（《谢氏南征记》）[③]

是时林处女（秋英）与母卞氏在家，晓梦篱外火光烛天，有兽卧焉。（《谢氏南征记》）[④]

当是时，玉英在杭州，闻官军陷没，以为陟横死战场无

① 罗贯中：《三国演义（毛宗岗评本）》，上海：上海古籍出版社，1989。

② 王立：《中国文学主题学——意象的主题史研究》，郑州：中州古籍出版社，1995，第293页。

③ 林明德：《韩国汉文小说全集》卷七《爱情家庭类》，中国台北：中国文化大学；汉城：大韩民国韩国精神文化研究院，1980，第29页。

④ 林明德：《韩国汉文小说全集》卷七《爱情家庭类》，第56页。

> 疑也，尽夜哭不绝声，期于必死，水浆不入口。忽于一夕，梦见丈六佛抚顶而言曰：“慎无死，后必有喜。”（《崔陟传》）[①]

“新妇自有七年厄运，当南行五千里以避之”“慎无死，后必有喜”等作品中的“预言”，既显示人物身份的奇特，也具有很强的宿命意味。这属于处理“好人遇难”故事的传统“窠臼”。实际上，“梦境预示”早就成为中国早期史传文学的叙事文学母题。《左传》写晋文公梦楚王伏在自己身上吸脑汁，战前焦虑，被子犯解释为楚王服罪，果然楚败晋胜；而《史记》以降，更是由史传入小说，几乎成为毋庸置疑的兆验[②]。传播到朝鲜半岛的如文史相兼的《三国志演义》，自然不会舍弃这一模式，如小说第七十七回写玄德失眠神迷中见关公于灯影下往来躲避，惊问其故，关公泣告：愿兄起兵以雪弟恨！事后发现其果然已遇害。不同于中国小说“梦境预示”的含蓄和晦涩，朝鲜汉文小说“梦境预示”往往显得更为直接明了，多为直接在梦中预叙小说中将要发生之事，这就少了些许暗示性的意味，而是更为直接、迫切地试图引导读者期待“这件事怎样发生？”这样的悬念意味更加突出，似乎也考虑到照顾读者有限的接受能力。

其二，仙道佛僧的预言。这在朝鲜古代汉文小说中更为屡见不鲜，也是当时朝鲜特殊文化背景使然。李朝时尽管将儒教定为国教，但对佛教的排斥措施不再十分严厉，而道教在朝鲜历史上始终未形成一个独立的教团或教理体系，但其因与广大民众生活息息相关：“虽遭排斥，仍以根深蒂固的民间信仰形式继续流传下去，深入到民间生活习俗之

---

① 林明德：《韩国汉文小说全集》卷七《爱情家庭类》，第 279 页。

② 王立：《论〈左传〉预见艺术及其审美效应》，《青海师范大学学报》1987 年第 2 期。

中。”[①]因此朝鲜小说出现的仙道佛僧形象，常带有特殊含义，这类角色亦多预言：

杜夫人闻此言，良久思之曰：“雨花庵僧妙喜戒行甚高，兼有眼力，四五年前谓余曰：‘新城县谢家小姐非世间人也。’”（《彰善感义录》）[②]

俄而有一介青妆仙娥，左手持白玉杯，右手持玛瑙小瓶，翻然至前曰：“妾受命于湘君娘娘灵旨，奉慰于花相公夫人。夫人以前生业冤，虽有一时厄运，十年之后当与父母相逢，永乐无穷。……夫人一饮此，则数日不食，神气无惫矣。”（《彰善感义录》）[③]

仙公笑曰：“吾之尘缘无几，后会难得。而吾以孙儿托于花元帅，公之报我亦已厚矣。……天机不可泄。而吾之一子玮，在江南之松江，距今三年后当生贵子。而初年必有危厄，非花元帅莫可救也。”（《彰善感义录》）[④]

适有一盲人曳杖而过，忙呼月桂邀而来焉，乃近村卜者许盲也，以阴阳卜术擅名于当时……一厄落眉，三木致身，滞囚有月，出世无期，百尔思之，有死无奈。忽然夜梦行到一处，万树千树李花开，忽然狂风乱落于地上，吾撷裳而拾之。又倚窗把镜，洗脸调脂，翻然而堕，铿然而破。又于门上有一草偶人，其形如魍魉，惊而觉之……许盲曰：“不出几

---

① 杨昭全：《韩国文化史》，济南：山东大学出版社，2009，第139–140页。

② 林明德：《韩国汉文小说全集》卷七《爱情家庭类》，中国台北：中国文化大学；汉城：大韩民国韩国精神文化研究院，1980，第4页。

③ 林明德：《韩国汉文小说全集》卷七《爱情家庭类》，第124页。

④ 林明德：《韩国汉文小说全集》卷七《爱情家庭类》，第205页。

日，必有好事，更勿他虑，谨保残喘。”（《汉文春香传》）[①]

仙道、佛僧这类人物，其预言属于带有神秘身份的“神示”，而他们预言式的内部闪前，对人物境遇、命运预期，特别是情节走向都具有决定性的引导作用，其在故事情节编排中出现的频率也大大超出梦境、近亲魂魄预示。除了与当时宗教制度开放性有关，也离不开取法中国小说。诸如中国道教神祇吕洞宾、佛教观世音，以及俚俗化的济颠（周颠）等早已昭示这类仙道（佛）人物预示母题，如明代《型世言》写周颠预料改元称帝的陈友谅能活两月，朱元璋必胜：“天地以正气生圣贤豪杰，余气生仙释之流。释不在念佛看经，仙岂在烧丹弄火？但释家慈悲度人，要以身入世；仙家清净自守，要以身出世……”[②]袁无涯本《水浒传》第九十三回叙述征田虎时李逵梦秀士告知“要夷田虎族，须谐琼矢镞”，而这位得飞石术神授的少女琼英，梦中确得没羽箭张清传授，他们又被提示有宿世姻缘。《红楼梦》开篇写一僧一道点化俗世之辈时，也宣示了某种必将应验的预言。而这类疯道人形象更延至武侠小说。[③]

其三，近亲等魂魄预示。近亲魂魄预示在爱情家庭类小说中出现，足以显示出宗法制社会中的祖先崇拜对叙事文学的影响。古代中国鬼灵与现世沟通常以显形、附体、转世等方式呈现，而前来提供信息的多为当事人父、祖。如《史记·赵世家》写先祖赵盾梦“叔带持要而哭……”预示着“绝而后好”。明清小说中这类父祖出面的预叙则较为罕见，然而却在朝鲜汉文小说中大行其道，尤以《谢氏南征记》《彰善感义录》等家庭类小说体现得最为饱满，它们似乎更加讲究以“孝”的

---

① 林明德：《韩国汉文小说全集》卷七《爱情家庭类》，第 248 页。

② 陆人龙：《型世言》第三十四回《奇颠清俗累　仙术动朝廷》，南京：江苏古籍出版社，1993，第 567–572 页。

③ 刘卫英：《金庸小说“老顽童”形象的文化渊源》，《河北学刊》2017 年第 2 期。

亲情纽带为核心的“正人伦”的教化功能。父祖恩情如此，晚辈更当何如？因此近亲（尤以父母）魂魄预示最能彰显出小说体现出的伦理价值之所在：

> 是夜（谢氏）孤灯独坐……乃依枕假寐，忽有人自外来曰：“老爷、老夫人召夫人矣……书非真……况新妇自有七年厄运，当南行五千里以避之。”(《谢氏南征记》)[①]
>
> 一日之夜，宛然来坐于灯前，曰：“大厄至矣！”翰林惊号欲扶之；已不可见矣。(《彰善感义录》)[②]
>
> （沈氏）近者数梦先公，以和颜面笑殷勤慰余曰：“始恶而终善，犹胜于始善而终恶也，今以佳儿佳妇托君，永享晚福，好以自爱也。”(《彰善感义录》)[③]

其四，以禽鸟动作鸣音昭示预言。这些动物形象，多表现为运用鸣音体现某种神秘力量，或多或少被伦理化为具备人的情感意识：

> 忽有丹尾灵鹊，乖自殿庭业竹间来坐，仰首噪噪，如有所语。(《彰善感义录》)[④]
>
> 黄犬亦随在傍，低头近前，声极凄楚，以足画地，完成文字。淑香观其文，有曰：“我本天台麻姑所乘青狮，而乘主公之命来侍娘子，期限已满，今将辞别。而自兹以后，娘子

① 林明德：《韩国汉文小说全集》卷七《爱情家庭类》，第 29 页。

② 林明德：《韩国汉文小说全集》卷七《爱情家庭类》，第 156 页。

③ 林明德：《韩国汉文小说全集》卷七《爱情家庭类》，第 187 页。

④ 林明德：《韩国汉文小说全集》卷七《爱情家庭类》，第 199 页。

所欲，事皆亨昌，莫不如意。”（《淑香传》）[①]

这里的灵鹊“仰首噪噪，如有所语”，黄犬“画地成文”，而此后娘子“事皆亨昌，莫不如意”，均提示后文结果。此处动物形象多沾染了仙道色彩及“鹊报喜，鸦报凶”的民俗信仰，还有的属受南亚传译佛经影响的“闻音预见”母题衍生物，且同前述第二种情形结合。中古汉译佛经与葛洪《抱朴子》就以动物鸣音进行“预叙”，《聊斋志异·鸟语》称某道士能辨析鸟语，而被贪官延为门客后却因此被怀疑借机讽刺[②]。

从预叙手法功能分析，尽管其多是作为只言片语、寥寥几行文字，但在小说文本整体构架中的作用却不容小觑。除了让读者关注于事情将怎么样发生之外，不少“预叙”在文中还起到承上启下的过渡作用，或预示人物命运的转折。如《汉文春香传》载许盲预言，不出几日必有好事，更勿他屡，谨保残喘。正是因为许盲的神秘预言，春香才得以保命，才有了后来的大团圆结局。

不难看出，朝鲜古代汉文小说中的闪前比起中国古代小说，的确显得更为直接，对即将发生的事情几乎和盘托出，缺少了含蓄蕴藉的暗示性，使读者更多专注于故事预言如何发生。清人李绂《秋山论文》明确称：“暗叙者，事未至而逆揭于前。”[③]这里的暗叙当即西方叙事学中的预叙叙事，近期仍有论著强调：“暗叙形式亦有多种，可以是梦境，也可以借占卜、命相、灾祥或其他奇异之事表现，还可以借故事人物之口说出……以卜筮、相面、灾异之事等形式展开预叙，在早期史传叙事中颇多见。”[④]显然，这种分类方式，在朝鲜古代汉文小说中均不难找到对

① 林明德：《韩国汉文小说全集》卷七《爱情家庭类》，第 322 页。

② 王立：《佛经文学与古代小说母题比较研究》，北京：昆仑出版社，2006，第 371–383 页。

③ 王水照：《历代文话》，上海：复旦大学出版社，2007，第 4004 页。

④ 董乃斌：《中国文学叙事传统研究》，北京：中华书局，2012，第 425–426 页。

应。如《彰善感义录》中僧尼的命相术、郭仙公的预言,《汉文春香传》中许盲的阴阳卜术，等等。无疑，朝鲜古代汉文小说与中国古代叙事文学、小说“预叙”资源有重要关联。

对于中国古籍在朝鲜半岛乃至日本的流传，晚清新闻画报也有所表现，上海《申报》副刊《点石斋画报》中的《搜访古书》一图，就站在图书保存史的角度，称朝鲜、日本都未曾遭过秦始皇焚书之灾，两国流传的古书版本很多。阮元（1764—1849）在编纂校勘《十三经注疏》时引用足利古本，徐观察出使日本代为留心典籍，派随从到东京足利学校借出善本抄写，带回国内[①]。而朝鲜也拥有奎章阁藏书，这都说明了中国古代典籍在东北亚的长期流传。（图 – 07）

三、朝鲜古代汉文小说与中国传统精神的关联

通观现存中国传统小说和朝鲜古代汉文小说，“预叙”结构模式并非不常见的叙事艺术。“预叙”结构模式有着愈来愈受到重视的趋势，不仅仅因西方现代派文学的崛起，以及叙事学理论影响，更多源于叙事传统和民族性，特别是其生成的哲学理念。据上论“预叙”四种模式，可从四方面分析。

第一，“梦境预示”所关涉的梦幻观念。中国一直有梦的迷信与崇梦信仰，先秦《左传》梦境叙事就构成其“预叙”组成部分之一：“其梦几乎全是用来预见的，只不过多要靠巫史释梦。”[②]朝鲜汉文小说既借鉴了中国史传笔法，其中“梦境预示”影响自不可免。尽管梦作为人类

① 吴友如等:《点石斋画报》, 1887 年。

② 王立:《中国文学主题学——母题与心态史丛论》, 郑州：中州古籍出版社，1995，第 30–31 页。

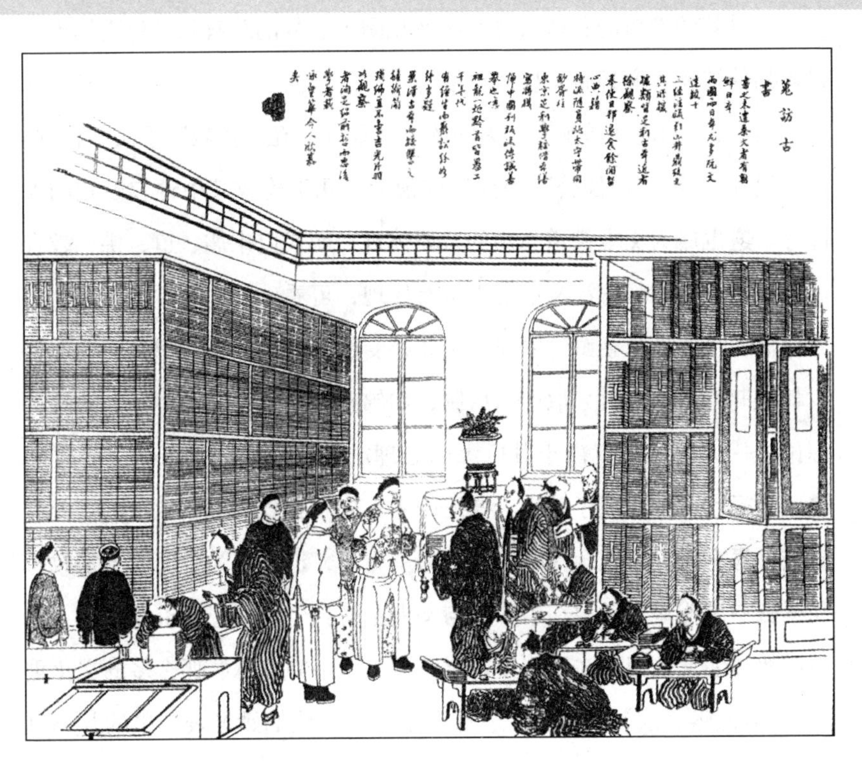

图－07

一种集体无意识而存在，但由于中朝两国历史上特殊的交流关系，这种梦境预示功能在中朝古代汉文小说中就有较多相通处。如“梦感而孕”可谓惯常性模式，梦作为荣格说的“向前展望的功能……是在潜意识中对未来成就的预测和期待，是某种预演、某种蓝图，或实现匆匆拟就的计划，它的象征性内容有时会勾画出某种冲突的解决”[①]。相对于西方社会科学对梦的剖析的具体入微，汉文化圈关于梦的理解和诠释更偏重于强调某种神秘言说必验的权威力量。

第二，“仙道佛僧预言”关涉的宗教信仰。在“预叙”手法中，僧、佛、尼和“仙娥”“仙公”等预言或预示，几乎构成其中预叙模式的大部分。这也成为文本佛道思想的重要体现。明代以来儒、道、佛三教合流，这一倾向在朝鲜汉文小说中也有体现，可看出其宗教性指向趋于边界模糊。一方面，朝鲜佛家思想主要接受的是“中国化”佛教影响，朝鲜朝时期并未对佛教采取严厉压制，如佛教教义中最根本、核心的教义理论——因果报应就由于其巨大的心理震慑作用，在民众接受心理中也反应很大，金佛现于梦中、僧尼助主人公一臂之力等体现出的“善有善报，恶有恶报”观念深入人心。另一方面，道教作为中国本土宗教对朝鲜影响更明显。道教在中国多与文人企盼长生等理想追求相联系，然而道教神仙意象似乎在朝鲜爱情家庭类小说中并未承载那么多的文化重量，《彰善感义录》写郭仙公、湘君娘娘、青妆仙娥等表现出的并非只是主人公对仙界生活的向往，抑或游仙诗般的长生渴求，而恰恰在人物设置上起到了与佛教意象相同的功能，不断地对落难好人施加援手，从而相对淡化了宗教色彩的玄虚。佛教僧尼角色又在小说中也担当起了命相占卜的职能，尼姑清远在携观音像代求姻缘时“注目见小姐良久，忽

① 霍尔等：《荣格心理学入门》，冯川译，北京：生活·读书·新知三联书店，1987，第175页。

愕然变色”[①]，无形当中增加了其功能型人物的类型化倾向。这也可以理解为对释道二教的一种再解构。

第三，由“近亲魂魄预示”关涉的儒家伦理观念。自李朝把儒教思想定为国教后，儒家的伦理道德更是被李朝视为治国圭臬，“君为臣纲，夫为妇纲，父为子纲”等纲常观念也随之普及。朝鲜古代汉文爱情家庭类小说特别是《彰善感义录》《谢氏南征记》等的主旨，都是维护儒家纲常伦理。“近亲魂魄预示”（尤以父母为重）鲜明地体现出中国宗法社会中“父母在上”的儒家伦理，只不过这种现实秩序体现为“冥罚”的支配作用，冥间了解因果缘由的亡亲，甚至如周清原《西湖二集》中的忠臣祖统制，也在提醒百姓如何解除瘟疫，代除毒虫，这种特殊的超越幽明两界的预叙，也早为东邻汉文小说阳间人物命运叙事提供了传奇性的诠释。[②]

第四，动物特别是“鸟占”是万物有灵的体现。崔吉城认为朝鲜人对鸟鸣颇敏感：“把它当作如人类的语言、类似断续的诗歌一般来认识。由此可见切身体会到哭泣和诗歌之间的民间智慧，就像乡下女人对鸟鸣有各种有趣的解释那样。朝鲜人关于鸟鸣的认识有各种象征性意义。”“对喜鹊叫声印象良好，尤其早晨听到喜鹊叫便说有客来，是吉兆。占卜书上往往写道：‘遇好人，运气佳’，可见韩国人有乐于会见他人的性格。喜鹊叫给人带来美好一天来临的期待感。喜鹊作为吉祥鸟。甚至具备了国鸟的地位。相反，韩国人对乌鸦极为厌恶，一听到乌鸦叫便感到不吉利。”[③]其实，这哪里只是该国人的一项专利，古代中国早普遍有“鹊鸣喜，鸦鸣凶”之说。鸟能预见也是一种带有世界性的原始观念。

① 林明德：《韩国汉文小说全集》卷七《爱情家庭类》，中国台北：中国文化大学；汉城：大韩民国韩国精神文化研究院，1980，第 122 页。

② 刘卫英：《明清灾害叙事中瘟灾事象的文学言说机制》，《东疆学刊》2013 年第 1 期。

③ 周星主编：《民俗学的历史、理论与方法》，北京：商务印书馆，2006，第 563 页。

在希腊文里，“鸟”这个词兼有“预言”与“天之信息”义，在伊斯兰教里鸟是天使的象征。《古兰经》说鸡冠鸟是所罗门和示巴女王之间的信使，鸟语为“天使的语言”[①]。可以认为世界各地，领会天使传递的语言最普遍的方式便是鸟占，《朱子语类》也用贾谊《鹏鸟赋》野鸟入宅主人不祥来解释《易》的“飞鸟遗之音”[②]，以鸟鸣为某一事件预兆。而由汉文小说“预叙”中的“禽鸟动物”预言模式看，朝鲜小说叙事对中国民俗文化认同的痕迹十分明显。

预见，是各民族都十分重视的人类智慧表现。古代朝鲜作为东亚汉语文化圈中的一分子，其古代汉文小说在叙事技巧、主题思想等方面都借鉴和吸收了中国古代小说的成分。不应忽视，朝鲜古代汉文小说在借鉴“预叙”等叙事方法上仍略显生硬，而爱情家庭类小说主旨也基本上不离对传统道德说教性的凸显与张扬。“汉字”虽为李朝社会上层接受运用，甚至是某种特殊身份的标志，但毕竟非本民族语言，其社会伦理精神在“汉字转译”过程中必然会发生某些错位与变异，此为叙事方法稍显为“隔”的根本原因。而李朝创发推广“谚文”正是一个很好的明证，说明历史上有识之士早已关注到叙事文学与民族独立精神互动升华的社会整合意义。

① 让·谢瓦利埃、阿兰·海尔布兰特编：《世界文化象征辞典》，世界文化象征词典编写组译，长沙：湖南文艺出版社，1994，第1147页。

② 黎德靖编：《朱子语类》，《理学丛书》第五册，北京：中华书局，1986，第1866页。

第六章
四部朝鲜小说女将形象通观[①]

朝鲜古代汉文小说有关女将形象的小说不多，韦旭昇《韩国文学史》主要提到的是《玉楼梦》中的江南红，此外只提到了《洪桂月传》《郑秀贞传》，未列详细内容[②]；金宽雄、金晶银的专著论述了《六美堂记》的女将白云英[③]；谭红梅的专著提及了《黄云传》《朴氏传》[④]。除谭红梅《朝鲜朝汉文小说中的女性形象研究》进行部分探讨外，相关整体研究的尚未见。《玉楼梦》《六美堂记》《洪桂月传》和《郑秀贞传》，均以女将形象（江南红、白云英、洪桂月、郑秀贞）为主要角色大篇幅

---

① 四部小说中，《玉楼梦》与《六美堂记》为朝鲜汉文小说，《洪桂月传》与《郑秀贞传》为朝鲜国语小说，这里统称为“朝鲜小说”。

② 韦旭昇：《韩国文学史》，北京：北京大学出版社，2008，第 372 页。该书提要申明了命名是采用韩国当前惯用名称：“至于‘朝鲜’一词，则多指李成桂建立的朝鲜王朝（1392—1910）。此王朝也有‘李氏王朝’‘李朝’‘李氏朝鲜’等称呼……韩国出版物上对此常用的‘朝鲜朝’‘朝鲜时代’‘朝鲜时期’，《韩国文学史》一般不使用。对于当前北南两政权并存的整个半岛，韩国虽称之为“韩半岛”，但作为地理名词，我国的出版物迄今仍然照旧使用朝鲜半岛一词，《韩国文学史》也如此使用……”而本书因所论是 20 世纪前的东北亚文学，故为尊重历史，皆采用朝鲜、李朝、朝鲜半岛等表述。

③ 金宽雄、金晶银：《韩国古代汉文小说史略》，北京：北京大学出版社，2011，第 326 页。

④ 谭红梅：《朝鲜朝汉文小说中的女性形象研究》，北京：知识产权出版社，2012，第 214 页。

地描写。作为“军功小说”，主要描述战争和胜利，多以中国为故事背景，偏重男女恋情和忠奸斗争主题。军功小说产生于16世纪末至17世纪上叶相继发生的壬辰反倭（1592—1598）和丙子之役（1637），这四部女将小说都创作于这两次战争后，不是偶然的，其中战争情节多半来自对于历史的回顾与民俗记忆。《玉楼梦》成书于18世纪末，《六美堂记》于1863年问世。《洪桂月传》《郑秀贞传》具体成书年代、作者尚不详，但据女将抗倭情节，仍可推断出这两部小说创作时间当也在“抗倭战争”（即“壬辰倭乱”）之后。此值中国北方尤其是东北战事频发的明清时期，因而具有一定的可比性。

一、成长模式：四部小说中女将之相似人生经历

在小说情节构思的整体比较之后可发现，四部小说可归结为一个相同的女将形象情节发展路线：“逃脱灾难——深山学艺——女扮男装——效力于当朝（中国）——边疆侵扰，征战沙场——战功显赫封为元帅——显明女儿身——与男将元帅成婚——多次征战后功德圆满。”比较四部小说的女将形象，可认定文本中这四个主人公有着极其相似的人生轨迹，可以说她们基本上都在走着同一路线：

四位女将的相似人生轨迹

女将	逃脱灾难	深山学艺	女扮男装	效力于中国当朝	御边征战	封为元帅	显明女儿身	与男将成婚	功德圆满
江南红	为避黄刺史强暴坠水	白云洞	为救杨昌曲扮男装又扮男将	本助蛮王，后投明军	打破蛮兵、匈奴	征红桃国封副帅，封鸾城侯	破蛮凯旋向天子显明女儿身	与燕王杨昌曲成婚	生五子三女，享年 70 岁
白云英	赴江州遭劫坠水	普陀山海云庵	女扮男装赴江州后又扮男将	男装应考，被封凤阁舍人翰林学士	大破吐蕃、回纥、倭兵	出战吐蕃时被封为征北兵马大元帅	吐蕃归降后身份被识破，向天子显明女儿身	天子下诏其为金箫仙左夫人	与丈夫及各妻访长生术，化龙入云
洪桂月	避乱遭水贼袭击坠水		扮男子应考后扮男将	应考中了状元	大破吐蕃、倭寇	出征吐蕃时封为元帅	御医看病，识破女儿身	天子赐婚桂月与吕保国	获得善终
郑秀贞	父遭贬去世，独自避难		扮男子应考后扮男将	应考中举	大破倭寇	倭寇犯侵时封为元帅	为免被招驸马而显明女儿身	天子赐婚给郑、张	一生美满，高寿升天

四部女将小说中，可以说《洪桂月传》《郑秀贞传》的女将人生轨迹最为相似，她们两人的人生路线可被概括为：

“因仙梦老来得女——遇难——中举——被迫显露女儿身——与男将成婚——婚后矛盾的发生与解决”其诸多相似点如下（见下表）：

洪桂月与郑秀贞之类似人生轨迹

	贵府老来得女	遇难	中举	显明女儿身	嫁给副元帅	婚后矛盾与解决
洪桂月	洪侍郎四十岁得此女	扬州叛乱后避难	考取状元	被御医发现	嫁给吕保国	爱妾死而生矛盾，再次出征后和好
郑秀贞	郑国公老来得此女	父遭贬去世后身世漂泊	中举	为拒封驸马告知天子	嫁给张延	因处斩爱妾而生矛盾，再次出征后和好

二、多重情节交叉：四部女将小说的结构艺术

除了第一部分概述的四部小说均具有同一轨迹外，四部小说间又有多处相似情节交叉重合。而且，从母题史角度看，神话传说、民间故事与文学作品竟然如此相似，不能不令人对于其间的联系惊叹不已。

一是女英雄出生，均系贵门祈神、梦仙感孕且老来得女。上文已论及《洪桂月传》和《郑秀贞传》中“老来得女”的情节，《六美堂记》中的“老来得女”则为：白文贤年过四旬无子女，祷于佛寺、道观，后其夫人梦仙女手捧玉函，后感孕而生白云英。而《玉楼梦》是“老来得子”，与其他三部“老来得女”的情节相似，说的是杨贤年满四十，无子女，一日登玉莲峰后夫妻均得仙梦，感孕而生杨昌曲。《玉楼梦》虽无“老来得女”情节，却有“老来得子”，与“得女”十分相近，只是

性别不同而已，但前后生子生女故事情节安排极其相似。若将《玉楼梦》中这一情节与其他三部“老来得女”归为一类，那么这四部女将小说就均有此情节了，更增加了四部小说情节的同一性。

在研究“突厥—蒙古”英雄史诗时，俄罗斯学者注意到西伯利亚地区游牧民族宗法制度观念的影响，往往披着神话外衣，在萨彦岭阿尔泰（西－中西伯利亚以南的山区）的史诗中：“主人公必定是多年无字的父母的产儿。老来得子，又了却了牲畜成群夙愿的王公，从此香火不断，家业后继有人，也不再愧对祖宗。……在图瓦人晚期的一些史诗中，女人服了仙药生下了孩子，这通常是由于她们求神拜佛的结果，不过，有时她们也没有这样做，无论怎样，总归是她们心诚志坚所致。还有些史诗带有浓厚的神话色彩，出现天赐神子的情节，这些子嗣承担着充当人类救星、年迈王公继承人的大任。……有一则哈卡斯传说称，无儿无女的王公阿尔滕在打猎归来的路上遇到了一个三岁的小孩。小孩对王公说，他是被库达伊神派来做王公的儿子的。阿尔滕不信，想要杀死他，但无论怎样都捉不住这个小孩。后来这个叫艾－多拉伊的小孩给‘父亲’通风报信，使年迈的阿尔泰王公得以在危难之际战胜了恶神卡塔伊－阿雷普和天鹅魔女。……在这些哈卡斯传说中，主人公充当的是被天神派往下界的救星，他们身负着一定的使命，与亚库梯传说中的壮士纽尔衮颇为相似。”[①]尽管其中有的与中原小说中哪吒出生一段经历非常相似，但从东北亚多民族交流的角度看，朝鲜汉文小说与西伯利亚南部到蒙古草原的神话传说、民间故事母题存在类同性，也不排除授受关系。

二是女英雄的历险成长，必先遇坠水之祸而获救，却因祸得福。

① E.M. 梅列金斯基：《英雄史诗的起源》第三章，王亚民等译，北京：商务印书馆，2007，第291–293页。

《玉楼梦》《六美堂记》《洪桂月传》三部小说均有女将少小避难坠水情节。《玉楼梦》中江南红为避黄刺史强暴，坠水，被孙三娘所救；《六美堂记》中白云英赴江州路上遭劫投水，被薛显所救；《洪桂月传》中洪桂月遇扬州叛乱，避难途中遇水贼而坠水，被吕公所救。三部小说均设置有女将先前坠水经历，且均有贵人相助，脱灾得福，转变人生轨迹，开始习得武艺仙术的经历。坠水，均为三位女性转变命运的一个关节点，从此开始了女将生涯的孕育过程。坠水情节的设置的深远意义在于，开启了女将不同凡响的人生精彩故事之门。在江河纵横的中原有许多女性落水获救，遇贵妇收为义女而因祸得福的幸运故事，但如上朝鲜小说的获救后成为女将者，尚十分罕见。

三是中举必通过女扮男装，经历一番周折、建功立业，而后显明女儿身成婚。四部小说中除《玉楼梦》中江南红外，其余三位女将均通过女扮男装应试中举途径实现报效朝廷，经历戎装征战后还要回归女儿身成婚。而在这方面中国的“花木兰”代父从军类型的故事很多，特别是到了明末清初才子佳人小说中，精通武艺的女将若上阵则每多女扮男装，如小说《生花梦》中的冯玉如即枪法箭法俱佳，“冯小姐单枪匹马敌住殳勇，直战到三更时分，殳勇被冯小姐杀的汗流浃背，力不能支，被冯小姐瞧个破绽，一枪直透心窝。可怜好员大将，死于一女子之手。张彪大怒，挺枪直刺，冯小姐勒马接战。未及数合，小姐敛身败走，张彪那里肯放，紧紧追着，被冯小姐手挽雕弓，搭上狼牙飞箭，回身一矢，正中左目，一交扑下马来……”[①]对此女性“易装”现象，鲍震培教授有很精湛的研究。[②]

---

① 娥川主人编次：《生花梦》第十一回《非奸细计赚白衣军　是夫妻误认绿林妇》，北京：北京师范大学出版社，1993，第140页。

② 鲍震培：《真实与想象：中国古代易装文化的嬗变与文学表现》，《南开学报》2001年第2期。

明清小说那些女扮男装的巾帼英雄，多将才华展现在科举、经商或复仇等方面，她们在科举成功之后往往止步了，而那些上战场厮杀的则索性直接着女装披挂出阵，并不换上男装。这也许是受到明末女将秦良玉形象的影响；且穆桂英、樊梨花等女将及她们的神仙师父黎山（骊山）老母等实在太有名了，如此“光环效应”为继踵者借重。这就是下面一点，为朝鲜半岛的女将们提供了一个“现成思路”的模式。

其实，中朝小说之中所描绘女扮男装的“易装英雌”，在实际生活中会遇到种种难以想象的艰辛，特别是在军中，大有不便。对此，晚清新闻画报注意到这一题材的新闻价值。说在台北军营中有位安徽士兵魏某，与同乡一起入伍，同吃同睡俨然夫妻一般。几个好事的伙伴（战友）察觉魏某举止行为轻柔羞涩，便挑逗以轻浮之语，魏某当即翻脸。好事者并不善罢甘休，竟然纠集军营中一伙人，将魏某强行脱衣，果然露出女儿身。方知那同乡与魏某是一对情人，彼此不忍分离，魏某就扮作男人一起应募入伍[①]。尽管古代中朝小说中的女扮男装战将以其地位高，在军中有许多特权，但也难免有着诸多不便、困苦，体力也不如男子，实为一种超现实的理想化文学形象。这个问题在民国武侠小说中，才回归到了现实本真。（图 – 08）

四是深山学艺，仙师点明姻缘。《六美堂记》《郑秀贞传》中，白云英与郑秀贞幼时均有父亲指婚。白云英之父愿其女与金箫仙结为伉俪，并在芙蓉轩为二人证婚，虽其后白云英与金箫仙被迫分离，但仍守芙蓉轩之约，终成伉俪；郑秀贞之父愿与张尚书结为亲家，愿其女嫁与张延，后郑国公被贬，两家失去联系，但终机缘巧合，郑秀贞与张延同为元帅，终成伉俪。《六美堂记》中，江南红之师白云道士指点其与天上文昌会有宿缘，谪降人间，相逢于此；《玉楼梦》中白云英之师南海普

① 吴友如等：《点石斋画报》，1888 年。

細柳香巢
臺北昌字營勇丁魏金魁安徽人年二十許與某勇為同鄉人同時應募同隸一哨晝同餐夜同寢情同夫婦同營中有黠者見魏舉止羞澀頗動人憐挑以褻詞某即怒形于色遂鬨動營衆戲解魏衣本真畢露蓋英雌而兒女者也先是魏與某有私業將應募魏不忍別遂與之偕而孰知撲朔迷離終難相溷哉或謂此女失三從之義而猶得一從言從軍也

图－08

陀山道人指点其与金箫仙有宿世姻缘，谪降人间，好得相逢。而最终两女将果真与二位男子结为伉俪。

五是御边抗虏寇，圆满善终。四部小说女将每次出战缘由均为边疆敌寇侵扰，《玉楼梦》中敌国为南蛮诸国、匈奴和蒙古；《六美堂记》主要是吐蕃、回纥、倭寇；《洪桂月传》主要是吐蕃、倭寇；《郑秀贞传》中主要是倭寇。《玉楼梦》中江南红三十岁时梦南海水月庵观世音，点破“红鸾星为其前身，其本为天上星精，且尚未了却人间因缘，当四十年后再来，朝于玉皇上帝，享天上之乐”，后生五子三女，享年七十；《六美堂记》中白云英最后与丈夫及其他妻妾往普陀山访道求仙，以求长生之术，自化作长龙与众夫人一同渐入云霄远逝；《郑秀贞传》其也是家庭和睦，生得子孙，七十五岁乘彩云升天。

三、互文性：四部小说情节相似的文化意义

四部小说诸多重复性情节，给人以彼此刻意模仿的印象，具有“互文性”的突出特征。[①] 而在模仿之中又往往融合本土精神，实现框架内的部分创新，从而带有“神奇故事”的显著特征。不过如普罗普指出的：“神奇故事的双重特性，一方面是它的惊人的多样性，它的五花八门和五光十色；另一方面是它亦很惊人的单一性，它的重复性。”[②]女将故事的重复性情节，除了背后带有稳定性的朝鲜半岛民俗传统与叙事模式，亦存在共同的社会、政治、经济等因素。需要进一步明确相关的故

① 蒂费纳·萨莫瓦约：《互文性研究》，邵炜译，天津：天津人民出版社，2003。“互文性”指文学作品之间互相交错、彼此依赖的若干表现形式。

② 普罗普：《故事形态学》，贾放译，北京：中华书局，2006，第 18 页。

事母题。

其一，是女主人公的祈神梦仙感孕。这一母题在整个小说中占有枢纽地位，既承接着“祈神求子”的巫术仪式，又对整个小说未来情节发展和主要人物地位起导向和铺垫作用。感孕而生下的子女，其超凡经历和独特能力被予以合理化，因“梦仙感孕”诞下的男女均为依托梦境投胎下凡的仙人，下界的非凡经历均可理解为前身是仙人的缘故。这一母题，其实包含着朝鲜“天降型”故事因素，确切说又是“谪降型”故事因素，转世诸仙都是谪降到人间来历险的。金宽雄评《玉楼梦》时指出：“天降型故事框架源自韩国神话传说，可谓韩国叙事文学系统中惯用的情节结构模式，或可谓一种情节结构故事框架的小说，自然或多或少带有佛教思想的印迹。”[①]以檀君神话为代表的“建国神话传说”，即天帝之子受天命而降到人间创立朝鲜国，论者多认为自此形成“天降型”（或“谪降型”）故事类型。[②]

不过小说借助女英雄形象，有效扩大了“谪降”因素的影响。诸位仙人所以降临凡间，各有缘由，故而总结为“谪降”[③]更为允当，即在仙界犯错被贬下凡托生，于是就有了作为托生媒介的“梦仙感孕”。朝鲜创世神话中“天降”需要交通媒介，这一原始交通媒介就是“天梯”。与仙人借仙梦投胎下凡不同，它已不是朝鲜创世小说中简单而临时的天降，具体说是受天界惩罚而谪降凡间，并以感孕投胎形式下凡，开启了新的轮回和新的人生轨迹。于是，“感孕投胎”情节已脱离了“借助交通工具”降下地界的创世神话模式，在“天降型”基础上发展成为“谪降型”故事类型。金宽雄指出，随时间的推移，“朝鲜国祖神话所具有

---

① 金宽雄：《韩国古小说史稿》，延吉：延边大学出版社，1998，第435页。

② 李福清：《汉文古小说论衡》，南京：江苏古籍出版社，1992，第260–262页。

③ 黄景春：《中国古代小说仙道人物研究》，桂林：广西师范大学出版社，2006，第76页。

的乐观主义的人生观逐渐发生了不同程度的变化，而这种变化体现在英雄小说中，那就是，原本国祖神话中的‘天降’话素在英雄小说中往往变为‘谪降’。我们在朝鲜国祖神话以及伟人传说等朝鲜叙事文学传统中不能发现‘谪降’话素，朝鲜国祖神话仙人都是出自本人意愿的‘下降’”。[①] 认为这种“谪降”意识，是源于人们的认识能力提高后对人生存在和死后的思考；佛教思想的影响也使朝鲜半岛产生了对人世持否定态度的悲观主义人生观。同时这与当时历史背景下的社会危机意识也存在相关性。

其二，坠水获救。小说中女性坠水情节多发生在女主人公修炼成为女将英雄之前，且均因逃避灾难性祸患而不幸坠水，也均发生在深山学艺情节之前。屡次坠水的原因至少有三。一者，坠水后均顺势转入深山学艺，可见坠水提供了女子深山学艺修炼的条件和铺垫。通过“坠水”远离眼前祸患，获救乘舟到仙岛巧遇道人，开始了深山学道练武的奇幻经历。修炼武艺的深山、仙岛大多藏匿在不为人知之所，带有一定奇幻色彩，而“坠水”后的漂流使女主人公得以在汪洋中寻得仙岛深山，可以说“坠水”成了女性遁隐修炼前不可或缺的情节安排。二者，坠水成为扭转情节发展的关键点，既中止了此前女性所处世俗生活阶段，又开启了此后其脱胎换骨的雄奇经历。受逼不幸坠水看似灾祸，实为福音，切断了女主人公与压迫自己的世俗势力之间的联系，使其走上了不同凡响的英雄历程。女性在坠水后脱胎换骨，以坚韧刚强代温婉柔弱之躯，“坠水”成了女性的安全罩衣。三者，坠水包含着水意象的运用和有关女性的深层性别内涵。阴柔指向的水意象在东方文化中总与女性息息相关，“水”为载体，暗示了拯救女性命运的神秘作用。坠水同时体现了女性新的自我的诞生。“受弗莱原型思想的影响，阿特伍德借助水意象

---

① 金宽雄：《朝鲜古典小说叙述模式研究》，延吉：延边大学出版社，1995，第 289 页。

展开了对于‘死亡——复活’主题的重新审视。弗莱眼中的神到了阿特伍德这里变成了女性，她以女性对自我和生存意义的选择来追问人的终极价值，而水则充当了生与死之间的通道，同时连接了死亡与复活的桥梁……从这个意义上来说，附在她们身上的那个旧我已然葬身在水下，而在旧我淹死的同时，新的自我也在水下孕育而生，也即新我在旧我的死亡和裂变中得到重生。”[①]朝鲜小说女主人公的坠水，也属精神层面的新我告别旧我，是对女性过去备受压迫与软弱无力的告别，开启了女性驰骋世界的新篇章。

其三，女扮男装中举。除了来源于传统社会的“选官”制度，还由于女性自身社会地位的局限性，但同时也凸显了女性不甘示弱于男子的强烈自我意识。一者，同中国古代一样，朝鲜传统社会女性地位低下，女性本职就是居守家中，没有受教育权利，更无参与社会活动权利。按传统“选官”制要求，只有男性才能参加科举：“女性不能亲自参加科举，这种遗憾只能隐藏起来，转而通过家庭男性成员的科考行动予以落实。于是男性亲属博得一第就成为女性对自我价值的曲折的体认方式。”[②]那么，小说中诸位女将科考，效力朝廷，有悖于制度，但想要成为将领又不能绕过选官制，因此便有了“女扮男装”以期超越种种限制的无奈环节。二者，女性“中举”包含着改变妇女观、不甘示弱于男子的强烈自我意识，也是对传统选官制的反抗与纠正：“18 世纪后半期，因为实学的勃兴，天主教信仰运动的不断扩大等诸多社会变化，使得传统儒教女性观动摇、万民平等新的女性观确立，从而对进步的小说作家造成了很大的影响。”[③]作者意识到女性的平等地位及价值，试图对小说

① 何晨：《论阿特伍德小说创作中溺水意象的多重意蕴》，山东师范大学硕士论文，2009。

② 马珏玶：《〈石点头〉女性与科举关系论》，《明清小说研究》2007 年第 3 期。

③ 朴容玉：《李朝女性史》，汉城：韩国日报社，1976，第 159–186 页。

中传统女性形象进行扭转，肯定女性价值，无疑是对传统封建礼教的颠覆，是作者进步的女性观的体现。三者，反映出作者渴望朝鲜李朝政府改革，同时借助带有历史根据的文学影像来推动的理想寄托[①]。如论者认为《六美堂记》："通过描写白云英参政，期待实现理想的君臣关系，白云英也扮演了作者世界观代言人的角色。"[②]可见，小说作者除基于全新妇女观之外，更本着政治历史因素塑造了女将的不凡，为作者政治观念代言，批驳现实，以文学形式表达出自己的政治诉求。

显明女儿身，是性别角色的回归与认定。如《六美堂记》"虽然让白云英走出闺房，参加科举，夺取功名，在朝为官，但都是在她女扮男装的前提之下，一旦女儿身被发觉，就立即让她全身而退"。[③]这源于传统社会形态中女性始终要回归家庭的性别文化主旋律，妇人始而无奈"改装"，终应回守闺中遵妇道相夫教子，妻妾相敬共同侍夫。小说中女将们即便有着征战沙场的功勋与精湛过于男子的武艺，依然躲不过要与传统女子一样谨守妇道、回归家庭的礼教制度。女将形象的观念虽新，仍脱不开传统社会思想的制约。

其四，深山学艺、仙师点明姻缘母题。一者，此来自唐传奇《聂隐娘》的剑仙成长叙事，以及朝鲜半岛山神崇拜。以家庭主妇为主要行事

---

① 对于华夏之邦文史方面女扮男装现象的探讨，较早者为林娜《女弹词中妇女特异反抗形式——女扮男装》，《福建师范大学学报》1990 年第 2 期；盛志梅《清代女性弹词中女扮男装现象论析》，《南开学报》2004 年第 2 期；以及卢振杰《论中国文学中"女扮男装"母题的嬗变》（辽宁师范大学硕士论文），后发表于《重庆教育学院学报》2005 年第 1 期；朴英花《中朝古代文学中的"女扮男装"》，延边大学硕士论文，2012。

② 谭红梅：《朝鲜朝汉文小说中的女性形象研究》，北京：知识产权出版社，2012，第 217 页。

③ 谭红梅：《朝鲜朝汉文小说中的女性形象研究》，北京：知识产权出版社，2012，第 217 页。

的巫俗，对山祭祀许愿仪式①。山神信仰至今在韩国社会各地仍有发现②。“深山”相对与世隔绝更具神秘色彩，成为不受干扰地修炼仙术的圣地，而信息相对缺乏更使得仙师“告知夙缘”成为可信。③二者，仙道多隐居高山深谷。一般认为，中原道教从七世纪初正式传入朝鲜半岛，后经三国、统一新罗、高丽、李氏朝鲜成为具有本国特色的宗教信仰④，道教入朝仍含有道士深山修炼传统，朝鲜半岛多山，其道教大体分为本土仙家、科仪道教和修炼道教，其中修炼道教在民间秘密传授。《海东传道录》所述道脉传承谱系中就有道士修炼选择深山为所，如“慈惠隐修于五台山”，“李清入头流山修炼得道”，“权清隐修于头流山”⑤。以深山为所的道教文化因素理所当然成了小说构思的一个宗教情结，何况骊山（黎山）老母等道教仙师，亦多为女战将们的授业之师，甚至连孙悟空都与骊山老母有亲⑥。四部小说中的女将都是通过深山学艺而习得神仙道术、获得神兵宝物，她们所掌握的各种技能多带有道教所崇尚的神道仙术、法器，使小说增添五色斑斓的奇幻色彩，当然其中也常常带有佛光梵影⑦。三者，女性形象自身局限性亦使其依靠“深山学艺”来摆脱人物

① 乌丙安：《朝鲜巫俗与满蒙巫俗的比较研究》，《民俗研究》1996 年第 3 期。

② 林采佑：《韩国道教的历史和问题——有关韩国仙道与中国道教问题的探讨》，《世界宗教研究》1997 年第 2 期。

③ 刘相雨：《清代英雄传奇小说之女性形象研究》，长春：吉林文史出版社，2004，第 64–66 页。

④ 潘宣辰：《道教在朝鲜、日本传播的原因及影响》，延边大学硕士论文，2008。

⑤ 黄勇：《〈海东传道录〉和〈青鹤集〉所述韩国道教传道谱系考辨》，《道教研究》2012 第 3 期。

⑥ 元杂剧杨景贤《西游记》第三本第九出《神佛降孙》：“孙行者上，云：‘一自开天辟地，两仪便有吾身，曾教三界费精神，四方神道怕，五岳鬼兵嗔。六合乾坤混扰，七冥北斗难分。八方世界有谁尊？九天难捕我，十万总魔君。’小圣弟兄姊妹五人，大姊骊山老母，二妹巫支祇圣母，大兄齐天大圣，小圣通天大圣，三弟耍耍三郎……”

⑦ 刘卫英：《明清小说神授法宝模式及其印度文化渊源》，《华南师范大学学报》2007 年第 4 期。

所受束缚。传统社会女性的“第二性”[①]地位，在古代朝鲜亦不例外，而且尤有过之。从高丽朝末期到李朝，随着“朱子学”传入，统治阶级为了维护以男性为中心的统治秩序而制定了以“三从四德”为核心的道德规范，女性在文化教育方面也得不到平等的待遇[②]，即使在当今女性还未在很大范围内取得与男性完全一致的地位。“朝鲜女性一生不给予受教育的机会（教男而不教女），受女子读书，反而福薄。”[③]因此，与中国各时代女性文人发展情况不同，韩国的女性文人极少。“在韩国古代，贤妻良母是女性的人生价值标准，根本没有参与社会活动的机会。”[④]

其五，御边抗虏寇，圆满善终。四部小说中均写了主人公征战是抵御外侵，征战对象包括南蛮诸国、匈奴、蒙古国、吐蕃、回纥、倭寇。小说中，外侵对象为中国南北方少数民族和日本倭寇，这样的情节设置是有其社会历史政治原因的：“长期以来，韩国深受中原汉文化的影响，因而形成了慕华思想；第二，壬辰倭乱时韩国受到明军的大力支援，丙子胡乱时韩国则深受满族的欺负，因而产生了思明恶清的态度。”[⑤]中国明朝与朝鲜李朝有着亲密友好的关系，李朝始终作为明朝最忠顺的属国，万历抗倭（又称“壬辰卫国战争”“壬辰倭乱”）援朝后，两国关系更加密切[⑥]。抗倭援朝持续七年之久，中朝损失巨大，却巩固了两国友好关系，血肉相依情感得到了升华。正是基于这样的历史政治原因，朝鲜

---

① 西蒙·波伏娃：《第二性——女人》，桑竹影、南珊译，长沙：湖南文艺出版社，1986，第23页。

② 崔婧琪：《从韩国俗语看传统韩国女性地位》，《科技信息》2011年第11期。

③ 郑锡元：《从民俗看韩国传统文化的特色》，《贵州民族学院学报》2005年第4期。

④ 李秀兰：《简论20世纪30年代中朝女性文学的女性意识》，《中华女子学院学报》2009年第4期。

⑤ “思明恶清”观点在金宽雄《韩国古小说史稿》与《朝鲜古典小说叙述模式研究》等均有提及，此处引自《韩国古小说史稿》，延吉：延边大学出版社，1998，第440页。

⑥ 王鸿军：《明代汉籍流入朝鲜李朝及其影响》，《鸡西大学学报》2006年第6期。

李朝一直采取亲明态度，极度排斥少数民族建立的清朝。倾慕明朝亦使得朝鲜李朝在政治态度上排斥除明汉族以外的其他少数民族，小说中的此类题材集中，正为政治外交现实的写照。而对于倭寇战争情节的构写更是出于当时社会历史大背景下，对于倭寇侵扰的历史再现。壬辰战争成了朝鲜李朝历史上难以忘怀和抹去的战争记忆，在众多军功小说中的频繁出现，不难看出对历史战争背景的多次描写。朝鲜李朝将本国历史记忆和对明朝的友好倾慕都融合到了小说创作中，不难理解征战情节的相似性和重复性。

其六，朝鲜古代小说女将形象塑造，除作者全新女性观并力求提高女性地位的努力之外，女将故事模式重复也离不开一种集体无意识。荣格指出："原型是领悟的典型模式，每当我们面对着普通一致和反复发生的领悟模式，我们就是在与原型打交道。"[①]女将故事过于雷同相似，提醒我们恐怕当是有"移位的神话"原理暗中支配，即文本主人公不是在类别上，而是在程度上高于他人和他人所处的环境，于是成为童话人物或传奇英雄，女英雄的神话被置换为历史演义意义上的文学传奇[②]。如果对应英雄原型的人生主线，也可将如上女英雄概括为诞生、成长、遇难、胜利、圆满。于是英雄原型的模仿透露出潜藏在古代朝鲜创作主体内心的深层愿望，使得女将英雄小说既具有作家的个人特质，又与其他女英雄小说的文学经验相沟通互动。原型意象仿佛成为纽带，将各个作品之间构成有机关联。仿佛日出日落、四季更替，自然界的循环也对应了女英雄（女神仙的弟子）从诞生、历险、胜利、受难、死亡到复活的生命周期、路线。将神话源与文学类型相统一，像女将英雄这种浪漫传

① 孟庆枢：《西方文论》，北京：高等教育出版社，2002，第353页。

② 金宽雄、李官福：《中朝古代小说比较研究》上，延吉：延边大学出版社，2009，第361页。

奇的神话源是夏天，讲述神或英雄的成长、胜利和结婚。[①]根据弗莱“远观”的批评方式，文学作品评论不妨从大处着眼，更能发现不同作品之间的多重联系，跳出单个文本以期发现朝鲜女将小说之间的普遍性成因。[②]四部小说女英雄诞生、成长、遇难、胜利、圆满路线的重复性已充分证明了其普遍性原型因素。同时它们之间也具有互文性。

成书较早的《玉楼梦》从创作动因来看，有作者南永鲁“慰妾”说，而此前的《九云梦》亦有作者金万重“慰母”说，创作动因相似；从文本角度，在题材、情节、梦幻结构与人物方面，《玉楼梦》明显师承《九云梦》，甚至可以说是其拟作，《谢氏南征记》中正派女子受迫害、忠臣受欺压而终究扬善惩恶等也被复制[③]。《九云梦》与《谢氏南征记》又成为《玉楼梦》情节设置的影响源。其后产生的《六美堂记》，从《翟成义传》为首的《玉楼梦》《玉树记》《三韩拾遗》《玉箫传》《红白花传》等小说中撷取了大量母题[④]，其中竟然明确提到了《玉楼梦》。第三，《洪桂月传》《郑秀贞传》成书时间和作者虽不详，但均为朝鲜国语小说，韦旭昇指出包含《洪桂月传》《郑秀贞传》在内的军功小说成因之一就是受到了《九云梦》杨少游建立军功故事的影响。此外，朝鲜国语小说产生晚于汉文小说，训民正音——朝鲜文字创制以前，朝鲜小说读者都是能懂汉文的文人，朝鲜文字普及后，女性与平民阶层才加入小说读者群[⑤]。因此《洪》《郑》产生年代当晚于汉文小说《玉楼梦》《六美堂记》，而《洪》《郑》包含《六美堂记》中的“女扮男装中举”情节，很有可能就是得之于《六美堂记》。

---

① 孟庆枢：《西方文论》，北京：高等教育出版社，2002，第 363–364 页。

② 诺斯洛普·弗莱：《批评的剖析》，陈慧、袁宪军、吴伟仁译，天津：百花文艺出版社，2002。

③ 金宽雄、金晶银：《韩国古代汉文小说史略》，北京：北京大学出版社，2011，第 314 页。

④ 金宽雄、金晶银：《韩国古代汉文小说史略》，北京：北京大学出版社，2011，第 328 页。

⑤ 金宽雄、李官福：《中朝古代小说比较研究》上，延吉：延边大学出版社，2009，第 73 页。

通过互文性原理总结，四部小说间的影响关系当为：《九云梦》→《玉楼梦》→《六美堂记》→《洪桂月传》《郑秀贞传》。包括《九云梦》初始影响源在内的五部小说间，呈现出祖父→父→子→孙间的互文性关系。了解此传承关系，当会对上述四部小说极度相似性的成因，加深理解。

金祖淳《五台剑侠传》中的人物闰人，喜爱并熟悉中国的武侠精神及其文学传统："余童子时，爱太史公《刺客传》，读之，往往忘食，以为天下之奇，无过于是。及读唐传奇《韦十一娘》《红线》诸传，又茫然自失。譬之荆、聂诸公，如猛虎下山，终始具途人耳目，见之悍然增气而已。若韦娘、红线之类，如神龙入云，时露鳞爪，其神变殆不可测，似乎胜之，所处异而所用殊也。五台剑侠者，余不知其何人，然视乎其术，盖亦有道者也。……"[①]上述四部小说乃至其共同踵随的《九云梦》，也是如此。如果从母题溯源、比较的角度，应当会看得更清晰。

主要从东亚汉文学角度，王晓平教授指出："域外许多作家常常呕心沥血、孜孜以求写出与中国作家媲美的作品；不少作品采用了与中国作家唱和或中国作品的拟作、仿作、续作等方式，或者明显表现出模拟某些中国名著的倾向；朝鲜李朝的小说多有假托为明朝故事者……这些都应该说是域外汉文学模仿性的表现。"[②]那么，从上述四部朝鲜小说文本诸多雷同来看，这类模拟似还有更为复杂的情况，这一探讨是有意义的。

---

① 林明德编：《韩国汉文小说全集》第9卷《笔记野谈类》，中国台北：中国文化大学、汉城：大韩民国韩国精神文化研究院，1980，第115页。

② 王晓平：《亚洲汉文学·代序》，天津人民出版社，2009，第4页。

第七章
清代通俗小说宝物崇拜与辽沈战争

中国古代战争与兵器相关，乃至兵器改进同小说这一文学样式产生了较为直接、持久的联系，这一命题到了明末才开始明显和突出，影响到清代小说的相关想象和文学描写。对于这样一个社会民俗心理与文学关系的课题，似乎探讨得还很不够。

一、明清战争的具体进程与兵器的改进要求

在中国古代军事史上，明代尤其明末时代是一个非常特殊的时代。国人改进兵器的视野转为关注外域，而且对于先进兵器的需求有了事关国运家邦命运的迫切性、普遍性和实际操作的措施。

史称嘉靖八年（1529），右都御史汪鋐言造佛郎机炮，谓之“大将军”，发诸边镇。佛郎机，即今葡萄牙。正德末年，其船队来到广东。地方官员开始效法制炮，其后：“大西洋船至，复得巨炮，曰‘红夷’。长二丈余，重者至三千斤，能洞裂石城，震数十里。天启中，锡以大将军号，遣官祀之。……明置兵仗、军器二局，分造火器。号将军者自大

至五。又有夺门将军大小二样、神机炮、襄阳炮、盏口炮、碗口炮、旋风炮、流星炮、虎尾炮、石榴炮、龙虎炮、毒火飞炮、连珠佛郎机炮、信炮、神炮、炮里炮、十眼铜炮、三出连珠炮、百出先锋炮、铁捧雷飞炮、火兽布地雷炮、碗口铜铁铳、手把铜铁铳、神铳、斩马铳、一窝锋神机箭铳、大中小佛郎机铜铳、佛郎机铁铳、木厢铜铳、筋缴桦皮铁铳、无敌手铳、鸟嘴铳、七眼铜铳、千里铳、四眼铁枪、各号双头铁枪、夹把铁手枪、快枪以及火车、火伞、九龙筒之属，凡数十种。正德、嘉靖间造最多。又各边自造，自正统十四年（1449）四川始。”①而实际上，欧洲先进火器的东传，唤醒了一个军事技术的巨大变革时代，如果上升到一定的文化层面上认识，就如研究者所言：“在明朝时期，中国原有的火器没有准星，命中目标的准确率不大，威力也有限，而欧洲的火器已有准星，命中率大有提高，威力远比中国的为大。因此，明朝时期西方火器及其技术之传入中国，对中国军事技术的提高，是个促进。当时传入中国的西方火器，有枪，还有炮。……炮有多种，主要的是来自葡萄牙的‘佛郎机’和来自荷兰的‘红夷炮’两种。”②

火炮这一代表性的先进兵器，是由明代对外开放的一个窗口——澳门传入的。据《熹宗实录》卷三十三载，天启三年（1623）夏四月辛未：“兵部尚书董汉儒等言：‘澳夷不辞八千里之程远赴神京，臣心窃嘉其忠顺。又一一阅其火器刀剑等械，俱精利，其大炮尤称猛烈神器，若一一仿其式样精造，仍以一教十，以十教百，分列行五卒，与贼遇于原，当应手糜烂矣。今其来者夷目七人，通事一人，傔伴十六人，应仿贡夷例赐之朝见，犒之酒食，赉以相应银币，用示优厚。臣等尽试其技，制造火药择人教演，稍俟精熟，分发山海听辅臣收用。’上俱允

① 张廷玉等：《明史》卷九十二《兵四》，北京：中华书局，1974，第2264–2268页。

② 南炳文等：《明代文化研究》，北京：人民出版社，2006，第524页。

行。”《熹宗实录》卷三十四亦载：“（天启三年五月乙未）浙江道御史彭鲲化上言：‘……中国长技火炮为上，今澳夷远来，已有点放之人，宜敕当事者速如式制造，预先演熟，安置关外，庶几有备无患。……’得旨：‘所奏修边诸事著内外各衙门着实料理……’”[①]传入不久即进入迅速仿制的阶段，足见需要的紧急与迫切。

这些外来的最新式兵器——红衣大炮等远距离作战的火器，在明末辽沈战场上的确发挥了举国震惊的威力。这里说的“辽沈”当时多称之为“辽东”，其有广义狭义之分：狭义的是指“辽东城”，明末指的是辽阳，是明代人们从中原视点上来看，所说的较为具体；广义的则是以今日辽宁区域内为中心的关外（山海关外）之地。而实际上。当时“辽东”的关键之点主要指的是今日的辽西，焦点在广宁（北镇）——锦州——宁远（兴城），即今日的锦州、葫芦岛至山海关一带。天启六年（1626，天命十一年）正月二十三，“天命汗”努尔哈赤率军进攻宁远城，袁崇焕命家人罗立等人向城北后金大营发射西洋大炮，“歼虏数百”。据统计，万历四十六年（1618）至天启元年（1621）仅仅三年之间，明朝发往广宁（北镇）前线的将军炮、灭虏炮、虎蹲炮、旋风炮、威远炮、佛郎机等共有22144位（门）。天启三年至五年，从澳门购进的26门红夷大炮，调往山海关的就有11门。袁崇焕接受了著名兵器专家茅元仪和王喇嘛等人的意见，在城墙上建台，制作炮车，就设置在宁远城上。这种外来火炮，设计优，瞄得准，射程远，威力大[②]。

这里的概括，其史料当主要出自《明熹宗实录》卷十五，其记载万历四十六年（1618）至天启元年（1621），明朝廷发运到广宁（今辽宁北镇）前线的火器即有：“天威大将军十位、神武二将军十位、轰雷三

---

① 《明实录类纂》（涉外史料卷），武汉：武汉出版社，1991，第1100–1101页。

② 阎崇年：《明亡清兴六十年》，北京：中华书局，2007，第159–160页。

将军三百三十位、……虎蹲炮六百位、旋风炮五百位、神炮二百位、神枪一万四千四十杆、威远炮十九位、涌珠炮三千二百八位、连珠炮三千七百九十三位、翼虎炮一百一十位、铁铳五百四十位、鸟铳六千四百二十五门、……三四眼枪六千七百九十杆、大小铜铁佛郎机四千九十架。……”还有各种战车等军用物资。如此投入，其在制造、运输和训练操作人员等方面，所带来的整体社会效应，是不可低估的。

在袁崇焕获得首次宁远大捷之后，次年即明熹宗天启七年（1627）六月，建州女真兵又攻宁远：“守兵出城逆击之，连战数十合，发火炮矢石击之，积尸布地。四王子驻教场黄帐房，着黄衣督兵攻城，抵暮死者益众，乃撤兵归，终夜东行。至五鼓，营于小凌河，留精骑殿后。时十年来，尽天下之兵，未尝敢与建州一战，袁崇焕宁远之捷，亦止凭城拒却之。”[①]

对此，史家有论：“明军获得宁远大捷，以上四项因素，都是相当重要的，但最关键的因素有两条——指挥正确与武器先进。这个先进武器就是红夷大炮。红夷大炮是中国军事史上出现的最新武器，也是明军装备中的最新因素。明军首次在宁远之战中使用红夷大炮，并获得成功。明军宁远之战的胜利，是袁崇焕凭坚城、用洋炮的胜利。这里有两个因素：一是用红夷大炮，二是使城炮结合。他从抚、清、开、铁、沈、辽、广、义等诸城失陷中认识到：旷野厮杀，明军所短；凭城用炮，明军所长。所以，‘凭坚城、用大炮’是明军以长击短、克敌制胜的法宝。”[②]按，这段论述明显来自早年辽宁学者的研究成果，说是后金以战车步骑相结合的“结阵”方法来对付明军的火器：“战斗开始，骑兵并不出击，往往用盾车抵挡一阵，等明兵发完第一次火器，未及续发

① 谷应泰：《明史纪事本末》（补遗卷五），北京：中华书局，1977，第1476–1477页。

② 阎崇年：《明亡清兴六十年》，北京：中华书局，2007，第182页。

第二次，它就突然奔骑而出，如一股狂风刮过来，分开两翼，向明兵猛冲，霎时间，就把明兵冲得七零八落。后金进入辽沈以来，多采取这种‘结阵’法，屡屡奏效。现在，……它的猛烈进攻却失去往日的效果。因为明兵凭坚城护卫，既不怕骑兵猛冲，又能躲避箭矢的攻击。还有，它以城护炮，又以炮护城，就使明兵处于完全有利的地位。”[①]可见，先进的武器，还需要与操纵它的人的素质结合，和灵活变通的恰当的战术辅助，才能发挥出应有的效力。

然而，反面的教训则更是巨大，那就是实际上不成功的火器运用，还是占据明兵辽沈战场上的大部分情况。对此，美籍华人学者黄仁宇《中国近五百年历史为一元论》一文也指出：“……我自己研究明末1619年的辽东战役，内中有一个明军指挥官放弃火器而以步兵仓促应战。明军分为四路，在一个弧形上展开逾一百五十英里，给努尔哈赤以各个击破的机会。明军用火器时，其效率之低，使满军胆敢以骑兵密集队形冲入阵地，终致明军全军覆没。”以下指出成因，认为这与甲午海战等中国军队失利的原因是一致的：“一个国家的军事组织，应当和它的社会结合为一，有如以骨骼、血脉、筋肉和神经系统相牵连。这就是说要使海陆军发生效率，不仅人员装备的供应须经常不断，即军事技术及军事思想也要和支持它们之社会的水准不相上下，这样才算是成为一个有机体。”[②]并非是兵器本身不先进，而是在战术运用上的失误。先进的兵器不是空的，要切实地运用到实战中去，才能发挥兵器本身的威效。

然而，这也需要从多方面寻找原因。火炮为代表的远距离作战兵器，灵活机动具有实战效验。然而由于本身未尽完善，或还要受到下雨

---

① 孙文良、李志亭、邱莲梅：《明清战争史略》，沈阳：辽宁人民出版社，1986，第200–201页。

② Ray Huang. *The Liaotuang Campaign of 1619*. Oriens Extremus，28（1981）：30–54. 转引自黄仁宇《放宽历史的视界》，北京：生活·读书·新知三联书店，2001，第202页。

等天气和外在环境的影响，尤其是具体操作者的素质、技术等方面的制约，未必火器就要胜于冷兵器。清初小说写清兵十八骑截击明人官船，如风似火："船上所恃惟铳，较其来近，正要发时，也是天数，风色又不顺，正下着一阵大雨，药线俱湿，炮不得发。岸上箭似飞蝗，船上虽有弓箭，已着了忙，就有好汉，不比平地可以立住脚头。须臾，旗鼓中军顾三爷、伏波营总兵沈俱用铁鞭四十余斤者，几筹好汉，俱中箭而死矣。"[①]

后金（清）军仿制红衣大炮。皇太极在宁远、宁锦战役失败后，认真总结经验，由于忌讳"夷"字，故谐音为衣，称为"红衣大炮"。天聪五年（1631）正月，后金仿制的第一批红衣大炮四十门在沈阳建造而成，定名曰"天佑助威大将军"，皇太极在八旗军内设置新营"重军"，是以火炮等火器装备的新兵种。这是在辽西战争中得到一个惨痛教训之后，开始刻不容缓建造的，因此，其实战的意义殊为巨大。

由此，火器运用上最初处于明显劣势的后金方面，却是迅速学习仿造，及时赶上军事史上的这一重大变革。就在这上述四十门大炮造成的半年之后，天聪五年七月末，祖大寿修筑大凌河城，尚未完工，八月初皇太极就把这四十门大炮运往大凌河战场，用红衣大炮轰击大凌河城，摧毁了城上的雉堞、敌楼，祖大寿组织四次突围均遭失败。而援军吴襄大营也被佟养性所发的大炮轰击而毁。[②]

这体现了女真贵族在历史挑战面前及时而有效的"应战"。与幅员辽阔的大明王朝拼人口实力，女真族是拼不起的。《满文老档》卷二十一载当时努尔哈赤曾慨叹："我方以民少为恨。"而诸如沈阳、辽阳等相继落入后金之手，当地的汉族居民却往往逃亡关内或避居海岛，有些

---

① 七峰樵道人：《海角遗编》第七回《三千兵驳浅过常熟　十八骑天助取姑苏》，侯忠义、安平秋主编：《中国古代珍稀本小说》9，沈阳：春风文艺出版社，1996，第695–696页。

② 阎崇年：《明亡清兴六十年》，北京：中华书局，2007，第120–122页。

甚至逃往朝鲜半岛。《满文老档》卷二十四载录，努尔哈赤在天命六年（1621）给朝鲜国王书信中就说："闻吾所获辽东之人，多往尔处。"因此，在人力上后金是大大逊于明朝的，其出动的兵力也不是以人多取胜，如天启六年（天命十一年）正月努尔哈赤亲率诸贝勒统八旗大军进攻宁远，许多研究者根据袁崇焕回答努尔哈赤的话，推测兵力是十三万，而据专家仔细考证，其实不过五六万人，但已经称得上是"倾注全力"了[①]。其采取了很多办法、战术，然而改进战争工具的迫切性无疑是首要和直接的。

二、火器崇拜及憧憬的多重艺术表现

文学是现实的折光反映，也往往曲折地反映出一定的社会心理。清代叙事文学尤其是通俗小说，对于战争武器及其效果的刻画，集中体现了清初以降人们对于先进武器的重视、憧憬、期盼等民俗心理。

第一，是当然也不排除一定程度上的写实。如七峰樵道人小说《海角遗编》第二回就描写了扬州已破，镇江遭到进攻首先是从清兵隔岸炮击开始的："清兵列阵于半江，发大炮直打到北岸，于是百姓家家户户拈香顶祝，望其死守。……"[②]小说第四十九回又写清兵进攻江阴："豫王大怒，特调贝勒王统大兵，又将江船装载火药、铳炮无数，期在必克。一到，……把城池围得铁桶，四面俱布置大炮，于廿一日子时攻城，城上亦将铳箭打下，自子时至辰时，百里内外惟闻炮声如万雷俱发，两

① 孙文良、李志亭、邱莲梅：《明清战争史略》，沈阳：辽宁人民出版社，1986，第195–197页。

② 七峰樵道人：《海角遗编》第二回《镇江闻胡马云屯　板子畿水师瓦解》，侯忠义、安平秋主编：《中国古代珍稀本小说》9，沈阳：春风文艺出版社，1996，第686页。

边人马死伤无数。辰牌已后，城内火药及长兵已竭，城上人立脚不住，凭外边火炮打到，午后城垣俱已倾塌，四面鼓噪，一涌上城，……”① 可见，到这时清兵已迅速学习了明兵辽沈战场上的长处，重视火器的运用，而且在火炮装备上胜过明兵和地方武装，因为惶惶不可终日的南明王朝已顾不上发展兵器了。

第二，作为平民意识表现的清代通俗小说，是现实和民俗期盼的折光反映，其所描写的未必就与战争实践中的兵器同步，更多的还依旧承袭着道教和民间秘密宗教中的法术。当然这也离不开明末清初战争的震撼和刺激，但是小农经济条件下的平民心理，考虑的依旧是眼前的易于操作，当下见效。于是，火器描写在小说中，由神怪题材转移到历史演义的神怪式状写刻画上。即使神怪大队人马作战，展示的却只是单兵作战的近景场面。

《说唐三传》第十二回写苏宝同“背上插一个葫芦，他把葫芦盖开了，口内念动真言，飞出两口柳叶刀，长有三寸，阔如蒜叶，倒有一丈青光簸满”，将尉迟兄弟乱刀砍死。第二十七回写番后苏锦莲的葫芦能放出无数火鹊，把周青等八个总兵烧得焦头烂额，一万兵折了八千。第三十二回写朱顶仙的红葫芦打开盖，“放出无数烈火，顷刻之间，满阵大火。兵马三千，偏将十员，俱皆烧死。只有薛丁山陷在阵中，幸得身上穿着天王甲，纵有烈火不能上身”。第三十三回写仙人谢应登解下葫芦，“揭开水晶盖，放出雪白一道亮光，变成四条白龙，张牙舞爪，顿见满天乌云，落下倾盆大雨，立刻将烈火消灭”。第三十六回写扭头祖师这两个葫芦，一个藏北海之水，一个藏南山之火，名为水火葫芦。第四十六回写樊梨花把葫芦揭开盖子，放出无数火鸦，把杨藩的阴兵烧得无影无踪。第六十九回写谢应登仙翁把葫芦供在桌上，请宝贝转身，“只

① 侯忠义、安平秋主编：《中国古代珍稀本小说》9，沈阳：春风文艺出版社，1996，第780页。

见一道红光，从葫芦里飞出，变成剪刀，双翅奔来，野熊（仙人）一见大惊，转瞬头已落地”。

英雄的坐骑被赋予火器发射的功能，体现出对火炮威力敬畏的增强。《说唐全传》第十九回也写尚师徒的龙驹风雷豹，头上有一宗黄毛，将黄毛一拔即口中能吐烟。第二十八回写这马：“头呢像个马头，身上毛片犹如老虎一般，一根尾直像狮子尾一样，四个大蹄犹如铁炮头一般。顶上却有一个肉瘤，瘤上有七八根白毛，如银针一般硬的。若上阵，得胜便罢，若战不过时，就将那肉瘤上这几根白毛一扯，这马一声吼叫，口中吐出一口黑烟。那些凡马见了，便屁滚尿流，就跌倒了。真算是一匹宝马！”[①]坐骑直接吐出烟火，人们眼见的只是烟雾，简便易行，战果却是即刻奏效。

当然，也不排除一些努力试图写出火器类宝物给大兵团带来杀伤的。如《说唐三传》第四十六回则写樊梨花与杨藩对阵，收了金棋子后，杨藩以阴兵杀来，樊梨花将一个葫芦揭开盖，放出无数火鸦，把阴兵烧得无影无踪。《说唐三传》第六十四回写苏宝同与罗章交战，三十余回不能取胜，他从教主金壁风祖师处借来的神兽黑狮子发挥了威力：“那黑狮驹双蹄起在空中，鼻内喷出烟火。罗章两目难开，回马就走。三军烟得无处投奔，自相践踏。伸手不见五指。那火一发利害，大者车轮，小者炭火，飞来粘在身上，烧得焦头烂额，一万人马，去其大半。”[②]毋庸置疑，这一“怪兽喷火式”的描写，具有多重现实成因。而其中较为直接的民俗心理成因，就是明末清初战争中火器尤其大炮的运用，所给予人们心理的深刻印象和持久记忆。

---

① 鸳湖渔叟校订：《说唐全传》第二十八回《程咬金三斧取瓦岗　混世魔一星探地穴》，上海：上海古籍出版社，1995，第166–167页。

② 如莲居士：《说唐三传》第六十四回《欢娘刺死花叔赖　梨花兵打玉龙关》，北京：宝文堂书店，1987，第367页。

然而不难看出，清代通俗小说作品的叙事重点还在于以少总多，虚写胜于实写，结局重于过程刻画，往往偏重在以辉煌的结局强调宝物的威力，而缺少一种战争工具本身的技术性的展示。这是因为，体现明末辽沈战争记忆的通俗小说，其创作者并无先进的科技意识，他们只不过道听途说地了解到一些火器运用于战争的实际威效，而并不真正关注具体操作过程和操作者的素质，小农意识的封闭和平民心理想象，容易把事情简单化和理想化了。由于实际参战者很少生还，幸存者又难于与小说家接触，小说家们把战争想象得如同道士作法一般操作简单，战争工具也用不着去人为地改进、更新、维护和操作训练。许多只有在实战中才会总结出的细节关键之点，几乎都无一例外地被忽视了。通俗小说只重视具体征战上个别性的结局，将宝贝兵器视为百试不爽的万能法宝，也极为形象地状写出人们受到时代、观念积习的限制，在战争工具想象和实战中先进兵器期盼方面的局限性。可以认为，文学想象与现实进取之间并非绝然没有联系，以这种简单化理想化的阵上宝物叙事，怎能在先进武器的实战运用上迈出应有的前进步伐？其虽然曲折反映了人们的愿望，但不过是廉价而热闹一时的感官刺激，缺少深刻的历史反思。

这一缺憾，直到进入 19 世纪的俞万春（1794—1849）写《荡寇志》（又名《结水浒传》）才开始部分地予以填补。他在小说世界中描绘了真正意义上的火炮。小说从技术层面上描写了“飞天神雷”的准确度。说是慧娘“会勾股算术，算那雷子落处，远近尺寸，不爽分毫。前日白瓦尔罕用火鸦，亦是此术。不然，那火鸦如何都落到竹笆上，不飞到别处去？”[①]火炮的射程和准确度，才是杀伤力大小的关键，这种认识昭示了时代的进步和外来先进科技意识对于小说的渗透，于是小说所关注的也就不是那种小打小闹的法术和斗法之争了。（图 – 09）

① 俞万春：《结水浒传》第一百十六回《陈念义重取参仙血　刘慧娘大破奔雷车》，长沙：岳麓书社，2003，第 433–435 页。

图－09

毋庸讳言，小说描写仍旧是滞后的。如果结合晚清新闻画报来看，即有许多对各国列强先进科技的介绍，如报道水雷是一种克敌制胜的新武器，而英国的一种水中炮弹（按，此处当指鱼雷）更加厉害，能轰然击穿二十寸厚的木板和三寸厚的铁板，能把将军舰（大型战列舰）打出两个洞来[①]。这至少说明，清代后期对于克敌制胜的先进武器的追盼，是非常迫切的，也是中华民族忧时忧民、有识之士的共同心声。

第三，是注重战争中人的使用先进火器的能力，发挥人的主观能动作用，并且尽量征募、使用本地的兵员资源。明末小说《辽海丹忠录》写辽东守将毛文龙结合在辽东二十余年的体会，上陈方略：

> 夫招练辽兵，既免安家行粮，又省日月耽搁，兼日虏情，而我得一人，贼即失一人，策之得也。乃过虑者谓辽民藏奸，毋令渡海，正不知辽将或多通虏，辽民反实怀报国，且拣其壮丁为兵，载其家属过登，安插远处，何奸之有！惟速给臣饷三十余万，差官刻期押付，并再挑选登津各处辽丁二万，又募浙兵精于火器者万余，给盔甲器械，分往各岛，俾图战守，以襄恢复。[②]

对于该小说结合人物形象与情节而呈现的讨论，研究者多集中于皮

---

① 吴友如等：《点石斋画报》，1896年。

② 陆人龙：《辽海丹忠录》第十五回《陈方略形成聚术　分屯驻势合联珠》，苗壮校点，沈阳：辽沈书社，1989。征收本地兵员也会带来熟悉当地气候条件、风俗与地形等便利，如果联系到小说第三十一回写敌兵四万压向云从岛，毛帅“督兵据住关口，迭放火器”，而敌兵乘冰冻进攻，毛帅身先将士身中三箭，幸得“风雨大作，西南洋里飞起一条黑龙来……想是听了锐炮之声，误作雷动，竟自海底飞出，冰凌俱裂开，还带有冰雹，如雨似……”于是敌只得暂且收兵。古代描写雹灾的很多，但结合东北亚偏冷的气候条件将冰棱、冰雹结合的并不多见，参见王立、刘卫英《明清雹灾与雹神崇拜的民俗叙事》，《晋阳学刊》2011年第5期。

岛守将毛文龙是否被冤杀问题的争议，胡莲玉博士的梳理非常细致[①]。毛文龙是否真的为驻守皮岛（今朝鲜椵岛）有功于牵制，战功有否夸大，是否忠于朝廷，其实不能仅仅根据在地将领与敌方统帅有否通信等来断定。小说写毛文龙的意见是否为历史真实，可以继续寻究；但“精于火器者”在战争中是多么重要，明末民间已经认识到了。然而，战争需要的迫切与临战军队改进的状况，反差甚大。而可贵的还有，这里的“毛文龙形象”还能注意水军操练、备战：“战船岂止千余，或分或合……只见一声炮，各铳齐放，火器烟焰冲天”，小说研究专家欧阳健先生赞叹：“这种气势雄伟的场面，就为他书所未曾道及。”[②]而平时的操练演习素为中国古代战争描写所忽视，岂非军备实际的写照？二百多年后就在这片海域吃了天大的亏。

光绪六年（1900）面世的《中东大战演义》（又名《说倭传》）第三回写日本入侵朝鲜，并致书清廷挑衅，光绪帝发怒，李鸿章陈述不宜战的理由之中，就有“中国兵勇虽多，而素不操练，临事合而成军，不知阵法。枪炮药弹，平时储备不多，一旦有事，必从外洋购取。道途遥远，接应恐不相继……”[③]而小说第七回叙述左军门（左宝贵）守平壤，不得不与汹汹来攻的日军交战：“不想所统之兵，均系新募得来，未经操练，抵挡不住，……”[④]可是为什么不抓紧操练呢？小说没有交代。两相对应的，小说写奉旨御敌的刘永福镇守台湾，则是“每日练兵甚勤，以为御敌之计”。正是如此疏于兵备，漫不经心。而小说还写出北洋水师的丁管带拒不采用致远兵轮管带邓世昌的破敌之计，理由竟是：“但

---

① 胡莲玉：《〈辽海丹忠录〉试评》，《南京农业大学学报》2003 年第 3 期。

② 欧阳健：《历史小说史》，杭州：浙江古籍出版社，2003，第 277 页。

③ 洪兴全：《中东大战演义》第三回《李傅相李持和局　倭政府横索兵资》，董文成等主编：《中国近代珍稀本小说》9，沈阳：春风文艺出版社，1997，第 447 页。

④ 洪兴全：《中东大战演义》第七回《失牙山李中堂被议　毙东沟邓管带追封》，第 462–463 页。

恐我水师炮手，习练枪炮日少，骤未精熟，反被倭人直进。……”[①]岂非明明知道有如此严重的问题，那先前何不及时补救？如此描写虽嫌粗犷，但绵里藏针，微言大义，透露出对清廷军备松弛、管理混乱导致的惨败，痛心的诘问与无可挽回的深沉慨叹。

此前，明万历四十七年（1619，后金天命四年）明与后金的“萨尔浒之战”，就有历史学家张博泉先生（1926—2000）追因，指出明朝军政的一个弊端：“军队平时毫无训练，例如刘綎军临行祭旗，屠牛三刀才死。又令军士试马，武器纷纷坠地。这样素质的军队哪里还能打仗。”[②]而小说《镇海春秋》也描写了袁崇焕运用西洋大炮在宁远城击毙攻城敌兵的成功战例。

战马等军用物资因素也在考虑之中，因而毛文龙提出的策略也不能忽视，如明代的马政问题，早就有人认为是明代战争失利的原因之一。据考，景泰二年（1451年）七月，朝鲜国王招臣论政即强调：“‘辽东之马躯干壮大，闻义州边民私相贸易者颇多，国家亦往贸良马，俾易种于我地如何？’佥曰：‘边民互市，姑置毋论，国家不宜私贸。顷者，连山（今辽宁葫芦岛）把截镇抚许澄，以不检管下人卖马，杖八十，充军，斯可鉴矣。且中国戍卒之马，率皆官马，倘有谋利者卖之，从而市之，一朝败露，则皇帝必以我为私通边境而谴责，将何以答之？’上曰：‘通事往来辽东，常贸彩帛，此独不可乎？’佥曰：‘中国方务防御，以马为重，虽求之，未易得也。况中国亦无马，需索于我，则良马之在辽东者几何？事不易为也。’”[③]朝鲜君臣的对话披露出边境军马走私贸易已成规模，而朝鲜国君也私意愿通过走私获得辽东

① 洪兴全：《中东大战演义》第七回《叶志超牙山传假捷　伊藤氏水道建真功》，第459页。

② 张博泉：《东北地方史稿》，长春：吉林大学出版社，1985。萨尔浒，在今辽宁抚顺东大伙房水库附近。

③ 《朝鲜文宗恭顺大王实录》元年七月乙丑。

良马——这是战争需要使然，因而研究者认为这一态度无法制止走私活动[①]，实际上是在默许和纵容。用现在的话说即“政策较为灵活”，而相比之下，是否周边的君臣在应对危机时，都能与时俱进，如此配合默契呢？

应对天气变冷，换装加衣本是正常的军需职责，小说写聂功亭率军在金州、盖平奋勇杀敌时，已届隆冬，突降大雪，而清军竟然“多有未预备皮衣御寒。一时北风甚烈，寒冷难堪。各兵士因向营官讨取皮衣御冷，鼓噪异常……”[②]好在聂帅料日军要乘机劫营，以陷坑灌水结冰，使其“为雪冷毙者不计其数”，但小说对获胜者也同处冰天雪地，难免冻伤的情形未予描述。获胜后报告朝廷，才奖励每人皮衣一件“奖其耐寒御敌之劳”，好像不知隆冬时节天寒似的。小说写此时日军大半混入金州，是否劫夺清军御寒服装？仍未描述。

平日清军军纪松懈，玩乐成性，与战前的敌我对峙态势预期、胜败之于国于家带来的结果的宣传也非常不够。《中东大战演义》还写日军从金州绕道袭击了旅顺，而观察龚照玙和统领黄仕林竟望风逃走，日军用占据的炮台开炮轰击清军舰船，迫其逃至威海：“据言倭军攻至旅顺之时，中国海军中人，尚多有在戏场观剧者。丁统领汝昌亦在其间。后闻告警，方始遁回兵舰。及倭人既得旅顺，该处戏场尚在开演，每日观者如常热闹。倭营官安好了寨，亦多有跑至戏场观剧，有伶人名朵朵红，与云仙花旦，竟然媚敌，手执戏单跪请倭人点戏。倭将不禁失笑曰：‘丧师失地，汝等尚在此演戏也，无耻之徒，直类禽兽耳！’乃叱之去。”[③]此殊令人无语。

---

① 张士尊：《明代辽东边疆研究》，长春：吉林人民出版社，2002，第480–481页。

② 洪兴全：《中东大战演义》第十三回《聂功亭耐寒御敌　倭主帅畏冷退师》，第481页。

③ 洪兴全：《中东大战演义》第十一回《倭人进取旅顺口　宋帅镇守凤凰城》，第477页。

三、兵器、战神想象在清代北方民间心理中的嗣续传播

何以明末清初巨大威力的火炮，在晚清之前的小说中被宝物幻想所折映，其威力表现受到遏制，而渗透进了大量法术为主的成分？是否兵器又与其持有者的神秘能力相联系？这不能不从女真贵族入主中原后，其特定的心态、民俗心理以及相关政策上找原因，而这方面母题的系列叙事、繁衍是相当丰富的。

清代终始，满汉民族矛盾，一直或明或暗地存在着，面对数目巨大的被统治民族，清代统治者一直不敢放松警惕。因此，虽然从统治者的角度看，拥有利炮火器是有利于巩固统治的，但因为更多的顾虑，却并未付诸实施。

其一，宝贝兵器想象是一种内心情绪的宣泄、抒发。明代后期皇帝怠政，大权旁落于宦官内竖，内阁首辅专权如严嵩，之所以权倾朝野，都与皇帝不理朝政有关，言论相对自由，文人可自由结社，甚至如海瑞这样当众直面批评皇帝；而清朝皇帝则大多勤政，他们毫不疏懒，意识形态上的统治则自然要严厉得多。如雍、乾年间文字狱之严酷，简直无以复加，文人结社之类不仅没有推行，实际上根本是想也不敢想。汉族文人即使辛辛苦苦通过科举踏入仕途，也大多数得不到真正重用，功业宏愿难于实现，于是内心郁结只好变形地抒发出来。叙事文学的宝物想象和神幻虚构的繁盛，即其一也。

其二，清代统治者以白山黑水间女真族的骑射为长项，虽然明兵运用的先进的火炮之类的火器，在明清辽宁战争中让他们一次次吃了大亏，但他们深心里依旧不愿意发展火器，因为如果火器发展起来，那些他们认为文弱的汉族人（人口占绝对优势）也会随之掌握，北方骑射民族的骑射优势就会相形见绌，发挥不出来，在他们看来，毋宁继续保持满族骑射一统天下的局面。朝廷还组织蒙古首领们来参观大炮的威力，

使其恐惧而心悦诚服。据陈康祺（1840—1890）载："福文襄王总制云贵，值南掌国贡驯象四，并言被交阯诸国劫掠，无御敌器，以余象一求予巨炮。文襄檄谕，以国家法制森严，赏赉有节，兵火利器，不容妄求，还其象，不予之炮，上韪之。"[①]可见清廷是多么忌惮火炮等先进兵器的"外流"。

因此，对于"红夷大炮"、各种火炮"大将军"的深刻记忆，在清代中期就变得愈益遥远。但是，那些中原和南方的汉族文人却终究还是无法彻底忘记，这些被压抑心底的"种族无意识"在承平日久的清代中期，禁不住又时时焕发出来，需要在神怪想象中得到部分的满足。小说中的形形色色宝贝兵器意象和斗宝场面，也就被不约而同地赏爱有加。

其三，也不排除一些满族的有识之士还是时不时地谈论先进火器、期盼走向富国强兵之道的，这给予小说创作者以不可小觑的启迪。如道光年间满族人奕赓《佳梦轩丛著》还在津津乐道于火炮，但以占有为自豪，并未具体写其实战中的威效："本朝军械火器最利，其大者有武成、永固大将军，炮重七千斤，红衣炮重五千斤，神威大将军重三千八百斤，神威无敌大将军重三千斤，神威将军重四百斤，神功将军重一千斤，冲天炮重三百斤，又有九节十成铜炮、铁心铜炮，得胜铜炮、发熕铁炮、子母炮、严威炮、奇炮、龙炮、台湾炮、行宫信炮、抬炮、回炮、迅武大神炮、宣武大神炮、绥武大神炮、耀武大神炮、成武大神炮、常胜威远炮。又有御制金龙炮，长五尺八寸，重三百斤，食药八两，子重一斤。御制制胜将军铜炮，长五尺，重五百斤，食药一斤半，子重三斤。御制威远将军炮，又有浑铜炮。"[②]不应忽视的，何以这些大

---

① 陈康祺：《郎潜纪闻二笔》卷十二《福文襄拒南掌求炮》，北京：中华书局，1990，第539页。

② 马学良主编：《中国近代文学大系》第10集第25卷《少数民族文学集》，上海：上海书店，1992，第215页。

炮屡称“大将军”，且名目繁多？应当说，这是对于战争中决定力量的最高评价——古代重将不重兵，所谓“千军易得，一将难求”，兵卒多少在战争中往往忽略不计，而将才则不可或离。类似这些统治者的民族心理，必然会触动一些汉族文人，使他们诱发和强化宝物幻想。

其四，有的冷兵器虽然并未被明确神化，但仿佛暗藏着某种神秘的制胜因素，被勇力非常的猛将所使用，所向披靡，便成为小说泛化、衍生出的具有神物崇拜的兵器。如明末刘綎绰号“刘大刀”，壮烈地战死在辽东疆场上：“（刘）綎于诸将中最骁勇。平缅寇，平罗雄，平朝鲜倭，平播酋，平倮，大小数百战，威名震海内。綎死，举朝大悚，边事日难为矣。綎所用镔铁刀百二十斤，马上轮转如飞，天下称‘刘大刀’。天启初，赠少保，世荫指挥佥事，立祠曰‘表忠’。”[①]对此冯梦龙也注意到了相关异文：“刘烶（綎），神宗朝名将也。所用刀六十余斤，军中号为‘刘大刀’。有姬妾二十余，极燕、赵之选，皆善走马弹械。烶每出巡，诸姬戎装，穿小皮靴，跨善马为前导。四力士共举刀架继之，烶在其后。旁观者意气亦为之豪。”[②]据称，崇祯四年（1631）的武科会试中，能当场使用百斤大刀的武举人仅有二人，崇祯十四年（1641）朝廷开奇谋异勇科，全国竟然无一人前来应试[③]。考虑实战的艰难,《情史》近实，而《明史》所叙来自民间传闻，恐有夸张，说明这两个文本先后相差的年代区间，在传播过程中的“走样”是趋向于夸张神化的。

陈洪先生曾注意到《水浒传》“僧侠”鲁智深侠义性格与其随身武

---

① 张廷玉等:《明史》卷二百四十七《刘綎传》，北京：中华书局，1974，第6396页。一般认为，萨尔浒战役时刘綎是在瓦尔喀什（今辽宁新宾县与桓仁县交界处）被流矢射中，左臂、右臂、面部相继受伤，仍奋战不止，后战死。《清太祖朝老满文原档》称他被俘后斩杀，可存疑，参见孙文良、李治亭《明清战争史》，北京：中国人民大学出版社，2012，第49–62页。

② 冯梦龙:《情史》卷五《情豪类》，沈阳：春风文艺出版社，1986，第149页。

③ 王道成:《科举史话》，北京：中华书局，1988，第30页。

器镔铁禅杖、戒刀的关系，颇类似“董西厢”法聪的铁棒、戒刀。当初鲁智深要打造的重达百斤的禅杖，工匠认为太重，鲁让步为八十一斤，工匠仍不同意；最后工匠提出六十二斤，智深欣然同意了。依据为何？原来“董西厢”写僧人法聪曾以此吓唬敌将：“待不回去只消我这六十斤铁棒苦。”而更为有趣的是：“‘董西厢’中竟也出现了名唤‘智深’的人物。此人虽非重要人物，但与法聪同寺修行，同堂议事，文中称为‘执（职）事僧智深’。……说《水浒传》的鲁智深直接脱胎于《西厢记》中的法聪以及惠明，证据可能仍嫌不足，但广义上的血脉相通则应是确凿无疑的了——特别是在‘僧而侠’这一点上。”①

事实上，由于《三国志演义》这样描写非凡战将小说的广为传播，关公崇拜与“青龙偃月刀”也是相伴生并行从的②。因而大刀崇拜当然不会晚到明末清初。嘉靖三十八年（1559）进士严从简的《殊域周咨录》卷二十一也载，明英宗天顺年间，忠国公石亨“方面，体长大，须髯过腹乃膝，望之若关羽然。其侄彪貌亦雄伟，髯长过脐。……亨袭伯父指挥职，善骑射，提大刀轮舞如飞虎，每从征，辄敢当先立奇功，封侯”。可惜明英宗天顺三年（1467），他在抵御北方入侵者之后，却因“无功而还，以罪伏诛”，居然不得善终。此外，张凤担任大同守将时，手下

---

① 陈洪：《沧海蠡得——陈洪自选集》，天津：南开大学出版社，2004，第37–38页。按，文学史上通常把董解元的《西厢记诸宫调》称为“董西厢”，把王实甫《西厢记》称为“王西厢”。

② 对于北方萨满教支配下的“关玛法”崇拜，有“中原渗入型”之说：“关玛法神话，是多民族神话相互浸染、杂糅而形成的最有典型性的神话……明末清初，《三国演义》成为满族先世女真族重要的历史教科书和军事书，关羽尤被敬崇。”参见富育光：《萨满教与神话》，沈阳：辽宁大学出版社，1990，第292–293页。“关”不用满语“瓜尔佳”音译，表明源于汉族；满洲称爷爷为“mafa”，汉字音译“玛法”，而《三国志演义》满文译本“关羽”作“guwan mafa”，还有《关玛法传奇》的满语长篇讲唱作品，唱念结合要10多个晚上；祈雨民俗传说中还有关老爷以大刀劈石引出泉水、“磨刀雨庙会”等仪式，赋予关老爷雨神、水神。参见山曼等《山东民俗》，济南：山东友谊书社，1988，第357页，第379页；吴十洲《帝国之雩：18世纪中国的干旱与祈雨》，北京：紫禁城出版社，2010，第82–86页。

也有大刀英雄："磁人王邦直生而奇异，骿肋多力，号千钧，慨然有请缨之志，以台谏荐兵部檄送督府。"作为一位使用大刀的战将，后赶上张凤阵亡，残部力战，杀出重围的就有他，他也是超常地发挥了体能，尽管结局不免是悲剧性的：

> 邦直抚膺曰："吾誓以腔血报军门，有奔北乎！且凤死矣，吾不忍独生！"会夜，复冲突十余阵。比曙，皆困惫不能战，而死者且半。邦直绕营视叹曰："得至午，援兵当至，虏虽倾国来，吾足御之矣。"会虏以马相联击，驱之前而步继之。邦直奋击已数十百人，而马至者死者拥遏于前，不能远奋，乃弃其大刀，提铁简四面击，渐击渐困惫。一虏自马腹下匍匐至手其膝，邦直知不免，大呼曰："天也！"拔佩刀自刎。虏群斫之，于是死者百余人。虏愤所杀伤多，皆剖腹实之以石。是役也，凤、邦直虽死，而虏杀伤几五六百人。归正者言虏共举大刀羡叹之，每食必祭曰"大刀那颜"云。国朝自永乐北伐之后，勇奋中坚，威震北虏，推是举云。[①]

这段叙述，也是写就连敌方都敬佩使用大刀、豪气英发的战将。

蒲松龄对于大刀，似乎有着格外的偏爱。《聊斋志异·雹神》写雹神李左车托体显灵，"拔架上大刀旋舞"；卷二《胡氏》写狐秀才为塾师，向主人求亲不成，作法变一巨人自天而降，"高丈余，身横数尺，挥大刀如门，逐人而杀"；至于崇祯三年的小说也写山海关重地，需要有良将把守："屡次总兵建功朝鲜及播州的大刀刘挺，更有柴国柱等一

---

① 严从简：《殊域周咨录》二十一卷《鞑靼》，北京：中华书局，1993，第 591–592 页，第 691–692 页。

干名将，都取来京师调用。立一个赏格：斩奴酋的，与他千金，世袭指挥。”[①] 该小说第二回清河城守将张游击，“自持大刀，亲挡其处。……手起大刀，连劈十数个鞑贼”。如此声望甚高的刘綎，挥舞大刀捐躯于与“北虏”的沙场上，在明后期至清初当是许多人了解的事情，见多识广的蒲留仙岂能不知？尽管黄仁宇先生认为，这把大刀重量有所夸张[②]，但当时以至清初人实际上还是用钦敬的眼光看待这位名将超凡武勇，并未细究其大刀重量为何。

朱梅叔（1795—？）《埋忧集》还特地为这位大刀将军设传，而他也是认真地有选择也有重点，以点带面，只详述一件破贼的代表性事迹，而后神化之：“刘少保綎，……少保兴发，往往上马舞双刀。观者但见白气旋绕眩目，不辨其面。虽奇其艺，亦但作戏玩观也。少保子念述，矫捷有父风。然少保袖箭为绝艺，透坚甲，及五六十步；念述止及二十步许，不能穿札，勇不如也。少保有女亦勇，嫁于某，奁具丰盛。有盗数十，突围其家，尽室惶恐。女命婢取软甲披之，率婢挥刀出杀贼。贼不能支，遁去。按，《明史》列少保平缅、平罗雄、平播酋、平倭、平倮功盖详，而遗平宁州事，以寇一发即灭耳。然其出奇之功大矣。至若时俗鄙武，里有达官，缘与少保结婚，至削籍。明之不振有由矣。”[③] 而这与朝鲜汉文小说南永鲁（1810—1858）的《玉楼梦》写红娘（江南红）那“用剑素有浅深，只破胄而不伤人”的剑法，竟颇有接近之处：

---

① 陆人龙：《辽海丹忠录》第三回《拒招降张旆死事 议剿贼杨镐出师》，苗壮校点，沈阳：辽沈书社，1989，第 11–12 页。

② 黄仁宇：《万历十五年》第六章，北京：中华书局，1982，第 170 页。

③ 朱梅叔：《埋忧集》续集卷一《刘綎》，长沙：岳麓书社，1985，第 219–220 页。文后作者自注：“按，少保最善拔距，能纵跃十丈，横跃十丈。拔距者，《左传》谓‘魏犫距跃三百，曲踊三百’，《汉书》谓‘甘延寿少以良家子为羽林，善骑射、投石、拔距，尝超逾羽林亭楼’是也。又按：此篇见《张瓜田集》。原本篇末言‘《明史》列少保平缅、平罗雄、平播酋、平倭、平朝鲜，平倮功’，似有误，盖少保平倭时，本与朝鲜兵合也。今特为删此三字。”

> 原来苏裕卿年少锐气，自负枪法，欲为一抗，乃举方天戟即取红娘。红回马接战数合，见苏司马枪法精妙，拨马而退数十步，向空中而投右手之芙蓉剑，其剑飞下半空，欲犯苏司马之头。苏司马避身马上，欲举方天戟而防之，红既退而复进，苏司马慌忙伏于马上，挥戟欲防。（红）以左手奉剑，走马而并投手中双剑，苏司马慌忙避之，应接不暇，不能接战。红更向空中受双剑，回旋如风，舞于马上，驱驰四方，似纷纷白雪飘于空中，片片落花翻于风前，忽然一道青气似霞而起，渐不见人马……苏司马惊惶仰视，则千百芙蓉剑散乱于天，俯视则千百芙蓉剑弥满于地，剑水刀山无得脱之路，精神迷乱，进退无路，如在云雾中。①

朝鲜汉文小说在这里极尽铺叙、夸张之能事，但基础仍要靠兵器、剑法的威力。这里在冷兵器的常规运用上，加进来剑术、斗法的传奇性意趣。

运用兵法、灭敌如神的传奇性，可以补充《明史》载录的缺失。甚至引起了时身在海外而关注明清战争史与英雄人物的金庸先生的注意，在小说《碧血剑》附录的《袁崇焕评传》中，金庸先生写出了对这位“大刀将军”的总体印象，体现出武侠小说家对于武功、兵器的敏感：“刘綎是当时明朝第一大骁将，打过缅甸、倭寇，曾率兵援助朝鲜对抗日本入侵，大小数百战，威名震海内。他所用的镔铁刀重一百二十斤，马上轮转如飞，天下称为‘刘大刀’。他的大刀比关羽的八十一斤青龙

① 南永鲁：《玉楼梦》第十四回《玉笛酬唱雌雄律　瑶琴断续山水弦》，林明德：《韩国汉文小说全集》第2卷《梦幻爱情类》，中国台北：中国文化大学；汉城：大韩民国韩国精神文化研究院，1980，第113–120页。

偃月刀还重了三十九斤。据说他能单手举起一张摆满了酒菜碗筷的柏木八仙桌，在大厅中绕行三圈。连杜松、刘綎这样的骁将都被清兵打死，明军将士心理上受到的打击自然沉重之极，提到满清‘辫子兵’时不免谈虎色变。”这段评述也是以其特定兵器意象为聚焦，而且描绘出了使用者的悲剧结局，以及那个时代的悲剧性氛围。

清中期吴名凤（1767—1854）《邓将军宝刀记》也写，相传明代辽东名将毛文龙部将邓子龙（邓佐），“与刘大刀同以战功显”，他的宝刀：“刀头长一尺八寸，刃有血迹，魑魅见之，要领寒矣。末无尖，而剡上如短刀形，刀背厚半寸，镂孔作饰，如珠累累。刀嵌于柄，有铁护手。刀柄长四尺，漆内嵌细银丝，极工致，乃马上用者。……重其人，故宝其刀耳。”[①]。史料多载，在辽东一带民间邓将军被广为祭祀。如辽阳人刘献廷（1648—1695）称：“质人（管理市场的经纪人）云：今堂子中所祀邓将军，讳子龙，江西南昌丰城之间人。少饶膂力，家贫，事母至孝。常遇贼，负母而走，贼追及之，将军曰：‘吾将避汝，汝来寻我，是当死也。’遂与贼战，数十人莫撄其锋，人始知其勇。后入行伍，以功得官。归有联云：‘百战归来，剩得鬓边白发；千金散尽，惟留江上青山。’风度亦可想见矣。后起为辽东游骑将军，死王事云。”[②]这样护家卫国的名将，具有神秘色彩的兵器才是标配，持久地留存在民俗记忆中。而民俗记忆的深刻牢固，与其所持有英雄气质相辅相成的大刀分不开。邓子龙成为一个民俗传闻的“箭垛人物”，其大刀英雄的形象，也染上了“刘大刀”等一系列大刀英雄作为冷兵器时代英雄的符号意义。

由冷兵器及其传统更新为与世界并行的先进军事武器，这一过程在一个传统强固、内卷严重的时代土壤里，是艰难而痛苦的，特别是军

---

① 王葆心编：《虞初支志》甲编卷四，上海：上海书店，1986，第12–13页。

② 刘献廷：《广阳杂记》卷二，北京：中华书局，1957，第81页。

事文化的制度层面。直到晚清，最先进的城市上海，在新闻画报中仍报道，八旗子弟在应试之前，先要考“骑射”也就是骑马与步兵射箭的技术，届时兵部就会奏请皇上钦派王公大臣来监考，如骑射不合格，即取消入场应试资格。及格的考生，才会造册核准，发给试卷[①]。因而，清朝的朝廷提倡保持祖宗“骑射之术”，恐怕还只是问题的一个方面；另一方面就是，满族和占据人口绝大多数的中原汉族也有着顽强的冷兵器传统，并且还在时时地温习、强化之。（见图－10）

胪列清代战神崇拜的例证，名单会排列很长，指不胜屈。当然也不都跟兵器有关，在此姑举二例：

> 乾隆朝名将，以超勇公海兰察为冠，边功战略，炳裔旗常，无待述矣。其行军实由天授，有为自古名将所未尝到者。自结发从戎，每临阵，微服率数十骑绕出贼后，知何处有暇可蹈，辄冲入贼队，左右疾射，使其阵乱，而我兵乘之。又能望云气决贼势之盛衰、此战之胜负；察山川脉络，知安营汲水之宜；听地窖，识贼马之多寡；验马矢，料敌去之远近。即仓猝间手弹弓弦，亦能预测利钝。以故进必歼敌，退亦全师，操纵神奇，不可殚述（按：望气之说，屡见史策，古名将皆能之。北齐时斛律金行兵，用匈奴法，望尘知马步多少，嗅地知军远近。超勇蒙古人，或得秘传，不知今尚有传者否）……[②]

这里突出的是海兰察作为名将的军事技术、谋略，而下面写阿桂所

① 吴友如等：《点石斋画报》，1885年。

② 张汝杰主编：《清代野史》第八辑，成都：巴蜀书社，1987，第137-138页。

图－10

要突出的，则是作为名将的人格魅力：

阿文成公立功绝域，将材相业，冠绝一朝。相传公在行营，每军务倥偬，帐中独坐，饮酒吸淡巴菰，秉烛竟夜，或拍案大呼，或砉然长啸，拔剑起舞，则次日必有奇谋。尤善拔擢人材，每散僚卒伍，一二语即知其器识，辄登荐牍，故人乐为用。尝识兴奎于军校，奇其状貌，令攻某塞，即日授副将。海超勇权奇自负，同时无一当其意，独服公驱使，辱骂惟命，遇他帅虽礼下之，不乐为用。文成洵不愧名将矣。①

正是在这样一些东亚多民族共存互动的民俗心理支配下，清人书写的“骑射传统”与先进兵器崇拜意识往往是纠结在一起的，有一个相当长的并行时期。就有如扎入深层海水中的冰山，经常要露出水面一部分，还往往采取变化的形式和观照外部世界的眼光。陈其元（1811—1881）转述英国领事阿查里的回忆：

伊前年从军往征一属国，所统之师船兵力不厚，惧一时不能制胜，乃造千斤重炮子十余枚，至其国之海边，黉夜用人扛抬上岸，行十余里，散置之地。归船，乃发空炮数十声。次日，其国举兵拒战，行至中途，见炮子，惊其大，且讶其击至十数里之远，以为不能抵敌，遂遣使乞降。于是宣布威德，取成而还。其实伊国本无此大炮，亦并不能制此大炮也。兵行诡道，外国亦然。②

① 张汝杰主编：《清代野史》第八辑，成都：巴蜀书社，1987，第138页。

② 陈其元：《庸闲斋笔记》卷三《西人行兵诡诈》，北京：中华书局，1989，第64页。

这一用炮声辅以实物演示来震慑敌方的“计谋”，真是可能来自《三国演义》“蒋干盗书”将计就计式的谋略，无疑与蒲松龄笔下的“王司马”用假造的大刀震慑北方对手[①]均是寄望于“不战而屈人之兵”，操作上异曲同工。尽管有着冷兵器与火器的巨大区别，但却有着某种共同心理预期，达到了同样的预定目标。而在文学母题史看来，东亚地区早在对于明末战争的感受和最初的回忆思考之中，就已经形成。

清末以来，辽东战事多发，在日俄等抢夺清朝领土咄咄逼人态势中，文学母题纷纷“重写”历史上的抗暴英雄，倡导全国全民抗战。如秦良玉明末平辽东而自巴东（忠州，今重庆忠县）来，籍贯河北乐亭的武侠小说家“北赵”赵焕亭（1877—1951）也忧国思良将。20年代后期撰《巾帼英雄秦良玉》写秦良玉即“谪降”，其母在香会上见雷母庙塑二女童，左边的穿大红锦短裤，持霹雳斧，分娩时仿佛见那持斧女童笑着向怀中一扑[②]，出生后良玉很小就能布阵。其神异兵器得于寻宝（金精，制成霹雳枪[③]），故事还融入了奇女贵相、逐兔见宝、金银变化母题等，而为了取宝良玉先诛毒虺，再除蝙蝠，是否这二毒有所喻指？1936年有文也写良玉自言在少壮时代，也曾替国家“破过辽东的倭寇”[④]。在新的时代语境中，辽东战场的空间书写也沿着多种文学母题史轨迹而延伸。

---

① 王立、刘卫英：《〈聊斋志异〉中印文学溯源研究》第十九章《豪侠文化与勇武服夷母题溯源》，北京：昆仑出版社，2011。

② 赵焕亭：《荒山侠女 巾帼英雄秦良玉》，中国文史出版社2019年，第148—149页。

③ 枪为百兵之王，比大刀更适合女将，赵焕亭写良玉师父曾先生针对良玉比试不胜，指出：“便是你方才所用的兵器不甚相宜。马上用长刀，虽奋斫有余，未免决荡不足。并且须有大力盘旋，方能制胜。那会子俺说的武功须择器而用，却未可忽略哩。”英雄的兵器在武侠小说民间化、史诗化过程中屡被关注。文公直《女杰秦良玉演义》（上海环球公司1934年）仍写秦良玉兵器为大刀，即三尖刀；而在突出长枪及其得到淬炼神枪之“金精”，讲究神秘兆验的赵焕亭，似规避大刀将军刘綎悲催地阵亡于辽东战场的不祥。

④ 又台：《秦良玉》，《武德月刊》1936年第3期。

第八章

叹：满族说唱文学子弟书的伤世悯怀

满族说唱曲艺子弟书中，描摹慨叹人生悲欢离合、困苦艰辛之作品很多，这是由于子弟书的作者与说唱者多是满汉下层文人，且子弟书“只唱不说”的表述形式又极为适合悲情阐发。如何以较好方式揭示现实时弊、警醒世人，且能宣泄自我悲苦愁闷，当为子弟书作者“文人自觉”的艺术表现追求。“说白咏叹调”属于“音调带吟诵性”的子弟书，结构完整，一人独唱，更是作者、说唱者、故事人物三位一体的艺术表现方式，不仅是一种子弟书说唱形式，也是一种贴近现实的题材。其以“直接引语”的态度，避免“隐含作者”的直露的说教，将满族（包括汉军旗的旗人，不限于满族）[①]主人公的身份特征、职业内幕、遗憾悔

① 研究者曾引朝鲜文士乾隆四十八年（1783）《入沈记》作者李田秀自注：“凡问人称‘民家’者，汉人也；称‘旗下’者，满人也。”进而指出：“由于满族‘原称满洲’，八旗满洲当然是满族人。而八旗蒙古和八旗汉军是否算是满族则模糊处理，现在通行的做法是：他们的后代可以申报满族，也可以申报蒙古族或汉族，其根据是清代‘只分旗民，不分满汉’。至于旗人在清代之民族属性，则始终属于学者的争论范畴。……清朝入关前，满族指‘八旗满洲’，清朝入关之后，凡是旗人均可以视为满族，民国之后直到今天，申报满族者即是满族。”张杰：《韩国史料三种与盛京满族研究》，沈阳：辽宁民族出版社，2009，第11–12页。

悟，作为一种“共情”的社会心理、意绪一并抒发。于是，占有相当的比重的子弟书“说白咏叹调”，就成为贴近下层民众疾苦，反映清代中后期北方社会现实、人世变迁的故事类型之一。

一、“自叹”：汉文学“叹老嗟卑”传统的延续与变异

“叹”实际上在文本中多表现为“自叹”，基本上为作者“代言”，代替人物摹状写心，而在子弟书中写人物之“叹”，构成了子弟书重要的抒情内容和悲凉凄楚的审美情怀，与表现风格之间存在着密切有机联系。如果把“自叹”者划分为宫里、宫外，自叹角色也可分为宫中官差、侍卫下人，宫外市井细民。二者具有某种共同性，就是对于当下生存状态的不满、无奈。自叹主体或倾诉身世命运不公、职业艰辛、生活困窘，或指斥社会痼疾、世风难挽，通过自我的“叙事干预”，加上主观情感的倾情投入，多用现身说法、真切具体的经历且带有警世意味。

子弟书自叹表演，可以理解为一个具有多重成因的文化现象。一者，具有其外在的时代、社会成因。引发中下层旗人“自叹”的创作动因，主要即关纪新先生阐述的“八旗生计”，这在满族入关后迅速变得日益严重，成为北方特别是盛京、京津等大城市旗人民众普遍性社会问题，即陷入生存困境。有着拮据、坎坷生活丰富体验的子弟书作者，有些本身即有侍卫的职业感受，如鹤侣。他原名爱新觉罗·奕赓（1809—1848），应为庄亲王绵课长子，他在道光十一年至十六年（1831—1836）的六年侍卫生活[①]，甘苦多多。身属满族上层而家道逐渐式微，因而他能

① 宋和平、季永海：《鹤侣和他的子弟书》，载《民族文学研究》1984 年第 2 期。又参见康宝成《子弟书作者“鹤侣氏”生平、家世考略》，载刘烈茂、郭精锐《车王府曲本研究》，广州：广东人民出版社，2000，第 472–473 页。

更深切地体会到诸如侍卫等这类底层社会角色的艰辛，形成深层压抑情结与持久情绪记忆。唯此才能对更多的类似社会角色，将心比心："予当兵燹之后，因见世间子弟，流入于放浪者多，虽苦口相劝，何能遍及人人！于是爰（援）笔著为小说。而词粗意浅，使阅者一目了然。虽不如宣圣书之感人深，以可当头一棒，于养正书室涂。"[①]从而内心生成匡世救众的责任感与使命感，实际上这也是一种特定社会角色感情"迁移"投注，坚定了如是劝诫讽世的创作动机。

二者，表演艺术的抒情式审美营构特色，本来就是子弟书作品的俗文学本质属性。子弟书作者多一贯、由始至终地对汉族抒情传统受容倾慕、学习，如演绎唐代宫廷争宠故事的《梅妃自叹》等。不仅小说戏曲，南方弹词、鼓词作品也是他们不断吸收的题材资源。子弟书的俗文化属性又决定了其表现下层社会角色的多样化，自叹的内容与形式相辅相成，每多构成了良性互动。

三者，曲艺演出的消费形式，特别是艺术消费"场效应"，制约了子弟书自叹题材及其艺术表现的审美生产。有如相声表演，现身说法的"自叹"说唱艺术，具有在地性，也最易引起在场听众的感同身受，产生共鸣。传统曲艺表演不同于案头文学，最重要的审美表现要素，是角色的即时性自我表演："观众看戏是一个信息接收过程，信息输出者（剧作家、演员）所面临的，是由许多具有独立审美意识的接受者（观众）组成的接受者群。这些接受者绝不只是被动地接受信息，他们在接受过程中，还发挥自己的理解、想象能力，参与并共同完成艺术形象的创造。从这个意义上说，接受者是输出者必不可少的合作人。"[②]研究者

---

① 波多野太郎：《中国语文资料汇刊》，东京：不二出版社，1995（据上海扫叶山房刊 1918 年石印本影印），第 62 页。

② 赵山林：《中国戏曲观众学》，上海：华东师范大学出版社，1990，第 209 页。

曾揭示，子弟书表演形成了一套约定俗成的程序，“请场”“报子”（广告）等[①]，更加讲究审美接受效果，这也是表演艺术之“新闻效应”所必需。子弟书的剧场效应还增拓了“自叹”的铺叙偏好，不可免地即时反馈于创作。子弟书说唱表演，需要博得大众的认同与喝彩。那么，如何一张口就能“吸引人”并留住观众听众，是说唱表演、商业经营的重要环节。而厨子、侍卫、教书先生等这类平常职业，贴近平民生活，易唤起大众共鸣。这些看似寻常的职业有何奥秘？有何说道？普通市民也愿意倾听，这就是子弟书题材选择中的认识价值。我们知道，社会的服务型行业，好似城市的末梢神经，能感知、含蓄表达多种下层职业生涯中，人们的人生经历、现实处境及其感受，成为整个社会的一个个细部浓缩。子弟书创作者大部分是旗人作家，他们的一些作品能让人侧面了解到八旗子弟的真实生活。看到不事生产、仅靠着皇家俸禄和封赏来生活的八旗子弟怎样贫困潦倒，甚至有些侍卫子弟在拿到俸禄的同时还要忍受当权者的盘剥、克扣，“署差的八钱银子官先扣”，让人更加气愤。作者在篇末写明自己创作初衷是“消闲解闷”，而实际上这都是“自况”，是内心的真实写照。生活在祖辈荫德庇护下的纨绔子弟久享富贵，堕为酒囊饭袋，又养成媚上欺下、嫌贫爱富诸般毛病。而那些下层旗人却连自己应得俸银也不能按时获取。一些子弟对赏银无节制耗费，短期即花光吃尽，只能靠典当家产度日。因而，这些下层文人希望通过这些作品呈现苦难中八旗子弟的真实境况与形象。

如果说，几百篇子弟书作品组合起来是一部清代风俗画，那么这类“自叹”题材就是这些画面上生动的表情，如同古代诗文中的“诗眼”“文眼”，戏曲之“务头”。自叹，是个体对社会存在状态的认识和

① 崔蕴华：《书斋与书坊之间——清代子弟书研究》第四章，北京：北京大学出版社，2005，第 109–116 页。

体验，在自叹中反观自身，在自叹中反思社会伦理规范，在自叹中期盼、寻求理想社会生存模式。这类自叹题材就由此多般原因应运而生，并产生了异乎寻常的社会价值及艺术效果。

虽然子弟书题材与表现方式上自有特色，思想内核仍带有中原汉族文人文学的影响。屈原、贾谊、曹植等人都曾叹老嗟卑，杜甫更每多言及“老来多涕泪，情在强诗篇”“人情老易悲”；苏轼不到 40 岁写《正月二十一日病后，述古邀往城外寻春》，体悟到“老来厌伴红裙醉，病起空惊白发新”；辛弃疾刚过 30 岁就在《木兰花慢·滁州送范倅》中自吟：“老来情味减，对别酒，怯流年”；刘克庄《满江红·夜雨凉甚，忽动从戎之兴》亦谓：“叹臣之壮也不如人，今何及。”叹老嗟卑，在中原文人那里多以贬低自我价值来强调对这种价值的珍重。[①]

现有的多种收集整理本的子弟书作品集，“说白咏叹调”计有 33 篇[②]：

序号	作品名称	自叹主人公	作者
1	官衔叹	宫里各种侍卫	小雪窗
2	长随叹	官宦家的长随	幽窗
3	司官叹	小司官	无名氏
4	老侍卫叹	老侍卫	鹤侣
5	少侍卫叹	年轻侍卫	鹤侣
6	銮仪卫叹	皇帝身边侍卫	无名氏
7	女侍卫叹	侍卫妻子	鹤侣
8	叹旗词	印务官	无名氏

① 王立：《文人审美心态与中国文学十大主题》第一章《惜时主题》、第四章《怀古主题》等，沈阳：辽海出版社，2003。

② 主要据黄仕忠等编《子弟书全集》所收。该书还收录了未见传本、存处不详的《叹煦斋》《叹子弟玩票》《大爷叹》《军妻叹》《叹时词》等，见该书（第十卷），第 4334–4335 页；但黄本缺《教书叹》一篇，补沈阳市佟悦先生所藏刻本，感谢耿柳女士提供。

续表

序号	作品名称	自叹主人公	作者
9	厨子叹	厨子	竹轩
10	老斗叹（甲）	老主顾	无名氏
11	老斗叹（乙）	冒充老主顾	无名氏
12	先生叹	私塾先生	文西园
13	荡子叹	浪荡青年	冬烘先生
14	浪子叹	浪子	梦松客
15	大烟叹	烟鬼	静乐轩主人①
16	阔大烟叹	烟鬼	无名氏
17	穷酸叹	穷秀才	李雨浓
18	穷鬼自叹	穷鬼	无名氏
19	老汉叹	多种角色结合	爱山馆主人
20	梅妃自叹	梅妃（江采萍）	闲窗
21	叹武侯	诸葛孔明	无名氏
22	侍卫论	侍卫	鹤侣
23	书生叹	书生	融川氏
24	代数叹	学生	吴玉崑
25	妓女叹	沈阳妓女	无名氏
26	烟花叹	被卖入烟花女	无名氏
27	心高叹	娶丑妇的书生	蔡锡兰
28	光棍叹（甲）	光棍王碰三	张兰亭
29	光棍叹（乙）	因赌失家产者	少遂氏
30	腐儒叹	以腐儒自居者	曹汉儒
31	庸医叹	庸医	云深处主人
32	假老斗叹	假老斗	鹤侣
33	教书叹	教书先生、东家	陇西居士

① 静乐轩主人即二凌居士（郎文裕），又传为韩小窗作，存疑。

由子弟书中“说白咏叹调”的咏叹对象看，具有较突出的社会政治伦理价值的，当为“妃侯叹”“侍卫叹”和“浪子叹”三类。

二、“妃侯叹”：宿命的无奈与中和之美的追求

这里的妃侯，指与君王关系密切的后妃及重臣，子弟书以“他者”的叙述视角，展现和透视“妃侯”的情感历程、精神世界。如《叹武侯》咏叹其智谋高于春秋时的管仲、乐毅，“盖世奇才欺管、乐”；而又胜过同时代的孙权，“神机妙算胜孙谋”，却偏偏不占“天时”，因生不逢时、生命不永而无法辅佐蜀汉幼主建功立业。惋惜感慨后，又不禁痛发命运不公之问：“世上有多少年高叟，为什么丞相早仙游？”在揣测、检讨之中呈现答案，即不够宽容、杀戮过多导致：

> 莫不是博望烧屯亏天道？莫不是赤壁鏖兵损寿算？
> 莫不是周郎暗暗使报应？莫不是王朗隐隐来复仇？
> 莫不是藤甲军兵来索命？莫不是泸水阴魂作对头？①

“天妒英才”的追索遗憾，就蕴含在上述一系列设问中，透露出对诸葛孔明违反“上天有好生之德”自然伦理的反思和批判。尽管不温不火，却在冷静与深沉中透出犀利。也许，作者对于《史记·李将军列传》中李广杀降卒导致“数奇”故事，有所了解，抱有见解，于是也就能跳出历史上那些一味追怀、惋惜诸葛武侯的模式，见地、气度显得大

---

① 北京市民族古籍整理出版规划小组：《清蒙古车王府藏子弟书》，北京：国际文化出版公司，1994，第95-96页。

为不同，可贵地进行摆脱旧有窠臼的新思考。

在与杨贵妃两相比较中，《梅妃自叹》强调自叹者有如梅一般耐寒，性冷而有韧性，结果两人命运反差巨大：一个早逝，一个能陪伴君王至终老，对于妃子而言，后者已是很好的结局了。梅妃也有性格温厚善良的一面，原本她对杨妃并没有太多的嫉妒，而却发出了一些赞佩之音：

> 展眼间宫中来了杨妃子，这人儿肌肥肉腻是别样的丰标。
>
> 我与她花萼楼前谈过一次，他（她）也会把韵语说人讥带嘲。
>
> 我深幸这位娘娘陪圣驾，能把铿锵的语句敲。
>
> 倘吾皇万机偶错，商量一二，他能够为君筹画带焦劳。
>
> 因此上君王才与他亲切，从不曾来我宫中度半宵。[①]

而梅妃又能体悟圣意，当明皇赠送宝盒明珠时，能巧妙处理并回诗："常掩深宫幽闲贞静，并不是忘餐废寝无赖无聊。芳心自感君恩重，痛念徒伤奴命薄。"然而君心难测，她终归难脱被冷落的命运。难怪作者"闲窗"都深感无奈"梅妃仍把宫门掩，这娘娘秉性天生的耐寂寞"。借花比人，表达自己的情感取向："梅花性冷寒常耐，杨柳情狂风自招。梅瓣从来能美额，杨柳不过比为腰。"借助于《楚辞》"美人香草"象征模式，这又何尝不是在吐露下层文士的不遇、不平；而嫔妃的感恩戴德，又何尝不是在暗示汉族文人的归顺之忱与君臣相合美德呢？实为中原文学"哀而不伤，怨而不怒"，儒家"中和"美学理想的超时空延续。

① 黄仕忠等编：《子弟书全集》第三卷，北京：社会科学文献出版社，2012，第1221页。

三、“侍卫叹”：社会体系的维护与个体生存、理想的冲突

各类“侍卫”作为“侍卫叹”的主要咏叹者，属社会体系中不上不下的特殊阶层：“虽然难比翰林爵位，要知道比上步军是人上人。”这一群体“随时耐分将飞单等，一送了营缺就平步登云”[①]，浮沉无常，是“上层”“下层”的过渡地带，其生活感受也有傲骄与酸楚并具的特色。他们生活在嫉妒、艳羡与身不由己的无奈中。研究者曾将鹤侣《侍卫论》称为勾勒了一幅“‘人上人’的侍卫群像”，划分为同中有异的六种人。其一是“胎里红”，凭恃势力买的奴才身份，不想着有何德何能；其二是假道学，只知对别人说长道短；其三是“每开口必把开辟以前的故典儿寻”，且“记几首唐诗儿哄乡亲，高谈阔论批经注史……”的并无真才实学者；其四是街面上的流氓土棍；其五是“在朝在野一无可取”、成事不足败事有余的社会渣滓；其六是“遇着那受庄（装）的雏儿急速下手，若遇见明透的亲朋就找计脱身。最可喜他能大能小能曲能长，能吃亏能舍脸能挣金银”、坑蒙拐骗的伪君子[②]。说明在这群体中生活的作者，既有着强烈的社会批判意识，也有着现实生存状态导致的苦衷，如《老侍卫叹》的老妻所数落的：“……我劝你留点子后手儿好当差事，你反说当兵的女儿小气之极。你又说四冲八挡才是男子汉，走街面儿不交朋友使不得。轻钱财如粪土你是胎里红的脾气，这如今日月艰难竟自成了老穷儿（原注：音泥）。”

作为曲艺形式的子弟书，主要通过演唱场面、即时场景使听众理解作品中的情感、认可塑造的人物。作品接受形式上的“即时性”，制约

---

① 黄仕忠等编：《子弟书全集》第八卷，北京：社会科学文献出版社，2012，第3466页。

② 鲁渝生：《略论子弟书》，载《满族研究》1997年第3期。

了审美创造难度，要求子弟书在刻画人物上，尽可能抓住“有意味”形式特征，几句话就能描摹出人物特征，迅即取得互动呼应的效果，故事演绎在说唱表演——听众反映的双向交流中完成。如表现侍卫那种虚荣心满满的自我感觉良好：“平明执戟侍金门，也是随龙护驾的臣。翠羽加冠多荣耀，章服披体位清尊。腰悬宝剑威风凛，手把门环气象森。”[①]岂不有些颐指气使的神气？这种特殊位置，使得有机会目睹和参与各种社会活动的侍卫们，为此得到一些待遇和收入：“值门时外领班钱，内领官饭，围荡儿无论大小，具有帮银。”“最可喜他能大能小能曲能长，能吃亏能舍脸能挣金银。”[②]近墨者黑，他们也不免沾染上一些不良习气。对此，李景光先生认为：“从（《侍卫论》）中，我们不难看出清末吏治的腐败和八旗子弟的沉沦。”[③]这一定位，洵为允当。

首先，是反映年青一代现状、心态的“少侍卫”慨叹。其突出了“侍卫”这一角色，实际上是要同时扮演多种角色，年轻的他们人生之路还很长。作品着力关注他们艰难小心的一面：“立金门森森气象熊腰虎背，见上司栗栗悚悚兔遁蛇行。在同寅内有说有笑也是瞧人行事，与苏拉们赏赐丰富故而呼唤有灵。又搭着小殷勤小扇子小旋风小妇气象，在章京前小心下气从小道儿进铜。所以才诸事合宜无人摸注，该班儿想叫他接班万不能……”[④]如履薄冰，战战兢兢，极有分寸，年轻的侍卫若想在宫里生存，混到出人头地，就要时时灵活处事，四面逢迎，只有圆滑善变的性格练就出来，才能博得上司的欢心。他们心里也苦：“……又叹道：‘咳，如今世路无非如此，当官差胡鬼混，想要认真万不能。’说着搭讪将烟点，说咱们接了班了吗？茶房热酽熬茶倒一盅。眼望观众

① 黄仕忠等编：《子弟书全集》第八卷，北京：社会科学文献出版社，2012，第 3466 页。

② 黄仕忠等编：《子弟书全集》第八卷，北京：社会科学文献出版社，2012，第 3466–3468 页。

③ 白长青主编：《辽宁文学史》，沈阳：辽海出版社，2005，第 136 页。

④ 黄仕忠等编：《子弟书全集》第八卷，北京：社会科学文献出版社，2012，第 3459 页。

说‘我有下情告禀’。”[①]口吻非常切近年轻侍卫的年龄特点、角色身份。

这类作品的认识价值，需要细加揣摩，也不能简单化评价。其从不同角度呈现出一幅幅清代宫廷侍卫的真实生活图景，官场、世情的风俗画是也。在描摹人物神态行为上，惟妙惟肖，对于我们了解清代宫廷内幕、清代社会提供了可信的、经过当时观众认可和验证的社会史资料。从文学接受上说，也是清代中后期城市民众心目中的侍卫形象，因为这类角色就生活在他们中间。《少侍卫叹》《老侍卫叹》《女侍卫叹》《銮仪卫叹》等也对清代宫廷侍卫生活进行了各有侧重的剪影，抒情主人公从侍卫年龄、家庭、等级的不同进行具体陈述，似乎这是一批“吃青春饭的”，把青年侍卫的风光、得意、威势，老年侍卫的贫穷、失意、潦倒，侍卫妻子的担心、惊恐、抱怨，皇上身边掌管礼乐出行侍卫们的喜忧参半，铺写得各具特色，林林总总。如作者笔下的少侍卫形象，满是占据主流族群地位的旗人睥睨一切的自豪感：

自是旗人自不同，天生仪表有威风。
学问深渊通翻译，膂力能开六力弓。
性格聪明嘴头滑顺，人情四海家道时兴。
本就是赳赳武夫干城器，更兼他手头撒漫衣帽鲜明。

这位少年侍卫有着满族青年常见的魁梧身材，力气大，有学识，算得上是侍卫中的佼佼者。然而，他对于每天东奔西走、游荡于市井巷间的这个工作，其实并没有多少好感。他内心也是不无厌倦的，偶尔还流露着郁闷不满“我早就要辞官不做退归林下，陶情水月与松风”，“并不是恋着辖管的孔雀翎，又叹道：咳，如今世路无非如此，当官差胡儿

---

① 黄仕忠等编：《子弟书全集》第八卷，北京：社会科学文献出版社，2012，第3459–3460页。

混，想要认真万不能”。表面看来，虽然有些不够安时顺命，但骨子里自尊自重、追求理想人生愿景的情怀，让人理解、同情与喜爱，不满足现状才是民族国家的希望，他的不媚上、不傲下、不甘于同流合污，体现出当时社会推重的侠情豪骨，即章培恒先生关注到的“平民意识”，可贵的社会良知：“他又说在章京面前不会下气，伙计们的丛中最懂交情”，“小兄弟们俱各企望高下手，撒娇儿围着章京屁股哼哼。哪像咱们弟兄们干筋巴骨，良心话既是朝廷臣子就当竭力尽忠。”正是耿介而又尽忠的当行表演，肯定了守住底线的诚信与敬业精神。

那么更高一层的銮仪卫形象如何呢？态度上略带有贬抑和讥讽：“不爱读书爱顶翎，欲学弓马骗前程。多因要逞天高志，不惮强弯塔大情。打扮衣冠桩桩时样，安排车马件件鲜明。果能永远无托堪，自然是转眼之间顶儿就红。”[①]他们的工作性质有着较多接触高官机会，因此顺乎官场潮流，“但有人情便可升”，只是当事人却空有临渊羡鱼之心：“老迈年残衣冠朽败，要想升官只怕不能。”篇末言悲，卒章显志，实际上表达了对于那些得以升迁的逢迎者的不满和蔑视。

其次，再看老侍卫心态的外在形象展演和悲慨发声。这里也主要是第一人称心迹吐露，更多的却是抚今追昔，阅尽世事人生的感时嗟卑：“人生七十古来稀，笑我时乖寿偏齐。酒债寻常行处有，朝回日日典春衣。当票子朝朝三五个，帐主儿门前闹泼皮。老妻自是多贤惠，挎竹篮每向坟边乞祭余。”[②]生存状态的贫困潦倒，如在目前，潜在的是“时不乖”的当年本不必赊酒典衣，折映出“八旗生计”中体味的危机意识。于是，咏叹老侍卫的开场诗与少侍卫的自傲自诩，构成强烈的反差。老侍卫不得不在寂寞清苦中忍饥挨饿，回忆昔时盛况只能增添当下的苦

① 黄仕忠等编：《子弟书全集》第八卷，北京：社会科学文献出版社，2012，第3482页。

② 黄仕忠等编：《子弟书全集》第八卷，北京：社会科学文献出版社，2012，第3462页。

闷，家境贫寒的他不得不通过典当衣服度日，沦落到果腹难保的境地。他的经历，事实上也是多数满族下层军人由盛及衰变迁的真实写照：曾有过锦衣玉食，曾有过辉煌经历，可叹的是如今老迈竟穷困潦倒，老妇之语折射出老侍卫该是何等的重义轻财，不拘小节。当年风光不再，最终却落得如此凄苦：

当差使四十余年没托堪，交朋友见天恋恋在三和居。

我劝你留点子后手儿，好当差事，你反说当兵的女儿小气之极。

你又说四冲八挡才是男子汉，走街面儿不交朋友使不得。

轻钱财如粪土你是胎里红的脾气，这如今日月艰难竟自成了老穷儿。[①]

家庭状况折映出清代中后期社会的风俗画。下层旗人如今晚景凄凉，八旗兵的后代——老妇也跟着困苦不堪，相依为命。上面各类侍卫形象带有普遍性。鹤侣《侍卫论》还描述："官差每误缘酒醉，不善筹持家业儿贫。"醒悟出这类上不上、下不下的阶层，其艰难状况实际上与缺少生存能力、生存之道和资源严重不足、来源单一有关，某些惰习增加了生存状态的不顺因素。在和邦额（1736？—？）的文言笔记小说《夜谭随录》中，这位同为满族作家的描写可为参照补充：

一是居处本属简陋，更兼破败。说是马甲某乙，贫甚，居安定门外营房中。入其门，甲眼中所见的景象怎样呢？不堪入目："马矢满地，破壁通邻。屋三间，秸隔一间为卧室，妻避其中。时际秋寒，乙着白布单衫，白足趿决踵（后跟破裂）鞋，甲一见恻然，曰：'弟一寒如此

① 黄仕忠等编：《子弟书全集》第八卷，北京：社会科学文献出版社，2012，第3463页。

哉！’因致佐领（官名）语，且曰：‘料弟贫苦，我归见牛录章京（佐领），当为缓颊。但日云暮矣，不克入城，舍此无信宿处。’解衣付之曰：‘弟应久不举火，讵可以口腹相累？此衣可质钱四五千，姑将去，市肉沽酒来消此寒夜，余者留为数日薪水费，幸勿外也！’乙赧然抱衣去。”[①]有着昔日辉煌的他们本有自尊，但贫寒如此又何可以留住自尊！

二是因贫寻死的妻子惨况：“（甲）闻房中哀泣声，知为乙妻苦贫。窃为感叹间，蓦见一屈背妇人蹒跚入室，至佛案前，塞一物于香炉脚下，仍出户出，面目丑恶，酷类僵尸……潜于帘隙窥之，乙妻已作缳于梁间，将自缢。甲大惊，不复避嫌，急入救之，慰解再四，乙妻含悲致谢……甲备述其事，因劝曰：‘时衰鬼弄人，此处不可复居。予城中有屋数椽，携弟妇姑就居之，否则恐致殃也。’”世态炎凉，不能不令人慨叹系之：“贫苦致此，殊为可怜，乃鬼复乘此而谋替代，宁冥冥中一任鬼魅作祟耶？救其死而居以安宅，所谓良朋者，甲岂少愧哉！”[②]小说中的八旗兵形象竟然是如此的极其贫困，难怪关纪新先生认为这不是个别现象，乃称之为“八旗制度”的不合理所造成的积弊：“……愈来愈穷困的下层旗兵和他们的家眷，则成为无可逃逸的受害人，不能不隐忍着该制度所酿成的悲剧——而且，这悲剧越到后来越被加重与放大，一直到清末，到民初。”[③]那么，那些年轻的侍卫妻子境况如何呢？

再次，代言侍卫妻子发牢骚。这里的“内当家”因满族的女性观，影响到北方尤其东北的两性关系风习，女性有着更多的权益和话语权，但也存在少妇、老妇之别。从少妇之咏来看，子弟书所写的更带有悲剧美意味，慨叹少妇的青春之美得不到应有肯定和待遇。其实并不是真

---

① 和邦额：《夜谭随录》卷四《某马甲》，郑州：中州古籍出版社，1993，第105页。

② 和邦额：《夜谭随录》卷四《某马甲》，郑州：中州古籍出版社，1993，第105页。

③ 关纪新：《满族小说与中华文化》，北京：社会科学文献出版社，2014，第132页。

的“女侍卫”，而是通过侍卫妻子对其夫生活状态的抱怨，来折映不合理的现实存在。从侍卫妻子的视角《女侍卫叹》如是摹写：“我自说得婿如乘龙，妻当跨凤，又谁知人间至苦是侍卫妻。他那临去时脸蛋子通红拉奴的手，到门前强笑了一声马踏春泥。我昨日再三的央及他从新告病，他说俟参银领过再打主意……那有这既当章京不体贴人情物理，老东西人家越有事，偏往死里逼。”[①]新婚之际，尚未享受到婚爱之乐，侍卫新郎就不情愿地继续返回宫殿当差。侍卫妻刚刚过门的欢欣落空，不免自感命运不公，怨天尤人，又无可奈何。可以看作“闺怨”模式的一种变奏，侍卫妻子这里颇有中原文学“思妇”形象的显现。而最有特点的，是子弟书夹杂着对看似风光的侍卫职务的不满与谩骂，敢于代言地发牢骚——埋怨顶头上司不近情理，实为贴近生活，诉说家常的揭底。似乎，也就超越了中原闺怨题材的旧有藩篱：天涯咫尺，和平年代也有着伉俪劳燕分飞的无奈，更多更新的社会生活内容、挑战仍不断注入旧有母题之中，显示出子弟书泼辣大胆的俗文学本色，满族人物质朴的气质和多情的怀抱。从当下境况来由的思考，还体现出子弟书作者心目中的“了解之同情”：想象着自叹主体的磨炼、成长与成熟，人物语言、情绪，看似“悔悟”实际上带有反讽意趣，借助于否定既往的正直勤勉，来折映世道不公，现生存状态的困窘。《长随叹》“悔恨”自己当年放浪挥霍行为，很有过来之人的清醒：“眼眶子高，回事官都员瞧不起，依仗着上司是本官浑捏酸。手下的三小儿成群服侍我，作势拿腔不怕厌烦。决不该小人乍富忘根本，一味胡行花费钱。决不该卖弄奢华由着性儿搅，穿了些锦缎纱罗，折受福田。带了些翡翠扳指西洋表，胡洒冤我也学吃袋鸦片烟。”[②]追忆“昔日之我”的不堪，反思堕落如此离不开社

---

① 黄仕忠等编：《子弟书全集》第八卷，北京：社会科学文献出版社，2012，第 3456 页。

② 黄仕忠等编：《子弟书全集》第八卷，北京：社会科学文献出版社，2012，第 3475-3476 页。

会环境的腐败与纵容。

《老侍卫叹》中老侍卫与老妇的攻击性互怼语言，引起了老夫老妻的对话，具有满族下层民众爽直的个性色彩，也颇具盛极而衰之后的沧桑与无奈："老命妇叹气穿衣把头发绕，嘟囔着下炕把鞋提，说'老乌龟你就会在家催妻子，到底儿那是你的准衣食？……'老英雄叹气嗐声连摆手，说大清早粘牙倒齿你闹俏皮，我那荣显时你也曾把风光受，每日三餐拣着贵的吃。……"[①]这里缩头缩脑的"老乌龟"，与"老英雄"的称谓，言约义丰，构成昔盛今衰的鲜明反差，盛景难再的写实引发读者观众不禁悲从中来。

侍卫们经济状况窘迫与整个社会人口骤增直接相关。御史赫泰曾言："从前八旗到京之始以及今日，百有余年，祖孙相继，或六七辈。试取各家谱征之，当顺治初年到京之一人，此时已成一旗，则生齿之繁衍可知。当日所给之房地，是量彼时人数而赏者。以彼时所给之房地养现今之人口，是一份之产而养数倍之人矣。"[②]资源在骤增的人口面前，迅速显得匮乏。地位较高的旗人贵胄，《清朝野史大观》"旗人生计之窘迫"条所称的故事富有戏剧性地表现出其社会阶层经济状况的陵谷之变，他们即使因生计困乏沦落，也常表现出童年以来即养成的强悍个性与"高贵感"：

> 咸、同以降，北京旗人生计之窘，难以言喻。舆台（泛指从事贱役者、奴仆）厮养，大有人在矣。某部郎辛丑回銮后，新录一圉人（马夫）曰"三儿"，其人而目犁（黧）黑，健饭善斗。每当驾车疾驶，或与他车角逐，三儿肆口漫（谩）

① 黄仕忠等编：《子弟书全集》第八卷，北京：社会科学文献出版社，2012，第3462–3463页。

② 赫泰：《筹八旗恒产疏》，载《皇清名臣奏议汇编》初集卷145。

骂，或以鞭慑行道之人，人亦稍稍让之，似审三儿者。某度系围人侪辈，亦不之疑。一日赴友人宴，车至大栅栏，忽有怒马自后来，锦鞍玉勒，望而知为贵介。三儿车横亘在前，不之让，骑者自后叱之。三儿略一回顾，故缓车行。骑者大怒，策马绕出车前，方举鞭欲击，三儿忽笑语曰："咦！老七，汝想漏（露）脸，便不怕裁我耶？"骑者熟视，即下马屈一膝曰："原来是三爷，忽促间开罪，幸乞见恕。"言毕，牵马旁立，为状甚谨，车去乃行。某大骇怪，归寓穷诘所以。三儿曰："吾固宗人府籍，参者吾侄辈行耳。"复诘其名及世职，坚不肯言，翌晨善言遣之。[①]

这里的马夫"三儿"（读音为儿化音 sanr），本出身贵胄，因贫困无奈屈尊下层，就仿佛齐天大圣孙悟空当了一个弼马温，该是何等的郁闷、压抑而不平，但三儿要比孙猴子还要郁闷，因他是高门后裔，他的身份、地位至今仍使得当年熟悉他的晚辈敬畏如昨。"宗人府"指掌管皇帝九族的宗族名册的，即三儿祖上曾是满族皇族，现今却沦落如刘玄德卖草鞋为生，应了"君子之泽，五世而斩"的老话。

史家指出，绿营兵丁的粮饷，清初年间马兵、步兵与守兵各有不同："顺治元年（1644）定各镇马兵月给饷粮银一两五钱，步兵月给饷银一两。四年（1647）改定各镇马兵月给饷银二两，步兵月给饷银一两五钱，守兵月给银一两。……绿营兵丁的月给粮饷，正如官员正俸一样是低薄的，但不像官员那样有外加银两。绿营是世兵制，以当兵吃粮为世业，全家靠月饷为生。以兵丁每家三口计，全国绿营兵丁大半是过每人每天一分一厘弱银的生活。康熙时，米每石不过四五钱，这份薄饷，

① 李秉新等校勘：《清朝野史大观》卷二《清宫遗闻》，石家庄：河北人民出版社，1997，第143页。

还可维持全家最低生活。雍正时米价渐长，有的增至一两以外，绿营士兵便不得不做小贩、做手艺来营生了。”[①]因此，子弟书的“叹”的母题，不仅有着扎实的现实依据，而且体现出反映北方满族下层现实状况，关注其生存苦难、危机的社会责任感。

其实，这也是清代中叶之后愈演愈烈的社会危机，也就不能不在清末民初其他作家作品中存在。如老舍（1899—1966）小说《正红旗下》第三章里，就体察到无法自由选择职业的旗人的尴尬：“按照我们的佐领制度，旗人是没有什么自由的，不准随便离开本旗，随便出京；尽管可以去学手艺，可是难免受人家的轻视。他应该去当兵，骑马射箭，保卫大清皇朝。可是，旗族人口越来越多，而旗兵的数目是有定额的。于是，老大老二也许补上缺，吃上钱粮，而老三老四就只好赋闲。这样，一家子若有几个白丁，生活就不能不越来越困难。这种制度曾经扫南荡北，打下天下；这种制度可也逐渐使旗人失去自由，失去自信，还有多少人终身失业。”[②]国外研究者也注意到，朝廷的俸禄和优惠政策挡不住“旗人，尤其是驻防于城市中心的大多数旗人，由于各种原因逐渐限于贫困。他们游手好闲，入不敷出，负债累累。由于物价飞涨，他们固定的生活津贴已经难于应付生活消费的提高……更重要的，旗人数量的激增已经超出了八旗体制的供给能力。……”[③]小说中甚至用笑话来形象地形容这一状况。说高升讲述亲眼看见的实事，京城旗人大约都是喜欢摆空架子的，荀公馆的荀大人为会客到衣庄里租了一套袍褂，不小心被小少爷拿油麻团给新衣服闹上了两块油迹，还误听人话用滑石粉拿熨斗熨，弄上两块白印子怕人家看出来，等快上灯时送还，被人家看出来到

① 张振龙主编：《中国军事经济史》，北京：蓝天出版社，1990，第460–461页。

② 《老舍文集》第七卷，北京：人民文学出版社，1987。

③ 路康乐：《满与汉：清末民初的族群关系与政治权利（1861—1928）》，王琴、刘润堂译，北京：中国人民大学出版社，2010，第46–47页。

公馆里索赔，却被撵出大门，在门口乱嚷，来往的人都围着看："我听了这一席话，方才明白吃尽当光的人，还能够衣冠楚楚的缘故。"[①]暗示出所以致贫仍"要面子"、导致持续贫困的某些深层原因。

清后期还出现了一些极端化的"舆情"。光绪中期《申报》副刊画图报道，蒙古族旗兵贫困至极，当众剖腹自尽，以抗议顶头上司抵赖那微薄的抚恤点："正蓝蒙七甲官厅某步之子，夏天在船板胡同挖地沟被压殒命，左翼连翼尉许给银一两五钱、米一份以示体恤，每个月由本旗固山厅支领。日前连翼尉将米截走，步甲一时情急赶至连翼尉住宅门前，用刀将肚子剖开，五脏并出，立时死了。一份米每季不过斗余，区区之数，何至自尽？所谓'有的不知无的苦'，可供作为狠心人座右铭。"[②]岂止一时情急，而是久贫银尽粮空陷入绝境的无奈，被欺负的老实人才走到这一步。（图－11）

子弟书咏唱的心声心曲，比起中原文人"功业情结——不遇之叹"有较大不同。子弟书较多的是失落、失望的悲音，逝去的前辈芳华已不再光临这一代。少年侍卫这一群体虽有着积极进取之心，但却困扰于社会风气及贫困现状。老年侍卫历经艰辛，体验到当差角色的坎坷酸楚，已经看透世事。"女侍卫"（侍卫家属）则以"他者"的眼光来贴近感受着侍卫们的日常生活，只好借助昔日风光的追怀来释放一些。特定社会角色的咏叹，体现出子弟书作者对生活的深入了解和选材眼光。理想无法实现，就应该如此吗？当下凄苦生存现状与个体、族群昔日荣盛的回忆，其文化意蕴是丰富饱满的。作为强大"利维坦"运行的得力推手，却有了直观方式的"侍卫叹"，呈现出清代由盛及衰的时代演变，价值

① 吴趼人：《二十年目睹之怪现状》第七回《代谋差营兵受殊礼　吃倒帐钱侩大遭殃》，北京：人民文学出版社，1959，第52页。

② 吴友如等：《点石斋画报》，1886年。

图－11

异变下社会角色变化的张力感，就充溢在子弟书这一母题类型的新创之中。

四、“浪子叹”：游离伦理轨道的彷徨与永难回头之痛

历史性变异往往以小见大地体现在某些意象上，“浪子”一语即然。“荡子行不归，空床难独守”的古诗指离家在外，浪迹天涯者；而在这里，“浪子”则是不善治生、困于生计的社会下层旗人。主要悲叹他们生活现状的“浪子叹”内容广泛，也包括《荡子叹》《老斗叹》《大烟叹》《穷鬼自叹》等。

子弟书对于鸦片这一社会痼疾进行的有力针砭，是通过现身说法，借助悔恨的深切感喟表达的。《大烟叹》的主人公因染上鸦片瘾而落得倾家荡产：“从今发下牙疼咒，再不忌烟就驮碑。自己得把自己劝，别认准一条路儿走到黑。苦海无边回头岸，阿弥陀佛大慈大悲。”①《阔大烟叹》一篇也给世人敲响警钟，这是因抽“洋毒药”大烟而家道沦落、家破人亡的惨烈个案：“粮店当铺找了主，卖了仆女共丫环。一妻二妾全都散，……自落大街去讨钱。”“众位听了《大烟叹》，回头就把烟灯摔。”②《浪子叹》写被诱入烟花中的浮浪少年“荡尽了家私难喝稀粥”③，而《荡子叹》忍不住大声疾呼：“趁早把迷途反，莫作江心补漏船。”“劝诸公苦海无边回头是岸，愿众位同登觉路打破迷团。”作者的社会良知交织在讽世戒恶的直言快语中，良苦用心十分显豁。

---

① 张寿崇主编：《子弟书珍本百种》，北京：民族出版社，2000，第405–407页。

② 张寿崇主编：《子弟书珍本百种》，北京：民族出版社，2000，第400–404页。

③ 张寿崇主编：《子弟书珍本百种》，北京：民族出版社，2000，第412页。

穿越幽明，慨叹自己生前一世贫寒，《穷鬼自叹》成为遗世独立之穷鬼的一番阳世之旅的追忆。他处事持守正直，非但得不到社会酬赏，还成了道德伦理律条的陪祭：

贫富分途自古然，全凭心底各修缘。

安贫本是哲人事，当富何须算计全。

多少迷人滋鬼诈，欺人哪晓是欺天。

吉人鬼话浑何益，为晓天心总好还。

九泉下的穷鬼泪涟涟，想起生前五六十年。

非不会瞪着两眼批歪理，信着口儿把是非混编。[①]

以下是具体的行为描述，以及这类本属于正常、正当的人的行为，却给自己带来了不尽的祸殃，真是不知该说什么好，满眼是恶劣的世相，怪怪奇奇：

非不会笑眼生花把贵人谄媚，包揽那说事过钱替人钻研。

非不会湾湾（弯弯）转转向富人家走跳，典房买地与纤手染指分钱。

非不会使心用计把弟兄哄，美产良田尽数归咱。

非不会五略三韬把亲戚骗，哪管他风花雪月受熬煎。

非不会奠雁腾房，盼嫁妆堆满，人财两进稳受安然。

回忆既往“五六十年”正正当当的人世生活，九泉之下的穷鬼不禁“痛哭流涕”。生前在社会群体中，他不愿做“瞪着两眼批歪理”“笑眼

① 黄仕忠等编：《子弟书全集》第八卷，北京：社会科学文献出版社，2012，第3508页。

生花把贵人谄媚”“使心用计把弟兄哄”等世俗肮脏之事，而拒斥有悖于基本伦理纲常、道德底线之事的结果，遭致受穷，受穷又致使众叛亲离：“九族见面全不理，亲友路遇也不交谈。”而如此行事又影响到了养家糊口，家境无可逃遁地雪上加霜，日益窘迫：“实指望家业田园日增而月盛，谁承望拙妻拗子偷囊而盗函。直花到灯尽油干妻子才谢世，孤零零要奔活路儿好生的费难。”而进入阴曹地府，可又能怎么样呢？别指望有什么改变，只不过又无情地延续着阳世的生存状态，他变得众叛亲离，形影孤单：“见了些南京赖子头绷脚赤，北京琉璃胆战心寒。又说道数十年坑人的鬼到，我等的残肌剩肤要被他餐。一个个抓土扬沙将我来赶，赶得我粪窖之中把身瞒。穷得我人人辱骂死门可入，马面牛头不容稍宽。穷得我恹恹冻饿无人管，无常冤鬼不叫把身安。穷得我刀山剑树难躲闪，望乡台上又有谁来恸泪涟。穷得我孽风吹过奈河畔，穷得我明火烧回地狱关。穷得我阴曹永作伶仃鬼，休想转人世使那累万成千造孽钱。”显而易见，“穷鬼”之所以受穷，并非不努力不勤勉，因他所遭遇的是一个物欲横流、善恶泯灭的尘世，而且不论是人世间、家庭内部还是鬼神世界皆如此。“穷鬼”的守正行为，展现出个体与现实社会中正常伦理价值取向的背离：他并非不了解种种钻营伎俩，却坚守底线，坦诚待人。“仁义礼智信”社会基本伦理既已衰颓、瓦解，那“穷鬼”咏叹的自我行为的不被社会理解，是正常的。这也是社会伦理道德混乱、沦丧的艺术表现。《太常寺》所咏的还是旗人生计、治生艰难的社会问题：

可叹旗人命运艰，求取功名分外难。
每赞随龙真有趣，自惭伴驾又无缘。
要想科甲没学问，欲待捐官少银钱。

无奈何租房将庙立，少不的打扫喉咙念上几天。[①]

因人口膨胀、生态环境遭到严重破坏，清朝立国之初对富足生活的渴望，多有落空。社会环境，有时岂能是个体成员凭一己之意选择的？正如社会学家指出的：“在这里我想说明的是生活上被土地所囿住的乡民，他们平素所接触的是生而与俱的人物，正像我们的父母兄弟一般，并不是由于我们选择得来的关系，而是无须选择，甚至先我们而在的一个生活环境。”[②]这样乡土社会基本愿景的“先结构”，与建立在“社会契约”基础上的“同意权力”[③]相结合，其强大张力的超稳定性难于抵挡。《穷鬼叹》里的穷鬼，即使到了阴曹地府，亦为“鬼神社会体系”之外的一个不和谐分子。“先结构”之外的反社会契约或反社会伦理的游离分子，难以生存具有必然性。

沦落更深者的《老斗叹》，是另一令人悲慨的“自叹”。作品描画浮华子弟颓废青楼成为乞儿的人生历程[④]。富家子弟原本存活在社会现秩序中，“想当初八根柴的车儿绕街跑”，却因少年气盛，“可叹我三六年华不懂人事，整整的冤了十数春”，不按社会当下的游戏规则治生，“消受了五更天气后庭花债”[⑤]，家道败落，只能沦为社会秩序运行轨道之外的多余人。这个富家子弟，不去经营生计，却不幸陷入三里河的“锦绣丛中”。直到债主逼债，“九族亲友无人理”，才看出了妓女的水性杨花，

---

① 黄仕忠等编：《子弟书全集》第八卷，第 3445 页。

② 费孝通：《乡土中国》，北京：生活·读书·新知三联书店，1985，第 5 页。

③ 费孝通：《乡土中国》，北京：生活·读书·新知三联书店，1985，第 61 页。

④ “老斗”在子弟书中指富贵子弟沦落不堪的，如《捐纳大爷》：“有一个世家公子是名人的后，他的父也曾外任作过黄堂。……这阿哥年交弱冠微晓人事，就有那琉璃鸡屎来把他狼。先不过茶坊酒肆将他引，渐渐的前门里外姓名香。……所有那有名的小旦他全都识认，捐了个老斗哥儿还得意洋洋。”

⑤ 北京市民族古籍整理出版规划小组：《清蒙古车王府藏子弟书》，北京：国际文化出版公司，1994，第 39–40 页。

对“过来人《行乐图儿》”略有反省。有一《老斗叹》为别野堂钞本，写在梨园中“一心单爱二簧腔”的豪富子弟，坐吃山空，下场是妻离子散，状写出交友不慎、困于狐群狗党的可怕。就在他天良发现，穷极发愤要挖黄土卖时，命运嘉奖浪子回头，挖出了一缸白银，故事体现出子弟书与时代经济、货币状况的联系，及其与民俗故事的贴近[①]。这类作品中作者显现的规劝之意很明了，不善经营、不善治生就要被生存之艰折磨，这符合艺术接受的本质属性：“艺术是最切身的，是要能表现情感和激动情感的，所以观赏者对于所欣赏的作品不能不了解。如果他完全不了解，便无从发生情感的共鸣，便无从欣赏。”[②]创作者讲述的这些人，其实都生活在北方观众的周围，所以由此而来的劝告更有代表性。“九儒十丐”的现象仍不可免，《先生叹》自叹教书匠清苦，穷儒无聊。可贵的是，主人公更认识到教书先生们自身的素养问题，他自讽、讽世之学问不佳，误人子弟，任性颓唐，难免在现实中漏洞多有，笑话百出：“吟诗句平仄不分由着性儿作，文章内吊渡挽的规模好费难。”教书时也往往显得功力欠缺，流于浅尝辄止的小儿科，折映出北方教育的水平低下，解读元典乏力：“念的是《三字经》儿《百家姓》，若要是教到《论语》我就难。”[③]尽管雍正年间朝廷就设立了宗学、八旗官学及义学，八旗子弟受教育的范围有所扩大，但科举需要多年冷月青灯努力，这一出路，北方多数八旗子弟并不适应，城市生活诱惑多多而北方相对缺少读书氛围，很多人仍不学无术地混日子。

---

① 《清蒙古车王府藏子弟书》，第408–410页。按这也是清代掘藏、“银变型”（金银变化）母题北渐、融入满族文学的体现，参见王立《明清小说中的金银变化母题与货币制度》，《浙江大学学报》2000年第4期。

② 朱光潜：《朱光潜全集》第一卷，合肥：安徽教育出版社，1987，第220页。

③ 《清蒙古车王府藏子弟书》，第41–42页。

五、“厨子叹”：满族传统饮食习俗与文化精神

深受北方民众喜爱的说唱文学子弟书，创作队伍中占很大比例的是旗籍下层文人，这不仅催生、塑造了富有满族文化精神的子弟书传播模式，也使拥有“铁杆庄稼”（从军征战）的特殊社会阶层，因世道和平而生活境况下降，悲凉之情互相感染，人文精神中增添了生存危机感、生命意识而趋于大众化。

首先，珍爱生命的本真价值增强了。满族是擅长骑马打猎的渔猎民族，满族民间对身强力壮、骁勇善战的男女青年褒扬有加。满族传统意义上英雄形象的底色，是年轻硬朗的侍卫，首要的是强壮的勇士。《官衔叹》咏：“有一等傻大黑粗巴图鲁汉子，人强马大有威风。又有那俊眼秀眉盘儿很亮，逢人到处抖机灵。”[①]再如《銮仪卫叹》：“不爱读书爱顶翎，欲学弓马骗前程。多因要逞天高志，不惮强弯塔大情。打扮衣冠椿椿时样，安排车马件件鲜明。”[②]这并不是简单地正面褒扬英雄形象，而是穿插着一些气质风神、服饰细节，衬现其生活中活生生的心态，展示满族后生勇士们的非超人性。他们也“挑缺时，费力巴结拿引见，得下来，先得抽回到任疯。”[③]

满族男人骁勇善战，对应的则是满族妇女的直率乐观，泼辣豪爽。《女侍卫叹》中的满族青年女子有着近代小说里“英雌”形象的影子，她们有着“耿耿儿的脾气，点着火的性子”[④]，当刚刚新婚的丈夫被叫去

---

① 黄仕忠等编：《子弟书全集》第八卷，第 3472 页。“巴图鲁”，满语，指英雄、勇士。文康《儿女英雄传》第三回华奶公对程师爷说：“师老爷不知道，我们这位小爷只管像个女孩儿似的，马上可巴图鲁，从小儿就爱马，老爷也常教他骑，就是劣蹶些儿的马也骑得住……”《清朝野史大观》卷五：“褚库巴图鲁姓萨尔图氏，少为烈亲王牙将，勇冠一时。……”见该书，石家庄：河北人民出版社，1997。

② 黄仕忠等编：《子弟书全集》第八卷，北京：社会科学文献出版社，2012，第 3482 页。

③ 黄仕忠等编：《子弟书全集》第八卷，北京：社会科学文献出版社，2012，第 3484 页。

④ 黄仕忠等编：《子弟书全集》第八卷，北京：社会科学文献出版社，2012，第 3455 页。

当差，她的反应是："那有这既当章京（多称武官，为满语音译）不体贴人情物理，老东西人家越有事偏往死里逼。"她的话对权力者不畏惧，句句话直中要害。如前所引，《老侍卫叹》中那位老妪说话则更火爆："老乌龟你就会在家中催妻子，到底那（哪）是你的准衣食？当差使四十余年没托堪，交朋友见天（每天）恋恋在三和居……轻钱财如粪土你是胎里红的脾气，这如今日月艰难竟自成了老穷儿。"[①]如此生动豪爽的女性腔吻在汉族文学中，毕竟少见，而这正是满族民俗文化习俗的特异之处所在。

其次，饮食风俗的实惠、多样而铺排表现。由于生产条件低下，满族先人早期饮食比较落后，所谓"膻腥牛乳，不洁不精"。伴随辽金以后生产力的发展，女真族饮食才逐渐丰富。《厨子叹》中，作者用大量的篇幅描写满族人家结婚办事的饮食排场，对比之中可见满族饮食中的一些规矩习惯。

早些年间，偏重肉食而实惠丰富："整担的鸡鸭挨挨挤挤，满车的水菜压压杈杈。糙粮杂豆堆堆垛垛，南鲜北果绿绿花花。娶媳嫁女会亲友，窝子儿行日夜奔忙不顾乏。先年时羊肉准斤六十六个，肥猪一口二百七八。大碗冰盘干装高摆，肘子稀烂整鸡整鸭。罗碟五寸三层两落，活鱼肥厚鲜蟹鲜虾。买的也得买做的也得做，亲朋也欢喜脸面也光华。……"[②]相形之下，物价飞涨之后，肉食减少而食材的水分增加、质量下降："一个大钱买干葱一段、秦椒一个，八九十文买生姜一两、买韭菜一掐。办事的将将就就腾挪着办，事完慢慢的再嚼牙。嫁娶的宴席都是汤水菜，家家钱紧不敢多花。红汤儿的是东蘑，白汤儿的片笋，肉名儿的丸子团粉末儿的疙疸。挡口的荤腥是炖吊子，油炸的焦脆是粉锅

① 黄仕忠等编：《子弟书全集》第八卷，第 3462–3463 页。

② 黄仕忠等编：《子弟书全集》第八卷，北京：社会科学文献出版社，2012，第 3497 页。黄本误作"二两七八"，误。

渣（饹饹，即薄片或锅巴）。东坡几块囊皮膪，炒肉多加嫩麦芽。任凭东家的鱼肉少，绑着块有精致的块儿也要藏他。……”[①]

这里借厨子体验的第一手材料，以满族娶媳嫁女会亲友时的餐饮搭配，展示了餐饮盛衰对比。甚讲排场，大鱼大肉，荤腥多，蔬果都是最好的，桌上盆碗交错，这是年景好之时；遇到物价飞涨，聚餐宴饮就变得东西少而品相降低，碍着情面，只好少肉多素，东挪西凑，找便宜吃食来搭配，不得不“粗粮细作”，食物趋向清淡而平民化。食材昂贵、购买力有限也带来了食谱的改变，当然也折映出厨师的智慧与行业素养。

满族人喜吃猪肉，日常菜肴中也离不开此类菜肴。文献多有满族先祖“其畜宜猪，富家养数百口”记载。远祖在夫馀东北千余里（黑龙江一带）的挹娄国：“其俗好养猪，食其肉，衣其皮。冬以猪膏涂其身，厚数分，以御风寒……古之肃慎氏之国也。”[②]《太平御览》载肃慎国：“畜有马猪牛羊。不知乘马，以为财产而已。猪放山谷中，食其肉，衣其皮，绩猪毛以为布。”可见满族人这一传统由来久矣。尤其是在满族富贵人家办喜庆事或祭祀时，就会设这样的肉食宴会。杨锡春指出，举行宴会时不管认识与否，都可来参加，客人入席，主人会端上大盆肉，客人备手刀切着吃。客人当下吃得越多，主人越高兴。客人吃完，不准擦嘴，不准谢，擦嘴即对主人不敬。热情好客习俗中，满人还保留了骁勇善战和热情开朗的性格，并将这些秉性带入日常生活中。早期满人不常吃米，因嗜面而面食种类繁多，有炸者、蒸者、炒者，或制之以糖，或以椒盐，或做成龙形、蝴蝶形以及花卉形……面食可以说是满人热衷的主食了。[③]面食在东北被称为“饽饽”，而满族面食的最大特点是：

---

① 黄仕忠等编：《子弟书全集》第八卷，北京：社会科学文献出版社，第3497–3498页。黄本作“绑着鬼”，误。

② 陈寿：《三国志》卷三十《魏书·乌丸鲜卑东夷传》，北京：中华书局，1982，第847–848页。

③ 杨锡春：《满族风俗考》，哈尔滨：黑龙江人民出版社，1991，第52–53页。

黏、凉。《老侍卫叹》显示偏爱面食："是包饽饽是下面还是叫桌席？西口儿外稀烂的吊子闹他一个，再乐他一对大双皮。叫锅子烙饼打烧酒……"[①]《鸳鸯扣》写"抽斗内各样的饽饽，防他捱饿……"如此带有重实惠、易于保存、便于携带的食品书写，其实也体现出满族食品具有东亚民族某些共同的习俗特色。如作为饽饽之一的柔薄儿，也是同为东亚民族的朝鲜半岛食品："以面造之，如我国（朝鲜）霜花，而皱其缝，盖古之馒豆也。其馅以猪肉和蒜以实之，饼饵中最佳。"以及圆饼："以面作团饼，熬以牛猪油，轻脆易碎，或和以糖屑，虽有精粗之殊。店肆所卖，皆此类。"[②]一者，与满族子弟的生活模式有关。饽饽属泛指，其中有许多是黏米面的，还有黏米面加小豆、大枣、白糖蒸制的黏糕之类，黏食耐饿又便于携带，故此曾作八旗兵出征的军粮，游猎、出征时食用方便；凉吃起来不烫嘴，也方便行军时快速食用，而且省事。像有些文献提到的粉末疙瘩、油炸饹飵也是满族面食代表。二者，这与满族人特殊身份、集体记忆有关。北地高寒，山川辽远，生存条件相对艰难，他们更需要维系生命的高热能食物。在物质资源不够丰富的昔日，食品喜好与身份认同结合，也留下了持久的民俗记忆。

六、"教书叹"：找不到成就感和信任感的无奈

子弟书作者多为清代满汉下层文人，他们所熟悉的生活是与读书写字分不开的，而在广义上地学习、习得一些文学和经史子集的知识过程

① 黄仕忠等编：《子弟书全集》第八卷，第 3463–3464 页。

② 徐长辅：《蓟山纪程》，林基中编《燕行录全集》第 66 卷，汉城：东国大学校出版部，2001，第 530 页。

中，也常常正式、非正式地承担一些教书活动，接触、了解一些教书人的生活和感受。于是子弟书“叹”的母题系列中，当然少不了教书人之叹，也成为伤世师道不尊、自伤身世话题的复杂表现途径。

子弟书中的教书先生们，身处科举时代，其角色身份的共同特征之一，是大家基本上都是科举考试中的失败者。他们几乎无一例外的追求是科考做官，却未能功成名遂。他们的自尊心使他们往往无颜还乡，而流落在外乡教书糊口。

子弟书中的教书者首先面临的是生存问题，这其中存在着先前可能未料到的“腹笥”能否应付，即教书能力。《先生叹》中的落第的书生：“只落得半途而废将京上，庙宇中设帐教书度晚年。连一个经书文馆都贴不起，也不过是童蒙任附学报子高悬。就有那方近儿童将书念，束脩少每月无非四五百钱。念的是《三字经》儿《百家姓》，若要是教到《论语》我就难。”这里并没有用“勤能补拙”来搪塞，直言自己对于较为专门的圣人经典解读乏力，显得真诚而率真。但作品似乎也在提醒世人，其实当一个称职的启蒙之师也不容易。

第二个问题是如何应对“差生”与不明事理的家长。似乎，出现在“教学实践”过程中的这方面困难，可能更令人难于应对。尽管他寒来暑往不辞辛苦，也有聪明颖悟功课不错的，但难缠的“娇生惯养，懒习书字只好贪顽”的也有，被责罚后回家告状，“不知礼的东家倒出怨言”。无奈他“沉醉书窗”——“哪管那日日教书那些急与难。这如今俗名叫作‘教书匠’，反惹他人作笑谈。可叹我一年倒有许多得项，济不起先生家下寒。似这等困苦穷儒何日了，操劳书债几时还？……”这并不仅仅自怨自艾了，而传达出话外之音，那就是社会、众人——可能不限于年幼的学生和颟顸的家长，对教书之难、之苦，却并不理解，而责之甚苛。

这方面的牢骚怨恨绝非向壁虚构，事实上乃是社会现实的真实写照。如晚清新闻画报就报道了某财主富有家产，却十分吝啬。他聘请一位教书先生来家，就有言在先地“约法”：一不许夜间出门；二不许暑天裸体；三不许朋友往来；四不许回家过夜；五不许与主人同坐；六不许在主人面前戏言笑语。还将此规定张贴墙上。这位求任塾师的先生贫穷无奈，只能忍耐而顺从。偶然真的有位朋友来访，财主立刻板起脸发脾气，这位教书先生对此忍无可忍，辞馆而去。（图－12）

第三个问题是社会的确不能有效地清除、治理不合格的教书先生，以至于很多人对这一职业的从业者不够信任，没有信心。子弟书嘲笑那种不学无术的教书匠，这说明如此话题在社会上有看点，能激起一定的共鸣。《大烟叹》公然刻画出缺乏常识、屡屡念出白字却不自知，可能自我感觉良好的教书匠：

> 有一个教书的先生查字果（不识字彙．误读字果），自己觉着满肚子肥。
>
> 米南宫摹临“争坐住”（将颜真卿《争坐位帖》误读为“争坐住”），
>
> 苏东坡作过赤壁贼（“赋”误读为“贼”）。
>
> 《水许传》（不识“浒”字）梁山一百单八将，
>
> 手拿着两个大爷（不识“斧”）的叫李逵。[①]

这样的笑话发生在教书先生身上，成为子弟书的题材——无奈而“叹”的一个阶层，也反映出一些教书先生在社会上没什么地位。按说，肯定会有一些滥竽充数的教书先生，但不应成为娱乐的曲艺中嘲笑的对

① 静乐轩主人：《大烟叹》，黄仕忠等编：《子弟书全集》第八卷，北京：社会科学文献出版社，2012，第3510页。按，静乐轩主人即二凌居士（邸文裕），又传为韩小窗作，存疑。

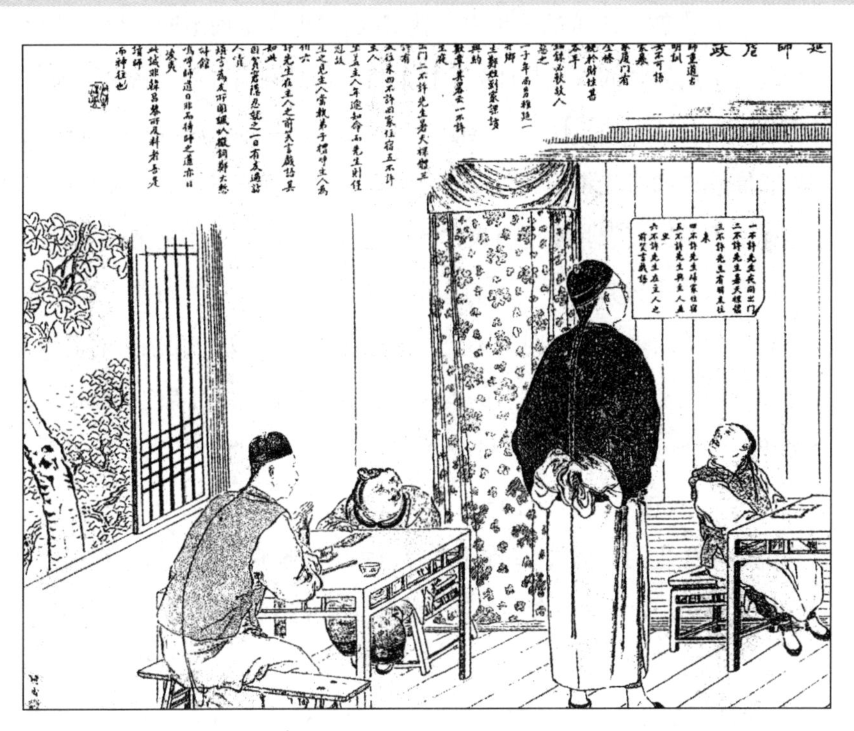

图－12

象，至少说明“教书匠”这个阶层的社会地位出了不好的状况，得不到应有信任和尊重，“师道尊严”失落。社会可以嘲笑庸医，因为庸医是伤天害理误人性命的，而社会不可以容忍如此嘲笑教书先生，因为事实上“教书匠”不大可能出现如此夸张的屡屡念白字，那么，肯定是这一阶层的社会肯定度出现了危机。

专门自伤教书之苦的子弟书《教书叹》，更为全面地昭示出，清代后期北方下层教师的处境与社会信任危机。作品开篇以彤云密布、雨雪霏霏抒发自己的不遇、愧悔与凄楚，昭示出清代后期内忧外患，社会笼罩着悲凉感伤的时代氛围。继以“寻梅有意”而理想难申，抒发自己为了生存不得不退而求其次地引入“贫穷先生教学”的苦辛之感。下面追述自己昔日读书的期许——“名题金榜贵为廷臣”，然而同大多数科举之路阻断的追求者一样“时运不至”，竟然落到了“无米无柴”的境地，而又缺乏农工商贾的“治生”的本领，“无奈靦颜（面色羞愧）强托靠，含羞忍耐只为贫”，屈就在一个小学馆，一年“束脩”仅二十两银子，眉批提示：“找馆难，是顶上圆光，引起教书之叹。”下面进入主题。折磨这位教书先生的“难”，一在于“荐馆之人”嘱咐得很强势、很全面：“千万不可把功误，教书考字总认真。不可乱把学生打，饮食好歹莫理论。上下人等要和美，内外学东言要尊。”[①]如此告诫，无非定下了“规矩”，就是要敬业第一，奉献于教职，不要计较饮食待遇，要严格要求学生还不能轻易责打；搞好与东家及府中管家仆婢的关系。实际上，也不如同为“蒙师”的《儒林外史》那六十岁未中秀才的周进那样，入馆初先备丰盛的酒饭，被推为周长兄坐了首座，“茶杯里有两枚生红枣”，

① 陇西居士：《教书叹》，佟悦藏清刻本，参见陈锦钊《子弟书集成》，北京：中华书局，2020，第 4422–4425 页。

并未因他衣帽破旧而看低[①]。那么，子弟书状写初到小学馆的这位教师感受如何呢？

> 到门前，未见有主人相候，
> 进屋内，方知与伙计同群。
> 睄了睄，书房与厨房“一通天下”，
> 老椅子、环八仙（桌）供奉圣人。
> 旧炕席、破书栋（书柜）积在床上，
> 才坐下，众学生方始来临。[②]

近代民谚称“家有二斗粮，不当孩子王”，似在北方尤甚。《教书叹》大巧若拙，用第一人称白描出自叹者——穷教书的从业人员“到岗”后所见所闻，这一连串“初感印象”扑面而至，真切地渲染这营生之“难”——授课场所的简陋固然不可人意，而教学秩序——学生后于教师到，则隐约暗示出学生亦并不尊师。“候半天，有学东（学董，东家）他才来到，秉秉手，与先生聊叙寒温。半晌说：‘有贵客，不能早到。望先生，度量雍雍（和洽大方）真似海深。求老师，教门人，循循善诱，叫写字、教念书俱要尽心。’”言外之意，他刚刚应酬的才是“贵客”，教书先生显然不是贵客，但还是要表面客套一下，而暗带居高临下架势地提出一系列指令。其实，这本是吃教师这碗饭的职业必须，毋庸辞费，却仍要在初次见面就耳提面命，体现出关系属性的“雇主和被

---

① 小说写山东兖州薛家集周进：“头戴一顶旧毡帽，身穿元（玄）色绸旧直裰，那右边袖子同后边坐处都破了。脚下一双旧大红绸鞋……”吴敬梓：《儒林外史》第二回《王孝廉村学识同科　周蒙师暮年登上第》，北京：人民文学出版社，1978，第 23 页。

② 陇西居士：《教书叹》，佟悦藏清刻本，参见陈锦钊《子弟书集成》，北京：中华书局，2020，第 4422–4425 页。

雇佣者”性质。

那么，这位教师的教书生涯如何？应当说，他还是敬业勤勉的：“朝于斯夕于斯，爱惜光阴。有几个聪明的，终日淘气；有几个愚鲁的，罔自操心。黎明起，教门人先学洒扫。吃饭后，亲手把习写字文。”他的工作也称得上尽职尽责，同时还既教书又“育人”，教学生们注意打扫环境卫生，也体现出“有教无类”的职业情怀。然而，他自己对于教学效果却并不满意：“到午时记字仟，不过五个；有百遍，两对半还认不真。至晚间，刚记得‘乃九族’也；不料想，又忘了在‘人之伦’。”[①]如此便戛然而止，给人以没有写完或断片的感觉。眉批言：“至此，方写‘难’字却在对面，应不占实。”按，《三字经》：“自子孙，至玄曾，乃九族，人之伦。”说明蒙师教的是《三字经》。其实，“师生”也是天地君亲师“五伦”之一，这首日教书体会出这一伦“不料想，又忘了”。

其实，这样的教书生涯、师生关系表现还是较为柔和、正常的。晚清表现师生关系出现一些不正常，顽皮的学生进行一些恶作剧戏弄先生，在民间笑话中、小说作品中时常可见。甚至就连上海《申报》副刊也曾刊登过类似的配图报道，说是某农家子极其顽劣，他经常从学塾旁边的小河里跳水逃学。一次塾师告诉其父，该生被打了一顿，他怀恨在心。某日见师母与两个女儿在河边洗衣，就让同学在自己臀上画了个眉目、口鼻都有的怪脸，潜至河边突然露出。三人见水中突然冒出怪物，吓得大惊失色，而这顽童则逃得不见踪影。[②]（图－13）

子弟书《教书叹》展现了北方的凋敝，教师角色地位的岌岌可危，角色要求与所受待遇、从业条件尤其是应有信任之间的反差。虽说感觉隐隐的不快，但他仍恪守教师的本分，勤勉教书。在满社会并不重视的

---

① 陇西居士：《教书叹》，佟悦藏清刻本。陈锦钊《子弟书集成》本作“再对半”。

② 吴友如等：《点石斋画报》，1889年。

图－13

氛围中，学生、家长是否能理解、配合，打了不少折扣，因而这一作品也代表了经济贫弱而教育落后的北方民间，对科举不满、失望到漠然无望的民俗心理。

相对于子弟书其他题材，“自叹”母题模式中的满族特色与本地风光，有着更为明显的多样化体现。一般说来，不同年龄段的人自我评价的标准，应该是有较大差异的。尤其是符合这样一种中外共通的心理现象：“将老年人的时间形象同比较年轻的人的时间形象加以比较可以看到，越是接近老年，一方面越觉得时光流逝得太快，另一方面越觉得时间‘无所作为’和缺少多种多样的事件。尽管如此，积极参与生活的人更关注未来，以隐退反应为主的消极者则更关注过去。”①

综上，子弟书的“叹”与中原汉族文人的“叹老嗟卑”，又有着本质上的区别，至少可概括为如下五点：

一是，抽象概括性与具体写实性各有偏重，中原文人多为中年及其此后的回忆式概括性的叹老嗟卑，感想式的主观抒情；满族文人笔下自叹则往往较为具体，对当下境况体验的写实性强。清末北方民间对于科举普遍失望，科举追求被民间淡化乃至放弃。

二是，角色及内容不同：中原文人文学基本上属于文人“出处”（仕出与归隐）、仕隐情怀不得实现，或仕途坎坷的“不遇”之叹，带有明显的“入仕”角色意识和政治情结；子弟书的自叹角色则偏重为下层，多有因无法（无能力）就业导致的衣食匮乏、生活困窘的苦恼。

三是，中原文人文学的“美人香草”象征韵味浓郁，较为含蓄蕴藉；而子弟书的自叹相比之下更为直接明快，且因受曲艺表演形式制约更崇尚渲染铺叙。正如罗素在批评埃拉斯摩（《愚神颂赞》的作者）时所说：“至高的幸福是建立在幻想上的幸福，因为它的代价最低：想象

① 伊·谢·科恩：《自我论》，佟景韩等译，北京：生活·读书·新知三联书店，1986，第336页。

自己为王比实际成王要容易。”[①]虽然汉文学中的“叹老嗟卑”是子弟书自叹题材的文化源头之一，但前者的幻想特征与后者的现实性特点有着巨大的差别。

四是，中原文人的自叹较多地是对抒情传统的认同，感伤不遇主题的情感惯性意味明显；满族文人笔下的自叹，虽然也不乏自身经历的写照，往往是“代言式”的，自我“叙事干预”意味较为浓郁。

此外，就是作为表演性艺术，子弟书不仅仅是作者的“自娱”，更是在以自我表演为主来“娱人”，也正缘其如此，在北方元曲以降的戏曲及多种曲艺熏陶下，子弟书的俗文学、俗文化性质变得非常突出，与上述几点交织互动，且在动态发展历程中有着吸收中原文人文学，化雅为俗的总体倾向。

总之，子弟书中的自叹题材，揭示八旗子弟的困窘、堕落、沉沦，展现了清代社会侍卫等下层社会角色的真实状态，特别是市井平民的无可奈何，作品中通过主人公对自己人生经历的自述和对往日的或追忆或悔恨或交融复杂的情感，成为时代的写真，也侧面反映出清王朝无可挽回地走向颓运的缩影。

20 世纪 20 年代，旗人武侠小说家赵焕亭写南北村两个聪俊少年的崛起之初，建中文雅，而绳其顽皮异常，常故意戏弄私塾先生，甚至恶作剧地让管教他的塾师受伤。但多种游戏胡闹中他很有独立见解，能与佣厮设下埋伏，捉住戴面具装鬼偷贡品的小偷[②]，由此呈现出北方村野习俗中的诙谐幽默。后来金庸先生笔下的韦小宝形象，或许从这一机智人物类型的描绘，受到启发。

---

① 罗素：《西方哲学史》下卷，马元德译，北京：商务印书馆，1986，第 30 页。

② 赵焕亭：《惊人奇侠传》第一集第八回《闹邻家夜捉煞神爷　开家宴大聚娘婆会》，北京：中国文史出版社，2019，第 43–45 页。

第九章

视角位移中的哥萨克民族性认知与族群关系

作为东欧大草原的游牧社群，俄罗斯南部的“哥萨克”（乌克兰语：Каза́ки；俄语：Козаки；英语：Cossack；土耳其语：Kazaklar；哈萨克语：Казактар），以东突厥人后裔为主[①]。在频繁的种族征战中，哥萨克人与俄罗斯人（东斯拉夫人、罗斯人或者瓦良格人的族群后裔）[②]形成了若即若离的族群利益共同体。因游耕民族与商人集团（俄罗斯亦有“商人”之称）的生存与文化模式的差异，实际上哥萨克人一直处于“边缘族群”[③]的地位，其“为承认而斗争”的民族精神也一直是俄罗斯文学中艺术显现的重要对象。仅从《往年纪事》《伊戈尔远征记》等第聂伯河与顿河征战故事到《静静的顿河》等保卫家园书写来看，多种哥萨克及其历史文化状貌有其共同性：1. 社会学意义上的探索与社会属性研究，强调其种族身份的非贵族性与趋向自由的不合作性[④]。2. 历史学意义上的社会演进功能探索，认为哥萨克是沙俄统治与扩张强有力的“马

---

① 孙成木、刘祖熙、李建主编：《俄国通史简编》，北京：人民出版社，1986，第 9 页。

② 王钺：《〈往年纪事〉译注》，兰州：甘肃民族出版社，1994，第 13–19 页。

③ 库尔特·勒温：《拓扑心理学原理》，竺培梁译，杭州：浙江教育出版社，1997，第 178–183 页。

④ S.G. 朴希加廖夫：《俄罗斯史》，吕律译，中国台北：国际关系研究所印行，1966，第 215–216 页。

鞭”——融合了他者（非哥萨克人，或贵族与知识分子）书写的主体情绪，不够客观理性。

因而，“哥萨克”文本书写的民族志意义，其民族精神与宗教信仰及集体无意识的复杂性，在与他族交流合作中呈现“若即若离”多边互动态势，他族视角的“他者”写作，使故事异化的哥萨克性格特征被重复误读，并有意扩张其向往自由的社会解构作用。本族（哥萨克人）内视角书写则从另一维度呈现出“为承认而斗争”的哥萨克模式，深在地体味着坚守与拒斥的无奈，以及其在沙俄国家共同体建构层面“异己势力”的结构功能[①]。

一、“自由民”：集体无意识的他者话语权力投射

第聂伯河及顿河流域的哥萨克人，一直遭受着特殊地理环境的严峻考验。莫斯曾以德军 1941 年在莫斯科城下受阻于严寒为例指出“地理影响历史”：“这种环境本身却使得俄国人比条件不那么艰苦的国家的人民，生活要艰苦得多。”[②]早期哥萨克的“游耕”活动杂以抢掠，其生存的种种竞争形成了独特的游耕民族属性。作为“他者”话语权力对应物的哥萨克族群，便历史性地具有了“有意味”的外化特征。

首先，爱好自由，重视个体存在价值，崇尚自然规范和生命运动的丛林法则。哥萨克们引以为自豪的这一族群标签，有时却遭到质疑。托尔斯泰写年轻的鲁卡沙：“洋溢着旺盛的体力和坚强的毅力……具有

① 卡尔·马克思：《1844 年经济学——哲学手稿》，刘丕坤译，北京：人民出版社，1979，第 44–57 页。

② 沃尔特·G. 莫斯：《俄国史》，张冰译，海口：海南出版社，2008，第 1 页。

哥萨克和经常佩带武器的人所特有的威武豪迈的气概。”“但穿戴这样破旧的服装，佩带那样贵重的武器，都有一定的款式，不是人人都会的。……鲁卡沙就具有这种骑士的风度。”[①] 老一辈哥萨克骑士耶罗施卡对野猪母子的“移情”，崇尚个体权利，如开枪前忽然那母野猪对小野猪说：“糟了！孩子们，这儿有人守着！”于是跑掉了。他不禁反省自责：“送掉人家的命可不好受，哦，真不好受呀！”[②]哥萨克“爱好自由”的天性，重视个体价值，也染及野生动物。

其次，勇敢善战。作为族群性的“二律背反”，个体追求自由与实现生命价值，则极易走入极端，即形成一种反生命本体的价值取向，自己不畏牺牲，更轻视他人生命，形成“边缘族群”特征的厮杀、抢掠、破坏等反社会、悖离主流伦理规范等现象。托尔斯泰描述哥萨克们从俄罗斯逃出，跟车臣人通婚并接受了山民风习：“而爱好自由、游荡、劫掠和战斗仍是他们性格的特征。”哥萨克人将俄罗斯农民看作野蛮卑下的异族人。[③] 但与其嗜血性比较，后者仅是文化差异，前者则是人性与存在价值观的本质不同，即原始积累过程中族群性与行为规范双向互动的结果。瓦西里·克柳切夫斯基（1841—1911）深信一部俄国史其实就是一部殖民史：“俄国的地理条件刺激了俄国的殖民和扩张。除其他原因外，俄国人扩张是为了获得较好的农业区域、西伯利亚的皮毛和不冻港。”[④]第聂伯河与顿河流域族群战争书写在《往年纪事》亦然。1015年基辅罗斯弗拉基米尔大公（980—1015）去世，长子斯维雅托波尔克因袭基辅罗斯王公之位，杀弟后又与另一兄弟对阵，还呼唤上帝为自己正义行为的见证人：“‘首先动手杀害我的兄弟的是他而不是我。上帝将是

---

① 列夫·托尔斯泰：《哥萨克》，草婴译，北京：外文出版社，1997，第197页。

② 列夫·托尔斯泰：《哥萨克》，北京：外文出版社，1997，第242-245页。

③ 列夫·托尔斯泰：《哥萨克》，北京：外文出版社，1997，第187-189页。

④ 沃尔特·G. 莫斯：《俄国史》，张冰译，海口：海南出版社，2008，第7页。

我兄弟喋血的复仇者，因为他流了虔诚的博里斯和格列布无罪之血。他对我也将下毒手。主啊，请你准许我按照正义的要求，去结束那起作恶多端的暴行。’他向斯维雅托波尔克进军。斯维雅托波尔克听说雅罗斯拉夫来了，调集不计其数的军队。他们由罗斯和佩切涅格人组成。”[①]

12 世纪英雄史诗《伊戈尔远征记》描绘基辅罗斯与波洛夫齐人的战斗十分惨烈，体现出大顿河子孙们的“集体记忆”。[②]波洛夫人这里主要指蒙古人，善战嗜杀的族群特征传遍了欧亚大陆：“蒙古兵侵入一地……围攻之时，常设伏诱守兵出，使之多所损伤。先以逻骑诱守兵及居民出城，城中人常中其计……凡大城皆不免于破坏，居民虽自动乞降，出城迎求蒙古兵之悲悯者，仍不免于被屠。”[③]古代征战具有夺得资源、破坏文明的双重性，阿拉伯史学家称蒙古人入侵近东是人类最大灾难，成吉思汗领导这一新力量，“以他们的种族特有的残酷与狂暴，现在席卷横扫了有着古老文明的国家”[④]。“勇敢善战”“不畏牺牲”与“物化生命”构成哥萨克精神“二律背反”内核。米哈依尔·肖洛霍夫（1905—1984）《静静的顿河》载“哥萨克古歌”的悠长旋律：“我们的土地用马蹄来翻耕，光荣的土地上种的是哥萨克的头颅，静静的顿河到处装点着年轻的寡妇，我们的父亲，静静的顿河上到处是孤儿，静静的顿河的滚滚的波涛是爹娘的眼泪。”哥萨克人重军事，成年男性每年五月要定期野营。[⑤]“军功”成为哥萨克人最大的骄傲，宴席上讲顿河哥萨克与土耳

---

① 王钺：《〈往年纪事〉译注》，兰州：甘肃民族出版社，1994，第 248–249 页。

② 《伊戈尔远征记》，魏荒弩译，北京：人民文学出版社，1957，第 6–13 页。

③ 多桑：《多桑蒙古史》，冯承钧译，北京：中华书局，1962，第 187–190 页。

④ 卡尔·布罗克尔曼、乔尔·卡迈克尔、莫希·珀尔曼：《伊斯兰教各民族和国家史》，孙硕人等译，北京：商务印书馆，1985，第 298 页。

⑤ 米哈依尔·肖洛霍夫：《静静的顿河》卷一，金人译，贾刚校，北京：人民文学出版社，1997，第 26 页。

其人战斗；仍旧保持着因“排队”等琐事而“斗殴”的战斗精神。[①]

第三，哥萨克男人轻财而不积产。一般来说，他们主要依靠女人劳作，劫掠他族财富，包括女人、儿童，遭到商人出身的罗斯人蔑视的他们虽有富裕之盼，实践中却常相反。哥萨克们把大部分时间耗在值岗、行军或渔猎活动上，他们虽也坚决认为哥萨克男子劳动可耻，还是模模糊糊感觉到拥有的一切都是劳动成果：“而被他看作奴隶的女人——母亲和妻子，却有权剥夺他所享有的一切。此外，男性的繁重劳动和种种操劳，使山地女人形成了一种独立不羁的男性化性格，并且大大提升了她们的体力、智力、意志和毅力。哥萨克女人多半比男人强壮而聪明，干练而漂亮。”[②]普希金曾描述困境中哥萨克期望他人救助，予以适当回报：带路的哥萨克农民获赠兔皮袄便真诚地鞠躬感恩。[③]此人即后来的起义领袖“普加乔夫”，一个现社会秩序破坏者和他人财富掠夺者。

第四，宗教信仰复杂。哥萨克既尊崇早期的多神教，也遵循基督教（俄罗斯正教）教规与礼仪。《静静的顿河》写阿克西妮亚遭遇爱情折磨，为摆脱痛苦就乞求女巫，“喝顿河水”并以水浇背来解除爱情魔咒[④]。而追求自由爱情的主人公葛利高里，也按哥萨克习俗的完整仪式在教堂里举行婚礼[⑤]。如果说后者是族群契合国家共同体的行为规范，那么前者则显然是族群集体无意识的当代印记，两者在历史演进中是并行不悖的。

① 米哈依尔·肖洛霍夫：《静静的顿河》卷一，金人译，贾刚校，北京：人民文学出版社，1997，第128–138页。

② 列夫·托尔斯泰：《哥萨克》，草婴译，北京：外文出版社，1997，第187–190页。

③ 亚历山大·谢尔盖耶维奇·普希金：《上尉的女儿》，智量译，南京：译林出版社，1993，第14–16页。

④ 米哈依尔·肖洛霍夫：《静静的顿河》卷一，金人译，贾刚校，北京：人民文学出版社，1997，第78–80页。

⑤ 米哈依尔·肖洛霍夫：《静静的顿河》卷一，金人译，贾刚校，北京：人民文学出版社，1997，第121–138页。

事实上，对于多神教特别是巫术，《往年纪事》等多关注其消极面，如罗斯托夫地区歉收，两名巫术师施魔法切开妇女们肩膀，或取出麦粒或取出鱼，妇女被谋财害命。同时又每每褒许基督教，称十字架是天上神的标志[①]，这一复杂宗教信仰是俄罗斯正教扩张演变的缩影，也是哥萨克族群适应时代发展的表现。（图－14）

第五，也具有“非我族类，其心必异”的狭隘族群观念。类似于罗斯人的蔑视“异教徒”，哥萨克人有着将其他族妖魔化的潜在“族群化意识”，排拒异质文化元素。《静静的顿河》写哥萨克村民窥视麦列霍夫·普罗珂菲带回的土耳其女人总是把脸遮掩着：“丝披肩散发着一种远方的神秘气味，那绚丽的绣花令女人们艳羡……”[②]异国情调的外来女人里里外外都成为村人挑剔眼光下的“异类”，全村老少上街观看，男子用大胡子掩饰嘲笑，一群孩子跟在后面咿咿呀呀乱叫，女人们更表现出强烈的妒忌、低俗与看不惯，从黄眼睛到裤子、布衫的穿法。视角位移的比照易于见出，果戈理、托尔斯泰等他族书写者更为理性地洞见哥萨克族群性：“自由、放荡不羁、以暴抗暴。其生存能力也极强，擅长用自己族群的习惯法处置族群事务。”[③]但囿于“他者”视角，忽略哥萨克“内部伦理”秩序特点，及其根深蒂固的“他人即地狱”普遍存在性。在故事“相对封闭”的“存在项”和“发生项”中，转换（transformation）话语“隐喻”，部分地“复制主人公实际所面临的困境”的意义。这种如同“历史学家个人性的执意（private obsessions）

---

① 王钺：《〈往年纪事〉译注》，兰州：甘肃民族出版社，1994，第298–304页。

② 米哈依尔·肖洛霍夫：《静静的顿河》卷一，金人译，贾刚校，北京：人民文学出版社，1997，第5–7页。

③ 果戈理：《塔拉斯·布尔巴》，石国雄译，桂林：漓江出版社，1994，第14–16页。

图－14

的表达形式"[①]，映射出"集体无意识"中文化他者的话语张力。[②]

二、"为承认而斗争"[③]的政治缺位与族群性固守

伴随着生产力的发展与族群间利益的冲突与交换，在血的代价与教训中，作为国家政治意识的异化存在物，文本世界的哥萨克人表现出越来越强烈的族群独立意识，虽然内外视角的书写者都揭示出，民族性消亡与国家政治共同体缔结是不可逆转的演化趋势。

首先，"自由民"族群的内部结构形成，社会关系中渗透"国家共同体"的意识形态及影射力。哥萨克人不崇尚与追逐甚至有意忽略国家政治权利，反倒更为关注族群社会内秩序的建构。在其聚居村落和兵团中，形成了哥萨克式"行为规范"与"管理模式"。这种自治式管理体制在一定程度上维持了哥萨克村落的稳固发展，也能够为哥萨克个体存在价值提供群体内"认同感"。如雨季在顿河捕鱼，相识的女性村民都会互助；村里开会划分草地，在三一节时大家一起收割[④]；村长手握权杖指挥村民们伐树枝或利益划分[⑤]，也有的"队长"要从每一"立功者"战利品中截留"劳务费"。他们常通过"武力较量"与族群"舆论"来自

① 罗兰·巴尔特：《历史的话语》，汤因比等：《历史的话语：现代西方历史哲学译文集》，张文杰等编译，桂林：广西师范大学出版社，2002，第120–121页。

② 罗兰·巴尔特：《历史的话语》，汤因比等：《历史的话语：现代西方历史哲学译文集》，张文杰等编译，桂林：广西师范大学出版社，2002，第121页。

③ 阿克塞尔·霍耐特：《为承认而斗争》，胡继华译，上海：上海人民出版社，2005，第144页。

④ 米哈依尔·肖洛霍夫：《静静的顿河》卷一，金人译，贾刚校，北京：人民文学出版社，1997，第55–60页。

⑤ 米哈依尔·肖洛霍夫：《静静的顿河》卷二，金人译，贾刚校，北京：人民文学出版社，1997，第186–189页。

行解决，利益集团便成为哥萨克国家共同体化的一个巨大障碍，在“边缘人”族群对立心理方面推波助澜。[①]

其次，与哥萨克的族群社会化历程相比较，哥萨克人的国家共同体化，或说国家政治伦理化历程更为艰难，甚至要付出血的代价。富有社会阅历的俄罗斯作家尼古莱·瓦西里耶维奇·果戈理（1809—1852）曾关注到：塔拉斯权威而有见解，把两个儿子送到神学院，儿子们的生活习性与神学院的“校规”两相抵牾，此等教育更激发出内心的仇恨，当塔拉斯问起是否挨鞭子时，儿子们竟想要叫神学院教师“知道哥萨克的马刀的厉害”[②]。后来，次子与统治者结亲，长子惨死于波兰统治者之手，塔拉斯难消复仇的疯狂，父子三人的经历凝聚了国家共同体中的个体命运与民族性格悲剧。斯拉夫人与哥萨克人的世仇久矣，史家指出奥斯曼人恢复控制东地中海，向东北扩张，臣属波兰的哥萨克酋长多罗申科在政府保护下，“直到1672年帝国政府确知路易十四不会干涉后，才要求波兰割让乌克兰”。哥萨克反俄战争中，奥斯曼人武装干涉乌克兰，双方受损巨大，1681年缔结了俄国占领基辅及周边地区的和约。[③]国家机器的粗暴干预，削弱了“弱势族群”国家认同感。双重伦理价值观念掌控下的统治权与生存权的较量，其结果就如同塔拉斯目睹儿子惨死，只能激发更为激烈的反抗和屠杀。

第三，与激烈冲突相伴而生的是消极合作，这一状态的形成有着历史与现实的多重因素。在中亚、远东历史中，哥萨克人一直处于追随者的地位。作为罗斯人的“马鞭”、征伐工具，哥萨克人坐稳了边缘人、“雇佣兵”的角色。他们虽也意识到族群国家社会化、学习与教化的价

① 黑格尔：《法哲学原理》，范扬、张企泰译，北京：商务印书馆，1996，第244-245页。

② 果戈理：《塔拉斯·布尔巴》，石国雄译，桂林：漓江出版社，1994，第4页。

③ 卡尔·布罗克尔曼、乔尔·卡迈克尔、莫希·珀尔曼：《伊斯兰教各民族和国家史》，孙硕人等译，北京：商务印书馆，1985，第400页。

值，但哥萨克族群已固化了“自由任性”的生活模式，导致同化过程中出现“内在阻碍”；另一方面是他族的不认同感，追求同化遭到拒斥。肖洛霍夫冷峻地描绘出带有侮辱性的兵役体检如何刺激了葛利高里——被翻眼皮，被看舌头，被评论为“满脸强盗相……太野蛮”，临出门还听到：“是个杂种！大概有东方血统。”[①] 暗示作者对同胞横遭歧视的厌恶，体味着不平等历史文化暴力的压迫。

与许多农耕民族以“懒惰”“怠工”等[②] 消极反抗不同，哥萨克人常常“以暴还暴”或其他方式反抗，这也正是其民族性得以存活的内动力。多次大规模反抗如拉辛起义、农奴反抗。[③] “内心反抗”也为他们所擅长。固守“民族精神”包括固守本族原始宗教、自豪感与自卑，建构与“他者”不同的“生存空间”。如塔拉斯家的正房：“是按照乌克兰因为宗教合并而开始爆发骚乱和杀伐的那个艰难战乱时代的风尚陈设的。一切地方都收拾得干干净净，铺着彩色的黏土。墙上挂着一些马刀、马鞭、捕鸟网、渔网和步枪，一只雕工细巧的角形火药匣……”哥萨克特性作为社会存在的对抗性表现，是固守生活习惯，拒绝同化，借种种理由宣传本族哥萨克精神。布尔巴趁儿子回家召集当地所有卫队长官喝酒：“要打败伊斯兰教徒，打败土耳其人，打败鞑靼人；波兰人要是胆敢反对我们的信仰，那么也要打败波兰人！……儿子啊，拉丁人都是笨蛋……”关注“小人物”命运的果戈理，还曾溯因15世纪欧洲南方俄罗斯被自己的王公遗弃，遭蒙古侵袭而废毁，却因此反倒变得勇敢一些了：“面临凶猛的邻居和不断的危险，人们搬到瓦砾场上来往，习惯于熟识危难，再不知道世上还存在恐惧了；当时古老而和平的斯拉夫精神受到放火的洗礼，

---

① 米哈依尔·肖洛霍夫：《静静的顿河》卷二，金人译，贾刚校，北京：人民文学出版社，1997，第289–290页。

② 詹姆斯·C. 斯科特：《弱者的武器》，郑广怀等译，南京：译林出版社，2007，第2页。

③ 沃尔特·G. 莫斯：《俄国史》，张冰译，海口：海南出版社，2008，第9页。

形成了哥萨克气质俄罗斯天性的豪迈奔放的习气；……（波兰统治者）深知哥萨克的价值以及这种尚武好斗、警备森严的生活的好处。他们鼓励他们，迁就这种精神状态……”一旦战争动乱来临，短期内就成了全身披挂的骑兵。[①]这一令人痛苦到了麻木程度的空间，颇为类似福柯描述的那种“异托邦”：“边缘不仅是规训统治的场域，而且是一个充满抵抗的空间。”[②]消极“内心反抗”还表现在“原始的多神教”迷恋。虽然“斯拉夫人的原始宗教”[③]也或多或少以不同形式存在，但多神教的影响更为持久、日常化。生存环境遭遇威胁，保守的哥萨克人常处于多神教与基督教掌控中，葛利高里就在这样的环境里抵触仇视外来一切。当村里传说普罗珂菲的土耳其老婆使妖法，畜疫爆发，哥萨克们集会后嚷着毒打普罗珂菲夫妇，这土耳其女人被抓住头发拖出，当晚死去。[④]顿河水干涸，猫头鹰夜飞怪叫，也预示了俄匈战争即将爆发。[⑤]（图 – 15）

第四，为“承认”而努力的另一存在形式，即国家统治的反抗，此以“中心”对“边缘”政治认同的“波纹效应”体现，也是国家共同体权力的体现。这一过程中，个体（族群）自由与社会（国家）秩序的冲突成为必然。而有效的国家共同体化建构，途径一是中心对边缘族群的征伐，二是贵族或“公民身份”诱惑，在欺骗、杀戮结合中确立统治话语的权威。《伊戈尔远征记》《上校的女儿》及《塔拉斯·布尔巴》的描写非常形象。莫斯曾总结，俄国皇帝们主要依靠贵族来巩固统治。叶卡捷

① 果戈理：《塔拉斯·布尔巴》，石国雄译，桂林：漓江出版社，1994，第 3–7 页。

② Michel Foucault. “*Of Other Spaces*”. Diacritics（Vol.16 No.1），Spring 1986：22–27.

③ 王钺：《〈往年纪事〉译注》，兰州：甘肃民族出版社，1994，第 22 页。

④ 米哈依尔·肖洛霍夫：《静静的顿河》卷一，金人译，贾刚校，北京：人民文学出版社，1997，第 5–8 页。

⑤ 米哈依尔·肖洛霍夫：《静静的顿河》卷三，金人译，贾刚校，北京：人民文学出版社，1997，第 237–238 页。

图－15

琳娜二世 1785 年公布《贵族宪章》，此前彼得大帝已想要扩大贵族范围，使有才华的平民易于获得贵族地位。1855 年贵族约占全民的 1.5%，成分也更加复杂。19 世纪中叶，少数高等贵族官僚并非土地和农奴的拥有者："在俄国的外省城镇和乡村，贵族、城镇居民和农民的日常生活更多取决于传统和习惯，而非任何新法律。"[①]《往年纪事》中贵族集团的重要性也多有载录[②]，沙皇更关心国家秩序和利益，而这种秩序是以贵族为核心阶层[③]。

其实，为了便于社会结构的稳定与国家竞争力的持久，国家不鼓励社会主动性，因俄国缺乏一个市民社会："它没有一个处于政府、家庭及个人之间的，人民可以自由地相互影响，并建立他们自己独立的社会组织的社会环境。部分是由于国家的优势地位，俄国的商业法和民法很不发达。1855 年俄罗斯帝国最突出的特征，是它的独裁政府、农奴制及其他许多民族特点，而俄国的扩张更导致了帝国的产生。"[④]这些思想不纯粹是俄罗斯人发明，而是源自古希腊罗马并深受欧洲传统理念影响，而为俄国全盘接受后，又强化了专制与等级观念及政治中心的掌控。图图（1931—2021）曾批评亚里斯多德的奴隶"不具有人的普遍特性"观点："激励我们的不是政治动机，而是《圣经》的信念。在非正义和压迫的情况下，《圣经》成了最具颠覆性的书。"[⑤]肖洛霍夫借助谢尔盖·普拉托诺维奇·莫霍夫家世的追溯，描写沙皇对边远地区的统治。彼得一世时有艘官船在顿河上游奇戈纳克的"强盗"市镇被哥萨克抢劫，沙皇派兵烧光全镇，绞死四十名哥萨克。多年后镇子重振，从沃罗涅什派来农民莫霍夫·尼基什卡（沙皇坐探）贩卖杂货，每年回沃罗涅什两次报告民情，后来他繁衍成了

---

① 沃尔特·G. 莫斯：《俄国史》，张冰译，海口：海南出版社，2008，第 14–15 页。

② 王钺：《〈往年纪事〉译注》，兰州：甘肃民族出版社，1994，第 47–48 页。

③ 沃尔特·G. 莫斯：《俄国史》，张冰译，海口：海南出版社，2008，第 14 页。

④ 沃尔特·G. 莫斯：《俄国史》，张冰译，海口：海南出版社，2008，第 9 页。

⑤ 德斯蒙德·图图：《没有宽恕就没有未来》，江红译，上海：上海文艺出版社，2002，第 12–13 页。

商人莫霍夫家族，附近村庄“没有一家不欠谢尔盖·普拉托诺维奇的债：一张张印着橙黄边的绿色借据……”[①]商人莫霍夫算不上贵族，但可见如此社会结构中哥萨克边缘地位、族群性由来已久。对于哥萨克，族群的国家社会化就意味着民族性消逝，特异的民族精神在国家社会化进程中，将被“他者”精神取代。从国家视角与利益看，这是理想社会结构模式，力量较量中的哥萨克人成为国家演进中特立独行的“马鞭”。

三、被书写的认知缺憾与内视角的无奈追忆

作为国家共同体中不可或缺的“异化存在物”，被书写的哥萨克民族性是开放与模糊的，其社会结构功能亦随之游移不定。作为哥萨克个体至少会存在双重社会身份——哥萨克族群自由民与俄国的“边缘人”。这样的处境导致哥萨克游移不定的存在标准，以及合作与对抗反复无常的行为规范。进而生成“边缘族群”政治追求的淡化，政治动机的模糊性。在政治认同与精神皈依中，生存需要超越社会普世价值追求与道德约束。伴随着固化的民族性而生的是，共同体化适应力的衰退以及消极的国家社会化进程。

首先，葛利高里式的被动生存与被异化。《静静的顿河》主人公葛利高里生活轨迹书写多有验证。他参加哥萨克军事化集体训练，被动地卷入了“战争”并成为“富有智谋”的将军。早期主要是生存本能的土地保卫战，后期他卷入不情愿的“内战”。葛利高里人生始终在被裹挟、被驱动中度过。一者，个体的认同更多的是处于生存需要，或曰在本民

---

① 米哈依尔·肖洛霍夫：《静静的顿河》卷二，金人译，贾刚校，北京：人民文学出版社，1997，第11页。

族中被承认的需要。二者，葛利高里们对共同体政治秩序的建构并无热望。一如社会学研究者所言："贯穿于大部分历史过程的大多数从属阶级极少能从事公开的、有组织的政治行动，那对他们来说过于奢侈。换言之，这类运动即使不是自取灭亡，也是过于危险的。即使当选择存在时，同一目标能否用不同的策略来实现也是不清楚的。毕竟，大多数从属阶级对改变宏大的国家结构和法律缺乏兴趣，他们更关注的是霍布斯鲍姆所称的'使制度的不利……降到最低'①。正式的、组织化的政治活动，即使是秘密的和革命性的，也是典型地为中产阶级和知识分子所拥有；在这一领域寻找农民政治大半会徒劳无功。并非偶然，这也是走向结论的第一步：农民阶级在政治上是无效的，除非他们被外来者组织和领导。"葛利高里的个案表明，就其真正发生时的重要性而言，"农民叛乱"其实相当稀少，更不要说"农民革命"了，即使其能罕见地获得成功，达到的结果也很少是农民真正想要的："无论是哪种革命的成功——我并不想否认这些成果——通常都会导致一个更大的更具强制力的国家武器，它比其前任更有效地压榨农民以养肥自己。"因此，哥萨克们其实是一种"农民式反抗"的日常形式，如人类学家总结的，这些相对的弱势群体的日常武器有："偷懒、装糊涂、开小差、假装顺从、偷盗、装傻卖呆、诽谤、纵火、暗中破坏等等。这些布莱希特式——或帅克式——的阶级斗争形式有其共同特点。它们几乎不需要协调或计划，它们利用心照不宣的理解和非正式的网络，通常表现为一种个体的自助形式，它们避免直接地、象征性地与权威对抗。……"②无疑，这也是哥萨克人"生存－斗争"模式阐释的一个视角。葛利高里们最终沦为"逃亡"境地，主要还是生命个体的存在遭到国家利维坦的挤压。（图－16）

---

① Eric Hobsbawm. "*Peasants and Politics*". Journal of Peasant Studies，1973（1）：3–22.

② 詹姆斯·C. 斯科特：《弱者的武器》，郑广怀等译，南京：译林出版社，2007，第2–3页。

图－16

其次，故事书写者的“投射性”认知效应。一是，“国家视角”下的贵族或者社会上层书写，如普希金、果戈理与托尔斯泰等，以“俄罗斯人”的“他者”身份审视哥萨克的民族性，冷静而客观地书写着的哥萨克等“他族”生活，杂以远距离审视的怜悯、同情。如列夫·托尔斯泰纪实性书写贵族军官日林的被俘，对鞑靼人流露出嫌恶。小说描写日林身材矮小却很勇猛，坐骑被击中，一条腿被压住时他被两个“臭气熏天的鞑靼人”骑在身上，长筒靴、钱和表被抢。在这里，鞑靼人并不那么勇敢却表现出很贪婪，日林被红胡子鞑靼人卖给“黑脸鞑靼人”，后者向日林索要三千卢布赎金，而另一军官以五千卢布被赎回。鞑靼人颟顸愚昧，日林却能制作玩具车把，用木偶扮村夫村妇，作为引得全村男女老幼赞叹的能工巧匠，远近都找他修枪栓、手枪、表等，渐能听得懂鞑靼语的他被称作“伊万”。鞑靼人与俄罗斯人的宿仇也有表现：鞑靼人鹰钩鼻子凶老头本是头等骑手，俄罗斯人杀了他七个儿子，仅存一个投靠了俄罗斯人，老头亲手杀之。有人指使他杀伊万，老头不肯。不可否认，托尔斯泰笔下的俄罗斯人与“他族”关系，已发生微妙变化。贵族军官日林第二次逃跑，阿卜杜勒的女儿斯金娜为他提供了竹竿和食物，帮他打碎脚枷。①奥列宁在由莫斯科去高加索山路上的“意识流”，表现出俄罗斯青年的“哥萨克”式自由遐想：

> 荣誉的诱惑和死亡的威胁却使未来更加迷人。一会儿，他幻想自己以超群的勇气和惊人的力量杀死和征服无数山民；一会儿，他把自己想成山民，跟别的山民一起反抗俄罗斯人，保卫自己的独立……他想象那边山中有关契尔克斯女奴，身

① 列夫·托尔斯泰：《高加索的俘虏》，《列夫·托尔斯泰文集》（第十二卷·故事），陈馥译，北京：人民文学出版社，1989，第198–220页。

> 材苗条，眼神深邃而温柔，留着一条长辫子。他仿佛看见山中有一座孤零零的小屋，她站在屋门口等他，他却带着荣誉、一身灰尘和血迹疲劳地回到她身边，为她的亲吻、她的双肩、她那甜蜜的声音和柔情而销魂。她十分迷人，但淳朴粗野，缺少教养。在漫长的冬夜，他帮她学文化。[①]

这当是十九世纪中叶的“贵族梦”。事实上奥列宁未获得理想爱情，也无法融入哥萨克人的生活。韦勒克就认为俄国批评引人兴趣，不仅由于鲜明地昭示了十九世纪伟大的俄国文学，同时它犹如实验室，诸多问题均在此试行提出极其激进的答案。十九世纪末和二十世纪初，“一些批评家从文学的哲学和宗教思想中探求文学的本质，这一方面主要集中体现于关于陀思妥耶夫斯基的解释。在和陀思妥耶夫斯基截然对立的大师列夫·托尔斯泰身上，我们看到了一位一丝不苟而又极为大胆严峻的道德批评家”[②]。对哥萨克“他者”观察的书写者们，虽未提出更好的解决方法，仍能生动地揭示出其形象蕴含的丰富性。

二是，肖洛霍夫以内省化书写模式对本族群生活与特性予以全方位展现，呈现出哥萨克人的真实生活与追求和对生活模式选择与确立的不易、无奈。一者，以内视角写哥萨克村民习惯的田园牧歌式生活，每到星期日一家涌入教堂，“哥萨克都穿着制服和过节的裤子；女人们花花绿绿的长裙沙沙地扫着街上的尘土，穿着紧绷在身上的、袖子上打褶的印花布上衣。广场的空地上，卸下来的车辕朝天竖着。马在嘶叫，人来人往，熙熙攘攘……骆驼傲然地环视着市场的广场和广场上闪动着红

---

① 列夫·托尔斯泰：《哥萨克》，草婴译，北京：外文出版社，1997，第 182–183 页。

② 雷纳·韦勒克：《近代文学批评史》第三卷，杨自伍译，上海：上海译文出版社，1991，第 290–291 页。

边制帽和各色女人头巾的人群，骆驼嘴里冒着白沫，在咀嚼反刍的草料……夜晚，街道在脚步声中呻吟，村里的游戏场上，歌声、手风琴伴奏着的跳舞踢踏声沸沸扬扬，一直到深夜，村头最后的歌声才在温暖的旱风中消逝。”[①]二者，葛利高里由纯良的年轻人成长为勇敢的哥萨克英雄，他仍会为无意中杀死小野鸭而伤感[②]，更努力尝试去适应新生活，在教堂举行婚礼即按族群规矩做事，他看不惯那些穿着“漂亮制服，油头粉面”的军官老爷折磨哥萨克士兵，种种不平等激发了他血液中的强悍本能[③]。刚来三天，队友的马踢了司务长的马，就被鞭打，连长装作未见；而葛利高里把水桶掉进井里，司务长举手要打，经警告后没敢下手，却声称报告连长并“合理报复”[④]。社会与政治认同感的艰难，更加成就了葛利高里与阿克西妮亚的哥萨克式爱情。肖洛霍夫以哥萨克本民族视角，内省化地书写着“顿河哥萨克”的个体生命追求，虽充满了本能的族群血缘情感，痛苦、无奈与反省，具有特殊的审美价值。

综上，哥萨克故事与令人震撼的“功能性历史事件”互为表里，内外视角叙事的互文性，不仅仅具有文本结构意义，增添了民族性认知的社会价值[⑤]。一者，哥萨克人的务实精神，特别是日常生活中宗教信仰的多层次且并行不悖：“社区的‘信仰方式’是多层次的重叠，是由许多

① 米哈依尔·肖洛霍夫：《静静的顿河》卷三，金人译，贾刚校，北京：人民文学出版社，1997，第303页。

② 米哈依尔·肖洛霍夫：《静静的顿河》卷一，金人译，贾刚校，北京：人民文学出版社，1997，第58–59页。

③ 米哈依尔·肖洛霍夫：《静静的顿河》卷三，金人译，贾刚校，北京：人民文学出版社，1997，第318页。

④ 米哈依尔·肖洛霍夫：《静静的顿河》卷三，金人译，贾刚校，北京：人民文学出版社，1997，第319–320页。

⑤ 米克·巴尔：《叙述学：叙事理论导论》，谭君强译，北京：中国社会科学出版社，1995，第15–16页。

不同年代的异质观念构成的……”[①]实用性的“异质观念”结构是其族群运行机制绵延恒久的内核。

二者，随着国家共同体趋势的强化，生存空间的政治化、战略化转移[②]，族群间的交流模式与整合机遇增加，哥萨克人的族群性亦在衰弱，民族作为一种想象的政治共同体：“它是被想象为本质上有限的（limited），同时也享有主权的共同体。”“事实上，所有比成员之间有着面对面接触的原始村落更大（或许连这种村落也包括在内）的一切共同体都是想象的。区别不同的共同体的基础，并非他们的虚假性或真实性，而是他们被想象的方式。”[③]理念性的哥萨克精神与现实中的代际隔阂日见鲜明，与身份认同对应的责任与义务呈模糊与弱化态势。

三者，国家视角下的哥萨克族群，“马鞭”功能的异化势力本质上是一把双刃剑。在“边缘人”的“卑贱意识”（工具意识）[④]驱使下，为了避免“国家压迫”而“作为宗教信仰的极端现代主义”、独裁的权力以及软弱的市民社会，为社会灾难和自然灾难的泛滥提供了条件。但同时也有可能成为国家利益的对立面，反抗政治伦理化的力量。

四者，整合“中心与边缘”力量，适合国家利益与时代演进的族群关系则应是，“秩序的建立不必压制地方的和流行的内容，压制地方

---

① 埃马纽埃尔·勒华拉杜里：《蒙塔尤》，许明龙、马胜利译，北京：商务印书馆，1997，第 4 页。

② 亨利·勒菲弗：《空间与政治》，李春译，上海：上海人民出版社，2008，第 46 页。

③ 本尼迪克特·安德森：《想像的共同体：民族主义的起源与散布》，吴叡人译，上海：上海人民出版社，2005，第 6–7 页。1903 年梁启超据东京新闻报道，构思出美国议员波占布恩的东北行（山海关至旅顺）所见，状写“从君主贵族侵略的野心生出来”的膨胀势力之可怕：“哥萨克兵到处糟蹋中国人，实在目不忍睹……中国人所开的铺子，那哥萨克兵进去，看见心爱的东西，不管他价钱多少，只随着自己意思给他几文，便拿了去，甚至一文不给的时候都有哩。那铁路、矿山做工的工人，屡屡被兵丁将他的工钱抢夺精光。这种新闻，算是数见不鲜的了。”梁启超：《新中国未来记》第四回《旅顺鸣琴名士合并　榆关题壁美人远游》，《新小说》第 1、2、3、7 号，1902—1903。

④ 黑格尔：《精神现象学》下卷，贺麟、王玖兴译，北京：商务印书馆，1997，第 54–55 页。

和流行的往往会带来无序”[①]。或者说是族群的一个“星丛”状态，亦即“相安无事中彼此不存在支配关系但又存在各自介入的区别状态”，一种“平等的有差别共在”[②]。在此基础上，建立那种“有差异性平等”[③]的“第三空间”，以创造性的重新组合[④]为“边缘人”及身份卑下者提供话语权[⑤]，从而起到消弭“边缘化压迫”[⑥]张力的非稳定作用与反作用。因此，如罗兰·巴尔特《历史的话语》所说：“历史的话语，不按内容只按结构来看，本质上是意识形态的产物，或更准确些说，是想象的产物……”[⑦]在小说文本为主所展示的故事中，由于“清楚理解事物的力量”的书写“理性”，“使不合理的东西带有事实上的合理性，必须将不合理之物视为合乎逻辑”。而且“不合理的东西一旦被引进，而且看起来似乎具有可能性，我们就必须接受它，尽管它是荒谬的”。[⑧]多视角投射下的形象异化，不仅能历时性构建哥萨克民族的独特性、特殊性，更显示出书写者的文化张力与政治影响，与时代前进的光影。此为“边缘族群”历史性认同的当代启示，值得继续探究。

---

① 詹姆斯·C.斯科特：《国家的视角》，王晓毅译，北京：社会科学文献出版社，2004，第1–3页。

② 西奥多·阿多诺：《主体与客体》，《法兰克福学派论著选辑》上卷，北京：商务印书馆，1998，第210页。

③ 查尔斯·泰勒：《承认的政治》，董之林、陈燕谷译，汪晖、陈燕谷编《文化与公共性》，北京：生活·读书·新知三联书店，2005，第290–337页。

④ 爱德华·W.索亚：《第三空间》，陆扬等译，上海：上海教育出版社，2005，第6–7页。

⑤ Gayatri C.Spivak. “*Can the Subaltern Speak*”, *in a Critique of Postcolonial Reason*: *toward a History of the Vanishing Present*. Cambridge: Harvard University Press，1999.

⑥ Iris Marison Young. *Justice and the Politics of Difference*. Princeton: Priceton University Press，1990: 53.

⑦ 汤因比等：《历史的话语：现代西方历史哲学译文集》，张文杰等编译，桂林：广西师范大学出版社，2002，第122页。

⑧ J.希利斯·米勒：《解读叙事》，申丹译，北京：北京大学出版社，2002，第3页。

第十章

清代俄罗斯形象的异化书写与佛经渊源

汉学家李福清院士曾探讨俄罗斯18—19世纪对中国话本、戏曲等翻译，以及伪造、改写的作品，借此使人部分地了解当时俄罗斯人及其他欧洲人心目中的中国形象[①]，那么，彼时乃至稍早些清代人心目中的俄罗斯人形象如何呢？这一探讨虽非全面，可提醒对清初以来外来人形象母题的进一步关注。

域外空间及结构模式、生命主体特征及行为方式一直受到华夏古人的关注，传统文献经常出现世外桃源、蛮荒岛屿、海外、西域及与之对应的空间主体如神仙、怪兽、罗刹、倭寇、洋人等“观念性形象”[②]。书写对象的选择、叙事者的观照维度、书写话语的艺术技巧，因不同时期、不同阶层及不同事象而各具特色，文本意义指向也因之发生对应性异变。清代文史传说中的俄罗斯形象，基本上是对其东亚形象的认知，首先有“罗斯”“俄罗斯”“罗刹”混类书写，在其复杂的历时性生成过程中，社会伦理、军事、宗教与种族文化等因素互动共生；且在“模糊

① 李福清（B.Riftin）：《李福清论中国古典小说》，中国台北：洪叶文化事业有限公司，1997。

② 王立：《从海意象传说及相关母题看中西方旅游观》，《中国比较文学》1996年第1期。

称谓”书写特征中又蕴含着“中心与边缘”的差等体系结构理念。而揭示“罗刹”从明确指称到含混概言这一演化融合过程，可探究其中蕴含的古人对域外空间与他族的认知思维习惯、排斥与接受交流模式，以及话语书写者的深在心理机制，乃至异变的族群心态，即以观念性正统伦理取代个体的生存福利，超越甚至有意忽视颓弱国力与军备，炫示遥远的大国记忆，内心向往艳羡而言语充满轻蔑与歪曲的弱者心态。

一、强悍的“他族”：俄罗斯形象记忆的清代书写

对应中国的明朝时期，“罗斯”（Russia）人的“莫斯科公国”已是勇于“开拓”的军事强国，特别是在伊凡雷帝统治时期，火器、火炮已广为运用。受“西洋人”打击与启发，“开疆拓土”也成为俄罗斯人行动内驱力。清初，聚居于西伯利亚东部的“俄罗斯人”或曰“哥萨克人”开始向远东扩张，表现出游牧民族的强悍与野蛮，早期中俄边境上抢掠骚扰不断，而17世纪是两国军事较量最多的时期。在军事与外交多次交锋中，随着康熙二十八年（1689）清朝与俄国《尼布楚条约》的签订，“哥萨克”式明火执仗的抢掠减少了。但每次两国交锋所展现出的俄罗斯的强势，和清朝的退让与弱势，虽有多重内外原因，其恶劣影响却一直隐藏于两国日后的经济文化军事交流中。对于这样持有丛林法则且富有“竞争意识”的近邻，清代正史与野史笔记载录呈现出如下特征。

首先，游移模糊不确切的书写模式。不仅对其疆域、自然环境，对其民族的性格特点、风俗习惯也缺乏了解且含混不清。如顺治康熙年间有地理学家之称的刘献廷（1648—1695），通多语种，他曾如此描述康熙二十四年至二十七年（1685—1688）的清俄雅克萨（阿克萨）之战：

“罗刹国在极西，绝荒远，幅员极广。阿克萨，其极东之边界也，在乌龙江侧，与梭伦（索伦）邻。栅木为城，一将守之，兵不满千。其人猛如虎豹，而火器尤利，发无不中，梭伦时被其害，子女参貂，抢掳殆尽。”[①]对“罗刹”入侵者的凶猛、贪婪印象深刻，当地的鄂伦春族等经常深受其害，但相比之下，清朝的守军却畏敌如虎，守土不力的状态也非常明显，加之寒冷期过久，因而朝廷显得鞭长莫及，边防困难重重。那么，对方火器先进、有效率，己方当作如何应对、改进呢？没有，于是领土被蚕食：“初，罗刹屡得志，二十年无一骑至其地者，城既狭小，则皆散处于外，备益弛。梭伦人导吾众走深山中，亦不深谙径路，略识方向耳。见有人烟，趣围之，数家聚耳，屋皆以桦皮，甚坚致。执其人问之，则去阿克萨不远矣。”[②]当时康熙沾沾自喜于南方那些“藤牌兵”的初战得胜，明显有些松懈轻敌，指令也表述出态度的模棱两可：“阿克萨（雅克萨）城，吾得其地，众少不能守，多则馈饷难。吾非欲其地，特以梭伦（即索伦）时来哀诉，吾不忍其侵暴，命汝往讨其罪，汝彭椿（也作彭春、朋春）体朕此意。林兴珠老将知兵，宜听其方略，以时进取。边地早寒，不宜久驻，林侯南人且老，不能寒，城克令其先归。汝彭椿抚其众，欲归罗刹者放之归，有降者与偕来。毁其城栅，践其土地，蹂躏之使不可复耕牧，则自外四十八旗扬兵而归。若五六月间不克，亦即罢归，待来岁再计之。”[③]明末清初所称“索伦”，系黑龙江沿岸地区的鄂温克、达斡尔、鄂伦春等土著民族，他们在自己祖辈生活的土地上，受到外来“罗刹”的侵凌之苦如此，清朝虽也时时派兵征讨，却未能长期驻守，有效御敌，仍未达到应有的保护效果。

---

① 刘献廷：《广阳杂记》卷二，北京：中华书局，1957，第 85 页。

② 刘献廷：《广阳杂记》卷二，北京：中华书局，1957，第 85-86 页。

③ 刘献廷：《广阳杂记》卷二，北京：中华书局，1957，第 85 页。

乾嘉时满族宗室昭梿（1776—1829），则从地理位置、族群角度带有介绍性地“概言”：“俄罗斯国在喀尔喀、乌里雅苏台之极北，东西袤长数万里。东接黑龙江，西连安集延、敖罕诸部落。其人黑皙目，衣服、食物、语言、文字皆近西洋，与蒙古部落习俗悬绝。其文官皆洋中人为之，武官始参用本国人。其主名察罕汗，女传已七世，生男则为异姓人，生女始为国种。又《蒙古源流》云‘元太祖之长子分封绝城，来往数万里（事见《元史》），即为俄罗斯之始祖’云。然则彼国亦元裔也，其世系莫可考矣。”[①]这里谈到“俄罗斯人”是蒙古人的后裔，但肤色描述似还不准确，因蒙古人是“黄种人”，因而只能是部分地道出。又有“衣服、食物、语言、文字皆近西洋”，“与蒙古部落习俗悬绝”的描述，则更见出书写的互文性特色，缺少族群特色与习性的确切考辨。道光年间，朝鲜的燕行使者在北京俄罗斯馆见到俄罗斯人，留下的印象是：“皆深目高鼻，面铁色，身长大，身着皂锦挟袖周衣，头戴黑帽，如沈（沉）香笔筒样，略解汉字。”[②]这是近乎实际、中性的印象描述。

清朝乾隆时进士阮葵生（1727—1789）也卓有见地地关注到强大的北邻——俄罗斯的多方面情况：

> 鄂罗斯，在边外诸国最大，东界朝鲜，南界中国，西北邻控噶尔。东西二万余里，南北止二三千里。自其汗察汗没，无子，遂传女。今已七代女主。有所幸孕，则杀所幸。生女嗣位，生男则谓他人种也。男女蓄发，男日以胶水刷须，令易曲卷。银铸钱纹，肖其汗之面，重七钱余。有宪书甚准，男女日沐浴示洁。见人接吻为礼。都城数十里，官分文武，

① 昭梿：《啸亭杂录》卷八《俄罗斯》，北京：中华书局，1980，第259-260页。

② 林基中编：《燕行录全集》卷73《輶轩续录》，汉城：东国大学校出版部，2001，第166页。

皆佩刀，以玉金银铜铁锡饰刀柄，以别贵贱。五丁抽二，三丁抽一以为兵，年十六入营，给以马械，终身不娶。逾五旬放出，听其便。犯窃犯奸杀人出边者，皆斧剁杀死。地卤沃不齐，产玻璃、黑貂、玄狐、猞猁、银灰鼠、海龙、水獭之属。鄂罗斯，本为控噶尔之属国，后恃其强，不复称臣纳税，渐且侵扰其境。两国交争，鄂罗斯屡经大衄，伤二十万人。复称臣求和，于常币外岁增童男女各五百人，遂至微弱。[①]

概言之，这里的描述更加详细：在没有明说但实际上以清朝为参照的前提下，即俄罗斯国人一是生存空间最大；二是人民体质强悍且恃强好斗（恃强凌弱）；三是民俗较为奇特，“帝位”居然传于女子；四是物产丰饶且宝藏无穷；五是控噶尔（东罗马帝国）的附属国，有争取自由的精神，终归失败变弱。相对说信息更多，但缺乏国家政体意识，流为逸闻轶事辑录。

这样看来，嘉庆元年进士赵慎畛（1761—1825，字遵路，官至云贵总督）作了较为完整全面的记载，更详细地关注了其人种的体貌特征，乃至饮食嗜好甚至兵役法令，具有一定的文化认知价值：

鄂罗斯，北边之大国，东界海，南界中国，西北邻控噶尔。东西距二万余里，南北窄狭，自千里至三千余里不等。称其王曰汗，自察罕汗没，无子，国人立其女为汗，嗣后皆传女，迄今已七世矣。其女主有所幸，或期年，或数月则杀之。生女留承统续，谓其汗之嫡嗣，生男则以为他人之种也。其人深目高鼻，睛碧，须发黄赤。男女皆蓄发，男发频以胶

① 阮葵生：《茶馀客话》卷十三《鄂罗斯》，北京：中华书局，1959，第400页。

> 水制之，使其卷曲，女发梳为高髻。男衣缚身，遍体扣绕；女衣裙、衫、裳、褂，如汉装，但不缠足耳。以银为钱，铸文肖其汗之面，重七钱余，谓之“阿拉司朗”。喜楼居，有四五上者，其梁柱、顶壁皆用木，密灌油灰，不需瓦磁，而金粉雕凿，极尽人工。开窗四达，或饰以各色玻璃，镂金银丝以隔蔽之，次用其国之田皮纸，余皆修整可观。木多易遭回禄，故火禁最严。见亲友、宾客，无跪拜、揖让之仪，惟接吻以为礼。嗜茶，然必调糖啜之。食麦面，鱼为上品，猪次之，以大茴为佳味，人人嗜之。都城雄壮，围数十里。官制，文武皆佩刀，刀柄有玉、金、银、铜、锡、铁之别，其民皆耕田纳税，三丁抽一，五丁抽二以为兵。兵各有营，自十六岁入营，至五十而后出伍。刑罚极严。土产盛。康熙年间始与中国通，遣其俊秀入我国学，受四子书而去。[①]

这段记载印象中比较客观，已没什么偏见，甚至还显出在具体问题方面颇有好感。至于其邻国控噶尔，杨宪益先生认为是“土耳其人未来之前的东罗马帝国”，他引用椿园氏《新疆外藩纪略》“鄂罗斯西北邻控噶尔，本控噶尔属国，称臣纳贡，由来已久”[②]，体现出与前文有明显的互文性，文本多雷同，非一手材料；二是崇尚“武功”，关注等级，“文武皆佩刀，刀柄有玉、金、银、铜、锡、铁之别”；三是中俄正式交往的时间，“康熙年间始与中国通，遣其俊秀入我国学，受四子书而去”，看来之前的交往主要是在民间进行的。

---

① 赵慎畛：《榆巢杂识》下卷，北京：中华书局，2001，第 197 页。

② 杨宪益：《清初见于中国记载的东罗马》，《译余偶拾》，济南：山东画报出版社，2006，第 198-199 页。

赵翼（1727—1814）《檐曝杂记》是从清朝官方视角，记载邻国及使节往来，比较详细：

西北诸国，惟俄罗斯最大。我朝平准夷后，西北万里悉入版图。准夷西北为哈萨克，而哈萨克外皆俄罗斯地也。中国之正北出居庸关五千里，始至喀尔喀之乌里雅苏台，为边境尽处，亦与接壤。其地有一种人号“乌良海”，有我朝之“乌良海”，亦有俄罗斯之“乌良海”，此正北之连界处也。乾隆二十二三（1757—1758）年间，曾遣使来借辽东之黑龙江运粮，则其国境又与我东北之黑龙江相接也。回部之外为拔达克山，而拔达克山之外又系俄罗斯地，则其西境又包众回部矣。不宁惟是，康熙年间我朝征大西洋国之能占星者，西洋遣南怀仁、高慎思等由陆路来，亦假道俄罗斯，三年始至，则其国西境又直至西海矣。兆将军西征时，闻西北有粪国者，其城周五百里，皆铜铸成，岂即俄罗斯耶？抑别一国耶？俄罗斯至今为我朝与国，不奉正朔，两国书问不直达宫廷。我朝有理藩院，彼亦有“萨纳特”，有事则两衙门行文相往来。其字又与蒙古异，内阁尝另设中书二人，专习其书文，以便文移。其印则圆如三寸盘，而油朱堆纸上厚数分，不与内地印色同也。纸亦洁白可爱。其国历代皆女主，号察罕汗。康熙中，圣祖尝遣侍卫托硕至彼定边界事。托硕美须眉，为女主所宠，凡三年始得归。所定十八条，皆从枕席上订盟，至今犹遵守不变。闻近日亦易男主矣。[①]

① 赵翼：《檐曝杂记》卷一《俄罗斯》，北京：中华书局，1982，第19-20页。

尽可能地以博物的眼光，描述其地理位置、历史交往、民俗风情，乃至文字、官印等细节，也缕缕条陈，力求全面，但毕竟遥远且语言不通，交流并不深入。至于康熙所遣侍卫托硕赴俄“为女主所宠，凡三年始得归”，“皆从枕席上订盟”，也皮里阳秋，暗示出对于所“定边界”不尽公允的遗憾、无奈。

而年代稍后的赵慎畛《榆巢杂识》看得更清楚，只得在描述中突出了俄罗斯与中国缺少交通的原因：“康熙三十二年（1693），鄂罗斯察汉汗遣使进贡，上弛谕免之。曰：‘鄂罗斯人材颇健，从古未通中国，距京师甚远。自嘉峪关行十一二日至哈密，自哈密行十二三日至吐鲁番，吐鲁番有五种部落，过吐鲁番，即鄂罗斯之境。闻其国有二万余里，汉张骞出使西域，或即彼处。史载霍去病曾出塞五千里，想或有之，今塞外尚有碑记可考。至外藩朝贡，虽属盛事，恐传至后世，未必不因此反生事端。总之，中国安宁，则外衅不起，故当以培养元气为根本要务耳。”[①]因为两国相距遥远，在交往过程中实力为要，不免仍有“鞭长莫及”的担心。

忧国忧世的俞正燮（1775—1840）认为俄罗斯武器先进毋庸置疑：“俄罗斯有火器。《平定罗刹方略》言：康熙二十三年我师抵雅克萨，以其鸟枪归。《绝域纪略》云：逻车国所遇，皆擅鸟枪。《黑龙江外纪》言：其纳药蒲中，凹凸如梅花式。《鲒埼亭集·画雅萨乐府》注言：其国精火器。《异域志》言：图里琛入其境，伊国具枪炮旗帜以迎，土尔扈特又借之，以卫我使者。今雅克萨城有康熙时获俄罗斯炮三位，则言俄罗斯无火器者，非也。”[②]那么，何以还有称俄罗斯“无火器”的说法，明显是不了解对方的情形下，一种盲目的有害无益的自大心理作祟，只能

① 赵慎畛：《榆巢杂识》上卷《圣祖论鄂罗斯之远》，北京：中华书局，2001，第197页。

② 于石等校点：《俞正燮全集》壹，合肥：黄山书社，2005，第434页。

造成军事实力方面的差距越来越大。其编辑《俄罗斯长编稿》资料丰富，自述检当时《京报》相关资料187条，却仍径直以带有贬义的“罗刹”一语呼之，并且追溯了其得名的西来佛教渊源：“罗刹者，红毛诸番。其正名罗刹国者，今之俄罗斯。其国东北自黑龙江外，北尽北海，西尽西海，西南包额纳特珂克外。罗刹种人素与佛不合，自立天主教。其部强盛，当佛时，罗刹王名阿修罗，欺凌佛，并欺凌佛国。佛国深畏之，遇恶人、恶物，则皆以罗刹名之。故有在山罗刹，有在海罗刹，有飞天罗刹，皆假名罗刹，而于真罗刹无与也。罗刹至今俄罗斯而极大。《潜邱札记》言俄罗斯定非罗刹，谓长安贵人为不考。阎盖略见佛书，不能详悉，且俄罗斯自称非罗刹，何得谓之定非也？”①俞正燮在介绍时笔端是含有感情和暗示性的，他已经感觉出“罗刹国”对于清朝的威胁，他特别担心清廷弥漫的那种盲目自大的轻敌情绪。

当时，对俄罗斯冠之以“罗刹”之名，实际上是一种蔑称，体现了清初刚刚入主中原的“华夏中心主义”思想。因为了解不够，产生了一种盲目的排外与轻视心理。据说，最初的入侵乌苏里江口的俄罗斯远征队，即被清初（顺治九年）人们称之为“罗刹”；康熙九年（1670）五月十三日，康熙致书沙皇，禁止“罗刹”劫掠边境，因为是用满文书写的，直到七年以后，才被天主教徒译出。②而直到俞正燮这里，俄罗斯对于清朝领土的觊觎之心已经逐渐显露，“罗刹”的称呼是富有深意和倾向性的。

晚清时期，清人还在“民俗记忆”中追思起立国之初强大之时的那些往事，隐约地流露出对于当年康熙没有断然决然地驱除侵凌至国门的

---

① 俞正燮：《癸巳存稿》卷六《罗刹》，沈阳：辽宁教育出版社，2003，第166页。

② 赵尔巽等：《清史稿》卷六《圣祖本纪一》，北京：中华书局，1976，第192页；以及陈复光《有清一代之中俄关系》，《民国丛书》第二编28册，上海书店据云南大学文法学院1947版影印，第15–18页。

来犯者，过于宽仁的遗憾、不满：

俄罗斯人来边境者，清初呼为“罗刹”。康熙二十四年（1685），踞雅克萨城，圣祖命副都统公彭春（朋春）往讨，师薄雅克萨，遣人以书谕降。不从，军其城南，集战船于城东，城下三面积柴，为焚城状，城中大惊，其酋额里克舍穷蹙乞降。乃宣恩谕，宥其罪，额里克舍引六百人稽颡谢，即徙去。……当此泰山压卵，北海浇萤，蠢兹岛夷，一鼓可下，且使慑彼降人，命为向导，即犁庭扫穴何难！而我圣祖犹宣谕。诸将谓中国兵马精强，器械坚利，罗刹势不能敌，归诚时勿杀一人，俾还故土。[①]

“罗刹”的称呼，以其投合华夏中心主义心理，又形象地表达出对于西北强国咄咄逼人的担忧，很容易流传扩散，成为一种带有特殊寓意和忧心忡忡的叨叨“套语”。在历史演义小说中，有时甚至还将俄罗斯城市名泛称为罗刹。佚名《掌故演义》第七回即颇动感情地叙述，实际上是夹叙夹议，点出了对于边界问题及其捍卫国土的意识，当年就是处理失当，贻误大事，留下后患：

到了康熙八年（1669），……请问西洋各国何止数千，就使赶了一个人，那里保得定别人不来呢？即如离中国顶近的，

---

① 小横香室主人：《清朝野史大观》卷四《俄罗斯踞雅克萨城》，上海：上海文艺出版社，1990，据中华书局1916版影印，第129页。对此，陈康祺（1840—1890）也载：“俄罗斯人来边境者，国初呼为罗刹。康熙二十四年，踞雅克萨城，上命副都统公彭春往讨。……祖宗朝义征仁育，怀柔远裔至此。他日出使虏廷者，称述旧典，或犹足壮我威棱，感动异类也。详见国史彭春传，时务所关，特录于此。”见陈康祺《郎潜纪闻》初笔卷三，北京：中华书局，1990，第39页。

> 就是俄罗斯。从北京向北出了山海关，过黑龙江，有一座山叫兴安岭。这条岭的南面是中国，北面就是俄国。从前本朝得了黑龙江地方，大兵再向前进就看见一座大城，细细打听，原来就是俄国地界。这座城名叫“罗刹”。我们知道是别国地方，就把兵退了，哪里晓得，只这一退，俄罗斯当做怕他，就一步一步僭进来了，直僭到蒙古布拉特乌梁海南面。幸亏守黑龙江的兵把他赶去，他才稍有些怕惧。①

使用“僭进”，即对于天朝僭越这样的词汇来描述，也透露出清人一种自高自大、自我中心的民族心理，是不由自主的文学化反映。同时，还不应忽视另一方面，就是民俗心理中对“罗刹”城的逐步迫近也怀有深深的不安，这非常可贵且具有预见性。

而嘉庆时期博学多识之士梁章钜（1775—1849），记录了清朝与俄罗斯的外交往来，侧重于战争与谈判，载录两国军事经济势力较量早自顺治十年至二十三年，“两有使至”，强调俄罗斯之先，起于右哈萨克部西部鄙（边疆），其人曰“罗刹”，又曰“药杀”，罗刹地小，“自为俄罗斯，始渐炽盛”：

> 俄罗斯部落，在西北最远。顺治十至二十三年（1655—1656），两有使至，俱以不知跪拜遣还。十七年（1660）复至，表文称一千一百六十三年，朝议应仍逐其使。上宽贷之，命礼部谕以不逊之罪。其部众每从边外渡黑龙江，侵我老察地方，老察距宁古塔相近，我国貂皮等物，多取给于此，顺治

---

① 佚名：《掌故演义》第七回《历算东来杨光先道死　王师北伐俄罗斯成盟》，侯忠义、安平秋主编：《中国古代珍稀本小说续》5，沈阳：春风文艺出版社，1997，第488页。

> 间因其来寇，曾欲加兵，会廷议令朝鲜供刍修粮，上怜朝鲜国小，不能给大师之费，遂罢。……又按俄罗斯之先，起右哈萨克部西鄙，其人曰“罗刹”，又曰“药杀”，当魏太和时，罗刹人有立国者，始名俄罗斯，其俗用天主教，欲杀佛，佛遇恶物奇怪，辄以罗刹名之。罗刹地小，不能自强，自为俄罗斯，始渐炽盛。元末即自立为汗。①

文献提示，在较为明白的清人看来：清顺治时俄罗斯已建国千余年，但一直处于附属国地位，直到中国元朝末年才独立。俄罗斯人是雅利安人的一支。与佛教有教宗冲突，被视为“罗刹”恶魔。其独立国体不久就开始向东方“开疆扩土”，频繁入侵中国的黑龙江流域。由于国力不足经济匮乏，清政府一直未能有效打击入侵的俄罗斯。

其次，如果说笔记稗史不确切，有民间传闻之嫌，官方修史也只是“概说”，如《清圣祖实录》记载，康熙二十一年（1682）春，康熙帝第二次东北之行，亲自布置抗俄方略。选派郎坦、彭春等率兵往达斡尔、索伦部居地借“捕鹿”名侦察俄军动向。康熙指示：“罗刹犯我黑龙江一带，侵扰虞人，戕害居民，昔发兵进讨，未获剪除，历年已久。近闻蔓延已甚，过牛满、恒滚诸处，至赫哲、飞牙喀虞人住所，杀掠不已。尔等此行，除自京遣往参领、侍卫、护军外，令毕力克图等五台吉率科尔沁兵百人，宁古塔副都统萨布素等率乌喇、宁古塔兵八十人。至打虎儿、索伦，一面遣人赴尼布潮，谕以捕鹿之故，一面详视陆路近远，延黑龙江行围，径薄雅克萨城下，勘其居址形势。度罗刹断不敢出战，若以食物为馈，其受而量达之。万一出战，姑勿交锋，但率众引还，朕别

① 梁章钜：《南省公馀录》卷六，《笔记小说大观》第十九册，扬州：江苏广陵古籍刻印社，1983（影印），第83–84页。

有区画。”[①]

《清实录》所载关于“罗刹”人员构成、数量、军备等均模糊不清。近人赵尔巽编纂《清史稿》的“郎坦·朋春·萨布素·玛拉”等将领的传记中，“俄罗斯”情况亦不甚了了。如清初顺治年间的中俄边境状况：顺治中，俄罗斯东部人犯黑龙江边境，时称为“罗刹”。顺治九年（1652），驻防宁古塔章京海塞遣捕牲翼长希福率兵与战，清军败绩。世祖命诛海塞，鞭希福百，仍驻宁古塔。顺治十一年（1654），固山额真明安达里率师讨之，败敌于黑龙江。但罗刹并未受到大创，复侵入精奇里江（原中国内河，今俄罗斯远东区南部河流，黑龙江左岸最大支流）诸处。康熙命大理寺卿明爱等谕令撤回，迁延不即去，占据了雅克萨城，于其旁耕种渔猎；又过牛满、恒滚，侵扰索伦、赫哲、飞牙喀、奇勒尔诸部。[②]

《清史稿·世祖本纪》载顺治十一年（1654）起就有数次与“罗刹”的交锋。而顺治十七年（1660）朝贡国里却有“俄罗斯部察罕汗”在其中：“是岁，朝鲜，喀尔喀部丹津喇嘛，土谢图汗下万舒克诸颜、七旗，厄鲁特部鄂齐里汗，达赖喇嘛、班禅胡土克图，阿里禄克山托因，虎尔哈部宜讷克，俄罗斯部察罕汗，使鹿索伦部头目布勒、苏定噶、索朗阿达尔汉子查木苏来贡。朝鲜再至。”[③]这里的“罗刹”是游离于“俄罗斯部察罕汗”的。上述载录可与《全球通史》等相比较。对于模糊性话语的运用，威廉姆森的观点是“模糊性是无知”[④]，而事实上仅仅用“无知”并不能解释书写者的复杂心理。作为学者或者史学家，以及实际操作者将领们在中俄边境问题上的言行，一定程度上能够体现话语操纵者的内

① 《清实录》(《圣祖仁皇帝实录》) 卷一四，北京：中华书局，1986（影印），第 40–55 页。

② 赵尔巽等:《清史稿》卷二百八十，北京：中华书局，1976，第 10133–10134 页。

③ 赵尔巽等:《清史稿》卷五《世祖本纪二》，北京：中华书局，1976，第 139 页；第 161 页。

④ Williamson T. *Vagueness*. London: Routledge，1994.

在精神，特别是“罗刹”话语的频繁使用，惧俄排外情绪，跃然纸上。但这样的话语表现出更多的世俗社会精神，而非国体外交话语。

再次，弱化的伦理形象构设。邻居虽大且强但遥远，囿于“中心—边缘”或者“华夷之辨”的话语张力，在“罗刹”的频繁书写中彰显中央集权森严等级的大国心态，这是曾经草原兄弟的遥远记忆与华夏“文明古国”碰撞的必然结果。试图运用话语权力符号表达意识形态领域的统治力，但话语与实力却相悖谬，正折射出专制等级体系中两极分裂的无奈心态，以及身份变化中族群心态与行为背离的荒诞。系统与个体单元的呼应无能导致国家系统的结构性能力衰弱，这在康熙皇帝的“上谕”和将帅的“奏疏”中可见一斑：

> （康熙）二十一年（1682）秋，遣郎坦及副都统朋春等率兵往索伦。比行，谕曰：“罗刹犯我境，恃雅克萨城为巢穴，历年已久，杀掠不已。尔等至达呼尔、索伦，遣人往谕以来捕鹿。因详视陆路远近，沿黑龙江行围，径薄雅克萨城，勘其形势。度罗刹不敢出战，如出战，姑勿交锋，但率刹引退。朕别有区画。”①

康熙明确谈到“罗刹”的“侵犯”行为“历年已久”，但也自相矛盾地称“度罗刹不敢出战，如出战，姑勿交锋，但率刹引退”，这是一种模棱两可的不准确判断，事实上，“罗刹”很凶猛，康熙忙于南方战事，顾不过来。

而康熙另一“上谕”也是期求维持现状，期待能应付边疆的危机：“郎坦等奏攻取罗刹甚易，朕亦以为然。第兵非善事，宜暂停攻取。调

---

① 赵尔巽等：《清史稿》卷二百八十《郎坦传》，第10134页。

乌拉、宁古塔兵千五百人，并制造船舰，发红衣炮、鸟枪教之演习。于爱珲、呼玛尔二地建木城，与之对垒，相机举行。所需军粮，取诸科尔沁十旗及锡伯、乌拉官屯，约得一万二千石，可支三年。爱珲城距索伦五宿可至，其间设一驿。俟我兵将至精奇里乌拉，令索伦供牛羊。如此，则罗刹不得纳我逋逃，而彼之逋逃且络绎来归，自不能久存矣。”[①]

与第一次“上谕”相比较，则明显有不了解对手实力和轻敌倾向，以“鸟枪”之属来应对“火枪火炮”，何其艰难。而这却是根据一线将帅“战报”作出的判断，郎坦奏疏认为雅克萨城，只要发兵三千，红衣炮二十，就可攻取，表明清廷上下对俄罗斯人如“罗刹”般善战的属性不了解，生出莫名其妙的自我膨胀情绪。康熙仍居高临下地自信，传谕：“朕以仁治天下，素不嗜杀。以我兵马精强，器械坚利，罗刹势不能敌，必献地归诚。尔时勿杀一人，俾还故土，宣朕柔远至意。”但实际战况则要惨烈得多，因不少士兵是“投诚”的关内特别是南方人：“(康熙）二十四年，诏选八旗及安置山东、河南、山西三省福建投诚藤牌兵，付左都督何祐率赴盛京，命朋春统之，进剿罗刹……”[②]不是清廷不了解“俄罗斯”进犯远东目的，而恐怕还是要借机消减、清除清廷的“后患”，即南方多地的反叛。这一点在萨布素将帅的奏疏中有所表露，特别对“劳师袭远”作战策略提出质疑，但不被采纳：

> 二十二年（1683），疏言：“黑龙江、呼玛尔距雅克萨尚远，若驻兵两处，则势分道阻，且过雅克萨有尼布楚等城。罗刹倘水陆运粮，增兵救援，更难为计。宜乘其积贮未备，速行征剿。俟造船毕，度七月初旬能抵雅克萨，即统兵直薄

---

① 赵尔巽等:《清史稿》卷二百八十《郎坦传》，第 10134–10135 页。

② 赵尔巽等:《清史稿》卷二百八十《朋春传》，第 10136 页。

城下。”疏下王大臣议，如所请，上不许。[①]

这是一段意味深长的载录。朝廷重臣们的反对，正反映出“事有缓急”的内外策略，相比“罗刹”犯边，内地的反叛可能被看得更严重。判定入主中原立足未稳的女真贵族，黑格尔的论断较为适合：“一个民族最初还不是一个国家。一个国家、游牧民、部落、群体等等向国家状态过渡，一般说来，就是理念采取民族形式的实在化。”[②]这样的对外战争就异化为生存权力的平衡手段。

最后，关于“罗刹”的话语，往往带有“狂欢化”的艺术审美效应。与不合时宜的落后战略战术相悖谬的，是清廷充满自信地应对先进的“火枪火炮”。或许，史官运用“罗刹”这样的暗示性话语，似能减缓军事与外交失利带来的精神压力，获得观念性社会安全福利。

一曰“招抚策略”：“上念兵丁更戍劳苦，命在黑龙江建城，备攻具，设斥堠，计程置驿，运粮积贮，设将军、副都统领之。擢萨布素为黑龙江将军，招抚罗刹降人，授以官职，更令转相招抚。”[③]

二曰“当期必克”：“上命都统瓦山、侍郎果丕与萨布素议师期，萨布素请以来年四月水陆并进，攻雅克萨城，不克，则刈其田禾。上谓攻罗刹当期必克，倘谋事草率，将益肆猖狂。”[④]

三曰“持久战”：“二十五年，疏言罗刹复踞雅克萨，请督修战舰，俟冰泮进剿。上遣郎中满丕往诇得实，乃命萨布素暂停墨尔根兵丁迁移家口，速修战舰，率宁古塔兵二千人往攻。又命郎坦、班达尔沙会师，抵雅克萨城。城西濒江，萨布素令于城三面掘壕筑垒为长围，对江驻水

① 赵尔巽等：《清史稿》卷二百八十《萨布素传》，第10138页。

② 黑格尔：《法哲学原理》，范扬、张企泰译，北京：商务印书馆，2009，第403页。

③ 赵尔巽等：《清史稿》卷二百八十《萨布素传》，第10138页。

④ 赵尔巽等：《清史稿》卷二百八十《萨布素传》，第10138页。

师，未冰时泊舟东西岸，截尼布楚援兵，冰时藏舟上流汊港内；马有疲羸者，分发墨尔根、黑龙江饲秣，计持久。”①

四曰“签订合约”：“上因荷兰贡使以书谕俄罗斯察罕汗，答书请遣使画界，先释雅克萨围，上允之，命撤围。二十八年，俄罗斯使臣费耀多啰等至尼布楚，命内大臣索额图等往会，令发黑龙江兵千五百人为卫。寻议以大兴安岭及格尔必齐河为界，毁雅克萨城，徙其人去。”

五曰“同化策略”：“玛拉”传中，纳玛拉的两个建议被采纳，包括“同化”：“疏言：‘索伦总管博克所获俄罗斯人及军前招降者，皆迫于军威，不宜久留索伦，应移之内地。’诏允行。”

六曰“经济制裁”：“‘雅克萨、尼布楚二城久为罗刹所据，臣密诇雅克萨惟耕种自给，尼布楚岁捕貂与喀尔喀贸易资养赡。请饬喀尔喀车臣汗禁所部与尼布楚贸易，并饬黑龙江将军水陆并进，示将攻取雅克萨，因刈其田禾，则俄罗斯将不战自困。’上然之，即以玛拉所奏檄示喀尔喀。”

七曰“丢卒保车”：“二十四年（1685），诏选八旗及安置山东、河南、山西三省福建投诚藤牌兵，付左都督何祐率赴盛京，命朋春统之，进剿罗刹，以副都统班达尔沙、副都统衔玛拉、銮仪使建义侯林兴珠、护军统领佟宝参赞军务，祐、兴珠皆郑氏将来降者也。”②

这些应对“罗刹”的策略主要是“和平与战争”两手，战术是否正确不能靠一时的侥幸、据将领的奏疏，无法实地验证的少伤亡、无伤亡“报告”、无伤亡，而应以最终的结果论证：

二十四年，命都统朋春率师征罗刹，郎坦以副都统衔随

① 赵尔巽等：《清史稿》卷二百八十《朋春传》，第10138–10139页。

② 赵尔巽等：《清史稿》卷二百八十《朋春传》，第10136页。

> 征。师薄雅克萨城，罗刹酋额里克舍请降，郎坦宣诏宥其罪，引众徙去，毁木城。是冬罗刹复来，踞雅克萨筑城。二十五年，命郎坦偕副都统班达尔沙携红衣炮，率藤牌兵百人，往会将军萨布素进兵。上以郎坦谙悉地势，即令参赞军务。六月，薄其城，凿壕筑垒，贼出拒，击败之，斩额里克舍。寻，俄罗斯察罕汗上书请释雅克萨围，上许之，令郎坦撤军，还驻宁古塔。寻擢正白旗蒙古都统。二十八年，上遣内大臣索额图等与俄罗斯使人费耀多啰等会于尼布楚，立约定界，命郎坦与议，乃毁所筑城徙去。①

这也可以从另一面来看，虽然清朝军事经济实力落后于“他族”，生存理念也落后，但自认为大国上邦有地理及文化优越性，可以“闭关锁国”，规避世界无政府状态的“丛林竞争法则”，草率地结束战争并签订不平等条约，诱发对手更大胃口。这源于对“对手”的刻板认知，有民族矛盾与军事经济落后的压力，更是“你强我弱，你弱我强”的投机自保策略。

事实上，“雅克萨”之战，上自皇帝，中至将帅朝臣，下至普通士兵，几乎举一国之力共同应对，才取得了妥协性条约签订。这个对手不可谓不强大、不凶猛。作为中国北方寒温带的地缘近邻，曾经的“金帐汗国”藩属国，莫斯科公国为核心的俄罗斯首先是一个强势经济军事政体。其构成者如斯拉夫人、俄罗斯人、哥萨克人因生存发展的需要，一直具有共同的“开疆扩土”野心，为之战斗。在清初国人心目中，“俄罗斯”是富庶先进与偏远苦寒的交错地域；“俄罗斯人”则是一个融合“西洋人”与“罗刹”的复杂代名词，天使与恶魔的结合体。“罗刹”的顽强被稍稍

① 赵尔巽等:《清史稿》卷二百八十《朗坦传》，第 10135 页。

感觉到："彭椿公既平其地，甫归报，而罗刹已于其地复建城，比前愈巨，益其众，耕牧如故，掠梭伦益甚。"[①] 而清廷只是感到愤怒而无奈。

晚清新闻画报描绘当时我国境内的恰克图四部接近俄罗斯，这里风俗与其他部不同，住北海（贝加尔湖）南岸。当地民众一向把申公豹作为神来祭祀，每当秋冬之际海水即将结冰时，便将申公豹木像抬着放入海中，用来试冰冻的坚固程度。如海水淹没神像，人和车可从冰上通过；如神像一手指伸出水面那人和车就不能过；而神像一只手或身体浮出水面，可听到冰碎裂之声；冰全融化了神像也全部上浮水面。[②] 按，明代许仲琳神怪小说《封神演义》把申公豹定位在了北海，中原小说构成了恰克图当地的民间仪式、民间信仰，这一"民俗记忆"载入新闻画报，成为不可磨灭的历史剪影。（图－17）

意味深长的是，在大小兴安岭的民间，鄂伦春人的传说中，也流传着生存权利被剥夺的危机舆情，骇人听闻。说相传早先的时候从外兴安岭窜来了一群魔鬼："这群魔鬼长得黄头发、红鼻子、蓝眼睛，蓝眼睛里放射着凶恶的蓝光。魔鬼们一个个张牙舞爪说什么大小兴安岭是它们的。它们见到住在兴安岭上的人就杀，杀了就吃，它们要把这里的人斩草除根，要在兴安岭上住下来，永世霸占兴安岭。……"[③] 尽管，这是一种"意识形态形象"，是民间传说的"套语"，但深层寓意是乡邦故土被掠夺的一个凄苦、悲愤的历史投影。

---

① 刘献廷：《广阳杂记》卷二，北京：中华书局，1957，第 87 页。

② 吴友如等：《点石斋画报》，1894 年。许仲琳《封神演义》第七十二回写申公豹在元始天尊面前发一个誓愿："弟子如再要使仙家阻挡姜尚，弟子愿身子塞了北海眼！"小说第八十四回照应了违犯这一誓愿的后果，元始命黄巾力士持宝贝将申公豹擒拿："将我的蒲团卷起他来，拿去塞了北海眼。"力士领命，将申公豹塞在北海眼，即今俄罗斯境内的贝加尔湖。第九十九回写："今奉太上元始敕命，尔申公豹……身虽塞乎北海，情难释其往愆，姑念清修之苦，少加一命之荣。特敕封尔执掌东海，朝觐日出，暮转天河，夏散冬凝，周而复始，为分水将军之职……"

③ 满都呼主编：《中国阿尔泰语系诸民族神话故事》，北京：民族出版社，1996，第 314 页。

图－17

二、"罗刹"话语的理解及其政治功能

"罗刹"，本是中古汉译佛经的音译词，指"恶鬼"（详后）。中原关于"罗刹"的记载，较早见于南朝刘宋刘义庆（403—444）受佛经故事影响撰著的《幽明录》：

> 宋有一国，与罗刹相近。罗刹数入境，食人无度。王与罗刹约言："自今以后，国中人家，各专一日，当分送往，勿复枉杀。"有奉佛家，唯有一子，始年十岁，次当充行。舍别之际，父母哀号，便至心念佛。以佛威神力，大鬼不得近。明日，见子尚在，欢喜同归。于兹遂绝。国人嘉庆慕焉。[①]

研究者认为这是剪裁改写佛经故事而成[②]。这里的"国"，吴海勇博士指出当是刘宋的某附属国，"似乎有根有据"[③]，这是很有道理的。佛经传译者往往根据中土重视史传文学的接受习惯，让故事有实地实存的依托。而这里也是中原如小说《西游记》通天河故事中"轮流奉妖"母题的开启作品[④]，可见最早的妖魔系列中，就有"罗刹"这一恶鬼类型厕身其中。如李剑国教授指出："佛经有夜叉，成式好佛书，于夜叉多有记述，汝州村人女遇野叉事即是，《情史》卷二一录入。"[⑤]

罗刹与夜叉均属于妖魔鬼怪，原本在佛经中是有差别的。夜叉（梵

① 郑晚晴辑注：《幽明录》，北京：文化艺术出版社，1988，第 165 页。

② 全寅初：《魏晋南北朝志怪小说研究》第四章第一节，台湾师范大学博士论文，1978。1996 年大连明清小说国际研讨会曾邀全教授出席。

③ 吴海勇：《中国汉译佛经叙事文学研究》，北京：学苑出版社，2004，第 558-559 页。

④ 王立等：《"轮流奉妖"母题的传播与文化的异变整合》，《南开学报》2016 年第 1 期。

⑤ 李剑国：《唐五代志怪传奇叙录》，天津：南开大学出版社，1993，第 736 页。

文 Yakshas）作为古印度神话中的“半神”，是财神俱毗罗的侍从，俱毗罗属下有百千夜叉和罗刹。史诗《摩诃婆罗多·森林篇》中夜叉被视为善之体现（亦勇猛好战），而罗刹则主要是恶之化身。

但在中国古人的模糊性、印象式思维支配下，明清故事中的罗刹、夜叉形象往往混淆不清。《聊斋志异·罗刹海市》写出了罗刹所居在海外“异空间”。美少年马骥随人浮海遇飓风，至“大罗刹国”，“其人皆奇丑，见马至，以为妖，群哗而走”，而“形貌亦有似人者，然褴褛如丐”。这里人妖颠倒，“西去二万六千里，有中国，其人民形象率诡异”，其中的官员“率狰狞怪异。然位渐卑，丑亦渐杀……”而那些女乐“更番歌舞。貌类夜叉，皆以白锦缠头，拖朱衣及地，扮唱不知何词，腔拍恢诡”。后来被召为龙宫的驸马与龙女生活一段时间，后归家乡。[①]这一故事，在故事母题史上，脱胎于佛本生“母夜叉擒男人为夫”的凄美故事。说梵授王的王后行越轨之事，如誓约变成了马面夜叉，在山洞里伺候了夜叉王三年，获准捕食行人。但一次抓住了英俊的婆罗门后却爱上了这个男人，留下为夫，每次抓人都带回各种食品美味，用大石堵住洞口。后菩萨转生为他们的儿子，母夜叉非常疼爱，儿子长大后就搬开石头，还问父亲为何长得与母夜叉脸不一样。得悉原委就带着父亲逃跑，两次逃跑都被母夜叉发现后抓回。于是儿子设法问出母亲的活动范围，一次乘着母夜叉外出，儿子背上父亲飞快地逃离，母夜叉追来时，儿子已带着父亲游到界河中央。母夜叉央求父子回来，遭拒，无奈母夜叉就教会了儿子辨别脚印的本领，而后“顿足捶胸，经受不住与儿子离别的忧伤，她的心儿破碎，倒地而死”[②]。

而《聊斋志异》中的《聂小倩》写出了宁采臣所见：“物如夜叉状，

---

① 任笃行：《全校会注集评聊斋志异》卷三，济南：齐鲁书社，2000，第 673-682 页。

② 《佛本生故事选》，郭良鋆、黄宝生译，北京：人民文学出版社，2001，第 269-271 页。

电目血舌，睒闪攫拿而前”；《耳中人》写笃信导引之术的诸生谭晋玄，见到三寸长的小人，“貌狞恶，如夜叉状，旋转地上……”《考弊司》中讲义气的少年闻人生进入“考弊司”看到的“主簿吏，虎首人身”；老妪与美女，“自肩以上化为牛鬼，目睒睒相对立”，秀才望见他惊问：“何尚未归……得毋为花夜叉所迷耶？”《丐仙》中的“绣衣蹁跹”的丽人，高玉成“酒后心摇意动，遽起狎抱，视之，则变为夜叉：睛突于眦，牙出于喙，黑肉凹凸，怪恶不可言状”。而《夜叉国》中的这一距离交州八千里之遥的海外国度，与《毒龙国》相邻，也属于“爪劈生鹿而食”的带有野蛮习俗的偏远海岛。[①]因而，在具体文本特别是清人的印象中，罗刹、夜叉具有互补性质，而且夜叉使用的频率更高。

国危思良将，晚清新闻画报为人们描绘出非常恐怖的夜叉形象。这题材上呈现出的是一个追溯“民俗记忆”的现实隐喻版。这一带有预见性的故事称，名将岳飞后裔、曾率兵平定西北的岳襄勤公（岳钟琪，1686—1754）年幼时胆略过人，康熙三十二年（1693）其父在登州镇属任上时，某日见告示说海上夜叉吃人，就带酒菜到海边等，顷忽海水陡涨夜叉出，年轻的岳公子连发两箭均射中，但夜叉不但无恙，还吃了一匹马。搏斗中夜叉逃入海，公子带的手下人都被吓得昏倒。而又来了多名夜叉接着与公子打斗，危急时刻援兵赶来，夜叉才被打退。按，除了对于名将后裔的战神崇拜之外[②]，这一名将幼年（七岁）海边斗夜叉传

---

① 王立、刘卫英：《〈聊斋志异〉中印文学溯源研究》第二十三章《〈聊斋志异·夜叉国〉的佛经渊源及中外民族融合内蕴》，北京：昆仑出版社，2011。

② 民初还在传扬：“岳威信公征青海，行至崇山，见野兽群奔，曰：‘此前途有放卡贼，蓐（吃饱）食速驱。’果擒百余人。自此探信贼断，敌不及备，大军直抵其帐，敌众仓皇惊溃，丹津衣番妇衣遁，降者数万。自出师至北，前后仅十余日，古来用兵塞外，未有如此神速者。”《清代野史》第八辑，成都：巴蜀书社，1987，第137页。

说[①]，折映出列强海上陵迫、忧国忧世的民俗心理。光绪十九年（1893）恰恰是中日“甲午海战”的前一年，危情已现，可怕的外来魔鬼恰恰是从海上来的，这也许又是一个悲催而不幸应验的谶言。而与此类似的“罗刹”，在此前已吞噬北方大片土地。画图表层结构很可能取自《封神演义》的哪吒故事[②]。（图 – 18）

研究者指出柳田国男揭示了日本民间故事往往故意省略一些固定名词——或将故事发生时间、地点和具体人名省略[③]。而中国民间故事的特点，则往往假托历史上的名人，以期迎合喜欢“讲史”的听众、读者，这也是许多民众把戏台上演出的历史故事当成真实历史的原因。而在清末，新闻图画等则一定程度上具有了戏曲的这一功能。

明清关于岳飞的戏曲绵延不绝，尤其是“补憾类续作”与时事相联系，主题基本为“抗敌”“忠君”，且毕竟曾为朝廷所倡扬[④]；因而，尽管有些涉及宋金战事的戏曲受到打压，但嘉道时期则在现实危机前有所繁

---

① 吴友如等：《点石斋画报》，1893 年。明末时吴玉虹《如是观》（《翻精忠》）第二十六出道士鲍方自言：“……今有大宋徽钦二帝，荒于酒色，听信奸邪，将玉帝表札误书奏上，玉帝大怒，差下赤须龙（指金兀术）搅乱他的江山……又差白虎将岳飞等提兵扫尽金人，伏尸千里。上帝命我遣角端神兽挡住宋兵，海中再现金桥一座，渡兀术过北海以全其种，此乃上帝好生之德，原非庇护夷狄也。”杜颖陶、俞芸编《岳飞故事戏曲说唱集》，上海：上海古籍出版社，1985，第 302 页。疑画报的隐喻构思也可能受此启发。

② 许仲琳《封神演义》第十二回写七岁的哪吒用混天绫蘸水洗澡，引起东海龙宫震动。龙王派的巡海夜叉李艮“面如蓝靛，发似朱砂，巨口獠牙，手持大斧”，出海探寻，争执中被哪吒用乾坤圈打死。龙王三太子敖丙乘水兽又出海责问，被哪吒打死。哪吒、岳钟琪斗夜叉时均为七岁，可为一证。清史专家谢景芳教授提示，名将岳钟琪平生实未曾到过登州。

③ 乌日古木勒：《柳田国男故事学理论述评》，《民族文学研究》2014 年第 4 期。

④ 康海宏：《岳飞戏曲演变考述》，《四川戏剧》2015 年第 3 期，等等。康熙帝作《宋高宗父母之仇终身不雪论》认可岳飞忠诚，乾隆帝作《岳武穆论》：“夫武穆之用兵驭将勇敢无敌，若韩信、彭越辈，类皆能之。乃如以文武兼备，仁智并施，精忠无二，则虽古名将亦有所未逮焉。……以公之精诚，虽死于秦桧之手，而天下后世而仰望风烈，实可与日月争光矣。”载殷时学编《岳飞庙志》，郑州：中州古籍出版社，2007，第 4 页。

图－18

盛，光绪初年北京戏班竟然争演岳飞戏[①]。作为名将岳飞后裔、平定西北的常胜将军岳钟琪，其年少之时“大战夜叉”的民间传说，折映出忧国忧世的民俗心理。

近代国人对“俄罗斯”之所以为此名的理解，还有故意回护的，值得深味：“俄罗斯之为罗刹，译言缓急异耳，非必东部别有是名也。初遣兵诇敌，郎坦主其事；取雅克萨城，朋春、萨布素迭为将，而郎坦与玛拉实佐之。尼布楚盟定，开市库伦，是为我国与他国定约互市之始。用兵当期必克，我苟草率，彼益猖狂，圣祖谕萨布素数言，得驭夷之要矣。”[②]可见,“俄罗斯之为罗刹”，是临时性的“译言缓急异耳”，而“非必东部别有是名也”。康熙皇帝的“驭夷之要”，即“用兵当期必克，我苟草率，彼益猖狂”，有美化君王嫌疑。尽管如此，与“俄罗斯人”的“先强占再谈判”的战略战术相比较，清朝的抵御手段却未免太过仁慈和软弱。再结合1858年的《瑷珲条约》和1860年的《中俄北京条约》，则不难证明所言不虚，还能更好地理解“罗刹”称谓的深层含义。

无疑，“罗刹”这一话语的称谓，销蚀了游牧族群间曾经的合作与妥协，缓解了与农耕民族的隔阂及冲突，也是族群生态环境中生存法则的一个艺术化表现。韦伯认为：“一个独特的物竞天择过程：一个民族兴盛，一个民族衰落。”[③]其实并非仅仅是生存竞争才如此，雷蒙·阿隆认为“族群的观念性存在”也必须“毫不犹豫地、不加论证地承认文化

---

① 康宝成教授指出光绪年间北京曾有13个戏班同演《八大锤》，19个戏班同演《挑滑车》《岳家庄》，23个戏班子同演《镇潭州》。康宝成：《清代政治与岳飞剧的兴衰》，《中州学刊》1985年第2期。

② 赵尔巽等：《清史稿》卷二百八十，北京：中华书局，1976，第10142页。

③ 马克斯·韦伯：《民族国家与经济政策》，甘阳译，北京：生活·读书·新知三联书店，1997，第85页。

和民族及民族实力和文化传播之间的双重纽带关系”[①]因此，当“俄罗斯人”用“以攻为守”丛林法则与坚定不移的“征服”他族精神撬开中国边境时，作为地缘的友好邻邦满族人（以及蒙古族人、鄂伦春族人等），也在中原大地上与汉民族发生着军事经济文化的大碰撞，并入主中原，确立了种族等级制，一个需要用暴力与法律反复印证的正统权力。这样的过程或许会令一个民族很无奈地失去部分种族特性，以适应新的社会伦理结构。其结果就如物理学家沃纳·海森伯格（Werner Heisenberg）所说的：“人类有史以来第一次在地球上只面对自己，而不再有敌人或伙伴。”[②]时代的巨大讽刺却在于这种主导性正是当今全球病态和恐惧的根源。在消除了所有可能的对手后，人类不再面对任何敌人，面对的只有自己。对“俄罗斯人”的书写也正暴露出此类尴尬。当遥远的记忆与现实需要发生冲突时，有效地改变不利处境的最佳方式即摆脱“尴尬身份”。将曾经的合作伙伴“俄罗斯人”模糊地称呼为“罗刹”，暗示其带有妖魔性，正是有效运用话语权力摆脱文化裂层的艺术化表现。于是“罗刹”话语符号便具有了族群社会伦理认同的强大内在驱动力。

另外，动态与模糊的书写模式，在建构着中心－边缘的体系结构之时，迎合了等级制社会结构元素的身份认证需要。有效运用话语权力以实现身份正统化，并进而重构建立理想社会伦理秩序。虽然在国际外交上还时常暴露“族群”性的无知与傲慢，如最初入侵乌苏里江口的俄罗斯远征队，即被清初人（顺治九年）称之为“罗刹”；康熙九年（1670）五月十三日，康熙致书沙皇，禁止“罗刹”劫掠边境，由满文书写，七

① 雷蒙·阿隆：《社会学主要思潮》，葛智强、胡秉诚、王沪宁译，上海：上海译文出版社，1988，第437页。

② 斯塔夫里阿诺斯：《全球通史·引言：世界史的性质》，董书慧、王昶、徐正源译，北京：北京大学出版社，2005。

年以后，才被天主教徒译出。[①] 作为大国的最高统治者，用“满文”撰写外交书信，不仅表现出自感的无上尊显，也显示出自上而下对“国际外交”的无知。

不得不提到的是，雅克萨战役之后，康熙曾向建义侯林兴珠详细询问战事，“论及火器之利”，而君臣间的对话，则更暴露出朝野上下对“火器”战争了解甚少，何谈因时改进：“（康熙）因问所以御之者，曰：‘惟滚被为第一。’上问滚被为何物，侯曰：‘即人家所用之棉被也。’上笑曰：‘是何能为？’侯曰：‘柔能制刚耳。’因详言其进退滚闪之法，上颔之。又问曰：‘滚被之外，更有何法？’曰：‘有滚牌，臣家有其器。’上立命取至。曰：‘汝家有能用此牌之人否？’曰：‘有数人耳。’遽召六人来，于上前舞跳。上命善射者数人，以雹头射之，数发皆不能中，矢未发已滚至面前，疾于飞鸟。上大喜，问能用滚牌之人……”[②] 因循冷兵器时代崇尚灵巧的惯性思维，视“火器”战争如同冷兵器时代的那些防御办法和生活经验，简直是视同儿戏，这就不仅仅是对欧洲火器发展的无知，也见出其军事观念的落后且并不自知的傲慢。

人类学家赛义德（1935—2003）曾提到“帝国主义”的“两个十分不同但紧密相关的方面”：“一方面是一种以力量掠夺领土的思想。这种思想很清楚自己的力量和它带来的后果；另一方面，它通过在帝国主义的受害者和维护者之间确立一个自发的、自我肯定的、正当的权威体系，来推行一种模糊或掩盖这种思想的实践。”[③] 因此，清代“罗刹”的模糊称谓，蕴含着“强悍”与“歧视”的荒诞意味，与清初期的异化思

① 赵尔巽等：《清史稿》卷六《圣祖本纪》。参见陈复光《有清一代之中俄关系》（《民国丛书》第二编 28 册），上海：上海书店据云南大学文法学院，1947（影印）。

② 刘献廷：《广阳杂记》卷二，北京：中华书局，1957，第 84–85 页。

③ 爱德华·赛义德：《文化与帝国主义》，李琨译，北京：生活·读书·新知三联书店，2003，第 94 页。

维有密切关联。

另一点不应忽视，即“罗刹”称谓的历时性演变离不开蕴含的宗教意味。康熙二十二年（1683），清军在雅克萨俘虏一批哥萨克军士，小部分安置在北京城东北角胡家圈胡同，编入八旗镶黄旗满洲第四参领第十七佐领，时称“阿尔巴津人”。清廷当时采取了较为宽厚的政策：“罗刹归顺人颇多，应令编为一佐领，令其彼此相依，庶有资籍。”[①]随战俘来的东正教修士大司祭马克西姆·列昂季耶夫神甫将被赐的佛寺改称为“尼古拉教堂”，相映成趣的是：“中国人则称为‘罗刹庙’”，“‘罗刹’一词系来自印度，意为‘魔鬼’，十七世纪中国人便用它来称呼黑龙江沿岸的俄国移民”。[②]由莫斯科公国扩疆而成的俄罗斯，人们主要信仰“东正教”，被认为是基督教的正宗。这与中原流行的“佛教”以及满蒙崇拜的喇嘛教和萨满教有着根本不同，这样的载录或许更印证了“罗刹”称谓的某些合理性。

三、“罗刹”：俄罗斯形象的佛经文献渊源

进一步梳理相关文献则不难发现，将远东地区的强势控制者称为“罗刹”或“魔鬼”，又与汉译佛经的观念性认知，以及书写模式的历史性投射都有种种内在联络。黑格尔曾指出：“文明民族意识到野蛮人所具有的权利与自己是不相等的，因而把他们的独立当作某种形式的东西来处理。”并解释说：“在这种情况下所发生的战争和争端，是争取对一

---

① 《清实录》(《圣祖仁皇帝实录》) 卷一二二，北京：中华书局，2008，第224-229页。

② 诺伏戈罗茨卡娅：《俄国驻北京传教士团在俄中关系史上的作用和地位》(十七世纪末至十八世纪)，《东正教在远东》，彼得堡1993年，转引自李明滨《中国与俄苏文化交流志》，上海：上海人民出版社，1998，第63-64页。

种特定价值的承认的斗争，这一特征给这些战争和争端以世界历史的意义。”[①]崇奉拜火教的雅利安人（早期人种是黑发褐眼）强势入主古印度并建立森严的种姓制度，后来又创立古印度教，而此时佛教创始人“释迦族”尚处草创阶段。这正应了哲学家韦伯的历史性总结：“政治世界乃是一个多元的世界，而非统一的世界。”[②]以“众生平等”“六道轮回”为核心理念的佛教创立过程中，作为宗教对立物而存在的异教徒，常常被以“罗刹”含糊名之。而在佛教传入中土过程中，裹挟着排斥异教徒的遗传因子，使得“罗刹”一词也将其能指与不断丰富的所指一起传入，并被大众消极地接受。

首先，在中古汉译佛经文献中，“罗刹”是“恶鬼”的化身，吃人，能飞行，能土遁。而“罗刹女”则是“绝美的妇人”。早期雅利安人用来称呼“土著居民”的“罗刹黑身、朱发、绿眼”，含有“不开化”之贬义。王邦维教授明确指出：“罗刹，梵文 rākṣasa 或 Raksas 音译，又译罗刹婆、罗叉婆、阿落刹娑等。《慧林音义》卷二五：‘罗刹，此云恶鬼也。食人血肉，或飞空，或地行，捷疾可畏也。’（大 54/464b）罗刹一名，最早见于《梨俱吠陀》（Rgveda），据说原为印度古代土著民族的名称。雅利安人进入印度，与原来的土著民族发生冲突，罗刹一名便成为恶称。传说罗刹黑身、朱发、绿眼，罗刹女（梵文 rākṣasī）却是绝美的妇人。大史诗《罗摩衍那》（R Ãmay Ãna）的主要故事情节，就是楞伽岛（即斯里兰卡岛）的十首罗刹王罗波那劫走罗摩之妻悉多，罗摩为救妻与之大战。”[③]

---

① 黑格尔：《法哲学原理》，范扬、张企泰译，北京：商务印书馆，2009，第 403 页。

② 卡尔·施密特：《政治的概念》，刘宗坤、朱雁冰等译，上海：上海人民出版社，2004，第 133 页。

③ 义净：《大唐西域求法高僧传校注》，义净原注，王邦维校注，北京：中华书局，1988，第 71 页。

唐代之后，“罗刹”的上述妖魔化意旨见于多种文献之中。语言学学者董志翘教授也指出，罗刹，梵文 rākṣasa 音译之略，印度神话中的恶魔名，数目很多，也称“罗刹娑”“罗叉娑”“阿落刹娑”等。最早见于印度古老的宗教文献《梨俱吠陀》，相传原为印度土著名，雅利安人征服印度后，凡遇恶人恶事，皆以罗刹名之，罗刹遂成恶鬼名。后被佛教吸收，仍指恶魔。而唐代释玄应、释慧琳的《一切经音义》卷二十五明确为：“罗刹此云恶鬼也，食人血肉，或飞空或地行，捷疾可畏也。”[①]

玄奘《大唐西域记》卷十一载“师子国”（斯里兰卡）有罗刹之传说，产生在佛教出现之前。在印度各种神话与宗教传说中，罗刹多出没在南方及其海岛中。罗刹，多见于中古汉译佛经。如《妙法莲华经·观世音普门品》：“入于大海，假使黑风吹其船舫，飘堕罗刹鬼国。其中若有乃至一人，称观世音菩萨名者，是诸人等皆得解脱罗刹之难。”《贤愚经》载善求与恶求入海访宝，中道乏粮，善求与诸商人诚心祷神，在空泽中遥见一树，枝条郁茂，善求及众人请求下，树神现身以甘泉及美衣宝物相助。恶求后到，不听劝阻砍伐树根，善求只得率众归家，而恶求等被五百罗刹吃掉了。[②]这里的“罗刹”吃人，且不论善恶通吃。

北朝译经《大吉义神咒经》还写出了夜叉、罗刹的种种变幻形貌和力大等特点：“有夜叉罗刹鬼等作种种形：师子、象、虎、鹿、马、牛、驴、驼、羊等形，或作大头，其身瘦小；或作青形，或时腹赤；一头两面或有三面，或时四面，粗毛竖发如师子毛；或复二头，或复剪头；或

---

① 董志翘：《观世音应验记三种译注》，南京：江苏古籍出版社，2002，第 81–82 页。

② 慧觉等译：《贤愚经》卷九《善求恶求缘品第四十五》，高楠顺次郎等编：《大正新修大藏经》卷四，中国台北：新文丰出版社，1934，第 416b–c 页。

时一目，锯齿长出，粗唇下垂；或复嵺鼻，或复耽耳，或复耸项，以此异形，为世作畏。或持矛戟并三奇叉，或时捉剑，或捉铁棰，或捉刀杖。扬声大叫，甚可怖惧。力能动地，旷野鬼神如是之等百千种形。阿罗迦夜叉在彼国住，为彼国王，是故名为‘旷野之主’。于彼旷野国中有善化处，凡有二十夜叉鬼母，彼诸子夜叉等身形殊大，甚有大力。能令见者生大惊惧，普皆怖畏。又复能使见者错乱，迷醉失守。猖狂放逸，饮人精气。……”[①]这都奠定了唐代之后中国本土夜叉、罗刹形象的内蕴。

“罗刹女”可迷惑比丘。说外国山寺有年少比丘，在寺外邂逅罗刹女：“甚好姿首，来娆比丘，比丘被惑，遂与之通。通后，精神惶惚，无所觉知。鬼负之飞行，欲还本处规将啖。于夜前分，从一伽蓝上过，比丘在鬼上，闻伽蓝中有诵《法华经》声，因即少醒。忆已所习，乃心暗诵之，鬼便觉重，渐渐近地，遂不能胜，弃之而去。……”[②]在色戒考验母题中，罗刹女鬼本来是变化作美貌的妇人。而在对待美色女性问题上，中印有较多相通之处，对女性共同带有莫名其妙的恐惧意识。唐代时“罗刹”被普遍看作是食人女妖，善于幻形。初唐张鷟（660—740）《朝野佥载》称大定年中，太州赤水店郑家庄有一青年，途中被“青衣女子”诱惑，就一庄夜宿同寝，天明只剩下了头颅，一大鸟冲门飞出，有人说是“罗刹魅”。[③]至于人形的“罗刹”，虽不是佛经文献中特有的形象，但不难概括其特点：“罗刹男”外貌丑陋，“黑面赤发碧眼”；“罗刹女”则是“绝美妇人”。有吃人习性，有贪嗔痴等恶德；女性居多且

---

① 释昙曜译：《大吉义神咒经》卷三，[日]高楠顺次郎等编：《大正新修大藏经》卷二十一，中国台北：新文丰出版社，1934，第575页。

② 惠详译：《弘赞法华传》卷六，[日]高楠顺次郎等编：《大正新修大藏经》卷五十一，中国台北：新文丰出版社，1934，第27a–b页。

③ 刘餗、张鷟：《隋唐嘉话·朝野佥载》，北京：中华书局，1979，第144页。

善于以色迷惑“比丘”。这之中除了种族偏见与歧视，更多的是宗教差异，信仰不同。相关解释，则牵涉持有“华夏文化中心”观念的中原人惯于从体貌特征上，对外来人种排拒、抵触和贬抑的文化传统。对此，北方高寒之地横冲直撞来的俄罗斯人，可谓首当其冲。佛经中经常持久性地书写“罗刹”为“异教徒”，其逆向思维则是“罗刹”之强大与不可战胜的宗教政治显现，应在了他们身上。

其次，“罗刹”又是“强大者”的代名词。除了体质强健外，还有坚定的意志与进取精神。是“他族”存在的强有力竞争者。中西交通史家曾就唐代诗人戎昱《苦哉行》“匈奴为先锋，长鼻黄发拳”诗句，指出勇猛“先锋”的种族特征：“中国古书从无有言诸族之有长鼻黄发拳者。长鼻黄发拳乃欧洲北部之诺尔的人（Nordische），译义北方人也，包含斯堪地那维亚人及所有波罗的海沿岸诸族，如德国、荷兰、英国等日尔曼诸族（Germanic），以及东部之斯拉夫诸族人也。凡此诸族皆为白种人，肤色白，头发金黄色且拳曲状，目瞳青蓝。《苦哉行》中之长鼻黄发拳人为占据欧洲北部及东部者之一支族，毫无可疑。……而其由东欧前往基洼及撒马儿罕，就柘羯军队之招募，毫无可疑也。”[①]其中“东部之斯拉夫诸族人”亦即“俄罗斯人”一部分，或曰“哥萨克人”。族群构成略微复杂，但其作战威猛则一。虽然国人对“西洋人”充满了艳羡与爱慕，但为了方便书写，又无从考证叙事对象的准确身份，就有意借用“罗刹”以代之，这是民族习性与文化使然。

然而富有意味的是，清代人眼里的俄罗斯人这种强壮因其弱点，又被看轻：“康熙间，俄罗斯贡使入京，仁圣令选善扑处有力者在馆伺候。凡俄国一使一役出外，必有一善扑者随之。俄人虽高大强壮，而两股用布束缚，举足不灵，偶出扰民，善扑者从其后踢之，辄仆地不能起，以

① 张星烺编注：《中西交通史料汇编》第三册，北京：中华书局，2003，第 1587 页。

此凛然守法。”[①]对于其人种特征的评论，基本上是印象式混杂着道听途说传闻的，看似“一分为二”，实际上是攻其一点，不及其余，在不得不承认其表面上的“高大强壮”后，突现出的是对于“举足不灵”的贬低和蔑视。

清人经常谈论的“红毛鬼”，即早期来到东亚的欧洲葡萄牙人。清人陆次云称：“红毛鬼，倭之别种，在交趾南入洋为盗，其船有丸桅者，首尾有舵，昼夜兼行，惟视罗经向往耳。日间上桅斗照千里镜，见远舟如豆，则不可及，若大如指，即接其桅而追焉。数百里逾时可及。既夺其货，又惊其人，以彼国产辣椒，气甚烈，得人役之炒椒，其人经年必死，故一夫价值百金，恒掠交人，郊人必与死战。”[②]将具有体质人类学特征的俄罗斯人说成是“罗刹”，并非偶然孤立的。在华夏中心主义视野中，许多与黄皮肤黑眼睛的中原人不同体貌的“他者”，都被说成是如此。清代人们经常谈论的“红毛鬼”，即其一也，英国人和其他欧洲人也被如此状写。

正是由于不了解，也难于求得甚解，保留在明清野史笔记载录中的传说，还会产生一些错得更加离谱的传闻：“林邑船官徐狼川言：外夷皆裸身，男以竹筒掩体，女以树叶蔽形，所谓裸国者也。虽习裸袒，犹耻无蔽。惟以暝夜与人交市，暗中嗅金，便知好恶。晓看，皆如其言。据《八纮野史》，乃罗刹国人也，在婆利之东。其人朱发黑身，兽牙鹰爪。与林邑人作市，辄以夜，昼则掩其面云。又有罗刹鬼国，在东洋大海之中。……”[③]显然，这里的“朱发黑身”者，被置于同“罗刹鬼”一个层次的系列里。甚至，就出现了华夏古人惯常的混淆在一起描述的认

① 陈康祺：《郎潜纪闻》二笔卷九，北京：中华书局，1990，第481页。

② 陆次云：《八纮译史》卷三，王文濡编《说库》下册，杭州：浙江古籍出版社，1986（影印）第1376页。

③ 朱梅叔：《埋忧集》卷十《臭金》，长沙：岳麓书社，1985，第215–216页。

识："罗刹国在婆利之东，其人极陋，朱发黑身，兽牙鹰爪，时与林邑人作市，辄以夜，昼日则掩其面。隋炀帝大业三年，遣使常骏等使赤土，至其地。""罗刹鬼国，在东海大洋之中，明隆庆时，有买舶失风，飘荡数日，入于一处，名曰暗海，天日无光，洪涛涌起，见波中有人千万，若没若灭，逼近舟航。众人大恐，操舟者云无妨，急命作饭投水中，其人渐去，去后舟人曰：覆水之鬼，精灵结聚于此，饥来索食。梵经所云，飘坠罗刹鬼国，正谓此也。"[①]此处的"婆利"为东南亚的文莱国旧称，宋明两朝称为"浡泥"。

希勒格（Gustave Schlegel）《中国史乘中未详诸国考证》第十三章《泥离国考证》指出："今之朱克济人，不以牙贯唇，惟以环穿耳。但据中国记载，当时之朱克济人或那莫洛人，七世纪以前，尚以牙穿唇。特吾人认识此民族之时，在十七世纪以后，不或见之耳。""中国人称之曰夜叉，即因其以牙穿唇。夜叉为婆罗门教魔鬼之一种。僧哥罗（Singhala）语名之曰 Yakâ，即梵文夜叉（Yakcha）之转也，今日所见夜叉之假面具，不特露牙于外，且有长牙二枚至四枚，突出于唇角。中国人以朱克济人形与夜叉貌相类，故以夜叉名之。又据《酉阳杂俎》所载，苏都识匿国，有夜叉城，城旧有夜叉，其窟见在等语。吾人曾述朱克济人之居处，与可利亚人及堪察家人之居处相同，皆掘坎于下，建屋其上。在中国人之名朱克济人为夜叉者，又据有另一理由也。"[②]

考证清朝属地的"流鬼国"（今俄罗斯东北的堪察加半岛，白鸟库吉误认为是库页岛）。《唐会要》载："流鬼，去京师一万五千里，直黑水靺鞨东北，少海（今鄂霍次克海）之北。三面阻海，多沮泽，有鱼盐之利。地气早寒，每坚冰之后，以木广六寸，长七尺，施系于其上，以

---

① 陆次云：《八纮荒史》，王文濡编：《说库》下册，杭州：浙江古籍出版社，1986（影印）第1388页。

② 《西域南海史地考证译丛》第三卷，冯承均译，北京：商务印书馆，1999，第347页。

践层冰，逐其奔兽。俗多狗，以其皮毛为裘褐，胜兵万人，南与莫曳靺鞨邻接。未尝通聘中国。贞观十四年其王更三译而来朝贡，授骑都尉。”[①]元代马端临（约 1254—1340）《文献通考》载：“其国北一月行，有夜叉人皆豕牙翘出噉人，莫有涉其界，未尝通聘。”亚洲北部到中国东北北部以朱克济人为代表的古代部族，西晋王嘉称之为“泥离国”：“（周）成王即政三年，有泥离之国来朝。其人称，自发其国，常从云里而行，闻雷霆之声在下，或入潜穴，又闻波涛之声在上。视日月以知方国所向，计寒暑以知年月。考国之正朔，则序历与中国相符。王接以外宾礼也。”[②]《拾遗记》还载：“（西汉）孝惠帝二年，……时有东极，出扶桑之外，亦有泥离之国来朝。其人长四尺，两角如茧，牙出于唇，自乳以来，有灵毛自蔽，居于深穴，其寿不可测也。……”[③]“居于深穴”可以表明此北方族群的穴居习俗。而据海交史的考证，唐代曾有往来“流鬼国”的航线，直到 1803 年沙俄军官由堪察加半岛南下至库页岛又折返，与唐代靺鞨人开创的航线接近[④]。有理由认为，这是那些受到野猪一类动物图腾崇拜影响，而有着兽牙兽骨穿唇习俗的东北亚土著人，其装饰的怪模怪样给予中原人很多刺激，成为现实中传闻的“夜叉”生活的标志性地区印象。而西来佛经故事的传播又印证了这类传闻，刺激了相关的联想与想象。

至于西北—西南边疆的野人传说，曾被谪放新疆两年的纪昀（1724—1805），转述了乌鲁木齐遣犯刚朝荣的实地见闻，说有二人各乘一骡前往西藏贸易，不巧山行迷路，不辨方向。此刻忽有十余人从悬崖

---

① 王溥：《唐会要》卷九十九《流鬼国》，北京：中华书局，1955，第 1777 页。参见《新唐书》卷二百二十《东夷传》等。

② 王嘉：《拾遗记》卷二，萧绮录，北京：中华书局，1981，第 49 页。

③ 王嘉：《拾遗记》卷五，萧绮录，北京：中华书局，1981，第 113-114 页。参见《太平广记》卷八十一。

④ 王杰、李风楼：《唐代库页岛至堪察加半岛的海上航线》，《中国航海》1991 年第 2 期。

跃下，他们怀疑是夹坝（劫盗）。等对方渐渐走近才看到身高七八尺："身毵毵有毛，或黄或绿，面目似人非人，语啁哳不可辨。知为妖魅，度必死，皆战栗伏地。十余人乃相向而笑，无搏噬之状，惟挟人于胁下，而驱其骡行。至一山坳，置人于地，二骡一推堕坎中，一抽刀屠割，吹火燔熟，环坐吞啖。亦提二人就坐，各置肉于前。察其似无恶意，方饥困，亦姑食之。既饱之后，十余人皆扪腹仰啸，声似马嘶。中二人仍各挟一人，飞越峻岭三四重，捷如猿鸟，送至官路旁，各予以一石，瞥然竟去。石巨如瓜，皆绿松也。携归货之，得价倍于所丧。事在乙酉、丙戌间。朝荣曾见其一人，言之甚悉。此未知为山精、为木魅，观其行事，似非妖物。殆幽岩穹谷之中，自有一种野人，从古未与世通耳。"①

而嘉庆年间赵慎畛《榆巢杂识》记录的"俄罗斯"或为"雅利安人"后代，才近乎真正的"罗刹"之国的基本情况："康熙三十二年（1693），鄂罗斯察汉汗遣使进贡，上弛谕免之。曰：'鄂罗斯人材颇健，从古未通中国，距京师甚远。自嘉峪关行十一二日至哈密，自哈密行十二三日至吐鲁番，吐鲁番有五种部落，过吐鲁番，即鄂罗斯之境。闻其国有二万余里，汉张骞出使西域，或即彼处。史载霍去病曾出塞五千里，想或有之，今塞外尚有碑记可考。至外藩朝贡，虽属盛事，恐传至后世，未必不因此反生事端。总之，中国安宁，则外衅不起，故当以培养元气为根本要务耳'。"②

再次，有确凿的考证表明，佛经中的"罗刹"与清代文献载录中的"罗刹"有着某种"互文性"的内在联系，而在理解、运用时，对于俄罗斯的印象起到了很大作用。乾隆时期著名学者俞正燮，对于俄罗斯的汉语文献有较深入的研究：

---

① 纪昀:《阅微草堂笔记》卷十五，上海：上海古籍出版社，1980，第 361 页。

② 赵慎畛:《榆巢杂识》上卷《圣祖论鄂罗斯之远》，沈阳：辽宁教育出版社，2001，第 197 页。

罗刹者，红毛诸番。其正名罗刹国者，今之俄罗斯。其国东北自黑龙江外，北尽北海，西尽西海，西南包额纳特珂克外。罗刹种人素与佛不合，自立天主教。其部强盛，当佛时，罗刹王名阿修罗，欺凌佛，并欺凌佛国。佛国深畏之，遇恶人、恶物，则皆以罗刹名之。故有在山罗刹，有在海罗刹，有飞天罗刹，皆假名罗刹，而于真罗刹无与也。罗刹至今俄罗斯而极大。《潜邱札记》言俄罗斯定非罗刹，谓长安贵人为不考。阎盖略见佛书，不能详悉，且俄罗斯自称非罗刹，何得谓之定非也？①

此论有体质人类学的科学根据，不过混淆了“西洋人”与俄罗斯人的差别。“红毛诸番”（红毛鬼）主要指“西洋人”（葡萄牙人）等。而谈到“罗刹”与俄罗斯的远源倒有一定的史学根据。据《全球通史》所述：雅利安人与俄罗斯人似有血统上的渊源。当雅利安人建立种姓制度的时候，“释迦族”据说是“蒙古人”的后裔，是处于婆罗门、刹帝利贵族之外的种族。②

与“罗刹”另一不同之处是俄罗斯人信仰天主教（东正教），当然对于佛教而言，这也是“异教”，反之亦然。又因早年在南亚时：“其部强盛，当佛时，罗刹王名阿修罗，欺凌佛，并欺凌佛国。佛国深畏之，遇恶人、恶物，则皆以罗刹名之”，所以“罗刹”便有了“强大”“凶恶”的质素，并进而有了“难以征服”和“必须回避”的意义。所以“罗刹”的称谓又融入了宗教政治因素。他的进一步考证描述了“罗刹”一词的文献来源：“《隋书》：‘罗刹在婆利东，属南蛮，其人朱发黑身，

① 俞正燮：《癸巳存稿》卷六《罗刹》，北京：商务印书馆，1957，第166页。

② 斯塔夫里阿诺斯：《全球通史》，董书慧、王昶、徐正源译，北京：北京大学出版社，2005，第441–451页。

兽牙鹰爪。'《太平广记》引《国史纂异》云：'林邑贡火珠，得于罗刹国，其人朱发黑身，兽牙鹰爪。'盖红毛之黑鬼，能没水，唐人亦谓之昆仑。其它海陬恶物，以罗刹恶佛，佛亦恶之，故凡人物恶者皆谓之'罗刹'……"[①]西来的罗刹，在中国古人模糊性思维里，有时又与"夜叉""山魈"等相混淆。故事，与东部沿海实地传闻的印证。纪昀观点代表了乾隆时期一些文人的看法："海之有夜叉，犹山之有山魈，非鬼非魅，乃自一种类，介乎人物之间者也。刘石庵参知言：诸城滨海处，有结寮捕鱼者。一日，众皆棹舟出，有夜叉入其寮中，盗饮其酒，尽一罂，醉而卧。为众所执，束缚捶击，毫无灵异，竟困踣而死。"[②]这一类传说打破了这一类怪物不可战胜的神话。

借用爱德华·赛义德的观念："在阅读一篇文字时，读者必须开放性地理解两种可能性：一个是写进文字里的东西，另一个是被它的作者排斥在外的东西。""每一件文化作品都是某一刹那的反映。我们必须把它和它引发的各种变化并列起来……另外，我们必须把一个叙述的结构和它从中汲取支持的思想观念和历史联系起来。"[③]如此一来，"罗刹"称谓及其演化轨迹可清晰些。在中原人看来，其发源于"南蛮"之地，因域外认知的局限与思维习惯而致，以"罗刹"概指一切"恶者"。与佛

---

① 俞正燮：《癸巳存稿》卷六《俄罗斯长编稿跋》，沈阳：辽宁教育出版社，2003，第160–166页。《唐会要》所载可为印证："婆利者，南荒之国也。在林邑东南，海行可万里……贞观四年四月，使至婆利界。有罗刹国，其人极陋，朱发黑身，兽牙鹰爪。时与林邑人作市，市以夜而自掩其面。其国出火珠，状如水晶。日正午时，以珠承影，取艾承之，即火出。其年，林邑国来献，云罗刹得之，或云出狮子国。国在西南海中，有棱伽山，出奇宝。人到初无所见，但署宝物价值。卖于洲上商舶，依价货之而去。其国以能驯养狮子，故以为国名。"参见王溥《唐会要》卷九十九《婆利国》，北京：中华书局，1955，第1769页。

② 纪昀：《阅微草堂笔记》卷八，上海：上海古籍出版社，1980，第154页。

③ 爱德华·赛义德：《文化与帝国主义》，李琨译，北京：生活·读书·新知三联书店，2003，第91页。

经结合，作为宗教思想、教派势力竞争时对异教徒“有意妖魔化”的书写。其包含“社会福利”的追求，而最根本与直接的则来自书写行为的“愉悦感”。哲学家斯宾塞认为“善一般是令人愉快的（快乐论）。只有当行动不仅促进将来的幸福、特殊和一般的幸福，而且即刻就使人愉快时，才是完全正确的。人类大部分行为不绝对正确，由于含有某种痛苦，只相对正确。绝对伦理学理想的准则，规定在演化到极点的社会中完全适应的行为。这种准则能够使我们解释在过渡阶段由于不适应而充满悲苦的现实社会的现象，作出关于不正常的性质和最趋向正常的进程，接近正确的结论。”①因此，清代史传文献的“俄罗斯”书写模式就有了“愉悦论”基础的族群与宗教双重社会伦理价值，而不可否认的是此种“快乐”，也是群体“生存”与“安全”必不可少的质素。②

乔治·卢卡契曾认为：“德国文学是德国人民命运的一部分，一个因素，一种表现和一种反映。”③那么，这里我们也有理由认为，清代文史传说中的俄罗斯形象想象，也无疑是历史性演变的结果，拥有社会、宗教、政治及军事多重意义指向。一是，从“罗刹”“红毛鬼”到“俄罗斯”，以及模糊称谓的交错呈现，折射出国人对中土之外的世界，曾作过无数次有意探索和理性推知，这之中蕴藏着国人的竞争智慧与生存本能④。在与域外空间交流过程中，受到来自种族体质的、宗教同化的、先进科技与火器武力的、经济生活压力的种种因素的综合冲击，在开放与固守的矛盾冲突中，不断改变着对世界的认知与接受。二是，民族融合与文化勃兴的开始，从对“非我族类”的怀疑与恐惧到认同与接受，

---

① 梯利：《西方哲学史》下，葛力译，北京：商务印书馆，1979，第317页。

② 罗素：《西方哲学史》下，马元德译，北京：商务印书馆，1986，第329-333页。

③ 乔治·卢卡契：《德国文学中的进步与反动》，《卢卡契文学论文选》第一卷，北京：人民文学出版社，1986，第6页。

④ 冯客：《近代中国之种族观》，杨立华译，南京：江苏人民出版社，1999。

在探索中调整种族的外交策略，也昭示着一个游牧民族的族群特征在“他族”文化的消逝中渐渐衰落。虽然有些具有研究性意义的文本，能够辨析“罗刹”与“俄罗斯”的不同，但却无法掩饰“模糊称谓”遥远而温馨的族群记忆特征。美好的记忆与适者生存的时代碰撞，新的观念取代旧的体系成为必然。三是，清代文史传说中俄罗斯形象的主体性书写中，蕴含着深沉的无奈与有意误读情绪。由康熙皇帝、清朝贵族、汉族文臣与满汉蒙读书人构成文本的书写主体，体系化地坚持话语权力原则：对他族恶德的突出与肯定，就是对其美德的否定与忽略。

“罗刹”形象是一个意味深长的历史寓言，反映出清初以来朝野上下对于外来侵入者担心、忧虑国家安危的民俗心理。曾几何时，二百年不到的时间内，这种可怕的图景、担忧得到了证实。如同曾经担任沙俄官员的罗曼诺夫（1876—1957）1926 年发表的文章中谈到的，19 世纪的 1897 至 1899 年：“俄国在这最后三年也得到了最大的成绩，他取得了旅顺口以作海军根据地，又取得了大连湾以作商港，并取得了与之相连的辽东半岛上之地带，大家都看得明明白白：这就是俄国完全统治全满洲之定局，利用形式仅存的中俄同盟把俄国的海陆兵力放在离北京很近的地方，当沈阳与旅顺口之间的铁路修成时，俄国外贝加尔湖与沿海省份的军队，随便如何走法，五六天都可到北京。……”[①]不过二百多年，

---

① 罗曼诺夫：《帝俄侵略满洲史》，民耿译，北京：商务印书馆，1937，第 9 页。马士（1855—1933）与宓亨利（1891—1947）两位美国历史学家回溯：“整个西伯利亚，特别是黑龙江口附近地方，是富于林业、农业和矿业资源的，沿海的渔场需用山东运来的大量食盐。后来建成海参崴、大连和旅顺口的那几处海港，都为俄国所垂涎，因为俄国异乎寻常地贪求土地，也渴望一个冬季完全不冻的港口……”马士、宓亨利：《远东国际关系史》，姚曾廙等译，北京：商务印书馆，1975，第 2 页。令人钦佩的卜键教授广集文献详考失去库页岛的过程，引康熙帝的谕旨、诗等，指出：“对侵入黑龙江流域的哥萨克匪帮，康熙帝痛恨至极……这种胸襟视野，皆非其子孙所能及。恒滚河与黑龙江入海口均被提及，近在咫尺的库页岛自不能外。”卜键：《库页岛往事》，北京：生活·读书·新知三联书店，2021，第 104–108 页。

可怕的外来侵略者终于全部露出了狰狞的现实真面目。

“罗刹”这一话语称谓，显示出清代“国大而力弱”的满族（满洲）国家，因对世界的不了解与对“他族”历史的无知而担忧、恐惧，在国际生态大环境中还没有找到适合的生态位，也就只能忧恐而难于客观有效地应对；也透露出民族国家生存的困境与困惑。此与清政府的经济文化中心南移，军备力量不足等有关，也从一个角度证明其统治模式的不得力。而这一切变化之中都隐藏着清代朝廷复杂的民族文化精神、国家经济与政治运作机制，有待于进一步探究。

四、近代俄罗斯形象的变异与女侠崇拜

罗刹形象的影响伴随着其国的扩张而部分得到证实，以至于到了晚清近代，国人对于北方强邻俄罗斯内部的异己力量抱有不加掩饰的好感。其中最具有代表性的是俄国女侠——女豪杰苏菲亚的形象。

20世纪初，梁启超创刊不久的《新小说》即刊载了《东欧女豪杰》，一般认为，这是一篇“男子作闺音”之作，作者罗普是康有为弟子[①]。小说中刻画了流亡在外的俄罗斯女豪杰苏菲亚，她出现在留洋的中国女留学生华明卿的眼中，是贵族少女混迹于平民的形象。苏菲亚先后扮成贫女、女教士、小学女教师，质朴美丽中透出高贵，是一个要为民众建立一个“大公局”的女革命者。因而当时的作家金松岑（1874—1947）评曰：“……俄罗斯之革命也，有以多数女子投身其中者。夫彼亦为君权之革命而出，非为女权之革命而奋也……断头之台，西伯利亚之戍，吾

① 岭南羽衣女士（罗普）：《东欧女豪杰》，《新小说》1902年11月至1903年初连载，收入阿英编《晚清文学丛钞·小说一卷》，北京：中华书局，1960。

至今言之而色为变，股为栗，夫彼亦岂有乐乎此也？其出乎此，是必有更大之目的在。目的惟何？曰权利。”[①]年轻的巴金还曾为苏菲亚作传，自陈：“我还记得自从有了这一颗时常苦痛着的爱正义恨罪恶的心以后，在十一二岁时候的我就为了一个异国女郎流了不少的眼泪了，在那时候我所知道世界中最可敬爱的人就是她一个。……我愿把我底幼年时代为她流过的泪水化为一瓶清澄的墨水，用了它我要画出我一生最敬爱的人中的一个光荣的女杰底面影来。”[②]

那么，小说何以能不避“罗刹”之国的恶谥，而放情讴歌俄罗斯女豪杰？何以能引起如此之众的忧国忧民之士感奋？大致缘由有三。

一是中原直到东北亚年深日久特别是清代丰富化了的女侠崇拜，这一社会思潮，当起自凌濛初（1580—1644）和稍早些胡汝嘉《韦十一娘传》的剑术理论[③]。如清代周亮工《书影》卷四所指出的：“剑侠见于古传记中甚夥，近不但无其人，且未闻其事……予姻陈州宋镜予光禄尊人圃田公，讳一韩，神庙时在兵垣，劾李宁远（李成梁），疏至一二十上，宁远百计解之，卒不从。一夕，公独卧书室中，晨起，见室内几案、盘盂、巾舄、衣带，下至虎子之属，无不中分为二，痕无偏缺，有若生成，而户扃如故，夜中亦无少声息。公知宁远所为，即移疾归。光禄时侍养京师，盖亲见之。乃知世不乏异术，特未之逢耳。”[④]剑仙、剑侠的信仰和修道戒律在《七剑十三侠》《仙侠五花剑》等更有偏重。张乐林教授将明清剑侠修道戒律概括为“（1）戒淫；（2）戒嗜杀；（3）戒不忠

---

① 金天翮：《女界钟》，上海：上海古籍出版社，2003，第46–47页。

② 巴金：《俄罗斯十女杰》，上海：东方出版中心，2017，第36–38页。

③ 出自胡汝嘉《韦十一娘传》，凌濛初《初刻拍案惊奇》卷四《程元玉店肆代偿钱　十一娘云岗纵谈侠》。

④ 余英时先生《侠与中国文化》认为此事属实，此入室恐吓事件即李成梁指派的刺客（剑侠）所为无疑。刘绍铭、陈永明编《武侠小说论卷》，香港：明河社出版有限公司，1998，第54页。

不孝；（4）戒助恶为非；（5）戒偷盗银钱；（6）戒报私仇；（7）为善不可出名”，认为这来自凌濛初《初刻拍案惊奇》中韦十一娘的“新剑侠观”，只是其对王法更尊重了，对朝廷也讲究“忠义”了，相关道德性强调的是形象转化上新增的内涵[①]。另外从王士禛《池北偶谈》的“高髻神尼”、直到晚清鉴湖女侠秋瑾（1877—1907）等，构成了一个中外互映互补的链条，伴随着晚清女性解放的呼声，创立了一个近邻中的新型政治化女侠人物类型，且能诉诸期刊报纸等新媒体宣传[②]。

二是注意将这一昔日“以点带面”的罗刹国度、侵略狂魔形象，不再看成一个整体，而是将其爱国爱民的民众豪杰与其政府、杀人狂区别开来，可谓有合有分，“和而不同”，注意到了对彼时该国、其人进行具体事物、事件具体分析。《东欧女豪杰》还注意到人（在此语境中特指有追求的人）的肉体与精神的区别，“不过受些肉质上头的辛苦”却能“只求自己心安理得”，否则一个有追求的人虽然住广厦吃美味：“那暗地里说不出来的苦处，比较他那外面的快乐正不知多着几千万亿倍呢。只有自己从那公理上认定了一个安心的境界，横竖要向着他走，不求到了不肯干休，这就是求仁得仁的道理。……见了一个美人，便情愿把自己的财产、名誉、身体、自由、性命那五件权利都牺牲去了，还要成就他的迷想。”[③]应该说，这不仅与东亚屈原以来“美人香草”诗意象征的追求模式相通，而且就是一种在这一文化传统下的“意识形态形象”。比如，第三回回目即予点明，晏生（晏德烈）追访美人（美人——理想的双重追求），“公义——私情”并行不悖。

---

① 张乐林：《略论〈七剑十三侠〉〈仙侠五花剑〉中的仙侠形象》，《明清小说研究》2008 年第 4 期。

② 参见夏晓虹：《晚清女性典范的多元景观——从中外女杰传到女报传记栏》，《中国现代文学研究丛刊》2006 年第 3 期。

③ 岭南羽衣女士：《东欧女豪杰》第三回《晏生访美公义私情　葛女赠金冰心热血》，董文成、李勤学主编《中国近代珍稀本小说》13，沈阳：春风文艺出版社，1997，第 452-453 页。

三是新鲜的异域之恋、俄罗斯美人形象冲淡了“罗刹”名号的暗影。且由于选择了国人敬慕喜欢的“女侠”性别，年轻时代留下的深刻记忆也让鲁迅念念不忘：“那时较为革命的青年，谁不知道俄国青年是革命的、暗杀的好手？尤其忘不掉的是苏菲亚，虽然大半也因为她是一位漂亮的姑娘。”[①]而且小说还在故事情节中突出了少女群体“内美外修”（如屈原），“舍生取义”（如孟子）这样契合东北亚—东亚传统褒扬的价值追求。女狱囚们两次绝食都受到了愚弄，典狱长就是不离岗，于是女政治犯西基达夫人“决心牺牲自己一人底生命来救同志们。旧俄监狱例规，凡狱囚侮辱官长就该被判处死刑，而被侮辱之官长也当立刻调迁他处”[②]，于是当众（宪兵、狱吏们面前）打了典狱长一个耳光并痛斥，而女囚们开始第三次绝食并长达 16 天，最后高官终于答应把她们迁到另一监狱。而新命令说犯规改为笞刑，西基达夫人被挟私报复笞刑死，女政治犯遂“同盟自杀”，服毒绝命。闻讯男犯 17 人也如此绝食，两人身死。这壮烈场面对鲁迅《呐喊·自序》所称的那些麻木、“愚弱的国民”该有多大的冲击？因而对这一女豪杰小说，创刊告白中评论：“此书专叙俄罗斯民党之事实，以女豪杰威拉、苏菲亚、叶些三人为中心点，将一切运动的历史皆纳入其中。盖爱国美人之多，未有及俄罗斯者也。其中事迹出没变化，悲壮淋漓，无一出人意想之外，以最爱自由之人而生于专制最烈之国，流万数千志士之血，以求易将来之幸福，至今未成，而其志不衰，其势且日增月盛，有加无已。中国爱国之士，各宜奉此为

① 鲁迅：《祝中俄文字之交》，《鲁迅全集》第 4 册，北京：人民文学出版社，1981，第 495 页。岭南羽衣女士《东欧女豪杰》第三回描绘晏德烈探监时，“只见苏菲亚春华带雨，秋月凝辉，态度娇凝，丰神倜傥”，这对情人以兄妹相称。董文成、李勤学主编《中国近代珍稀本小说》13，沈阳：春风文艺出版社，1997，第 450–451 页。

② 巴金：《俄罗斯十女杰》，上海：东方出版中心，2017，第 18 页。

枕中鸿秘者也。”[①]

1934年10月巴金还以“欧阳镜蓉”笔名在北京的《水星月刊》发表了《利娜》，以“革命加恋爱”模式写这位少女放弃一切到西伯利亚寻找被流放的恋人，随爱人沿途看到了许多女学生：“她们是犯人的妻子、情人、姊妹、女儿。不管空气怎样寒冷，她们的四肢冷得发抖，牙齿冻得打颤，她们依旧鼓起勇气，继续跟着她们的亲爱的人走。”[②]

一如上述，俄罗斯女豪杰们纷纷闪亮登场，在“女侠崇拜”积存氛围中，又因新都市文化的新媒介——报刊亦高扬女子价值形成了时代氛围，冲破了“罗刹”套语的民俗记忆。《京话日报》就为《女子爱国》戏曲发布报道：“梨园中人能有国家思想，较比淫邪妖鬼等戏相差万里，足见民智慢慢地要开了。”[③]由此，才有了破解“罗刹”话语模式的实事求是、具体分析之思维路径，对俄罗斯女豪杰的倾慕、弘扬。女豪杰形象，比起男豪杰易于冲破、颠覆先前的刻板印象。然而，如上观念性话语仍在现实中不断验证，如梁启超小说还写郑伯才在北京的演讲：“大约讲的是俄人在东三省怎么样的蛮横，北京政府怎么样的倚俄为命，其余列强怎么样的实行帝国主义，便是出来干涉，也不是为着中国；怎么俄人得了东一省，便是个实行瓜分的开幕一出；我们四万万国民，从前怎么的昏沉，怎么的散漫；如今应该怎么样联络，怎么样反抗。洋洋洒洒。将近演了一点钟。真是字字激昂，言言沉痛。”[④]黄李两位忧国青年，深感在场听众情绪的热烈。

---

① 《中国唯一之文学报（新小说）》，载《新民丛报》第14号，新小说报社1904年。参见杜慧敏《读〈中国唯一之文学报（新小说）一文〉——兼谈晚清“俗”派翻译文学的思想文化根源》，《古代文学理论研究》第三十八辑，上海：华东师范大学出版社，2014。

② 巴金：《利娜》，上海：文化生活出版社，1940。参见乔世华《利娜形象探源》，《第十三届巴金国际学术研讨会论文集》，大连，2019年10月。

③ 《新戏有日开演》，《京话日报》第837号，1906年5月14日。

④ 梁启超：《新中国未来记》第五回《奔丧阻船两睹怪象　对病论药独契微言》，《新小说》第1、2、3、7号，1902—1903。关于此回作者，尚有争议。

第十一章
《聊斋志异》与蒙古族的动植物传说

蒲松龄（1640—1715）是否为蒙古族？蒲松龄自作《族谱序》称，蒲家远祖蒲鲁浑、蒲居仁均为元代的总管，《元史·博罗欢传》即《蒲鲁浑传》。路大荒（1895—1972）《蒲柳泉先生年谱》认为元末蒲家曾将遗孤更名寄养于外家杨氏，又复蒲姓。许多蒲姓人都称祖上是蒙古族。扎拉嘎先生同意这一说法："据许多学者考证，……他的祖先，还在元代便移居山东，到蒲松龄已降，数十代都生活在内地，接受汉族文化教育。"[①] 目前蒲松龄族属还有争议。

蒲松龄《聊斋志异·鹿衔草》载传闻关外山中多鹿，土人伏草中头顶鹿首，发声引鹿群来。等公鹿群交死，母鹿"衔异草置吻旁以熏之，顷刻复苏"，就惊走母鹿，取回这种"回生草"。动物为自己或同类疗伤的记载，蕴藏了北方多民族对生活观察的宝贵经验。明代袁达辑、清代朱丕霞注《禽虫述辑注》称，唐代传闻"虎食青泥而解箭毒，雉察地黄以点鹰伤"。考察蒲松龄小说题材源流，可些微观照出明代后期以降辽

① 扎拉嘎：《比较文学：文学平行本质的比较研究——清代满汉文学关系论稿》，呼和浩特：内蒙古教育出版社，2003，第3页。参见鲍音《蒲松龄族属新考》，《内蒙古师范大学学报》1988年第1期。

西地区与鲁中、鲁西北的蒙汉民族文化交流。

一、动物崇拜之于传统故事母题的介入

原始人认为，动物具有人的智慧。古人也总是觉得动物的某种本能，是自觉的有意识的。西晋常璩（约 291—361）《华阳国志》已注意到动物的特殊习性，如记载永昌郡属古哀牢国，“又有貊兽食铁，猩猩兽能言，其血可以燃朱罽”。貊又作貘，西晋郭璞注：“似熊，小头庳（矮、短）脚，黑白驳（相杂），能舔食铜铁及竹骨。骨节强直，中实少髓，皮辟湿。”[①]而《山海经·中山经》郭璞注曰：“邛崃山出貊，貊似熊而黑白驳，亦食铜铁。”《后汉书·哀牢夷传》注引《南中八郡志》称：“貊大如驴，状颇似熊，多力食铁，而触无不拉。”动物学家曾指出，“貊”即是当地的大熊猫[②]。新奇动物的新奇特点、行为带给人新奇的感受，传闻叙述带有对于殊方异物的敏感和博物的兴趣敏感。

因动物的奇异行为启发而得仙草，当起自南朝刘宋时刘敬叔（约 390—470）的《异苑》：“元嘉初，青州刘幡射得一獐，剖腹藏，以草塞之，蹶然起走。幡从而拔塞，须臾复还倒。如此三焉。幡密求此种类，治伤痍多愈。”还称有田父见伤蛇被一蛇衔草置于伤口，一天后伤蛇可走：“田父取其草余叶以治疮，皆验。本不知草名，因以‘蛇衔’为名。《抱朴子》云‘蛇衔，能续已断之指如故’是也。”[③]受此启发，人们认识到特定药草的医用功能。祖冲之《述异记》复述：“青州有刘幡

① 刘琳：《华阳国志校注》卷四《南中志》，成都：巴蜀书社，1984，第 430 页。

② 刘琳：《华阳国志校注》卷四《南中志》注引，成都：巴蜀书社，1984，第 434 页。

③ 刘敬叔、阳松玠：《异苑 谈薮》，北京：中华书局，1996，第 17 页，第 22 页。

者，元嘉初射得一獐，剖腹，以草塞之，蹶然而起，俄而前走。憣怪而拔其塞草，须臾还卧。如此三焉。憣密录此种求其类，理创多愈。”[①]故事突出地体现出动物母题与植物母题之间的有机联系。先前，在原始思维的模糊视野中，本来动植物就都属于人的生存资源、食物，有着某种共同性。然而从母题史的脉络看，由此，动植物某些本质属性与人之间的有机联系，开始变得清晰起来。

距离蒲松龄家乡淄川不算太远的辽西蒙古族地区，约 15 世纪基本定型的史诗《江格尔》(《江嘎尔》)，包含丰富的民间故事资源[②]，其中就有类似的富有生态内蕴的母题。史诗描写英雄江嘎尔在地下世界，受了重伤，就夺下公鼠所衔树叶：“用一片树叶，救活了母鼠，把它放走。江嘎尔虔诚地祈祷，把树叶放到嘴里嚼碎，把树叶涂在右胯上，伤口立即愈合。江嘎尔又吃了一片树叶，立即站起来奔跑。黑暗中看到光明……”[③]史诗较《聊斋志异》的产生略早，这是否等于蒲松龄接受了一定的跨文化影响？何况，对于蒲松龄先祖的民族有一种说法就是蒙古族[④]，或许蒲松龄仙草崇拜情结还受到蒙古族史诗的陶铸，不无可能。

关于《聊斋志异·鹿衔草》的互文性先在文本，小说史家搜集了前揭《异苑》，另则是段成式（803—863）《酉阳杂俎》：“天名精，一曰‘鹿活草’。昔青州刘憣，宋元嘉中射一鹿，剖五脏，以此草塞之，蹶然而起，憣怪而拔草，复倒。如此三度，憣密录此草种之，多主伤折，俗

① 曹丕等：《列异传等五种》，北京：文化艺术出版社，1988，第 95 页。

② 参见仁钦道尔吉：《“江格尔”论》，呼和浩特：内蒙古大学出版社，1999。以及呼日勒沙、甘珠尔扎布：《“江格尔”研究的一部佳作》，《民族文学研究》1996 年第 6 期，等等。

③ 色道尔吉、梁一孺、赵永铣：《蒙古族历代文学作品选》，呼和浩特：内蒙古人民出版社，1981，第 143-144 页。

④ 翁独健审改：《蒙古族简史》，呼和浩特：内蒙古人民出版社，1977，第 79 页。转引自杨海儒《蒲松龄的先祖墓葬与民族属说》，载其著《蒲松龄生平著述考辨》，北京：中国书籍出版社，1994，第 128-140 页。

呼为‘刘幪草。’”[①]此外，段成式也载：“建宁郡乌句山南五百里，牧靡草可以解毒。百卉方盛，乌鹊误食乌喙中毒，必急飞牧靡上，啄（用嘴啄）牧靡以解也。”[②]《太平御览》卷八百三十等引张华《博物志》，可为人们关注动物无意识活动对于人类功德的又一旁证：“麋，千千为群，掘食草根，其处成泥，名曰‘麋畯’。民人随此畯种稻，不耕而获，其收百倍。”[③]而动物其不同物种属性之间相克的原理，往往是从自然界现象中体验并发现的。似乎，中医及其部分中药起源亦与此有关，似交织着古人“物性相克”的信奉。

阮葵生（1727—1789）引元代陈芬《芸窗私志》亦称：“神农时，白民进药兽。人有疾病，则拊其兽授之语，语已，兽窃如野外，衔一草归，捣汁服之，即愈。后黄帝命风后纪其何草，起何疾，久之如方，悉验。古传云：‘黄帝尝百草’，非也。故虞卿曰：‘黄帝师药兽而知医。’”[④]此在《说郛》弖（卷）三十一亦载有异文。[⑤]梁代任昉（460—508）《述异记》卷下的传闻或许与此有关：“太原神釜冈中，有神农尝药之鼎存焉。咸阳山中，有神农辨药处，一名神农原药草山。山上紫阳观，世传神农于此辨百药，中有千年龙脑。”[⑥]这里出现的道观，提醒人们注意道教之于药草——仙草崇拜的影响。

神农氏作为“文化英雄”的突出业绩之一，即被附会为曾有着“尝百草”的艰辛体验。仙界观念与不死的理想，使人们更加关注神草的药用功能。西汉《淮南子·修务训》称：“神农乃始教民播种五谷……

① 朱一玄编：《聊斋志异资料汇编》，郑州：中州古籍出版社，1985，第248–249页。

② 段成式：《酉阳杂俎》前集卷十九，北京：中华书局，1981，第191页。又见《太平广记》卷四百八引。

③ 李昉等编：《太平御览》卷八百三十等引张华《博物志》，北京：中华书局，1961。

④ 阮葵生：《茶馀客话》卷十五《药兽》，李保民校点，北京：中华书局，1959，第448页。

⑤ 陶宗仪等编：《说郛三种》弖三十一，上海：上海古籍出版社，1988，第1457页。

⑥ 任昉：《述异记》，《钦定四库全书荟要》，长春：吉林出版集团，2005，第70页。

尝百草之滋味，水泉之甘苦，令民知所辟就。当此之时，一日而遇七十毒。”[①]张华《博物志》载：“神宫在高石沼中，有神人，多麒麟，其芝神草，有英泉，饮之服三百岁乃觉，不死。去琅琊四万五千里。三珠树生赤水之上。”[②]而且，人们的思路不仅关心药效，还注意到某些奇特的药草具有其他功效，宋代朱胜非《绀珠集》卷八引《拾遗记》称：“东海有岛曰‘龙驹川’，穆天子养八骏处。岛中有草名龙刍，马食之，日行千里。语曰：‘一秣龙刍化龙驹。’”[③]借助于有着特殊药用功能的异草，不同地区、不同民族的人们或早或晚，发现了人与植物某种自然的内在联系，而由此感悟出的确存在延续生命、帮助人类走出某种危机、努力超越生命局限性的神物，而需要冒险去寻找，由此而激发出更为强韧的生命意识，更为饱满的生存智慧。

因此，古人在个体生命的伤痛——遭遇生存危机时所受到的动物疗伤的启示，具有生态美学的价值。一者，某种动物知道特定植物的药用功能，这有利于人们对动物智慧的认识，改善人兽关系；二者，某种植物具有疗治动物（及人）某种外科伤痛的药效，提高了该物种植物的价值；三者，人类由于观察到动物的疗伤活动，而进一步了解并运用特定植物疗救伤病的奇效，增进了“仿生学”相关领域的寻究探讨。从而这一故事母题具有“动植物与人”多维互动关系的生态伦理内蕴。

草是草原上维系那些食草动物生命的主要食物，是构成草原食物链的基础。不论是大型动物如骆驼、马、牛还是羊，它们与草原上各种花花草草，构成了草原的生态环境，需要把动植物系列放在一起统观。（图－19）

---

① 何宁：《淮南子集释》卷十九《修务训》，高诱注，北京：中华书局，1998，第1312页。

② 张华：《博物志》卷一，北京：中华书局，1985，第13页。参见《山海经·海外南经》。

③ 朱胜非：《绀珠集》卷八引《拾遗记》，文渊阁本《四库全书》872册，中国台北：台湾商务印书馆，1986（影印）。

图－19

草的诸多功能在草原民俗中被充分放大。运用草的药用功能，在内蒙古民间还有用令人昏睡的“毒草”迷住野猿，寻回失踪少女的故事。说阴山森林中某猎人丧妻，留下一女巧莲五六岁，继母对巧莲很好，村中谁也没料到巧莲在林中失踪是后娘使坏。后部落头领女儿生怪病，需猴心为药引。猎人捕猎时发现其中有一怪猿身材高大，敏捷机警，于是夜里点燃了具有引人昏睡功效的“毒草”，被追捕的猿群在困乏中昏迷，人们这才发现这怪猿其实是长满黄毛的少女，不懂人言。突然一猎人哭喊“巧莲”近前，却被抓咬出血，原来这正是猎人那十二年前失踪的爱女，眉心一痣还宛然可见，而生下来七八只小猿的她如今已是母猿王。原来当年正是后母唆使她到林中寻父，误落猿群而忘却了人世的恩怨。[①]故事呈现出多元化的“集采众家”特征，其中“猴心药引”显然最初来自印度故事，而又很可能受到中原野女母题、毛女母题以及“狼孩”故事的影响。

草意象的负面之意旨还进入蒙古族“感恩的动物忘恩的人”故事，被用于惩罚忘恩负义之人。故事讲述石虎报恩，化作猛虎保护群兽，奋力与猎人“吴仁”（无仁）搏斗，吴仁却收买道士“薄义”骗得虎王信任，乘醉“把早已写好朱砂符咒的青石板压在了虎王背上……众兽被他（吴仁）追杀得无处可藏”，而曾经帮助虎王的陈良夫妇家却被水淹、火烧，但恢复了活力的虎王发出法力，终于战胜了吴仁、薄义，于是两人尸骨“变成柴棍飘散在山里，长出了一种叫灰蒿的野草，让牲畜食用”[②]。

---

① 铁木尔布和主编：《察哈尔右旗中旗民间故事》，呼和浩特：内蒙古教育出版社，2013，第118–119页。

② 铁木尔布和主编：《察哈尔右旗中旗民间故事》，呼和浩特：内蒙古教育出版社，2013，第46–48页。

二、草原文化之于“小兽”形象的重塑

小兽，是以通常的“大兽”——虎、熊、象等或某种不知名的怪兽为参照，突出其形体小而更为勇悍。小兽有时指中土不产、西来的外域异兽狮子（狻猊），其具有一种远远超出“大兽”的“气场”——震慑力。元代陶宗仪（1329—约1412）载，元朝宴诸王大臣时，把虎豹熊象之类都展示于万岁山，然后狮子至：“身才（材）短小，绝类人家所蓄金毛猱狗。诸兽见之，畏惧俯伏，不敢仰视，气之相压也如此。及各饲以鸡鸭野味之类，诸兽不免以爪按定，用舌去其毛羽，惟狮子则以掌擎而吹之，毛羽纷然脱落，有若焊洗（开水去毛）者，此其所以异于诸兽也。古云‘狮子吼’，盖不易于吼，一吼则百兽为之辟易也。”①

小兽，是与大兽相对而言的。这里，与那些较为常见的大型走兽相比，狮子只算小兽，可是却有无比的威风，吃起禽鸟来也与众不同，而这种“形体虽小却气压大兽”就是一种载录者要谈论的叙事重点——宣扬这种传奇性。这一带有明显倾向性的叙事，还赫然见于明代谢肇淛（1567—1624）的《麈馀》，说王屋山某樵人在山间逢阴风起，急避树上：

> 须臾见虎衔一鹿至树下，跑树叶藏鹿，掉尾而去。去远，樵人下树取鹿，仍虚掩之，复上树极高处。少顷，林木萧飕，遥见虎在前，后一兽微小，白色有角，随虎逶迤而至。至藏处，跑叶而不见鹿，虎徘徊四顾，战栗不敢动。白色兽相持良久，目瞬如电，发声大吼，山谷震响，木叶纷落，樵人几坠。兽扼虎之吭啮之，虎立死。忽仰视，见樵人，遂尽力一

---

① 陶宗仪：《南村辍耕录》卷二十四《帝廷神兽》，北京：中华书局，1959，第289页。

> 撺，树高甚，复一撺，则树枝交合处夹其颈，愈挣愈紧，吼声如雷，树动摇可怖。少顷，力竭骨软，樵人取腰间斧，批其首，脑出而死，则推之树下。樵人报之官。有识者曰："此狻猊也。"[①]

樵人的视点、身遭凶险与死里逃生，使叙事增加了真实性和可信度。故事中这只"白色有角"的小兽，当多半并非狻猊（狮子），而是另一种奇兽。何以叙事中的"识者"，言之凿凿地称之"狻猊"？只能说明他实也未曾亲睹狻猊，这曾自遥远异邦而来的奇兽狻猊名气实在太大，引人比附。桑原骘藏认为中国人："尤好附会，敢于牵强。因此若乡里名为董家，则必设董仲舒墓；若阵营称细柳，则必建周亚夫祠，比比皆然……所以探访中国古迹时，需加以细心留意。"[②]而对于小说文献的解读亦然。

如与《儒林外史》郭孝子和朱梅叔笔下孝廉遇虎事对读，就不难发现，后者分明是由此传闻化出。朱梅叔（朱翊清，1795—？）描写这能吃三虎之脑的异兽，"似狗而小，白毛红发，眼金色，走如飞"[③]，在保留基本毛色特征中已有对于眼睛描写的补充。《儒林外史》第三十八回《郭孝子深山遇虎 甘露僧狭路逢仇》则描绘月光下郭孝子见到怪兽："那东西浑身雪白，头上一只角，两只眼就像两盏大红灯笼，直着身子走来……老虎慌做一堆儿。那东西大怒，伸过爪来，一掌就把虎头打掉了，老虎死在地下。"更是在几乎全部特征接受后，又突出了其眼睛的可怖、出掌的力道。这至少昭示了这一可能，就是谢肇淛所叙传闻

---

① 谢肇淛：《麈馀》卷三，《续修四库全书》第1130册《子部·杂家类》，上海：上海古籍出版社，2002，第193页。

② 桑原骘藏：《考史游记》，张明杰译，北京：中华书局，2007，第124页。

③ 朱梅叔：《埋忧集》续集卷二《异兽》，长沙：岳麓书社，1985，第256页。

很有特点，曾广泛流传，引起了仿制。甚至李时珍《本草纲目》也吸收了陶宗仪等人的一些载录，如是描绘狮子（狻猊）："出西域诸国，状如虎而小，黄色，亦如金色猱狗，而头大尾长。亦有青色者。铜头铁额，钩爪锯牙，弥耳昂鼻，目光如电，声吼如雷。有耏髯，牡者尾上茸毛大如斗。日走五百里，为毛虫之长。……每一吼则百兽辟易，马皆溺血。"[①]此外还可以看出，唐宋后中原人笔下，在承认小兽的凶恶猖狂时，并不是以此贬低虎威，不是完全以虎来衬托的，还没有忽略真虎威猛这一层。

通常认为，两宋尤其是南宋人这里，以其版图更朝向东南，因区域、国力限制，已丧失唐人那种雄踞世界气势和博大胸怀，而面向辽阔西方的草原大漠，也不免时时作胆怯状。这一心态的持续，就有了宋末这一以西域"大兽"的出现，阻遏了蒙古大军西进的传闻，南宋周密（1232—1298）引述成吉思汗西征，得遇大兽而得耶律楚材（1190—1244）劝告的传说：

> 成吉思皇帝常西征，渡流沙万余里，其地皆荒寂无人之境。忽有大兽，其高数十丈，一角如犀，能人言，忽云："此非汝世界，宜速还。"左右皆震恐，耶律楚材（楚材字晋卿，辽人，博物无所不知，盖张华、郭璞辈）随进云："此名角猯（音端），能日驰万里，灵异如神鬼，不可犯也。"帝为之回驭……[②]

① 刘衡如、刘山水：《新校注本〈本草纲目〉》兽部卷五十一，北京：华夏出版社，2011，第1845页。

② 周密：《癸辛杂识》续集上，北京：中华书局，1988，第153页。参见王颋《"角端"与成吉思汗西征班师》，《史林》2004年第6期；王平《对角端与成吉思汗西征退兵的探讨》，《黑龙江史志》2015年第2期。

这一传说异文众多，说明辗转传播，扩散很广，陶宗仪《南村辍耕录》考其文献后指出："'角端似牛角，可以为弓。'以此推之，岂亦麟之属与？及考《符瑞志》《名臣事略》《癸辛杂识》等书，乃始得其详。盖太祖皇帝驻师西印度，忽有大兽，其高数十丈，一角如犀牛然，能作人语，云：'此非帝世界，宜速还。'左右皆震慑，独耶律文正王进曰：'此名角端，乃旄星之精也。圣人在位，则斯兽奉书而至。且能日驰万八千里，灵异如鬼神，不可犯也。'帝即回驭。载稽之前志，神禹氏治水功成，天降飞廊，日行三万里，而未尝善言也。又后土跌蹄之兽至善言，而未闻其独角也，轩辕飞黄而独角。汉武兽，并角而五蹄，又未尝闻其能言善也。善驰也。及圣祖诞膺天命，而角端出焉。夫一角者，所以明海宇之一；万八千里之涉者，所以示无远弗届也。此又天将开天下于大一统之象也。至正庚寅，江浙乡试，八月二十二日夜二鼓，院中仿佛见一物，驰过甚疾，其状若猛兽者，军卒从而喧哄，因出'角端'为赋题。"①

宋子贞《中书令耶律公神道碑》也载："行次东印度国铁门关，侍卫者见一兽，鹿形，马尾，绿色而独角，能为人言，曰：'汝君宜早回。'上怪而问公，公曰：'此兽名角端，日行一万八千里，解四夷语，是恶杀之象，盖上天遣之以告陛下。愿承天心，宥此数国人命，实陛下无疆之福。上即日下诏班师。"②《元史·太祖纪》与《耶律楚材传》也收入此文③。而宋末元初的盛如梓所载，并无班师之事："昔我圣祖皇帝出师，问罪西域，辛巳岁夏，驻跸铁门关。先祖中书令奏云：'五月二十日晚，近侍人登山，见异兽，二目如炬，鳞身五色，顶有一角，能人

① 陶宗仪：《南村辍耕录》卷五，北京：中华书局，1959，第55页。

② 苏天爵编：《元文类》卷五十七，上海：上海古籍出版社，1993（影印），第752页。

③ 宋濂等编：《元史》卷一《太祖纪》；《元史》卷一百四十六《耶律楚材传》，北京：中华书局，1976，第3456页。

言，此角端也。当于见所，备礼祭之，仍依所言则吉。’此天降神物，预言吉征也。”[①]元代陆友仁（1290—1338）盛称诸多殊方异域之奇闻，其中也赫然包括这一故事：“耶律楚材善博物，尝扈从西征，其记西域事甚多。如云：八普城西瓜大者重五十斤，可以容狐。北印度土人不识雪，岁二月麦，盛夏置锡器于沙中，寻即熔铄。马粪堕地，为之沸溢，及角端等事，皆古今传记所不载也。”[②]

通过以上并不完全的多文本考察，关于“角端”“大兽”的功能，可以认为，实出于耶律楚材的有创意的博物诠释。万历进士陈邦瞻（1557—1623）的《宋史纪事本末》即取此说：“是年，蒙古主入西域诸国，进次于忻都国铁门关。侍卫见一兽，鹿形，马尾，绿色而独角，能为人言，谓之曰：‘汝君宜早回。’蒙古主怪之，以问耶律楚材。对曰：‘此兽名角端，解四夷语，是恶杀之象。今大军征西已四年，盖上天恶杀，遣之告陛下。愿承天心，宥此数国人命，实无疆之福。’蒙古主遂大掠忻都而还。”[③]一般来讲，对于外域珍禽异兽的载录，古代多为陈陈相因地复述大略。而这里所谓神秘的“角端”异兽，《癸辛杂识》续集载“善博物”的耶律楚材却偏偏极言其大，辅之以“灵异如神鬼”的神化渲染，[④]实际上与前列那些能伏虎的小兽，均带有“意识形态形象”的意味，可谓均具有类似的异国情调和深层心理。但状写大兽，则体现出草原文化背景下廓大的胸襟视野。

清人记载，浙宁镇海县姚墅山某人遇大虎被抓伤，被放在树枝下。他复苏之后幸运地登上了树，见虎与一豹来寻无人，显出好像很失望的

① 盛如梓：《庶斋老学丛谈》卷一，《笔记小说大观》第十册，扬州：江苏广陵古籍刻印社，1984（影印），第348页。

② 陆友仁：《研北杂志》卷下，北京：中华书局，1991，第175页。

③ 陈邦瞻：《宋史纪事本末》卷八九《金河北山东之没》，北京：中华书局，2015，第1005页。

④ 周密：《癸辛杂识》续集上“西征异闻”条，北京：中华书局，1988，第153页。

样子，豹为此大为发怒而袭击了虎："豹即动身欲走，虎咬其尾而留之。虎乃东西四望，纵身上山，凡有凹曲之处，寻觅无踪。虎回，豹怒目张牙，向虎颔一口，血流满地而死，豹即跑去。盖虎以得人邀豹同啮，豹不见人，怒恨肆怒，故啮虎焉。若人见虎毙豹远，心宁下树……"[①]故事中的"豹"，是相对于大虎的"小兽"，然而却能与其成为"主仆关系"，何以如此？小说并未细致交代，但遵循着"小兽伏虎"母题的结构，作为"小兽"的豹是猎获物的享用者，而"大虎"在此却是仆从，因猎物到手却失掉的"失误"遭到杀身之祸。故事似带有某种象征寓意。

晚清新闻画报曾报道上海四马路有名的"一品香"西餐馆，花巨资购一小豹，在店门口铁笼中展示。小豹如狼狗大小，叫声如猪嚎，投几磅生牛肉它很快就能吃光。而它很贪玩，扔个圆东西就玩个不亦乐乎。在城市逐渐扩大，山野渐远的晚清民国时代，人们对于野兽的陌生感，更增加了好奇与神秘想象，小兽故事是很有欣赏价值的。（图－20）

对此，民俗学家曾经联系到吉林省流传的相关民间故事，加以评论：

> 《虎口生》是自古相传的食虎兽故事的一个类型，清钮琇《觚剩续编》卷四《诒虎》和《虎口生》基本情节相同，谓食虎兽名为六駮，"状亦类虎，而马头独角"，虎寻人不见，六駮怒，"以角触虎额去，虎脑溃而死"。现代吉林省流传的此类故事，称食虎兽为"狨"，故事题为《刘二猎狨》，见《中国民间故事集成·吉林省卷》。下面《异兽》篇，亦为此类故

① 慵讷居士（温汝是）：《咫闻录》卷九，《笔记小说大观》第二十四册，扬州：江苏广陵古籍刻印社，1984（影印），第339页。

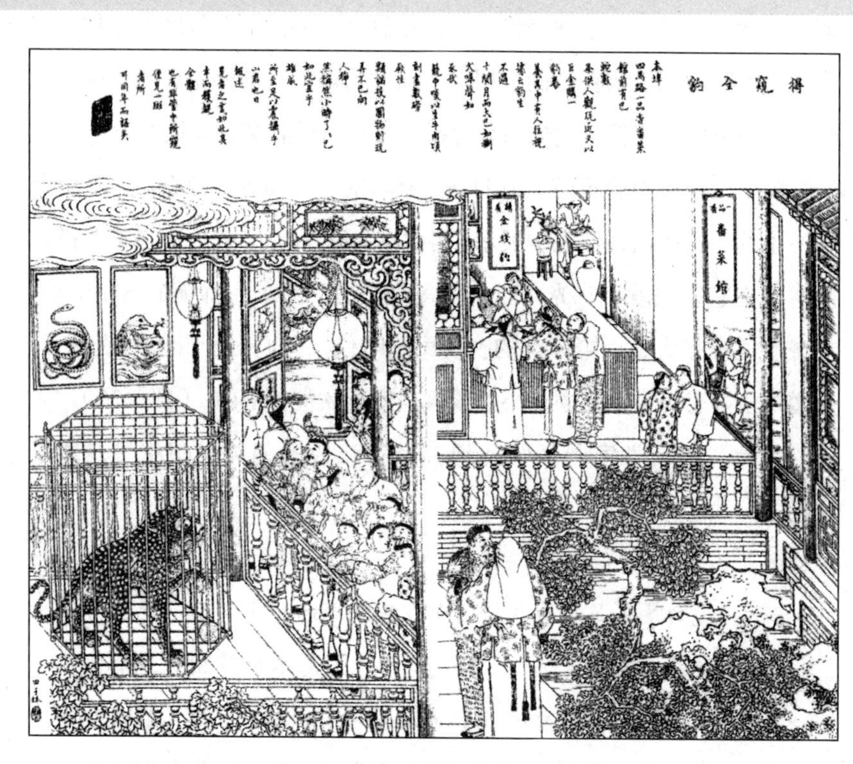

图－20

事，情节略有差异。[①]

应当说，这一在吉林省民间流传的猛兽故事，很可能是明末清初“闯关东”的山东移民带过去的。吉林与内蒙古交界处的科尔沁草原，清初之后即属于蒙汉杂居地区，垦殖的农民初来这一地广人稀的新环境，生态和谐被打破，人与家畜所遇猛兽袭击是共同的、经常性的挑战，这也是清代北方狼、虎等猛兽故事十分兴盛的现实原因之一。

作为外邦贡物出现的珍奇异兽，体态身形的小与大，往往更体现出描述者的一种复杂心理，有限的材料未必说得清楚。但至少，罗懋登（1596 年前后在世）的长篇神怪小说依然遵循“小兽伏虎”模式的外域奇兽之具有震慑性的特征，小说写古俚国投降后的中贡礼也有伏虎小兽，并非狮子，却能震慑狮、象等体量巨大的动物：“……‘草上飞’一只（兽名，形大如犬，浑身似玳瑁斑猫之样，性最纯善，惟狮象等恶兽见之，即伏于地下，此乃兽中之王也）。”[②]收下后大宴以谢，主宾尽欢而别。按，此段当出自马欢《瀛涯胜览》对于忽鲁谟斯国（《元史·地理志》作“忽里模子”，波斯湾两岸）之载录：“又出一等兽，名草上飞，番名昔雅锅失（注：为波斯语 iyahgos 对音，意思是黑耳，为山猫 lynx 的一种），有大猫大，浑身俨似玳瑁班（斑）猫样，两耳尖黑，性纯不恶。若狮豹等项猛兽见他，即伏于地，乃兽之王也。”[③]明代黄省曾的史地学著作《西洋朝贡典录》也写该国“有兽焉，其状如猫，质如玳瑁，黑耳而性仁，出则百兽伏地，其名曰‘草上飞’，番名曰昔雅锅

① 钟敬文主编：《中国近代文学大系》第 8 集·第 22 卷《民间文学集》，上海：上海书店，1995，第 54 页。

② 罗懋登：《三宝太监西洋记通俗演义》第六十一回《王明致书古俚王　古俚王宾服元帅》，上海：上海古籍出版社，1985，第 792 页。

③ 万明：《明抄本〈瀛涯胜览〉校注》，北京：海洋出版社，2005，第 98–99 页。

失。……永乐五年（1407），遣其臣将麒麟等物，并备金叶表文，跟随西洋宝船进贡”[①]。

对此，朱梅叔还试图纠正王渔洋的误解，后者《陇蜀余闻》所言：“角端产瓦屋山，不伤人，惟食虎豹。山僧恒养之以卫护。按《中华古今注》：渠叟国献鼩犬，能飞，食虎豹。”[②]他认为王渔洋是误以鼩犬为角端：“余按《逸书·王会解》：‘渠叟以鼩犬。’鼩犬者，露犬也，盖即鼩犬之别名。初不闻有角端之称。《尔雅》：‘䴵似马，一角。’麟，麕身，牛尾，马足；黄色，圆蹄，一角，角端有肉。是角端固即麟之属，奈何与鼩犬并为一谈乎？”[③]而在此，食虎豹的小兽又被联系到“虎忌柴狗”的俗信，与久远的汉代文献联系起来。因此对于小兽“角端”的名号，我们更倾向于朱梅叔的意见，这实际上是草原马文化的一个别支，因而“草上飞”主要是形容其在草原上的速度，本来即出自西域——中亚草原，而在此南洋海岛，依旧被同态置换、借用，成为一种与海外异邦交流的文化符号。从而，关于海外世界描述对于这一怪兽意象的体认，又有力地确认了这一看法。

小兽形象带有相对性，也是出自不畏强暴、代为平不平的奇异想象。早期故事中小兽形象就有中外交流的背景，有一“小兽伏狂牛”故事值得注意。中唐时期戴孚（唐肃宗至德二年进士）的《广异记》称，天宝时凉州某家生了小牛，多力而大，长大之后野性暴长，还带动群牛胡作非为：

> 及长，不可拘制，因尔纵逸，他牛从之者甚众。恒于城

① 《西域南海史地考证译丛》第二卷，冯承均译，北京：商务印书馆，1999，第1271–1274页。

② 袁世硕主编：《王士禛全集》杂著之九，济南：齐鲁书社，2007，第3629页。

③ 朱梅叔：《埋忧集》续集卷二《异兽》，长沙：岳麓书社，1985，第257页。

西数十里作群，人不能制。其后牛渐凌暴，至数百，乡里不堪其弊，都督谋所以击之。会西胡献一鹜兽，状如大犬而色正青。都督问胡："献此何用？"胡云："搏噬猛兽。"都督以狂牛告之。曰："但有赏钱，当为相取。"于是以三百千为赏。胡乃抚兽咒愿，如相语之状。兽遂振迅跳跃，解绳纵之，径诣牛所。牛见兽至，分作三行，己独处中，埋身于土。兽乃前斗，扬尘暗野，须臾便还。百姓往视，坌成潭，竟不知是何兽。初随望其斗，见兽大如蜀马。斗毕，牛已折项而死。胡割牛腹，取其五脏，盆盛以饲，兽累啖之，渐小如故也。[①]

按，"蜀马"是一种体型较小的马，这么大的西域小兽，主动出击，勇斗群牛，这里却并未正面描绘，而只着笔于气氛渲染——扬尘之大、战地变化为潭以及结局；而描述"百姓"众目睽睽的远观效果，可证这场搏斗带有写实性。须知双方并不是一对一，而是一对众的，小兽以一对众才更具有传奇性，甚至暗示其通人性，不畏强悍、挑战本地强梁（牛中霸主）、帮助都督进行"秩序重建"的豪侠气概。起初，在凶悍的大力野性牛等群牛面前，这一外域小兽的特点模糊而并不起眼："状如大犬而色正青。"却外貌平平，内质强大，也是如期待的那样获胜，而且大有为民抗暴的意味，体现出唐人那种带有文化相对主义的公允、自信。其与其他众多的小兽伏虎故事相映成趣，并有力地建构、丰富了中土文学母题之链中愈益神奇的小兽形象。

这里，小兽也就成为一种中外、民族之间交流的文化符号，远追汉武帝时代以降的传闻，不再是外邦贡小兽以镇服中原大兽，表示挑战讥讽之意，而是在充满自信力的叙事者那里，作为外夷臣服华夏之邦

---

① 李昉等编：《太平广记》卷四百三十四引《广异记》，北京：中华书局，1961，第3520页。

的一个标志物。这一传闻在晚清俞樾（1821—1907）那里还在津津乐道：“国朝陆次云《八紘译史》云：吐番国物产有‘草上飞’，其形如犬，色如玳瑁，性纯不恶，狮豹见之，皆伏于地，乃兽之王，尊在狻猊之上。”①

一般来说，动物在野外的争斗以凶猛、力道和体量取胜，而“小兽伏虎”母题，试图昭示一种新奇而又无可置辩的哲理，即貌似巨大、凶猛的兽类，也往往可能被体态较小的、看似不起眼的猛兽所战胜、所击败，而此时此刻，在场的人居于隐蔽处作为旁观者，恰恰也是作为此种奇观的目击证人。

尹湛纳希很偏爱对正直人格、知恩图报等伦理追求的文学表现。《青史演义》写成吉思汗狩猎晚归，在虔诚请求下进了勒格尔布和的彩帐，见过于华丽有些生疑，正要坐到椅子上，这时他最喜欢的那只金色羽毛大雕从外面飞来，“径直落在太祖要坐的蟒缎椅垫上。乌仁嘎楚格大惊失色，连忙把太祖的长戟靠墙放下，迅步跑去，两手抱住那只大雕。那雕的利爪深深地陷进驼绒椅垫。当乌仁嘎楚格抱起大雕时，那蟒缎椅垫便跟着雕爪离开坐垫，那坐垫下面的洞口像深井一样露了出来。太祖见那深洞，心里愕然，顿时料知其意，不禁勃然大怒……从帐里跑出来一看，其勒格尔布和一刀砍断缰绳，一只脚已踩上鞍镫。太祖料也来不及用长矛刺他，便上前跑了几步，站定脚跟，把长矛对准他掷了过去……”②这里隐约地表现了大雕过人的机敏，似乎它感觉到了危险，这才及时地揭露了阴谋者的陷阱。故事体现出动物成为解救人的角色，这也是蒙古族民间故事经常乐于讲述的。

---

① 俞樾：《茶香室丛钞》三钞卷二十九《草上飞》，《笔记小说大观》第三十四册，扬州：江苏广陵古籍刻印社，1984（影印），第394页。

② 尹湛纳希：《青史演义》第十七章，黑勒、丁师浩译，呼和浩特：内蒙古人民出版社，1985，第262页。

尹湛纳希在小说创作时，也怀有对所有“生态主体”的广泛的同情心，特别注意到相对弱小的、易于受害的一方，可能偏偏会受到意外的救助而脱险。具有实证性的研究有力地证明，《青史演义》吸收了许多蒙古语、满语史料[①]，《青史演义》中的猫头鹰救人当获恩报的故事：“赛罕苏日图乐图……脱靴子躺在草垛上睡觉时，白天在旁边来了一只猫头鹰尖叫，我恶心拿一只靴子打过去时从靴子里面掉了一条蛇……太祖笑道，被众人唾弃的猫头鹰却成了福星高照之臣子、你的救星……”[②]胡日查博士注意到，此来自于《大元史》是没有什么悬念的，蒙古察罕在征西夏途中有此奇遇：“有一天察罕赶路走累，于是躺在草垛上睡觉时，在旁边来了一只猫头鹰尖叫，察罕恶心拿靴子打过去时从靴子里面掉了一条蛇，察罕回来给太祖禀报，太祖说，被众人唾弃的猫头鹰成了你们的救星，日后嘱咐你的子孙勿杀。”[③]何以特意载录下来这一出征路上的细节？应当与蒙古族对马、羊等动物的亲和情感有关，以此由此及彼，构成了人与动物共为“生态共同体”的观念。而承领了动物哪怕先前没什么好感的动物——猫头鹰的恩惠，也要知恩图报，并由此延续这种记忆。

民俗学家阿兰·邓迪斯指出：“民间故事在搜集前早就存在了，它是人们对自己的生活和内心世界所描绘的一幅图画，正如黑格尔所说：‘人民的灵魂是在他们的民歌中反映出来的。如果我们对民间故事进行分析研究，就会消除搜集故事者的一些偏见。有些历史学家对人们的精神状态也进行了研究，学者们想分析出人们是怎样进行思考的，不幸的是这类历史学家不是民俗学家……’民间故事反映的是整个民族和人民

---

① 胡日查：《〈青史演义〉史料来源研究》，内蒙古大学博士论文，2011。

② 尹湛纳希：《大元盛世青史演义》第七分册，蒙文学会 1939 年，第 55–56 页。

③ 《大元史》，杜当、乌力吉图等译，北京：民族出版社，1987，第 35 页。参见胡日查《〈青史演义〉史料来源研究》，内蒙古大学博士论文，2011。

的思想，而不仅局限于一个时间的表段。”[①]如果不是仅限于清代后期东蒙古的时空中，不是仅限于小说文本，那么，就能对尹湛纳希的文学创作与生态理念有更加充分的理解、更加到位的评价。

尹湛纳希在阅读中原汉语小说的同时，也非常喜爱、关注本民族的民间故事传说。关于动物报恩的民间传说，蒙古族有《鹿报恩》，讲述了贝加尔湖附近的青年阿日拉打水时，见湖面上一绿色马与鹿斗，踢断了鹿角，阿日拉为鹿包扎，原来是湖里黑白二神化形相搏。阿日拉因善良的救助获礼物——黑神的仔犬、珊瑚玉，归后仔犬变美女，珊瑚玉变为宫殿与财富，于是这小伙子与美女过上了幸福生活。陈岗龙教授曾从萨满教中对于佛教态度的“黑白”两派相斗角度，进行深度和有说服力的解读，指出这一民间报恩故事“反映了蒙古人拥护和支持固有地神即黑萨满的宗教心理”[②]。而喜爱、亲近动植物，是蒙古族善良、美好的民族天性之一，值得从生态伦理角度进一步关注。

那么，小兽勇武的故事是否与人类蓄养的犬、猫等有关？尚难排除这种耳濡目染的亲近感带给人类的印象。用犬来帮助人捕猎、护卫牛羊是无可置疑的，但猫除了捕鼠是否还有斗战其他较大动物的用途？《聊斋志异·大鼠》写万历年间宫中出现了如猫大的鼠，为害甚剧。遍求民间，无猫可制，被吃了不少。赶上别国来进贡“毛白如雪”的狮猫，就抱来投入鼠屋，关门窗潜窥。见那狮猫以静制动，先是蹲着不动：“鼠逡巡自穴中出，见猫，怒奔之，猫避登几上，鼠亦登，猫则跃下。如此往复，不啻百次。众咸谓猫怯，以为是无能为者。既而鼠跳掷渐迟，硕腹似喘，蹲地上少休。猫即疾下，爪掬顶毛，口龁首领，辗转争持，猫

① 刘守华、黄永林主编：《民间叙事文学研究》，武汉：华中师范大学出版社，2005，第23–24页。

② 陈岗龙、张玉安等：《东方民间文学概论》第四卷，北京：昆仑出版社，2006，第364–365页。

声呜呜，鼠声啾啾。启扉急视，则鼠首已嚼碎矣。然后知猫之避，非怯也，待其惰也……”[1]评点者主要从“斗智”的角度称赞狮猫的“大勇若怯”，其实根本上还是猫的“勇”和支撑这种勇的实力。因此恐怕这类具有特殊勇力的猫不限于“异国”，晚清画报描绘了宁波某公子养猫多种，有一种名为玳瑁的黑白黄三色相间，眼睛金银二色炯炯有神。此猫极善于捕鼠，邻家的老鼠都被捕捉光了。公子一次到郊外打猎，也带上了这些猫，猫群仿佛焕发了“猫科动物”的猛兽本性，就如同猛虎下山般扑向那些田鼠和野兔。（图 – 21）

尽管清代的东蒙古地区民间基本不养猫，尽管西来佛经的猫故事也有论者进行研究[2]，蒙古族崇尚的仍是前面描述的“大兽”，重视的是体量与气势威能相统一的。但在东北这样蒙汉满多民族文化、农牧交流之地，猫以及类似猫的这类“小兽”，也会增大小兽故事的传播活力。徐珂《清稗类钞 · 动物类》载：“东三省之乳头山有兽，皮似猫，形似犬，长尺余。山中之兽，无不畏之。其溲能害百兽，蹄若沾之，立即溃烂，惟不伤人。猎夫见即喂养之，夜间山中露宿，兽不敢前，故人呼之为‘老更官’。”[3]这里的“小兽”令其他野兽惧怕的竟然只是具有腐蚀性的排泄物，可以说是对小兽伏虎母题具有深度的解构作用。

三、寻宝之宝：宝石求宝崇拜的生命体泛化

关于蒙古族民间的识宝传说，蒙古族学者陈岗龙教授多年前曾概括

---

① 任笃行：《全校会注集评聊斋志异》卷六，济南：齐鲁书社，2000，第 1764–1765 页。

② 澈甘：《蒙古地区传播的猫戴佛珠吃鼠故事研究》（哈斯巴特尔教授指导），内蒙古师范大学硕士论文，2016。

③ 徐珂编撰：《清稗类钞》第十二册《动物类》，北京：中华书局，1986，第 5513 页。

图－21

为“金马驹型”“风水型”“开山寻宝型”三个类型。他较多地从维护草原生态的角度，关注游牧文化与农耕文化冲突中关于盗宝者接近中原的南蛮盗宝、洋鬼子盗宝传说，从而揭示出蒙古识宝故事体现出的多民族化与文化冲突，是非常有见地的[①]。这里，围绕着《聊斋志异》在连接游牧文化与农耕文化之间的特殊功能，加以略为补充。

《聊斋志异》资深研究专家张稔穰先生曾细心总结，该小说集按题材可分爱情、官绅、批判、科举、公案和动物小说六大类别，此外有一百多篇单纯记异，统称“志异笔记”(分四类：鬼怪妖异、奇人奇事、自然界各种奇异景象怪异事件，及边远地区远国异民奇人奇事和传说)[②]，这一概括精当而富有启发力。其中《八大王》严格意义上说不属于这四类“志异笔记”，但却以鳖宝意象为核心，集散鬼怪妖异、奇人奇事、自然界奇异景象传说，尤其殊方异域宝物奇闻和佛教故事，成为纯文学意义上的小说与志异笔记杂糅的“混类”之作，其文本意蕴与奇异想象带有北方多民族融合的特色。

一者，“鳖宝”的球状物联想。也许是受到东晋汉译佛经故事的启发，游牧民族文化背景下的元代人，尤其注意到北方某种特殊的类似于“鳖宝”的球状物质，相信其能起到如同佛经中如意珠一般的祈雨功能：“往往见蒙古人之祷雨者，非若方士然，至于印令、旗剑、符图、气诀之类，一无所用，惟取净水一盆，浸石子数枚而已。其大者若鸡卵，小者不等。然后默持密咒，将石子淘漉玩弄，如此良久，辄有雨。岂其静定之功已成，特假以此愚人耶？抑果异物耶？石子名曰‘鲊答’，乃走兽腹中所产，独牛马者最妙，恐亦是牛黄、狗宝之属耳。”[③]这是以灵石

① 陈岗龙：《蒙古民间文学比较研究》第二编，北京：北京大学出版社，2004，第 75-83 页。

② 张稔穰：《聊斋志异艺术研究》，济南：山东教育出版社，1995，第 520-521 页。

③ 陶宗仪：《南村辍耕录》卷四《祷雨》，北京：中华书局，1959，第 52 页。

引水祈雨神秘崇拜的一个经典文献。

辽金元时代可谓是一个重视宝物的多民族文化融合的时代，例如，其动物观念所携西域草原文化因子，似乎就有着某种突破旧有框架的意味。元好问（1190—1257）《续夷坚志》载，完州（今河北顺平县）磨家一头驴病了，大叫七日夜死后被发现其腹有异物："剖之，大腹内得物，非铁非石，形如栝楼而褊，色深褐，其坚若铁石。磨家不以为异，掷之麦囤中，日课麦皆取于此，而都不减耗。如是一年，乡人传以为神。官长石生者索去，亦置麦中，竟无神变。"①载录者称亲眼见到。这种类似鳖宝的"驴宝"，是能生发物质的宝物。而这类推想，有时更贴近地牵涉到人与动物的某种生理性功能机制，乃至为医书所关注。李时珍《本草纲目·狗宝》就从人体内聚集的特殊物质，来推及动物之宝的形成："按《程氏遗书》载，有波斯胡发闽中古冢，棺内俱尽，惟心坚如石。锯开观之，有山水青碧如画。傍有一女，靓妆凭栏。盖此女有爱山癖，朝夕注意，故融结如此。……"②

二者，与此相联系的是石状宝物能改善水质功能。唐代张读《宣室志》记载，严生在岘山得一物如弹丸，"色黑而大，有光，视之洁彻，若轻冰焉"。他游长安逢胡人，隔着衣橐对方就看出他身怀奇宝，出示后主动为这"天下之奇货"出价三十万，胡人还说自己来自西国："此乃吾国之至宝，国人谓之'清水珠'。若置于浊水，泠然洞彻矣。自亡此宝，且三岁，吾国之井泉尽浊，国人俱病。"③所以远来中原寻求，也

① 元好问、无名氏：《续夷坚志·湖海新闻夷坚续志》，北京：中华书局，1986，第 64 页。

② 刘衡如、刘山水：《新校注本〈本草纲目〉》兽部卷五十，北京：华夏出版社，2011，第 1837 页。

③ 李昉等编：《太平广记》卷三百六十二引《宣室志》，北京：中华书局，1961，第 3243 页。同卷引《广异记》故事中的青泥珠功能，似亦由此派生，说西国青泥泊多珠宝，苦泥深不可得："若以此珠投泊中，泥悉成水，其宝可得。"

同前一故事那样："即命注浊水于缶，以珠投之。俄而其水澹然清莹，纤毫可辨。"强调当场验证，表现出识宝获宝的波斯胡那种因宝物回归祖国而按捺不住的喜悦心情，而宝珠——宝石的引水、净水价值，必须放在北方尤其西北的干旱文化区内，才能体会更加深切。蒙古族学者色音还亲身到科尔沁左翼后旗调查"尚西"（蒙古语"独立神树"）求雨，其仪式是用鲜艳的花布条装饰树干树枝，还有"唱井求雨"的风俗。[①]的确，神树储水、神树引水之类故事域内外多有传播，也受到南亚次大陆一些风俗、传说的影响，而这里则突出显示了宝物观念应灾御旱实用性的扩大。

三者，蒲松龄《八大王》中的鳖宝（鳖身上的宝石），属于能找到宝物、生发宝物之"寻宝之宝"，殊非一般宝物可比，这也跟草原文化相关。《聊斋志异·桓侯》还写到了"蒙茸可爱，初放黄花，艳光夺目"的香草，新鲜的可服之成仙，枯者可点金，"草七茎，得金一万"。[②]可见该小说对鳖宝这类宝物，有着稳定的特殊兴趣。

直到晚清新闻画报，对此鳖精的"鳖宝"故事之神奇，还在津津乐道。并以此为话题，谈起香港有人买一大鳖，额头上有白点，放在锅中蒸时发出阵阵惨叫。大鳖被蒸熟之后，人们将它剖开，发现腹中有个三寸长的小人。有人说这就是"鳖宝"，于是报人叹为可惜，说否则它就像"鳖宝"一样，能识得百宝，致富就容易了。然而，"天下哪来这种宝贝呢？"这里的"蒸熟"，是呈现出不可逆的一个结果，预示着晚清近代宝物观念的某种改变。（图－22）

故事学家普罗普（Vladimir Propp，1895—1970）早年曾讨论过俄罗斯故事中宝物的来源——"许多宝物就是动物身体的一部分"，而有

① 色音：《蒙古游牧社会的变迁》，呼和浩特：内蒙古人民出版社，1998，第219页。

② 任笃行：《全校会注集评聊斋志异》卷八，济南：齐鲁书社，2000，第2408–2410页。

图－22

的即属于能充当人类工具的宝物："主要的东西是巫术的法力，是招引动物的本领……随着工具的日益完善，可以看到下述现象：最初通过动物的某个部分附在充当相助者的动物身上的巫术法力现在转移到了物件上。人们很少看到自己的努力，而更多看到工具的作用。"[①]实用性的广泛而增强，以至于神物的功能往往被夸大。《八大王》写鳖精获救后口中吐一寸许大的小人，以爪按捺进临洮冯生的臂中。而冯生："自念所获必鳖宝也。由此目最明，凡有珠宝之处，黄泉下皆可见，即素所不知之物，亦随口而知其名。于寝室中，掘得藏镪数百，用度颇充。后有货故宅者，生视其中有藏镪无算，遂以重金购居之。由此与王公埒富矣，火齐木难之类皆蓄焉。"[②]

蒙古族故事还讲述，蛇盘谷的青蛇、赤蛇修炼成精，二丹合一为一龙珠，互相传递，不甚误沾了"醉仙草"，二蛇心有私念分神服下了醉仙草，现了原形，化为筷子般的小蛇酣睡，失掉了龙珠[③]。而谷外一小伙子"三郎"放羊为生，偶见溪边两蛇缠绕，因避忌讳就脱衬衫盖上，拾取龙珠。二蛇苏醒后找恩人寻珠，化作两个七八岁女孩，混入内地逃往漠北的难民中，历尽艰辛。昏迷倒地时恰遇三郎被喂水苏醒，随之进村，三郎拿出龙珠给她们玩，大喜之中二女（红姑、青姑）互相吐珠传递，玩乐中三郎担心龙珠落地无意中把红姑抱怀里一下，激起了红姑"异样感觉，心头忽地情流奔涌"，于是二女商议等二月二龙抬头时，蜕掉蛇衣化龙，把蛇蜕留给三郎做治疗风湿良药。故事的结尾有些超出通

① 弗拉基米尔·雅克夫列维奇·普罗普：《神奇故事的历史渊源》，贾放译，北京：中华书局，2006，第243–247页。

② 任笃行：《全校会注集评聊斋志异》卷五，济南：齐鲁书社，2000，第1299–1304页。

③ 此与前故事中的"毒草"均具有草意象体现的某些负面能量，但这里却表现出了坏事变好事，非有此醉仙草才有了二蛇与三郎的接触，从而解决了一龙珠而完成了二蛇的救赎，一升天为龙一留尘世获人间情爱，各得其所。

常的期待：雷声滚滚而化龙在即，龙珠滚烫却只能救一个，三郎哭声中红姑告知只要你割心头肉喂哪个也能活，照办后红姑跳起吞下那血肉，而同时龙珠已被红姑抛入青姑之口。于是青姑化龙升天，红姑留在凡世与三郎生儿育女。[①] 在此，中原汉族的“二龙争珠”变成了生死关头的“二蛇让珠”，出让龙珠的红姑，则如愿获得了人间的恩爱美满。

以威胁逼迫的方式来促进宝石作为“寻宝之宝”发挥效用，还恰到好处地体现在以宝石震慑龙王、使其交出龙女的故事中。蒙古族传说《神剪仙女》讲述，兰儿砍柴施舍老妇，得两个陌生人（天兵天将）赐福称南山沟大柳树前板石下有鹅卵宝石，取回让老母睡觉时放怀里一炷香工夫，七七四十九天病愈，但第七天困乏过时，老母病重去世。后来了南蛮装束二商欲买宝石，告知其价值并指引东南方行。兰儿遵嘱至东海，抛下宝石，龙宫摇荡。老龙王出见兰儿，请他拿走宝石，兰儿索要窗台第四盆莲花，归途中一黄狗尾随。此后回家总能吃到可口的饭菜，后发现是美女，遂烧掉狗皮，原来是龙王四姑娘莲花，于是结为夫妻。县令赖大闻讯觊觎美女，命两天内交 99 只天鹅上贡，否则收监。仙女办到了，交差时天鹅纷纷啄县官，无奈告饶收回。后又逼索 99 只青蛙、99 匹黄骠马，亦如此。后又索“不可就饺”，交上后县衙着火，空中有人喊“不可救呦（药）”，而仙女用黄骠马将兰儿接走了。[②] 这里的宝石，本来就是孝子善行得到上天（长生天）所赐，但在使用方式上是逆向的，所产生的也是一种破坏性的神秘之力，在这种威胁下东海龙王才不得不交出心爱的女儿，允许她与凡人一起在尘世生活。在蒙古族民间想象中，将宝石看作是能够撼动海中龙宫的威力巨大之物，这应当与对

① 铁木尔布和主编：《察哈尔右旗中旗民间故事》，呼和浩特：内蒙古教育出版社，2013，第 71–72 页。

② 铁木尔布和主编：《察哈尔右旗中旗民间故事》，呼和浩特：内蒙古教育出版社，2013，第 92–96 页。

陨石、天象的观察有关。而同时，元杂剧《张生煮海》中的运用宝物煮海迫使海龙王答应有关条件，也很大可能影响到了民间故事母题的基本意旨。

因此，从主题学、母题史的视域中来看，局限在中原传统文学上来探讨《聊斋志异》的题材渊源，恐怕有时是存在偏颇而不完整的，如上述三节的三类问题作品，可以说就分别有相关内证：《鹿衔草》言："关外山中多鹿。"[①]这是对于辽西为"异质空间"的明确表述。按，明初徐达初建山海关，从地域上以山海关、长城为界，始划分为"关里关外"，这是明清之际渐趋明确的空间地理观念，泛指山海关外的北方，就直接包括与关内地缘接近的辽西。《黑兽》载关外实地所见所闻："某公在宴集山颠，俯瞰山下，有虎衔物来，以爪穴地，瘗之而去……"这正体现了作为"关外"的代表，蒙古族、满汉等多民族经济、文化的重要集散地沈阳（盛京）地区，其特定地域特征与其时代特殊性、复杂性相通的一面[②]。而上文提及《八大王》中的"鳖宝"，故事发生地在陕甘的临洮，为黄河上游的黄河文化重要发祥地，与蒲松龄所在的黄河下游三角洲都属于黄河的"流域文化区"，这与蒙汉满多族聚居的西拉木伦河流域文化区也具有某些相通之处。

四者，异空间的生命力想象。西拉木伦河即《后汉书·鲜卑列传》中的饶乐水，契丹族称之为潢水。鲜卑（室韦、锡伯）、乌桓（宇文）、契丹、蒙古都是东胡后裔，说阿尔泰语系蒙古语族方言。调查者徒步内蒙古期间，简单介绍一些蒙语词汇，跟古代东胡语类似。河流带来了水生神秘动物、水族精灵的神秘观念，激发小说家的想象力，近水者智，也触发了和易于表现出人们更多的合情合理的物质追求。如《聊斋

① 任笃行：《全校会注集评聊斋志异》卷六，第 1673 页。

② 王立：《小兽伏虎故事的域外来源及异国情调》，《南开学报》2006 年第 1 期。

志异》何守奇评语，就有这样的引申思考："天下无主之藏，正复不少，但恨不能德及鱼鳖耳，于人乎何尤！"[①]水族精灵鳖精即自然生态资源的一个象征，也不妨在此作生态伦理的解读，象征着这样一个生态意旨：人类善待河流、善待水族生物，才能获得拥有巨大财富的"取宝之宝"。古今中外文学题材、故事母题流传的变异，无疑是无往不在的，具体说起来这里只不过是就事论事，基于《聊斋志异》及其相关文本说起。在此只是略作阐发，还需要进一步思考。

总之，蒙古人——草原游牧民族有着与中原汉民族不同的生存环境、气质习俗，一如吴趼人（1866—1910）《痛史》所写："原来蒙古是天生的游牧人种，他那里没有宫室房屋，终年都是骑在骆驼身上过日子；到了晚上，随便走到哪里，便支起篷帐住宿。到了天明，又骑上了，游到别处去。所有动用器具，都带在骆驼身上。他所以要游来游去之故，为的是打猎。猎了鸟兽，拿来当粮食；猎不着鸟兽，便蛇、虫、鼠、蚁，也要吃的。所以叫做'游牧'。"[②]因此蒙古族对于骆驼等动物非常有感情，据民国官员兼教育家马鹤天（1887—？）1926—1927年的实地考察日记称："昨晚驼儿死去，竟哭号一夜，哀鸣之声，不忍入耳。清晨大家围观，见母驼依然悲号，两行眼泪，点点滴地，驼之爱儿情切，可说是与人无异。"对此，范子烨教授评曰："骆驼和狗是忠诚、勤劳和理解的象征，它们喜欢羁縻于人类的驱使与关爱之下的自由，它们的存在标志着人类的存在，它们的消失既是人类衰败的证明，也将预示着人类最后厄运的降临，它们是普通而伟大的动物。……为《日记》注

---

① 任笃行：《全校会注集评聊斋志异》卷五《八大王》，济南：齐鲁书社，2000，第1304页。

② 吴趼人：《痛史》第二十七回《忽必烈太子蒙重冤 仙霞岭义兵张挞伐》，南昌：江西人民出版社，1988，第264页。

入了一缕清新的自然趣味。”[①]人与动物、家畜的互为依存关系，也形成既务实、经常流动而又富有想象的性格特征。

钱钟书先生就曾对北方民族的朴实、真率有深刻的印象。据画家黄永玉《北向之痛——悼念钱钟书先生》回忆，钱先生曾说起明代笔记中：“记载的汉人向蒙古人买兽皮的材料，原先订的契约是一口大锅子直径面积的兽皮若干钱，后来汉人买主狡辩成满满一大锅子立体容量的兽皮若干钱了。他说：‘兄弟民族一贯是比我们汉族老大哥守信用的。’”[②]这是很实在的认识。清代中后期，北方草原及其邻近地区的生态环境愈加恶化，生活资源匮乏，宝物的功能也随之被合理性夸大。这是生存的需要，也是精神慰藉。日本学者桑原骘藏在《考史游记》里曾提出中国人的某种性格与习性：“尤好附会，敢于牵强。因此若乡里名为董家，则必设董仲舒墓；若阵营称细柳，则必建周亚夫祠，比比皆然。其实，像直隶景州的董家里，像细柳营等，与二人毫不相干。所以探访中国古迹时，需加以细心留意。”[③]其实也是一种喜好攀附的积习，“好附会”或许与善于想象及古老传说的影响力有关，但有益于艺术创造力的生成与发挥。

---

① 马鹤天：《内外蒙古考察日记》，范子烨整理，北京：中国青年出版社（据新亚细亚学会1932初版），2012，第9页。

② 文汇报笔会编辑部编：《默守高尚：’99笔会文萃》，上海：文汇出版社，2000，第35页。

③ 桑原骘藏：《考史游记》，张明杰译，北京：中华书局，2007，第124页。

第十二章

尹湛纳希小说对中原茶文化的借鉴加工

李汝珍（约 1763—1830 后）的长篇小说《镜花缘》约嘉庆二十三年（1818）付梓，该书为蒙古族作家尹湛纳希（1837—1892）所赏阅，并有选择地加以借鉴改写。据扎拉嘎先生《尹湛纳希年谱》，当在同治三年到同治五年（1863—1865）之间。郭延礼先生指出："《一层楼》第一、二回即系借用《镜花缘》的开头，用百草仙子的话来预言将有才女出现……"[①]而且尹湛纳希全面借鉴了李汝珍有关茶、饮茶习俗及其婚恋茶礼观念，如《一层楼》中可人与琴自歇、萃芳的对话[②]与《镜花缘》第六十一回多有相似。尹湛纳希生活在卓索图盟土默特右旗（今辽宁北票市），通晓蒙、汉、满、藏文字，家世经历颇类似曹雪芹，他寓身世之感于小说创作得到认可[③]。20 世纪 80 年代初以来，蒙古族学者扎拉嘎先生详考尹湛纳希家世和所受蒙汉文化影响，认为他创作《一层楼》《泣红亭》尤得力于《红楼梦》《镜花缘》和《再生缘》，一些人物描写较接

---

① 郭延礼：《中国近代文学发展史》第一卷，济南：山东教育出版社，1990，第 529 页。

② 尹湛纳希：《一层楼》第二十六回《凝翠堂四美论茶史　鸿文馆群芳行酒令》，甲乙木译，呼和浩特：内蒙古人民出版社，1983，第 227-229 页。

③ 张俊：《清代小说史》，杭州：浙江古籍出版社，1997，第 414-418 页。

近内地习俗和人物类型，当来自尹湛纳希对内地特别是江浙一带的向往[①]。应当说，这与尹湛纳希所居住的辽西北票地区距离渤海很近，大有关系，而他对于海洋风物景观的向往，很大程度上当来自阅读《镜花缘》的感性认识。借助于耐劳的蒙古马，蒙古人对大海并不生疏。晚清新闻画报即报道，清代每年的春秋两季朝廷必命大臣到海边举行祭奠海神之典。今年（光绪十年，1884）秋季的祭祀，李大臣（李鸿章）就沿用前例，邀请蒙古王公、札萨克台吉等先期集盟，届时随从陪祭。祭典结束，朝廷颁发了对蒙古王公的赏赐。[②]（图 – 23）

尹湛纳希将《镜花缘》阅读经验落实到创作上，由言茶故事母题入手，生发出了自己的审美感悟。从种茶、"下茶"的蒙汉茶文化同一性，假茶替代品的商人牟利动机、无诚信习性的恶性循环，嘲讽沉迷于嗜酒与多饮的文化习俗等视角，可探究尹湛纳希名为"戏仿"，实为一种带有文化批判意味、"嘲讽"的史家笔法。

一、茶树难于移植的婚俗寓意

虽然尹湛纳希站在跨文化的视野上，视中原小说名著如《三国演义》《水浒传》《西游记》《金瓶梅》等为"浮藻文学"[③]，但不妨碍对中

---

① 扎拉嘎：《推进民族文化和蒙汉文化交流的杰出作家——纪念尹湛纳希诞生一百四十五周年》，《内蒙古师院学报》1981 年第 2 期。参见包红梅《〈青史演义〉研究述评》，《内蒙古民族大学学报》2011 年第 5 期；娜木其玛由孟克吉雅教授指导所作《〈一层楼〉〈泣红亭〉与〈镜花缘〉比较研究》（蒙古文），内蒙古大学硕士论文，2011。

② 吴友如等：《点石斋画报》，1884 年。札萨克台吉，为清朝外藩蒙古世爵第八级，札萨克蒙古语即"执政官"。清朝分蒙古为若干旗，每旗置札萨克一人，以蒙古贵族王、贝勒、贝子、公、台吉、塔布囊（蒙语 tabunang，驸马等）充任。

③ 尹湛纳希：《青史演义》要目之二，黑勒、丁师浩译，呼和浩特：内蒙古人民出版社，1985，第 8 页。

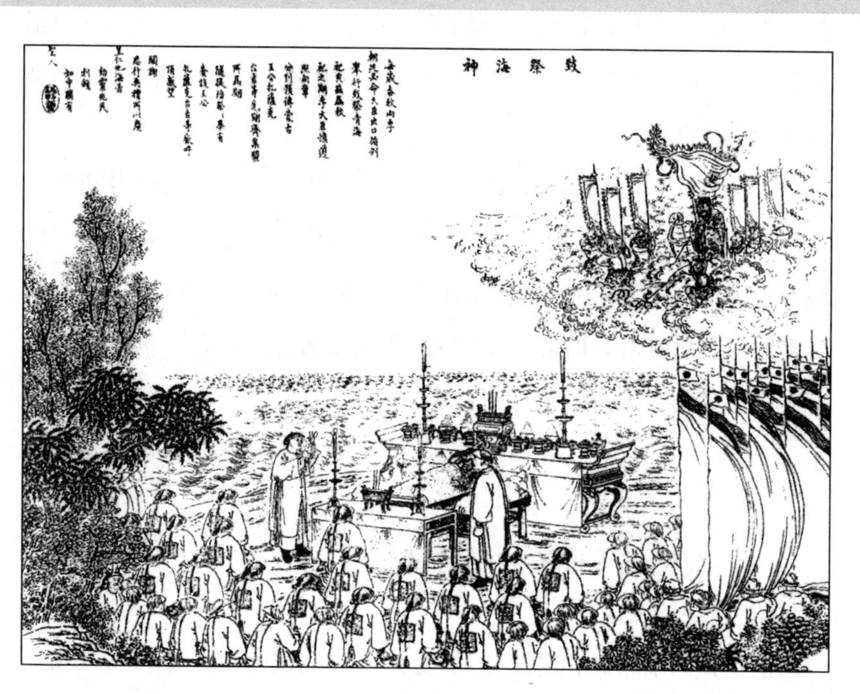

图－23

原地区某些具体母题的偏爱并“借他人之酒杯，浇自家之块垒”，他不满嗜茶多饮也并不妨碍对茶文化积极意蕴的采借。李汝珍《镜花缘》写紫琼说道：“妹子平素从不吃茶，这些茶树都是家父自幼种的。家父一生一无所好，就只喜茶。因近时茶叶每每有假，故不惜重资，于各处购求佳种；如巴川峡山大树，亦必费力盘驳而来。谁知茶树不喜移种，纵移千株，从无一活；所以古人结婚有‘下茶’之说，盖取其不可移植之义……”[①]明清婚恋中有“茶礼”习俗，男向女求婚称“下茶”，象征心志不移，而女家允婚则称“受茶”。尹湛纳希小说《一层楼》对此有如下对话：

> 德清道：“我倒素日不大吃茶，据说这些茶树都是我们曾祖父时种的，因买的茶多是假的，所以，不惜重价，从各地寻好茶籽来种的，至今方长成，十余年前茶才熟了。种树既如此慢，不知当时如何未栽活树？”琴自歇笑道：“姐姐原来不知这缘故，茶树不比他树，可以栽植得活的，纵植千株，也不活一棵，所以古人称定亲为‘下茶’，盖言其既下一次，不可再移之意。”[②]

尹湛纳希这里“有意误读”，自加寓意。一者，对“吃茶”有了一些限定词，没有绝对化；二者，把自家茶树种植时间由“家父自幼”提前到了“曾祖父”，就茶树生长状况而言更符合移植培育所需时间；三者，明确提出“买的茶多是假的”，把《镜花缘》所写“近时茶叶每每有假”的阶段性、含蓄表述，加重了描述程度；四者，运用对话，从琴

① 李汝珍：《镜花缘》第六十一回《小才女亭内品茶　老总兵园中留客》，上海：上海古籍出版社，1990，第397–398页。

② 尹湛纳希：《一层楼》第二十六回《凝翠堂四美论茶史　鸿文馆群芳行酒令》，第227页。

自歇口中道出，将茶的难于移植与人的订婚作比，这一“茶性”遂变得具有某种族群婚俗、性格一般的文化意义了。

从民俗隐喻看，尹湛纳希的创作离不开对蒙古族历史、习俗的了解、热爱。他那抗英立功、酷爱藏书的父亲，以其对蒙古族历史的爱好给予尹湛纳希的熏陶，从饮茶之俗、婚俗描写折映而出。土默特中的汉族人多山西迁徙而来，清初土默特部落被正编为左右两翼，在清政府移民垦殖中被迫由牧转农，加快了容受汉俗过程。据研究，蒙古族婚俗中禁舅家子娶姑家女，土默特土语谓之“倒骨髓”（骨血倒流）。此外蒙汉都有“入赘婚”——交换婚：“即甲部落将女儿嫁给乙部落时，同时也从乙部落娶来他们的女儿，做甲部落的新娘。”双方都不必交纳聘礼[①]。然而，从蒙古贵族到平民，“姑表姻亲”关系较普遍，亲上加亲，更尚专一，且使女孩在姑姨家不至受苦，感情融洽、节省财礼：“蒙古草原上居住分散，氏族与氏族只能在附近的本部落内通婚，因此就近的姑舅姨表姐妹就成了求偶的对象。”[②]从《一层楼》描写璞玉与炉梅、琴默、圣如三位表姐平等无猜的关系可见，深层习俗不仅构成了对满族婚俗支配的《红楼梦》的认同，也构成了表亲姐弟对话的率直真切。这几种婚俗情况都具有强化“订亲从一”习俗的机制。

传统蒙古族订婚（蒙语：hadag talbihv），土默特蒙古族称“下定”，汉族偶尔也称“下茶”。由此，传记描写的尹湛纳希移风易俗，将牵羊腿改为系金蟾故事[③]，与此相通。

尹湛纳希对满汉某些带有共同性质的习俗也体会颇深，自觉不自觉地熔铸到小说情节与人物对话之中。如明代婚俗有这样的说法，其体

---

① 汪玢玲：《中国婚姻史》，上海：上海人民出版社，2001，第 305 页。

② 田雪原：《中国民族人口》，北京：中国人口出版社，2002，第 185-186 页。

③ 刘文艳、赖炳文：《尹湛纳希传》，沈阳：辽宁大学出版社，1988，第 113-114 页。

现了植物生长与人类早期活动的“相似巫术”遗存：“种芝麻，必夫妇同下其种，收时倍多，否则结稀而不实也。故俗云：‘长老种芝麻，未见得者。’以僧无妇耳。种茶下子，不可移植，移植则不复生也。故女子受聘谓之‘吃茶’，又聘以茶为礼者，见其‘从一’之义。故二称皆谚，亦有义存焉耳。”[①]而清代满族民间也行此俗，福格《听雨丛谈》称：“今婚礼行聘，以茶叶为币，满汉之俗皆然，且非正室不用。近日八旗纳聘，虽不用茶，而必曰‘下茶’，存其名也。”[②]《红楼梦》第二十五回写黛玉探望受伤的宝玉，凤姐说：“你既吃了我们家的茶，怎么还不给我们家作媳妇？”众大笑，黛玉脸红无语；该小说第四十一回写妙玉明着请黛玉、宝钗饮梅花茶，实为邀宝玉来品“梯己（体己）茶”。[③]清初徐震《珍珠舶》卷五第一回写进士贾范年近六十，独女琼芳此时年已十七，“为因择婿，尚未受茶”[④]。檇李烟水散人《桃花影》第二回写云姐年方十五“尚未受茶，不惟美貌无双，兼会吟诗写画”[⑤]，等等。因此《一层楼》写琴自歇表姐从谈论饮茶这一语境中转移到“下茶”，当非无意之笔，正为暗示青年男女心中之事。品味尹湛纳希小说文本，惊艳于其“模仿的契机”与“合理的契机”的巧妙结合[⑥]，亦即借助蒙汉“茶文化”精神的同一性追求——坚贞不移，倡扬民族文化发展的“中和”之路，并适时展露蒙汉族群“茶文化”践行中之短长，这当是作品书写艺术高妙之处。

---

① 郎瑛：《七修类稿》卷四十六《事物类》，北京：中华书局，1959，第680页。

② 福格：《听雨丛谈》卷八《茶》，北京：中华书局，1984，第169页。

③ 曹雪芹、高鹗：《红楼梦》第二十五回，第四十一回，北京：人民文学出版社，1982，第353页，第569页。杨瑀《山居新语》：“余尝见周草窗家藏徽宗在五国城写归御批数十纸，中间有云‘可付体己人’者，即今日之所谓‘梯己人’。因方言之讹、书手之误无疑。”

④ 侯忠义、安平秋等主编：《中国古代珍稀本小说》7，沈阳：春风文艺出版社，1994，第528页。

⑤ 檇李烟水散人：《桃花影》第二回《老佳人带月效鸾凰》，上海：光绪上海书局石印本。

⑥ 细见和之：《阿多诺：非同一性哲学》，李浩原等译，石家庄：河北教育出版社，2001，第185页。

二、有意戏仿之“嗜酒多饮”社会风习的讽喻

茶之于人类的存在价值不同于粮食，具有超越于生命延续的能量需要，且有提升生命质量与品位的文化意味，更与“我们的身材、住宅、厨房、食品”等一样，“都是意向性符号，体现着某一地位的生活方式”[①]。元代王祯《农书》指出茶为灵草：“种之则利博，饮之则神清，上而王公贵人之所尚，下而小夫贱隶之所不可阙，诚民生日用之所资，国家课利之一助也。”[②]茶可牟利、健身、利民利国。然而过分饮茶的嗜好，不合理的饮茶习惯存在“过犹不及”副作用，对此尹湛纳希戏仿中有深意。《镜花缘》第六十一回引经据典认为茶应少饮，不可嗜茶：“紫琼道：‘……至于茶之名目：郭璞言：早采为茶，晚采为茗；《茶经》有一茶、二槚、三蔎、四茗、五荈之称；今都叫做茶，与古不同。若以其性而论：除明目止渴之外，一无好处。《本草》言：常食去人脂，令人瘦。倘嗜茶太过，莫不百病丛生。家父所著《茶诫》，亦是劝人少饮为贵；并且常诫妹子云：‘多饮不如少饮，少饮不如不饮。’”而《一层楼》据此又进行了“文本重构”，省略了《茶经》之语和“不饮”之论，更为明快清晰和大众化：

圣萃芳道：“我听得说茶的名目极多，一时不能尽记，又据郭璞之说：‘早采者谓茶，晚采者谓茗。’如今不分早晚，统称为茶了。若论起茶来，除明目止渴之外，全无益处。《本草》上说：‘常饮则去人脂，令人瘦。’人若嗜茶太过，莫不百病所由生矣。所以家父常戒我说：‘多饮不如少饮。’可人

---

① 罗钢、王中忱主编：《消费文化读本》，北京：中国社会科学出版社，2003，第357页。

② 王祯：《农书》卷十《百谷谱·杂类·茶》，北京：中华书局，1956，第113页。

笑道：‘那话极是……’”[①]

对人们饮茶过量的警示，北宋赵令畤（1061—1134）的《侯鲭录》卷四曾载东坡论茶之说：“除烦去腻，世固不可无茶，然暗中损人不少。昔人云：自茗饮盛后，人多患气不患黄，虽损益相伴，而消阳助阴，不偿损也……”[②]按，苏轼语确见《仇池笔记》：“除烦去腻，不可缺茶，然暗中损人不少……”[③]而李汝珍《镜花缘》第六十一回写紫琼在“近来真茶渐少，假茶日多”情形下已有警示，说即使真茶，若贪饮无度，“未有不元气暗损，精血渐消；或成痰饮，或成痞胀，或成痿痹；或成疝瘕；余如成洞泻，成呕逆，以及腹痛、黄瘦种种内伤，皆茶之为害，而人不知，虽病不悔”，甚至把近世寿不长者都归因于茶酒之类“日日克伐，潜伤暗损，以致寿亦随之消磨……”而《一层楼》第二十六回几乎全面移植，表明尹湛纳希对北方地区普遍存在的嗜茶酗酒风气不满：

可人笑道：“那话极是，况且，此时真茶愈少，假茶愈多，纵然是真茶，倘或贪饮无度，早晚不离，莫不未老之先，元气暗损，精血渐消，致成呕吐，或成痞胀者，又患其他内症，皆由茶之为害也。然而，嗜好者犹不自知，得了病尚不自悔呢。古人延年者多，今人长寿者少，皆因用茶酒之类，日渐受害，进而一至消磨其寿命了。所以圣如姐姐此言，乃是千古不易之定论，谕人于迷团者不少。无如那些嗜酒好茶之辈，一闻此言，偏执谬言左理，百般辩论，甚或失笑打趣，

① 尹湛纳希：《一层楼》第二十六回，第227–228页。

② 赵令畤：《侯鲭录》卷四，北京：中华书局，2002，第104页。

③ 孔凡礼：《苏轼文集》卷七十三《杂记》，北京：中华书局，1986，第2370页。

习俗移人，相沿久矣。纵令说破舌尖，有谁肯信！”[①]

这里谈及两个问题：一是“假茶”，二是“嗜酒好茶”。“假茶”在蒙古地区的语境中当主要指“野茶”，即其他植物加工的饮料，与李汝珍所说有别。北方游牧民族对有益于饮食调解的植物，早有采用。王钦臣（约1034—1101）《王氏谈录》载：“公言：昔使契丹……又言：北人馈客以乳粥，亦北荒之珍。彼中有铁脚草，采取阴干，投之沸汤中，顷之茎叶舒卷如生。”[②]而喀喇沁左旗蒙古族学者撰、民初成书的《蒙古风俗鉴》称：“蒙古地区有速敦茶（地榆茶），速敦茶产于蒙古。红茶、花茶、砖茶都来自南方地区。”[③]速敦又名地榆、黄瓜香，属草本植物，一种药草，蒙古族常采其叶和根作为茶的代替品。其他还有杜李（山丁子）、欧力茶树、文冠果、榛树、山梨树等，均可加工为茶饮，以有效地补充植物所含营养成分。当然也不排除南来茶叶运输不便、价格偏贵；再有就是有的“假茶”（泡过的茶叶晒干，妄加药料等）不宜饮用。

由此尹湛纳希戏仿式地对当地民间陋俗反思，值得重视。身处“近期真茶少”的语境，愤世嫉俗的尹湛纳希更为具体地强调饮茶（也包括饮酒）“贪饮”的后果：会伤身、生病、减寿，但嗜酒好茶者偏偏不信此理，不循此道。在此，为了说明过量饮茶、饮酒危害，他特意把“嗜酒”与“好茶”连用，写作上构成互文足义之势。而揭示“无如那些嗜酒好茶之辈，一闻此言，偏执谬言左理，百般辩论，甚或失笑打趣，习俗移人，相沿久矣”，正暗示出民间茶酒习俗的负面辐射力。从中医学上看，“嗜饮”与“健身”恰是南辕北辙。而“认知情结”与“动机情

① 尹湛纳希：《一层楼》第二十六回，第227–228页。

② 永瑢、纪昀等编纂《四库全书》子部十，杂家类三，上海：上海古籍出版社，2003，第19页。

③ 罗卜桑却丹：《蒙古风俗鉴》，哈·丹碧扎拉桑批注，呼和浩特：内蒙古人民出版社，1981，第37页。

结”的纠结之处，[①] 正在于此。与“知行合一”的君子行为法则不同的是，民间的耽于饮食、以假易真几乎成了某些生活常态，尹湛纳希为此而忧虑不满。因此，他以小说形式并借鉴成说，更进一步地揭示出“假茶”与“嗜酒多饮”是一种历时性超族群的消费风习。而这样一种根深蒂固的生活陋习却是“富足文化培育出的一种偏执性产物”[②]，其中还蕴含着普罗大众的存在价值和生活追求，讽喻意义不言自明。

尹湛纳希小说对于茶文化的深度思考，体现出中原茶叶贸易、茶文化在蒙古地区乃至东北亚传播的深广。早在敦煌文学中即有《茶酒论》“茶酒蒸功”的精彩描述。而晚清新闻画报也报道过《采茶入贡》，描绘安徽六安的英山、霍山等盛产优质茶叶，谷雨前嫩芽刚刚冒尖，茶农们就纷纷赶着采集，担心误时茶味就叶老味薄了。采茶者多为妇女儿童，届时省府就会派员来与地方官一起选出精品，给京城皇上进贡。这些贡品也会被朝廷赐给各地的官员，蒙古王爷自然也在分享之列。这一南北物质文化交流的支脉，本来就是“茶马贸易”的分支，也促进了东北亚茶文化的普及。（图－24）

三、有意戏仿之“毒橄榄”的逆向思维

古代中原茶文化两个高峰是唐宋与明清时代。在中原传统中医文化中，一向强调“养生”，有一种“食疗”即饮茶健身。这是东亚带有普遍意义的跨民族交流的饮食文化之一，中原对于朝鲜半岛的饮茶习俗影

① 尤尔根·哈贝马斯：《交往行为理论》，曹卫东译，上海：上海人民出版社，2004，第 88 页。

② 罗钢、王中忱主编：《消费文化读本》，北京：中国社会科学出版社，2003，第 366 页。

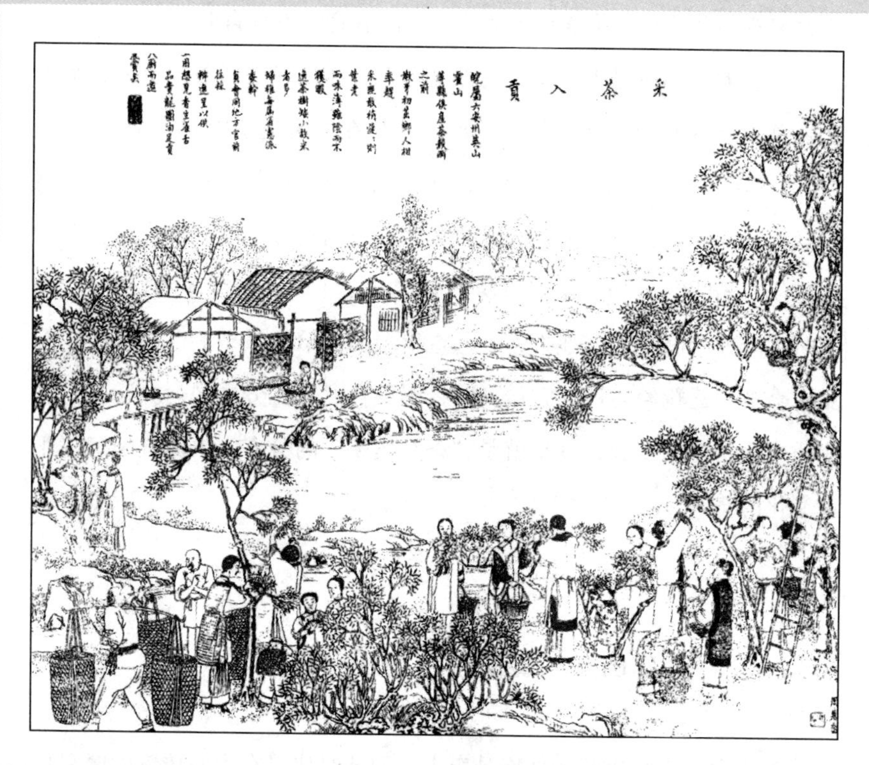

图-24

响，也早有学者专门研究[①]。清初以来，北方满蒙文化进一步南渐，南方茶叶、饮茶习俗在北方的影响也在扩大。南北多民族文化交流中，一个带有难得的“共同体”特征的生活习惯——饮茶，成为大众艺术与生活的一项内容。中原文言小说集大成者《聊斋志异》对此有多重体现。[②]

对“食疗”，尹湛纳希的重写自有特色。李汝珍写紫琼曾引《茶诫》强调不可嗜饮：“……即如家父《茶诫》云：‘除滞消壅，一时之快虽佳；伤精败血，终身之害斯大。获益则功归茶力，贻患则不为茶灾，岂非福近易知，祸远难见么？’总之，除烦去腻，世固不可无茶；若嗜好无忌，暗中损人不少。因而家父又比之为‘毒橄榄’。盖橄榄初食味颇苦涩，久之方回甘味；茶初食不觉其害，久后方受其殃，因此谓之‘毒橄榄’。”[③]而《一层楼》第二十六回表达出尹湛纳希对于“毒橄榄”这一恶谥的欣赏，但没有把此语发明权具体归于某人，似乎更表明彼时是一个业已众所认同的流行语，他以人的健康为中心，使由于饮之过度而在更长时段欲益反损的后果，更加明确：

> 琴自歇笑道：“《茶诫》有云：‘除滞消壅，一时之快虽佳；伤精败血，终身之害斯大。获益则功归茶力，贻患则不为茶灾者，岂非福近易知，祸远难见乎？’虽然浸燥消腻，世间固不可无茶；若嗜饮无忌，其为害也不浅。因又称茶为‘毒橄榄’。盖橄榄初食则其味极苦，久之方觉其甘味；而茶则初饮虽甘，久后方显其害，所以称为‘毒橄榄’了。”[④]

---

① 金正奎：《中韩两国饮茶礼俗之研究》（金荣华教授指导），台湾师范大学博士论文，1984。

② 王立、施燕妮：《〈聊斋志异〉中的饮茶礼俗及茶文化文献》，《蒲松龄研究》2016 年第 3 期。

③ 李汝珍：《镜花缘》第六十一回《小才女亭内品茶　老总兵园中留客》，上海：上海古籍出版社，1990，第 398–399 页。

④ 尹湛纳希：《一层楼》第二十六回《凝翠堂四美论茶史　鸿文馆群芳行酒令》，第 228 页。

橄榄原产中国南方，如福建、台湾、广东、广西、云南等地均有栽培，而尹湛纳希所处的南北交流加强的时代，接受《镜花缘》这一产生于江苏地区的小说，更为顺畅。

蒙古族自辽金以来，受“西番茶”即藏族酥油茶影响，融合汉族和本民族特点形成了具有蒙古族特点的饮茶方式——酥油入茶，如宫廷之中“兰膏茶”的制作：“以上好高茶研细，一两为率。现将好酥一两半溶化，倾入茶末内，不住手搅。夏月渐渐添冰水搅。水不可多添，但一二匙足矣。频添无妨，务要搅匀，直到雪白为度。冬月渐渐添滚烫搅，加入些少盐尤妙。”至于酥签茶，则以茶末搅成稀膏：“散在盏内，却着汤浸供之，茶与酥看客多少用，但酥多于茶些为佳。此法至简且易，尤珍美……”[①]蒙古族诗人马祖常《石田集·猗绿园》也咏：“浮瓯茶有乳，溢瓮酒无冰。”[②]乳酥提供热量，茶助消化而解渴，今天的咸奶茶（又称蒙古茶）仍属有助于适应这种温差大的高寒地区游牧民族生存需求、主要的茶文化物质形态。而且，其不仅作为肉类奶类食品的调节，还往往充当食品，相比南方民族的“饮茶”更增加了“食”——接近食物的功用。

既有“茶力”，也可能有“茶灾”。中原小说借茶写情，带有伴随着甜蜜“爱情——深爱”（也可能伤人）的象征性。明代李昌祺（1376—1452）《剪灯余话》卷三《凤尾草记》戏语“茶已吃矣，不患不成”[③]，“吃茶”即为定亲的代用语。许次纾（1549—1604）《茶疏》云：“茶不移本，植必子生，古人结婚必以茶为礼，取其不移志之意。”[④]而尹湛纳

① 忽思慧：《饮膳正要》卷二《诸般汤煎》，四库全书存目丛书子部（第80册），济南：齐鲁书社，1995，第202页。

② 顾嗣立：《元诗选》初集上丙集，北京：中华书局，1987，第689页。

③ 瞿佑等：《剪灯新话》外二种，上海：上海古籍出版社，1981，第202页。

④ 许次纾：《茶疏》，丛书集成初编（第1480册），北京：中华书局，1985，第12页。

希对饮茶之事有着鲜明的逆向思维，《一层楼》里一再写“吃茶”有着这么多说道，这么多折磨人之处，也非不经意的闲笔，关键在“嗜”的苦恼。《一层楼》写炉梅郑重抱怨“嗜书之苦”：

> 你还提书呢，我只为了书，这身子才到了这个地步了，读书识字反叫人心事多起来，古人道“穷则精于诗，闷则嗜于书”呢，虽然如此，不能解得我的心闷。如今思想起来，悔不该自幼念甚么唐诗、汉文的了。……我们女孩儿家也无须乎金马玉车之贵，又无高山流水之知音，从今不可向我提起诗书的事。[①]

显然这是“饮茶”思维的一个连带与延伸。那么，何以他要对“饮茶”事如此铺陈？是否带有针砭时弊的一贯性求异探索？当然，这里写青年女性饱读诗书的博学、才学，承续了《镜花缘》“才学小说”传统，博物追求与人类共同文化遗产的偏爱。对于茶的了解虽部分地来自上一辈，然而引《茶经》等言说，却具有表现青年女性才华、爱情不顺利等情绪的难得效果。因读书而择偶不同于俗人，也就更易于因不如意而痛苦，此当来自如汤显祖《牡丹亭》杜丽娘的“春恨”情怀，但女性人物却有着更为深刻明确的自我反思，类似中原文学持久的“春恨”模式[②]，也得到了四季分明的辽西地区蒙汉文人认同。扎拉嘎先生分析这些“抱怨话”出于一时的烦恼，因读书选择标准高，因而不遇，转化为痛苦：“炉梅讲话中，将追求爱情自由与读书，与接受内地思想文化影响

---

① 尹湛纳希：《一层楼》第二十二回《璞公子长夜题情诗　炉小姐伤春悲往事》，甲乙木译，呼和浩特：内蒙古人民出版社，1983，第193-194页。

② 王立：《中国古代文学中的春恨主题初探》，《内蒙古社会科学》1986年第1期。

相互联系起来的思想方式，在《一层楼》以及尹湛纳希其他爱情小说中却有普遍意义。”[①]但“文章害了我”的愤激之语，则更具有人性含蕴与批判性，前提仍旧是读书提高了自身文化层次。饮茶的大前提，也是有助于人的健康，尹湛纳希只是强调要注意假茶、制作加工等问题，不要多饮，以免适得其反。

正因日常饮茶几乎不可或缺，则更应考虑如何更为适度享用，对其副作用予以反思：真茶滋养人，过量饮茶以及错误的饮茶方式（如饭后饮茶影响消化吸收、空腹饮茶伤胃、睡前饮茶易失眠等）害人不浅。而一般认为，东部蒙古人喜欢饮用较高浓度红茶，易上瘾。因而“福近易知，祸远难见”，作为《一层楼》把过量饮茶以“毒橄榄”比况中的“弦外之音”，更可引发对“朴素”“平淡”“中和”生活方式的向往与提倡，这可能更有关注特定阶层的针对性与现实意义。

四、有意戏仿之假茶替代品的道德隐喻

清代民间制造“假茶”的“机会成本”，不仅仅是失去了持续牟利的商业机会，同时也失去了历时性建立的信任体系与道德价值[②]，但为什么能形成这种有害无利的循环模式，且又持续较久呢？如《镜花缘》第六十一回写谭蕙芳问：“适才姐姐言，茶时多假，不知是何物做的？这假茶还是自古已有，还是起于近时呢？”紫琼回答：“世多假茶，自古已有。即如张华言‘饮真茶令人少睡’，既云真茶，可见前朝也就有假

---

① 扎拉嘎：《尹湛纳希评传》，呼和浩特：内蒙古教育出版社，1994，第 136 页。

② N. 格里高利·曼尼：《经济学原理》，梁小民、梁砾译，北京：北京大学出版社，2009，第 274 页。

了。况医书所载‘不堪入药假茶甚多’，何能枚举？目下江、浙等处以柳叶作茶；好在柳叶无害于人，偶尔吃些，亦属无碍。无如人性狡猾，贪心无厌，近来吴门有数百家以泡过茶叶晒干，妄加药料，诸般制造，竟与新茶无二。渔利害人，实可痛恨……”而《一层楼》第二十六回中则是另一番有意味的描述。这是由炉湘妃（炉梅）笑问嫂子的，于是琴自歇从旁笑答，而可人与其对话，表达更为活泼舒朗：

> 假茶自古即有。《博物志》上张华有云“饮真茶令人少眠”。可知自古已有假茶了。况且，医书犹载着“不堪入药之假茶极多”。可人道：“如今浙江等地，以柳叶做茶者颇多，幸而柳叶无毒，所以偶然吃些，也无甚妨碍。只因人性狡猾，贪心无厌，据闻近来吴门等地，有几百家，将泡过的茶叶再晒干，用诸般药料，制作得竟与新茶一般，因以渔利害人呢。你们想这事，可恨不可恨？”

比较而言，这里的突出特点有二，一是“对话体”的运用，二是更详细地探讨了假茶问题。在中原的叙事文学中，“对话体”可溯至先秦辞赋，汉大赋如司马相如等以“主客对话”形式，熔铸了更为丰富的内蕴、论辩风格与活泼生动的章法结构。而明清小说尤其《红楼梦》《镜花缘》等对话，更直接为尹湛纳希所取法。

所谓“假茶”，只是相对于“真茶”而言，成分比较复杂，这里确切说来，指的是过期、陈旧的茶假造的“茶”，而并不是指作为“茶用植物”——茶的代用饮品。据调查，蒙古族茶用植物有 23 科 41 属的 52 种：“包括蕨类植物 1 种，裸子植物 3 种和被子植物 48 种……茶用植物的最多种是蔷薇科，有 17 种植物，占茶用植物总种数的 32.7%。用野果制茶的有 13 种，占茶用植物总种数的 25%。居住在我国内蒙古的蒙古族饮用的茶用植物有 29 种，蒙古国的则有 18 种，供饮用的有 5 种。……采集量最多的茶用部位是叶子有 43 种……有些植物的茶用部位入药，如黄芩、芍药、库页悬钩子、文冠果、秋子梨等。有些植物的茶用部位是含有丰富营养的果实，这类植物有 13 种。……有些植物的茶用部位为原料可作奶茶。”[①]尹湛纳希当然对于这类代用饮品有所了解。然而这并不妨碍他在小说的审美语境中，站在蒙古族正直文人的民族立场上，对南方无良商贩为牟利而制造、包装出来的“假茶”，怀有深深的不满和谴责。

关于假茶制作与流通问题，在尹湛纳希生活的清后期达到了很严重的程度。尹湛纳希的同龄人张之洞（1837—1909）即指斥湖广茶商亏本在于：“侥幸蒙混，制造粗率，烟熏水湿，气味不佳，兼以劣茶搀杂。”[②]这也是当时关内外茶叶收售境况恶化的一个普遍现象。

《镜花缘》第六十一回写，紫琼揭露茶叶制作中掺杂物即包括有毒物质，说起初各处购觅泡过的干茶，近日远处贩茶客人未有不带干茶交易：“所用药料，乃雌黄、花青、熟石膏、青鱼胆、柏枝汁之类。其用雌黄者，以其性淫，茶时亦性淫，二淫相合，则晚茶贱片，一经制造，即可变为早春；用花青，取其色有青艳……”紫琼道：“用青鱼胆，漂去腥臭，取其味苦；雌黄性毒，经火甚于砒霜，故用石膏以解其毒，又能使茶起白霜而色美。人常饮之，阴受其毒，为患不浅。”这种时弊，可以说在并不生产茶叶的北方尤其蒙边地带，当非新鲜稀少。因此，《一层楼》决不肯割舍这样深刻详尽的揭露之笔，第二十六回构设了二人对话，运用设问来强化语义，表达了对无良奸商的愤恨：

---

① 金凤：《蒙古族植物饮食文化研究》，内蒙古师范大学硕士论文，2004。

② 姚贤镐：《中国近代对外贸易史资料（1840—1895）》第二册，北京：中华书局，1962，第 976 页。

可人答道："说是用雌黄、花青、熟石膏、青鱼胆、柏枝汁之类。"圣萃芳笑道："是了，是了，我知道了，其用雌黄者，以其性淫，茶性亦淫，二淫相合，虽是晚茶无不变为早春之理。用花青者，盖取其色之青艳之意，用柏枝汁者，用其清香之味，但不知用青鱼胆是何缘故？"可人笑道："只怕是先去其腥臊，取其苦味。"萃芳想了一想道："雌黄之性极毒，经火可比砒霜，故与石膏并用，以解其毒，又可使茶起白霜润色之故了，这岂是玩的？人若常饮，岂有不腹痛呕逆之理！"①

那么，作为茶叶的消费者，一般来说要怎样力所能及地避免假茶危害呢？《镜花缘》第六十一回写出了茶叶的一些"代用品"，也属一种无法之法，紫琼称自己遵父命从不饮茶："素日惟饮菊花、桑叶、柏叶、槐角、金银花、沙苑、蒺藜之类，又或用炒焦的薏苡仁。时常变换，倒也相宜。我家大小皆是如此，日久吃惯，反以吃茶为苦，竟是习惯成自然了。"②《一层楼》第二十六回则描述少饮茶，用消极抵制来与造假做斗争。认为减少劣茶的摄入量，就能减轻其对于身体的危害：

（萃芳）又点头道："原来有这许多毒，所以，家父诫我勿饮，为此缘故了。"熙清笑道："我们能吃多少茶，怕起这个，一日多不过五六碗罢了。"圣萃芳道："大凡误人就是因为这话了，今日五六碗，明日五六碗，日积月累，到了四五

---

① 尹湛纳希：《一层楼》第二十六回《凝翠堂四美论茶史　鸿文馆群芳行酒令》，第228–229页。

② 李汝珍：《镜花缘》第六十一回《小才女亭内品茶　老总兵园中留客》，上海：上海古籍出版社，1990，第400页。薏苡仁，中药，用于理气散结。

十岁，岂不是几千几万个五六碗了？”[①]

显然，小说《一层楼》根据北方人们在干燥气候下，饮茶量相对较大，次数相对较多，对《镜花缘》大幅度借鉴的同时，尹湛纳希也根据自己和周边人们的体会，对这一母题进行了文本重构。一者，《一层楼》进行了适当程度的重组、缩写，往往把《镜花缘》中某一人的长篇大论，分作两个或几个人来说，沿用《红楼梦》对话艺术表现之惯技，改写后更符合口语，避免注意力长时间集中在一个人物身上，对话显得场面更加热烈而增强戏剧效果，从而使人物的参与意识变得突出，互动氛围活泼灵动，减少了先前的枯燥说教意味；二者，尹湛纳希对许多事物都有自己的“求异思维”，他对中原文化不是全盘接受，而是选择性地吸收，并结合自己蒙古族习俗与生活经验予以反思，这也是清代中期后带有共性特征的人文思潮体现。《红楼梦》就批评过此前才子佳人小说“千人一面，千部一腔”。有理由把尹湛纳希从消费者角度对制茶、贩茶弊端的文化反思，放到更大的文本系统和时代特征上加以理解。

由于肉类为主的饮食结构的需要，且在蒙汉民族长期茶马贸易的背景下，蒙古族形成喜好饮茶的风俗可以说有南方产茶地区培育促成之力。辽金时期，蒙古即完成了茶的民族化，饮茶习俗成风。然而，热爱民族文化的尹湛纳希却偏能洞察到嗜茶弊端，也许，这正是自己健康状态恶化后才深切体会父亲的告诫，促使他对中原小说《镜花缘》茶母题的认同。父亲对饮茶弊端的教诲，影响到他对另一人物圣萃芳形象的描写，萃芳深悟父亲不要常饮茶的告诫，这一“父女之情”，实际上颇类似“父子之情”的深挚，也牵涉到作者尹湛纳希对父亲的感情，以及所受父亲民族情感的漠北蒙古族文化熏陶。其父旺亲巴勒精通汉语，喜爱

① 尹湛纳希：《一层楼》第二十六回，第229页。

汉族的古典文学，曾有意识地用汉族史传文学体裁来状写本民族历史，搜集了大量多民族史料。今存《大元盛世青史演义》前八回，即旺亲巴勒撰写。同时，对南方海州（今江苏连云港）李汝珍《镜花缘》为代表的“嗜茶弊端”论，受容乃至认同。这在喜好饮茶的蒙古族地区，非常可贵，这一受容发挥离不开尹湛纳希对南方风情凸现的不同地区、不同民族文化的宽容与向往。《青史演义》中尹湛纳希就强调儒释二教均以善心为根本，何必互相蔑视，区区偏心造成了不好的结果：“南方人看不起北方人，中原人看不起外省人，上面的人欺侮下面的人”；“听说南方苏、杭一带有的人不以女人的淫乱为耻，而以家境的贫寒为耻，你能不能因他们的风俗习惯不同于我们的中原地区，就说他们不是人呢？……”[①]站在正统立场上，他甚至讲到一个称“金窝”的游猎国家，其丧葬习俗在平常眼光看来大逆不道，但彼国人必定有自己的合理解释。应当说，可贵的“文化相对论”思想，也是尹湛纳希能不被主流文化及习俗所裹挟，而较为大胆地认同在当时看来有些异端倾向的观点。

总之，尹湛纳希对《镜花缘》的学习借鉴带有整体性、系统性，批判性思考力度也大于他所喜爱的中原小说。像《泣红亭》一词见于《镜花缘》第六十九回。而小说前两回“楔子”上天瑶池菡香殿百花仙子等仙女，与月老有嫌隙，被暗中与百鸟、百兽、百麟赤绳系足，也来自《镜花缘》前两回。《泣红亭》虽描写璞玉共娶三位少女，但小说尾声写他醉梦里来到泣红亭，却又以诗暗示“若考其中实，兔生犄角龟生羽”。民族融合中的文化与文学互动统一，正体现出历史演进的必然。一是，尹湛纳希对茶文化的反思，也与他蒙古族文化立场上对外来文化扬弃的态度一脉相通，即文化的“挑战”引起了他的应战：《镜花缘》深受佛

① 尹湛纳希：《青史演义》要目之七，黑勒、丁师浩译，呼和浩特：内蒙古人民出版社，1985，第 32–36 页。

经故事影响[①]，而尹湛纳希却并未把佛教神化，而对本民族一些民众放弃生产、迷恋诵经成佛心存忧虑，《青史演义》中批评“释教的理念可望而不可即”[②]；二是，参照中原汉文学汉族文献，也是开鲁本《青史演义》中尹湛纳希的一贯思路，早期蒙古史的书写就是在一个同中原历史文化参照、比较的框架中建构的。可贵的是，他的回批实际上即一种“叙事干预”，尹湛纳希怀着强烈的蒙古族民族意识，如用李世民杀两兄弟娶嫂子弟媳作比，强调太祖成吉思汗“建国安民”近乎完美；如“古君主报父仇者之中除了周武王姬发就是成吉思汗做得最完美”；同样是报父仇，成吉思汗单身赴敌营的孝心和英雄气概远超出了伍子胥、曹操；力大无比、耿直粗暴的别力古台忍着被砍的肩伤劝谏太祖，“超过了古代楚霸王项羽降服张翰（引者按，应为章邯）一事，也超过了三国张翼德义释严颜一事”，尤其是他申明，相比汉族的学习、模仿，当年北方蒙古人在“毫无效仿的状态下自然而然做到了四大五常”[③]，即天地君父、仁义礼智信。这一生来具备的素质，是蒙古人的真诚所致。

从尹湛纳希的小说可充分理解他的创作所受中原小说影响，但以上所论以《镜花缘》为主，并不是说他仅仅受到了《红楼梦》《镜花缘》等几部长篇小说名著的浸染，他是在东北亚多民族文化交流融合的广阔背景、文化风习上得以成长的。这有赖于多语种中原小说的广泛阅读。在东北亚多国多民族文学视野下，较早提出中国古典小说满蒙译本重要性的，是20世纪70年代美国S. 杜兰教授。他指出，蒙古人往往不是直接从汉语翻译著作，而是从满文转译的。据李福清院士《中国章回小

① 王立等：《〈镜花缘〉佛经母题溯源三题》，《东南大学学报》2014年第5期。

② 吴德喜：《北元与尹湛纳希——论尹湛纳希反佛思想的由来》，萨仁图娅主编《尹湛纳希纪念文集》，哈尔滨：哈尔滨出版社，2005，第118–127页。

③ 胡格吉乐图：《〈青史演义·回批〉中尹湛纳希对儒学的蒙古化阐释》，《民族文学研究》2012年第2期。

说与话本的蒙文译本》一文介绍，在蒙古、俄罗斯、日本、德国、匈牙利、美国、丹麦、瑞典等国和中国的内蒙古自治区，都发现了蒙译中国古典小说的抄本。在俄罗斯仅讲史小说译为蒙古文的即有《列国志》《锋剑春秋》《七国志》《钟无盐》《西汉演义》《东汉演义》《昭君传》《三国因》《三国演义》《花木兰》《隋唐演义》《说唐》《罗通扫北》《薛仁贵征东》《薛丁山征西》《反唐演义》《粉妆楼》《残唐五代史演义》《北宋志》《五虎平南演义》《杨家将演义》《万花楼》《英烈传》等，以及《红楼梦》《平山冷燕》《绿牡丹》《二度梅》《五美缘》《蝴蝶媒》《封神演义》《济公传》《升仙传》《禅真逸史》《三侠五义》等，而《西游记》蒙译抄本已知约有 20 种，《施公案》已发掘出 30 余种。[①]

因此，作为特定时代条件下形成的中原文化、文学艺术的消费者与创造传播者，尹湛纳希的创作借鉴或曰“借用”一些文学母题，更是对于旧有母题的内蕴重构与创新。他对清代中后期南北蔓延的“复制性”、滥饮过度等茶消费风习予以指摘，已具有极大的文化批判意义。而对于文学文本而言，对文学作品的审美消费，就有文本与意义的解构存在，同时建构着新的文本意义，符合族群间文化资源互补共生的规律，这也正是尹湛纳希小说艺术及其戏仿叙事的杰出贡献之处。

① 李福清：《李福清论中国古典小说》，中国台北：洪叶文化事业有限公司，1997。

第十三章

尹湛纳希小说的“离别巧重逢”母题

彭定安先生《安园读书笔记》中指出：“中国的‘重逢’故事（原型）多矣，尚有‘锁麟囊’式的重逢（富贵倒置对换），尚有人、鬼重逢（势力对换），尚有兄弟姊妹十年、二十年后之重逢而世界人事皆变易，等等。”[①]他的长篇自传体小说《离离原上草》就多次写到了重逢。《一层楼》《泣红亭》作为蒙古族作家尹湛纳希的姊妹篇，写出了蒙古贲侯府（忠信府）贵族公子璞玉与三位表姐炉梅、琴默、圣如的纯真爱情，其感人魅力，主要体现在爱情的曲折迷离、悲欢离合方面。于是，“乱离之后巧重逢”母题在这里发挥了重要的功能。《青史演义》要目之二中作者曾自言：“台吉尹湛纳希我从懂事的时候起结交四面八方的文人学者，整整过了二十个年头。据此看来，在我们蒙古人的三百多个旗、县中有不少文人才子——我们内三盟的内蒙古人因离京都不远，大多居住于中原边界一带，于是出了许多精通汉文的学者。”[②]因其翻译了

① 彭定安：《安园读书笔记》，哈尔滨：黑龙江人民出版社，2003，第251页。

② 尹湛纳希：《青史演义》要目之二，黑勒、丁师浩译，呼和浩特：内蒙古人民出版社，1985，第5页。

《红楼梦》等汉语经典小说，故笔下“离别重逢”描写不免于仿拟，亦有创新，具有超越世俗期盼的政治理想与生命自由追求。

一、“离合悲欢”之“重逢”的超世俗感悟

首先，尹湛纳希认为“离合”是个体生命历程的常态，而能体味其中的“悲欢”意味，则为人性觉醒。琴默（主人公贲璞玉的舅舅金月升之女）宣称：“大家且听我说，大凡人生在世，总不能逃脱‘离合悲欢’四个字。盖因人有生之初，即缠累其身，虽设千方百计，而不得离也。唯赴极乐之乡，莲开见我之时，浸以八德之水，刳以灵剑之刃，复灌以仙池玉液，方可消此四字之缠累。若非如此，人皆汶汶而不察，愦愦而不明，生出无限之情孽物欲，生老病死之诸苦，亦皆所由生矣。然此四字，亦由其人而展其用，设若聪明慧悟之人，应其聪明慧悟之情，而成其离合悲欢。倘或愚昧冥顽之辈，亦应其愚昧冥顽之性，而成其离合悲欢。其所遭也不一，而人之所用也各异，彼虽缠于我，然用与不用之权固在我也。设我用之，即随我之离合而成我之悲欢。设我不用，亦不能随我之离合，而成我之悲欢也。其所以然者，只可意会不可言传也。缘厚者相聚之日固多，分薄者怪离之期自促。由此观之，人用之也，而非人为之所用也，可知。”①

“离合”皆有，各各有别，而能在生命历程中感悟到生存的意义、践行生命价值者，都是历尽劫难的聪慧之人，具有超世俗的精神追求，又并非皆人为努力所致。

① 尹湛纳希：《一层楼》第七回《红云润面采花女　绿水涤心踏芳人》，甲乙木译，呼和浩特：内蒙古人民出版社，1983，第 47 页。

其次，在“离”“聚”对应的叙事中，有意设置新内容，以突出人物特行独立的性格特征，并在“乱离”与“重逢”的社会叙事中书写主体感悟，展示出世俗与超世俗的审美意味。这在司田人、贲侯和李宪章的故事中有很好的体现。

一者，赋予“乱”的内涵新的意义，不再仅仅自然或人为灾难所致，而有趋利之辈所加者。司田人原本是落第秀才，机缘巧合做了贲侯的幕僚。他作为贲侯画客司丹青者，生性孤傲恬淡，争奈年过三旬与功名无缘，于是烧了诗文经注，以写字画画周游。他被贲侯待为贵宾是缘其“为人朴诚”，而贲侯屈尊礼贤也因他能“正颜提醒”，于是敬若师保。如此主从关系令人艳羡，但因豪门贵族的“纸债繁如毛发”，让司田人不得清闲，反招了许多繁忙，终于自感屈辱，焚笔碎砚，暗寻距贲府四五十里处筑屋买田，悄然退隐。“司田人”之名带有躬耕田亩的象征意义，也是华夏读书人进退出处的选择一途。饯别时贲侯所邀的众亲友相劝，他却推脱道，愿如鬼谷子、陈希夷那样“睡隐”，为了“携仙遨游于枕上，信步壁间之画中”才寻个半野半城的僻静处。因而，《一层楼》写出了特立独行之人有意离散的人生选择。

二者，外力的有意“聚合”会加剧当事人烦恼。李宪章（贲侯的师爷）的三个计谋使司田人的生活愈加混乱。虽然这些计谋均为了促成司田人回归贲侯府，成就“贤臣明主”佳话，但一介书生离开侯府本为所愿，岂能轻易改弦易辙。他也很享受隐居田园的生活，这里有耕种之便——“归就午餐鸡鸣时，不劳妇女肩荷担”，有观耕之便——“掀幕视彼农夫励，教读儿女亦不耽”。纵使贲侯差人送信竭诚相邀共聚，他也绝然不往。贲侯及那些曾获他字画之友都很扫兴，尤其是贲侯竟思之于梦寐之中，过段时间又命李宪章写书信再差人相请，再次遭拒。[①]为

① 尹湛纳希：《一层楼》第十九回《弃儒冠慕野归农田　郑忠言命斋思良友》，第167页。

了保持贲侯“礼贤下士”形象，小说写李宪章出一计谋，欲请到近处住下。

再次，以聚合、离散书写来揭示离开秩序混乱生活的快乐，以及聚散根源——外在势力的压迫而导致生活艰难，隐者遭遇磨难的故事，依李师爷计谋的运作而来。为了迫使司田人回归，贲侯幕僚李宪章设计三计：计策一，假扮衙役搜刮尽他积蓄，令其陷于窘迫，但这并未改其初心。二差役头戴红缨帽上门呼名勒索，称县里委明年赋役，无奈杀鸡备酒款待寻求免差，二差称央求贲侯求情可免，但孤傲的司田人不肯，最后竟罄囊拿出二十余年积资，“元气尽丧”①。计策二，雇佣几个泼皮潜入司宅掠走衣物等，并留下嫌疑物以日后栽赃，但这也没能令其重新依附贲府。小说构设两条线索，明暗对比。一是人强明抢：“忽见一群人，各持火把……田人忙将诗拾在手里。火光下，只见五六条彪形大汉，皆以花巾裹首，钢灰涂面，手里拿着明晃晃的刀斧，闯入房中肆意打破箱笼器皿，唬得他娘子披着破衾只顾哆嗦。田人原是远离众人居住的，因此，行劫比村里分外方便，情知呼喊也无益……一时将其家中细软，席卷而去……田人自此番遭劫之后，始觉困窘，越发食粮也没了。”二是暗写贲侯等人反应的戏剧性场面：“贲侯听了那差人回复田人景况，大笑起来……李宪章笑道：‘所以，两番事中已伏下三番事的引线在内了。且看他如何，他若灰心来投便罢，若再如此愚顽倔强起来，非玩他个厉害的不可了。’”②计策三，雇佣衙役缉拿人命案“窝主”司田人以恐吓。至铁索加身、性命攸关之时，司田人才感到有必要求救于老友李宪章，李的计谋基本成功，这与最后的宾主“重逢”紧密相连。③仿佛《三国

① 尹湛纳希：《一层楼》第二十二回《璞公子长夜题情诗　炉小姐伤春悲往事》，第197–198页。

② 尹湛纳希：《一层楼》第二十三回《展才制赋七巧图　寻根究底九连环》，第200页。

③ 尹湛纳希：《一层楼》第三十回《白老寡三进贲侯府　司田人八赋田园诗》，第272–274页。

志演义》写曹操落败逃亡中每次大笑便出来敌兵，尹湛纳希也写，每次司田人兴之所至作了诗，便生出一祸端。

“重逢”情节的展开，写出了隐士情怀的复杂性。几经波折后，司田人终于见到了李宪章，他的同僚兼及三个计谋的构设者。彼此寒暄一番后，司田人诉说被盗、屈枉事，李宪章答应说情解冤，但也或明或暗地点出：“只因你无故去隐居，使人人疑心，只当你行径可疑，更兼如今出了这般事体……你再不可往山野隐居去。这一所院落，原是老爷为我避居喧闹而建的。想我那里有这般清福，况且我也离不得府里，再说自耕自食也是大苦事，还是不如吃现成的好，所以索性将这院舍让给你，我依旧进府。”而遭受了贫寒乏食之苦的司田人，也喜欢此华屋。而听到贲侯老爷因不得闻过，这二年间做错了许多事：“又追念你如药似石之言，把你住的屋子名之为‘奈何斋’了呢。”而曾担任过幕僚、受过恩遇的司田人也颇有悔意，“也因二人分别数年相逢，若说李宪章他乡遇故知，而司田人正在困顿之际，倒似酷旱逢甘雨了。二人直说到夜半方寝”。这就昭明了一番分别、坎坷而归于重逢之后，“寒士”尝够隐处苦难带给个人价值观的转变。

更具戏剧性的“重逢”，则是经济层面上失而复得带给司田人影响。一是勒索他的公差归还了那百两银子；二是抢劫他那几条大汉又送回了所掠衣物；三是贲侯亲自来看望他。母题最终揭示出整个事件的幕后操作过程，司田人隐居生活的磨难、折辱均人为设计，一种变相的人治——治人模式。在门外那些人的责备声中车马近前：

> 贲老爷下了车，左右有史经济、李宪章二人相伴，身后众贵公相随，一径走了进来，都是田人往日相善之好友。田人见他们面色倒皆从容安闲，似无为害之意。无奈何，只得正了正衣冠，忙迎了出来。自不敢有昔日相与之态度，见了

> 贲侯便跪下磕头，贲侯大笑，忙向前扶起……田人一日之内，遭此三件奇事，觉得如在梦幻之中，真个是祸福齐至，喜危同遇了……原来因贲侯思慕田人不已，后又见他招而不至，故李宪章献计：软劝不如硬谏，他既欲享林泉之乐，且由他去。待他尝了尝山野之苦，若仍不回头时，只得使晋文公访贤之法，不得不用焚山燎石，强求介子推之计了。所以先使县役，委以贱差，费其银钱。次后又遣人惊扰，收其财物；又恐他不回头，留了遗物，伏下了祸根。料定他到困苦之极，必来告求。岂知他依旧不改拗性，所以第三回便戏以苦计，轻轻的拘了来了……李宪章将这些事情，夹戏衬谑的细细说了一遍。[①]

司田人遭祸惊恐后，也自省当初的幼稚：“我只当是古之世外仕宦，山中君子，洵非俗世庸人，这等枕云遁溪之乐，乘牛击木之喜，皆由先天定数，倘或前生无分，山水烟霞之景，均可致人以患难矣……”于是小说写出一个多方满意的重逢出现。从此贲侯也有机会“喜得闻过，常来与田人盘桓，其余诸公也时来闲话。田人亦感其贤己，凡不合尊卑之礼，有碍名分之事，莫不知无不言，言无不尽……”[②]

故事结构“聚→离→复聚”是作者有意构设的，虽然多有惊险，但因有“士为知己者死”的社会伦理观念的影响，反而成就了一番佳话，就连作者自己都认为是超越前人：“《一层楼》一书，庶免后世覃坛拭几，赖有此一段故事也。”[③]。尤为值得关注的是：一者，对“乱离”内

① 尹湛纳希：《一层楼》第三十一回《李宪章力劝司田人　琴小姐终始璞公子》，第278–279页。

② 尹湛纳希：《一层楼》第三十一回《李宪章力劝司田人　琴小姐终始璞公子》，第279–280页。

③ 尹湛纳希：《一层楼》第三十一回《李宪章力劝司田人　琴小姐终始璞公子》，第280页。

涵的创新构设，增加了主体性感受，不喜俗务，将世俗往来视为生活干扰，以及离开俗世隐居生活的乐趣。二者，“重逢”也不再仅仅局限于亲情的重温，而是“知音知遇”，为了寻回知音，不惜将其生活秩序打乱，也是不得已而为之。三者，具体揭示出乱离之中，主体独善其身的艰难。但这正折射出他对“乱离重逢”故事母题的独特认识。在传统社会里，作为生命主体的生活秩序被打乱，自己主动选择离开寻找新生活，而这种田园式的新生活又被现实社会中的徭役和强梁所破坏，揭示出个体生存的艰难。这里的“乱离”虽为人为设置，但“重逢”确是超人意外的。四者，正如作者尹湛纳希的生命感触，其诗自言：“鸱鸮何须妒鸾鹥，本是恍惚梦一场，脱却缠绵温柔罟，洗心自隐白云乡。”[①]这里的“乱离”之苦，苦中有乐；这里的“重逢”之喜，喜中有忧。“重逢”闪现着“贤臣遇明主”的光影，尹湛纳希的政治理想蕴含其中。虽是人治社会模式的缩写，但也透露出作者对生命历程的认知境界，以及与社会传统妥协的处事法则。

二、生存规则：《泣红亭》孟粹芳与妙鸾重逢的女性命运思考

“乱离重逢”母题之成因，常常有两种情况：一是内乱，如家庭变故；一是外乱，如天灾、战争等。因此而造成个体的痛苦与磨难，并产生分离，历尽艰辛再重逢。

在尹湛纳希最早创作的小说《月鹃》中，“重逢”母题即已受到关注。重德府青年凌珠随亲戚到京城，时寡母田夫人尚在，在吴宁侯府中

① 尹湛纳希：《一层楼》第三十回《白老寡三进贲侯府　司田人八赋田园诗》，第 198 页。

暂住时与吴宁侯之妹吴玉小姐相爱，姻缘得到吴玉祖父确定。凌珠在“相思梦”的梦境中与另一位王爷安原王之女赤珠相爱，归家途得赤珠父喜爱并带回府中，与重德府老仆商议把赤珠许配给凌珠，而另一线索写田夫人也为石进云（凌珠本名）媒定吴玉小姐，二位小姐均不知所订未婚夫为凌珠，凌珠也不知梦中的赤珠是安原王女，一男二女都为家长包办之事心碎，二女甚至有殉死之心，到洞房“重逢”故事才由悲转喜。[①]

作为尹湛纳希第一篇长篇小说的《红云泪》，带有自传体特点。小说以“故事套故事”结构演绎了离别巧重逢“结国亲”故事，即刻在伊祥王府石头上的《三国王传》。讲伊祥王行善积德，因设计阻止运城王之子强抢民女，成就了冯玉香、罗金琳与明尚书之子明柱山的美满姻缘，结得善果。当三家遭受强权胁迫，“那三个孩子都极悲伤，只恨自己前生造下这薄命苦缘，心下十分不安，产生了轻生之念”[②]。但出人意料，“且说这新郎对这两个新娘毫不理会，连眼角也不看她们。玉香含羞又一次偷眼观看惊得几乎喊出声来，心想：世上相貌相同的人不少，如果错认了怎么办？于是低首多时，三人仍无语而坐。……忽然想起柱哥哥的右手小拇指是被我闹着玩用药浸了一个扣儿大的红斑，如果有那红斑方可相认。正值他轻放茶杯时一看，果有红斑。可以断定必是他了。即抬头轻声问曰：‘贵公子的面貌何以与明尚书之子明柱山相似？’如此新娘首先开口并道出了他父亲和他的名字，这新郎才转眼观看，不看不要紧，一看便心潮滚滚，不由地站了起来抓住玉香的手高兴道：‘这是何等的怪事？听说你嫁给了运城王之子，你我怎么在这里

---

① 尹湛纳希《月鹃》现存手抄本，参见扎拉嘎《比较文学：文学平行比较本质的比较研究——清代蒙汉文学关系论稿》，呼和浩特：内蒙古大学出版社，2002，第 192–193 页。

② 尹湛纳希：《红云泪》第二十六回，赵景阳译，呼和浩特：内蒙古人民出版社，2009，第 113 页。《红云泪》又作《红运泪》《红颜泪》，该小说无回目。

相见了？金琳妹妹现在何处？’那边背面而坐的新人忽转身叫曰：‘唉呀！真是天不绝人也！’柱山、玉香忙转过脸一看，乃是金琳。”①这一段姻缘正应了海缘道人的预言：“奇缘、妙结、惊喜同遇也。”②伊祥王传记中一段传奇寓含作者对离别与重逢的又一重理解。

与《一层楼》中的“悲欢离合”一脉相承，《泣红亭》中的“离别重逢”母题也是在展现作者的超时代理念，特别是关注到下层女性的独立意识与人生追求。《泣红亭》写粹芳与婢女妙鸾的重逢，是在离乡途中。说是贲夫人携女儿孟盛如（字粹芳，贲璞玉的姑表姐，男主人公贲璞玉的第一夫人。《一层楼》中译名为圣如、圣翠芳）护送丈夫孟衮太守的灵柩回苏州城，半路上载有灵柩的船只在大江中遇大风浪损毁，只得停航上岸到附近的白云庵暂住。在幽僻的庵中，听观主说有位徒弟年轻貌秀，说是逃难来的：

> 随着出来一个女道士站在云房台阶上，贲夫人看了大吃一惊。盛粹芳在椅子上看那个女道士，只见黑发梳髻，发根束戴着妙常道冠，两条飘带垂在背后。身穿秋香色竹布广袖夹袍，上罩蓝白两色坎肩。生得白玉无瑕，鸭蛋脸，玉雕金刻的俊美高鼻梁，双眉细疏，明目皓齿如西施，削肩蜂腰似昭君。手持拂尘，侧着身子，孤单单地站在那里，鼓起樱桃红唇看人，楚楚可人，好像是相识的熟人。粹芳正一时想不起来，元宵失声道：“哎哟！这不是贲府的妙鸾姐姐吗？怎么到这儿的？”这时那个女道士满面喜色，快步走了过来。正是“看花思瓶”，贲夫人从老太太的贴身丫鬟，想起母亲，不

---

① 尹湛纳希：《红云泪》第二十六回，呼和浩特：内蒙古人民出版社，2009，第116页。

② 尹湛纳希：《红云泪》第二十六回，呼和浩特：内蒙古人民出版社，2009，第114页。

禁落泪。妙鸾也跪下抱着贲夫人的腿抽泣起来。[①]

原来这女道士，并不是外人，实为贲府中的婢女妙鸾，她本是贲夫人的母亲贲老太太贴身丫鬟。小说详写发饰、穿戴，俊美的容貌，侧写母女眼中仔细端详下的故人，睹故人而思亡亲，不由得不悲伤动情。

仿佛《红楼梦》中贾赦觊觎贾母的大丫鬟鸳鸯，《泣红亭》借助于“离别重逢”母题，写出了妙鸾离开贲府的一番周折。重逢之后的“补叙”揭示了少女妙鸾的凄苦命运。当贲夫人问起详情，小说描写她的两个动作，一是“未说先哭”，二是“抽泣着说”，道：“我差一点遭了大难，可能姑太太也知道个大概。那年二老爷（指贲侯之弟贲寅，璞玉之叔）忽然动情，要把婢女要去当小老婆。我哭着不从，当时因为上边有老太太做主，这事儿才没成。等老太太归西以后，我们老爷发了善心，将婢女打发回家。那年二老爷又教唆我那傻兄嫂逼着要我。我哥哥知道我不去，以服满老太太二十七个月的丧期，以后再说为理由，拖延下来。没想到去年春天丧期满了，我们老爷又要南迁，婢女准知道逃不出二老爷的手心，所以我求太太在南下时准我跟着，但是太太为了避本家的嫌疑，拒绝带我。那时我除了死，没有别的活路。所以趁我哥哥因公出差的空儿，我收拾细软装了两个箱子，租船跟随太太到了这儿。没想到老太太健在时看我效了劳，赏给我的丫头菲棠却病倒了。幸而遇见这位女观主发了慈悲，将我收留在这儿。恩重情深，我拜她为师，当了徒弟。古话说‘受恩之地即安身之所’。我是没有出过门子的人，从小承受老太太的雨露重恩，说句不知高低的话，虽是大家小姐也不见得有我吃穿的好。现在我年近三十，也不求什么才子佳人的缘分，只在这青灯

---

① 尹湛纳希：《泣红亭》第十三回《妙鸾遁身入白云　绿野喷香化黄丘》，曹都、陈定宇译，呼和浩特：内蒙古人民出版社，1981，第128-129页。

古仙之前，以晨钟暮鼓了却我这一辈子罢了。”说着鼻酸掉泪。盛粹芳听着也禁不住流下泪来。①

然而，比起后面写金夫人、璞玉与卢梅的姑侄、情侣相遇，上面描写不过是一次小小的演习，可以说不过是情感的一次“预热”。

三、题壁诗：琴紫榭与璞玉重逢的艺术化构设

琴紫榭与璞玉的重逢，增加了壁上题诗这一关目，也是小说描写书生炫才命运转折的重要关目。

题壁诗属于“题诗”一种，是古代中原诗人题写在驿店客栈、亭阁馆所、佛寺道观及名胜景观的墙壁、廊柱等处的诗歌，带有公共观赏性质，但也每多抒发个人私密的情怀——并将其公开化。其发端于史传文学，汉魏六朝至唐宋也每多作为诗歌作品传播、诗人相关活动（本事）的重要载录。吴承学教授指出，唐以后题壁成为风气，成为诗人惯于使用的写作方式②。而在小说中，题壁诗则是人物的文人积习、情绪心理的艺术外化，更是其在特定时空中留存的印痕。《水浒传》中宋江因题壁诗而招祸，明末清初才子佳人小说则以题壁诗为男女沟通的惯常模式。如《平山冷燕》中的题壁诗就引起了红学家的关注③。题诗者在具有文化品位的“题壁”活动中炫才、寄寓，诗中内容同人物情感、性格有机结合；而读诗者——小说中的人物也往往由此掀起内心波澜，引起回忆、联想，或借此邂逅结缘，或还可能沿此线索找到失联的亲友爱侣。

---

① 尹湛纳希：《泣红亭》第十三回，第130页。

② 吴承学：《论题壁诗——兼及相关的诗歌制作与传播形式》，《文学遗产》1994年第4期。

③ 詹丹：《题壁诗与〈平山冷燕〉》，《〈红楼梦〉与中国古代小说再阐释》，上海：上海古籍出版社，2014。

对题壁诗可从较宽泛的意义上理解，如壁上所悬题诗之画，例如《初刻拍案惊奇》卷二十七《顾阿秀喜舍檀那物　崔俊臣巧会芙蓉屏》[①]。

小说中镶嵌“题壁诗”，借此展开了另一时空场景，再现出彼时“那人”——相思对象、情侣深情地借助于留存在壁上的文字，表达深衷隐曲，人物内心世界诉诸带有“文人习气”的行为，有效提高了人物的情商指数，留给小说中读诗之人与小说读者一个“重情”“情种”的印象，营造了一个“情场”。题壁诗重在一个“公共性”与“专一性”的统一，虽则识字者都可以在公共场所阅读，但真正能领悟的、既定的“受众”却早有所属，借此超时空地“心气相通”，瞬时间两情相悦。

尹湛纳希《泣红亭》第十四回写粹芳、妙鸾（女道人）等凭吊琴默之墓后，贲夫人、粹芳回到苏州。而到了来春，璞玉想到西湖寻访在南屏山所见那幅画的作者，一路上先是遇到一美女（疑心是琴默，琴紫榭），继而情不自禁地在白墙上写下了琴默当年的题画诗《燕哭青竹诗》。话分两头，如同画面的组合并置，一边写着男主人公相思痴迷，另一边则是琴、卢二人居然远远认出了璞玉。

说紫榭和小丫头上楼开窗看花，没想到竟然看见了璞玉：“大吃一惊，连忙回避，越看越像认识，遮了半边脸再看，更像是璞玉。于是猜想：他怎么到这儿来了？我在做梦不成？捏了捏手和脚，觉出痛来。再端详那人的脸被树叶挡住影影绰绰的看不太清楚。看脸形真像，看脸色是梅花映照的呢，还是春天太阳晒的呢，红了不少。身材也太像了，但

---

① 此来自瞿佑《剪灯余话》。类似的宋代故事，见王立《传统文化中人文情怀的真切展演——宋元时期的“乱离重逢”母题》，《山西大学学报》2021 年第 3 期。故事写工书画的崔英携妻王氏赴任，遇劫被沉水。王氏逃入尼庵中，后认出一幅芙蓉画是夫崔英手笔，询知得自舟人顾阿秀兄弟，遂题画一诗：“……岂知娇艳色，翻报生死冤？纷绘凄凉余幻质，只今流落有谁怜？……”画被好事者买献御史高公，而崔英被高延为馆客，见画流涕，高问得实，捕盗置法，夫妇复合。参见徐釚《词苑丛谈》卷十二，唐圭璋校注，上海：上海古籍出版社，1981。这一异文，说明故事在清代的跨文体传播。因而也可能引起尹湛纳希的仿拟。

比以前胖了点儿，粗壮了一些。”由于彼此分别已久，这样的心理感觉非常真实，而下面因传闻而生的疑惑则又增强了实感表现：“早先听说过，凤鸣州的祁璞玉很像贲璞玉，或许是他到这儿来了？要是他能来这儿，贲璞玉也可能来。但不知两个璞玉为何到了天涯海角！又想，北地若有像璞玉那样的人，难道说南方不会有一个像璞玉的人。这或许是另一个人吧！千万个疑团一时一同出现，正在不知所措……”[①]

这里，一方面是基于生活中孪生、同胞兄弟相貌相似等经验，另方面作者也的确移植了《红楼梦》第五十六回关于甄宝玉、贾宝玉长相、性情类似的桥段，并自觉不自觉地借用了古已有之的“真假难辨”母题的巨大审美效应[②]，拓展了此时此刻疑团丛生的心理焦虑。此时，琴紫榭路上听到婆子嘟囔有人在石灰墙乱画，她去查看，写的正是自己的旧作，细看字体“正是璞玉的字”，欣喜若狂，热泪洒地。紧接着第十五回写琴紫榭沉浸在诗句中不忍离开，暗想试探一下，刷掉前诗，写上了璞玉“最喜欢见苏节度使时写的《白云》诗”。

按，此段“今典”，见于《一层楼》第二十八回《试巧韵赛咏菊花诗　感寂寞燕哭竹枝头》。说东北郡贝勒苏安入京朝觐，贲侯携儿子璞玉前往乌兰营迎见：“那苏节度年近七十，虽然位至一郡贝勒之尊，但不脱布衣，素性厌恶奢侈修饰，崇尚朴素，乃是当朝重臣。”彼此携手言笑，见璞玉聪明俊秀，叫到身边拉着手问年岁，问贲侯是否教弓马，又问璞玉可会作诗作文，说着就以“白云”为题，璞玉展纸而写。在贲侯担心贻笑于人，“心如撞鹿”时，璞玉已经交卷了。小说回末这一悬念，实际上运用了“成婚考验”母题，作诗实为苏节度为小女择偶选婿的重要环节。紧接着下一回开篇即写，苏节度有二女，长女嫁西北郡一

---

① 尹湛纳希：《泣红亭》第十四回《听雨声明提旧事　看梅花消透新香》，曹都、陈定宇译，呼和浩特：内蒙古人民出版社，1981，第141页。

② 王立等：《真假难辨母题的文化整合意义与伦理价值》，《学习与探索》2017年第4期。

小贝子，小女尚未许人，想在多出豪杰的西南诸郡“寻一门楣匹敌之家择东床”，见璞玉甚合其意。只是“外相虽好，不知内心聪明如何，故命写诗，欲知其就里”。岂知有着作诗惯技的璞玉居然一挥而就：

白云出远山，回转入青天。
展卷随成败，聚散非自然。
灿光烈日照，倏断因风旋。
瞬息遇龙族，枯物得渥然。

本来就“自讶其伶俐”的苏节度，看此诗言柔意远，心下大喜。主动提出小女与公子同庚，“欲结秦晋之好，不知尊意若何？”贲侯思量思量这倒是个好姻缘，当下答应归去禀老母，遣犬子纳采，两个亲家欢饮而散[①]。据考，这首诗本是作者尹湛纳希早年创作中的代表作，置于这里寓意更加丰富。一般解读为有白云自比的“诗言志”之意，坎坷不遇，期盼时机。

从偏重意译的角度，还有更为贴近蒙古文原意的重译文本：“白云出远山，回旋入青天。收展随成败，聚散非自专。因对烈日光，时为风吹断。一旦会龙众，枯物得渥然。”该译文，据译者介绍，乃是突出了原文：“因面对着强光和烈日，才遭到疾风的催断”，具有双关之寓意[②]，应予以更为深刻的理解，私意以为，这更能体现出尹湛纳希在无奈之

① 尹湛纳希：《一层楼》第二十九回《劝弟过淑女出闺阁　遵父教痴子赘贵门》，甲乙木译，呼和浩特：内蒙古人民出版社，1983，第255–256页。扎拉嘎先生考证，贲璞玉与孟圣如成婚，实际上写的是尹湛纳希自己的父亲旺钦巴拉和母亲满优什妹。见扎拉嘎《贲璞玉与旺钦巴拉——〈一层楼〉〈泣红亭〉创作题材研究》，《民族文学研究》1987年第2期。

② 杨才铭：《十九世纪蒙汉文化交流的一面镜子（上）——〈一层楼〉及其汉译本述评》，《西北民族研究》2001年第4期。

际，不得不“直面人生”的生活态度。可以说，“白云”象征纯真的爱情，也委婉地暗示、预示出他早年婚姻大事的不自主、不可心——不能如愿与几位表姐结合，只得被家长安排的命运。

这一情结，岂不是此时此刻恋人琴紫榭的心之所纠结的？由琴姑娘亲手题写到墙上，该多么意味深长！她的绰号“琴宝钗”，知书达礼又聪明博识，《一层楼》她所作的《菊影》就曾以菊花自比。稍早于尹湛纳希的道光进士刘熙载（1813—1881），在《艺概·赋概》曾有这样的概括：“古人一生之志，往往于赋寓之。”[①] 而晚出生二十四年的尹湛纳希，也在《一层楼》写苏节度看到璞玉《白云》诗有言：“作诗虽是小事，但一言半语中，可知其人一生之事，所以朝中贺太师，命我二儿子写诗看了，曾嘉其日后可承父业……”[②] 其实，这一感悟，也与古代中原“三岁看老”史传模式十分接近。

题壁描写所涉古典，沿波讨源，在中原文学的长河中较为古远。《一层楼》作为蒙古族最早的纯文学作品，也离不开若干蒙汉共通文学母题的成功运用。因观看题壁诗，有情男女别离重逢相认，是中原明清小说重要的母题关目。近的有明代李昌祺《芙蓉屏记》，写王氏在庵中睹丈夫崔英所画的芙蓉，得到盗贼信息，提笔就在屏上题词，自述昔日夫妻欢好事与当下惨状：“少日风流张敞笔，写生不数黄筌。芙蓉画出最鲜妍。岂知娇艳色，翻抱死生冤！　粉绘凄凉疑幻质，只今流落谁怜！素屏寂寞伴枯禅；今生缘已断，愿结再生缘。”[③] 此幅芙蓉被郭庆春买走，献于高公，在高公书房崔英看到画上题诗，知妻尚在人间，得高公相助循此线索再找到妻子，抓获盗贼。

① 刘熙载：《艺概·赋概》，上海：上海古籍出版社，1978，第 96 页。

② 尹湛纳希：《一层楼》第二十九回《劝弟过淑女出闺阁　遵父教痴子赘贵门》，第 55 页。

③ 瞿佑等：《剪灯新话》（外二种），上海：上海古籍出版社，1981，第 248-251 页。

又如冯梦龙曾作序的明末天然痴叟（席浪仙）的话本小说《石点头》，写卢梦仙赴京赶考不返，误传已死于京中，赶上水灾蝗灾迭至，公婆无奈将儿媳李妙惠改嫁扬州盐商谢启，妙惠自尽不成，成亲后也坚不同房，谢启继母艾氏担心妇性烈出事，只好以表侄女为由以缓缓相劝，同意妙惠管账，离路经瓜洲游金山时妙惠偏偏壁上题诗：

一自当年折凤凰，至今消息两茫茫。
盖棺不作横金妇，入地还从折桂郎。
彭泽晓烟归宿梦，潇湘夜雨断愁肠。
新诗写向金山寺，高挂云帆过豫章。

后面写明了“扬州举人卢梦仙李妙惠题”。中了进士荣归的卢梦仙归后对妙惠有误解，得方姨娘告知妙惠改嫁经过也郁闷不乐，直到起程往江西舟过金山，见了壁间妙惠题诗才“又惊又恨，却如万箭攒心。细玩诗中意味，知妙惠立志无他，方姨娘之言，果然不谬。但已落在人手，无从问觅……将诗句写出把玩，不忍释手，直至欷歔涕泣”。忽忆年初入京师夜，梦答盐场积在扬州，盐客多在江西：“想诗中‘彭泽’‘潇湘’‘豫章’之语，我妻子多因流落在此。从中探问，或有道理。”[①]抵江西，果经布政使徐某（其子与梦仙同榜进士）寻“极其巧黠”的干事苍头探听，用在盐船帮中唱曲的方式，巧妙地接回了妙惠团圆。《石点头》非常关心女性“贞节”问题，特意写了盐商上门解释、周全，而尹湛纳希小说则并不在意这些，贞节观念不像中原小说那么强调。

尹湛纳希仿拟中原小说时，惯于删繁就简。《一层楼》就删减了《石点头》第二回卢梦仙归家得知妙惠改嫁，找方姨娘了解到父逼嫁、妙惠

① 天然痴叟：《石点头》第二回《卢梦仙江上寻妻》，上海：上海古籍出版社，1985，第44–48页。

自缢及被央求劝谕方始肯从事，以及雷鸣夏秀才来见，提起当年“凤凰独宿，一个鲤鱼之对的预卜”，并旁证改嫁并非尊夫人（妙惠）之意等，但保留了另一位见证者角色——男主人公卢梦仙的继母艾氏（妙惠的婆婆），也是妙惠的表姑，称妙惠为其“表侄女”；《一层楼》写金夫人也是具有双重身份，既是璞玉之母又是炉梅的亲姑。《泣红亭》延续之，还写了卢香菲与姑妈金夫人的重逢（详见下节）。亲上加亲，题壁诗相认，这些都来自汉文学母题。

旌节，古代指使者所持的节，以为凭信，后借以泛指信符。汉武帝为了答复匈奴的善意表示，派中郎将苏武拿着旌节，带着副手张胜和随员常惠，出使匈奴。中原节度一词出现早，意为节制调度。唐制，节度使赐双旌双节。旌以专赏，节以专杀。行则建节，树六纛。亦借指节度使，因受职时朝廷赐以旌节，故称。唐代节度使渊源于魏晋以来的持节都督。

虽然尹湛纳希小说的表达含蓄蕴藉，没有明说，仍令人联想起文学史上著名的苏武诗[①]，充满了相思别离情谊与痛楚，“浮云”这里因兄弟亦可比况情侣，非常贴切地具有隐喻象征意旨。该组诗共四首，看其四：

> 烛烛晨明月，馥馥秋兰芳。芬馨良夜发，随风闻我堂。征夫怀远路，游子恋故乡。寒冬十二月，晨起践严霜。俯观江汉流，仰视浮云翔。良友远离别，各在天一方。山海隔中州，相去悠且长。嘉会难两遇，欢乐殊未央。愿君崇令德，随时爱景光。[②]

---

① 萧统《文选》卷二十九所收“苏李诗”，实为东汉无名氏所作，非苏武、李陵作，但仍有很高的文学史价值。

② 萧统：《文选》卷二十九《诗己・杂诗上》，“苏武诗四首”之四，上海：上海古籍出版社，1986，第 1355–1356 页。

组诗其一，偏重在别离造成的心理落差，有“昔者常相近，邈若胡与秦。……愿子留斟酌，叙此平生亲”句；第二首“努力爱春华，莫忘欢乐时。生当复来归，死当长相思”句，言生命苦短中存相思绵延；第三首“黄鹄一远别，千里顾徘徊。胡马失其群，思心常依依”句为别离相思套语；而第四首则有“良友远离别，各在天一方……嘉会难两遇，欢乐殊未央”句，类似于《古诗十九首》的“诗母”，均较为切题，符合此时此刻相思者彼此的处境与心境，而以第一首整体上最为接近寄托之意，写的当为这一首。一以总多，情深意长，表达出心上人近在咫尺、未得相见又如同远在天涯的思念情怀。如俄罗斯学者维谢洛夫斯基（1838—1906）以欧洲多民族民歌为据所指出的：“在远离亲人、情人的情况下，一个人会抓住任何一个形象，抓住任何一个看来由他伸向遥远的异国他乡的现实联系。从那边飞来的一群鸟，漂浮过来的一朵朵云彩，或是刮来的一阵风——它们都传来音讯。……人们派遣鸟儿、风儿传递信息，委托它们转达问候，祝愿；在马达加斯加则由浮云来扮演这一角色；在德国人，西班牙人，巴斯克人，芬兰人、现代希腊人，波斯人的民歌中，则由风来充当这一角色。”[①]因而视野开阔的尹湛纳希，很可能也吸收了挟中亚草原文化流动而来的这类“诗歌的共通语”。

由母题的运用及其功能效应来看小说文本的价值，可能会得出与通常的文学史、小说史并不相同的感受与结论。因此《一层楼》作为尹湛纳希第二部长篇小说（约作于同治三年），为其几部言情小说的代表作：“无论就思想内容而言，或是就艺术成就而言，《一层楼》都既超越在此之前的《月娟》和《红云泪》，也超过在此之后的《泣红亭》。”[②]而从母题史角度来看，可以说《泣红亭》实际上并不逊于《一层楼》。

① 亚·尼·维谢洛夫斯基：《历史诗学》，刘宁译，天津：百花文艺出版社，2003，第470–471页。

② 扎拉嘎：《尹湛纳希评传》，呼和浩特：内蒙古教育出版社，1994，第126页。

四、犯中见避：璞玉与卢香菲的重逢描写

《泣红亭》还写璞玉与卢香菲（璞玉舅舅之女）的重逢，可谓渐次有致。此前，已有了两次重逢母题的状写：一是盛粹芳与婢女妙鸾的重逢，二是紫榭与璞玉的重逢。那么，这第三次是璞玉与卢香菲的重逢，是否会因为招式的屡屡运用而令人感到重复？可以说，这一次故伎重演，更是运用了金圣叹总结《水浒传》情节艺术的“犯避法”，所谓“犯中见避”。尹湛纳希构思小说的审美创造，首先是加进了卢香菲与姑妈金夫人重逢的描写。《泣红亭》第十四回叙述，侧重在姑侄久别之后，担心面见后认错人，表现出的小心、试探与迟疑：

> 程夫人道：“照直说，绝不怪您。”金夫人道：“如此那我先陪个罪再说。我看小姐的相貌和我多年前死去的娘家侄女一模一样。”程夫人问道：“令侄女年前故去，她和我的闺女相像，跟您今天的哭有何相干？”金夫人道：“不知道。只想我的侄女是因为守着我赏簪之情而死的。”程夫人又问道：“您娘家姓什么？家在何地？”金夫人道：“我娘家姓金，世袭辅国公，原籍北地建邑。”程夫人又问道：“您娘家侄女叫什么名字？因为什么赏簪，又为何坚守信义，怎么死的？”金夫人长叹道：“我侄女小名叫卢梅，字香菲。”说到这里，卢香菲知道这是金夫人确定无疑。忽然五脏俱裂，一瞬间来不及再想别的，奔向前去抱住金夫人的腿跪下道：“哎哟！仁慈的姑妈！您苦命的侄女我没死，我就是卢梅。”说完放声大哭。金夫人听了那话，不禁惊喜，搂住卢香菲的脖子大哭起来。[①]

---

① 尹湛纳希：《泣红亭》第十五回《佛堂奇逢啼笑姻缘　花园巧遇惊惧相会》，曹都、陈定宇译，呼和浩特：内蒙古人民出版社，1981，第146–147页。

须知金夫人具有双重身份，一是卢梅的亲姑母，再就是卢梅心仪之人璞玉的母亲。曾几何时，亲情与爱情相思该是怎样地折磨着卢梅，小说这里简直就是清初李渔所说的“无声戏”，而人生如戏，戏如人生，这里的亲人重逢场面令人震撼。而且，尹湛纳希小说所喜好的互文性，在此小说的姊妹篇中又一次体现出来。

《一层楼》第十二回还写到贲侯与金夫人夫妻二人对坐商议儿子婚姻大事。当贲侯问：“若从旧亲中寻，你看我们甥女圣如如何？”金夫人表达的观点带有明显的倾向性，她采用的是“排除法”：圣姑娘那边，孟姑老“他家又是极富贵的，岂肯给我们这等人家”；琴默“……只是身材平常”，至于炉梅（卢梅）这孩子的聪明模样，都不在他（她，琴默）之下：“……而且我那哥哥也早已去世，可怜我那鄂氏嫂子，看着我那兄弟的脸儿过日子，他女儿如能有了个妥贴的人家，也是了却他一件大事。”[①] 明确地投了娘家侄女儿一票。

小说又写贲侯见炉梅，体态轻盈，似玉树摇春风，容华照人，恰如秋水贯晶瓶，心中欢喜。金夫人取下自己头上一对嵌球如意黄金簪，给炉梅戴在头上，炉梅见德清等笑，“方知其意，登时彻耳通红”。接下来偏巧路逢璞玉，“心中一动，不觉红了脸，一句话也说不出来，只是微微笑了一笑过去了”。而璞玉知炉梅姐适才脸红之故，“不觉心中大喜”。[②] 以不经意的巧遇，借冥冥运数的契机，混杂家族利益的权衡取舍，以文学笔法展现世俗生活中的玄机，娓娓道来，妙趣横生。

尹湛纳希突出了“亲上加亲”的选择之中，钟情于一的进步婚恋观念。这也是晚清舆情和下层民俗风情所推重的。上海的《申报》副刊画报就刊载，江西进贤县张甲（可能不是真名），娶邻村李女为妻还没

① 尹湛纳希：《一层楼》第十二回《金夫人生辰议亲事　白老寡二进贲侯府》，第 96 页。

② 尹湛纳希：《一层楼》第十二回，第 97 页。

过门，就遭遇了战事，张甲流落到台湾，妻子誓不改嫁。岁月递迁，数十载之后其妻已为张甲之父养老送终。相逢时彼此已经不认识了，妻验明张甲身上的记号，这才确认。此时张甲已七十四岁，妻七十二岁。（图 - 25）

其实，作为故事母题更值得关注的是，小说作者尹湛纳希在借鉴过程中，还生发出对母题结构模式的逆向思维。尹湛纳希《一层楼》有不少内容是模仿借鉴曹雪芹《红楼梦》的，这在小说中有说明。[①] 而《红楼梦》中有一个描写分离不重逢的关涉众多人物的重要故事情节，即第一回《甄士隐梦幻识通灵　贾雨村风尘怀闺秀》中甄士隐的女儿，乳名英莲，在元宵佳节意外丢失（被拐走）。[②] 在第四回《薄命女偏逢薄命郎　葫芦僧乱判葫芦案》中被薛蟠强买做丫鬟取名叫香菱。[③] 甄士隐与其女儿的故事一直贯穿全篇，不仅阐释了聚散离合的无常命运，也透露出欺压良善的多重社会力量的强大与无奈。

因此，尹湛纳希《一层楼》中突出表明"离别重逢"母题构成要素中的"巧"，以及这无巧不成书的屡试不爽的审美效应。悲悲喜喜，本来就是人生情感世界中的惯常经历，也是多民族的"共情"，非如此难于表现多情的蒙古族青年男女那坎坷的人生经历，表达他们那多舛命运中少有的喜悦与幸福。重逢的心理体验是丰富而深刻的，由此这一故事母题有着极为相似的意义指向，特别易于引起不同地区多民族、国别的共情共鸣，也是尹湛纳希之所以伟大及其小说艺术价值恒久的原因之一。

---

① 尹湛纳希：《〈一层楼〉中援引〈红楼梦〉之概略》，载《一层楼》，甲乙木译，呼和浩特：内蒙古人民出版社，1983，第 2–4 页。

② 曹雪芹、高鹗：《红楼梦》第一回《甄士隐梦幻识通灵　贾雨村风尘怀闺秀》，北京：人民文学出版社，1982，第 7–18 页。

③ 曹雪芹、高鹗：《红楼梦》第四回《薄命女偏逢薄命郎　葫芦僧乱判葫芦案》，第 56–68 页。

图－25

第十四章
清代蒙古族少女形象的跨文化想象

台湾一位研究游牧民族的史学家指出，中国文献中有关游牧人群的资料，大致可分为三类。第一类，直接描述其生活、习俗的史料，这是含有定居人群及汉文化偏见最多的一种资料，但并非全然不可取。第二类："间接透露某讯息的史料，也就是记述者在描述一主题时旁及而表述的讯息。这样的数据因不涉及记述者的主观意见，较为可靠，但它们大多琐碎并且需要被诠释。也就是说，这些数据解读须透过我们对各种游牧经济形态的了解才能产生意义。第三类，将史料记载中的'事件'作为一种社会行动表征或表相（representation）；同样的诠释这些作为历史'表相'的事件，我们须利用人类学以及其他相关学科知识比喻作考古学家从土中筛滤出考古标本的筛网，借此我们可以在文献中'滤'出一些讯息，也借此以及其他知识，我们可以将这些讯息经诠释、联系而呈现较整体的过去图像。"[①] 本章试图运用晚清小说留存的民俗记忆，来察照其中透露的蒙古族人物形象。

① 王明珂：《游牧者的抉择：面对汉帝国的北亚游牧民族》，桂林：广西师范大学出版社，2008，第101–102页。

宣鼎（1832—1880）的文言小说《夜雨秋灯录》，一般认为属《聊斋志异》续书之一，成书于光绪三年（1877），作者自称："以无可奈何之身，当无可奈何之境，遂取生平目所见、耳所闻、心所记忆且深信者，仿稗官例……"[①]其中的《龙梭三娘》，是一篇罕有关注的书写蒙古人形象的小说。故事讲一位蒙古族少女龙梭三娘，因父遭陷家破而流落江湖逃难，被卖入扬州府海陵江翁家，她的遭遇引起江翁同情，代为谋划与未婚夫叶生团圆，资助叶某读书中第为官，龙梭三娘远出关外求助蒙古四公主，为江翁之子脱罪，终得报恩报仇。故事为几个原型母题的分解与组合：落难官宦女子、仗义汉家老翁、失散夫妻团圆、落难秀才中第、为官反哺报恩、蒙古公主相助。书写者在清中期满汉文化融合背景下，以文化他者之视角审视书写蒙元时代的老故事，其中值得关注者为：一是故事结构线索简单明了，那么需要推测受恩报恩模式传达出怎样的"共同体"民族观念；二是"龙""梭"作为中原汉民族的文化意象，二者结合为"投梭入怀"等，又化而为龙，以此表现该女子的特殊出身，不同民族文化精神整合中暗示出他族特质——非凡的女子特质；三是龙梭三娘求助于蒙古四公主，以权谋私——践行伦理使命式的报恩，颇具汉民族侠义报恩的合情、合礼而违法特征，是法在报恩故事中的否定意义；四是叶生身份的模糊性，传递出故事的交互主体性错位及其书写的目的性。从主体书写的他者局限性、文化间性及目的的模糊性，可阐释文化他者在原生文化背景下，如何实现民族文化融合的意义表达。

① 宣鼎：《夜雨秋灯录・自序》，恒鹤点校，上海：上海古籍出版社，1987，第 4 页。

一、抑与扬：蒙汉文化环境中蒙古族女性的曲折人生

《龙梭三娘》是一个“少女成长——女儿长大后复仇”类型的故事，讲述了女主人公的身世、经历特别是成长历程，小说叙述可分为六点。

其一，是自述身世的表达，率直得体、恳切感人。蒙古族少女龙梭三娘初被卖到江翁家，是以孤苦的弱女子形象呈现的，给人直观印象不过是“貌既娟妍，齿亦稚弱，衣以绣襦”，江翁喜洋洋地准备开宴迎娶。洞房中女“愁眉泪睫，粉黛浸淫”惨然表情，引翁发怒，女则洒泪直陈遭际：

> 盖女为蒙古产，随侍尊人名鲁不花达赤达泥，入中国，为淮西行省平章政事。其母梦织女投梭化龙而生，终鲜兄弟，常恨阙伦。顾父性峭鲠，与御史莽吉兔不相能。偶怒顽僮小张无礼，酒后鞭其背，遁入莽吉兔家中，以蜚语疏入，坐贪墨削职，诏收刑狱论斩，寻瘐死。上怒未已，籍没其家，女为恶叔诱出，盗卖于此。幼字父之同官子叶生，名子荷。叶父殁，家赤贫，不得已，流入闽中，入某刺史幕，久无耗。罗敷本有夫女也，乞翁怜鉴云。[①]

龙梭三娘跟随性格“峭鲠”的父亲从蒙古草原来到中原，作为独生女她自幼缺少亲人相伴，很小就被恶叔盗卖到此，不能与早已定亲的未婚夫（叶生）相聚，彼此劳燕分飞至此。坚贞而持守初心，是复仇少女道德完美的重要一端。晚清画报《淑媛全贞》就曾特意传扬，杭州张家是个小康人家，一女早年许配邻村之子。后富家因故败落，其母私下将

① 宣鼎：《夜雨秋灯录》卷一《龙梭三娘》，合肥：黄山书社，1995，第25–30页。

女儿另外许嫁武孝廉李某，然而就在成婚当日，张女得知真相，就连夜在女佣陪同下到邻村，与初聘的邻村子完婚[①]。因此，面对“贤媛”龙梭三娘如此凄苦的身世，老翁闻之惊汗若雨，他的同情心或曰侠情侠义带来了事情的转机。

其二，是江翁改变角色，侠心大发而付诸行动，慨然认为义女，并资助其婿为官。江翁在这一故事中，当是民间正义——重义轻利的化身，在真相昭明后，他当即慨然安慰少女，应允“为汝圆乐昌破镜”，远寻其未婚夫叶生。龙梭三娘抓紧时机，顺势牵衣泣求收为义女，翁同意，结为父女伦理关系，得到较为稳定的保护。而侠心大发的江翁也俨然以长辈自居，托为老友之女，诉诸舆情以避嫌。江翁义薄云天，寻叶生归后，察其“翩翩儒素”的潜质，即日招赘并约其读书。而龙梭三娘也以奋志“报鸿慈”来激励。一年多后叶生在江翁资助下赴京赶考，如同明末清初众多才子佳人小说人物那样，一举中第，遂就任会稽太守。叶生为官贤能，“断狱称神明”，吕翁闻讯即把龙梭三娘送来，并写了情深意长的信，感动得叶生读信“流涕再拜”，拟觅浙中土产、玩好报答，三娘却予以制止，认为受人大恩，不能以小物相酬。应该说，此时三娘已在等待报恩时机、创造报恩的资源了。这也是满蒙联姻的时代话语背景下，民族间通婚较为宽松，才得以进行的。

其三，龙梭三娘深谋远虑，北出关外结交蒙古公主，运用蒙古语这一本民族语言技能，得到蒙古公主的信任支持，实现雪怨报恩大业，得享夫妻琴瑟之好。然而，小说却在平静之中为即将到来的波澜蓄势，用心理描写摹状复仇女性隐忍家仇的痛楚：“女恒郁郁不为乐，问之，亦不语，临风弹珠泪……”她心中深藏着大事，却令人不解地表现为到处种植奇花异卉，令人想起《三国志演义》“青梅煮酒论英雄”故事中的

---

① 吴友如等：《点石斋画报》，1891 年。

刘备种菜示恬淡以掩护自己胸有大志。另一方面则是实质性的——又购金线、孔翠等，督婢织为女子软甲，偕婢采花露造酒珍藏。第二年，江翁之子江璧贿赂当道、倩人捉笔，得中进士，被莽吉公子哈哈木榷以怀挟告发，论科场舞弊下狱，于是女报仇兼报恩的机会终于来到，她“偕两婢，携酒荷甲”，连夜策马北上。

其四，龙梭三娘具有危机意识，密切关注外界相关信息，精心准备礼品以结识公主，终于恩仇得偿。龙梭三娘设计了与公主邂逅的时间、地点，有备而来。她的信息十分灵通，复仇报恩的责任担当催动着她必须讲究行事策略。一者，生长在蒙古贵族家里的她，熟谙蒙古贵族喜好，事先潜伏侦知公主的狩猎地点、规律，荒野中零距离拜谒，情境选择得当；二者，长期精心织作的“女子软甲”、酿制的花露美酒，这不俗的“见面礼”成功打动了公主，还有她那运用蒙古本民族的语言成功沟通，说公主的前锋过后：

> 锦旗如云，裹一黄衣美人，年约三十许，策紫骝马，按辔行缓缓。女知是公主，本兔伏，突鹘起前趋。将卒遽攫主婢，掷马前，宝刀环粉颈。主见其婉柔，不忍诛，唯含笑问：“何来？”女本善蒙古翻译语，至是神色不惊，裣衽启奏曰：“小女子日在庇覆，恨无报称，谨以葵忱，手酿千娇百艳酒，手织金翠如意通心甲，奉献娘娘，伏维寿考千万。”言已呈上。主酌其酒，则香沁心脾，甘回齿颊，曰：“美哉，酿也！”衣其甲，则身段符合，光彩烛云霄。马上女子齐声呼：“千岁！”曰：“美哉，酿也！”携回宫闱。[1]

① 宣鼎：《夜雨秋灯录》卷一《龙梭三娘》，合肥：黄山书社，1995，第28–29页。

清代满蒙联姻，小说写这位下嫁于锦兰国王的美人咿拉布，竟是当今皇帝的姑姑四公主，她的性情恰恰是“嗜饮，喜田猎”，带有草原游牧民族的民俗特色[①]。初次见面，龙梭三娘就运用了蒙古语这一民族语言来沟通，话虽不多，但非常得体，恰到好处。结识之后，龙梭三娘的计划有了实行的条件，然而如何开口提出这一诉求呢？

叙述至此，小说进行了中原—边陲，关内—关外的空间转换，而公主率随从从事的狩猎活动也成为游牧民族所擅长之术，自然与龙梭三娘所来自的中原地区农商活动构成了鲜明的对照。空间场景的变换，突出了龙梭三娘适应环境能力的高超。

其五，面对四公主，龙梭三娘高智商、高情商地借助公主之力实现自己复仇、报恩的两个目标。目标提出，是主动在自创机遇——“宫女教授，日渐稔熟，泣请遄（速）回”，连公主都感到惊讶她为何远路跋涉，该不会就是为了送点礼物。聪明的公主当然知道这是有求而来，主动询问“小娇生曷明言，我老人当为（汝）尽力”，这里体现出蒙古族的爽直、实在，此时三娘才缕述所受苦难，称自己“兄（江璧）”遭莽侍御父子冤陷，求主援手解难。公主允诺，认为是区区小事，非常符合其“貌美心慈而性刚烈”的性格，当即传懿旨，“振师旅，入中国，救江状元”。

其六，蒙古公主豪侠仗义，慨然主持正义，力助龙梭三娘实现正义复仇、完成报恩的使命。小说在此写出了公主咿拉布与当今皇上的特殊关系，听到公主即将到来，皇上的反应竟然是“悚惧，亲出迎迓”。小

① 朝鲜的燕行使者《燕辕直指》记载，清朝满汉通婚、满蒙一体：“蒙古……长城北医山以外，皆其地方也。无五谷宫殿，其人常骑骆驼，逐善水草居之，以穹毯为屋，以涉猎为业，吃肉饮血，盖北藩习俗自古然也。自明中叶已屡为边患，而清之始起，颇藉其兵力，故恃功骄憨，如唐之突厥回纥。皇帝念其功而张其强侍，诸酋视亲王，必以皇女嫁之。”林基中编：《燕行录全集》卷七十一《輶轩续录》，汉城：韩国东国大学校出版部，2001，第266页。

说交代原委，原来是即位前，“尚冲龄（幼年）”的皇上，得到过公主经常性的“调护”。而且公主的刚烈性情，皇上也甚为了解，所以公主为新状元江某求请，皇上只得默许，网开一面给个人情[①]，经一番测验，证明了确为真才。将莽吉子哈哈木榷认定为“怀挟入告”，父子俩一个充军到云南死在了中途，一个被斩首。龙梭三娘终得如愿，先报恩，后复仇雪恨[②]。被夫君看作是女侠飞仙、剑侠的龙梭三娘，也终得与叶生、江翁团圆。

明代长篇小说《西洋记》写了女性复仇中的一个分支——作为女将的“西洋夷女”报父兄之仇：

只见一个小女子浑身挂孝，两泪如麻，跪着三太子的马前，奏道：“不劳太子大驾亲征，婢妾不才，情愿领兵出阵，上报国家大恩，下报父兄之仇。”番王道：“你是个甚么人？”女子道：“婢妾是刺仪王姜老星忽刺之女，二公子姜尽牙、三公子姜代牙之妹，叫做姜金定是也。妾父兄俱丧于南将之手，誓不共戴天，望乞我王怜察。”番王道：“你是个女子之身，三把梳头，两截穿衣，怎么会抡枪舞剑，上阵杀人？”姜金定说道：“木兰女代父征西，岂不是个女子？妾自幼跟随父兄，身亲戎马，武艺熟娴，韬略尽晓。更遇神师传

① 此当来自葛洪《西京杂记》：“武帝欲杀乳母，乳母告急于东方朔。朔曰：‘帝忍而愎，旁人言之，益死之速耳。汝临去，但屡顾我，我当设奇以激之。’乳母如言。朔在帝侧曰：‘汝宜速去，帝今已大，岂念汝乳哺时恩邪？’帝怆然，遂舍之。”龙梭三娘的求请成功，充分利用了贵为一国之君尚有恩情记忆的“童年情结”，也类似昭梿《啸亭杂录》卷一世祖（顺治）问喀尔喀使者所叙：“时上在冲龄，即聪慧若此。”

② 参见王立《恩报观念与中国古代复仇文学主题》，《贵州大学学报》1992 年第 4 期，中国人民大学《复印报刊资料》J2 专题 1993 年第 1 期转载。

> 授，通天达地，出幽入冥。”番王道：“也自要小心些。”姜金定道：“若不生擒僧人，活捉道士，若不拿住唐英、张柏，火烧宝船，誓不回朝。”即时领兵前去搦战。[①]

小说如此描绘这位“西洋”（即今之“南洋——印度洋”等）女将姜金定的形象：“面如满月，貌似莲花，身材洁白修长，语言清冷明朗。举动时威风出众，号令处法度森严。密拴细甲，岂同绣袄罗襦；紧带蛮刀，不比金貂玉佩。上阵柳眉倒竖，交锋星眼圆睁。惯骑战马，凤头鞋宝镫斜蹬；善使钢刀，乌云髻金簪束定。包藏斩将搴旗志，撇下朝云暮雨情。”[②]

两位均具有侠气的复仇女性，具有可比性。女将姜金定貌美艺高，也是得到了“贵人”的认可支持，为父兄报仇勇战强仇，这些都使我们有理由认为，宣鼎笔下的蒙古少女——复仇女英雄龙梭三娘形象，当主要取材于是（当然还不限于此）。龙梭三娘同汉族的融洽、友好的关系，具有元蒙遗留下来的真实而深厚的民俗记忆。

二、龙梭意象：民族文化融合中的深层象征内蕴

龙梭意象，带有蒙古族女性形象的深层意涵。杨义先生认为，一些边疆民族以其边缘活力的原始性、原创性和多样性为中原文化带来了开放的可能性，如《蒙古秘史》追溯蒙古族的始祖：“如果译成汉文，是

---

① 罗懋登：《三宝太监西洋记通俗演义》第二十四回《唐状元射杀老星　姜金定囤淹四将》，上海：上海古籍出版社，1985，第314–315页。

② 同上。

以苍狼为父，白鹿为母的，隐喻这个世族凶猛和仁慈的复合性格。”[①]而血亲复仇，向来就是人类多民族的原始本能、恒久习俗与文学母题，产生于多民族融合的清代，有其文化土壤，其内在蕴涵也更多地带有民族融合的特征。主要有以下三点。

首先，落难女孩儿——复仇女英雄的出生，符合弗莱所说的“英雄的出生”模式，“其母梦织女投梭化龙而生”一句交代，是明确的其母“梦感神（龙）生”。预示着龙女，与天上仙女有着固有联系是也。织女投梭化龙的故事，出自中原南朝刘宋时《异苑》的传说：“钓矶山者，陶侃尝钓于此，山下水中得一织梭，还挂壁上。有顷雷雨，梭变成赤龙从空而去。山石上犹有侃迹存焉。”[②]《晋书·陶侃传》的异文，预示该传主命运的诸多征兆中，也有龙梭之影：“侃少时渔于雷泽，网得一织梭，以挂于壁。有顷雷雨，自化为龙而去。”[③]宣鼎生活在清代后期，他对于蒙古族女性形象的理解、塑造，也不能不受到当时通常的认知影响，蒙古族学者对于本民族女性的概括，并非自夸：“蒙古妇女天生素质好，罕见懒惰者。从古至今出现了许多有远见、庄重大器的著名女子，蒙古族能够保持古代的礼仪，全靠妇女的本领。”[④]从宣鼎给笔下女性人物神秘出生的定位，可以看出蒙古族女性给当时人们的普遍好感。

其次，龙梭意象带有女性意味，预示将要超出凡伦的命运发展，带有命运骤变、陡转的要素。仿佛一遇雷雨就要化龙而腾飞，龙梭三娘也有着人生命运的三次“腾飞”：一是幸遇善良的江翁，得从“难女”而

① 杨义：《中国文学的文化地图及其动力原理》，《清华大学学报》2001年第6期。

② 刘敬叔：《异苑》卷一，北京：中华书局，1996，第2页。又李昉等编《太平御览》卷九百三十作“从屋腾跃而去”。

③ 房玄龄等：《晋书》卷七十九《陶侃传》，北京：中华书局，1974，第1779页。

④ 罗卜桑却丹：《蒙古风俗鉴》，哈·丹碧扎拉桑批注，呼和浩特：内蒙古人民出版社，1981，第327页。

为富翁之义女；二是幸得与昔日定亲的“翩翩儒素”叶生重逢；三是通过努力结识公主，代为雪报家仇并以解救恩人之子而报恩。龙梭，是一个为人熟知的意象，中唐李贺《有所思》：“西风未起悲龙梭，年年织素攒双蛾。”北宋苏轼《和仲伯达》：“归山岁月苦无多，尚有丹砂奈老何。……人不我知斯我贵，不须雷雨起龙梭。”[①]然而在清末宣鼎这里则赋予其女性人生整体性价值的含蕴。龙梭意象，也暗示了蒙古族少女具有“投梭之拒”的刚烈性格，即《晋书》本传载东晋谢氏大族的谢鲲“好《老》《易》，善鼓琴，弱冠知名。邻家高氏女有美色，鲲尝挑之，女投梭折其两齿，时人之语曰：‘任达不已，幼舆折齿。’鲲闻之，傲然长啸曰：‘犹不废我啸歌。’”故事中的刚烈少女，果断运用手中的纺织工具自卫，给人印象深刻，而又符合女性的角色特征。

中原年深日久的龙崇拜，是东北亚地区龙崇拜的来源之一。直到晚清近代，多种多样的化龙升空的记载仍层出不穷。如晚清新闻画报中描绘了“酒龙上天”。说安徽人刘某善于绘画又爱喝酒，某天在山中的松树下饮酒，忽然发现酒杯中有一条虫在动，惊讶之中碰倒了酒杯，虫一跃而杳，一会儿空中响起霹雳，黑云中一条金龙腾空而去。[②]道光十二年（1832）生的宣鼎就是安徽天长人，他很可能也听说过这类龙升天的传说，也会激发出创作“龙梭三娘”故事的冲动。

再次，是暗示着有如“龙女”那样：1. 出身高贵而遭遇坎坷的凄苦身世；2. 不甘于苦难贫贱的逆境，而要隐忍待机；3. 遇到“贵人”之类有着特殊能量的扶持者角色相助，而飞腾出人生低谷[③]。龙梭三娘与唐传奇《柳毅传》以降的龙女得贵人援手、摆脱厄运类似，然而与龙女形象

① 苏轼：《和仲伯达》，《苏轼全集》卷二十五，北京：中华书局，1982，第 1345 页。

② 吴友如等：《点石斋画报》，1898 年。

③ 参见王立《还珠楼主武侠小说“神兽坐骑”母题的社会结构功能》，《西南大学学报》2014 年第 5 期。

不同的是，沦落“逃难女”的龙梭三娘，更能充分发挥女性的主体能动性，充满智慧和行动力，不屈不挠地同厄运抗争。

在女性长期处于弱势地位的文化中，其实汉族女性有许多采用的是一种万般无奈的自毁——同归于尽式的复仇，这在讲究贞节的华夏伦理文化中，也会得到正义实现的复仇目的[①]，只是代价沉重，而蒙古族少女龙梭三娘的复仇，大致属于“为父母（全家）复仇”兼“忠奸复仇”和求助具有侠肠豪骨的“蒙古公主”的“侠义复仇”，属于多种复仇的“兼类”，这是复仇母题史发展到跨文化、跨地区而趋于成熟阶段的体现。龙梭三娘能高智商、智勇兼具地运用朝廷之法来申冤，更具有现代性和值得肯定的社会意义。

三、《夜雨秋灯录》的异邦情调及蒙古族风情

首先，宣鼎尤其关注带有与中原不同的“异邦情调”的人物。再以《夜雨秋灯录·巫仙》为例，故事先交代巫古今不同了，巫不再像古时“驱疫疠，御旱潦”了，而是“愈幻愈奇”，齐人（山东东北部人）金鼎幼学巫，孝亲敬师，能歌舞侑神（祖灵），师临终前留赠一函称：“此吾少时得之繄（醫，医）巫闾山中也。上皆巫咸真诀，非豚犬所能习。吾怜汝诚，始授汝，当臻无上乘。”他披览该书，“凡禽遁敕勒诸术数，无不了然，洞臻玄妙……”[②]医巫闾，其山在今辽西北镇一带，为东胡语的音译，而东胡即蒙古族族源之一。

---

① 刘卫英：《万般无奈下的有效抗争——女性以自杀行复仇的文化意义》，《中国文化研究》2000年冬季号。

② 宣鼎：《夜雨秋灯录》卷六《巫仙》，合肥：黄山书社，1995，第291–293页。

值得注意的是，这类似于“天书”一般的术数全书几乎全是“巫咸真诀”。按《山海经·大荒北经》称：“大荒之中，有山名曰不咸，有肃慎氏之国。蜚蛭，四翼。有虫，兽首蛇身，名曰琴虫。”（郭璞注：今肃慎国去辽东三千余里，穴居，无衣，衣猪皮，冬以膏涂体，厚数分，用却风寒。其人皆工射，弓长四尺，劲强。……）[①]北方古已有之的神秘传说，被宣鼎落实到了辽西有名的医巫闾山。而这里在地理上距蒙汉混居地区甚近。

又如《一声雷》写明季大雷雨时空中坠一异僧，“蜷须广额，碧眼方瞳，耳戟双环，似是西域人”。自称托钵朝五台山时睡后，不知何故至此。他语虽诞而貌慈，又很随和，乡人们乐于接近，送他到真胜寺做挂衲僧。他自名“铁罗汉”，喜欢饮酒食肉。春寒时他不怕冷，热甚又能代别人穿衣，无汗。以冰水给他洗濯，也热气蒸腾。雷鸣电闪时他能判断出胡氏翁媳口角；甚至官员任上去世、大蛇被震死山岗，他都能预判，还能画出鸡鱼虾蟹诸美食供餐，画出水天无际，远树迷濛中一船挂帆，焚后突登舟远去，杳然不知所之。十年后，乡人某偶游永宁寺，见铁罗汉伴巨瓮趺坐廊下，某惊喜而问，僧不答亦不动。半夜忽闻他大呼“雷音王菩萨”，坐化了。二百六十多年后，忽一夕大雷雨，该寺土破瓮出，启开看，是铁罗汉，面貌如生，众僧环拜诵佛，发光夜明如昼，众争布施，遂供于西廊，题字“一声雷”。直到同治龙飞二年，乡里仍传颂着铁罗汉在雨夜里代为盖好酱瓮的奇闻，塑像的口角、指头上还留有余酱。[②]据考，故事来自嘉庆时的《备修天长县志稿》：“黑罗汉，本番僧，或云福建来……”[③]然而，这种选择性因袭，乃是作者宣鼎有意为

---

① 袁珂：《山海经校注》第十七《大荒北经》，上海：上海古籍出版社，1980，第 421–422 页。

② 宣鼎：《夜雨秋灯录》卷三《一声雷》，合肥：黄山书社，1995，第 107–110 页。

③ 于师号：《〈夜雨秋灯录〉本事考》，《明清小说研究》2008 年第 4 期。

之，也与他对于边疆少数民族的兴趣相关。

其次，蒙古族女性龙梭三娘的生存、成长，也与北方草原地区地广人稀、憨厚豪爽、乐群好客的人文传统与生活习俗有关。试想，如小说中的“密针线”提示，就连当地人都在私下里互相告诫，在公主率人来打猎时，不能打扰公主，“慎勿散牧惊驾”，说明擅自闯入在这一区域是个忌讳，犯则被严办，因而龙梭三娘“突鹘起前趋”入狩猎禁地并直逼公主马前，是相当不敬、冒险的，要冒着激怒公主的死罪，所以护驾将卒才很不客气地“遽攫主婢，掷马前”。刀兵如林，龙梭三娘在“宝刀环粉颈”的情况下，仅仅是公主“见其婉柔，不忍诛”恐怕是不够的，也有赖于蒙古族具有珍爱别人家孩子——青少年和妇女的习俗传统。晚清易顺鼎（1858—1920）《哭庵传》曾记述，该传主幼年也曾得到蒙古亲王的庇护：

> 幼奇惠，五岁陷贼中，贼自陕、蜀趋郧、襄，以黄衣绣褓缚之马背，驰数千里。遇蒙古藩王（僧格林沁）大军，为骑将所获，献俘于王。哭庵操南音，王不能辨，乃自以右手第二指濡口沫书王掌。王大喜曰：“奇儿也！”抱之坐膝上，趣召某县令使送归……[①]

僧格林沁亲王并不似通常一部分文献中被书写的那样，而是宽厚、慈爱而珍惜人才的长辈形象，喜欢弱小者的情怀如在目前。《清稗类钞》指出：“盖蒙古妇人之生殖力不甚繁硕，一母所孕不过一二，如汉族之蕃衍至三四者，则甚少也。”[②]镇压中原捻军主力的科尔沁王公僧格林沁

① 柯愈春编纂：《说海》五，北京：人民日报出版社，1997，第1769-1770页。

② 徐珂编撰：《清稗类钞》第四册《种族类》，北京：中华书局，1986，第1911页。

亲王，也有着慈爱可亲的一面，这向来为人们所忽视。这来自草原民族关爱下一代的传统。元代《蒙古秘史》即描写了多位贵族夫人和平民妻子形象，她们的事迹就包括收养儿童，诃额伦夫人（成吉思汗之母）就收养了四个男孩子，有关研究认为："这种收养战地遗孤的事例起因于部族人口增加、繁殖、劳动力的需要，同时也是草原女人母性特质的一种表现。"[①]宣鼎笔下所描写的蒙古四公主形象，也当属于这一仁慈人物形象系列。

薛福成《科尔沁忠亲王死事略》书写同治四年（1865）科尔沁忠亲王（僧格林沁）在山东曹州剿捻"高庄集之战"中的死："……王前后督师逾十载，斥私财数十百万以充军实，自恒龄舒通额战没，常怀必死之志。性友爱，王弟至营，与同寝处。将别，忽引上坐拜之，告无生还意，戒善事太妃。卒无他语。王子来省王，中涂，有司馆之，王子固辞未能却。王闻大怒，将杀之。僚属为请，犹罚跪良久。且役以劳贱事，困苦之。王每安营定，展马鞍帐外，独坐饮酒。一卒奏炙肉于前，诸骑卒环而乞肉，王遍啖以片脯。乞者踵至，至尽一蒸豚，日以为常。王薨之夕，京师中皆闻怪风自南起，鬼声数千啁啾随之，须臾，向北去，盖忠灵不泯云。黎莼斋云：摹写生色，有喑恶叱咤之气，是从《项羽本纪》后段脱胎者。"[②]这当是一篇民族共同体意蕴的重要文献，张之洞（1837—1909）的《五北将歌》曾深情歌咏科尔沁僧忠亲王："虮虱满甲几曾浣，刍槁一束时难寻。艰苦廉朴鉴天地，家家私祭同沾襟。"[③]而张集馨（1800—1878）曾向咸丰帝谈起僧格林沁："性气平和……与大小将士说话皆有笑容，与士卒同甘共苦，故营中畏怀兼

① 翁欢：《浅析〈蒙古秘史〉中女性文学形象》，陕西师范大学硕士论文，2014。

② 卓海波：《僧格林沁若干问题研究》，中央民族大学博士论文，2012。

③ 薛福成：《庸庵文编》卷四，《虞初广志》卷九，柯愈春编纂《说海》七，北京：人民日报出版社，1997，第2342-2343页。

至……或温语拊循，或招同饮食。”[①]但咸丰帝却不满于这样的带兵方法，似嫌过于仁慈了。

再次，异域观念的混杂及艺术想象。东北亚区域中，中国中原地区与蒙古族近邻，也与俄罗斯族毗邻。在民族混居情况下，相关文献的记载不免充满了想象。如其父曾谪戍黑龙江的方式济（1678—1720）在《龙沙纪略》中记载，黑龙江地区的边界与居民日常生活交流：“俄罗斯，古大食国。历今一千七百一十余年，元太祖与其弟分收地。其弟灭俄罗斯，即以封之，曰察罕汗，白为察罕，汗即可汗之称，国仍旧名。元入中土，沿脑温江（嫩江）、黑龙江置驿，岁与察罕汗通问慰，江岸残址犹有存者。其王都曰脱博斯奇城，近边曰泥朴处（尼布楚）城、色楞额城、尼尔苦斯城。尼尔苦斯有总管驻守。入通市者，皆泥朴处人。别其种曰‘罗刹’，误老枪，又误老羌。”[②]

对于蒙古族外科医术的高度评价，名医毛对山撰于1903年的《对山医话》载：“泰西医士言善治跌扑损伤，不知此技莫过于蒙古。乾隆时，越东俞孝廉澄北上坠车，折断肋骨四根。蒙古医生取驴骨易之，束以帛，半年而愈，惟戒终身弗食驴肉。又，齐次风侍郎趋直圆明园，坠马破脑，脑浆流溢，仅存一息。延蒙古伤科治之，刲羊脑以补之，调药末敷其外，一日夜少苏，然视物皆倒悬，以鼓于脑后敲数十槌，视物始正，阅八月而平复。今中外医人恐未必有此神技也。”[③]这里的泰西和蒙古其实不确指，但共同点是以中原为参照的，多指中原之外。但对神奇医术的记载确是充满着向往和期待之情，透露出对蒙古族智慧的钦佩。

对中原与周边民族关系，当代学者也有较多关注，如色音教授指

① 张集馨：《道咸宦海见闻录》，北京：中华书局，1981，第185页。

② 方式济：《龙沙纪略》，杨宾等：《龙江三纪》，哈尔滨：黑龙江人民出版社，1985，第183页。参见薛欢雪《方式济〈龙沙纪略〉研究》，东北师范大学硕士论文，2008。

③ 毛对山：《对山医话》卷二，北京：人民军医出版社，2012，第23页。

出，1632年土默特蒙古回归，蒙汉融合加深，农耕文化与游牧文化互为交织依存。1876年，清朝由于害怕俄国占领蒙古，废除了汉族北上的禁令。从此汉族向蒙古地区的农业移民越过长城一线，进入蒙古地区。从此以后，长城以南的汉族人民以前所未有的规模涌向“归化”城土默特、鄂尔多斯、热河、察哈尔、喀喇沁和科尔沁等地，这些地方的耕地面积便迅速地扩大了。总的说，离长城越近的地方，汉族农民屯聚越密，农业的比重也越大。据《承德县志》统计，原热河管境内在乾隆四十九年（1784）则增至184000人，比康熙时增加了12倍以上。到19世纪初。内蒙古东南部已经形成“开垦地亩较多，牧场较少”的局面。[①] 在这一历史进程中为了生存的需要，“土默特蒙古人也学会了久旱求雨时，驱除旱魃，打鼓迎龙的汉族习俗”。[②]

此外，也不能忽视，“求助人雪报家仇”，在华北到蒙古草原也是讲究复仇的“共同体”之共情、共存的习俗，亦为民俗心理沟通的纽带，既为母题，又助益故事传播。如在长城外的内蒙古民间故事中也有《乌兰巴托尔报仇记》。故事主人公是王爷的家奴，擅弓箭，幼年父因反抗被活埋，而怀仇图报的他被扔进井里。他幸运地遇地下王爷的报信奴（可听远方之音），助他回地面；又结识“推山奴”“吞水奴”，因解救白银马而骑乘此马归家。得知王爷袭击，他及时逃走，得友推山、吞水相助，用山石和水淹方式消灭了王爷手下，最后乌兰巴托尔又骑上白银马，追上逃跑的仇人，为父亲和众乡亲报了仇。[③]

---

① 色音：《蒙古游牧社会的变迁》，呼和浩特：内蒙古人民出版社，1998，第43页。

② 色音：《蒙古游牧社会的变迁》，第207页。

③ 祁连休、冯志华编著：《中国民间故事通览》4，石家庄：河北教育出版社，2021，第1278–1279页。

四、宣鼎看重侠义反暴"技术含量"的其他文本表现

从母题的文本表现来看，宣鼎对于笔下人物（不限于本篇）的"一技之长"，对于故事过程之中的技术含量，似乎有着格外的兴趣，尤为看重与突出。龙梭三娘有运用双语临场表达能力，而伟大的蒙古族作家尹湛纳希，就精通蒙、汉语言，兼通满、藏语言，且在笔下的人物形象中有所体现[①]。龙梭三娘主婢二人突然从草丛中奔跃到马前，不怕惊了马？还要了解马的习性，与公主同归也要骑马的，据史料载："蒙古人与他们的战马形影不离，他们是彼此忠实的伙伴，他们都出生于辽阔的草原，成长于同样的土地上和气候中，经受着同样严苛的磨炼。蒙古人身材矮小敦实，骨骼粗大，忍耐力超群。与蒙古人类似，蒙古马小而精壮，体态并不优美，'它们脖子强健有力，腿很粗壮，毛厚厚的，但是蒙古马以其个性之刚烈、精力之旺盛、耐久力之持久和步伐之平稳为人叹服'。……"[②]这也当来自少年时有较好的骑马训练。她如此之快地同公主及其婢女护卫熟悉，也离不开娴熟的骑马技能和其他带有本民族特征的技能。年代稍晚的在关外生活多年的孙茂宽，1920 年就写了蒙古族地区十多岁女孩，就能骑着光背的马，不用鞍韂，如飞驰骋，还能与汉人在春夏之际赛马[③]，这又怎能是短时间内突击训练所能做到的？此外，龙梭三娘当场运用蒙古语与公主交谈，又岂是凡庸辈之所能？

而作者宣鼎对于凭借一技之长的"技术人员"的看重，又体现在该小说集卷三《父子神枪》一篇。故事主人公父子住在"泗州大圣庙前"，

---

① 扎拉嘎先生指出，《一层楼》《泣红亭》几个重要人物如璞玉、炉梅、琴默、圣如"都兼通蒙汉两种语言文字"，参见其著《比较文学：文学平行本质的比较研究——清代满汉文学关系论稿》，呼和浩特：内蒙古教育出版社，2003，第 204 页。

② 勒内·格鲁塞：《蒙古帝国兴亡录》，王颖编译，北京：民主与建设出版社，2017，第 28 页。

③ 皖南剑艇居士：《关东搜异录》卷一《蒙女善骑》，上海：殖新社，1922，第 29–30 页。

当非无意之笔，似乎这父子具有与孙大圣相近的神勇、反叛精神和巨大能量。戈叟与儿子继辽，靠用火枪击水鸟换柴米糊口。因路见不平拔刀相助，宁静的生活被打破。一天有数十营卒殴打一贩私盐者，贩者妻女献银簪珥，对方收下簪珥，人仍被带走，妻女随之恸哭，两个婴孩也哭着几乎滚入水，戈翁上前讲理："小人肩挑步担，借此获蝇头利，得谓之枭乎？彼大商巨贾，公然夹私，漏税虐民，是枭也，汝何不牵之？"[①]众卒竟飞黑索套叟，儿求恕也被群殴，父子只得动枪，两卒倒而众逃去。叟让盐贩速逃，父子俩诣官自首。但面对"商家走狗"的官与营弁，无理可讲，子自揽罪愿代父偿罪，也不被获准。

然而父子俩由此却因祸得福。一者，巧得御史代为脱罪（如龙梭三娘求助四公主）。贩者邬义愿代死，遣女儿螺娘冒戈翁女代送饔饭。夫妻夜遇光忽飞船篷下，竟是一蚌珠。恰好都御史来奉旨巡按，谋买珠以媚美妾，于是螺娘青衣怀珠，托卖珠婆携之献珠，御史与其妾大喜，螺娘陈述自伤父兄出不返，愿为夫人婢，"宛丽明艳"的螺娘被收录后，因善伺人意，很快成为诸婢之冠。于是她也如同龙梭三娘一般，求助前获取宝贵的资源与人脉，得以先赠宝，再求助：

> 一夕侍宴，妾正褒述女于御史，女忽伏地悲啼，叩有声。惊询之，唏嘘曰："妾父戈辽，妾兄戈继辽也。"遂缕述戕捕之由，泣求揭钵。御史愕然久之，曰："尔父兄事，吾已阅其牍，案如山，不易反。姑念尔缇萦再生，明即诣泗，当提讯而平反之。"女顿首谢，妾揽于怀……女曰："奴愿终生侍夫人。"[②]

① 宣鼎：《夜雨秋灯录》卷三《父子神枪》，合肥：黄山书社，1995，第116–117页。

② 宣鼎：《夜雨秋灯录》卷三《父子神枪》，第117页。

巡按提审戈家父子，惊赞“孝子”，为父子开脱为误伤，发配充军云南熊公麾下。

二者，巧遇爱才的边将并杀怪兽立奇功。熊公对父子枪法很感兴趣，面试后大喜，即下达任务到西南大山中猎珍禽异兽，嘱禁入毒蟒所栖的内山。一年多后父子好奇入内山，遇巴蛇追象，象伏地求救，父子发连珠枪中蛇目，蛇堕崖毙，归途中又击毙来食蛇的“人首五色大鸟”，献边将。边将惊讶地嘱勿再往。但几天后父子还是冒险入山，又击毙了“首如驴，人足，白毛黑章，攫虎豹食”的怪兽。由于他们“神勇”地获取了“天然有龙凤纹，夏日蝇不集”的鸟翼，和可为御裘的兽毛，献天子，不仅边将获上赏，父子也被赦归赐官，而获救之群象也送来象牙报恩。路遇勾丽（高丽）国使，以万金购去这“万年象齿”，父子由此得到富贵。这里的“万年象齿”提示出在19世纪东北亚的朝鲜半岛还有象牙的需求，很可能留存着清廷贡品中大象的、象牙的印象。在宣鼎生活的年代，沪上的新闻画报中即有《白象西来》的新闻，称日前朝廷有位官员结束了蒙古之行，顺便带回来白象两头，在前后护卫簇拥下通过正阳门（即前门）准备上贡。沿途还有官员士绅在路途两边迎接，礼仪肃然。（图－26）

三者，团圆之巧。也是类似龙梭三娘与叶生那样，巧的是偏偏御史“出为皖抚”——为地方官，县官不如现管，父子得以“隶麾下”，也能感恩之中“恭献异域宝物”再结新恩。抚亲为主婚，命继辽与螺娘结亲，并升为镇军，迎翁与妻父母来官署养老。作者感叹父子生还归功于自然界的丰富资源——“虞诩送勒之派”①，才有条件“为圣主报祯祥，且为孝慈赎罪过。碧翁生且育之，亦良有故耳”。虞诩为东汉名将、忠良。一者，虞诩英勇善战，这与戈翁父子神枪之勇可比。史载虞诩到

① 宣鼎：《夜雨秋灯录》卷三《父子神枪》，黄山书社1995年本第120页作“驺虞翳勒之派”，误。

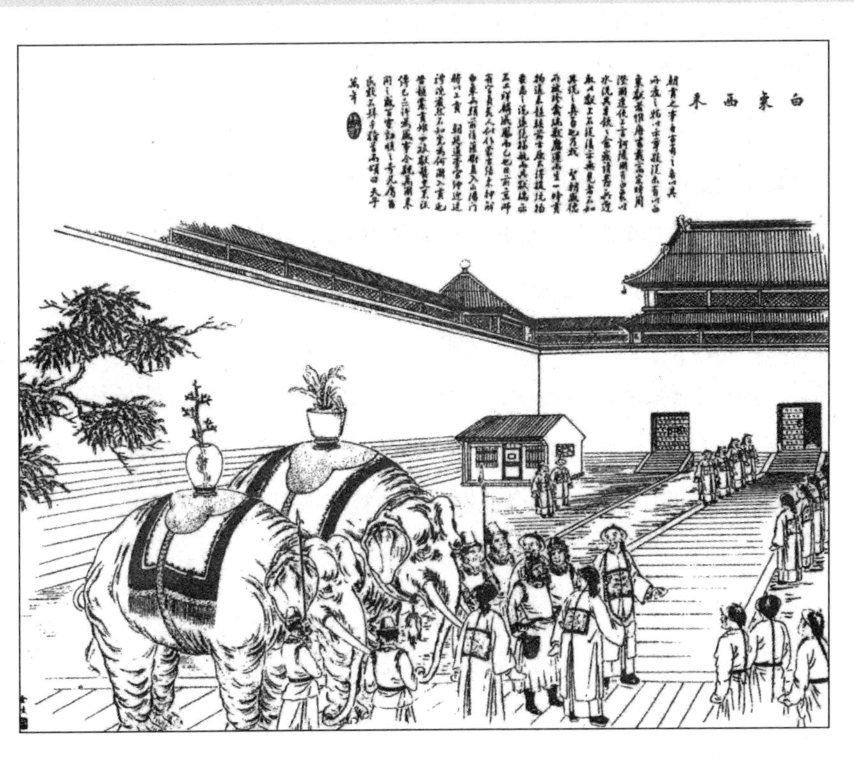

图－26

武都平乱，以三千兵对敌万众，“诩乃令军中，使强弩勿发，而潜发小弩。羌以为矢力弱，不能至，并兵急攻。诩于是使二十强弩共射一人，发无不中，羌大震，退”[①]。二者，虞诩“刚正之性，终老不屈”，与同样曾经蒙冤后又被赦的侠烈戈翁，性格遭遇也颇为类似。《后汉书》本传载，时中常侍张防专权，屡压虞诩奏折不报，诩愤而自系廷尉揭发，张防流涕诉帝，虞诩被论罪，狱吏劝诩自引（自杀），诩已有必死之志，众臣为虞诩辩解，指斥张防构陷忠良，帝犹疑不决之际，虞诩之子与门生百余人举幡拦车诉冤，最后张防被徙边，同谋六人或死或被黜，虞诩被赦。孙程又上书力陈虞诩有大功，帝感悟，将虞诩升为尚书仆射。甚至，在邻近蒙古族地区的东北，还流传着具有特殊语言辨识能力的灵犬故事，说蒙古人所养之犬名獒赖，大如驴，路经的汉人说蒙古语则驯顺，否则步行者咬背，骑马者咬腿。[②]

与龙梭三娘的故事相比，不同的是，戈翁是先仗义行使反暴复仇，而后承担复仇的后果，而由于被解救者（盐贩一家三口）的报恩，才得脱死罪，“戴罪”立功，终得富贵，并与被解救者结亲，归于大团圆。

五、弱者抗暴方式书写的文本来源与母题史影响

弱者抗暴，无疑要更加讲究抗暴方式，真是细节决定成败，必须要有一些“绝活”，因而宣鼎笔下的龙梭三娘故事，突出了对弱者抗暴正义性的欣赏，及对其抗暴方式、基本素质技能的推重。这表明了宣鼎在

---

① 范晔：《后汉书》卷五十八《虞傅盖臧列传》，北京：中华书局，2000，第 1869–1873 页。《太平御览》卷三百四十八引司马彪《续汉书》：“虞诩为武都太守。虏来攻城，诩出战，使强弩射之，三发而三中，虏众溃。”参见汪文台辑《七家后汉书》，石家庄：河北人民出版社，1987，第 266–267 页。

② 皖南剑艇居士：《关东搜异录》卷二《大犬》，上海：殖新社，1922，第 3 页。

“晚清大变局”时代，对于多民族的国民素质、技能的思考。对此，则可以从故事源头、流脉影响纵向地展开思路。

从母题的文本来源看，求助于人、运用女性自身有限资源复仇，是古代中原女性复仇母题的主流形式。这是由女性作为复仇主体自身的体力较弱、能力有限所决定的。

中原文史中的女性报家仇母题，至迟可追溯到司马迁写如姬的为父报仇，这是侯嬴提醒“战国四公子”之一信陵君无忌时个别讲述的，亦属女性求人相助的复仇：“嬴闻晋鄙之兵符常在王卧内，而如姬最幸，出入王卧内，力能窃之。嬴闻，如姬父为人所杀，如姬资之（怀复仇之念）三年，自王以下欲求报其父仇，莫能得。如姬为公子泣，公子使客斩其仇头，敬进如姬。如姬之欲为公子死，无所辞，顾未有路耳。公子诚一开口请如姬，如姬必许诺，则得虎符夺晋鄙军，北救赵而西却秦，此五霸之伐也。”[①]如姬的杀父大仇得雪，有赖于信陵君力助，欠了一份很大的人情，所以如姬冒着很大风险来还这份恩情，这就是著名的“信陵君窃符救赵”本事，史书后来只写了魏王大怒，没再提到如姬，很可能窃符付出自身的代价，而信陵君的勋业也因此达到顶峰，与他的超乎凡伦、“有诺必诚”的侠义人格至为相关。因而清人李晚芳《读史管见》深切体会到：“战国四君，皆以好士称，惟信陵君之好，出自中心，观其下交岩穴，深得孟氏不挟之者，盖其质本仁厚，性复聪慧。聪慧则能知人用人，仁厚则待贤，自有一段惓慕不尽之真意，非勉强矫饰者可比，此贤士所以乐为所用也。……信陵则好士以为国也。好士为国故其得士之效，亦动关乃国之奠定。得侯生而救赵之功成，救赵即救魏也……此修身洁行之侯生，不得不为信陵死，匿迹末业之毛、薛，不得不为信陵用。为之用者贤，则用之者之贤愈见，故不特当时诸侯重之，

① 司马迁：《史记》卷七十七《魏公子列传》，北京：中华书局，1982，第2380页。

而隔代帝王亦重之。……茅鹿门先生谓，信陵君是太史公胸中得意人，故本传亦太史公得意文，信哉！”①东亚古代的复仇逻辑是孔子的“以直报怨”，因而基本上传扬的是“好人向坏人复仇”母题的一面倒式的传统②。因而在这“史家之绝唱”里，采用“文化复仇”的司马迁偏爱标举的信陵君实际上在处理“助女性复仇”（即如姬的“女性求助人代为复仇”）中运用了过人的智慧，也来自于其正直、侠义的人格品位。

尽管《三国志》《后汉书》都郑重引述了东汉时酒泉庞淯之母赵娥为父报仇，但她是因三个弟弟遭灾疫皆死，仇凶李寿又太嚣张，“感激愈深，怆然陨涕”，而后才决计“手刃”（亲手）杀仇，而且怀着必死之志。一次与李寿相遇，经过一番搏斗，真的因李寿马惊挤道边沟中而斫杀了仇人，拔其刀截其头持诣官，归罪有司，缓步入狱，因地方官联合上表，称其烈义，逢赦得免受刑。③这实际上是一种性别角色的变换，充任了本应男性复仇者采取的复仇方式，因此明代李贽将她列入才识过人的二十五位夫人，认为她与那些有“干城腹心之托者”不一样，是无助情况下才如此：“若赵娥，以一孤弱无援女儿，报父之仇，影响不见，尤为超卓。李温陵长者叹曰：‘是真男子！是真男子！’已而又叹曰：‘男子不如也！’”④魏晋六朝这类女性复仇史不绝书，但赵娥可谓开创了一个自行其是的模式。

唐传奇李公佐《谢小娥传》叙孀妇谢小娥在父、夫被害后，她女扮

---

① 日本陶所池内先生校订本。参见杨燕起等编：《历代名家论史记》，北京：北京师范大学出版社，1986，第597–598页。

② 王立：《孔子与先秦儒家复仇观试探》，《孔子研究》1995年第3期。

③ 陈寿：《三国志》卷十八《庞淯传》注引皇甫谧《列女传》，第548–549页。原作“赵娥亲”，章学诚认为：“皇甫称‘娥’为‘娥亲’，亦疑梁宽《传》有‘娥亲奋刀砍之’之语，皇甫误连‘亲’字为娥之名也。”见《章学诚遗书》外编《乙卯札记》，北京：文物出版社，1985，第377页。

④ 李贽：《初潭集》卷二《夫妇·才识》，北京：中华书局，1974，第26页。

男装为佣确认仇凶，乘醉择机斩仇报官，刺史嘉其义烈，她入寺为尼。故事被收入正史，被认可确有其事[①]。

宋代以后，“硬拼”式的女性复仇减少，而暂时忍辱含垢顺从仇人者渐渐增多，且往往被改编成话本小说。如《蔡指挥女》即为《醒世恒言》卷三十六《蔡瑞虹忍辱复仇》本事。

清初河南鹿邑少女李三，父遭族人群殴死，十九岁的李三到县、府告状不理，讼至巡抚，仇人李础、兆龙或自杀或伤重死，但最初兴祸的挺九只受了伤，李三到京师击鼓鸣冤，覆按时挺九亦死。三泣告父墓曰：“仇虽尽，然不弃于市，恨未雪也。”乃不嫁，养母。居十五年，康熙三十七年八月，母卒，李三为母治丧安葬，自经而死。乾隆中叶，知县许菼旌表其墓，环墓作为李三的坟地，曰“李孝女墓田”。[②]

陕西镇原张孝女的父亲为仇家杀害，张孝女的三个弟弟不能报仇，诉讼又被仇家行贿中止，多次申讼也不能平冤。孝女发愤，誓以死复仇。消息传出，仇家认为一个弱女子无足为虑。明季起事攻陷京师又回走陕西，张孝女就断发易衣冠为男子，投军愿杀贼。长官赞赏她的壮烈，她也因战功授为忠显校，主动请率军征讨镇原，攻下后即围仇家，取仇人头祭父墓，而后才归家泣拜母，诀别言志：“变服为男子者，冒死以杀贼，实为父仇。今仇已复，吾志已遂，有弟可侍母，儿亦不能再做椎髻之妇事人。志遂仇复，儿请死。”[③]遂自刭死，镇原人为她立了孝女祠。

略长于宣鼎的俞樾（1821—1907）也注意到宜昌许翁的孙女（长子之女）为父申冤向诸叔复仇之事。因贪没客十万金致富的许翁，有

① 欧阳修、宋祁：《新唐书》卷二百五《列女传》，北京：中华书局，1975，第 5827–5828 页。但采取赵娥方式直接报仇的仍在延续，如同传的卫孝女无忌、贾孝女等。

② 赵尔巽等：《清史稿》卷五百八《列女传一》，北京：中华书局，1976，第 14031 页。

③ 徐珂编撰：《清稗类钞》第五册《孝友类》，北京：中华书局，1986，第 2428–2429 页。

四子两孙一孙女。长子许甲曾入学为武生，因性情憨直为翁不喜，诸弟又诬罔构陷，而甲自恃拳勇常凌虐诸弟，诸弟遂谋杀兄，趁着甲与妻女到岳父家祝寿，在半路六人（包括弟之子）以铁尺乱击毙甲，妻救护也受伤，数日死。甲妻弟诉讼，官得重赂，却认可其父许翁的“不肖子无状，老朽杖毙”之说。甲有女年十六，当日随父母俱往，亲睹父母死状，泣求父妾：“父仇不报，何以生为？愿阿姨助我。”妾亦泣告女要不露声色。诸叔始亦有备，后来就懈怠不复防。赶上诸叔皆外出，女遂与父妾暗赴荆州诉官，哭于道署辕门三日不绝声。道台诘问，女哭诉得悯，乃严命宜昌府提案亲鞫。女这才有当堂陈述的机会：“三叔下手先击，诸叔继之，两兄又继之。父死登时，母死逾日。情状凿凿，事皆目睹……”[①]许翁仍呵斥辩解，女据理力争：“吾父素习武，且年甫四十，气体强壮。祖父年迈力薄，一杖焉能毙之？今女孙伶仃弱质，立于祖父之前，祖父能一杖毙之乎？”许翁没话说，受害者的弟、侄皆服罪。有识者曰：许翁致富，本不可问。计此女生年，即客死年，或女即客转生也。

母题链下端的文本系列，有的还确证出“龙梭三娘”故事的“跨语种交流”这一亮点。

女剑侠“英雌”在受到列强入侵的语境中[②]，运用汉语之外的“他族”语言交流，从而成功完成侠义壮举，因而这有力地证明了，母题的后续创作，可强化龙梭三娘故事中“本善蒙古翻译语”开启的跨语言跨文化对话的价值。如女剑侠通俄语以帮助波兰“革命者”。略晚于宣鼎

---

① 乐钧、俞樾：《耳食录　耳邮》，长沙：岳麓书社，1986，第416–417页。

② 女英，见于李白《东海有勇妇》：“十子若不肖，不如一女英。……岂如东海妇，事立独扬名。”雌英，见于秋瑾《精卫石》卷首《改造汉宫春》下阕：“可怜女界无光彩，祗恹恹待毙，恨海愁城。湮没木兰壮胆，红玉雄心。蓦地驰来，欧风美雨返精魂。脱范围奋然自拔，都成女杰雌英。飞上舞台新世界，天教红粉定神京。”参见夏晓虹《晚清女性与近代中国》第四章第四节《雌风吹动革命潮》，北京：北京大学出版社，2004，第132–138页。

的徐珂，在所编《清稗类钞》里收入光绪庚子年（1900），张家口技师之女邓剑娥——女剑侠故事，突出了运用这一具有“外语专长”的技术含量。邓剑娥以高超的技击术“掷俄将于地”，推辞了俄将驱使来助的劳工，引起其俄罗斯妻子等人的敬佩。数月之内剑娥就“能俄语，改俄装，跨鞍马，日从俄营驰骋往来”，而那些来华俄军的妻室，“皆愿从剑娥受技击焉”。剑娥因与俄女接触久，“乃知俄人中有波兰人、芬兰人、犹太人等，皆亡国之余，颇具恢复之志，乃稍稍笼络之”[①]。特别是她与俄军中那位中年波兰看护妇，关系密切，而对她习武指点细致，彼此交心。

波兰女士魁伟庄重的儿子任队长，毕业于柏林大学，“知腊丁（拉丁）、英、法文字，尤邃于数学，善拊士卒……语言则温雅如文人”。初识剑娥就惊艳于她绝似自己的未婚妻宝兰，而宝兰因“父为政府冤杀”，衔哀而死。尽管剑娥拒绝了女士教授其子之请，但其子仍屡赠猎物，剑娥也接受了。此时先前那位俄将妻与剑娥渐疏远，发现波兰女士母子与剑娥馆中餐饮，竟扬言剑娥“与某队长有婚约”，剑娥自此不得不与波兰母子保持距离。某夜女士忽来泣告，才知其子“固虚无党人，惆其国亡，谋所报复”[②]，投军为的是宣传，不料被俄国军官发现，搜到文件报纸等，已军法定罪将枪毙。“国亡夫死”的波兰看护妇特来求救，剑娥认为“其部下能为之出死力”才是关键。于是急装佩枪剑前往。天大寒，俄兵“群忍寒相怨诅……方夜半，俄军倦且寒甚，皆相拥背以取暖。忽有香气自壁隙来，如麝如兰，莫可名状，俄兵皆魇，恍惚见白衣人过前，欲起问，而口舌手足皆不能动。久之乃苏，视囚，囚不见矣……于

① 徐珂编撰：《清稗类钞》第六册《义侠类》，北京：中华书局，1986，第2844–2846页。按，今中华书局本标题“邓剑娥出芬兰人于死”，误，其中“芬兰人”当为“波兰人”。

② 鲁迅《华盖集续编·马上支日记》：“中国人先前听到俄国的‘虚无党’三个字，便吓得屁滚尿流，不下于现在之所谓‘赤化’。”

是俄军中人颇有疑及剑娥者，遣人瞰之，已莫知所之矣。队长之母亦于同时失其踪。俄急通电西伯利亚沿道大索，不得，其事遂寝”[①]。

不能排除该故事构思受到《夜雨秋灯录》龙梭三娘故事的启发。武侠抗暴精神是属于多民族、多国别的；不畏强暴的共情共感，也有着突出的善良、正义战胜邪恶，弘扬女性不屈不挠、以智反暴的戏剧性，其跨民族、跨地域与超时代的审美内蕴，也为有侠义情怀的作家、艺术家所青睐。

在东亚讲究复仇的文化圈中，青少年、女性报雪家仇，得到了特殊的褒美传扬，他们往往得到必要的救助。史书还载录着满族青年报家仇的佳话。《清史稿》列传十二本传载，世居长白山的额亦都，是“满族八大姓”之一的钮祜禄氏：“以赀雄乡里。祖阿陵阿拜颜，移居英峨峪。父都陵阿巴图鲁。岁壬戌，额亦都生。幼时，父母为仇家所杀，匿邻村以免。年十三，手刃其仇。有姑嫁嘉木瑚寨长穆通阿，往依焉。穆通阿子哈思护，长额亦都二岁，相得甚欢。居数岁，庚辰，太祖行经嘉木瑚寨，宿穆通阿家。额亦都与太祖语，心知非常人，遂请从，其姑止之，额亦都曰：‘大丈夫生世间，能以碌碌终乎？此行任所之，誓不贻姑忧。’翌日，遂从太祖行。是岁太祖年二十二，额亦都年十九。太祖为族人所惎（忌恨），数见侵侮，矢及于户，额亦都护左右，卒弭其难。”[②]故事主人公——史书传主的年少时报家仇又投亲姑的曲折经历，往往预示着后来创立功业的能力资质，这一价值取向和书写模式，也主要来自中原史传文学复仇故事书写的传统。[③]

1938年，“北派”武侠小说家还珠楼主李寿民（1902—1961）一边

---

① 徐珂编撰：《清稗类钞》第六册《义侠类》，第2844–2846页。

② 赵尔巽等：《清史稿》卷二百二十五《额亦都传》，北京：中华书局，1977，第9175页。

③ 王立：《复仇之心与功业之念——魏晋六朝“年少慕侠”心态略探》，《西南师范大学学报》1997年第4期。

创作神怪系列武侠小说，一边为著名的京剧表演艺术家、号称“四大名旦”之一的友人尚小云（1899—1976）编写剧本。其中剧本《北国佳人》，即取材于宣鼎《夜雨秋灯录·龙梭三娘》的基本情节，改编为此剧。剧演元代丞相莽吉图倾慕大臣鲁不尔达的女儿小玉，遣人作媒，鲁不尔达以女儿已许配给秦照为由婉拒。莽吉图怀恨在心，诬陷鲁不尔达谋反，奉旨速斩鲁之全家，小玉幸得老仆鲁忠解救，逃奔到盟叔俞敬棠卫中。莽吉图寻至，俞命小玉乔扮皂隶，将莽瞒过。俞随后又命小玉往投其未婚夫秦照家。不久，秦入京应试，撰文讥讽莽吉图，被逮下狱，得罪问斩。小玉得此音讯，又赶赴京师，在贺兰山巧遇大皇姑狩猎，小玉趁机献夫家的祖传孔雀金甲，皇姑大喜，即认小玉为义女。小玉得便哭诉冤情，皇姑同情而生义愤，乃代为雪冤，莽吉图被斩首，圣旨诏令小玉与秦照成婚[①]。该剧由尚小云主演，饰鲁不尔达之女小玉。

《北国佳人》这出戏，写蒙古朝廷中忠奸善恶斗争、皇亲代为惩奸除恶，塑造了不屈不挠、雪报家仇的“蒙古侠女”形象。戏中的小玉，虽也是智勇双全，颇有侠女风采，但省略了她为父申冤昭雪漫长过程中艰苦卓绝的努力，突出的是“从一而终”的节烈。虽然此剧女主人公也同《夜雨秋灯录》原著一样，是依靠皇亲斗败恶势力的，但“巧遇皇亲”这一关目，取代了成长于中原、远赴塞外结交蒙古公主的传奇性，终留遗憾。此剧于1949年后又由剧作家吴幻荪改编成《墨黛》一剧，全剧侧重于对自主婚姻的维护；强调下层贫民不倚重权势、不攀附富贵、反抗压迫、与恶势斗争的主题，部分地向宣鼎原著回归，但忽略了人物蒙古族出身与蒙古族文化元素。《墨黛》成为尚派代表剧目之一，

① 脱脱《元史》无莽吉图、鲁不尔达之人名，但清初旗人将领有莽吉图，曾随军征山东宁津，参与围困锦州，后随多尔衮入关，从征江南。还珠这里以莽吉图为这一类型化形象的名字，似有寓意。

据改编者吴幻荪称“此戏无出处”[①]，这是不符合历史事实的。据称“墨黛”二字亦无所据，乃尚小云所取，是戏剧舞台艺术的表演者自创、临场发挥。

总之，满汉文化背景下的龙梭三娘故事，指示性意义至少有四：一者，抑扬故事模式的生命存在意义；二者，文化融合中的人性共同指向；三者，梦境意义的汉化，想象中的文化书写；四者，囿于汉文化中心的文本书写。龙梭三娘以一个蒙古族落难弱女，能在漂泊之中生存下来，并使复仇报恩大业如愿以偿，具有不可多得的侠情励志的审美价值。这固然离不开所遇江翁的善良宽厚，但与她的综合素质、情商智商特别是高超的运用双语临场表达能力、马上功夫也有关系。同时，小说还展现了对汉文化惰性的潜在不满与批评。

龙梭三娘为中心的跨域远行求助复仇故事，具有独特的跨民族、跨文化视角，其在华夏邦国视野下，为清中后期民俗记忆中的蒙古人形象与武侠文化精神的综合体结晶。复仇观念史及其母题史中，武侠精神与侠女系列是重要构成，而故事从这一点切入，乃牵动、调动了蒙、满、汉等多民族的“共情”（对亲人、亲情）“共识”（对正义、正义伸张）“共愤”（对奸佞、抑奸敬忠）等多民族共同文化心理。故事描绘的蒙古族侠女虽有着与中原传统类似的复仇动机，复仇智慧，但更偏重惩奸为社稷除害的复仇伦理，是借助动之以蒙古公主母性、善良本能的“情”，晓之以家国整体利益的“理”，来说服高层力量实现的，这超越了中国传统血亲复仇一己之力“甘心”仇凶模式，也超越了较接近的《水浒传》后期故事中侠女学技报家仇特例[②]，比通常的女性“以智复仇”书写还要走得远些。

---

① 曾白融主编：《京剧剧目辞典》，北京：中国戏剧出版社，1989，第 786 页。

② 王立等：《〈水浒传〉侠女复仇与佛经故事母题》，《山西大学学报》2010 年第 5 期。

第十五章

蒙古族小说与故事中的宝物崇拜

主要生活在辽西地区的尹湛纳希，其小说《泣红亭》作为《一层楼》的续书，约成书于光绪二年至三年（1876—1877）间，此时正值山西、内蒙古、直隶等北方九省发生大旱为主的“丁戊奇荒”。按1877年为丁丑年，1878年为戊寅年，因此史称“丁戊奇荒”，波及多省，多达1000余万人饿死，2000余万灾民逃荒。山西巡抚曾国荃称为“二百余年未有之灾”，旱象在光绪元年（1875）即已开始，此年，北方各省大部分地区先后呈现出干旱，京师和直隶地区仲春时灾情即现。小说成书之际，北方旱象表征已明，因此作品具有御灾的现实生活焦虑。小说与民间故事中的宝物描写特别是宝物观念，宽泛而多有变动，也是东亚民间信仰与小说母题互动的一个重要分支，早已引起民俗学家的重视①。对此，亦有论者梳理朝鲜半岛、日本为主的宝物故事②，连带以及东南亚、印度、阿拉伯等此类故事，罕有蒙古故事在内，这里特为补充。古代北

① 程蔷：《中国识宝传说研究》，上海：上海文艺出版社，1986；《骊龙之珠的诱惑——民间叙事宝物主题探索》，北京：学苑出版社，2003。

② 武宇嫦：《东方民间宝物故事比较研究》，张玉安、陈岗龙主编：《东方民间文学比较研究》，北京：北京大学出版社，2003。

方广义上也属“胡人”，有自成体系的宝物观念，也会受汉民族文化影响，侧重于实用性，比如御灾。因此，作为纾解焦虑的御灾之宝，就曲折地体现在小说叙事之中，当然还有能透视人的内心世界之宝，这都值得在文本细读中努力挖掘。

一、宝物、奇石：多种多样的祈雨灵物

尹湛纳希《泣红亭》第二十回写喜爱文艺的贲璞玉，看了《临潼会》这出戏精彩的“七国赛宝”一场之后，选了三月初四那一天，请各位姐妹在绿波亭上比赛个人的宝贝。德清拿出了闪闪发光的“鸟英裳”，上边百鸟百草如孔雀尾羽鲜艳绮丽，介绍说是高祖父征伐日本时所得之宝：“这是用南海百鸟羽毛织成，穿在身上轻得象没有东西一样。”又拿出来“能知道晴雨风雪”的“紫云囊”，说这是“在炎热天气将它夹在瓦内，埋在湿土地下，浇上活泉水，就有一股白云透土冒出，能下雨”①。后者就来自干旱地区对于泉水、溪水、雨水等渴盼，同北方大草原民间祈雨御旱有直接的对应关系。

能够具有驱旱下雨的现实功能，才被他称之为“真正的奇宝”，可见出清代后期北方蒙古人由来已久的博物观念。下面又写众人称赞“德

---

① 尹湛纳希：《泣红亭》第二十回《簪金归里团聚会芳园　顽玉惊梦终结泣红亭》，呼和浩特：内蒙古人民出版社，1981，第 212–213 页。清初花部（昆山腔以外的各种传统戏曲剧种）有楚曲《临潼会》，当据《春秋五霸七雄列国志》等演义改编。故事写秦穆公欲吞并列国，假周天子诏，令十七国诸侯挟宝物会于临潼，各出传国之宝角胜，买嘱红鹊山巨盗柳展雄截夺宝物，以期用延误慢君问罪。伍子胥保楚平王赴会，战败柳展雄，宽纵不杀，彼此结拜为兄弟。赛宝时伍子胥打败几位强手，迫使秦穆公将吴祥女许婚楚太子。参见齐森华等《中国曲学大辞典》，杭州：浙江教育出版社，1997，第 552 页。

姐姐的宝压倒了别的，现在应当请她当盟主了”。而琴默叫瑞红取来梧桐木古琴，又拿出个八宝镶金壶中的异宝龙须：“黑马尾似的东西，光亮异常，有红头绳那么粗，卷得很紧。叫姑娘们拉，共八尺多长。”她走下台阶，把那根龙须浸到湖水里：“但见在水上浮起一缕青烟，升到三尺来高，就变成了云，云愈来愈大，带着飕飕的凉风。人们都觉得冷，想进屋去。这时，水里发出轰隆隆的响声，声音越来越大，出现风雷声。……”[①] 显见这里的“水”具有灵验的巫术功能，因龙王崇拜而“部分代本主全体”的神秘思维，这是江绍原先生（1898—1983）早就多为论述过的[②]。如此，遂使得“龙须”的珍贵之处亦在于能带来“飕飕的凉风”，顿时使空气湿润起来，让人感到舒服。

水晶石的生成，当来自冰雹制作的传闻。尹湛纳希自传体小说《红云泪》(又名《红颜泪》）写如玉根据《福志山海宝》介绍，一种作者生活经验与见闻范围内的近海（当为与辽西邻近的渤海湾）出产的凉水晶，乃是由当地一种奇异动物制作的：

> 那凉水晶乃是我们这里浅水之冰开化时一块一块的流入海内，到了伏天被海中的一种动物吃掉，那动物名水龟。那动物小的如豆粒，大的有牛那么大，其形如跳蚤或黑屎壳郎，能在水中潜行，也能在水上漂浮，又能在水底活动，能在水中滚动，能离水在旱地行走。这倒不奇怪，更能从水中飞到空中。这动物在水中过冬，夏季在水旱两处活动。这水龟三伏天在海底闷得从水中飞出到岛上或高高的雪山上去吃冰块。

---

① 尹湛纳希：《泣红亭》第二十回，第212–213页。

② 参见江绍原：《发须爪——关于它们的迷信》，上海：上海文艺出版社，1987（影印开明书店1928年版）。

又因受不了寒凉而飞回海岛上吐出像槟榔大小的块冰，大的有核桃大小，都变成了石头，是因它腹中有药物作用而成的。这水龟冬季在水中无论如何也能度过，夏季则受不了干旱，除了水别的都不行。是因为三伏天天气变化为闷热之故。水晶石无大块，就是这个原故。[①]

这种“水陆空”全方位活动的动物——水龟，体现出叙事者对于未知世界的想象，其中既蕴含着奇异的想象力，也标明其想象的现实思路。这想象，其实是围绕着能够解除或减轻旱灾苦难的功能而生成的。海中奇特动物以及所吐“块冰”的大大小小无规则，其现实根据则当是接近于冰雹，久远以来，冰雹的生成就有一种传说是山中爬行动物群制作的。[②]

这一水晶崇拜及其泛化的宝石喜好，早在一说尹湛纳希所作的《梦红楼梦》(另题《三妙传》) 中，即有多处表露。叙事者自序称“三位奇美者的传记”里，如水晶、宝石般形容的话语，即有黛玉的心事：“只是这宝玉，虽说也称得上冠带中的佼佼者，明哲队伍内的一块水晶，堪称是与我极相配的俊俏男儿……”“似我这般容貌，宝玉一定爱慕我的……倘若我只一味地谨守这水晶般的肌体，最终竟至……在钻石和珠宝般的年华，未能璞中出玉，又有谁晓得其珍贵？”其中揭示出一种情感专注与价值取向，即水晶、珠宝及其类似的美好之物，需要得到及时、应有的赏识、珍爱，表现出作者某种心态，即对于青年男子心目中

① 尹湛纳希：《红云泪》第三十五回，赵景阳译，呼和浩特：内蒙古人民出版社，2010，第187–188页。

② 王立、刘卫英：《明清雹灾与雹神崇拜的民俗叙事》，《晋阳学刊》2011年第5期，北京：中国人民大学《复印报刊资料》J2专题2012年第2期转载。

“最美好之物”的热切向往。[①]而这实际上也是获取较强的超现实能力与较高价值的期盼。

普罗普谈到水晶、石英时称“我们在此发现了萨满的功能”，如同起死回生之水、疗病妙方甚至飞翔的能力：“澳大利亚和美洲的山间常见的水晶或石英，就是这类取自另一世界并用于各种魔术行为的法宝的最早期形式……在俄罗斯的故事里，水晶山与居住于此的蛇妖联系在一起。……我们可以假定，取自蛇妖的‘魔石’就是所有这些观念的余响。”[②]宝石崇拜之于救灾辟祸的功能，有时是在一种较为宽泛的意义、功能上体现的。

在近代蒙古族的传说中，还带有中原民间信仰传播的印记。“丁戊奇荒”时山西朔县一位经营皮毛的乔姓商人，见数百里干旱，牲畜都快渴死光了，野兽向东北、蒙古或俄罗斯远东地区迁徙，河套地区外几乎颗粒无收，他就开始在宏盘乡（察右中旗科布尔镇东北）一带领着村民垦荒。耕地时掘出一长方形石头，上刻“玉皇大帝在此”，此事村民传扬，地方衙门也感到神奇，就有了修庙之念，四乡八邻广为响应，几年后就在耕出奇石处建起了玉皇庙，方圆数十里甚至数百里蒙汉百姓都来供奉朝拜，烧香许愿。[③]这里的石上刻字作为预言载体，特定的文字符号复加以神物崇拜的渲染，实际上是一个由来已久的传统，而又同玉皇大帝崇拜结合，以庙宇形式固化、合理化，也将农耕文化同草原游牧文

---

① 参见张云《论〈梦红楼梦〉的“欢欣”》，《明清小说研究》2011年第1期。据曹都《尹湛纳希故乡访问记》（内蒙古教育出版社1989年），《梦红楼梦》（残本）蒙古文本于1957年11月在尹湛纳希家乡被发现，今存内蒙古社会科学院图书馆，1998年陈庆浩先生主持在台湾出版了汉译本，见佚名《梦红楼梦》，明辉今译，中国台北：金枫出版社，1998。

② 弗拉基米尔·雅可夫列维奇·普罗普：《神奇故事的历史渊源》，贾放译，北京：中华书局，2006，第378–379页。

③ 铁木尔布和主编：《察哈尔右旗中旗民间故事》，呼和浩特：内蒙古教育出版社，2013，第56–57页。

化结合起来。

二、御灾之宝：制约、驱除旱灾为主的御灾策略

蒙古族民间是否存在着对灾害的经验？有主要的灾害之神否？答案应该是肯定的。如恶魔代表蟒古斯即是：“既象征了草原上使人类和牲畜面临灭顶之灾的瘟疫、虫蠡及变化无常的恶劣气候等自然灾害，又是对嗜杀、掠夺成性、使草原惨象环生的奴隶主及一切邪恶形象的比喻。”① 其有时为神，有时为半神，几乎无时无刻不是恶的化身。

首先，宝石、金刚石的奇特用途，如尹湛纳希《红云泪》写如玉公子讲述夜明珠来源，又介绍了《福志山海宝》记载金刚石产地不止南方，西方也有：“我想在沙子里找到的钻石，也是原来山石中的东西随水流冲下来的。看它的样子就像金银铜铁一样。”② 又如王士禛《香祖笔记》记载：

> 金刚钻形如鼠粪，色青黑如铁石，产西域诸国，在鸷鸟海东青所遗粪中，以之镌镂，无坚不破。右《齐东野语》所记，或云扶南国刚金能切玉，扣以羖角则判。张洪《使缅录》云：缅蛮地有木曰金刚纂，状如棕榈，枝干屈曲，无叶，刲以渍水，暴牛马，令渴极而饮之，食其肉必死。此又草木之毒者，而名同。③

---

① 荣苏赫、赵永铣：《蒙古族文学史》第一卷，呼和浩特：内蒙古人民出版社，2000，第 325 页。

② 尹湛纳希：《红云泪》第三十五回，赵景阳译，呼和浩特：内蒙古人民出版社，2010，第 187–188 页。

③ 王士禛：《香祖笔记》卷一，上海：上海古籍出版社，1982，第 9 页。

其次，以石头祈雨，属蒙古族民间信仰之一。越南进士阮氏《异闻杂录·一西域僧》的故事载：

> 一西域僧善祈雨，持一物如鸡子，色白，似石飞（非）石，似骨非骨。用净水一盆浸物于中，以手转弄，口念密咒，移时雨至。诚仙术也。考陶九成《辍耕录》载：蒙古人祷雨，惟以净水一盆浸石子数枚，淘漉玩弄，密持咒语良久，辄雨。石子名“鲊答”，大者如鸡卵，小者不等，乃走兽腹中所产，独牛、马者最妙云云。闻得此石者，虽不知咒，但以水浸弄，亦可致雨。夫阴阳和而后雨，此石乃走兽腹中所产，胡能令云行雨施耶？尝考雄鼠卵上有符文，治鸟腋下有镜印，野婆腰间有印篆，牛有黄在胆，马有墨在肾，狗之宝，驼之黄，鹿角之玉，兕角之通天，皆造化灵异所钟，不可以常理测者。①

用石头祈雨是巫术的一种。可做祈雨媒介的石头比较特殊：“如鸡子，色白，似石飞（非）石，似骨非骨”且不可或缺。这一信奉在多民族巫术仪式中都有体现。弗雷泽指出：“石头常常被认为有一种带来雨水的性质，倘若将它们浸入水中或洒上点水，或作其它适当方式的处理可带来雨水。在萨摩亚人（南太平洋该群岛土著）的一个林子里，有一种石头被当成雨神的代表珍藏着，一旦旱灾出现，祭司们就带着这块石头列队来到一条小河边，将它浸入水中。”②在祈雨仪式中有时需要咒语，

① 陈益源：《中越汉文小说研究》附录《越南汉喃研究院所藏〈异闻杂录〉全文校录》，香港：东亚文化出版社，2007，第147–148页。感谢陈益源教授万里赠书。

② 詹·乔·弗雷泽：《金枝》，徐育新等译，北京：中国民间文艺出版社，1987，第114–115页。

有时也不需要，但神物——祈雨石却不可缺少，效果很相似。或许，祈雨仪式中巫师自身的法力更重要一些。

运用宝石祈雨，是宝物的一个重要的现实使用功能，也是神物崇拜的一种。此与唐代宝珠祈雨信仰及灵石崇拜有关，但亦北方、西北草原较为缺雨的需要。唐人写为大安国寺所收藏之“水珠”的故事，称“状如片石，赤色。夜则微光，光高数寸”，本来存在着价值的争议，但在试卖中，有西域胡人见珠大喜：“偕顶戴于首，胡人贵者也。”认为此枚“水珠”价值一亿万，后以钱四千万贯购买，僧问此珠复何能，这位大食国（阿拉伯帝国）人答曰此珠能引出泉水，贞观初年两国通好时，来贡此珠：“后吾国常念之。募有得之者，当授相位。求之七八十岁，今幸得之。此水珠也。每军行休时，掘地二尺，埋珠于其中，水泉立出，可给数千人，故军行常不乏水。自亡珠后，行军每苦渴乏。”[①]僧人不信，这位“波斯胡”就当场命人掘土藏珠，“有顷泉涌，其色清冷，流泛而出。僧取饮之，方悟灵异”。

石与水（雨水、泉水）相联系，此类故事显然与中东、西域地区的长期干旱缺水，以及在“丝绸之路”等地经常跋涉的诸多出行体验相关。因北方草原多属于“山地草原”，特别是蒙古高原，日照强烈，一年之中有许多日子的早晚温差较大，偶或石上、草上凝结露水珠是常见的。弗雷泽也注意到灵石崇拜祈雨驱旱功能，与石头相关，如在尼罗河地区掌管祈雨的酋长们除了知道“山丘是吸引云雾的”，而且这里：“每个祈雨师都有一定数量的‘求雨石’，比如水晶石、砂金石和紫晶石等等，都被保存在罐子里。当他们想祈雨时，便把‘求雨石’浸入水中，手里拿着一根脱皮的藤或皮鞭，鞭的上端已被劈裂，他一面口中念念有

① 李昉等编：《太平广记》卷三百六十二引《纪闻》，北京：中华书局，1961，第3239页。

词，一面用这根鞭子去招乌云或把云赶到该去的地方……”[①]由于石头常被认为能带来雨水，还有一些地区以石头为核心进行祈雨，如新南威尔士的塔塔蒂部落，求雨者将石英晶体打碎并喷向天空，剩下的用鸸鹋羽毛包起浸湿珍藏；克拉明部落的求雨巫师到小溪边滴水在扁平圆石上，盖好隐藏。澳大利亚西北部落求雨者围着石堆转圈跳舞念咒，中非某部落送礼给住在有雨水山脚下的瓦旺巴人：“据说他们是一块‘雨石’的幸运的保存者。……”[②]因此，东北亚地区包括广袤无垠的蒙古草原，灵石崇拜也因现实中的旱灾祈雨而得以持续。

总之，石崇拜在东北亚地区是普遍存在的，而且与中原的石崇拜相通互补。魏晋服石风习与道教养生观念相关，对此余嘉锡先生等考察过。干宝《搜神记》载有梦石疗病故事，段成式《酉阳杂俎》载一位被野叉（夜叉）掠走多年的村女，临别得赠青石说可下毒气，如约磨粉“下物如青泥斗余”。由此，清初朝鲜燕行使者即在石崇拜思维基础上，看重来华传教士赠与的“吸毒石”，李宜显记载：“所谓吸毒石，其形大小如拇指一节而扁长，色青而带黑。其原由，则小西洋有一种毒蛇，其头内生一石，如扁豆仁大，能拔除各种毒气，此生成之吸毒石也。”[③]说明由内亚草原到太平洋，石状的矿物质以其疗病实用功能，促进了石崇拜跨族群、跨域的传播。晚清新闻画报还报道，有一种“吸毒石”，可以治疗毒疮。南昌人胡某一次舟行在荒山下停泊，发现岸上有一物，他认作是吸毒石，就筹钱让船夫前去拾取。后来遇到长了痈疽的患者，以此石治疗，果然非常灵验。（图－27）

---

① 詹·乔·弗雷泽：《金枝》，徐育新等译，北京：中国民间文艺出版社，1987，第130–131页。

② 詹·乔·弗雷泽：《金枝》，徐育新等译，北京：中国民间文艺出版社，1987，第114–115页。

③ 李宜显：《壬子燕行杂识》，林基中编：《燕行录全集》卷35，汉城：韩国东国大学校出版部，2001，第507页。参见孙琳、姜宝娜《〈燕行录全集〉记载的清代中朝医学交流事略考》，《医学与哲学》2020年第9期。

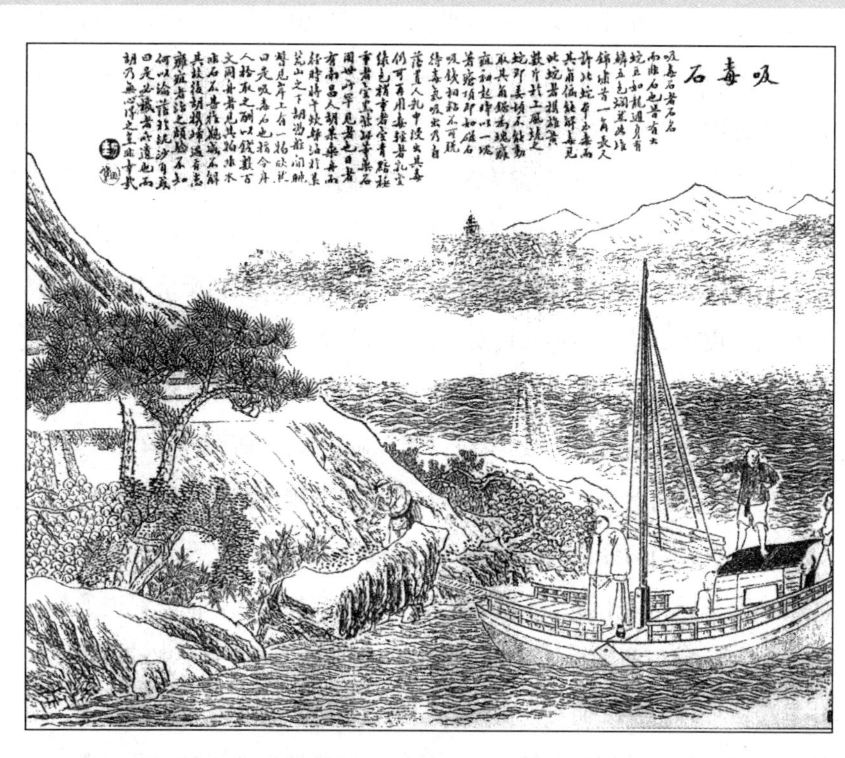

图－27

三、胡人识宝母题与宝物的主体性价值

西域、中亚的“胡人识宝”故事，作为一种当下故事叙述的审美参照与神秘信奉召唤，时常牵动着蒙古族宝物传说。据一些图像依据，特别是明清瓷器、铜器上的胡人形象一般为：“卷发、多须，凹目高鼻的相貌，衣着则多戴尖帽，翻领短衣，下着靴，这类形象多具有中亚、西亚，乃至欧洲人的特点，可谓之胡。”[①]《拍案惊奇》描写中亚商人波斯识宝能力，其实与其对于中华之邦习俗的熟悉是呈现正比的，玛宝哈就是一例：“原来波斯胡住得在中华久了，衣帽言动都与中华不大分别。只是剃眉剪须，深眼高鼻，有些古怪。”[②]

首先，“胡人”称呼具有不确定性。以汉文化中心定义的“胡人”包括域外特别是“西方”甚至也包括“北方”某些民族，比如蒙古等。而满、蒙因自然环境或者生存资源较早就有融合，有共同的压力，不可否认的，满蒙联姻的成功及其政治意义，早得定论。金明远《燕行录》认为：“满人之得志，多蒙古之力，故世为婚媾，大内诸刹俱处蒙古僧，蒙古大臣多留城市馆，盖畏其生衅也。”[③]值得注意的是东邻朝鲜上层人士的看法，如朴思浩《燕蓟纪程》中的《留馆杂录》也指出：“夫蒙古，天下莫强之众也，太宗先讨之，部勒其劲骑，所向无敌。自是以后，皇帝世世结婚，元舅、国舅、驸马、阁老、各部尚书、诸王贝勒，多是蒙古人也。雍和宫愿堂寺黄金屋锦绣裲衣、黄衣，侔拟皇帝眼色。坐享富贵者，亦是蒙古僧也。”[④]

---

① 金申：《谈胡人献宝图的起源》，《收藏家》1999 年第 6 期。

② 凌濛初：《拍案惊奇》卷一《转运汉遇巧洞庭红　波斯胡指破鼍龙壳》，上海：上海古籍出版社，1992，第 9 页。

③ 崔明德：《中国古代和亲史》，北京：人民出版社，2005，第 504 页。

④ 林基中编：《燕行录全集》第七十卷，汉城：韩国东国大学校出版部，2001，第 107 页。

蒙古兵是善战、宁可战死也忠诚不屈的。麟坪大君《松溪集》卷六《燕途纪行·中·丙申九月初八日》载，他在辽西松山战场旧址经过，有此感怀："诸祖纳降，遂屈膝清阵，独蒙兵数千，仗义不屈。清人大怒，诱以宴会，使去弓剑，驱出平野，以铁骑蹂之。蒙兵素善战，以赤手相搏，还夺弓剑。崇朝鏖战，纵未得生，亦能搏杀数千铁骑。如此忠勇，华人所罕。骸骨秪今堆积于锦州东川边。老祖（祖大寿）之受困锦州也，虽未歼敌，足可以溃围一战，而安坐观望，任其事去，顾以四世元戎，忝厥祖，负皇恩，甘心降虏，终至隳节，纵归黄泉，其不媿（愧）于蒙兵乎！"[①]这里显然是在揭露女真贵族以欺骗手段谋杀蒙古降军，蒙满两个族群虽联姻，但其实还是有着极为激烈的争斗，甚至认为满人文明不足。

麟坪大君李㴭（1622—1658），为李朝仁祖李倧第三子，孝宗李淏之弟，仁祖八年（1630）封为麟坪大君。他曾作为人质滞留在清，并在仁祖二十年起曾为使者三次，九次赴燕京，情况是了解的。参见《明季北略》载拒不降清的"降夷"：

> 清主既覆洪师，遂破松山，获承畴。承畴不屈，命之跪，承畴曰："吾天朝大臣，岂拜小邦王子乎！"清主壮而释之。此崇祯十五年九月二十事。清复急攻锦州，祖大寿闻承畴败，大惧，欲降。城中有降夷三千，不从，欲杀大寿一门。降夷者，山北近辽阳人，中国之外为降夷，降夷之外即清地，夹处两国间，故辽东呼为"夹道之人"。近为清朝所逼，归附中国，称降夷，俱控弦习战之士，居大寿麾下，食大粮，颇得

① 韩国民族文化推进会：《韩国文集丛刊》（续）卷三十五，首尔：民族文化推进会，2007，第269页。

其力。至是，大寿知不利于己，密遣书清师，诱之出城，收其衣甲，犒以酒食，尽杀之。大寿乃降。[①]

金长生托弟子宋浚吉转呈孝宗的奏札称："臣窃闻中朝民士，逢我国之人也，必流涕而言曰'大明之覆亡，专由于锦州之沦陷，专由于你国之精砲'云。臣每念至此，心胆堕地！古语云：'楚虽三户，亡秦必楚。'盖言其痛冤之甚，报应之必然也。呜呼！尤可惧哉，尤可惧哉。"[②]则明确指出，竟然是因对手获得"精砲"这一先进武器而得以获胜，其中当然体现出对于先进武器的敏感、重视，然而，这岂能算作符合历史事实？这其中当事人的行为是否有失误、有责任呢？

而崔鸣吉写到自己的出使见闻，也许是由于朝鲜妇女遵循儒家伦理的原因，载录文字中伴随着亲切的体会和思考，他特别关注、同情战乱漂泊之中那些受难女性的悲苦遭际："臣前往出身士族为赎还随往者甚多。夫妻相逢，抱持痛哭，如见泉下之人，路观者无不悲涕。且厥父母厥夫钱财不足者，将次第往赎。若有离异之命，必无顾赎之人，是使许多妇女永为异域之鬼也。一夫遂，顾百家抱怨，岂不足以感伤和气！臣反复思量，参以物情，终不知离异之可为。且韩履谦女子事，无容别议。而臣之往沈阳也闻，清兵回还时，有一处女姿色颇美，清人诱胁万端，而终不听，及至沙河堡，不食而死。清人亦感叹，为之埋葬而去。臣在沈阳馆时，亦有一处女约价将赎，而清人后乃背约以求增价，厥女自知不得还，引刀自刎而死，毕竟买其尸以归乡。使二女者幸而前期赎还，则必不至于自处。虽有贞洁之操，谁复知之？以此推之，则兵尘驱

① 计六奇：《明季北略》卷十八《洪承畴降清》，北京：中华书局，1984，第331页。

② 吴晗辑：《朝鲜李朝实录中的中国史料》，北京：中华书局，1980，第3857页。

迫之中混被名而不能自白者，何限被掳妇女……”[①]则更指出清人不遵守交易规则，不守信用。更不尊重生命价值与伦理价值，导致悲剧发生。暗示文明程度尚须持续进行群体性的提升。

其次，宝物的种类繁多，难于鉴别。如晚明谢肇淛认为：“今世之所宝者，有猫儿眼、祖母绿、颠不剌、蜜腊、金鸦、鹘石、蜡子等类，然皆镶嵌首饰之用，惟琥珀、玛瑙，盛行于时，皆滇中产也。犀则多矣，而通天、卧鱼、辟水、骇鸡，皆未之见也。祖母绿，云是金翅鸟所成，出回回国，有红刺一颗，重一两以上，即值钱千缗，然亦不可多得。”[②]对此，载录者认为，需要真正的行家才能准确鉴别判断。

更有的是人们明确认识到，宝物乃是因时间久远而成其为宝物，虽历久却仍旧存在并具有特殊功能，如《二刻拍案惊奇》之于宝镜的精辟描述：“原来这镜果是有来历之物，乃是轩辕黄帝所造，采着日精月华，按着奇门遁甲，拣取年月日时，下炉开铸，上有金章宝篆，多是秘笈灵符。但此镜所在之处，金银财宝多来聚会，名为‘聚宝之镜’。”[③]直接古远的镜崇拜，而超越此前，又增加了吸附宝贝的聚宝功能。

再次，胡人识宝，故事中的“胡人”如同“博物者”的身份识别，他们被描述为每多阅历丰富，见多识广：

（1）胡人能够通过远观而识别“宝气”，很实在地主动出高价，体现出诚信的商业道德：“胡人道：‘我远望宝气在江边，跟寻到此，知在君家。及见君走出，宝气却在身上，千万求看一看，不必瞒我。’王甲晓得是个识宝的，身上取出与他看。胡人看了，啧啧道：‘有缘得遇

---

① 《李朝仁宗实录》卷三十六，仁祖十六年三月甲戌。

② 谢肇淛：《五杂俎》卷十二。参见程蔷《骊龙之珠的诱惑——民间叙事宝物主题探索》，北京：学苑出版社，2003；刘卫英《明清小说宝物崇拜研究》，北京：中国社会科学出版社，2008。

③ 凌濛初：《二刻拍案惊奇》卷三十六《王渔翁舍镜崇三宝　白水僧盗物丧双生》，上海：上海古籍出版社，1992，第429页。

此宝，况是一双，尤为难得。不知可肯卖否？’王甲道：‘我要他无用，得价也就卖了。’胡人见说肯卖，不胜之喜道：‘此宝本没有定价，今我行囊止有三万缗，尽数与君买了去罢。’”①

（2）胡人具有“博物者”所必备的真才实学，而且可贵的是，较为讲究商业道德，往往能坦率地告知宝贝原委、使用方法，而且为买家着想主动提出宝贵建议：“王甲道：‘吾无心得来，不识何物。价钱既不轻了，不敢论量，只求指明要此物何用。’胡人道：‘此名澄水石，放在水中，随你浊水皆清。带此泛海，即海水皆同湖水，淡而可食。’王甲：‘只如此，怎就值得许多？’胡人道：‘吾本国有宝池，内多奇宝，只是淤泥浊水，水中有毒。人下去的，起来无不即死。所以要取宝的，必用重价募着舍性命的下水。那人死了，还要养赡他一家。如今有了此石，只须带在身边，水多澄清，如同凡水，任从取宝总无妨了。岂不值钱？’王甲道：‘这等，只买一颗去够了，何必两颗多要？便等我留下一颗也好。’胡人道：‘有个缘故，此宝形虽两颗，气实相联。彼此相逐，才是活物，可以长久。若拆开两处，用不多时就枯槁无用，所以分不得的。’”②

（3）胡人的善良、诚信有了收获，得到买家信任，进而拿出了前面提到的古镜——聚宝之镜，胡人进一步表现出非凡的鉴识力，看出这非凡间宝，提出了获取宝物的规则问题，即拥有者资质必须要与宝物价值相称，并且有自知之明地退出。胡人善意的劝告，也成为此宝镜日后周折的预言：“王甲想胡人识货，就取出前日的古镜出来求他赏识。胡人

---

① 凌濛初：《二刻拍案惊奇》卷三十六，第430页。“望气术”本是风水学术语，这里借此强调了宝物是有生命的、可被特殊能力者观测到。望宝气者与通常望气者的区别在于，前者是准确观测到了已知之物的价值，而后者则偏重在预测事物、事件的未来。

② 同上，这里提出了关于宝物的生命活力问题，的确，宝物因处理不当而失去价值的故事不少。

见了，合掌顶礼道：'此非凡间之宝，其妙无量，连咱也不能尽知其用，必是世间大有福的人方得有此。咱就有钱，也不敢买，只买此二宝去也够了。此镜好好藏着，不可轻觑了他！'王甲依言，把镜来藏好，遂与胡人成了交易，果将三万缗买了二白石去。"[①]宝物拥有者必须具备此诚信的品格。

故事中的"胡人"事实上也是以一个"博物者"角色出现的，他不仅能识别宝物（澄水石）的藏身处，也能判别宝物的具体用途（可以除毒），还能鉴定出宝物的阶位——所属空间是天上或人间。

另外，民间传说中的"西人"，亦是"胡人"的一种说法。有这一寓意丰富的故事被记载下来，说百粤这一滨海之区，有许多船上为生的家庭，出没于风涛之间，深谙水性：

> 渔人中有雷姓者，袭业已逾多世，其技亦超出侪辈，所获恒逾众人。雷幼时偶驾小舟，至海滨浅滩觅取蛤介，忽睹一巨蚌，意孕有巨珠，取归剖视。蚌腹藏一翠镯，通体莹绿，日光中隐隐现一蟹形，螯足皆备，态颇生动。遂取套腕上，爱不忍释。惟镯不甚大，御时殊枘凿。逾数年，雷忽发体，镯亦深陷腕内，不能取出。雷既宝爱之，亦不以为苦。某夕又于日光下谛视，则镯上之蟹，八足自为开张，频易其方向，大惊异；后又于日光下观之，则仍如恒状。后为西人所见，欲以巨万金购之，顾非断臂不能取镯，否则惟有俟雷死。雷知生命与财不可得兼，尚爱其生，遂亦不为重利所动，乃与

① 凌濛初：《二刻拍案惊奇》卷三十六，第430页。许多宝贝离开获宝（金银等）者的故事，可证其得宝者若"德不配位"则不能持久拥有宝物，甚至会由此而带来灾祸。参见王立：《明清小说中的宝失家败母题及渊源》，《齐鲁学刊》2007年第2期。

此西人定身后之约。事距今近十年，不知雷与镯俱无恙否？造物之奇，可谓无所弗有也。[①]

这里的“西人”就相当于早先博物的“波斯胡”——识宝者，具有高超的鉴赏力，看得出此“镯”是异宝，值万金。与“胡人”称呼相似，也是指中土之外且高鼻深目的人种。

另一类就是老者识宝。老者因阅历丰富见多识广，亦即博物者之一类。二者鉴别宝物的标准各不相同，“胡人（西人）”关注其实用功能，比如御灾等；而老者多为本土人，更侧重于宝物运用中所体现的文化观念。也许是受到佛教“三生”（前世、今生、来世）观念的影响，如乾嘉时传闻“半面镜”故事，更为奇特地居然能从镜中看出人的前世原形：

入汴界东村，有耕者策牛，牛忽倔强，挣脱绳木，奔逸如驶。逐于后，至一被焚墙角下，驻立弗动，挥之弗去。挣拽移时，殊不少动。忽以蹄爬穴，似闻触铜声响。凝视之，乃一古镜，状似半月，磨洗净尽。凡照物，洞浊隐微；惟照人，则形影殊无，异之。

翌日，售于市，人第瞩其异，不欲购焉。一显者取视大惊曰：“何来一豺狼耶？”悚然略转眼，又怪曰：“适一豺狼，何遽易一猿？”众细审始见。

显者掷镜曰：“购之无用，适足惑人，殆妖物也！”耕者归，群从之归，询所得，群往觇牛，牛如故。耕者乃翁自内出曰：“老夫年迈，虽未确见，实于古籍中，得悉一二。”众

① 周清霖、顾臻编：《还珠楼主散文集》，香港：天地图书有限公司，2014，第66–67页。

> 请其说，曰："如羿妻奔月时所带，广寒以尘物，命掷下。碎之，此其半；半未知掷何处。然其深得广寒纯阴生气，凡物未失真，皆有影，若吾侪渣滓填胸，早失本来，得觑半面，固已幸矣。何能尽见自己真面目也？"
>
> 众弗信，翁曰："试抱一婴儿照之，则全体皆备。"如其言，果不谬。翁遂自取视，笑曰："吾竭毕生力，只做得半面人。"各各憬然。
>
> 众复以显者事扣，翁曰："始豺狼是其初念，继易为猿，幸知戒惧，尚得草创人形耳。"众服翁之见，咸知所儆。[①]

故事中的老者，持有神物主体性观念，即年代久远阅历丰富的宝镜，具有鉴别"照镜者"内心世界的功能，就如同博物者一样能鉴别出物的本质，是"物老成精"、万物有灵的自然延续，古老文化观念的形象化再现。而实际上，对尹湛纳希小说创作产生影响的还可能有《水晶珠》，伍月教授曾将《青史演义》与拉西彭楚克的《水晶珠》予以详细比较，认为尹湛纳希创作《青史演义》时，借鉴并继承了《水晶珠》的评点手法、文学语言及历史观等[②]。其实还有观念上的借鉴，此不赘述。这里借用扎拉嘎研究员的评论：尹湛纳希的作品是蒙古族文学史和蒙汉文化史上的光辉篇章。确实如此。

---

① 俞梦蕉：《蕉轩摭录·半面镜》，郑州：中州古籍出版社，2012，第 142 页。

② 伍月：《〈青史演义〉与〈水晶珠〉的关系》，《内蒙古社会科学》1988 年第 1 期。

结　语

探讨东北亚文学母题，努力关注东北亚多民族文学地域文化下的内在联系，是本书作者的愿望。近年来，重视东亚史（包括中国史、朝鲜史、日本史、蒙古史和东南亚史）研究的高涨，“主张以区域史的视角来分析和看待问题更有意义”[①]，应当也包括东北亚绵长的文学母题与民间文化习俗。因此，围绕若干专题，这里与整个东方文学的逻辑关系为：东方文学→东亚文学→东北亚文学→东北亚文学母题。因而，在国别文学、民族文学研究基础上，需要从跨国别、民族的角度，注意东北亚地域中不同国、族之间的内在联系，尤其是同华夏中原文学的有机联系，于是故事母题就成为仿佛一个个深入作品肌理联系的纽带。“东北亚”这样的划分，在此未涉及日本（并不意味着将日本排除在外），但包括了俄罗斯特别是其通过远东地区所产生的影响，于是，与将中日朝（韩）并包括中国北方少数民族等合称的“东亚文学”[②]，有所区别，亦有

---

① 陈奉林：《对东方国家崛起趋势下东亚史学科建设的总体构想》，《华中师范大学学报》2020年第2期。

② 张哲俊：《东亚比较文学导论》，北京：北京大学出版社，2004。

侧重。

那么这些母题，与东南亚、南亚等故事母题之于中国故事间的关系有何差异[①]？主要以受到西域——中亚、南亚泽溉的敦煌文学为参照，王小盾教授指出东亚俗文学主体上是文化受容的产物，其共同点是首先出现在皇室和知识阶层，早期常用汉字记录的土语歌唱，往往表现为两种文化的嫁接："一方面以民族情感为内容，另一方面以中国特色的表述为形式……接受了来自中国的修辞法、歌谣观和五行志记录传统的影响。"[②]这是很确当的，这里略作补充。

首先，本书还只是从东北亚多民族文化、文学母题之趋同性角度进行的初步探讨，是阶段性的，并非是事先设计好的，而是作为以中国古代文学为主要对象的研究者，读书所及有感而发，而非一次成型。虽不能说是东北亚最重要的母题，但却被作者看作一部分很重要、有意义和恒久价值的母题。史学界认为："来自中国中原地区的移民曾经在相当长的时间里是朝鲜半岛与日本列岛发展的主要动力之一，这使得朝鲜半岛和日本列岛在形成国家之初就受到中国文化的强烈影响……由多层面互动到东北亚文化圈的形成，东北亚逐渐形成文化上的具有相似性，并存在着密切经济联系和移民往来的古代共同体。"[③]

这里需要与上面的"东亚俗文学"有一点区别的，是"东北亚文学"的特征——不仅地理区域集中，且其在明清尤其清代更为复杂，如出现了满蒙通婚、满蒙一体而满蒙语言的互译，汉文小说在朝鲜不是单独存在，而出现了"正音文学"等等，特别是满汉融合的曲艺"子弟

① 王立：《传统故事与异域传说——文学母题的比较文化研究》，北京：人民文学出版社，2015。

② 王小盾：《东亚俗文学的共通性》，《中国社会科学》2015 年第 5 期。

③ 刘德斌主编：《东北亚史》，长春：吉林人民出版社，2006，第 4-5 页。

书”等，后来又“回授”到多种大鼓书等曲艺形式之中[①]，而似不应如国外史学家那样将蒙古尤其东部蒙古地区，从东北亚分离划拨到北亚。

其次，突出母题研究视野下的东北亚文学——东方文学的民间性，这既有学理的依据，又为东北亚文学交流史的实践所证实。对此，陈岗龙教授的见解深入肯綮，他认为东方民间文学“对东方各国文学传统的影响实在太深刻、太久远了。但是，我们过去偏偏忽视了这一点……东方文学的整体是由作家文学和民间文学共同构成的，只有加强东方民间文学的研究才能建构完整的东方文学体系。因此将民间文学理论引进东方文学的研究本身具有重要的方法论意义。”[②]主题学理论来自民间文学的童话研究等，它有效运用于民间文学研究已为学术史实践所证明，也同样适用于民间文学与作家文学结合的研究范式。特别是作为一个中国研究者在中国学术语境中的研究，能够对陈岗龙教授所提出的，在中、日、朝（韩国）、蒙古等国别民间文学某些领域专题研究成就可观的情形下，如何能在此基础上，“超越‘一国民间文学’，关注整个东方民间文学，将成为东方民间文学研究的趋势，也应成为我们研究东方民间文学的基本出发点”[③]。朝鲜、蒙古都属于东北亚的跨国民族，地理空间、气候、习俗等接近，其文学作品与故事传说的题材、母题具有较多的共性特征。限于条件和论题相对集中的考虑，这里也未涉及日本汉文学及其研究，而这方面成果已十分丰厚，值得学习。[④]因此，这里只选择了东北亚文学中一些与民间文学、民间信仰联系较多的母题，初步探讨，偏重于东北亚文学与中原文学的联系方面。

---

① 王立：《满族说唱文学子弟书与满汉文化融合研究》，沈阳：东北大学出版社，2021。

② 陈岗龙、张玉安主编：《东方民间文学概论·导言》第1卷，北京：昆仑出版社，2006，第8页。

③ 陈岗龙、张玉安主编：《东方民间文学概论·导言》第1卷，北京：昆仑出版社，2006，第9页。

④ 王向远：《中国外国文学研究的学术历程·第9卷·日本文学研究的学术历程》，重庆：重庆出版社，2016。

再次，是突出东北亚文学的跨文体性、多学科性。从对母题史的梳理可以看出，许多故事来自中原的小说、讲史演义，而经过说唱艺人的改编。如今日常见的车王府本《封神榜》和子弟书集子等[①]。上述民间性之中就包括曲艺表演与传播，如内蒙古东部著名的“胡尔奇”（说书艺人统称）[②]本子·乌力格尔演唱家却音霍尔（约 1910—？）青少年时代学习过《三字经》《千字文》和《五虎平南演义》等，后来他利用自己的惊人的记忆力：“首先开始记忆英雄的名字、地名、马匹的叫法、武器的名称等等，也就是说记忆所有那些最为复杂的并以汉语形式保持在蒙古说书传统中的东西。他还注意记忆曲调。……这些曲调是一些固定的可以套用的乐曲，常常与说书中的基本情节如‘国王出驾’、‘远征’、‘交战’、‘望故乡’、‘英雄魂游’等相符。却音霍尔说，故事情节可以随自己的意思变化、更改、补充，但是专有名词、地名等必须准确地说出。”[③]试想，这岂不与主题学中的偏重抽象意旨主题可以调整，而母题、意象、惯常话语相对稳定、偏重中性客观，极为类似，或曰就是一种故事母题的临场发挥吗？而记忆力超好又善于学习的年轻的却音霍尔，边演唱边学习过程中他读了许多汉文旧小说的蒙古文译本，建立了自己的“母题库”，他曾为五个王爷演唱过书，有的长达 40 至 60 天，每天最少

---

① 即北京蒙古车王府收藏的小说戏曲和说唱（包括子弟书、鼓词和杂曲）的刻本和手抄本，如今已整理的《车王府曲本封神榜》，苏寰中等校点，北京：人民文学出版社，1998；北京市民族古籍整理出版规划小组《清蒙古车王府藏子弟书》，北京：国际文化出版公司，1994，等等。

② 蒙古语称这有两种类型：为乌尔嘎－胡尔奇（urgaa-huurchi）和苏尔嘎－胡尔奇（surgaa-huurchi），或乌尔古木勒－胡尔奇（urgumal-huurchi）和苏尔嘎玛勒－胡尔奇（surgamal-huurchi）。

③ 李福清：《“本子·乌力格尔”演唱者生平研究》，陈弘法译，《民族文学研究》1989 年第 3 期（原发表于 1980 年），第 90 页。“本子·乌力格尔”是在蟒古思因·乌力格尔基础上流行于内蒙古东部科尔沁地区的说唱艺术；而胡人·乌力格尔是内蒙古东部地区民间艺人用低音四胡自拉自唱的说唱艺术，植根于蒙古叙事传统和中原历史小说及口头传说。参见涅克留道夫《蒙古民间史诗与口头创作之间的关系》，《民族文学译丛》1983 年第 1 期。

8 小时，这是相当不容易的。

最后，如此这样专题性的“散论”是否有些合理？在此，想起了《中国民间故事类型索引》的著者丁乃通先生（1915—1989）曾把四篇英文论文合为一书，以其共同运用了芬兰学派（历史地理学派）的理论方法，分别对《白蛇传》《黄粱梦》《灰姑娘》和《云中落绣鞋》进行的比较研究[①]。而也就在 1979 年，匈牙利学者拉兹罗·吕林茨出版了《蒙古民间故事类型》，并写出了 1500 个故事中归纳出的 443 个故事类型的情节提要，列出资料来源[②]。而我国台湾学者金荣华教授也编出了《〈中国民间故事集成〉类型索引》（第一、二册）[③]，胡万川教授编纂出了具有地区特色的《台湾民间故事类型》[④]，等等。这些索引虽然还不够完善，但筚路蓝缕，意义深远。

非常高兴地看到王宪昭研究员积多年之功，编纂出了带有集大成式的多民族神话母题，该书一级分类包括：1. 神的概述；2. 与方位相关的神；3. 与自然现象（自然物）有关的神；4. 与职能、行业相关的神；5. 与具体的物相关的神；6. 神性人物；7. 与民间信仰有关的神或神性人物；8. 妖魔与妖物；9. 神或神性人物的其他母题。体现了系统性、全面性与体系的开放性。二级分类亦非常得当而便于操作，如 6.“神性人

---

① 丁乃通：《中西叙事文学比较研究》，陈建宪、黄永林等译，武汉：华中师范大学出版社，1994。四篇论文分别为《高僧与神女——东西方“白蛇传”型故事比较研究》《人生如梦——亚欧“黄粱梦”型故事之比较》《中国和印度支那的灰姑娘型故事》《云中落绣鞋——中国及其邻国的 AT301 型故事群在世界传统中的意义》。此书蒙刘守华先生赐赠，在此致谢。

② 斯琴孟和、孟克代力格日：《关于编纂〈蒙古族民间故事类型索引〉与数据库建设的一些思考》，《民族文学研究》2016 年第 1 期。

③ 金荣华编著：《〈中国民间故事集成〉类型索引》第一、二册，（中国台北）中国文化大学 2002 年；《六朝志怪小说情节单元分类索引》（甲乙编），中国台北：中国口传文学学会 2008（原中国文化大学 1984）。感谢金荣华先生赠书。

④ 胡万川编著：《台湾民间故事类型（含母题索引）》，中国台北：里仁书局，2008。

物”下分：“文化英雄，半人半神，合体神与分体神，祖先（祖先神、始祖神），巨人，常见的典型神性人物”，而最大层级为6级，母题数量为27861个。书后还附以十大类型简目[①]。该书皇皇近150万字，成为系统建设中国神话数据库检索体系的重要依据，也是东亚多民族神话、传说和故事母题研究的极其重要工具书，了不起的收获。

此外，东北亚族群相通母题的探讨，也对于传统的明清通俗文学研究、辽宁乃至东北地域文学研究很有意义。日本学者曾肯定汉籍整理并指出：“即使是对本国文学研究得再深再透，如果不对同一时期同一文化圈中的周边地域文化政治之连动予以关注的话，我想，我们的研究，最终还是摆脱不了陷入到一个夜郎自大、井蛙观天的悲剧命运之中。……‘域外汉籍研究’并不是一门炫人耳目的奇学幻术，相反，它正是我们了解中国乃至整个东亚地区的一种‘王道’的研究方法论。”[②]的确，如张伯伟教授强调的，就明清汉文化圈的文献、文学而言，以其东亚民族、国家关系的复杂性，更需要对“知识生产方式”的思考有所修正：“不仅是古典学研究的对象，不仅是一个学术增长点或学术新领域，在更重要的意义上说，这是一种新的思考模式和新的研究方法。”在多元多维的方法中，世界通行的母题研究方法，其实早已为东亚多国多民族、地区研究者所践行，因而，切实在东北亚一些母题研究上补白或推进，也是十分必要的。

---

① 王宪昭：《中国神话人物母题（WO）数据目录》，北京：中国社会科学出版社，2019。感谢王宪昭研究员赠书。

② 静永健：《中国学研究之新方法》，《东方》第348号，2010年2月。转引自张伯伟《东亚汉文学研究的方法与实践》，北京：中华书局，2017，第69-72页。下同。

插图目录

（除特殊标明外，均出自上海《申报》副刊《点石斋画报》）：

后 记

辽宁在历史上曾经是东北亚地域的核心区域，也是一个多民族文学、文化习俗共生互动的文化空间。在特定的历史语境中，有些探讨离不开东北亚跨民族、跨国别的文学关系研究。而有些困惑，两位作者在长春、上海、天津、北京的工作学习过程中已有，面对近年国别文学、民族文学研究的丰厚成果，如何能“言他人所未尽言”？母题研究或许能便于展开多学科、多角度的创新思考。

本书不是对东北亚文学的全面讨论，只体现出从中国古代文学视域所见东北亚多民族若干母题的一些体会，侧重在东北亚地域文学与华夏中原文学的联系——影响研究方面。尽管一些专题还只是初步探讨，有的题目尚属首次提出，不够成熟，但体现出一种建构东北亚文学共同体的努力。

书稿撰写过程中，先后得到辽宁师范大学明清史专家赵毅教授、谢景芳教授，北京大学东方学研究院张玉安教授、陈岗龙教授，延边大学朝鲜半岛研究院徐东日教授，上海师范大学赵维国教授，鲁东大学任晓礼教授，大连大学韩国学研究院刘秉虎教授、安善花教授和蒙古族诗人、中国蒙古文学学会副会长萨仁图娅女士等师友的指教、协助，在此深表谢忱。学生千一花、景秀丽、王琪、郝哲、李雪纯、王博等参与了项目一些工作，共同探讨，共同提高，十分愉快。感谢国家社科基金规划办、辽宁省社科规划办、辽宁省社科联科研部的理解支持！

如下这些项目资助了本书研究：2012年度辽宁省社科规划基金项目“世界文学格局中的中国武侠小说母题研究”（L12BZW004）；2015年度辽宁经济社会发展课题“辽宁古代文学发展史论”（2015lslktziwx–07）；国家社科基金后期资助项目“明清灾害叙事、御灾策略及民间信仰研究”（17FZW012）；辽宁省经济社会发展研究重点课题“进一步创新发展辽宁文化产品和服务研究”（2018lslktzd–019）。

本书部分章节发表在《民族文学研究》《湖北民族大学学报》《学术交流》《东疆学刊》《中华文化论坛》《辽东学院学报》《徐州工程学院学报》《河北北方学院学报》等期刊，有的被人大复印资料等转摘，也在此一并致谢！感谢中国大百科全书出版社社长刘国辉先生一如既往的大力支持，玉成此书。部门负责人曾辉兄积极协调运作，责编常川君认真编校，使本书减少了不少疏漏，能尽快面世，在此一并深致谢忱！

作者　2021 年 10 月于大连
2022 年 7 月又及